직관과 상상력

윤충의 외

국학자료원

이 책은 문학의 직관과 상상력에 관계된 글들을 묶은 것이다. 직관과 상상력은 다양한 관점에서 통용되고 있지만 문학과 연관해서 집중적으로 살펴본 것이 많지 않기에 의미가 있다고 생각한다.

제1부는 문학의 직관 영역이다.

윤충의 선생님은 「문학의 직관적 표현기술방법론」에서 데카르트, 스피노자, 칸트, 후설, 베르그송, 크로체, 자크 마리탱 등 서양 철학에서 논의된 개념을 살펴서 직관이 철학적 인식 방법만이 아니라 미학과 문학적 인식 방법으로도 사용되었음을 밝혀주었다. 또한 동양의 유가 사상과 불가 사상을 살펴서 직관이 인간 중심주의에 의해 분리된 대상들이 서로 관계가 있고 동일하다고 경험하는 인식 행위 내지 표현 방법임을 밝혀주었다. 결국 문학의 직관이란 현상을 만나서 심상을 얻기까지의 인식 행위인 동시에 표현 기술 방법이라고 정의내린 것이다.

문혜원은 「여성성의 신화와 직관으로서의 시」에서 여성들의 비범함은 자연과 교감할 수 있고 그 리듬을 탈 줄 아는 능력으로 보았는데, 직관에 의해 쓰인 서정주의 시들이 바로 합리적인 질서 이전의 자연 세계를 지향하는 것으로 파악했다.

제2부는 소설의 상상력 영역이다.

임금복은 「박상륭의 1960년대 작품 세계」에서 남성 제국주의의 욕망으로 인해 생명이 파괴되고 세계가 황폐해진 현상에 맞서 생명주의의 열린 상상력으로 대지의 회생과 우주 살리기를 지향한 박상륭의 작품 세계를 고찰했다.

최영호는 「바다의 신화적 상상력과 '다른 우리'의 출현─ 위티 이히마에라 『웨일라이더』를 중심으로」에서 뉴질랜드 마오리족 출신 여성 작가인 위티의 작품 『웨일라이더』를 분석했다. 자연과 인간이 더불어 살 수 있고 전통과 현실이 함께 존재할 수 있는 최소한의 삶의 조건은 강제가 아닌 포용, 즉 상호 존중을 작품의 주제로 파악했다.

양진오는 「이청준의 신화적 상상력과 그 문학적 의미─「흐르지 않는 강」을 중심으로」에서 이청준이 신화적 상상력을 적극적으로 사유하고 있음을 보여주었다. 작가가 인간의 삶에 내재한 심층적 의미와 우주적 차원의 진리를 탐구했음을 밝혀준 것이다.

제3부는 시의 상상력 영역이다.

박남희는 「조지훈 시의 유기체적 상상력 연구」에서 조지훈의 시세계를 동양적 정신주의에 바탕을 둔 유기체적 상상력으로 파악하고, 유기체 시관이 서구 중심의 문학 풍토 속에서 단절된 전통을 극복하고 민족의 정체성을 확립하는 데 기여했다고 평가했다.

김용희는 「1930년대 말 동양주의의 한 방향─ 백석의 도가적 상상력을 중심으로」에서 1930년대 말 절체절명에 놓인 조선 시인들에게서 볼 수 있는 것은 유교적 지조 의식과 도가적 사상이었는데, 백석의 도가적 사상은 근대적 질서 너머에서 계급적 서열과 경계를 무화시키는 우주 만물의 섭리로써 파시즘 세계에 대항했다고 평가했다.

맹문재는 「상상력의 시학」에서 코울리지, 블레이크, 사르트르, 콜린 윌슨, 바슐라르 등으로 이어져온 상상력의 견해들을 정리하면서 심인숙 시인의 시세계를 고찰했다. 시인의 상상력은 여성성을 세속적이고 찰나적이기보다는 궁극적으로 추구했음을 발견했다.

심재휘는 「박재삼의 시집 『춘향이 마음』에 나타난 상상력의 구조」에서 시인의 슬픔 지향이 상상력에 바탕을 두었음을 밝혔다. 박재삼 시인은 실제로 가장 슬픈 것을 노래하는 것이 가장 아름다운 것을 노래하는 것이라는 의식으로 전통 서정시를 계승했다.

유성호는 「생명의 황홀을 노래하는 우주적 상상력－정현종의 시세계」에서 정현종의 시편들은 모든 지식과 욕망으로부터 자유로워진 상태에서 사물의 모습을 있는 그대로 바라본 것으로, 또한 생태적 상상력과 타자의 목소리를 중시한 것으로 진단했다.

김유중은 「놀이와 상상력, 시작(詩作)의 상관관계－ 김수영 시 「달나라의 장난」을 바라보는 새로운 시각」에서 이성과 현실의 벽을 뛰어넘는 상상력의 비약을 필요로 하는 놀이 세계를 김수영의 작품에서 발견했다.

이경수는 「백석 시의 낭만성과 동양적 상상력」에서 백석이 창작에 활용한 동양적 상상력은 가부장적 세계 질서와는 거리가 먼 것임을 밝혔다. 오히려 '나는 누구인가'라는 근대적 질문과 만나는 방식이었음을 발견한 것이다.

제4부는 동화의 상상력의 영역이다.

남기택은 「동화적 상상력과 근대문학의 성립－ 최남선을 중심으로」에서 동화적 상상력은 아동문학의 문제만이 아니라 한국적 근대라고 하는 특수한 현실에서 발동된 근대문학의 내적 동인이자 기제라고 보았다. 아동의 내면 성숙을 위한 계기로서 뿐만 아니라 문화 일반을 발전시키는 동력으로 인정한 것이다.

제5부는 상상력 교육에 관계된 영역이다.

노철은 「시 감상 교육에서 상상력 활용에 관한 연구」를 통해 창의적인 모형을 제시했다. 교수 및 학습 과정을 결합하여 시 감상 교육에 상상력을 활용하는 방법을 나름대로 설계한 것이다.

김종태는 「시창작교육과 상상력 제고의 문제」에서 중고등학교 교실을 배경으로 시적 상상력을 제고시킬 수 있는 방법으로 관찰과 체험, 명상과 연상, 기억과 재생 등을 제시했다.

이 책에 옥고를 수록하신 윤충의 선생님께서는 곧 강의실에서 물러나신다. 선생님께서는 필자가 만난 어느 분보다도 바르시고 겸손하시고 인정이 많으시고 또 성실하게 학생들을 이끌어주셨다. 이 책은 훌륭하신 선생님을 기리는 의미를 담고 있다. 필자의 뜻에 함께해주신 여러 필진께 깊이 감사드린다. 앞으로 더욱 공부해서 보답할 것을 약속드린다.

2011년 7월 27일, 필자들을 대신해서
맹문재

■ 차례

책머리에

제1부 문학의 직관

문학의 직관적 표현기술방법론 — 윤충의 ┃ 11
여성성의 신화와 직관으로서의 시 — 문혜원 ┃ 89

제2부 소설의 상상력

박상륭의 1960년대 작품 세계 — 임금복 ┃ 115
바다의 신화적 상상력과 '다른 우리'의 출현 — 최영호 ┃ 147
이청준의 신화적 상상력과 그 문학적 의미 — 양진오 ┃ 169

제3부 시의 상상력

조지훈 시의 유기체적 상상력 연구 — 박남희 ┃ 193
1930년대 말 동양주의의 한 방향 — 김용희 ┃ 217
상상력의 시학 — 맹문재 ┃ 247
박재삼의 시집『춘향이 마음』에 나타난 상상력의 구조 — 심재휘 ┃ 259
생명의 황홀을 노래하는 우주적 상상력 — 유성호 ┃ 285
놀이와 상상력, 시작(詩作)의 상관 관계 — 김유중 ┃ 297
백석 시의 낭만성과 동양적 상상력 — 이경수 ┃ 315

제4부 동화의 상상력

동화적 상상력과 근대문학의 성립 — 남기택 ι 351

제5부 상상력의 교육

시 감상 교육에서 상상력 활용에 관한 연구 — 노 철 ι 371
시 창작 교육과 상상력 제고의 문제 — 김종태 ι 393

■ 발표지 목록 ι 413
■ 필자 약력　ι 414

제1부
문학의 직관

문학의 직관적 표현기술방법론*

윤충의

우리가 문학을 말할 때, 그 중심에 놓이는 것은 인간의 정신이 어떻게 진실을 해명하는가와 그것에 대한 적절한 표현방법이다. 한 작가가 대상을 만나서부터 진실에 도달하기까지의 과정에는 인식 방법이 문제가 된다. 이 글에서는 논리적 추론과는 차별적인 '직관(直觀)'에 대하여 의논하려고 한다. 직관은 주로 시적 행위를 통해 문학의 본질을 밝히는 방법으로 오래 전부터 통념적으로 인지되어온 개념이지만, 시와 관련하여 구체적으로 논의된 경우는 드물었다. 문학을 말하는 자리에서 흔히 '직관한다'고 했을 때, 그것은 다양한 의미로 이해된다. 논리적 추론의 방법을 버리고 새로운 방법으로 보아야 한다, 지혜의 눈으로 보아야 한다, 감각적으로 느껴야 한다, 상상력을 동원하여야 한다, 대상과 하나가 되어야 한

---

* 이 논문은 『한국문학의 직관과 상황 그리고 표현기술』 중의 「문학적 직관과 표현기술」을 '시의 직관적 표현기술방법론'으로 수정·보완하고, 여기에 『현대소설의 구성과 표현기술』의 「소설의 직관적 표현기술」을 보태서, 시와 소설을 아울러 문학의 직관적 표현기술방법을 논의했다.

다, 영감을 얻어야 한다, 이미 이루어진 도구개념이나 지식 또는 윤리 · 도덕이나 역사의 가르침을 배제하고 대상을 바라보아야 한다 등의 뜻으로 말하고 받아들인다. 이러한 의견들은 모두 직관이 무엇인가를 말하고 있지만, 이를 뒷받침할 만한 구체적 실증이 따르지 못하고 있다. 구체성을 거부하는 것이 직관의 생리일지도 모를 일이지만, 이 글은 학문적 대상으로서의 직관을 인식론적 입장에서 접근해 보려고 한다.

직관은 논리적 사고로는 해명할 수 없는 현대사회의 비논리성, 비정형성, 비결정성 등의 불확정적 상황에 대한 이해를 가능하게 할 것이다. 이 항대립의 논리를 부정하면서도 여전히 그 안에 놓여 있는 현실이나, 수직적 사고나 수평적 사고의 어느 측면으로도 만족할 만한 해법을 말하기가 어려운 시대적 상황이 새로운 인식방법을 요청하는 자리에서 직관적 인식의 역할이 기대되는 것이다. 그런데 직관은 이제까지 없었던 아주 새로운 개념은 아니다. 우리가 논리적 인식방법을 학문의 방법으로 가까이 하고 있는 동안 먼 거리에 있었을 뿐이다. 이제 이 글에서는 그동안 먼 거리에 또는 측면에 있던 직관을 가까이에서 정면으로 바라보려는 것이다.

이 글은 문학적 직관의 개념을 추출하기 위해 서양철학과 동양사상에서 논의되어 온 직관의 개념들을 검토하고, 직관이 은유나 상징, 역설 등과는 구별되는 것임을 말하고, 이러한 표현기법의 구체적인 보기들을 제시하는 차례를 따라 써내려 갈 것이다.

1. 직관의 개념적 이해

1) 인식과정과 인식논리로서의 직관

우리는 문학적 심상을 얻는 방법을 말할 때 '직관'이라는 용어를 사용한다. 그러나 문학에서는 이 용어를 빈번하게 사용하면서도, 단일한 주제로 깊이 있게 논의된 경우는 드물었고, 철학사상에서는 이 용어가 인식의 한 양상으로서 '추론'과 함께 역사적으로 꾸준하게 논의되어온 개념이다. 우리는 이 글에서 직관이 어떻게 이해되기 시작하여 개념의 변화 과정을 겪어 왔는지를 검토하지는 않는다. 다만 근대철학 이후의 변별적인 논의 내용들을 간추려 보고, 그러한 인식들이 시적 직관의 의미를 만드는 작업에 도움이 되기를 기대한다.

직관이라는 말은 일상의 생활어로나 철학적 논의에서 그리고 시인의 시적 심상을 얻기 위한 태도를 말하는 자리에서, 상황과 처지에 따라 다양한 의미2)로 사용되어 왔다. 때로는 직각이나 감각이라는 용어와 대등한 개념으로 사용되기도 한다. 철학에서 추론과 직관의 두 인식 작용은, 이론의 구성이나 가설의 설정 및 그 입증 과정 등에서 어떠한 기능을 수행하며, 이 둘은 어떠한 관계인가를 논하는 자리에 가로 놓여 있는 개념들이다.

근대 철학에서 어떤 근본 진리를 직접적이고 명백하게 파악할 수 있는 정신적 능력에 관심을 가졌을 때, 직관은 이성적 인식의 범주에 소속되어 있었다. 르네 데까르뜨(1596~1650)는 지식에 이르는 가장 확실한 방법으로 직관과 연역을 기초로 하였고, 진리의 표지가 되는 명증성을 얻기 위하여 직관의 기능을 매우 중요하게 생각했다. 그가 생각한 직관이란 "감각의 변동하기 쉬운 증언이나, 대상을 잘못 구성하는 상상력의 그릇된 판단이 아니라, 순수하고 주의하는 정신의 파악이고, 오직 이성(理性)의 빛에서만 나오며, 연역보다도 더 단순하고 따라서 더 확실한 것"3)이었다. 그

---

2) 최명관, 「Bergson의 직관이론」, 『철학』 제12집, 철학연구회, 1978, 1573쪽. 이 논문에서 최명관은 Herbert Feigl의 견해를 빌어 직관의 의미가 다음과 같이 사용되었다고 말했다. 첫째, 빨갛다든가 따끈하다던가 하는 따위의 감성적 성질을 의미하는 것, 둘째, 공간이나 시간의 형식 혹은 어떤 관념이나 형상이나 본질을 직접 파악하는 것, 셋째, 자명한 진리들을 직접적으로 아는 것, 넷째, 본능적 지식, 다섯째, 초감성적 지각인데, 영안(靈眼)으로 본다고 하는 경우와 같은 것, 여섯째, 예감이라든가 제6감(第六感)과 같은 것, 일곱째, 신적 혹은 초경험적 직관.

의 진리의 기준은, "나는 생각한다. 그러므로 존재한다."는 명제, 즉 인간은 현존하는 실체이며, 사유능력을 가지고 있다는 자아인식이었는데, 이것은 매개적 개념이나 현상이 배제된 직관적 확실성을 열어주는 이성이었다. 그에게 이성적 직관은 감각이 인지하는 불분명한 자료나 상상의 불완전한 작용을 배제한 단순한 성질들이나 기본적 원리들을 일러주는 인식행위이다. 그리고 연역은 정신의 연속적 행위를 통해서, 직관으로 파악한 진리들의 상호관계를 규명하는 추론 방법이다. 추론은 하나의 전제로부터 출발하지 않고, 직관에 의해 파악된 하나의 이성적 사실로부터 출발하게 된다. 데까르뜨의 이성적 직관은 선험적 이성 또는 정신의 주체적 행위로 이루어진 인식행위의 기초 단계이다.

스피노자(1632~1677)는 실재에 대한 궁극적 본질을 인식하는 최상의 단계를 직관이라고 하였다. 그는 지식을 세단계로 구분하여 우리가 어떻게 최하급의 지식에서 최상의 지식으로 옮겨가는가를 기술하는 자리에서, 우리는 사물에 대한 지식을 세련시킴으로써 '상상'에서 '이성'으로, 그리고 다음에는 '직관'으로 옮겨갈 수 있다[4]고 보았다. 상상의 단계에서의 관념은 감각적 경험을 통해서 형성되는 것으로, 그것은 구체적이고 특수하다. 그러나 정신이 주체적으로 작용하지 않고 수동적이기 때문에 일상생활에는 유용하지만, 참된 지식을 주지는 않는다고 보았다. 이성의 단계에서는 정신이 직접적이고 특수한 사물들을 뛰어 넘어서 추상적인 개념을 다룰 수 있으며, 여기에서 지식은 적합하고 참되게 된다. 최상의 단계인 직관은 여러 사물과 사상(事象)이 연결되어 있는 자연의 전체계를 파악할 수 있다고 했다. 이 단계에서는 이제까지 연결되어 있지 않았던 개별적인 사물과 사상의 연관관계가 드러나게 되며, 자연 혹은 신의 완전한 질서에 가까워지게 된다. 이러한 인식의 관점에서 우리는 자연의 전체계 속에서

---

3) 최명관, 위의 글, 1574쪽에서 요약하여 재인용.

4) 사무엘. E. 스텀프, 이광래 역, 『서양철학사』, 종로서적, 1989, 328쪽.

인간의 위치를 알 수 있다고 했다. 스피노자의 직관은 감성적 경험이나 오성적 사고를 넘어선 것으로, 사물들의 본질에 적합한 지식을 제공하는 원천으로서의 실재를 포착하는 초월적 정신능력이다.

칸트(1724~1804)는 대상을 읽어내는 주체의 선험적 인식능력인 정신에 주목하였다. 그는 정신의 인식 능력을 감성과 오성으로 나누어 생각했고, 인식의 조건으로 직관과 개념을 제시해 놓았다. 그는 직관을 우주와 인간에 대한 본질적 물음이나 인간과 우주의 관계를 파악하는 방법이 아니라, 논리적 인식의 과정으로 설명했다. 그의 이론으로는 우리의 인식이 심성의 두 기본 원천에서 발생한다. 하나의 원천은 어떤 표상을 수용하는 능력이고, 다른 하나는 이런 표상을 통해서 대상을 인식하는 능력이다. 앞의 것에 의해서 대상이 우리에게 주어지는데, 그 표상을 받아들이는 심성의 수용성을 감성이라 하고, 그러한 인식행위를 직관이라고 했다.5) 그의 직관은 다양한 사상으로부터 개념에 이르는 과정의 인식행위이다. 정신이 우리의 경험을 종합하고 통합하기 위해서는 다양한 감각에 의해 표현되는 여러 경험적 사상(事象)을 감성적 직관으로 받아들여야 한다. 이때 직관은 시간과 공간을 매재로 하여 사상을 현상적으로 표상한다. 직관이 파악한 현상은 다양한데, 이것을 하나의 심상으로 만드는 지적 능력은 선험적 종합 능력인 구상력이고, 구상력은 오성이 제공한 규칙들에 따라 개념적 범주를 만드는데, 직관은 이러한 논리적 추론과정에서 개념의 재료를 제공하는 역할을 한다는 것이다.

그런데 그의 저작에는 여러 유형의 직관이 있는 것처럼 보인다. 그가 직관의 개념을 말할 때, 대상에 의하여 우리가 자극되는 방식을 통해서 표상을 얻는다는 점을 고려했을 때는 감성적 직관이라는 용어를 사용하였고, 대상이 표상에 미치는 결과를 감각이라 하고, 이 감각을 통해 대상에 관계한다는 점에 착안했을 때는 경험적 직관이라고 불렀다.6) 그는 순

---

5) 칸트, 최재희 역, 「선험적 논리학」, 『순수이성비판』, 박영사, 1984, 96~103쪽.

수 직관과 지성적 직관에 대해서도 말했는데, 감각에 귀속하는 것을 전혀 내포하지 않는 모든 표상을 선험적 의미에서 순수하다고 보고, 감관의 대상이나 감각의 대상이 현실로 없더라도, 감성의 한갓 형식으로서 심성 속에 선천적으로 존재하는 것을 순수 직관이라고 말했다. 이것은 사유를 포함하지 않는 것으로, 시간과 공간이라고 말했다.[7] 지성적 직관은 비감성적 객체를 이해할 수 있을 때 상정할 수 있는 것이지만, 이런 직관방식은 인간의 직관방식이 아니라고 했다.[8] 칸트가 인식논리학의 관점에서 말한 직관은 주로 선험적 범주에 가치판단의 기준을 두고 있는 감각적 경험으로서의 감성적 직관을 말한 것이다. 그가 말하는 직관은 오성의 가르침에 따라 개념을 만드는 인식작용이 경험과 만나게 되는 단계를 가리키는 지적 행위이다.

현상학에서도 직관의 기능을 이성적 사유의 범주에서 말하고 있다. 훗서얼(1859~1938)의 현상학은, 자연과학이 세계를 인식하는 방식이 물리현상과 물질적 실재에 기초를 두고 있음을 경계하고, 인간의 이성을 구제하려는 것이었다. 그는 사유능력을 인간이 가진 최초의 절대적인 것[9]으로 보고, 의식은 지향성을 갖는다고 생각했다. 그는 이러한 인식을 토대로 과학적 세계관에 의해 해석되기 이전의 실재하는 세계상을 발견하는 방법을 모색하게 되었는데, 사상(事象)을 인식할 때, 판단중지를 통해 '현상학적으로 환원'하는 일이었다. 이러한 인식행위는 어떤 사상을 이미 이루어져 있는 인식의 틀들, 즉 철학적 인식, 역사적 경향과 지식, 인습, 특히 자연과학의 가정들에 준거하여 인식하는 것을 거부한다. 기존의 준거들을 괄호 안에 넣어 두고, 사상에서 본질을 '인식하기' 위해서는 사상이 관

---

6) 위의 책, 73~75쪽.

7) 위의 책, 74~95쪽.

8) 위의 책, 237쪽.

9) 훗서얼, 이영호 역, 「현상학의 이념」, 『세계사상전집 8』, 삼성출판사, 1981, 66쪽.

념에 의하여 이루어진 것이 아닌, 경험적 삶의 현장인 생활세계에 '있는 것'을 대상으로 삼아야 한다. 이러한 대상으로서의 사상을 바라보는 방식이 직관인데, 대상을 직관한다는 말은 직접적이거나 내재적인 것을 거기 있는 그대로 본다는 것이다. 대상을 거기 있는 그대로 본다는 것은 이미 이루어진 다른 개념으로 해석된 세계상을 부정하고, 모든 인식 이전의 원초적 상태로 돌아가서, 순수한 자아를 통해 대상을 바라본다는 것이다. 훗서얼은 이러한 인식행위를 '선험적 환원'이라고 했고, 사상의 사실적 영역으로부터 본질의 영역으로 나아가는 것이 '현상학적 환원'이라고 했는데, 이러한 현상학적 환원도 의식의 지향성을 통해 의식과 대상의 상관관계와 본질을 밝히려 했다. 이러한 논의 과정에 서 있는 훗서얼의 직관은 경험적 사상(事象)을 바라보는 발견의 방식인데, 다른 관념이나 지식에 따른 관점을 배제하고, 순수한 자아로 대상을 바라봄으로써 그의 본질을 발견하려는 것이다. 그의 직관은 선험적 범주에서 발현되는 인식능력이다.

베르그송(1859~1941)은 실재가 과학적 주지주의와 실증주의의 필연적인 법칙에 따라 결정된다는 결정론을 비판하면서, 실재를 인식하는 능력이 직관임을 내세웠다. 그는 실재를 지속과 변화의 개념으로 이해하여, 그에 따라 논리를 세워 나갔다. 그는 대상을 인식하는 방법으로 분석과 직관을 대조적 개념으로 설정했다. 분석은 관찰자가 대상의 속을 들여다보거나 그 안으로 들어가지 못하고, 주변을 맴도는 것으로 설명했다. 이것이 과학이 대상을 파악하는 방법인데, 분석에 의한 대상의 관찰 결과는 관찰자의 시점에 따라 달라지며, 대상을 시간과 공간의 불연속적인 작은 단위의 구간에서 인식하기 때문에, 연속적으로 지속되는 대상의 본질적 실재를 파악할 수 없다고 했다. 그러나 직관은 대상의 내부에 들어가, 실재를 운동하는 것으로 파악하게 하는 것이라고 말했다. 이때 "나는 대상 그 자체의 내부에 있기 때문에 내가 경험하는 것은 대상을 보는 나의 관점에 의존하지 않는다. 또한 나는 원초적인 것을 얻기 위하여 모든 다른 번역들을 거부했기 때문에 운동의 묘사에 사용되는 기호에도 의존하지 않는다."10)고 했다. 그의 직관의 개념은 이제까지의 논리들이 대상을 주체와 상대되는 객체로 생각했던 경우와는 달리, 인식의 주체와 대상을 일체적인 것으로 생각했고, 지속의 개념으로 이해함으로써, 실재가 완성되어 있는 사상(事象)으로 이루어진 것이 아니라, 형성되고 있는 사물들로 구성되어 있고,11) 유지되고 있는 상태가 아니라 변화하는 상태로 구성되어 있다고 본 것이다.

그리고 직관의 힘을 '부정(否定)의 힘'으로 보았다. 그는 단순하고 구체적 직관과 그것을 표현하는 추상개념과의 중간에 위치하는 개념으로 '이미지'를 설정해 두었는데, 그것은 직관 자체는 아니지만, 직관의 그림자와 같은 것이라고 했다. 이미지는 직관과 추상개념의 양면을 포괄한 것으로 직관의 부분과 접한 부분에 부정의 힘이 있고, 직관도 이에 따라 "넓게 받아들여진 견해, 명백하다고 생각되어 온 주장, 과학적으로 통해온 명제, 이것들을 앞에 두고, 직관은 '당치도 않다', '불가능이다'라는 말을 철학자들의 귀에 대고 속삭이는 것"12)이라고 했다. 대상의 실재를 파악하기 위해서는 인식에 영향을 주는 외적인 지적 근거를 배제하고, 대상 자체와 일체가 되어 바라보는 의식의 인식행위가 직관이라는 것이다. 베르그송의 직관은 실재를 지속적인 운동의 관점에서 대상과 주체의 일체, 모든 선행적인 가치판단을 배제한 자리에서 어떤 기호로도 표현되지 않는 원초적 상태를 향한 정신작용이다.

직관의 개념을 예술적 인식이나 표현에 관계하여 미학적 입장에서 언급한 것은 크로체(1866~1952)이다. 그의 철학에서 유일하게 실재하는 것

---

10) 사무엘. E. 스텀프, 이광래 역, 앞의 책, 506쪽.

11) 위의 책, 511쪽.

12) 베르그송, 이문호 역, 「철학적 직관」, 『세계사상대전집』 19, 대양서적, 1984.11, 60~61쪽.

은 정신뿐이다. 그에게는 외부적이고 기계적이며 자연적인 것들에 대하여 우리가 형성해 낸 생각들은 정신이 자신에게 제공한 자료들에 관한 것들이며, 정신과 대상간의 이원론이나 생각하는 주체를 초월하는 어떤 실재도 부정된다. 이러한 논리에 근거하는 정신의 활동은 이론적 활동과 실천적 활동이라는 기본적 형식을 갖는다. 이론적 활동으로서의 지식은, 직관적 지식과 논리적 지식으로, 그리고 실천적 활동으로서의 의지는 경제적 의지와 도덕적 의지로 구별된다. 그는 이들의 관계를 의존 또는 함축관계로 논의했는데, 직관은 이들과는 구분되는 독립적인 정신작용으로 생각했다. 그의 논리[13]로는, 직관적 지식은 상상력을 통해 얻으며, 논리적 지식은 지성을 통하여 획득한다. 앞의 것은 개별적인 사물에 관한 지식이고, 뒤의 것은 개별적인 사물간의 관계들로 구성된 지식이다. 직관은 지성적 지식인 개념에 의존하지 않는다. 만일 직관과 혼합되고 직관 속에 용해되어 있는 개념들이 있다면, 그것은 더 이상 개념이라 할 수 없다. 독립성과 자율성을 모두 잃어버렸기 때문에, 개념이었던 것이 이제는 단순히 직관적 요소가 된 것이라는 것이다.

그는 직관을 개념으로부터 독립시키고, 그에 대한 해명을 위해서 직관과 관계가 있거나 또는 동일시 될 수 있는 개념들을 구분하여 설명해 나갔다. 먼저 직관과 지각의 관계를 논의했는데, 직관이 곧 지각이라는 견해, 즉 지각이 현실에 존재하는 어떤 것을 실재하는 것으로 파악함을 의미한다고 이해하는 것에 반대하면서, 직관은 외적으로 실재하는 것에 대한 지각과, 실재하지 않더라도 지각하는 과정에서 발생할 수 있는 가능성이 있는 것에 대한 단순한 이미지가 서로 구별되지 않은 채로 통합되어 있는 상태를 말한다고 했다. 그는 직관을 시간과 공간의 연속선상에서 이해하는 것을 반대한다. 시간과 공간은 직관 속에 혼합되어 있을 수 있지만, 칸트가 말하는 직관의 형식이 아니며, 다만 재료가 될 뿐이다. 직관을

---

13) 위의 책, 25~57쪽.

규정하는 것이 아니라, 직관의 구성 성분일 뿐이다. 사물의 특징을 찾는 일이며, 개별적 모습을 발견하는 것[14]이라고 했다. 또한 직관을 감각과 비교했다. "직관의 아래쪽 경계선 이하에 있는 것이 감각인데, 이것은 형태를 갖추고 있지 못한 질료"로서 수동적으로 대상을 받아들이는 장치에 불과하지만, 또한 정신의 활동이 추상성을 극복할 수 있도록 돕는다. 그는 직관이 감각과는 달리, 형식을 갖는 것이라고 말했는데, "형식은 우리의 내부에 있는 것으로서 외부로부터 들어온 것을 포용하여 자기 자신의 그것과 동화시키려 하는 것"[15]으로 보고 있다. 이러한 언표들을 읽어보면, 직관은 이미 형성되어 있는 가치 판단의 기준이 있고, 그 기준에 따라 감각기관을 통해 외부적 대상에서 받아들인 것을 무엇인가로 만들게 하는 능력이 들어있다는 논리가 된다. 그는 직관을 표상 혹은 이미지와 상관해서 설명했는데, 표상은 더 이상 감각이 아니고, 아직 지성적 개념도 아닌 어떤 것이라고 했다. "만일 표상이 감각이라는 심적 기반으로부터 분리되어 있는 어떤 것이라면, 표상은 곧 직관"이라고 했다. 감각과 표상의 구분은 그것이 기계적이고 수동적인가, 아니면 정신의 능동적 작용인가에 따르는 것이다.

그런데 크로체가 직관의 개념을 시간·공간, 감각, 표상 등과 대비하면서 논의하는 과정에서도 분명한 의미를 가늠해 내기가 쉽지 않았다. 직관을 표현의 문제와 상관해서 말하고 있을 때, 비교적 소상한 개념을 읽을 수 있게 된다. 그것은 "모든 진정한 직관, 진정한 표상은 곧 표현이다. 표현 속에다 자기 자신을 객관화시키지 못하는 것은 직관이나 표상이 아니다. 감각이며 단순한 본능적 사실일 뿐이다. 정신은 형성하고, 형상화하고 표현함으로써만 직관한다"[16]는 내용에 드러나 있다. 여기에서 '표

---

14) 위의 책, 31쪽.
15) 위의 책, 33쪽.
16) 위의 책, 36~37쪽.

현'이라는 용어는 일반적 의미, 즉 마음속에 가지고 있던 것을 어떤 물리적 매재를 통해서 밖으로 드러내는 행위를 말하고 있지는 않다. "직관, 혹은 표상은 형식이기 때문에, 그저 느껴진 것, 경험된 것, 감각의 파동이나 흐름, 심리적인 질료 등과는 구별된다. 그리고 이러한 형식, 이러한 점유(占有)가 바로 표현"[17]이라고 했다. 이 언급을 보면 '표현'이라는 용어가 '형식'이나 '표상'이라는 개념과 대등하게 사용되고 있다. '직관이 표현'이라는 명제는, 직관이 정신의 능동성으로 감각기관을 통해 대상에서 포착한 어떤 특징을 형상화하여 외부적으로 표출할 수 있는 형상적 완성의 상태를 의미한다고 볼 수 있다. 그 표현은 언어적 표현뿐만 아니라 비언어적이든 회화적·음악적이든 어떤 형태로든 이루어지는 것이다. 그의 직관은 대상을 추상화하기 위한 인식의 초기 단계를 넘어선 대상에 대한 형상화 능력과 그 형상의 표현까지를 말하고 있다.

직관의 개념을 문학적 관점으로 이끌어 온 경우는 쟈끄 마리땡(1882~1973)의 논술들이다. 그는 직관이 창조적 능력이라고 설명한다. 그의 논리를 이해하기 위해서는 먼저 인간의 정신과 그 작용에 관한 진술들을 들어 보아야 한다. 그에 의하면, 우리의 내부에는 정신적 무의식 또는 전의식(前意識)과 프로이트적인 무의식이 그 성질을 달리하면서 상호 교류·작용한다고 보았다. 정신적 무의식의 영역에는 인간의 영혼이 존재하기 시작하자, 곧 본성적으로 부여된 영혼의 여러 능력도 존재하게 되었다. 즉, 영혼의 본질로부터 최초로 나오는 것은 지성 또는 이성이며, 지성을 통해 영혼으로부터 흘러나오는 것이 상상이고, 상상을 통해 영혼의 본질로부터 외부적 감각 등이 흘러 나왔다. 그리고 외부적 감각의 생명과 활동은 감성에 의해서 제공된 직관적 소여(所與)의 평면에서 이루어진다[18]고 했다. 그런데 인간의 정신이 작용하기 위해서는, 인식의 원초적 형태

---

17) 위의 책, 41쪽.
18) 쟈끄 마리땡, 김태관 역, 『詩와 美와 創造的 直觀』, 성바오로 출판사, 1984.3, 122~125쪽.

인 자기 인식, 즉 주관성이 이루어져야 하는데, 인간은 그의 고유한 본질로서는 자기 자신을 알지 못한다. 인간은 오직 사물들의 세계에 관한 그의 인식의 반격(反擊)을 통해서만 자기 자신을 지각하는데, 이때 그는 자기 고유의 주관성을 어슴푸레하게 알며, 그것도 개념이나 개념적 인식을 수단으로 삼지 않고, 외면과 내면세계의 객관적 현실을 정감과의 일치를 통해 인식으로 기술하게 될 암매한 인식을 수단으로 해서 파악하게 된다[19)고 했다. 이때의 암매한 인식이 곧 직관의 능력이다.

그러나 마르땡의 직관은 감각과 접촉하지만, 경험의 범주에 속하지는 않는다. 직관은 이성의 범주에 있다. 영혼의 본질로부터 나온다는 그의 이성에는 개념적이고, 논리적이며 추론적인 이성뿐만 아니라, 논리적 인식과 사유의 규율로부터 자유롭고, 객관적 법칙들로부터 벗어나서, 상상의 자유로운 생명과 관련된 이성의 또 다른 생명을 형성하고 활력을 넣어주는 직관적 이성이 있다.[20) 그리고 이 직관적 지성은 논리적 영역과 시의 영역에서 근본적 역할을 한다고 보았다. 사변적 지식과 과학 그리고 철학의 영역에서는, 어떤 증명이나 발견이 추론으로 검토되고 정당화되기 전에, 직관은 존재의 새로운 양상을 계시해 주는 작용을 한다.[21) 그러나 그것은 주관성의 작용처럼 애매하고 모호한 형상으로 감각적 인지에서 논리적 이성이 담당하는 추론으로 나아가는 중간과정의 인식행위이다. 시의 경우에, 직관적 이성은 상상력이나 감성과 활발한 연관을 가지고, 비합리적 방법으로 대상에 접합하는 기능을 발휘하게 된다.[22) 그는 이러한 직관적 이성을 예술 일반과 관련해서는 창조적 직관, 그리고 시에 대해서는 시적 직관이라고 부르고 있다.

---

19) 위의 책, 130~131쪽.

20) 위의 책, 88쪽.

21) 위의 책, 89쪽.

22) 위의 책, 88~89쪽.

이러한 그의 설명을 논거로 삼을 때, 그의 직관은 정신적 범주에 들며, 상상과 감성에 의하여 형성되는 것으로, 그것은 사물에 대하여 인간의 존재론적 의미의 자기 주관성에 관한 인식의 문을 통해 창조적 작품의 세계로 나아가는 과정의 정신 작용이다. 물론 시인의 주관성은 인식되거나 개념화될 수 없다. 그것은 작품을 통해서 형상적으로 제시될 수 있는 것이다. 구상적 형상화의 전단계로서 때로는 시적 인식과 같은 개념으로 사용되는 마리땡의 직관은 상상과 정감의 개념을 통해 머리 속에 형상을 만들어 주는 정신능력으로서 영혼의 본성적 능력의 범주로부터 흘러나오는 것이다.

위와 같이 검토해 온 서구의 인식론과 논리학에서의 직관에 대한 인식을 통해 다음과 같은 내용들을 추출할 수 있을 것이다.

우선, 직관의 근원은 선험적인 영혼의 본질 또는 이성의 범주에서 비롯되는 인식 능력이다.

다음으로, 직관의 역할을, 정신적 기능으로서의 이성이 명증성과 객관성을 얻기 위해, 경험 또는 현상적 사물과 만나는 최초의 접합점으로 인식하고 있다. 이 만남에서 직관은 논리적 인식과정에 참여하게 되는데, 추론과 개념화를 위한 재료들을 제공하게 된다. 한편 직관이 사물들과 사상의 연관관계를 드러나게 하고, 사물들의 본질에 대한 적합한 지식을 제공하는 원천, 실재를 포착하게 하는 초월적인 정신능력으로 이해하는 경우도 있었다. 그러나 대체로 직관은 경험과 이성의 교집합적인 성향을 가지고 있는 것으로 논의하고 있다.

그리고 직관의 역할을 경험적 사상(事象)을 바라보는 새로운 발견의 방식으로 논의하기도 했다. 이미 이루어져 온 역사적 경험과 지식, 논리적 사유 방식, 자연과학적 가정들 등의 가치판단의 기준들을 버리고, 대상 자체를 바라보면서 순수 본질에 도달하게 하는 인식 수단으로 논지를 정하기도 했다.

셋째, 직관의 방법으로는, 지각 또는 감각하는 대상에 대하여 감성이 작용한다, 상상이나 정감을 통해 형상을 만들어 준다, 대상 자체와 일체가 되어 실재를 볼 수 있다 등의 견해들이 있다.

넷째, 직관이 인식한 내용은, 감각과 이성적 개념의 중간적 위치에 있다. 이성적 인식에 봉사하지만, 아직 어떤 표현수단으로 표출되기 이전의 것으로, 직관은 수용적 능력이 아니라, 형성적 능력을 가진 것이라는 관점에서 형상, 표상, 이미지 등의 용어로 대리되기도 했다.

마지막으로, 직관이 미학적, 시적 관점에서 논의되면서, 형상물 또는 표상의 표현이라고 말하기도 했는데, '직관은 표현'이라는 논리는 직관이 인식의 능력일 뿐만 아니라, 표현방식임을 말하고 있는 것이다.

우리는 이상과 같은 논의들과 함께 직관이 이성적 정신 작용으로, 외적인 지식에 의존하지 않는 새로운 발견의 방법이라고 말할 수 있게 되었다. 그런데 서양철학에서는 직관에 대한 이해가 인식논리적 측면에서 이루어졌기 때문에, 개념을 규정하는 작업에는 성과가 있었지만, 실제적 적용에 따르는 구체적 방법에서는 충분한 결과를 얻지 못했다. 우리는 이제 동양에서 직관을 어떻게 이해했나를 따라가 봄으로써 구체적이고 새로운 인식방법을 발견할 수 있을 것이다.

2) 인식과 실천방법으로서의 직관

동양에서 서구의 Intuition이 어떤 경위를 거쳐 직관(直觀)으로 번역되어 사용되어 왔는지는 확실하지 않다. 직관이라는 용어가 그 자체로 오래전부터 동양문화권에서 사용되었다는 전거를 발견하기는 어려웠다. 다만 직(直)과 관(觀)이 합성되어 이루어진 용어로 직관의 개념을 추론해 볼 수 있다.

먼저 직(直)은 유가(儒家)사상의 계보에 있어서 학문의 요결이 되는 주요

개념이다. 일반적으로 '곧음'으로 옮겨지며, 사욕이 없는 깨끗한 마음과 행위를 뜻한다. 직은 선진시대 유가의 여러 경전에 나타난다. 『시경』, 『상서』, 『좌전』, 『주역』, 『논어』, 『맹자』에는 직에 대한 의미있는 언급들이 있다. 그 중 『논어』의 옹야편에는 "사람이 살아가는 것은 직이다"라고 하였고, 『맹자』에는 "호연지기는 직에 의하여 길러지며, 직이 아니면 도가 드러나지 않는다고 하였다."고 했다. 후일 조선의 송시열은 『시경』의 사무사(思無邪), 『논어』의 인(仁), 『중용』의 성(誠), 『대학』의 경(敬)과 같다고 함으로써, 직을 인·성·경 등, 유학의 전통적 주요개념과 나란히 놓아 그 중요성을 부각23)시키기도 했다. 이러한 유가사상의 맥락에서, 직은 어느 것에도 제약을 받지 않는 공명정대한 마음과 그에 따르는 행위를 의미한다. 인간을 미혹하는 그림자인 현상을 깨뜨리고, 본래의 바른 본성을 확연히 드러내기 위한 인간의 실천적 태도이다.

관(觀)에 대한 견식은 불가(佛家)사상에서 얻을 수 있다. 그런데 이에 대한 견해와 실행방법은 시대와 종파 그리고 선사들에 따라 다양한데, 이 글에서는 대승불가(大乘佛家)의 중관(中觀)사상과 천태(天台)사상의 실천방법인 지관(止觀)에 의지할 수 있을 것이다. 불가의 교설을 일상적으로 읽으면, 세상의 온갖 번뇌를 끊어내고 본성의 진리를 깨달아야 한다라고 말할 수 있을 것이다. 이 말의 진의를 터득하기 위해서는 모든 현상은 연기(緣起)의 원리에 의하여 변화하는 과정에서의 현시적(顯示的) 상태로서의 허상이며, 그 본체로서는 공(空)이라는 논리를 깨달아야 한다. 이 깨달음의 수행과정에 중관과 지관이 놓여 있다.

중관사상은 대상을 인식할 때 생기는 편견이나 사견(邪見)인 분별심(分別心)을 세척하여, 마음을 정화해서 올바른 진리관을 정립한다는 사상이다. "중관은 곧 정관(正觀), 그리고 중도(中道)라는 말과 통하는 말"24)로서,

---

23) 곽신환, 「直」, 『한국민족문화대백과사전』 19, 한국정신문화연구원, 1996.1, 371쪽 참조.
24) 교양교재편찬위원회 편, 「불교학개론」, 동국대학교 출판부, 1997, 150쪽.

중도의 원리는 용수(龍樹)의 팔불중도(八不中道)에 잘 나타나 있다. "팔불중도는 생(生)과 멸(滅), 상(常)과 단(斷), 일(一)과 이(異), 거(去)와 래(來) 등, 여덟 종류의 미망(八迷)을 제거해 주는 사상이다. 즉 불생(不生)과 불멸(不滅), 불상(不常)과 부단(不斷), 불일(不一)과 불이(不異), 불거(不去)와 불래(不來) 등의 팔불(八不)로 팔미(八迷)의 양 극단적인 사상을 봉쇄하는 것이다."[25] 이들 중에서 한두 내용을 보면 다음과 같다. 불생불멸은 생이나 멸의 양 극단을 부정한 것으로, 생과 멸은 연기(緣起)의 원리에 따라 나타난 일시적 현상인데, 이것을 실제인 것으로 착각하여 집착하는 것을 바로 잡기 위해 생과 멸을 모두 부정하는 것이다. 불일불이(不一不異)는 현상계의 모든 사물과 현상은 진리의 본체에서 보면 동일한 원리이다. 그것이 다른 것은 일시적인데, 마치 영원히 다른 현상인 것처럼 집착하는 견해를 부정하는 것이다. 이와 같은 중도사상은 현상의 본성은 하나이며, 한결같이 변함이 없는 체성, 즉 무자성(無自性)하고 무아(無我)이며, 소유(所有)가 없는 공사상을 바탕으로 하지만, 여러 인연이 화합하여 형상화된 존재로서의 현상은 유(有)라는 것을 인정한다. 이 중도사상에서의 공은 전혀 아무 것도 없는 공에 편중된 공이 아니라, 현상계의 유를 포용하는 공이므로 중도적인 공이다. "유라 하여도 공을 내포한 유라 하였고, 공이라 하여도 유를 내포한 공이기 때문에 이를 유공(有空)의 중도라고 하였다."[26] 그러므로 현상은 가상이기는 하지만, 그 안에는 본성이 내재되어 있으며, 현상을 통해 본성을 깨닫게 가르치는 것이 중관사상의 요체이며, 더불어 이것이 관(觀)의 개념이다.

지관(止觀)은, 인간의 마음 자체는 절대 평등하여 차이가 없다는 전제에서 시작된다. 비록 "절대 평등한 마음이 현상세계의 인연을 따라 상대적인 차별의 세계로 연기하더라도, 우리 마음 자체는 본래의 청정한 모습을 잃

25) 위의 책, 150쪽.
26) 위의 책, 152쪽.

지 않고 자연 그대로의 상태를 지켜 본래의 모습이 무너지지 않는다."[27]는 입장에서 실천적 논리가 이루어 진다. 그러니까 우리의 마음에는 여러가지 많은 사물들을 표현할 수 있는 작용을 가지고 있어, 현상적으로 사물들이 차별이 있는 것처럼 보이지만, 수행의 과정을 거치면, 본래의 청정한 마음을 회복하게 되어 차별적인 현상을 동일한 하나의 모습으로 환원할 수 있다는 것이다. 이의 실천적 수행의 과정이 지관(止觀)이다. "지관의 지는 모든 심상(心想)을 정지하고 무념(無念)에 머무르는 것을 말하고, 관은 망상의 산란한 마음을 멈추고 참지혜가 나타나서 모든 존재의 참모습을 관찰하는 것이다. 번역하면 지는 정(定)이고 관은 혜(慧)라 한다. 또는 적(寂)과 조(照)라고도 한다. 지와 관은 둘로 나누지만 실제로는 하나"[28]이다. 이러한 지관의 방법에는 사종삼매(四種三昧), 이십오방편(二十五方便), 십승관법(十乘觀法) 등이 있다. 이러한 방법으로 도달하게 되는 깨달음은 본성인데, 차별적인 현상으로부터 본성으로 나아가는 과정에서 상섭(相攝)과 상즉(相卽)에 대한 체득이 이루어져야 한다. 상섭은 서로 차별적인 것들의 관계가 서로 장애가 되지 않고 하나의 모습으로 포섭될 수 있다는 논리이다. 즉 공과 유, 시간의 길고 짧음이나, 시방세계와 티끌의 크고 작음 등이 성질이나 규모와 관계없이 서로 포섭하고 포섭되는 관계임를 말한다. 상즉은 현상적 차별의 자리에서 바로 차별이 없는 이치를 터득하는 것이다. 공과 유는 평등하여 차별이 없고, 한순간의 시간과 삼세(三世)는 절대로 평등하여, 한순간이 바로 삼세의 시간이며, 작은 티끌이 바로 시방세계임을 깨닫는다[29]는 것이다. 이러한 심법이 지관이다. 이와 같이 의논해 온 중관과 지관사상으로 추론할 수 있는 관(觀)의 개념은 극단을 부정하는 중도(中道)와 상섭(相攝)·상즉(相卽)의 인식논리로 대표될 수 있다.

27) 남악혜사, 이상섭 역, 『지관의 이론과 실천』, 삼양, 1995.8, 72쪽.
28) 교양교재편찬위원회 편, 『불교학개론』, 앞의 책, 172쪽.
29) 남악혜사, 앞의 책, 164~168쪽.

이제 동양적인 직관의 개념을 다시 정리해 보면, 직(直)은 경험적 사실이나 현상으로부터 본성으로 나아가는 실천의 방향과 태도를 말하는 개념이며, 관은 인식과 실천의 방법을 가리키는 개념이다. 동양의 직관은 현상의 틀을 깨뜨리고 본성으로 나아갈 때, 대상을 인식하여 그것을 행위로 옮기는 태도와 방법을 제공하였다. 직관은 이제 추론이나 개념화를 위한 논리적 인식의 전단계나 과정이 아니고, 인식와 실천의 전과정을 말하는 새로운 인식방법이다.

그런데 직관에 따르는 구체적 인식방법이란 무엇인가에 대하여 명쾌한 답변을 하기는 어렵다. 그러나 근대사회이후 진실을 밝히기 의하여 이어져 온 인간의 지적 편력은 인간중심의 논리적 사고와 분석이라는 '나누기'방식에 의존해 왔던 점을 고려한다면, 직관적 인식방법의 개략적인 범주를 정할 수 있을 것이다. 나누기에 의한 인식방법은 구분과 대립을 토대로 삼았기 때문에, 현상의 본질에 다가서기 위해서는 더욱 잘게 나누고 쪼갤 수밖에 없었다. 그러한 인식방법으로는 현대사회의 다양성과 복합성, 그리고 비논리적이고 불확정적인 현상들로부터 진실을 가려내고, 지향해야 할 세계의 모습을 제시하기가 어렵게 되었다. 이러한 현실에서 새롭게 대상을 인식하는 방법이란 나누어진 것들의 관계를 회복시키는 일일 것이다. 그러기 위해서 직관은 이미 있어온 지적 지표의 토대를 버리고, 있음과 없음, 긍정과 부정, 정신과 물질, 인간과 사회와 자연, 큰 것과 작은 것, 하나와 여럿, 길고 짧음 등 서로 반대되고 구분되는 관념이나 현상들을 중도, 상섭, 상즉의 관법으로 바라보면서, 나누어지고 또 더 작게 나누어져 이제는 서로 다른 것들로 인식되는 것들에게 관계의 끈을 맺어주고, 동일성을 회복시켜 주는 인식행위와 표현방법이다.

3) 직관의 동일성과 동시성

직관은, 추론이나 경험으로 인지가 가능한 논리 또는 이성에 기초하지 않는다. 우리가 자주 논의해 온 언어적 표현기술방법들은 추론과 논리적 이해로 설명되어 왔다. 은유가 경험적 유사성이나 유추에 근거하고, 환유는 인접성에 그 바탕이 있고, 상징도 기본적으로 유추관계와 인접성에 근거하며, 그리고 역설과 아이러니는 모순관계의 통합으로 각각 인지의 배경을 삼고 있다. 이들의 논리적 배경을 살펴보면, 여기에도 구분되는 것들의 연락관계를 바탕으로 삼고 있지만, 나누어진 것들의 실체를 차별적 상태로 승인하고 있는 것이다. 직관은 본질적으로 구분되는 것들의 동일성과 동시성[30]을 근거로 삼는다.

직관은 나누어진 것들의 동일성과 동시성을 인지하는 능력과 그의 표현이다. 직관으로 인지하는 동일성은, 이성적 논리가 추구해 온 범주적 태도와 과학적 분석방법 때문에 나누어져 인식되어온 모든 범주가, 본질적으로 차별적이 아니라 동일한 것이라는 이해의 방법이다. 물심이원론, 주체와 객체, 관념과 실체, 현상과 본질 등과 같이, 대상을 일정한 개념적 체계에 귀속시켜 인식하는 태도를 거부하고, 나누어지고 구분된 것들을 포괄적으로 이해하려는 태도이다. 이러한 경우는 과학의 성과로도 해명이 된다.

현대 물리학에서는 이제까지 서로 다른 것으로 알려져 온 현상들 사이의 연관관계를 종합적으로 설명하는 이론들을 제시하고 있다. 땅으로 떨어지는 사과와 하늘에 떠 있는 달은 초기 조건만 다른 만유인력이라는 동일한 원리에 지배되는 운동이고, 전자기학 이론의 발전으로 전기현상과 자기현상이 동일한 물리적 근원에서 연유되는 것이며, 빛은 전자기파의 한 형태라는 것이 밝혀졌고, 특수상대성이론은 시간과 공간이 서로 밀접

---

30) 윤충의, 「소설의 표현기술방법론」, 『어문논집』 47, 민족어문학회, 2003.4, 172~179 쪽 참조.

하게 연관되어 있으므로 서로 독립적이지 않다는 데서 출발하며, 그리고 일반상대성 이론은 중력과 가속도가 동일하고, 질량과 에너지가 동일하다는 것을 보여주었다.[31] 이러한 물리적 현상들이 표면적 차이를 넘어서 본질로서는 동일한 것이라는 증명들은, 현상에 대하여 직관적 인식이 도달하려는 결론과 일치하는 것이다.

물질과 정신의 관계에서도 동일성을 예견할 수 있다. 세계를 구성하는 요소들을 물질적 요소와 정신적 요소로 나누어 생각해 보더라도, 인간이 인지하는 물질세계에 대한 이해는, 정신적 작용으로 개념화하고 상징화한 것이며, 관점이나 조건의 차이에 따라 반응하는 현상이 달리 표현된 것이다. 이러한 물리적 현상과 정신작용의 동질성은 질량과 에너지의 관계로 대체할 수 있는 것이므로, 사물·물질과 정신의 동질성에 대한 생각은 낭만적 편견이나 비과학적인 맹신이 아니다. 그러므로 물질과 정신이 어떤 관점에서 동일성을 얻게 되는 접점을 승인할 수 있을 것이다.

4) 문학적 인식의 동시성

직관은 구조나 형상을 구성하는 요소들의 성질이나 상태 및 작용을 동시적으로 인지하는 능력이다. 논리적 추론을 따르는 인식방법은 범주적 개념을 세워, 대상을 특정한 범주에 한정시켜 놓고, 이를 상하의 위상이나 순차적 차례에 따라 계기적으로 이해하는 것이다. 그러나 모든 현상이나 관념을 논리로만 설명할 수 있는 것은 아니다. 논리로 세운 범주적 제한을 벗어날 때, 논리로는 알 수 없었던 것을 찾을 수 있기도 하다.

직관적으로 볼 때, 대상을 구성하는 요소들은 한 범주와 다른 범주를 넘나드는 것이다. 이것은 미리 정해진 질서에 따라 발현되는 것이 아니

---

31) ①양형진, <진공과 충만>,「과학으로 세상보기」, 중앙일보, 2002.9.24, 7쪽.
　　②로버트 H.마치, 신승애 옮김, 『시인을 위한 물리학』, 한승, 2000.8, 71~90쪽, 185~208쪽, 209~222쪽, 321~340쪽.

다. 직관은 대상이나 상황에 어떤 작용이 이루어질 때, 요소들이 개별적으로 반응하면서 이루어진 연락관계를 인지하고 표현하는 것이다. 이때 요소들의 연락관계는 계기적이거나 동시적으로 드러난다. 작용의 동시성은 생물체의 생성기능과 지각기능으로 설명할 수 있다.

범주나 영역이 다른 구성요소들의 동시적 작용으로 생성기능을 수행하는 것은 녹색 식물의 광합성으로도 설명된다. 광합성은 태양의 복사에너지를 유기물인 화학에너지로 바꾸어서 저장하는 현상인데, 녹색식물은 빛에너지와 이산화탄소 그리고 물을 재료로 삼아 유기물을 합성하는 것이다. 광합성은 매우 복잡한 중간대사과정을 거치겠지만, 유기물 합성이라는 결과를 이루기 위해서, 범주나 영역이 서로 다른 빛에너지 · 이산화탄소 · 물과 같은 요소들의 동시적 작용이 이루어진 것이다.

지각기능의 동시성도, 우리가 사물을 바라볼 때 시각적 영역의 구성 요소들이 어떻게 작용하는가를 보면 알 수 있다. 시각 영역은 대뇌구조 중에서 후두엽에 있는데, 눈에 빛이라는 자극원에 따라 물체가 비치면, 안구의 굴절체를 통과하여 망막에 있는 시신경을 자극하게 되고, 이어서 흥분이 전도로를 거쳐 대뇌피질의 유발 전압을 일으켜 물체를 인지할 때, 대뇌피질의 17영역(1차 시각영역), 18영역(2차 시각영역), 19영역(3차 시각영역)[32]이 함께 작용하여, 물체의 색 · 크기 · 모양 · 운동 등을 감지[33]하게 되는데, 이 영역들은 각각 일정한 정도의 기능상의 분리가 이루어져 있으며, 평행적이고 상호적 연결로 이어져 있어,[34] 그 작용이 연속적 또는 동시적으로 이루어진다. 그런데 시각적 대상에 대한 감각적 인지만이 아니

32) 소명숙 · 이한기 외, 『인체생리학』, 고문사, 2000.2, 89쪽. 지각 작용은 신경원 집단의 모임으로 이루어지는데, 이러한 영역을 신경해부학이나 생리학 분야에서는 지도(map)라 하고, 브로드만(brodmann)은 신경세포의 분포상황에 따라 대뇌피질을 52개 영역으로 구분하고, 그 영역에 번호를 붙였다.

33) 위의 책, 92쪽.

34) 제럴드 에델만, 황희숙 옮김, 『신경과학과 마음의 세계』, 범양사출판부, 1998.3, 132쪽.

라, 그에 대한 기억과 개념적 범주와, 그러한 정보를 인체 내의 해당기관에 출력했을 때 그에 따르는 언어와 행위가 이루어지는 과정까지를 생각해 보면, 수많은 구성요소들이 동시적이거나 계기적으로 작용한다는 것을 알 수 있다.

동시성은 요소들의 본질적 동일성을 말하는 것이 아니라, 현상으로서의 범주나 영역이 다르더라도, 대상의 본질이나 특정한 상태 및 작용을 인지하기 위한 요소들의 동시적 연합을 말하는 것이다. 생물체의 이러한 생명현상과 같이, 사회현상에서도 자본주의와 사회주의, 절대론과 다원론, 수평적 사고와 수직적 사고, 개인과 사회, 소유와 분배 등과 같은 상반되어 보이는 구성요소들의 동시적 연합관계를 말할 수 있을 터이다.

문학적 행위에도 동시성이 이루어진다. 작가나 시인이 어떤 대상에 대한 지적 인식이나 감성을 말하려고, 그것과는 범주나 영역이 다른 요소를 이끌어대는 창작 행위도 동시적 인식작용의 발현이다. 문학에서의 동시성에 대한 인식은 오래 전부터 이루어져서 비유나 상징에 나타나 있다. 사람의 성정을 말하면서 꽃이나 대·솔·바위·산 등을 매개개념으로 삼아 취의를 얻을 때, 사람과 다른 사물이 동시에 놓이게 된다. 이러한 매개개념을 처음으로 사용한 것은 작가·시인의 임의적 선택을 따른 것이고, 이들의 동시성은 주로 생활 속에서의 인접성이나 유사성 또는 유추적 관계에 근거하여 이루어진 것이다. 그래도 그러한 표현이 사용되었던 초기에는 직관적이었다고 말할 수 있다. 그러나 그러한 표현이 자주 인용되어 관습적 문학 표현으로 생활의 주변에 머물러 있는 동안, 참신성이나 상상력을 제공하는 힘이 떨어지게 되었고, 비유나 상징이라는 이름으로 범주를 이루는 표현기술방법으로 정착하게 되었다. 직관은 현상으로서의 일상적인 상태나 논리를 넘어서는 탈범주적인 동시성을 일러주는 인식방법일 때 효과적으로 지속성을 갖는다.

5) 인식의 선택적 동시성

　직관은 한 범주나 영역의 요소 또는 그의 성질을 그와 관계가 없어 보이는 다른 범주의 요소들에 적응시켜, 그들의 동일성이나 동시성을 맞추어보는 인식 행위이다. 한 범주에 다른 영역을 끌어들이는 것은 선행적인 어떤 정보나 질서에 기대는 것이 아니라, 인식 주체의 자의적인 선택으로 이루어지는 것이다.

　주체의 자의적인 선택은 생명체의 진화과정에 잘 나타난다.[35] 생명체는 생명의 항상성을 지속시키기 위해, "비평형 상태, 즉 낮은 엔트로피 상태"[36]를 유지하려고 한다. 엔트로피는 비평형 상태인 형상을 평형화하려는 자연적인 힘의 원리이다. 생물체의 형상이 평형 상태가 된다는 것은 생명이 소멸하는 것을 의미한다. 생물체는 비평형 상태를 유지하기 위하여 자기의 형상성을 지향하고, 자연의 에너지 법칙은 생물체의 형상성을 평형상태로 환원시키려 한다. 형상성은 생명체를 존재하게 하는 본성인데, 생물체가 만나는 환경이나 상황은 때때로 형상적인 존재를 평형 상태로 환원시키려는 힘이 되기도 한다. 이러한 조건에서 생명체의 형상적 지향성은 스스로를 조절하게 되는데, 환경이나 상황은 생물체의 지향적 동기가 될 뿐이지, 어떻게 변화해야 할 것인지를 구체적으로 지시하는 것이 아니므로, 생물체가 수시로 변화하는 주위 환경에 대응하며 자동적으로 자기를 조절하여 자기 조직화를 해야 한다.[37] 한 구조의 구성 요소들은

---

35) 위의 책『신경과학과 마음의 세계』117쪽에는, "진화는 지령에 의해서가 아니라 선택에 의해서 진행된다. 진화에는 궁극적인 원인이나 목적이 존재하지 않으며, 전체 과정을 이끄는 목표가 없으며, 그것들에 대한 반응들은 개별 경우마다 사후에 생겨난다."고 했다.
36) ① 프리초프 카프라, 김용정·김동광 옮김,『생명의 그물』, 범양사출판부, 2001.5, 237쪽.
　② J.E. 러브록, 홍욱희 옮김,『가이아』, 범양사출판부, 2001.10, 21쪽.
　③ 양형진.「과학으로 세상보기」, 중앙일보, 2002.5.6, 7쪽.
37) 위에서 인용한『가이아』및『생명의 그물』과『신경과학과 마음의 세계』는 이러한 내용을 중심으로 논의되어 있음.

구조가 형상을 유지하는 생명 과정에서 어떤 규정이나 작용 방법만을 따라서 움직이는 것이 아니라, 균형과 변화, 생성과 쇠퇴의 과정을 겪으면서 자동조절 능력을 갖는다. 이러한 생명체의 자기 조절은 항상성을 유지하는데 필요한 요소들을 스스로 취사선택하는 것이다.

인간의 인식 행위도 자동조절 능력을 가지고 있다. 사회적 여건이나 자연 환경이 변화하면, 그에 따라 인간의 인식이나 실천방법도 변화한다. 사회변화에 적응하고 앞으로 나아가기 위하여, 선택적으로 버릴 것은 버리고, 다른 것을 받아들이거나 새로운 것을 만들어낸다. 그동안 우리 사회를 떠받쳐온 한 시대의 정신이거나 실천적인 힘들인, 자유 · 평등 · 정의 · 박애 · 봉사 · 협동, 생산 · 성장 · 분배 · 소비, 개인 · 사회 · 국가 · 민족, 절대성 · 상대성 · 흑백논리 · 다원성 · 수직적사고 · 수평적 사고 등은, 시대의 변화에 따라 사회가 존속하기 위하여 선택적으로 자기조절을 하여 온 결과들이라는 것을 알 수 있다.

인식의 생산물이 시간을 넘어서 존속하게 하려면, 사회변화에 따라 자기조절이 이루어진 생산자의 인식이 반영되어, 구조와 구성요소들이 선택적으로 변화되고 조절되어야 한다. 그것은 순차적인 규칙에 의존하는 것이 아니라, 살아 있는 구조와 환경 사이에서 벌어지는 인지적 상호작용으로 수행되는 것[38]이다.

문학의 경우에도, 상황과 환경의 여건에 따라 구성요소가 선택적으로 작용한다. 그동안 작가의 가치관이 강조되거나, 서술자의 역할이 축소되기도 했다. 문학적 행위의 주체가 시대에 따라 작가 · 독자 · 서술자로 달리 해석되어 왔다. 소설의 주제 영역을 보더라도, 사랑과 이별, 자연과 인간의 삶, 인간의 사회적 존재, 사회변화와 인간의 부적응, 자유와 평등, 소유와 권력 등이 시대에 따라 선택되어 왔다. 구체적으로 평등을 주제로 삼는 경우에도, 특정한 시기에 따라, 적서의 신분적 평등, 양반과 평민의

---

38) 프리초프 카프라, 앞의 책, 350쪽.

신분적 평등, 남녀의 평등, 경제적 분배의 평등, 권력분배의 평등, 문화향유 기회의 평등과 같이, 시대적 상황에 따라 그 사회의 요구가 선택적 · 동시적으로 다양하게 수용되어 왔다. 영상문학과 공존하는 지금은, '언어로 기록된 서사구조'라는 소설의 본질을 지키기 위하여, 영상과 구분되는 언어적 표현기술방법을 소설의 선택적 구성요소로 인지하여야 한다.

직관은 자동조절 과정에서 변화하는 요소와, 상황이나 환경과의 상생에서 새로 구성된 요소를 선택적으로 파악하여, 구성요소들의 동시적 연결고리를 알아차리는 인지방법이다. 직관은 현상의 본질이 사물 · 감각 · 정신 · 시간 · 공간 · 성질 · 상황 등의 교합상태라는 것을 깨닫게 하고, 구성 요소들의 선택적 동시성을 인지하는 인식방법이다.

2. 시의 직관적 표현기술 방법

시인의 직관적 인식이나 이미지를 표현하는 방법은 직관이다. 직관적 표현은 그동안 시적 표현방법으로 사용되어 온 은유나 상징, 역설 등과 표현형태는 유사하지만, 인식의 태도에서 변별된다. 비유, 상징, 역설 등은 그에 대한 이해가 경험적이고, 논리적인 토대에서 이루어져야 한다. 그것은 축어적 기반에서 멀어지기를 바라지만, 여전히 인식의 출발점은 존재론적 사실에 기초한다. "은유는 더 구체적이며, 포착하기 쉬운 이미지로부터 좀 더 모호하고 더욱 석연치 않은 낯선 것을 향해서 이동하는 것이 특징이다."[39] 그런데 이러한 의미의 운동과정에서 비유사체가 가지는 유사점을 발견해야 하는 것이다. 이때 유사점을 발견하는 출발점은 구체적이며 포착하기 쉬운 이미지가 될 것이고, 이것은 경험적 사실이나 이론에 토대를 둔 유추적 인식 행위이다. 상징은 지속성과 반복성을 갖는

---

39) 필립 윌라이트, 김태옥 역, 『은유와 실재』, 문학과 지성사, 1983.11, 69쪽.

다. "어떤 특이한 통찰력이 번득일 때, 단 한번 은유로 사용된 이미지는 정확히 말해서 상징적 기능이 있다고 말할 수 없다. 상징성을 띠게 되는 것은 어떤 변용을 거쳐서라도 회기성(回起性)을 지니게 되거나 이를 지닐 수 있다고 생각될 때이다."[40] 이러한 상징은 개인적이든 집단적이든, 문학적·문화적·원형적인 계보를 갖는 것으로, 이 반복성의 계보가 인식의 토대가 된다. 역설은 표면적인 의미와 말하려고 하는 진실과의 모순관계를 진술하는 방법이다.

직관은 이들과는 달리 앞서 이루어진 어떠한 의미의 조상(祖上)에도 기대어 서지 않는다. 다만 역설에 대해서는 이를 그의 범주에 포함한다. 역설은 모순관계를 바탕으로 하지만, 직관은 사물이나 현상의 모순관계뿐만 아니라, 나누어진 모든 것들의 관계와 경우를 포괄하면서, 나누어지기 이전의 원형을 들여다보고 그것이 본질적으로 동일하다는 것을 알아차리는 것이다. 다양한 현상의 동일한 본질을 깨닫는 것이다. 사물과 사물, 정신과 물질, 추상과 즉물의 내면을 따라가 보면, 그들이 하나로 만나는 것을 바라볼 수 있게 되는 것이다. 다양으로 표현된 현상이 하나가 된다. 그러나 동일성의 원리가 획일적으로 표현되는 것은 아니며, 새로운 현상적 표현으로 대리되기도 한다. 직관은 유추나 상상력에 따르는 경험 또는 논리적 인식이나 감정의 조화가 아니라, 나누기의 인식논리를 버리는 무념무상으로 얻게 되는 깨달음의 표현이다.

그러면 직관적 표현이란 어떤 것인가. 서정주의 「동천」을 읽어보자.

> 내 마음 속 우리 님의 고운 눈썹을
> 즈믄 밤의 꿈으로 맑게 씻어서
> 하늘에다 옮기어 심어 놨더니
> 동지 섣달 나르는 매서운 새가
> 그걸 알고 시늉하며 비끼어 가네

---

40) 위의 책, 94쪽.

얼핏 읽기에는 겨울 하늘의 수묵화 같다. 그러나 심상이나 의미구조를 이해하려고 들면, 논리와 상상력으로는 막히는 곳이 한두 곳이 아니다. 전체적인 구조는 시적 화자와 매서운 새의 정신적 교감이다. 인간과 새의 정신적 교통은 상징이나 은유로는 설명되지 않는다. 그리고 '눈썹을 꿈으로 씻는다', '마음속의 것을 하늘에다 옮겨 심었다.'와 같이 사물과 관념의 행위적 관계가, 다양한 현상의 동일시라는 관점에 서지 않으면, 이 시의 내밀한 뜻을 알아차리기가 어렵다. 그래도 이 시는 동양의 전통적 정서인 자연과의 교감이나 동화, 물심일여라는 정서적 사유가 보편적이기 때문에 겨울하늘의 수묵화라는 정도의 정감적 수용이 가능할지도 모르겠지만, 전통적 밑받침이 배제된 이런 유형의 표현은 논리나 정감으로는 접근할 수가 없는 것이다. 직관적으로 표현된 시의 이해는 논리적 인식의 틀에서 벗어나야 한다.

직관적 표현은 윌라이트가 말한, 비동일성의 논리에 입각한 교유적 은유와 맥락이 통하는 부분이 있다. 그는 유사성의 원리를 바탕으로 외유적 은유(epiphor)와 교유적 은유(diaphor)로 나누어 설명한 바 있는데, 교유적 은유의 한 보기로, 시의 행과 행 또는 연과 연이 병치되어 있는 시를 설명하면서, 이러한 시의 이미지가 표시적이라기보다는 제시적이고, 독자가 포착하거나 포착한다고 생각하는 유사성은 전제적이 아니라 귀납적이며, 사념의 연상관계가 감정적 조화에 바탕을 두고 있음을 말했다. 그리고 교유적 은유의 진정한 가능성은 새로운 자질과 새로운 의미가 탄생될 수 있다는 폭넓은 존재론적 사실에 기인하며, 이들은 단순히 과거에 시도된 예가 없는 요소들의 새로운 결합 작용으로 존재에 이르게 되는 것41)이라고 말했다. 교유적 은유는 직관과 유관한 표현방법이기도 하지만, 직관은 유사성이 아니라 동일성을 말하는 것이며, 감정의 조화가 아닌 깨달음이며, 존재사실에 기초하지만, 존재보다는 본질, 또는 논리적 존재에 바탕을 두

---

41) 위의 책, 79, 85쪽.

지 않는 본질적 존재에 도달하는 것이다. 그것은 은유나 상징 또는 역설과는 달리, 역사나 지적 작업이 제공한 정보로 이해를 안내하는 지도(地圖)를 만들어 놓고 있지 않은 것이다.

동일성을 회복하려는 직관의 표현은 나누기 인식 논리의 핵심이 되는 물심이원론(物心二元論)과 주체적 인간과 객체적 대상이라는 관념적·존재론적 인식과 그의 역사적 경험과 추론들에서 벗어나려는 인식과 표현의 방법이다. 이러한 논리는 고전물리학의 패러다임에서 벗어난 현대물리학의 성과들을 보면 이해에 도움이 될 것이다. 현대물리학에서는 물질과 에너지를 동일한 것으로 보고, 물질의 질량을 에너지로 변환하기도 하고, 순수에너지에서 물질의 기초가 되는 새로운 입자를 만들어 내기도 한다. 질량은 변화해도, 총에너지는 언제나 보존된다고 생각한다. 물질과 에너지의 등식은 물질이 에너지라는 한 원천으로 이루어진 다양한 현상이라는 점을 시사한다. 시간과 공간에 대한 개념도 절대적 개념에서 상대적 개념으로 바뀌어져 있고, 일반 상대성 이론에서는 공간과 시간과 중력을 하나의 단위로 엮는다. 물질의 구조에 대한 현대의 이론들은 다양한 물리적인 힘들과 장(場)으로 해명하고 있다. "물질을 창조하는 자연의 힘들은 본질적으로 서로 다른 세 가지 힘들에 세계를 하나로 묶고 있는데, 핵입자간의 쿼크들 사이에서 작동하는 크로모역학적 힘, 원자안에서 작용하는 그보다 약한 전자력, 그리고 모든 것을 포괄하는 중력이 있다."[42] 그리고 사물들의 상호관계는 즉시 작용하는 직선적인 관계가 아니라, 전자기장이나 중력장 같은, 장이라는 공간에서 이루어는 것이다. 이러한 힘들과 장의 이론은 세계의 다양하고 복잡한 삼라만상의 모든 것이 단 두가지 종류의 쿼크(u쿼크 및 d쿼크)와 전자로 조립되었다[43]는 것을 밝혀냈다. 다양하고 복잡한 현상들이 동일한 기본물질의 변형이라는 사실은, 앞에

---

42) 하랄드 프리쯔쉬, 이희건·김승연 역, 『철학을 위한 물리학』, 가서원, 1995.7, 138쪽.
43) 위의 책, 289쪽.

서 논의해 온 동일성의 회복이라는 직관적 인식논리에 대해 시사하는 바가 크다. 더구나 현대물리학에서 추구하는 전자기장과 중력장의 통일장이론이나 힘들의 대통일이론은 단순화된 것을 더욱 단순화하여 모든 것이 하나의 근원으로부터 출발한다는 것을 밝혀 내려는 시도들이다. 또한 원자물리학에서는 관찰자의 의사에 따라 물질은 그 반응이 달라진다는 것이 확인되었고, 물질의 질량은 에너지이고, 인간의 정신이나 심리가 에너지라는 사실은 물심이원론 벽을 넘어서는 것이다. 이에 근거할 때, 정신과 물질, 사물과 사물, 추상과 구상, 시간·공간과 물질의 자유로운 교통과 힘의 흐름을 밝혀내려는 직관적 인식과 표현은 정당성을 승인받을 수 있을 것이다. 이러한 직관적 표현을 계통적으로 구분하고 위와 아래로 질서를 정해 말하기는 어렵다. 질서에 따르는 이해는 오히려 직관적 표현의 무한한 가능성을 막아 서는 행위가 되기도 한다. 다만 그간의 관습대로 이해의 편의를 위해 약간의 구분을 시도해 보려고 한다.

이 글에서는 앞의 의논들에 근거하여 시의 직관적 표현방법을 다음과 같이 구분하여 보았다. 차별적 현상의 등식화, 모순과 역설의 중도적 수용, 현상의 새로운 변형과 본질 생성, 본질의 현상적 생성, 본질과 현상의 표시적 교합, 사물 현상과 심상의 교류의 항목으로 나누어 보았다.

1) 차별적 현상의 등식화

이성적 논리나 연상 또는 유추적 상상력으로는 근접하기 어려운 차별적 현상들이 나란히 놓이거나 등식으로 표현된다. 이러한 표현은 상즉(相卽)의 관념, 즉 차별적 현상들은 모두 평등하기 때문에 등식이 성립될 수 있으며, 평등하다는 것은 본성으로서는 동일하다는 인식에 근거하는 것이다. 이러한 병치나 등식은 감성적이거나 논리적 이해를 위한 어떠한 기준도 마련되어 있지 않다.

광화문은 차라리 한 채의 소슬한 종교

　　　　　　　　　　　　　　　　　- 서정주, 「광화문」 중에서

　이 시구는 인위적 사물인 '광화문'을 관념의 산물인 '종교'와 나란히 놓았다. 사물과 관념이라는 차별적 현상을 등식으로 이해해서 사물을 관념적 의미로 해석하게 하였다. 광화문의 품격을 종교적 차원과 동일시한 것이다.

나의 앞에 있는 나는
바다 위에 빛을 튀기는 물거품

　　　　　　　　　　　　　　　　　- 김종문, 「자화상」 중에서

　실제적 현상적 존재인 '나'와 그 앞에 있는 본성적 존재 또는 내면적 자아로서의 '나'를 등치하였다. 다시 그 본성적 존재로서의 '나'를 바다 위에 빛을 튀기는 물거품과 대등하게 놓아 자화상의 모습을 감성적으로 지각하게 하였다.

피아노에 앉은/ 여자의 두 손에서는/
끊임없이 열 마리씩/ 스무 마리씩/ 신선한 물고기가/
튀는 빛의 꼬리를 물고/ 쏟아진다.

　　　　　　　　　　　　　　　　　- 전봉건, 「피아노」 중에서

　피아노 연주라는 청각적 상황으로 인지하게 된 감성을 '신선한 물고기'라는 자연물에 대비하여 연주의 생동감을 전달하고 있다.

한여름에 들린/ 가야산/ 독경소리
오늘은/ 철 늦은 서설이 내려

비로소 벙그는/ 매화 봉오리 //
눈맞은 해인사/ 열두 암자를/
오늘은/ 두루 한겨울/
면벽한 노승 눈매에/ 미소가 돌아
- 김광림,「산」중에서

　'비로소 벙그는 매화 봉오리'라는 자연현상과 '면벽한 노승 눈매의 미
소'라는 인위적 형상을, 본성의 현상적 발현으로서 동일시하였다. 매화가
개화하는 자연의 섭리와 면벽한 노승의 정신적 깨달음 등을 병치하거나
등식으로 보여주고 있다. 이러한 직관적 표현들은 시인과 독자와의 거리
를 좁히기 위하여, 앞뒤의 문맥이나 은유, 상징 등으로 이해를 돕고 있다.

소리의 비명에 놀랄
솔방울 같은 자식들을 보라
몰래카메라 같은 눈을 끄고 사람들이여
소리를 제때 퇴근시키자
- 맹문재,「소리를 퇴근시키자」중에서

　'소리'와 '비명'은 동일한 청감각적 현상이다. 다만 강도와 내포된 심상
의 정도가 차별화된 것이다. 현상과 현상을 대등적으로 동일시한 것이다.
소리를 퇴근시키자는 표현은 소리라는 감각적 현상을 인간의 관습적 행위
화한 표현으로, 현상적 감각과 인간의 사회적 관습 행위를 동일시한 것이다.

불이 시든 뒷자리에서 그리워하는 것은
부질없다 노을이 쪼개고 간 항적마저 지우고
어제처럼 단단한 어둠으로
밤의 널판자들 갈아 끼워야 하지
- 김명인,「장엄 미사」중에서

'어둠'이라는 시간의 현상적 상태를 '단단한'이라는 사물의 질감으로 표현하였고, '밤'이라는 시간적 현상을 '널판지'라는 사물과 등식으로 놓았다.

> 비개인 아침 해에/ 가야금 소리로/ 피는 꽃을 아시는가
> — 서정주, 「석류꽃」 중에서

'가야금 소리로 피는 꽃'은 형식적으로는 은유의 표현 방법이다. 그러나 이 구절은 추론의 방법으로는 그 심상에 접근하기가 어렵다. 시인의 시적 심상의 체계나 다른 외재하는 것에 기대어서도, 감추어져 있는 심상의 비밀을 논리로 설명하기는 어렵다. 이 싯구는 논리적으로는 전혀 무관한 감각적 현상인 '소리'와 사물현상인 '꽃'을 만나게 한 시인의 직관적 인식이 직관적 기술 방법으로 표현된 경우이다.

> 아무리 무릅써도 참견할 수 없는 건
> 저 불법의 바람 경작뿐!
> — 김명인, 「바람 경작(耕作)」 중에서

논밭을 갈아 농사를 짓는 행위인 경작은 인위적으로 의도된 행위이다. 이러한 인위적 행위를 자연 현상으로서의 바람의 경작으로 등식화하였다. 그러나 바람의 경작은 불법이고, 인간의 경작은 생산일 터인데, 이러한 차별적 현상을 동일시했다.

> 목숨은 우주의 우물에서 길어 올린
> 한 두레박의 물
> 한 모금씩 아껴가며 갈증을 견디지만
> — 김명인, 「우물」 중에서

'목숨'이라는 인간의 생장적 관념을 '한 두레박의 물'이라는 사물로 등식화하였다. 차별적인 현상 즉 인간의 존재적 개념과 사물인 물을 동일시하여 목숨이라는 본질과 한 두레박의 물이라는 현상적 사물을 대등하게 설치하여 삶의 긴장감을 제시하였다.

> 겨울 정동진에 가서
> 피리 소리 담긴 푸른 바다를
> 가슴에 안고 돌아와
>
> — 최동호, 「봄의 목소리」 중에서

푸른 바다라는 사물형상에 담길 수 있는 것은 또 다른 사물이다. 이 시에서는 피리 소리라는 청감각적 작용을 사물 형상화하여, 차별적 현상을 교류시켰다.

> 생솔가지 지피며 눈물 감추던 겨울
> 돌의 숨결에
> 침묵의 먹을 갈던 구들장 돌부처
>
> — 최동호, 「구들장」 중에서

'돌'이라는 사물을 '숨결'을 가진 생명력 있는 존재와 동일시하였고, '침묵'이라는 언어적 행위의 양상을, 먹을 가는 행위에 비유하였다. 언어적 행위와 인위적 행위의 차별적 현상을 등식화하였다.

> 꽃이 있던 자리, 향을 맡는다 꽃이 피던 자리에는
> 벌이 와서 울던 소리가 남아 있다
>
> — 고형렬, 「꽃자리」 중에서

'꽃이 피던 자리'라는 사물의 시각 형상적 자취에, '벌이 와서 울던 소리'라는 지나간 시간을 되돌려 청각 형상화하였다. 여기에는 시간의 역전과 감각적 전이로 차별적 현상들을 일체화하고 있다.

> 한 평생 흙 읽으며 사셨던 울 어머니
> 계절의 책장을 땀 묻혀 넘기면서
> 호미로 밑줄 긋고 방점 꾹, 꾹, 찍으셨다
> — 문무학, 「호미로 그은 밑줄」 중에서

'계절'이라는 시간적 개념을 사물개념인 책장과 등치시켜 비유하였다. '흙을 읽'는다는 표현도 흙과 책을 등치시킨 경우이다.

> 청춘의 불빛으로 이루어진 은하수를 건지러
> 자주 우물 밑바닥으로 내려가곤 하였다
> — 박형준, 「무덤 사이에서」 중에서

'청춘'이라는 인생 여정에서의 시간을 불빛이라는 빛에너지와 동일시하였다.

> 뜨거운 것과 찬 것이 만나서
> 서로에게 스며드는 것은 사랑일까
> — 김사이, 「오래전 그날」 중에서

'뜨거운 것'과 '찬 것'이라는 상반된 개념을 융합하여 '사랑'이라는 본성을 생성하려고 했다.

> 기럭이같이

서리 묻은 섣달의 기럭이같이
하늘의 어름짱 가슴으로 깨치며
내 한평생을 울고 가려 했더니
ㅡ 서정주, 「풀리는 漢江가에서」 중에서

서리는 수중기가 물체에 닿아서 엉긴 것이다. 여기서는 '섣달'이라는 계절적 시간을 수중기가 엉겨 이루어진 서리가 내려 앉은 사물로 전이하였다.

달그랑 달그랑
발 끝에 채이는 단풍잎 방울소리
차가워서 뜨거운 바람의
육성을 듣는다.
ㅡ 권오욱, 「바람이 깨어나서 · 9」 중에서

'차가워서 뜨거운'이라는 역설적인 모순 형용으로, 차가움과 뜨거움이라는 상대적 감각 상태를 교류시키고 있다.

떫은 여름 우려낸
노루 꼬리 햇살들이
감나무에
똬리 틀어
燈 하나
걸어두면
ㅡ 이종현, 「홍시」 중에서

'여름'이라는 계절적 시간을 '떫다'라는 미각으로 사물 개념화 하였다. 햇살들이 똬리 틀어 감나무에 걸어 둔 등은 홍시의 상징인데, 등이라는 인위적 사물과 홍시라는 자연물을 동일시했다.

2) 모순과 역설의 중도적 수용

모순이나 역설적 상황은, 표면적 의미의 모순을 제시하여 내면적인 해결을 진술하려는 것이다. 현상적인 성질이나 상황이 논리적 이치로는 모순되는 것을 중도적 시각으로 받아들이는 것이다.

> 허무의/ 불/ 물이랑 위에 불붙어 있었네
>   − 김남조, 「겨울바다」 중에서

불과 물은 현상적으로는 서로 상극하는 사물형상이다. 물이랑 위에 불이 붙는다는 것은 모순적 진술이지만, 이러한 모순을 중도적으로 수용하는 기술방법이다.

> 물위의 진흙소가 달빛을 밭간다.
> 구름속 나무 말이 풍광을 고른다.
> (水上泥牛耕月色 雲中木馬挈風光)
>   − 소요당(逍遙堂), 1562~1649, 「종문곡(宗門曲)」 중에서

진흙으로 빚은 소는 물이 닿으면 그 형상이 허물어진다는 상식을 뛰어넘어, 진흙과 물이라는 상극하는 사물을 등식으로 놓아 현상적 차이가 본성에서는 무차별함을 말했다.

> 마음이 더러우면/ 모래를 삶아 밥을 만들라//
> 모래밥을 먹고/ 그 마음 씻어 버려라
>   − 김달진, 「모래밥」 중에서

모래밥으로 더러운 마음을 씻을 수 있다는 가설 등이 모순과 역설을 중도적으로 수용하는 직관적 표현의 한 방법들이다.

그리움은 익어서/ 스스로 견디기 어려운/ 빛깔이 되고/ 향기가 된다.
                                        ─ 김춘수, 「능금」 중에서

'그리움'이라는 정감을 빛깔과 향기로 전이시켰다. 그리움은 시의 소재로 보아 능금의 은유이지만, 이때에도 사물을 정감과 포개어 놓은 시인의 시적 발상은 나누어진 것들을 함께 연결시키는 인식 행위이다.

떨어지는 것들이
서 있는 것들을 받치고 있는
가을
또다시

                                        ─ 강은교, 「가을 또다시」 중에서

서 있는 것들이 떨어지는 것들을 받쳐야 할 상황인데, 역설적으로 떨어지는 것들이 서 있는 것들을 받치고 있다고 했다. 서 있는 것들의 존재의 실체는 떨어지는 것들의 희생이나 봉사로 이루어짐을 말했다.

어스럼 달빛이 너울너울 툇마루를 지우고 툇마루의 누군가를 지웠습니다 수묵이었습니다 앞뜰과 뒷마당을 빨아들였습니다 세상으로 열린 길을 빨아들였습니다
                                        ─ 강현국, 「허물벗기」 중에서

달빛이 사물과 사람을 지웠다는 것은, 어둠 속에서 달빛으로 사물과 사람의 모습을 가려낼 수 있다는 일반적 상식과는 반대되는 역설이다. 달빛이 지워낸 것이 수묵의 상태라는 것도 달빛어린 정경과는 모순되는 설정이다. 역설을 통해 시적 본질에 도달하려는 표현기술방법이다.

어머니의 위대함은 가엾음에 있다

— 문정희,「어머니의 시」중에서

　"천둥과 번개를 침묵으로 만들어, 목구멍 깊숙이 밀어 넣고 산" 어머니의 위대함. '위대함'의 연원을 그와 모순되는 '가엾음'에 있다고 하여, 새로운 본성적 의미를 추론하려고 했다.

3) 현상의 새로운 변형과 본질 생성

나는 바람을 타고 / 들에서는 푸름이 된다./
꽃에서는 웃음이 피고/ 천상에서는 악기가 된다.

— 박남수,「종소리」중에서

　'나'는 종소리를 의인화 한 것이다. 청감각적 작용인 종소리를 '푸름'이라는 시각적 현상, '웃음'이라는 심상적 행위, '악기'라는 사물로 변형하여, 그 본성에 접근시키고 있다.

언어는/ 꽃잎에 닿자 한 마리 나비가/ 된다.

— 문덕수,「꽃과 언어」중에서

　인간의 언어라는 청감각적 작용을, '한 마리 나비'라는 자연물로 변형하여 본질을 탐구하고 있다.

종루에 내린 별빛은 종을 이루고
종을 스친 별빛은 푸른 종소리가 됩니다.
풀숲에 가만히 내린 별빛은 풀잎이 되고
풀잎의 비애를 다 깨친 별빛은 풀꽃이 됩니다.

— 김종해,「가을 문안」중에서

별빛이라는 감각적 에너지가 '종'이라는 사물로 변형하였고, 시각적 표상인 별빛을 '푸른 종소리'라는 청각적 표상으로 전이하여, 별빛에 의미를 부여했다.

> 그 새는 나의 언어를 모이로
> 아침 해를 맞으며 산다.
> — 이 탄, 「옮겨 앉지 않는 새」 중에서

언어라는 청각적 표상을 새의 '모이'로 사물화 하였다.

> 화엄은 화음 속에 얼굴 감추고 하루종일 굴참나무 잔가지에 얹히는 경전(經典)을 들어 나를 후려친다.
> — 김명인, 「화엄에 오르다」 중에서

경전이라는 고매한 정신적 매개물을 '굴참나무 잔가지에 얹히는' 가벼운 무게의 사물개념으로 변형시켜서, 인간의 정신적 경지를 생활의 범주에 접근시키고 있다.

> 부서지지 않는 純粹는
> 나의 마지막 자존심이다.
> — 김송희, 「멍에」 중에서

'순수'라는 본성적 관념을 '부서지지 않는'이라고 사물 형상화하였다. 다시 순수라는 일반적 관념을 '자존심'이라는 심상적 관념으로 변형하였다.

> 바람이 빛으로 빚어진 빛,
> 무지개가 가루가 되어 꽃향을 섞어서 반죽한 결,
> — 박두진, 「원근법」 중에서

자연에너지의 한 현상인 '바람'을 빛에너지로 변환시켰다. 그리고 무지 개는 대기 중에 떠있는 물방울들에 빛 에너지가 반사되어 이루어진 현상인데, 이러한 형상적 현상을 '가루'라는 비형상적 사물 현상으로 변형시켰다.

> 내내 엉거시 바람 눈 비 섞바뀌는 철
> 흙탕물 얼마더며 가뭄은 또 몇 뙈기
> 터지다 짓무른 섶도 볏잎보고 웃었다
>
> — 김상묵, 「짚」 중에서

바람의 거셈을 가시가 많고 억센 엉겅퀴라는 식물로 표현하였고, 가뭄이라는 기후적 여건을 '몇 뙈기'라는 논밭을 작은 구획으로 나누는 도량형의 단위 개념으로 변형해서, 현상의 새로운 변형을 이루고 있다.

4) 본질의 현상적 생성

본질은 현상적으로나 언어로 존재할 수 없다는 설법에 근거하면, 본질이 현상으로 생성된다는 것은 모순이다. 그러나 없음으로부터 있음이 생성되고, 있음에서 없음으로 윤회한다는 설법을 따라가 보면, 본질은 현상을 생성한다. 생성된 현상은 가변적 형상 안에 본질을 담고 있는데, 가변적 형상이 소멸하면 본질은 변함없이 제 자리에 놓여 있다가, 다시 현상을 생성하는 힘으로 작용한다.

> 꽃도 없는 깊흔 나무에 푸른 이끼를 거쳐서 옛탑 위의 고요한 하늘을 스치는 알 수 업는 향긔는 누구의 입김임닛가
>
> — 한용운, 「알 수 업서요」 중에서

'꽃도 없는 깊흔 나무'에서 고요한 하늘을 스치는 '알 수 업는 향긔'는 본성의 현상적 생성을 의미한다. 이때 현상은 본질의 현재적 생성과 다름이 아닌 것이다.

> 우리는 만날 때에 떠날 것을 염려하는 것과 가티
> 떠날 때에 다시 만날 것을 밋습니다
> — 한용운, 「님의 침묵」 중에서

만남과 떠남이 현상적으로는 인간 관계의 있음과 없음의 차이가 있어 보이지만, 본성으로서는 아무런 차이가 없는 색즉시공(色卽是空)의 경지이다.

> 부싯돌에 잠들어 있던
> 내 사랑아!
> 푸른 사랑의 섬광
> 가슴에 지피고 불 속으로 날아가는
> 무정한 사랑아
> — 최동호, 「불꽃 비단 벌레」 중에서

'사랑'이라는 심상적 관념이 '부싯돌'이라는 사물에 내재되어 있다는 것은 사물화한 현상 속에 본성이 내재되어 있음을 말하고 있다. 그리고 '사랑'을 '푸른 섬광'이라는 빛에너지로 변형하여 본질을 현상으로 생성해 냈다.

5) 본질과 현상의 표시적 교합

본질은 현상으로부터 먼 거리에 또는 저 높은 곳, 더 깊은 어디에 있는 것이 아니라, 현상과 본질이 같은 곳에 있거나 현상 속에 본질이 들어 있는 것이다. "산은 산이요, 물은 물이다."와 같은 발상의 표현이다. 본질과 현상은 절대적인 본질과 현시적인 특정한 현상의 관계로 생각할 수도 있겠지만, 이들은 상대적 또는 다원적인 관계로 이해해야 할 것이다.

> 우습구나, 소를 타고 있는 이가
> 소의 등에서 다시 소를 찾네
> (可笑騎牛者 騎牛更覓牛)
>   – 소요당(逍遙堂), 「새일선화지구 기4(賽一禪和之求 其4)」 중에서

소를 타고 있는 이의 처지에서는 타고 있는 소는 현상이요, 찾는 소는 본질일 것이다. 그러나 화자는 현상과 본질을 표시적으로 교합하여 현상과 본질이 다름없이 한자리에 놓여 있음을 말했다.

> 흙이 되기 위하여
> 흙으로 빚어진 그릇,
> 언제인가 접시는
> 깨진다.
>
>   – 오세영, 「모순의 흙」 중에서

흙을 빚어서 그릇을 만든다는 것은 본질로 현상을 표상화하는 것이다. 그러나 그 그릇은 다시 흙으로 돌아간다. 현상이 본질화하는 것이다. 흙과 그릇은 본성이 동일한 것이다.

6) 사물 현상과 심상의 교류

현상은 본질의 감각적인 표상이고, 본질은 감각적 표상에 대한 관념 또는 심상으로서의 원천적 의미를 말하는 것이다. 그러므로 본질과 현상은 표리적 관계이므로 이들의 관계는 차별적 외현에 대하여 동일한 내면적 성정을 지시한다.

傳說바다에 춤추는 밤물결 같은 검은 귀밑머리 날리는 어린 누이와
아무렇지도 않고 예쁠 것도 업는 사철 발 벗은 아내가
따가운 햇살을 등에 지고 이삭 줍던 곳
>   ― 정지용, 「향수」 중에서

어린 누이의 '검은 귀밑머리'라는 인체의 부분적 형상을 자연현상인 '밤물결'로 유사화하였다. 그런데 밤물결이 전설바다에서 춤추는 형상물이라고 보면, 밤물결은 현시적 자연현상이 아니라, 관념을 자연형상화한 것이다. 이 시에서는 밤물결이라는 관념적 심상과 어린 누이의 검은 머리라는 인체의 사물형상이 교류되고 있다.

아, 손금같은 사랑은 개울처럼 흘러가고
證言하는 바위 틈에 차고 서러운 바람이 분다.
>   ― 강인섭, 「산록(山鹿)」 중에서

'사랑'이라는 심상적 관념을 '손금'이라는 형상적 상태로 제시하였고, 다시 '개울처럼 흘러'가는 자연현상의 운동으로 표현하였다. 심상적 관념의 현상적 사물화이다.

그런데 이 물러터진 감인 내가 붉고 딴딴한 단감으로 변하는 신통한 때가 있다
생각이 미혹의 꽃을 들고 나를 찾아오는 때다
생각은 감자 비린내처럼 강하다
>   ― 이선영, 「생각은 감자 비린내처럼 강하다」 중에서

'생각'이라는 관념이 '감자 비린내'라는 사물 감각과 동시적 인지가 이루어지고 있다. 사물 현상과 심상적 관념이 등식을 이루고 있다.

삶의 어느 한 부분을 조용히 내려놓고
다른 짐 하나를 들어올리면 생기는
미처 모르는 어떤 힘 때문에
                    ― 고운기, 「산부인과 병실에서」 중에서

'내려놓기'와 '들어올리기'라는 상반된 관념적인 힘의 작용을, 사물 에
너지 작용으로 표현하였다.

나는 무망의 그물을 치고 무한의 상념을 낚았다
건져올린 한소쿠리의 상념들은
은빛 비늘을 빛내며
하늘로 흩어져 물새가 되어 날고
빈 그물 속엔
어느새 일몰의 태양이 걸려 제 몸을 태우고 있었다.
                    ― 김여정, 「마라도 · 3」 중에서

'상념'이라는 심상을 '그물'로 낚을 수 있는 사물로 표현했고, 건져올린
상념이 한 소쿠리라고 하거나, 상념이 물새가 되어 난다고 하는 것도 심
상을 사물화 하여 변형시킨 것이다.

저 산녘 은빛 억새가 손수건을 흔들던 날
내 사랑은 낮달 되어 눈물 한 장 말아 쥔 채
매캐한 추억을 태우며 담담히 나아갔다
                    ― 박영식, 시조 「저무는 가을」 중에서

'사랑'이라는 심상을 낮달이라는 사물현상으로 전이시켰고, '눈물'의
양을 '한 장'이라는 평면적 사물의 수량 단위로 표현하였다. '추억'이라는
관념적 심상을 태울 수 있는 사물로 변환시켰다.

마주 앉으면
너의 귓볼에서부터
번져가는 연분홍빛 홍분이 입술에서 멈춘다
                    ─ 구연식, 「철쭉祭」 중에서

'홍분'이라는 심상적 상황을 연분홍빛으로 감각화하였다. 심상을 시각적 현상과 교류시켰다.

이상에서 논의한 시의 직관적 표현기술방법들은 시인의 상상력이 생활 속의 재료들을 바탕으로 삼아, 사실감을 놓치지 않으면서도, 감성적인 관념의 공간을 넘나들고 있음을 보여주고 있다. 현상과 심상, 사물과 사물, 감각과 감각, 시간과 공간 등의 차이와 다름을 등식화하고 동일시해 냄으로써, 시적 표현방법의 한계를 넘어서고 있다. 이러한 표현기술방법은 시의 진실을 표현하는 적정한 도구개념으로 선용될 수 있을 것이다.

3. 소설의 직관적 표현기술 방법

소설은 사상으로 쓰지 않고, 언어로 쓰는 것이다. 문학을 문학으로 성립하게 하는 기본적 도구는 표현이다. 우리가 무엇을 표현한다고 했을 때, 우선 어떤 현상이나 대상에 대한 정보를 수집하는 지각의 단계가 앞서고, 그에 대한 느낌이나 관념이 뒤따르게 된다. 느낌이나 관념은 때로는 단편적으로 나누어져 서로의 관계가 애매하거나 유리된 상태이다. 느낌이나 관념이 표현되려면, 작가의 형상화 의도에 맞도록 선택과 재구성의 절차가 뒤따라야 한다. 느낌과 관념의 어느 부분은 덜어내고, 버리고, 덧붙이고, 새로 짜넣고, 위의 것을 아래로, 안팎을 뒤집어 보고, 거꾸로 생각해 보기도 하면서, 필요한 구조적 형상물을 만들어 내야 한다. 이러한 구조적 형상물을 의도하는 대로 전달하려면, 언어적 표현문제가 뒤따른다. 일상적 언어로는 언어 자체의 한계성 때문에 의도한 모든 것을 제대로 전달하기 어렵다. 이를 보완하기 위한 표현방법이 동반되어야 한다. 표현은 구조적·언어적 형상화 작업이다.

　문학의 구조를 흔히 서사구조라고 말하고, 이에 필요한 조건이나 요소에 대한 논의들이 많이 이루어져 왔다. 서사적 구조는 문학에만 있는 것은 아니어서, 판소리와 탈놀이, 음악이나 미술 그리고 영화, 15초짜리의 영상광고나 가수들이 자기의 노래를 대중적으로 알리기 위한 영상홍보물에도 서사적 절차가 들어 있다. 이야기거리를 영상매체로 표현한 것을 '영상문학'이라고 말하기도 하는데, 이것은 문학의 본성을 이야기거리와 서사적 구조로 이해하고, 그의 매체변용을 당연한 시대적 추세로 받아들이는 태도이다. 서사구조물을 어떠한 매체로 표현하든지, 그것은 다양한 문화적 행위이므로 부정하거나 막아설 일이 아니다. 그러나 그것은 마당놀이이고, 영화이며, 영상문학이다. 우리가 문학이라고 부르는 것은, 이야기거리를 구조적으로 표현할 때, 언어를 매재로 삼은 것을 이르는 것이다.

　문학의 표현에는, 이야기거리를, 이야기꾼이, 독자에게 어떠한 방법과 차례를 따라 전달하는가 하는 서사적 구조의 구성적 표현이 있고, 그 전달의 매재가 되는 언어적 표현이 있다. 문학의 언어적 표현은 한 문장 이상의 장면을 표현하는 문장의 성질과 유형에 대한 것이다. 문학적 언어는, 전달자가 특정한 부분을 선택하여 재단하고 해석하여 제시하는 영상물과 비교한다면, 독자가 작품에 참여하는 폭이나 정도를 보다 더 다양하게 보장해주는 것이다. 언어의 본질적 한계나 그러한 한계를 극복하기 위하여 사용한 특정한 표현방식들은 독자의 상상력을 매개함으로써, 창조적 이해와 행위를 일으키는 디딤돌이 될 것이다. 언어적 상상력을 통한 창조적 행위는 문학이 독자에게 제공할 수 있는 출발점인 동시에 마지막 도착점인 것이다. 이 글에서는 소설의 언어적 표현에 대하여 의논하려고 한다.

표현기술 방법으로서 소설의 언어적 표현은 지시적이냐 함축적이냐로 구분할 수 있다. 이러한 구분은 서술자 또는 인물이 독자에게 소설의 장면을 매개하는 방식에 따른 것이다. 지시적 언어표현은 전달과 이해의 과정이 직접적으로 이루어진 경우로, 현재의 상황을 객관적·관습적·논리적으로 매개하는 것이고, 함축적 언어표현은 비유적·상징적·심상적·비논리적 표현으로서 지시적인 언어표현을 넘어서, 이질적인 요소들의 재구성 또는 연합으로 새로운 심상이나 의미를 드러내는 작업이다. 이 항목에서는 지시적 표현으로서 직서적 방법은 의논에서 제외하기로 하고, 함축적 표현을 수사적 표현방법에 연계하여 논의하기로 한다.

수사적 표현에 대한 연구는 시적 심상을 구현하는 방법으로 깊이 연구되어 왔다. 그러나 소설 창작의 실제에서는 수사적 표현이 효과적으로 활용되고 있지만, 그에 대한 연구는 드물다. 소설은 인간의 삶이나 사회적 양상과의 관계를 직접적으로 묻고 대답하기도 하지만, 때로는 은유와 상징으로 주제의식을 열어 보이기도 하고, 아이러니나 역설로 깨우침을 은근하게 재촉하기도 한다. 소설과 사회의 관계만이 아니라, 소설에서 인물의 행위와 심상 그리고 시·공간과 상황이 서사·서술·묘사·논평으로 진행되는 과정에서, 수사적 표현은 독자의 문학적 상상력과 미학적 심상 구현에 기여한다. 소설의 수사적 표현은 비유·상징·역설과 아이러니 그리고 직관적 언어표현으로 대표된다. 비유·상징 등에 관한 내용은 이미 많은 논의가 있었으므로, 이 글에서는 직관적 표현[44]을 중심으로 논의하였다.

소설에서의 직관적 표현방법은, 현상과 본질의 동일성, 차별적 현상의 교류와 동시성, 현상과 심상의 교류와 동시성으로 항목을 나누어 설명하였다.

---

44) 윤충의, 「소설의 표현기술방법론」, 『어문논집』 47, 민족어문학회, 2003.4, 172~189쪽 참조.

1) 현상과 본질의 동일성

현상과 본질의 관계를 말할 때, 현상을 가변적 실재로만 생각하는 견해와, 현상에는 가변적 실재와 함께 본질이 내재해 있는 것으로 파악하는 경우로 나누어진다. 그러나 어느 경우든 현상을 깨뜨려야 본질에 도달할 수 있다고 믿는다. 이러한 현상과 본질의 관계는 불가(佛家)의 공(空)사상에 근거하여 관념적 이해를 도모할 수 있다.

유마경에서 공(空)에 대한 용수(龍樹)의 핵심사상을 이루는 것은, "사물은 모두 다른 것에 의존해서 생기고 존재하므로 본체로서는 공이다."라는 설법이다. 이 안에는 공이라는 본질의 개념과, 사물이라는 현상의 관계가 함축적으로 제시되어 있다. 공이란 실재론적 형이상학이 구상하는 자립·보편·항상(恒常)·단일한 본체인데, 이것은 현실의 현상으로서 항상하고 있는 아니다. 현실의 모든 현상은 자립적이 아니고, 다른 것에 의존하며, 개별적이며 항상하지 않는 것[45]이라고 한다. 항상하는 본질로서의 공은 어떤 원인과 조건에 의하여 일시적인 무상(無常)한 현상으로 나타난다. 이때의 현상은 본성에다가 현상 자체의 독자적 성질이나 존재적 형상이라는 가변적이고 일시적인 요소와 결합된 것이다. 그러므로 무상(無常)한 가상(假象)을 버리고 진상을 바라볼 수 있을 때, 현상과 본질은 동일한 것이다. 이러한 논리에 근거하면 현상과 본질은 근본적으로 동일한 것이다.

현상을 깨뜨리고 본질에 도달한 경지를 일상적 언어로는 표현할 수가 없다. 언어의 사용을 거부하고 마음으로 전함으로서만 본질에 이를 수 있다고 본다. 그러나 본질에 대한 깨달음을 언어로 표현해야 하는 부득이한 경우에 불가에서는 공안이나 화두, 게송 등에 의탁하게 되는데, 이때에 사용하는 언어는 일상적인 언어 논리나 언어 관습에 기대어 볼 때 역설적이다. 역설적 표현은 언어의 직관적 표현의 한 방법이다.[46]

---

45) 유마힐, 박경훈 역, 『유마경(維摩經)』, 동국대학교 부설 역경원, 1979, 136~140쪽.

한편 문학적 표현에서, 어떤 현상의 본질이 무엇인가에 대한 해명은 상대적이다. 물리적 현상에서는 그 현상을 이루는 질량적 최소단위나 통일된 에너지가 본질이 될 수 있으나, 인간의 정신작용에서는 본질에 대한 이해가 동일하더라도, 삶의 경륜에 의한 가치관이나 관점의 차이에 따라, 그것의 언어적 표현이 달라질 수 있다. 다음의 소항목들은 그러한 보기이다.

1)-(1). 차별적 현상의 등식화

이성적 논리나 상식으로서 차별되는 현상을 등식으로 놓는 것은 이들의 본성이나 본질이 동질적이거나 대등한 것이라는 인식이 바탕에 깔려 있는 것이다.

> 절망이야말로 가장 순수하고 치열한 정열이다. 사람들이 불행해지는 것은 진실하게 절망하지 않기 때문이다.
>   - 이문열, 「그 해 겨울」 중에서

표면적 문장의 형식으로는 서로 차이가 있는 행위적 현상을 등식으로 제시하였다. '절망'은 현실에서 인간이 회피하고 부정하고 싶은 현상이지만, 그의 본질이 '정열'임을 말해 줌으로써, 절망은 새로운 희망을 이끌어 낼 본질적인 힘으로서의 정열이라고 말한 것이다.

> 그녀는 저울의 이쪽 접시에 올라 앉아 있다. 그리고 다른 쪽 접시에 그녀의 결심을 - 죽음의 결심을 얹었던 것이지만, 그것은 비눗방울처럼 가벼워서, 살아 있는 그녀의 몸과 맞먹어 주지 않았다.
>   - 최인훈, 「웃음소리」 중에서

---

46) 윤충의, 앞의 책, 68, 70, 72쪽 참조.

저울은 무게를 측정하는 도구이다. 무게를 가지는 것은 상식적으로 형체가 있는 것이다. 그런데 이 글에서는 '그녀'의 체중과 '그녀의 결심'의 무게를 가늠해 봄으로써, 서로 차별적인 현상 즉, 신체적 형상과 심리적 상태를 등식으로 놓아두고 있다. 이 글은 그녀의 죽음에 대한 결심이 살아있는 육신의 욕망보다 가벼움을 직관적으로 표현한 것이다.

> 모든 부드러움에는 자신들이 의식하지 못하는 어떤 잔인함이 있
> 다.
> — 김애란, 「나는 편의점에 간다」 중에서

'부드러움'이나 '잔인함'은 인물의 성격을 말한다. 한 인간의 성정에는 서로 상반되는 요소가 내재되어 있다는 것은 심리학이나 정신분석학에서 일반적으로 인지되고 있다. 이때 상반되는 요소라고 말하는 것은 그것들이 서로 구분되어 있다는 것을 뜻한다. 그런데 이 글에서는 인간의 성정에서 부드러움과 잔인함이 구분되는 것이 아니라, 포합 내지는 등식관계로 기술하고 있다.

1) – (2). 모순과 역설의 중도적 수용

이성과 논리 또는 관습적 상식으로 보면, 서로 어긋나고 조화롭지 못한 모순이나 역설적 상황을 제시하고, 새로운 진실을 중도적으로 수용하는 표현기술방법이다.

> 아름다움은 모든 가치의 출발이며 끝이었고, 모든 개념의 집체인 동시에 절대적 공허였다. ……… 아름다움 스스로는 아무 것도 갖고 있지 않다. 그러면서도 모든 가치를 향해 열려 있고, 모든 개념을 부여하고 수용할 수 있는 것, 거기에 아름다움의 위대성이 있다.
> — 이문열, 「그 해 겨울」 중에서

서로 상반하거나 대립적인 모순 또는 역설은, 궁극적으로 어느 한편으로 교정되기를 희망하는 언술이지만, 이 인용문에서는 '출발'이면서 '끝'이고, '모든 개념의 집체인 동시에 절대적 공허'인 상반 내지 모순된 상황과, '스스로는 아무 것도 갖고 있지 않으면서 모든 가치를 향해 열려 있고, 모든 개념을 부여하고 수용할 수 있는 것'이라는 역설적 상황을 '아름다움'으로 수용하고 있다. 어느 한편을 부정하지 않고 모두를 함께 받아들여 놓았다.

1) – (3). 현상의 새로운 변형과 본성생성

이것은 한 현상을 변형된 다른 현상과 만나게 해서 본질에 근접시키는 표현방법이다.

> 그때 내가 아홉 아궁이 앞에서 매일 저녁 경건하게 바라본 것은, 비록 침묵하고는 있었지만, 그들 선악의 두 신의 그림자임이 분명하였다. 또 나는 거기서 엄숙한 정화와 희생의 제전祭典을 보았으며, 연소하고 사라지는 가운데서 무엇인가 다시 살아나고 피어오르는 것을 느꼈다.
>
> — 이문열, 「그 해 겨울」 중에서

한 현상이 변형된다는 것은 단순한 변화가 아니다. 아궁이의 장작불은 다만 연소하고 사라지는 것만이 아니라, 엄숙한 정화와 희생의 그 무엇이 살아나고 피어오르는 것이다. 본질의 깨달음이다.

2) 차별적 현상의 교류와 동시성

현상과 본질의 동일성을 말할 때에는, 현상과 본질이 관계가 제시되어 있거나 적어도 그 현상의 본질이 무엇인가가 간접화되어 있다. 그러나 차별적 현상들의 교류나 동시성을 말할 때는 내포된 의미의 동질성이 제시되어 있지 않다. 대상의 본질을 말하기 위해서 대상과, 그와는 다른 범주나 영역의 요소들을 같은 자리에 동시에 제시해서, 상승적인 의미를 도출해 내려는 의도가 내재되어 있는 것이다.

빛은 속도와 에너지가 복합된 가시적 형체이다. 물리학에서는 빛의 속도를 빠르기의 기준으로 삼는다. 우리 일상적 주변의 빛과 에너지 등과 같은 물리적 작용들이나, 보고 듣고 맛보고, 피부로 느끼고, 냄새 맡는 감각적 행위나 작용들을, 그것과는 차별적인 것들이 교류됨을 말함으로써 본질로서는 상관관계가 있음을 간접적으로 제시하는 방법이다.

2)-(1). 물리적 · 감각적 작용과 형상의 교류

㉠ 빛에너지의 도량형화

갑자기 햇살이 한없는 무게를 가지고 우리들의 어깨 위에 내려 앉았다.
　　　　　　　　　　　　　　　－ 한수산, 「사월의 끝」 중에서

아침 햇살이 그 위에 얹혀서 빛나고 있었는데, 그 빛은 가을날처럼 가벼워 보였다.
　　　　　　　　　　　　　　　－ 한수산, 「타인의 얼굴」 중에서

햇살은 물리적인 빛에너지의 현상적 작용이다. 그런데 빛 에너지를 무게를 가진 개념으로 표현함으로써 사물화하였다. 햇볕의 양적 정도나 밝기를 표현하기 위한 방법으로 쓰인 듯한데, 그 인지나 표현방식은 직관적이다.

ⓛ 감각적 작용의 사물 형상화

> 언젠가 여름밤, 멀고 가까운 논에서 들려오는 개구리들의 울음
> 소리를, 마치 수 많은 비단 조개 껍질을 한꺼번에 맞비빌 때 나
> 는 소리를 듣고 있을 때, 나는 그 개구리 울음소리들이 나의 감
> 각 속에서 반짝이고 있는, 수없이 많은 별들로 바뀌어져 있는 것
> 을 느끼곤 했었다.
>
> — 김승옥, 「무진기행」 중에서

'개구리 울음소리'라는 청각적 작용을 '수없이 많은 별'이라는 사물로 형상화해 냈다. 한편, '개구리들의 울음소리'를 '비단 조개 껍질을 맞비빌 때 나는 소리'로 대체하여, 감각적 작용을 유사한 다른 감각으로 변이시켰다.

> 사람들은 말없이 이야기하고, 소리 없이 들었지, 내 말은 침묵
> 속으로 빗방울처럼 떨어지네
>
> — 한수산, 「사월의 끝」 중에서

'내 말'은 그 말에 담긴 의미를 말할 수도 있겠으나, 바로 앞의 내용으로 보아 '이야기하고 듣는' 청각작용이다. 감각적 작용을 빗방울이라는 사물과 교류시켜 형상화하였다. 이때의 표현형식이 직유와 같은데, 직관의 표현형식은 직유나 은유 또는 역설 등의 전통적인 수사의 표현과 같아도, 앞서 말한 바와 같이 대상을 인식하는 기본적 발상과 태도에서 차이가 있다.

> 불빛 속을 헤매다가, 나는 때때로 가슴 저 밑바닥에 올려놓고 간
> 그녀의 웃음소리를 듣는다.
>
> — 한수산, 「사월의 끝」 중에서

웃음소리라는 청각 작용을 가슴 저 밑바닥에 올려놓을 수 있는 사물로 형상화해서 표현했다. 이렇게 해서 귓가를 스쳐 지나간 웃음소리를 가슴에 담게 되었다.

> 나팔소리가 들렸다. ……… 소리는 미풍에도 떨리는 꽃잎처럼 그렇게 하늘하늘하다가, 높은 음으로 올라가면서, 눈뜨는 새벽녘의 나뭇잎과 풀들의 겉면을 이루며 이슬을 떨어냈다.
> — 김원일, 「노을」 중에서

'나팔소리'를 '미풍에도 떨리는 꽃잎처럼 하늘하늘하다'라고 사물 형상화하고, 다시 나뭇잎과 풀잎의 겉면을 이루는 것으로 형상화하였고, 마침내는 이슬을 떨어내는 어떤 에너지로 기술하였다. 나팔소리를 사물의 형상과 에너지로 표현하고 있다.

> 그 소리는 그의 호흡을 타고 튀어 오른다. 피리의 구멍 하나하나를 눌러 내릴 때마다 소리의 실이 풀려서 은빛으로 엉킨다.
> — 최인호, 「황진이」 중에서

소리의 음량이나, 강도를 실이라는 사물형상과 동일시하고, 피리소리에 대한 정감적 감흥을 은빛이라는 색채감각과 동일시하여 표현하고 있다.

> 물살을 가르며 사납게 웅웅대던 바람은 그 첨예한 손톱으로 비듬이 허옇게 이는 살갗을 후비고, 아직도 차안에 질척하게 고여 있는 쇠똥냄새를 한소끔씩 걷어 내었다.
> — 오정희, 「중국인 거리」 중에서

쇠똥냄새라는 후감각적 상태를 '질척하게 고여있는' 액체적 사물로 형상화했고, 다시 '한소끔씩 걷어' 낼 수 있는 사물로 표현했다.

한소끔이라는 용어는 국어사전에는 일정한 시간이나 정도를 나타내는 단어로 설명되어 있다. 그런데 이 용어는 분량을 나타내기도 한다. 이러한 쓰임은 이 문구의 『관촌수필』 중 「여요주서(與謠註序)」에서도 보인다. "저읽내 새우젓 한 보새기 안 사 먹은 장은 뭣허러 나간대유. 여물 쑬라면 쏘시개 한소끔 능을 검불 한 젓가락이 옳던디.…"에서, '한소끔'이 분량을 나타내는 용도로 쓰였다.

> 작은 새처럼 경쾌한 캐슬린의 수다는 청중 사이로 비눗방울처럼 가볍게 떠다닌다.
>
> — 이혜경, 「그리고, 축제」 중에서

인물의 '수다'라는 언어적 행위를 비눗방울이라는 사물에 비유하였다.

> 옛 친구인 신옥에게 해 주고 싶은 충고가 그녀의 입 속에 가득히 들어있었다.
>
> — 김지원, 「사랑의 예감」 중에서

충고는 언어적 행위로 감각적 행위이다. 감각적 행위를 입 속에 가득히 들어있는 사물로 형상화하였다.

ⓒ 감각적 작용의 생명적 형상화

> 고음의 신나는 행진곡이었다. 마디가 짧고 경쾌한 박자는 여름 오후의 비낀 햇살 속으로 쓸쓸하게 달아나다 아지랑이 속으로 사라졌다.
>
> — 김원일, 「노을」 중에서

소리라는 감각적 작용을 생명체의 행위적 표현으로 대용하고 있다.

> 여러 가지 냄새들은 저마다의 색깔로 치장을 하고 소리를 내며
> 꿈틀대는 것 같았다. 그 냄새들이 아우성치며 내 뼛속으로 파고
> 들었다. 냄새는 타오르는 불꽃처럼 따뜻하게 나를 감쌌다.
> — 문순태, 「늙으신 어머니의 향기」 중에서

냄새라는 후각적 감각작용을 '아우성치고', '파고들고', '나를 감싸'는 살아있는 생명체의 행위로 표현했다.

㉣ 감각적 작용의 도구화

> 바람소리가 먼데서부터 몰아쳐서, 그가 섰는 창공을 베면서 지
> 나갔다.
> — 황석영, 「삼포가는 길」 중에서

음원(音源)인 발음체의 진동이 매질의 진동인 음파로 전달되어 청신경을 자극하는 감각 작용인 소리를, 사물이나 생장하는 것으로 표현하고 있다. 바람소리를 창공을 벨 수 있는 도구의 개념으로 등식화하여, 바람소리의 세기를 금속성이 나게 표현하였다.

> 노을이 질 때면, 그 노을이 눈 안으로 빨려오는 듯 했다. 눈으로
> 들어온 하늘이 빠져나가지 못하도록 에어매트에 누워서 오랫동
> 안 눈을 감았었다.
> — 윤성희, 「모자」 중에서

'눈'이라는 인간의 감각기관을 '노을'이라는 자연현상을 담아두는 도구

개념으로 사용하였다. 객관적으로 말하면 눈으로 본 노을의 정경을 기억으로 남기려 했다는 것을, 눈이라는 감각기관을 도구화해서 표현한 것이다.

ⓓ 감각적 작용의 생장적 표현

> 멀리서 한두 번 젊은 웃음소리가 투명하게 울렸다가는 여운없이
> 사라졌다.
>   – 최 윤, 「하나코는 없다」 중에서

웃음소리를 '젊은'이라는 생물의 생장적 단계로 표현하여, 웃음소리에 생명력과 생동감을 불어넣었다. 감각적 작용과 생태적 상태의 교류가 이루어지고 있다.

> 그녀는 비로소 습기를 쐰 씨앗처럼 천천히 그 답답한 침묵
> 의 껍질을 벗기 시작했는데, 그러나 그녀는 아직도 입을
> 열어 말을 하는 일이 없었다.
>   – 이청준, 「이어도」 중에서

인간의 청각기능에 따른 언어적 행위의 한 유형이라고 볼 수 있는 '침묵'이 껍질을 가진 사물로 표현되었다. 이때 침묵은 껍질 안에 담겨져 있는 사물의 알맹이가 될 것이다.

2)-(2). 인간과 자연의 교통

인간과 자연은 예로부터 수많은 문학작품에서 친화와 동일시의 대상이 되어 왔다. 인간은 자연의 한 구성요소로 인식되기도 하고, 인간과 자연이 교통하는 것으로 인식하기도 하였다. 문학에서는 인간의 자연에 대

한 감정이입이, 물아일체 · 물심일여 · 주객일체 등과 같은 정황으로 표현되어 왔다.

　㉠ 자연현상의 감각화

　　이튿날 아침의…… 창 밖은 온통 소란스러운 안개였다.
　　　　　　　　　　　　　　　　　　－ 최 윤, 「하나코는 없다」 중에서

　여기서는 '안개'라는 자연현상의 상태를 소란스럽다는 인간의 청각적 언어로 표현했다. 안개라는 자연현상을 감각화하여, 안개의 농도에 대한 화자의 정감적 반응을 드러냈다.

　　돌을 집어 던지면 깨금알같이 오드득 깨어질 듯한 맑은 하늘, 물
　　고기 등같이 푸르다.
　　　　　　　　　　　　　　　　　　－ 이효석, 「산」 중에서

　하늘의 맑음을 '오드득 깨어질 듯한' 깨금알에 비유하여 청각적으로 표현했고, 그것의 푸르름을 물고기 등에 비유하여 시각적으로 기술하였다.

　㉡ 자연물과 인공물의 등치(等値)

　　숲이라는 벼루를 다 갈아버린 듯 창밖은 오로지 묵(墨)묵(墨)하다.
　　　　　　　　　　　　　　　　　　－ 박민규, 「낮잠」 중에서

　자연물인 '숲'과 인공적 사물인 '벼루'를 대등한 위상에서 인식하였고, 묵묵(黙黙, 아무 말 없이 잠잠함)이라는 인물의 말과 행동의 상태를 나타내는 언어를, 동음이의어인 묵(墨, 먹)이라는 사물로 대체하여 창밖의 어두운 정

도를 표현해 냈다.

ⓒ 자연물과 인간의 교통

> 비 온 뒤 텃밭의 토란 잎 위에 오롯한 물방울이 꼭 나처럼 느껴
> 졌다. 팽팽한 표면장력으로 오롯한 물방울을 굴려 합치면서, 나
> 는 누군가와 내 비밀을 공유하고 싶었다.
> — 이혜경, 「그리고, 축제」 중에서

물방울이라는 사물의 형상을 인간과 동일시했다. 합쳐진 물방울과, 비
밀을 공유하는 '나'와 '누구'의 동류의식을 동일시하였다.

> 사방은 짙푸른 검정색이었다. 순식간에 추위가 뼛속까지 파고
> 들어오기는 했지만, 공기를 들이마시면 심장이 파랗게 물들기라
> 도 할 것 같은 순수한 대기, 그리고 완벽한 정적.
> — 최 윤, 「문경새재」 중에서

자연물인 공기의 순수한 정도를 인간의 생체적 기관의 변화로 표현했
다. 공기가 심장을 파랗게 물들일 수 있다는 것은 자연물과 인체가 서로
교통하여 작용할 수 있음을 말한 것이다.

2) – (3). 시간과 사물 · 물질의 동시성

시간은 속도와 관계되는 개념이다. 상대성 이론에서 물리적 시간은 빛
의 빠르기가 중요한 상수(常數)로 쓰인다. 빛의 빠르기는 진공의 상태에서
는 매초마다 약 30만km의 속도로 이동한다고 한다. 이 속도는 절대속도
이다. 그러나 빛이 특정한 물질을 통과할 때는 매재가 된 물질의 질이나

진동수에 따라 속도가 느려지게 된다. 이때의 속도는 상대적이다.

그런데 문학에서 사용하는 시간의 개념은 지구의 자전과 공전의 속도를 기준으로 삼은, 인간의 일상적 생활에서 경험하는 시간이다. 일상적 시간에서 아침과 저녁, 봄 · 여름 · 가을 · 겨울, 과거 · 현재 · 미래 같이 시간을 표시하는 개념은, 시간의 속도를 일정한 단위로 묶어서 그 속도를 완화시키고, 거기에 관념적 공간 이미지를 부여한 시공간적 개념이다. 이러한 시공간에 사물의 형상이나 의미를 부여하는 표현기술방법이 직관적 표현의 한 방법이다.

봄이라는 시간을 예로 들면, 우리나라를 기준으로 하는 일상의 시간으로는 3월부터 5월까지 석 달이다. 이 석 달이라는 시간을 함께 봄으로 묶어 놓으면, 매 순간마다 지나가는 시간의 속도는 의식 속에서 지연된다. 봄이 가고 여름이 오는 것이므로, 봄이라고 불리는 시간은 길어지게 되고, 다음 계절인 여름이 올 때까지 매우 느리게 진행되는 시간이다. 계절을 지정하는 것은 빠른 시간을 넉넉하게 붙잡아 두는 시간의 활용방법이다. 여기에다가 봄에 나타나는 현상들, 얼음이 녹아 계곡에 물이 흐르고, 새싹이 돋고, 꽃이 피며, 찬바람을 몰아낸 따뜻한 바람, 먼 산의 아지랑이 등과 같은 현상들은 시간에다가 공간적 상황을 덧입혀 주는 것이다. 새벽이라던가 아침이라는 시간도, 시간과 공간적 상황이 어우러진 시공간적 개념으로, 시간과 사물을 동시적으로 인식하는 것이다.

　ㄱ 시간의 사물 형상화

　　　그 많은 새벽마다 그녀가 도둑 고양이처럼 홀로 일어나, 아직도
　　　남은 미명의 어둠을 수압 높은 물로 헹구어 내고, 또 새로운 하
　　　루를 양은솥에 앉혀 잘 익기를 기다리고 있던 그런 시간에,
　　　　　　　　　　　　　　　　　　　　　－ 이동하, 「일상의 리듬」 중에서

미명의 어둠은 새벽녘의 상태를 가리키는 시간 개념이다. 그런데 이러한 시간적 상태를 물로 헹구어 낸다고 했는데, 이것은 시간을 사물로 형상화한 것이다. 그리고 '새로운 하루'도 양은솥에서 익힐 수 있는 물질적 재료로 치환해서 표현했다.

> 이 겨울의 뿌리는 얼마나 깊은 것일까?
>
> — 이문열, 「그 해 겨울」 중에서

겨울이라는 시공간적 개념을 나무에 비유하여, 길고 긴 겨울 추위를, 뿌리가 깊은 나무라는 자연물로 형상화하였다.

> 어딘지 원망하는 것 같은 눈동자 속에는 그녀와 내가 공유하는
> 과거가 들어있다.
>
> — 천운영, 「명랑」 중에서

과거라는 시간을 인간의 생체적 형상에 들어갈 수 있는 사물로 표현했다. 한편 과거라는 시간은 그녀와 내가 함께 공유하는 경험적 기억을 의미하는 것이다. 기억은 뇌의 대뇌피질과 해마피질이 연동되어 저장된 심상을 말하는 것인데, 이런 경우는 심상을 사물화한 것이라고도 말할 수 있다.

> 유리창 밖에서 저 혼자 익어가고 있던 가을이 쌀쌀한 바람과 함
> 께 밀려들었을 때 ……
>
> — 공지영, 「존재는 눈물을 흘린다」 중에서

'가을'이라는 시간을, 자연물의 상태나 정도의 변화를 뜻하는 '익어가고'있는 것으로 사물화하였다. 한편, '바람'이라는 자연현상을 '쌀쌀한' 것

으로 표현하여, 자연현상을 감각적으로 환원하였다.

> 나이의 껍질을 부수고 십 년 전의 그가 그냥 툭 튀어나오고 있는
> 것만 같았고, 그것이 그녀에게 잠깐이었지만, 당황스러움과 공
> 포를 가져다주었다.
> — 공지영, 「빈 들의 속삭임」 중에서

'나이'라는 시간을 사물의 '껍질' 안에 들어있는 형상물로 표현했다.

> 청춘을 쓰레기통에 처박은 죄, 나를 내다버린 죄, 내 몸뚱이 곁
> 에 푸른 사과를 놓아주지 않은 죄 ……
> — 공지영, 「섬」 중에서

'청춘'이라는 인생의 여정에서의 시간을 쓰레기통에 처박을 수 있는 사
물로 표현해서, 젊은 시절을 헛되게 보낸 자책감을 보여주었다.

> 달리는 자신의 일생을 두 번 접고 한 번 더 접어 구두의 깔창과
> 양말 사이에 끼웠다. 갈 길이 멀었다.
> — 김미월, 「현기증」 중에서

'일생'이란 점쟁이 사내가 '그'에게 써준 사주가 적힌 종이를 말한다.
'종이'라는 사물을 '일생'이란 시간으로 형상화하였다.

ⓒ 시간의 도량형화

> 이 여름에 나는 저울대 위에 아무 것도 올려 놓지 않았다. 한 쪽
> 에 내가 앉고 다른 한쪽에 여름이 올라 앉았을 때, 저울의 눈금
> 은 텅비어 있는 시간의 무료를 가리키며 멈춰 있었다.
> — 한수산, 「회선」 중에서

여름이라는 시간의 무게를 달고 있다. 여름의 무게를 측정할 저울추는 '나'이다. 여름과 나의 무게는 시간의 무료함이라고 했는데, 여름을 물질적 무게를 가진 것으로 전이했다가, 그의 무게가 시간의 무료함이라고 하여, 물질적 무게를 심리적 어조로 바꾸어 놓았다. 시간과 물질과 심상이 교류되고 있다.

> 시간이 정지해서 골짜기에 켜켜이 쌓이는 듯했다. 시시각각 변해가는 풍경 속에서 시간의 흐름은 바다를 맞닥뜨린 강물처럼 둔해지는 것 같았다.
> — 김경욱, 「천년여왕」 중에서

시간의 정지상태를 '골짜기에 켜켜이 쌓이는' 듯한 부피를 가진 사물로 형상화하였다. 시간의 속도를 강물의 흐름에 비유해서 사물화하였다.

ⓒ 시간적 상태의 도량형화

> 한 밤중의 역겨운 찬바람을 방안으로 밀어 넣으면서 방문을 열었고, 이미 그 시기 몇 배로 두터워진 어둠 속으로 걸어나갔다.
> — 최 윤, 「하나코는 없다」 중에서

'어둠'은 시간의 상태를 나타내는 개념인데, 이 시간의 개념을 '두터워진'으로 표현한 것은 두께로 치환한 것이다.

> 밤은 밀려 오고 겹겹이 쌓이고 쌓여, 달이 있어도 한 치의 밖을 보여주지 않는다.
> — 최인호, 「황진이」 중에서

'밤'은 시간적인 상태를 말하는 것인데, 이것을 '밀려오고, 겹겹이 쌓이는' 부피를 가진 사물로 표현해서 어둠이 짙은 정도를 나타내고 있다.

ⓔ 시간의 생명적 형상화

시간이 날개를 퍼득이며 내려와 앉는 그런 애정이.
— 한수산, 「사월의 끝」 중에서

나무와 나무 사이를 빠져 사라지는 어둠의 날개소리
— 최인호, 「황진이」 중에서

'시간'과 '어둠'이라는 시간의 상태를 '날개'를 가진 생명체로 형상화하고, 운동하는 에너지로 전환하여 생동감을 보여주고 있다.

2)-(4). 행위와 사물의 교류
ⓐ 감성적 행위의 사물화

아니, 사실상 어머니는 누구보다도 더 잘 알고 있을 터이다. 그녀의 기다림이 얼마나 까마득하게 손이 닿지 않는 먼 곳으로 자꾸만 자꾸만 밀려 나가고 있는 것인가를 말이다.
— 임철우, 「아버지의 땅」 중에서

'기다림'은 감성적 행위이다. 그러한 행위를 무엇엔가 밀려, 자꾸만 손이 닿지 않는 먼 곳으로 나가고 있는 사물로 형상화하여, 감성적 행위와 사물을 동시적으로 인식하고 있다.

2)-(5). 인간과 사물의 교통

인간 또는 유기적 생명체인 인체를 조직하는 생명기관과 그 기관의 작용을 인위적인 사물형상과 대등하게 교통시키는 방법이다. 사물을 의인화하는 방법도 이에 해당한다.

> 몇 년 째 사람의 손길 한번 스쳐본 일이 없는 듯한 방 한 칸 부엌 한
> 칸의 돌지붕 오두막이 그 역시 무슨 생활이 깃들기를 기다리고 있다
> 기보다는, 그저 그렇게 힘겨운 세월을 고집스럽게 견뎌내고 있다.
> — 이청준,「이어도」중에서

'돌지붕 오두막'이라는 사물을, 힘겨운 세월을 '고집스럽게' 견디어 내고 있는 인간의 삶의 태도로 표현했다

> 여자란, 존재의 막다른 골목의 담벼락에 붙은 문이란 말이야. 우
> 리는 그 너머로 갈 수 없어
> — 최인훈,「GREY구락부 전말기」중에서

'여자'라는 인간의 존재를 담벼락에 붙은 '문'으로 사물화하여, 인간과 사물을 교통하게 하였다.

순간 내 머릿속 암실에는 20여 년 전 어느 여름날 고등학교 1학년 교실의 한 장면이 흩어진 빛을 그러모으고 있었다(김경욱,「99%」중에서).

'머릿속'이라는 인체의 기관을 인공적 공간인 '암실'로 사물화하였다. 그리고 머릿속에서의 기억을 떠올리는 과정을 암실에서 사진을 현상하는 장면으로 변환하여 표현했다.

> 몸속의 피가 어느새 스무살 무렵의 지도를 따라 흐르기 시작했다.
> — 김미월,「현기증」중에서

이 글의 내용은 스무 살 때와 같은 의욕이나 혈기를 말하는 것인데, 피가 흐르는 혈관이라는 인체의 기관을 인위적인 지도에 대비하여 놓았다.

3) 현상과 심상의 교류와 동시성

현상이라는 용어는, 본질의 외면적 표상 또는 사람이 감각기능으로 관찰할 수 있는 사실이나 사물의 상태라는 단순한 사전적 의미로 사용한다. 심상은 인물의 정신과 관념과 심리 그리고 경험적 사실에 대한 기억과, 감성적인 정감이나 느낌 등을 포괄하는 개념으로 사용한다.

정신은 인간의 인지 · 가치판단 · 창조의 능력을 작용하게 하는 원천적인 힘과, 아울러 그러한 정신작용으로 이루어진 의식들을 말한다. 관념은 그러한 힘이 작용하는 상태를 말한다. 관념은 정신작용으로 이루어진 사고 · 판단 · 추리 등에 기본이 되는 의식 내용이다.

심리는, 인간이 생물체로서의 형상을 존속시키기 위한 본능적 욕망과 욕망을 구현해 나갈 때, 그의 진행을 억제하거나 방해하는 요인을 만나서 이루어지는 방어적 정신의 신호들을 말한다.

정신과 관념을 나누어 보면, 정신은 생성하는 능력이고, 관념은 그에 대응한 상태나 상황이다. 감성과 정감의 관계도, 감성은 수행능력이고, 정감은 그것의 상태를 표현한 것이라고 말할 수 있다.

3)-(1). 정신과 사물의 교류

㉠ 정신과 사물의 동질화

> 두 젊은 악사는 이 무료한 여름 한 낮의 읍내 귀퉁이와 내 마음을 광쇄로 윤이 나게 닦아내기 시작했다.
> — 김원일, 「노을」 중에서

'내 마음'을 윤이 나게 닦아낸다고 해서, '내 마음'을 사물화하였고, 읍내 귀퉁이라는 공간도 함께 사물화하였다. 그리고 꽹과리 소리로 닦아낼 수 있는 대상으로, '읍내 귀퉁이'라는 공간과, '내 마음'이라는 정신의 감성적 상태를 대등하게 놓았다.

> 열차에 오르기 직전 그는 자신의 옛 이름을 선로에 슬쩍 떨어뜨렸다. 열차가 버려진 이름을 밟으며 출발하는 순간, 그는 자신을 둘러싼 세상의 공기가 어딘가 달라졌다는 느낌을 받았다.
>
> — 김미월, 「현기증」 중에서

'이름'은 그 사람의 정체성을 대리하는 것으로, 정신의 범주에 해당하는 것이다. 이름이라는 정신적 범주의 개념을, 선로에 슬쩍 떨어뜨릴 수 있고, 열차가 밟으며 지나가는 사물로 표현하였다. 이 내용은 인물이 본래의 자기 이름을 버리고 자기가 좋아해서 선택한 새 이름으로 바꾸었을 때의 기분을 말한 것이다.

ⓛ 정신의 물질화

> 대문에는 마름모꼴로 백지 한 장이 붙어 있었고, 거기에 金喪家라고 씌어 있었다. 삼촌의 육신은 이제 땅을 떠나고, 혼만이 한 겹으로 가벼이 남아 저렇게 붙어 나를 맞는구나, 하는 생각이 들었다.
>
> — 김원일, 「노을」 중에서

삼촌의 '혼'을 한 겹의 '백지 한 장'으로 대치시켜서, 정신과 물질을 동일시하였다.

죽음의 늪에서 나를 일으켜 세운 것은 불이었다. 내 정신의 은밀
한 골짜기에서 뜨겁게 타오르고 있는 황홀한 불.

— 정 찬, 「얼음의 집」 중에서

죽음을 늪에 비유하였고, 정신을 골짜기에 은유하여 물질화하고, 다시
'불'이 정신에서 유래되는 것이라는 관념적 생각은 정신과 사물의 교류를
말하고 있는 것이다.

3) - (2). 정감과 생물 · 사물의 교류

㉠ 정감의 물질화

오래 전의 그 시기, 술병 밑바닥 유리의 어두운 두께로 다가오는
그 시기는 어쩌면 내 일생에서 가장 사건적인 시기인지도 모르
겠다.

— 최 윤, 「회색 눈사람」 중에서

특정한 어떤 시기에 가졌던 정감의 정도를 '술 병 밑바닥 유리의 어두
운 두께'로 물질적 형상화를 했다.

그는 이렇게 비현실적으로 베네치아에 와 있었다. 이탈리아에
도착한 이래 점점 찾아드는 용기를 길어 올리기 위해, 혹은 그의
용기를 부추기는 무언가에서 도망하는 것처럼.

— 최 윤, 「하나코는 없다」 중에서

'길어 올린다'는 샘이나 우물 등에서 물을 바가지나 두레박으로 떠서
올린다는 의미로 쓰인다. '용기'라는 정감적 작용을 '길어 올리는' 것으로

표현하는 것은, 정신을 물과 같은 사물현상으로 표현하여, 용기도 의식의 저 깊은 곳으로부터 길어 올려야 하는 사물로 형상화한 것이다.

> 기분이 슬쩍 구겨지고, 짜증이 뒤섞이는 그런 생소함.
>
> — 최 윤, 「하나코는 없다」 중에서

'기분'이라는 정감의 상태를 구겨지는 것으로 표현한 것은 두께를 가진 사물과 동일시한 표현이다. 일상에서도 흔히 쓰이는 표현이지만 이러한 경우도 직관적 표현방법이다.

> 마치 모든 인간적인 감정들이 내 몸을 타고 흘러서 연민이라는 깔때기를 타고 몸 밖으로 떨어져 내린 뒤 돌아오지 않는 것과 같은 씁쓸한 경험이었다.
>
> — 한강, 「노랑무늬 영원」 중에서

'감정'들이 내 몸 밖으로 떨어져 내린다거나, '연민'이라는 정감을 깔때기라는 사물과 등식으로 놓아 정감을 사물화했다.

> 호소와 갈망과 애증으로 가득찬 눈.
>
> — 천운영, 「명랑」 중에서

이러한 표현은 일상적으로 쓰이는 것이다. 눈이라는 인간의 생체적 기관인 물리적 형상에 정감을 가득 담았다. 감성적 심상을 물질로 표현했다.

> 채 걷어 들이지 못한 큰오빠의 미련이 질질 끌렸다. 거기에 휘말릴까봐, 그 기대의 싹을 쳐내느라 나는 그만 행선지까지 말해 버렸다.
>
> — 이혜경, 「고갯마루」 중에서

'미련'이라는 정감을 '질질 끌렸다'라는 사물의 움직임과 관련된 개념으로 표현했고, '기대'라는 정감적 행위를 '싹'이라는 식물의 형상과 나란히 놓았다.

> 겉으로는 살 맞은 짐승처럼 꿈틀댔지만, 그 안쪽에서는 표면장력으로 팽팽한 절망의 비커를 붙들고, 쓰디쓴 고통의 한 방울도 쏟지 않으려 안간힘을 쓰고 있었다.
> — 권여선, 「사랑을 믿다」 중에서

'절망'이라는 정감을 '비커'라는 사물과 대등하게 놓았고, '고통'이라는 정감을 '한 방울'이라고 물질의 단위로 표현하고 있다.

ⓛ 정감의 생장적(生長的) 표현

> 아픔은 늙을 줄을 모른다. 아픔을 치유해 줄 무언가에 대한 기구가 그만큼 생생하고 질기기 때문일까?
> — 최 윤, 「회색 눈사람」 중에서

아픔이라는 심리적 정감을 '늙는다'는 인간의 생장의 한 단계에 대입하여 생물화하고 있다.

ⓒ 정감적 행위의 체적화

> 방안을 가득 채우고도 남아도는 어머니의 진한 핏빛 울음은 어느덧 두루마리 멍석이 되어, 어둠에 잠긴 마당 쪽으로 끝없이 풀려 나가고, 그 위로 꺼끔해졌다가 되거세어지는 장마비가 소리를 지르면서 두텁디 두텁게 깔리고 또 깔리었다.
> — 윤흥길, 「장마」 중에서

울음이라는 청각적 정감 행위를 핏빛으로 시각화했고, '방안을 채우고도 남아도는' 부피를 가진 것으로 제시했다. 그리고 '두루마리 멍석이 되'었다는 표현은 울음을 다시 사물화한 것이고, 울음이라는 소리의 전파를 두루마리 멍석이 마당에 펼쳐지는 형상에 대입하여서 물리적 작용으로 전이한 것이다.

> 내뱉지 못하는 의혹은 강요된 침묵을 양분 삼아 내 영혼의 오지
> 까지 뿌리내렸다.
> — 김경욱, 「99%」 중에서

'의혹'이라는 정감적 행위가 뿌리를 내리는 사물로 전환되었고, '영혼의 오지'는 영혼을 공간적 개념으로 인식하고 있는 것이다. '침묵'이라는 청각적 언어행위도 생물을 성장하게 하는 '양분'이라는 사물로 표현하고 있다.

ⓔ 감성적 행위의 물질적 표현

> 권력은 한 올의 사랑도 용납하지 않는다. 그 한 올의 사랑 때문
> 에 내 얼음의 집은 허물어졌다.
> — 정찬, 「얼음의 집」 중에서

사랑이라는 감성적 행위를 '한 올'이라는 물질적 단위로 제시하여, 사랑의 크기를 가늠하는 도구적 개념으로 사용하였다.

3)-(3). 심리·관념과 사물의 동시성

㉠ 심리의 행위화

> 천민 의식 또한 그런 종류의 열등감은 내 마음의 가장 깊은 곳에
> 눕쳐 누었다가, 낮밤을 가리지 않고 불시에 머리를 내밀어 내 얼
> 굴을 달게 하고 숨길을 괴롭게 만듦은 비단 어제오늘의 일이 아
> 니었다.
>
> — 김원일, 「노을」 중에서

천민의식 또는 열등감과 같은 관념이나 심리적 상황을 눕치고 누었다
가 머리를 내미는 생명체의 행위로 표현하여, 관념이나 심리 작용의 변화
를 행위화 하였다.

㉡ 심리의 사물화

> 모래알처럼 씹히는 불안감을 은밀히 감추어 왔는지도 모른다.
> — 이동하, 「일상의 리듬」 중에서

불안감이라는 심리적 상태를 모래알처럼 씹히는 것으로 표현해서 물
질화하였다. 불안감을 사실적으로 감지하도록 의도한 표현이다.

> 지난달보다 실적이 나아야 한다는 강박이 허공에서 채찍질했다.
> — 이혜경, 「고갯마루」 중에서

강박관념을 채찍이라는 사물과 대등한 위상에서 사용하고 있다.

민들레 홀씨처럼 어디선가 날아온 호기심의 씨앗이 남자의 속에
서 이미 싹트고 있다.
— 하성란,「곰팡이꽃」중에서

호기심은 어떤 욕망을 열게 되는 시작으로서, 심리적 형상이다. 이러한
심리적 형상을 농작물의 종자인 씨앗과 대등하게 놓아서 심리를 사물화
하였다.

어느 날 아침 그 집에서 나오는 한 여인을 보았다. 나는 그냥 지
나쳤다. 그리고 골목 모퉁이를 지나자 나의 가슴에는 불시에 무
엇인가 화끈 치밀어 올라와 목을 타고 뒷통수 근처에서 뭉게뭉
게한 구름이 되었다.
— 최인훈,「우상의 집」중에서

가슴에서 불시에 무엇인가 화끈하게 치밀어 오른 것은 어떤 심리적인
정황이 작용을 한 것이다. 이러한 심리적 정황을 '뭉게뭉게한 구름'으로
사물형상화하고 있다.

걷다가 자신의 심장 깊숙한 곳에 박혀 있던 낚싯바늘을 빼내 길
가의 쓰레기통에 넣었다.
— 김미월,「현기증」중에서

'심장 깊숙한 곳에 박혀 있던' 것이라면, 일상적으로 마음에 상처를 주
는 어떤 심리작용을 뜻한다. 이 작품에서는 자기의 구애를 거절한 '그녀'
에 대한 알 수 없는 이끌림을 말한다. 이러한 심리작용을 낚싯바늘이라는
사물로 대체하였다. 그리고 그것을 쓰레기통에 버렸다는 것은 심리적 강
박관념에서 벗어나겠다는 의지를 나타낸 것이다.

ⓒ 관념의 물질화

> 나는 얼마 전까지 그 여자와 주고 받던 얘기들을 다시 생각해 보
> 려 했다. 많은 것을 얘기한 것 같은데, 그러나 귓속에는 우리의 대
> 화가 몇 개 남아 있지 않았다. 좀더 시간이 지난 후, 그 대화들이
> 내 귓속에서 내 머릿속으로 자리를 옮길 때는 그리고 머릿속에서
> 심장 쪽으로 옮겨 갈 때는 또 몇 개가 더 없어져 버릴 것인가.
>
> ─ 김승옥,「무진기행」중에서

'주고받던 얘기'들을 사물의 숫자를 헤아리는 '몇 개'로 표현하여 대화
라는 감각적 행위의 내용인 관념을 사물화하였다. 관념과 사물을 한 자리
에 모아두었다. 그리고 대화가 귓속과 머릿속과 심장으로 옮겨 간다고 한
것은 사물화한 관념을 다시 관념을 되돌려 놓은 것이지만, 이때에도 옮겨
다니는 단위를 '몇 개'라고 해서 물질화한 것이다. 대화라는 관념을 물질
화하여 동시적으로 표현한 방법이다.

> 삶에는 추억이라든가 기억이라는 이름의 구슬들이 널려 있는데,
> 그것을 어떤 실에 꿰어서 목걸이를 완성하는 것은 우리들의 몫
> 이 아닐 지도 모른다.
>
> ─ 권지예,「뱀장어 스튜」중에서

추억과 기억이라는 관념을 구슬로 사물화 하였다.

> 광솔처럼 홀로 단단해졌던 기억은, 그 기억에 동참한 남편의 체
> 온으로 녹아 송진이 되었다. 녹아내린 송진이 끈끈했다. 그토록
> 여유롭던 그 남자의 표정이 머리에서 떠나지 않았다.
>
> ─ 이혜경,「그리고, 축제」중에서

기억은 감각적 작용으로 얻은 정보가 대뇌피질에 저장되었다가, 어떤 기회에 다시 재생되어 의식의 표면에 떠오른 것이다. 기억의 내용은 관념 이나 심리 등이 그 자체만으로서, 또는 서사적 상황과 함께 이루어지는 경우도 있겠지마는, 이 글에서는 포괄적으로 생각의 범주인 관념으로 이 해하기로 한다. 이 글은 기억이라는 관념적 상태를 광솔과 송진이라는 자 연적 물질에 대비하였다.

> 눈을 감은 순간, 갑자기 소름이 돋는다. 접혀 있었던 기억의 귀퉁이
> 가 활짝 펼쳐진다. 그 사진이 무슨 사진인지 갑자기 알 것 같다.
> ― 한강, 「노랑무늬 영원」 중에서

관념적 범주에 해당하는 기억을 귀퉁이가 접힐 수 있는 납작한 평면적 사물로 인지하고 있다.

이상에서 논의한 소설의 직관적 표현기술방법들은 상상력에 바탕을 둔 것으로, 관념이나 심리를 주로 하는 심상적 소설의 유형에서 발견되는 것으로, 인물의 관념이나 심리를 제시하여, 그 작품의 주제나 방향을 정 해 주는 길목에서 주로 사용되고 있다. 이러한 표현기술방법이 작품에서 의 상황이나 어떤 사정과 관계없이 빈번하게 사용되는 일은 경계해야 할 일이지만, 소설의 읽기에서 구성의 미로를 따라 잡는 일만이 아니라, 문 장의 표현기술의 그 오묘함을 찾을 수 있도록 활용되어야 한다.

4. 맺음말

문학적 행위에서 우리가 현상을 만나서, 심상을 얻기까지의 인식행위 를 일반적으로 '직관'이라고 한다. 그것은 이제까지 눈여겨보지 않았던

대상에 대한 새로운 발견이기도 하고, 영감이나 상상으로 얻은 심상일 수도 있다. 그리고 그렇게 얻은 심상을 언어로 표현하기 위해서는 설명적 진술이나 사실적 묘사, 은유나 상징, 역설을 사용하기도 한다. 때로는 직관적 표현으로 언어의 한계를 뛰어 넘는 문학적 성과를 이루어 내기도 한다.

이 글은 직관이 인식행위이며 동시에 표현기술방법이라는 입장에서 시작하였다. 먼저 일상적으로 다양하게 쓰이는 직관의 개념을 정리하기 위하여, 서양철학에서 논의된 내용을 따라가서, 이 용어가 철학적 인식방법만이 아니라, 미학과 문학적 인식방법으로도 사용되고 있음을 말했다. 동양의 관점에서는 직관을 직과 관의 합성어로 보고, 직은 유가사상에서, 관은 불가의 중관(中觀)과 지관(止觀)사상을 토대로 개념을 추출하였다. 직관은 인간 중심의 논리적 사고와 분석에 의하여 나누어진 것들이 본질적으로는 동일한 것이라는 인식논리에 근거한다고 말했다. 나누어지고 더 작게 나누어져 현상으로는 서로 다른 것들로 인식되는 것들에게 관계의 끈을 맺어 주고, 동일성을 경험하게 하는 인식행위와 표현방법으로 이해했다.

직관적 표현에 대해서는 이것이 은유, 상징, 역설적 표현과 다른 점을 말했는데, 은유나 상징이 경험적·지적 지표에 의존하고 역설이 모순관계에 기초하지만, 직관은 나누어진 것들에 대해서 중도적이고, 상섭·상즉의 인식방법을 가진 것으로 설명하였다. 그리고 직관의 구체적 표현방법으로, 시의 경우에는 차별적 현상의 등식화, 모순과 역설의 중도적 수용, 현상의 새로운 변형, 본질의 현상적 생성, 본질과 현상의 표시적 교합, 사물 현상과 심상의 교류 등을 표현하는 기술방법으로 예시하였고, 소설에서는 현상과 본질의 동일성, 차별적 현상의 교류와 동시성, 현상과 심상의 교류와 동시성에 관하여 의논하였다.

직관적 인식과 표현에 대한 이 논의 과정에는 다소간의 무리가 있을 수도 있다. 그러나 직관적 인식이나 표현기술이 신비주의나 초월, 또는 언어유희에 빠지는 것을 경계하면서, 직관이 인식뿐만 아니라 표현방법으로서도 이해되기를 기대한다.

여성성의 신화와 직관으로서의 시

1. 성(聖)과 속(俗)의 이중적 이미지

서정주의 시에는 여성이 중요한 소재로 등장한다. 널리 알려져 있는 「화사」나 「대낮」, 「맥하」 등에서 여성은 성적인 욕망을 불러일으키는 관능적이고 육체적인 존재로 그려져 있다. 특히 「화사」에서 여성은 뱀의 유혹에 넘어가 남성을 파멸시키고 인간을 죄악과 형벌의 세상으로 내몬 이브의 이미지로 고정되어 있다. 이러한 여성의 이미지는 성욕과 관능, 육체를 상징하는 전형적이고 관습적인 것이다.[1] 여성의 관능성은 특히 『화사집』에서 두드러지지만, 후기에 속하는 『질마재 신화』나 『떠돌이의 시』에서도 여성은 종종 성적인 이미지와 결합되어 나타난다. 그런가 하

---

[1] 이러한 해석은 송욱, 「서정주론」, 『문예』 18호, 1953.11; 김재홍, 「미당 서정주론」, 『동서문화』, 1972.7; 남진우, 「남녀 양성의 신화」, 『미당연구』, 민음사, 1994 등에서 발견된다.

면 또한 여성은 육체가 배제된 정신적인 세계, 영원에 이르는 구원의 이미지로 나타난다. 화자가 그리워하는 인간적인 대상인 '누님'(「목화」, 「누님의 집」)은, 육체적인 욕망의 시간을 거쳐 그것을 초월하고 달관의 경지에 이른 인간적인 표상이다(「국화 옆에서」). 『귀촉도』, 『신라초』, 『동천』 등에서 자주 보이는 이러한 이미지는, 여성의 육체적인 측면을 완전히 배제하고 있다.

상반된 두가지 이미지는 모두 여성을 관념적으로 해석하는 것이다. 여성을 성(聖)과 속(俗) 혹은 성녀와 창녀의 이분법으로 해석하는 것은, 각각 다른 방식으로 여성을 신비화하는 것일 뿐이다. 서정주의 시에 나타나는 무당이나 선녀는 이러한 신비화의 극한에서 나타난 존재들이라고 할 수 있다.[2] 상처를 치료하여 죽음의 문턱에 있는 생명을 살려내거나(「무슨 꽃으로 문지르는 가슴이기에 나는 이리도 살고 싶은가」), 다 늙은 나이에 오히려 연애를 시작하고(「당산나무 밑 여자들」), 자신의 육신을 단단하게 다듬어서 영생하는(「단골 암무당의 밥과 얼굴」) 여자들은 특히 후기의 『질마재 신화』나 『떠돌이의 시』에서 자주 등장한다.[3]

그러나 여성성이란 단지 여성이 시적 소재로 채택되고 있다는 것만을

---

2) 서정주 시의 후기 시에 나타나는 여성 이미지에 관한 연구는
  김주연, 「신비주의 속의 여인들……詩? 詩」, 『작가세계』, 1994 봄
  신범순, 「질기고 부드럽게 걸러진 '영원'」, 『현대시』, 1994.1~3 참고.

3) 이미지의 빈도수로 본다면, 서정주의 시에서 여성의 이미지는 육체적인 대상에서 구원의 상징, 신적인 존재로 변화한다고 볼 수 있다. 그러나 각각의 이미지는 어느 한 단계에서 끝나고 새롭게 시작되는 것이 아니라, 늘 어느 정도씩 겹쳐 있다. 이미지가 이처럼 반복되는 이유 중의 하나는, 서정주의 시가 발전과 변화가 아닌 일종의 원환 구조를 가지고 있기 때문이다. 서정주의 시에는 비슷한 모티프가 자주 반복된다. 그 예로 「외할머니네 마당에 올라온 해일」(『동천』)의 내용은 「해일」(『질마재 신화』)에서 다시 반복되고, 「무슨 꽃으로 문지르는 가슴이기에 나는 이리도 살고 싶은가」(『귀촉도』)에서 병을 치료하는 선녀의 이미지는 「漢拏山 山神女 印象」(『서정주 문학전집』)에서도 동일하게 나타난다. 또한 수로부인은 「노인헌화가」(『신라초』)와 「水路夫人의 얼굴」(『동천』)에서 유사한 이미지로 나타난다.

의미하지는 않는다. 시에서 여성이 어떠한 이미지로 나타나는가를 살피는 것에 그친다면, 그것은 소재주의적인 해석에 지나지 않는다. 문제는 여성을 시적인 소재로 선택하는 시인의 정신적이고 심리적인 동인(動因)들이 무엇이며, 그것이 어떻게 시적으로 변용되어 나타나는가 하는 것이다. 그것은 시인이 그것을 의식하고 있는가의 여부와는 무관하게, 한 시인의 세계관과 시에 대한 관점을 드러내는 중요한 증거이기도 하다.

본고는 서정주 시에 나타나는 여성성의 특징을 밝히고, 그것이 시를 직관에 의해 쓰여지는 것이라고 보는 관점과 긴밀하게 연결되는 것임을 밝히고자 한다. 여기서 새롭게 조명하고자 하는 것은 서정주 시의 여성들이 가지고 있는 영웅적인 성격이다. 이러한 영웅적 성격이 속화되는 과정은 여성에 대한 인식의 변화와도 밀접한 연관이 있다. 또한 직관에 의해 쓰여진 서정주의 시는 기본적으로 합리적인 질서 이전의 세계를 지향하고 있다. 직관과 감정은 이성과 논리에 대응되는 여성적인 패러다임에 속하는 특성으로서, 서정주의 시가 이것에 바탕하고 있다는 것은 그의 시가 여성성에서 출발한다는 점을 뒷받침해주는 증거이기도 하다. 본고는 이러한 전제들이 서정주의 시에 어떻게 나타나며 변용되는가 하는 점에 초점을 맞출 것이다.

2. 여성 영웅적 모델과 속화된 신화

서정주의 시에 나타나는 중요한 특징 중의 하나는 여성 영웅이 등장한다는 점이다. 여기서 '여성 영웅'이란 여성으로서 기이한 탄생과 고난, 투쟁, 성공이라는 영웅의 일생을 살아가는 인물을 지칭한다.[4] 본래 영웅은 남자로 설정되는 것이 보편적이기 때문에, 여성 영웅의 존재는 그것 자체

---

4) 민 찬, 「여성영웅소설의 출현과 후대적 변모」, 서울대 석사논문, 1986, 1쪽.

가 특이한 설정이 아닐 수 없다. 서정주의 시에서 여성 영웅적인 주인공
은 『신라초』에서부터 나타난다. 선덕여왕이나 사소(娑蘇), 수로부인(水路
夫人)은 각각 영웅의 특징인 비범한 능력을 가지고 있는 인물들이다.

선덕여왕은 여성의 몸으로 신라를 다스린 왕으로서, 사물의 이치를 꿰
뚫어보는 지혜와 미래를 내다보는 혜안을 가진 인물이었던 것으로 전해
지고 있다. 『삼국유사』에는 선덕여왕이 당나라 황제가 보낸 모란꽃 그림
을 보고 그 꽃에 향기가 없음을 미리 알았고, 개구리가 우는 연못에 적의
군사가 매복해 있음을 알아맞혔다고 기록하고 있다.

> 살[肉體]의 일로써 살의 일로써 미친 사내에게는
> 살닿는 것 중 그중 빛나는 黃金 팔찌를 그 가슴 위에,
> 그래도 그 어지러운 불이 다 스러지지 않거든
> 다스리는 노래는 바다 넘어서 하늘 끝까지.
>
> (중략 — 인용자)
>
> 朕의 무덤은 푸른 嶺 위의 欲界 弟二天.
> 피 예 있으니, 피 예 있으니, 어쩔 수 없이
> 구름 엉기고, 비 터 잡는 데 — 그런 하늘 속.
>
> — 「善德女王의 말씀」 부분

위의 시는 선덕여왕에 얽힌 설화의 하나인 지귀설화(志鬼說話)를 바탕으
로 하고 있다. 선덕여왕을 짝사랑하던 지귀(志鬼)가 상사병이 들어서 죽자
관이 움직이지 않았다. 이에 여왕이 자신의 팔찌를 벗어 관 위에 얹자 관
이 움직였다는 것이다. 끼고 있던 팔찌를 벗어 관을 움직이게 했다는 것
은, 그녀가 이승의 세계를 넘어서 영혼의 세계와 소통하고 있음을 보여준
다. 이는 그녀가 남들이 보지 못하는 것을 보고 헤아릴 수 있는 신통력을
가지고 있다는 증거이다.

또한 수로부인은 바닷 속의 용이 납치할 만큼 아름다운 자태를 지니고 있는 인물이다. 『삼국유사』에 의하면, 수로부인은 성덕왕(聖德王) 때 순정공(純貞公)의 아내로, 순정공이 강릉 태수로 부임하는 길에 동행하던 중 임해정(臨海亭)이라는 곳에서 점심을 먹다가 해룡(海龍)에 의해 납치된 것으로 되어있다. 이 때 '境內의 백성을 모아서 노래를 지어 부르고 막대로 언덕을 치면 부인을 찾을 수 있을 것'이라는 한 노인의 말을 듣고 그대로 하였더니, 용이 부인을 받들고 나와 도로 바쳤다고 한다.

> 4
> 업어 간 龍도 독차지는 못하고
> 되업어다 江陵 땅에 내놓아야 할 만큼,
> 안장 좋은 거북이 등에
> 되업어다 내놓아야 할 만큼,
>
> 그래서
> 그 몸둥이에서는
> 왼갖 용궁 향내 까지가
> 골고루 다 풍기어 나왔었느니라.
> ─「水路夫人의 얼굴」부분

영험스러운 동물인 거북이 수로부인을 업고 나왔고 그녀의 몸에서 온갖 용궁 향내가 났다는 것은, 그녀가 여느 인간들과는 다른 존재임을 짐작하게 한다. 그녀가 깊은 산과 못을 지날 때면 늘 신물(神物)에게 붙들림을 당했다는 것 역시 그녀의 비범함을 증명해주는 대목이다. 이와 관련해서 수로부인은 이름부터가 수전(水田)의 상징이며 해룡의 약탈은 용왕제의 인신공희(人身供犧)를 상징한다고 보는 견해도 있다. 수로부인을 기우제(祈雨祭)의 일종인 용왕제의 제주(祭主)로 보고, 「海歌」의 '出水路'라는 구절을 '비야 오너라' 혹은 '비를 내려주십시오'라고 해석하는 것이다.[5] 이를 영웅의 일생과 비교해보면, 해룡에 의해 납치되는 것은 '고난'에 해당하고 거북은 그 고난을 해결하는 과정에서 등장하는 보조적인 존재로 해석될 수도 있다.

박혁거세의 어머니인 사소(娑蘇)는 선덕여왕이나 수로부인처럼 그 자신이 비범한 능력을 가진 것은 아니지만, 신라의 시조인 박혁거세를 낳음으로써 준 영웅적인 성격을 부여받는다. 그녀가 처녀의 몸으로 박혁거세를 잉태한 것은, 유화(柳花)가 햇빛을 받고 고구려의 시조인 주몽(朱蒙)을 잉태한 것과 흡사한 구조를 가지고 있다. 이는 영웅의 탄생 설화에 자주 등장하는 신이(神異)한 모티프이다.

> 피가 잉잉거리던 病은 이제는 다 나았습니다.
> (중략 – 인용자)
> 아버지.
> 아버지에게로도,
> 내 어린 것 弗居內에게로도, 숨은 弗居內의 애비에게로도,
> 또 먼 먼 즈믄해 뒤에 올 젊은 女人들에게로도,
> 生金 鑛脈을 하늘에 폅니다.
> — 「娑蘇 두 번째의 편지 斷片」 부분

선덕여왕이나 수로부인, 사소는 출생으로 보면 인간이지만 평범한 인간과는 다른 지혜나 용모, 능력을 갖추고 있고, 그 비범함으로 현실 너머의 세계와 연결되어 있는 영웅들인 것이다.

『삼국유사』의 내용을 바탕으로 한 이들 여성의 영웅성은 『질마재 신화』에 이르면 보다 서민적이면서 현실적인 형태로 변화된다. 개피떡을 예쁘게 빚는 알묏집(「알묏집 개피떡」)이나 한숨으로 마을 모든 것들을 웃게 하는

---

5) 이규동, 「수로부인과 고대 제의의 정신분석학적 고찰」, 서울대 박사논문, 1971.

한물댁(「석녀 한물댁의 웃음」), 오줌으로 굵은 무를 생산해내는 이생원네 마누라(「小著 李생원네 마누라님의 오줌 기운」)는 고귀한 신분이 아닌 일반적인 서민이다. 이들의 능력 또한 떡을 예쁘게 만들거나 사람들을 웃게 만드는 것 혹은 굵은 무를 가꾸는 일상적이고 사소한 것들이다. 『질마재 신화』에 등장하는 여성들의 비범함은 이처럼 속화되어 있다.

> 방 한 개 부엌 한 개의 그네 집을 마을 사람들은 속속들이 다 잘 알지만, 별다른 연장도 없었던 것인데, 무슨 딴 손이 있어서 그 개피떡은 누구 눈에나 들도록 그리고 이뿌게 만든 것인지, 빠진 이빨 사이를 사내들이 못 볼 정도로 그 이빨들은 그렇게도 이뿌게 했던 것인지, 머리털이나 눈은 또 어떻게 늘 그렇게 깨끗하게 번즈레하게 이뿌게 해낸 것인지 참 묘한 일이었습니다.
> ─「알묏집 개피떡」 부분

> 그래 시방도 밝은 아침에 이는 솔바람 소리가 들리면 마을 사람들은 말해 오고 있습니다. 「하아, 저런! 한물宅이 일찌감치 일어나 한숨을 또 도맡아서 쉬시는구나! 오늘 하루도 그렁저렁 웃기는 웃고 지낼라는 가부다」고 …
> ─「石女 한물宅의 한숨」 부분

별다른 연장이 없었던 알묏집이 개피떡을 예쁘게 만들고 이빨이며 눈과 머리털을 단정하게 할 수 있었던 것은 '무슨 딴 손' 때문이라고 추정된다. 마찬가지로 아이를 낳지 못해 소실에게 남편을 보내고 혼자 살던 한물댁의 한숨은, 모시 잎과 소나무를 흔들고 사람들을 웃게 만드는 기묘한 힘을 가지고 있다.

이들이 가지고 있는 특이한 능력은 자연의 리듬을 읽고 그 리듬을 타는 데서 온다. '보름사리 그득한 바다물 우에 보름달이 뜰 무렵'이면 행실이

굳어져서 서방질을 한다는 알묏집은, 그 자체가 달의 주기와 조수간만의 변화를 몸으로 감지하는 영매적인 성격을 가지고 있다. 한물댁 역시 한숨을 쉼으로써 새벽을 몰고 오는 자연의 정령과도 같은 인물이다. 이들이 가지고 있는 능력은 이처럼 자연과 교감할 수 있는 능력 혹은 접신(接神)의 능력이다. 이들은 자연의 소리를 듣고 그것과 소통하는 능력을 지닌 영매(靈媒)들인 것이다.6)

이들의 비범함은 '질마재'라는 설화적이고 비이성적인 공간이 있음으로 해서 빛을 발한다. '질마재'는 이성으로는 설명되지 않는 특이한 영역이다. 그 곳의 사람들은 글을 깨우치지는 못했지만 어떻게 신(神)이 되는지를 알고 (「李三晩이라는 神」), 붓글씨만 쓰다가 죽은 이삼만(李三晩)을 신으로 모시기도 하고 앉은뱅이 걸인 재곤(在坤)이가 신선이 되었다고 믿기도 한다. 일을 처리하는 방식도 특이해서, 간통사건이 나면 동네의 우물을 메꾸고(「간통사건과 우물」), 학질에 걸린 아이를 널찍한 바위에 버려두어 병을 고치기도 한다(「내가 여름 학질에 여러 직 앓아 영 못 쓰게 되면」). 이 마을의 시간 단위는 박꽃 피는 시간이 기준이다(「박꽃 시간」). 여성은 이러한 질서를 몸으로 감지하고 있는 존재들이며 바로 그것이 그들의 비범한 능력인 것이다.

주목할 만한 것은 이러한 여성성이 이따금 양성적인 성질을 가지고 있다는 사실이다.

---

6) 김열규는 이러한 특징이 외할머니, 친할머니, 어머니뿐만 아니라 서운니와 같은 서정주 시의 여성들에게 공통적으로 드러난다고 지적한다. 이들과 자연과의 교감은 남이 내 이야기를 하면 재채기가 나온다든지, 한나절을 바위에 엎드려 학질을 치료하는 등의 미신에 가까운 믿음으로 표현된다. 김열규는 이를 속신(俗信)의 세계라고 규정하고, 『질마재 신화』는 '신화와 속신의 유대'를 보여준다고 설명하고 있다. — 김열규, 「속신과 신화의 구조」, 『미당연구』, 민음사, 1994 참고.

小者 李 생원네 무밭은요. 질마재 마을에서도 제일로 무성하고 밑둥거리가 굵다고 소문이 났다는데요. 그건 이 小者 李 생원네 집 식구들 가운데서도 이 집 마누라님의 오줌 기운이 아주 센 때문이라고 모두들 말했습니다.

옛날에 新羅 적에 智度路大王은 연장이 너무 커서 짝이 없다가 겨울 늙은 나무 밑에 長鼓만한 똥을 눈 색시를 만나서 같이 살았는데, 여기 이 마누라님의 오줌 속에도 長鼓만큼 무우밭까지 鼓舞시키는 무슨 그런 신바람이 있었는지 모르지. 마을의 아이들이 길을 빨리 가려고 이 댁 무우밭을 밟아 질러가다가 이댁 마누라님한테 들키는 때는 그 오줌의 힘이 얼마나 센가를 아이들도 할수없이 알게 되었습니다. ─「네 이놈 게 있거라. 저놈을 사타구니에 집어 넣고 더운 오줌을 대가리에다 몽땅 깔기어 놀라!」 그러면 아이들은 꿩 새끼들같이 풍기어 달아나면서 그 오줌의 힘이 얼마나 더울까를 똑똑히 잘 알 밖에 없었습니다.

─「小者 李생원네 마누라님의 오줌 기운」 전문

'무성하고 밑둥거리가 굵은 무'가 남성의 생식기를 상징하는 것이라면, 그 무를 자라게 한 이생원 마누라의 오줌은 당연히 여성적인 상징이다. 이같은 상징은 밭에 씨를 뿌리는 행위에 부여되는 일반적인 성적 상징을 완전히 뒤바꾸어 놓은 것이다. 즉 여성이 오줌을 뿌리는 능동적인 행위자로 설정되고, 그 오줌에 의해 키워진 무가 남성적인 상징성을 띠게 되는 것이다. 오줌의 세기를 비교하는 것 역시 남자 아이들 사이에서 볼 수 있는 놀이이다. 그러나 이 시에서 오줌 기운이 센 것은 여성인 이생원네 마누라이고, 그녀는 그 오줌으로 무밭의 무를 키운다. 그녀가 아이들에게 '사타구니에 집어 넣고 더운 오줌을 대가리에다 몽땅 깔기어' 놓겠다고 위협하는 구절은, 대상을 감싸고 품는 여성적인 상징과 오줌을 깔긴다는 남성적인 상징이 결합되어 있다. 그러므로 그녀는 여성으로 표현되어 있지만 실제로는 양성적인 특징을 모두 아우르는 특이한 존재이다. 중요한 것은 이러한 양성성이 거세되었다고 믿어지는 남근적인 상징을 획득함으로써 생겨난다는 것이다. 이생원네 마누라의 오줌은 거세된 남근을 대체하는 상징이다. 따라서 이 양성성은 잃어버린 남성적 상징을 얻음으로써 발생하는 것이다. 이는 「해일」에서 역시 마찬가지다.

> 바닷물이 넘쳐서 개울을 타고 올라와서 삼대 울타리 틈으로 새어 옥수수밭 속을 지나서 마당에 홍건히 고이는 날이 우리 외할머니네 집에는 있었습니다. (중략 - 인용자)
> 그때에는 왜 그러시는지 나는 아직 미처 몰랐습니다만, 그분이 돌아가신 인제는 그 이유를 간신히 알 긴 알 것 같습니다. 우리 외할아버지는 배를 타고 먼 바다로 고기잡이 다니시던 漁夫로, 내가 생겨나긴 전 어느 해 겨울의 모진 바람에 어느 바다에선지 휘말려 빠져 버리곤 영영 돌아오지 못한 채로 있는 것이라 하니, 아마 외할머니는 그 남편의 바닷물이 자기집 마당에 몰려들어오는 것을 보고 그렇게 말도 못 하고 얼굴만 붉어져 있었던 것이겠지요.
>
> — 「海溢」 부분

바다에 나가 빠져 죽은 외할아버지는 해일이 되어 외할머니집 안마당을 홍건히 적신다. 이 때 바다는 '안마당'이라는 여성적 상징을 홍건히 적시는 남성적인 상징이다. 해일이 안마당에 밀려들어오는 것은 남녀의 성적인 결합을 상징하고, 그래서 외할머니는 얼굴을 붉히는 것이다. 그러나 그 옛날 외할아버지가 빠진 바다는 정반대로 여성적인 상징이다. 외할아버지가 바다에 빠진 것은 또 하나의 성적인 결합을 상징하며, 이때 바다는 외할머니에게서 외할아버지를 빼앗아간 여성적인 상징이다. 죽은 이들의 영역 혹은 사령(死靈)의 영역[7]인 바다는 이처럼 여성성과 남성성을 동시에 가지고 있는 양성적인 상징인 것이다. 이들 시에 나타나는 양성성

---

7) 위의 글, 150쪽.

은 여성적인 것을 보완하는 어떤 것으로 나타나고, 그 보완의 방법은 거세된 남근을 다시 획득하는 것이다. 즉 여성은 남근을 거세당함으로써 결정적인 결함을 가지고 있고, 그러므로 없어진 남근을 보완함으로써 완전한 존재를 이룬다는 것이다. 이는 서정주 시의 여성성이 가지고 있는 한계와 모순을 보여준다. 그의 시는 합리적인 이성의 세계의 반대편에서 쓰여진다는 면에서 여성적인 전제를 가지고 출발하지만, 여성을 바라보는 시인의 시각은 남성중심적인 것에서 자유롭지 못한 것이다. 이에 대한 자세한 논의는 다음 장에서 이루어질 것이다.

3. 탈규범적인 언어와 직관의 시

서정주 시의 출발점이라고 할 수 있는 「자화상」은, 그가 생각하는 자아상이 어떤 것인가 하는 것과 함께 시에 대한 그의 생각의 단면을 보여주는 중요한 증거이다.

> 애비는 종이었다. 밤이기퍼도 오지않었다.
> 파뿌리같이 늙은할머니와 대추꽃이 한주 서 있을뿐이었다.
> 어매는 달을두고 풋살구가 꼭하나만 먹고 싶다하였으나…… 흙으로 바람벽한 호롱불밑에
> 손톱이 깜한 에미의아들.
> 甲午年이라든다 바다에 나가서는 돌아오지 않는다하는 外할아버지의 숱 많은 머리털과
> 그 크다란눈이 나는 닮었다한다.
> 스물세햇동안 나를 키운건 八割이 바람이다.
> 세상은 가도 가도 부끄럽기만 하더라.
> 어떤 이는 내 눈에서 罪人을 읽고 가고

어떤 이는 내 입에서 天痴를 읽고 가나
나는 아무것도 뉘우치진 않을란다.
찰란히 티워오는 어느 아침에도
이마우에 언친 詩의 이슬에는
방울의 피가 언제나 서꺼 있어
이거나 그늘이거나 혓바닥 느러트린
병든 숫개만양 헐덕어리며 나는 왔다.

－「자화상」 전문

　그가 생각하는 자아 정체성은 "애비는 종이었다"라는 한구절에 집약되어 있다. 여기에는 자신의 실제적인 아버지에 대한 고백과 더불어 일제의 식민지인 민족 현실에 대한 한탄[8]이 녹아있다. 실제로 서정주의 아버지인 서광한(徐光漢)은 호남의 대지주인 김기중(金祺中) 집안의 농감(農監)을 지내며, 집을 비우는 일이 많았다고 한다.[9] 따라서 "밤이 기퍼도 오지않았다"는 서정주의 실제적인 어릴 적 가정환경에서 나온 표현일 가능성이 크다. 그러나 "스물세햇 동안 나를 키운 건 팔할이 바람"이라는 구절은 단지 아버지가 부재한 상태에서 자랐다는 고백 이상의 중요한 의미를 지닌다. 상징적인 의미에서 '아버지'가 없다는 것은 믿고 따라야 할 삶의 가치 기준이 상실됨을 뜻하며, 따라서 정신적인 황무지 상태를 의미하는 것이다. 이 시를 식민지 현실과 연관시켜 해석하는 근거는 여기에 있다.

　아버지가 없는 상태를 대신 메꿔주는 것은 어머니와 할머니라는 여성들이다. '나'가 생각하는 자신의 근원은 '에미의 아들'이며, '나'는 남성임에도 불구하고 성(姓)이 다른 외할아버지를 닮았다는 말을 듣는다. 이는 '나'가 처음부터 아버지의 제도와 질서와는 무관하게 성장했음을 말해준다. 그렇게 본다면 "스물 세햇 동안 나를 키운 건 팔할이 바람"이라는 것

---

8) 조연현, 「원죄의 형벌」, 『미당연구』, 민음사, 1994.
9) 황종연, 「신들린 시, 떠도는 삶」, 『작가세계』, 1994 봄.

은, 제도적인 질서나 교육이 '나'의 성장에 별다른 도움을 주지 않았다는 것으로 해석된다. 그것은 아버지의 부재가 남성인 '나'가 누릴 수 있는 제도적인 혜택과 성적인 우월감을 박탈해버렸음을 의미하기도 한다. 아무런 기득권 없이 '나'는 완전히 노출된 상태로 세상에 던져진 것이다. 그러한 자신의 모양을 상징하는 것이 '병든 수캐'이다. 수캐는 수캐이되 병들어 소외당하고 초라해진 '병든 숫개'. 그것은 남성은 남성이되 남성으로서의 특권을 박탈당하거나 혹은 포기한 채 살아가는 '나'의 정신적 삶을 반영한다.

　중요한 것은 이처럼 남성의 세계에서 소외된 '나'의 삶을 받쳐주는 것이 '시'라는 점이다. 죄인이나 천치 취급을 받으면서 '부끄러움' 속에서 세상을 살아가는 '나'가 신봉하고 있는 것은 오직 '시'이다. 밤새 피가 맺히는 고통 끝에 쓰여진 한 편의 시('이마 우에 언친 시의 이슬')만이 '찬란히 틔워오는 아침'을 맞을 수 있게 하는 것이다. 이는 시가 아버지의 세계를 이탈한 자리에서 쓰여지며, 친가가 아닌 외가의 줄기에 속하는 것이라는 점을 암시한다. 즉 시라는 것은 남성적인 질서 하에서 지켜지는 제도와 문법에서 벗어나 탈규범적이고 주변적인 자리('죄인'과 '천치'로 상징되는)를 받아들임으로써 창조되는 것이다. 그것은 이성의 합리적인 질서에 대하여 비합리적인 육체의 감각을 따르는 것이고, 논리와 분석 대신 직관과 본능의 영역을 선택하는 것이다.10) 전자가 남성 중심적인 기존의 패러다임이라면 후자는 새로운 여성중심적인 패러다임이다. 서정주의 시는 후자의 자리에서 쓰여짐으로써 기본적으로 여성성을 담지한 채 시작되는 것이다.

　서정주의 시는 인식에서 나오는 것이 아니라 직관적인 영역에 속하고, 따라서 논리적인 분석이 아닌 공감(共感)을 요구한다. 그의 시는 해석되는 것이 아니라 몸으로 느껴야 하는 것이다. 이러한 특징은 시가 인식의 결

---

10) 서정주 시의 육체성에 관한 연구는 졸고, 「서정주 초기 시에 나타나는 신체 이미지에 관한 고찰」, 『한국현대문학연구』, 월인, 1998 참고.

과이며 따라서 그것을 이성적인 사고 작용에 의해 분석하고 설명하려는
방식과는 전혀 다른 것이다.

> 동백꽃 봉우리가 다하지 못한 몸짓
> 바닷물이 받아서 웅얼거리는 소리 ……
> 제일 깊은데 가서는 아니게 아니라 그렇게 하고 있는 소리 ……
>
> 攝氏 二度의 새초롬한 바람은 알아듣고
> 목청 돋구는 李花中仙이처럼
> 伽倻琴 찡 줄의 청을 고추 세운다.
>
>   － 「봄치위」 부분
>
> 어느 날 내가 산수유 꽃에 말한 비밀은
> 산수유 꽃속에 피어나 사운대다가 ……
> 흔들리다가 ……
> 落花하다가 ……
> 구름 속으로 기어들고,
>
>   － 「산수유꽃나무에 말한 비밀」 부분

그의 시는 동백꽃의 몸짓을 바닷물이 받아 웅얼거리고, 둘 사이의 화답
을 알아들은 바람이 가야금을 울리는 것을 받아 적은 것이다. 시인은 동
백꽃의 몸짓을 보고 바닷물의 웅얼거림을 들을 뿐만 아니라, 바람이 그들
을 엿보는 기미까지를 눈치 챈다. 나아가 시인이 산수유 꽃에 말한 비밀
은 산수유 꽃 속에 피어나고, 구름 속으로 들어가고, 비로 내리고, 비가 그
친 뒤 나타난 햇빛 속에 있다. 이쯤 되면 시인은 수동적으로 자연의 미세
한 변화를 감지할 뿐 아니라, 자연에 영향을 미치는 신과 같은 존재가 된
다. 이 때 시인은 시를 짓는 것이 아니라, 마치 무당처럼 보이지 않는 만물
의 소리와 영계(靈界)의 소리를 입으로 전한다. 스스로 "귀신을 길를만큼
지긋치는 못해도 처녀 귀신 허고 相面은 되는"(「마흔다섯」) 영매(靈媒)가 되

는 것이다.

이렇게 지어진 시를 논리적으로 분석하거나 해설하는 일은 애초부터 불가능한 것이다. 여기서 시의 언어는 상징계의 질서 이전의 세계를 지향하고 있기 때문이다. 그의 시를 '귀신들린 언어'[11]라고 지칭하거나 '肉聲이 시이며 호흡이 곧 시'[12]가 된다고 해석하는 것은, 이 같은 특성을 지적하고 있는 것이다. 그의 시는 규범적인 문법으로는 설명되지 않는 논리 이전의 세계를 지향하고 있다. 그의 시는 전체적으로 하나의 완결된 형태를 갖추고 있어서 다른 언어로 대체하는 것이 불가능하다. 물론 이 완결성은 규범적인 시 형태의 완벽함이 아니라, 시인의 감정 혹은 시인에 의해 전달되는 시적인 내용의 완결을 의미한다. 그의 시는 그 자체가 분리될 수 없는 하나의 감정 혹은 정서 상태이기 때문이다. 서정주 시의 언어에 대해 시비를 가릴 수 없는 것은 이러한 특성에 연유한다.

그것은 상징 계를 대표하는 언어 체계의 언어가 아니라 상징의 세계로 들어오기 이전, 즉 자아와 타자가 분리되지 않고 통일되어 있는 단계에서의 발화와 유사하다. 여기서 언어는 고정된 하나의 의미 연관을 향해 만들어지고 다듬어지는 것이 아니라, 문법을 배우기 이전의 아이가 자유롭게 소리를 지르는 것처럼, 자연스러운 주체의 감정을 그대로 전달한다.

> 서녁에서 부러오는 바람속에는
> 오갈피 상나무와
> 개가죽 방구와
> 나의 여자의 열두 발 상무 상무
>
> 노루야 암노루야 홰냥노루야
> 늬발톱에 상채기가

11) 이남호, 「겨레의 말, 겨레의 마음」, 『미당연구』, 민음사, 1994, 411쪽.
12) 조창환, 「산문시의 양상」, 『현대시학』, 1975. 2.

퉁수ㅅ소리와

서서 우는 눈먼 사람
자는 관세음.

서녘에서 부러오는 바람속에는
한바다의 정신ㅅ병과
징역시간과

―「西風賦」 전문

'오갈피 상나무'와 '개가죽 방구', '열두발 상무상무'는 운율적 효과를
위해 선택된 것들이다. 비슷한 자음과 모음으로 이루어진 '상나무', '방
구', '상무' 등의 단어를 반복함으로써, 이 시의 1연은 의미보다는 소리의
느낌을 강조한다. 2연의 '노루', '암노루', '해냥노루'의 반복 역시 마찬가
지다. '나의 여자'나 '노루 발톱의 상채기', '관세음' 등은 독립된 시적 의미
를 확보하지 못하고, 서풍이 불어올 때의 화자의 정서적 상태를 환기시키
는 역할을 할 뿐이다. 이 시가 전달하고자 하는 것은 의미가 아니라 화자
의 정서적인 상태인 것이다. 유사한 자음과 모음의 배치는 소리의 측면에
서 이 시의 정서를 집중시키고 있다. 「오갈피나무 향나무」, 「우리님의 손
톱의 분홍 속에는」, 「二月의 鄕愁」 역시 비슷한 맥락에서 해석될 수 있는
시들이다.
　그의 시를 읽을 때 자연스럽게 생겨나는 리듬은 이러한 특징을 증명해
준다. 서정주의 시가 낭송에 잘 어울리는 것은, 인위적인 행과 연의 갈림
때문이 아니라 조용히 지껄이는 혼잣말 같은 특성 때문에 생긴다.

　　복사꽃 픠고, 복사꽃 지고, 뱀이 눈뜨고, 초록제비 무처오는 하
　　늬바람우에 혼령 있는 하눌이어. 피가 잘 도라…… 아무病도없

으면 가시내야. 슬픈 일 좀 슬픈 일 좀, 있어야겠다.

－「봄」전문

  이 시는 봄을 맞은 화자의 느낌이 마치 탄성과도 같이 전해지고 있다.
연과 행을 구별하지 않은 산문시의 형태를 취하고 있음에도 불구하고 이
시를 읽는 과정에서 저절로 리듬을 타게 되는 이유는, 쉼표의 사용과 '슬
픈 일 좀 슬픈 일 좀'같은 구절의 반복 때문이다. 감탄형과 청유형 혹은 의
문형으로 끝나는 종결어미는 그의 시의 주관적인 측면을 강조하면서 동
시에 소리의 측면을 한층 강조하는 효과를 내고 있다. 이와 같은 언어는
이성의 규율에 의해 다듬어지기 이전에 그대로 발설되는 소리 같은 것으
로서, 문자보다는 오히려 음악의 상태를 지향하는 것이다.13) 그의 언어는
표기의 측면보다 소리에 주목하고 있으며, 규범적인 문법보다는 오히려
'기술적인(ecriture)' 측면을 강조하는 것으로서, 상징계 이전의 상상계를 지
향하고 있다.
  라깡에 따르면, 태어난 아이는 상상적인 단계에서 자신이 어머니의 부
분이라는 것을 확신하면서 '존재의 통일'을 경험한다. 그러나 성장하면서
아이는 자신과 어머니 사이에 아버지라는 존재가 있음을 깨닫게 되고, 여
기서 부재와 박탈을 경험하게 된다. 이 때 아이로 하여금 새로운 아버지
의 권위 안으로 편입되게 하는 것이 바로 언어의 기능이다. 아이는 아버
지 세계를 형성하는 상징적인 질서인 언어를 배움으로써 '상징계' 안에
온전히 편입되고, 그 대신 어머니와의 통일에 대한 욕망을 억압받게 된
다.14) 언어는 이성이 대표하는 아버지 세계의 법이고 질서이며 그것을 배
우는 기초적인 수단이다. 아이가 한 사회의 언어의 규범을 익힌다는 것은

---

13) 미당 시의 소리 지향적 성격에 대해서는 유종호, 「소리 지향과 산문 지향」, 『미당 연
    구』, 민음사, 1994 참고.
14) 자끄 라깡, 권택영 편, 민승기, 이미선, 권택영 역, 『욕망 이론』, 문예출판사, 1994 참고.

(대부분의 경우 남성 중심적인) 그 사회의 질서와 규범을 내면화한다는 것이다. 쓰여져 있는 언어의 문자적인 특성, 규범적인 문법을 지킨다는 것은 동시에 남성적인 사회의 규범을 그대로 받아들인다는 것이다. 이런 면에서 서정주의 언어는 상대적으로 여성적인 세계를 지향하고 있는 셈이다.

이런 특징들이 시인에 의해 의도되었다기보다 자연스럽게 시에 나타나는 것임에 비할 때, 『질마재 신화』의 시들은 의도된 여성적인 글쓰기 양식을 보여주고 있다. 형태상으로 볼 때 이 시집의 시들은 대부분 행과 연을 완전히 파괴한 줄글의 형태를 취함으로써, 시 장르의 특징인 리듬을 의도적으로 부정하고 있다. 황동규는 이런 점을 들어 『질마재 신화』가 "상(想)이나 리듬이나 짜임새에 있어 너무 정적이고 진전이 없"는 비시적인 시라고 비판하고 있다.[15]

그러나 '시적'인 것의 요건인 언어의 긴장미나 운율은 오랜 세월 동안의 교육과 훈련을 거쳐 습득된다. 서정시의 기본적인 요소라고 생각되는 절제된 감정이나 압축성 역시 규범적인 교육을 거쳐 어어 지는 것들이다. 이처럼 규범적인 문법에 의거해서 본다면, 『질마재 신화』의 시들은 내용이나 형식면에서 서정시라기보다는 이야기에 가깝다.

> 바닷물이 넘쳐서 개울을 타고 올라와서 삼대 울타리 틈으로 새어 옥수수 밭 속을 지나서 마당에 흥건히 고이는 날이 우리 외할머니네 집에는 있었습니다. 이런 날 나는 망둥이 새우 새끼를 거기서 찾노라고 이빨 속까지 너무나 기쁜 종달새 새끼 소리가 다 되어 알발로 낄낄거리며 쫓아다녔습니다만, 항시 누에가 실을 뽑듯이 나만 보면 옛날이야기만 무진장 하시던 외할머니는, 이때에는 웬일인지 한 마디도 말을 않고 벌써 많이 늙은 얼굴이 엷은 노을빛처럼 불그레해져 바다 쪽만 멍하니 넘어다보고 서 있었습니다.

---

15) 황동규, 「두 시인의 변모」, 『문학과지성』, 1975 가을.

그때에는 왜 그러시는지 나는 아직 미처 몰랐습니다만, 그분이
돌아가신 인제는 그 이유를 간신히 알 긴 알 것 같습니다. 우리 외
할아버지는 배를 타고 먼 바다로 고기잡이 다니시던 漁夫로, 내가
생겨나긴 전 어느 해 겨울의 모진 바람에 어느 바다에선지 휘말려
빠져 버리곤 영영 돌아오지 못한 채로 있는 것이라 하니, 아마 외
할머니는 그 남편의 바닷물이 자기 집 마당에 몰려들어오는 것을
보고 그렇게 말도 못 하고 얼굴만 붉어져 있었던 것이겠지요.

—「海溢」 전문

이 시는 마치 '누에가 실을 뽑듯이' 이어지는 이야기들을 아무런 여과
없이 차용하고 있다. 이러한 이야기 방식, 즉 '누에가 실을 뽑듯이' 무진장
이어지는 옛날이야기는 여성적 담화의 원형이다. 그것은 공식적인 사대
부의 문장에 대하여 비공식적이며 사사로운 담화이며, 주로 여성이나 서
민층에 의해 만들어지고 전달되어온 이야기 방식이다.[16) 그것은 규범적
인 문법을 배울 기회를 가지지 못한 계층에 의해 만들어져 온 독립된 진
술의 양식이다.[17) 게다가 '옛날이야기'를 말하는 주체가 외할머니라는 것

---

16) 김성례는 이처럼 공식화되지 않은 형식의 표현 방식들을 여성의 자기 진술의 다양
한 형식으로 보고 있다. 그에 의하면 일기나 편지와 같은 사사로운 문학 형태, 일상
적인 생활 가운데 이루어지는 신세타령, 교훈적 생애 이야기, 옛날이야기, 비방 전
수, 전화로 이야기하기, 술 마시며 나누는 이야기, 라디오 방송을 통하여 전달되는
살아가는 이야기 그리고 악쓰기나 주기적인 울음 행위 등이 모두 여성의 다양한 진
술의 양식으로 꼽힌다. 그는 이러한 양식들이 가부장적인 지배 질서 안에서 받는 억
압에 대하여 적응하고 인식하고 또 저항하는 전략들이라고 보고 있다. ─ 김성례,
「여성의 자기 진술의 양식과 문체의 발견을 위하여」, 김경수 외, 『페미니즘과 문학
비평』, 고려원, 1994, 12쪽.

17) 루트반은 문학과 비문학을 구분하는 기준 자체가 남성적인 지배 질서에 의거한 것
이라고 지적하고, 남성들이 이룩해온 규범적인 언어에 대해 여성의 언어는 '기술적'
일 수밖에 없었다는 것을 강조한다. "과거에 여성들이 글을 썼던 조건이 서사시나
오막의 비극을 쓰기보다 편지라든가 일기 그리고 어린이들을 위한 이야기 등을 쓰
는데 도움이 되었다면, 그 일기나 편지 등이 남성을 위해 고안된 문학사가 아니라
여성을 위해 만들어진 문학사에서 보다 중요한 위치를 점하게 될 것이다." 즉 여성
들의 특수한 진술 형태는 그들에게 주어진 삶의 조건에서 온 것이며, 그러므로 여성

은 이야기의 여성적인 성격을 이중으로 강조하는 역할을 한다. 『질마재 신화』의 산문성은 의도된 여성의 글쓰기 방식을 채택하고 있는 셈이다. 이는 동일한 모티프를 바탕으로 쓰여진 다음의 시와 비교할 때 더욱 뚜렷이 나타난다.

외할먼네 마당에 올라온 海溢엔요.
예쉰살 나이에 스물한 살 얼굴을 한
그리고 천살에도 이젠 안 죽기로 한
신랑이 돌아오는 풀밭길이 있어요.

생솔가지 울타리, 옥수수 밭 사이를
올라오는 海溢 속 신랑을 마중 나와
하늘 안 천길 깊이 묻었던 델 파내서
새각시때 연지를 바르고, 할머니는
다시 또 파, 무더기 웃는 청사초롱에
불 밝혀선 노래하는 나무나무 잎잎에
주절히 주절히 매여 달고, 할머니는

갑술년이라던가 바다에 나갔다가
海溢에 넘쳐오는 할아버지 魂身 앞
열아홉 살 첫사랑 쩍 얼굴을 하시고
　　　　　－「외할머니네 마당에 올라온 海溢」전문

　두 시는 자신의 외할머니의 실제 이야기를 옮긴 것으로서, 유사한 내용을 바탕으로 하고 있다. 그러나 「외할머니네 마당에 올라온 해일」이 행과

을 중심으로 생각한다면 이러한 진술 형태야말로 가장 진솔한 문학적인 글이 될 것이라는 것이다. － K.K.Ruthven(김경수 역), 『페미니스트 문학 비평』, 탑출판사, 1989, 57~59쪽 참고.

연을 분절시키고, 쉼표와 단어의 반복, 도치를 통해 일정한 리듬을 확보하고 있는데 반해, 「海溢」은 이러한 내용을 완전히 산문적으로 풀어쓰고 있다. 그런 면에서 두 시는 정반대의 형식을 지향하고 있는 셈이다. 이런 특징으로 인해 「외할머니네ㅡ」에서 외할머니의 한 많은 삶은 상대적으로 객관적으로 전달된다. '외할먼네', '해일엔요', '묻었던델', '불 밝혀선'과 같은 단어의 축약은, 전체적인 시의 어조를 어린 아이의 말투와 유사하게 느껴지게 함으로써 내용의 무거움을 완화시킨다. '나무나무 잎잎', '주절히 주절히' 등의 반복, 'ㅡ고, 할머니는'으로 끝나는 2, 3연의 도치 구문 등은 일부러 정형적인 리듬을 만들어냄으로써 내용을 마치 옛날부터 전해 내려오는 설화와 같은 느낌을 준다. 이에 비해 「해일」은 시적인 화자의 경험을 줄글 형식으로 씀으로써 경험을 직접적으로 전달하고 있다. 외할머니의 삶에 얽힌 이야기는 아무런 미화 장치 없이 그대로 옮겨짐으로써, 여성의 삶을 직접적으로 부각시키고 있는 것이다.

4. 맺음말

　서정주 시에 나타나는 여성들은 영웅의 특징과 비교될 수 있는 비범함을 지니고 있다. 선덕여왕은 지귀의 관을 움직이게 함으로써 영혼의 세계와 소통하고 있음을 암시하고, 사소는 처녀의 몸으로 박혁거세라는 인물을 낳음으로써 준 영웅적인 성격을 부여받고 있다. 또한 수로부인은 그 자체가 물에 관계된 제의적인 상징이면서, 아름다운 자태를 가짐으로써 신물(神物)들과 교접하는 신이함을 가지고 있다. 이들의 영웅적인 성격은 『삼국유사』에 바탕 한 것으로서, 이들은 신분 자체가 고귀한 인물들이다. 그러나 『질마재 신화』에 등장하는 여성들은 이와 달리 서민적이고 일상적인 인물들로 변화된다. 이들의 비범한 능력은 현실적이고 일상적인 일들에 활용된다는 것 또한 변화된 면이다. 이 일상적인 여성들의 비범함은 결국 자연과 교감할 수 있고 그 리듬을 탈 줄 아는 능력이다. 이들이 그러한 능력을 부여받을 수 있는 것은 '질마재'라는 공간의 특이성 때문이다. '질마재'는 이성의 질서가 개입되지 않는 독특한 공간으로서, 그 마을의 사람들은 자연의 순리에 기대어 살아간다. 그것은 이성이 개입되기 이전의 공간이라는 점에서 서정주의 시가 지향하고 있는 직관과 감정의 세계와 통한다.

서정주의 시는 직관에 의해서 쓰여지므로 시를 인식의 결과물이라고 생각하는 견해와는 전혀 다른 입장을 가지고 있다. 이는 그의 시의 출발점인 「자화상」에서부터 암시되고 있다. 이 시에서 '나'는 아버지가 부재한 상태에서 자란 '에미의 아들'이며, '시'를 씀으로써 고통스러운 삶을 지탱한다. 이는 시가 이성으로 상징되는 아버지의 세계가 아닌, 외가의 자리 즉 여성성에서 출발한다는 점을 상징하는 것이다. 즉 시는 (남성 중심적인) 제도와 문법에서 벗어나 탈규범적이고 주변적인 자리 여성의 자리를 받아들임으로써 창조되는 것이다. 그것은 이성의 합리적인 질서에 대하여 비합리적인 육체의 감각을 따르는 것이고, 논리와 분석 대신 직관과 본능의 영역을 선택하는 것이다. 전자가 남성 중심적인 기존의 패러다임이라면 후자는 새로운 여성 중심적인 패러다임이다. 서정주의 시는 후자의 자리에서 쓰여짐으로써 기본적으로 여성성을 담지한 채 시작되는 것이다.

이렇게 쓰여지는 서정주 시의 언어는 상징계 이전의 세계를 지향한다. 언어는 고정된 의미 연관 대신 소리의 측면이 강조되고, 시인의 탄성이나 감정을 그대로 옮겨 전달하는 역할을 맡는다. 이와 같은 언어는 규범적인 문법보다 '기술적인(ecriture)' 측면을 강조하는 것이다. 언어의 문자적인 특성, 규범적인 문법을 지킨다는 것은 기존 사회의 규범을 받아들이고 그 안에 편입됨을 의미한다. 이런 면에서 언어의 기술적인 측면을 강조하는 서정주의 언어는 상대적으로 여성적인 세계를 지향하고 있는 셈이다. 그의 시를 읽을 때 자연스럽게 만들어지는 리듬은 이렇게 해서 획득된다. 그에 비한다면, 『질마재 신화』에 실려 있는 산문적인 시들은 의도적인 여성적 글쓰기의 형태를 보여준다. 행과 연을 파괴한 이야기체는 여성들의 수다나 편지, 독백에서 나타나는 독특한 담화의 방식이다. 산문적인 양식 속에 여성들의 특성이 그대로 드러나는 것이다. 따라서 서정주 시의 언어는 그의 시가 가지고 있는 여성성과의 관련 하에서 다시 고찰되어야 할 것이다.

제2부
소설의 상상력

박상륭의 1960년대 작품세계
– 생명, 땅, 성의 황폐와 생명주의 상상력

임금복

1. 1960년대 작품세계, 1990년대 다시 읽기

저물어가는 20세기의 한여름이었던 1992년 6월, 세계 정상들은 브라질 리우에서 세계 환경 보호 회의[1]를 가졌다. 그들 정상들은 21세기의 지구촌에 살아가야 할 인간의 생명이기에 앞서, 한 나라의 집단적 이익이란 대욕망의 얼굴을 강한 빛으로 드러내고 있었다. 정상들의 야누스[2]적 얼굴은 떠들썩한 겉 얼굴로 지구를 살리려는 평온스런 화합의 빛을 띤 것에 비해, 속 얼굴은 추악한 괴물의 형상을 띠고 있었다. 경제 선진국들의 자국 이기주의는 일단 차치하더라도, 주 의제는 한결같이 입을 모아 지구촌 위에 살고 있는 인류의 고온을 위해서 병든 지구를 살리자는 신호였다. 어떤 면에서 지금의 이 병든 지구는 미래의 생명을 잘 생각하지 못하는

---

1) 리우 "지구서미트" 결산, 조선일보, 1992.6.15.
2) 토머스 불핀치, 최혁순 역, 『그리스 로마 신화』, 범우사, 1992, 356쪽.

제2부 소설의 상상력 115

제국주의 성향의 남성들의 무차별적 욕망으로 개발되어 오는 중, 그 결과로 심한 자연 파괴를 가져와 종교적인 의미에 말세에 해당되는 듯하다. 남성들의 제국주의는 우리 모두가 살고 있는 지구촌을 보다 더 불모의 땅으로 만들 뿐만 아니라, 이러한 땅 위에 살고 있는 우리 역시 상징적으로 병들어 있음을 말해주고 있다. 그런 의미에서 진정 우리 시대는, 생명의 위기에 처해 있는 인간의 생명 회복과 삼라만상의 생명들의 존엄성을 찾는 행위인, 병든 지구에 대한 적극적인 치유행위가 본질적으로 탐색될 때이다.

이 병든 지구를 살리려는 시각은 여럿이다. 첫째로는 리우회의의 의제였던 자연 생태계를 보호해야 한다는 물리학적인 접근이다. 이를 위한 대안으로 자연 삼림의 파괴 금지, 오존층의 보호, 대기 및 수질 오염의 방지 등을 들었다. 둘째로는 김지하의 생명사상[3]을 들 수 있다. 그는 민중과 노동자의 생명을 역사적, 사회적인 구원으로 연결시켜 제시하고 있다. 그러나 이 둘의 생명보호 및 회복의 담론 형태는 정치적인 발언 방식이나 산문집 양식이었다. 이들과 달리 박상륭은 생명의 회복을 소설 양식으로 취하여 생명주의에 초점을 맞추고 있다. 박상륭의 선구적 업적과 달리 1990년대 일각의 소설에서도 수질 오염 및 핵고발, 자연환경 보호라는 생태환경문학[4]을 보여주고 있다. 그러나 박상륭은 이미 30년 전 그들의 생명 파괴에 제국주의 욕망의 결과로 이루어진 땅의 황폐와 인간의 생명 파괴로 인한 우주의 황폐에 대한 경고를 하였었다. 나아가 그는 생명 파괴에 대한 심각한 우려를 생명 회복을 향한 생명주의의 상상력으로 함께 제시한 바 있다. 1990년대 다시 던져주는 박상륭의 문학의 의미는 자연과 인간의 훼손이 생명 및 존재의 근원적인 의미들을 어떻게 파멸시키고 있는가에 대한 반성이자 재탐색이 될 것이다. 즉 삶의 근원이자 생명

3) 김지하, 『생명』, 솔, 1992.
4) "생태환경문학" 재검토 활발, 서울신문, 1993.3.28.

의 원초 의지가 상실되어 버린 황폐한 우주를 적나라하게 고발함으로써, 불모의 시대에 메꾸어질 수 있는 생명의 호흡 불어넣기인 생명주의로 제시한 것이다. 이는 작가 박상륭의 시대 읽기가 우리 모두가 처한 황폐한 우주에 대한 반성적인 질문을 던져주며, 생명 회복에 대한 근원적인 탐색을 보여주는 계기가 될 것이다.

박상륭이 이미 우주의 황폐함과 생명 파괴의 기원 및 재생에 대한 시각을 보여준 것은 1960년대 데뷔 시절부터다. 그는 1960년대 후반 한국에서 캐나다로 이민을 가기 전까지 줄곧, 우주의 황폐함과 생명 살리기란 상징적 주제에 대한 글쓰기를 주력하였다. 그 구체적 양상들을 남성들의 제국주의적 성향의 욕망으로 비롯된 신과 자연에 대한 도전, 우주에의 도전과 맞물린 불모의 생식력을 보여주었고, 땅의 오염 및 생성력의 근원인 여성의 죽음, 그리고 생명의 시초인 태아의 죽음을 통하여 상징적으로 고발하였다. 이런 의미에서 박상륭의 주제들은, 결국 우리시대에 있어 생명 파괴가 더 이상의 진행이 아닌 인류 공존을 위한 우주 생명 보호 차원인 생명주의의 상상력으로 다시 탐색되어야 할 것이다.

1960년대 박상륭이 보여준 소설 세계는 우주와 지구촌에서 벌어지게 하는 생명 파괴의 배경을 다양한 시공간에 설정하여 경고하고 있다. 그는 생명 파괴를 더 격렬하게 고발하기 위해 성경이나 민속적 공간에 불경, 주역적 상징들을 소설에 접맥시켜 나타내고 있다. 나아가 생명 파괴의 안타까움을 시대적으로 더 강렬하게 고발하기 위해 서력기원 30년이나, 자연 업인 농업을 위주로 살아가는 집단 공동체의 마을이나, 제국주의의 손길이 덜 펼쳐진 근대화 시대에 상징시켜 고발하고 있다. 이는 박상륭의 시선이 우주의 황폐한 현상을 시공간에 상관없이 속출된 인간의 역사 진행 방향을 통시적인 고발로 읽었던 것이다. 또 황무지[5]로 상징된 생명의 파괴 현상에 대한 생명 회복을 향한 몸부림을 공시적인 양식을 띤 신화,

---

5) T. S. 엘리어트, 황동규 역, 『황무지』, 민음사, 1974.

종교적인 상징을 포용한 우주적인 상상력으로 나타내었다고 볼 수 있다.

이 글의 시각은 종횡무진하게 생명 파괴 및 생명주의를 펼쳤던 박상륭의 작품세계를 이중구조로 나누어 살펴보려고 한다. 즉 박상륭의 동시적인 세계 읽기 시선을 파괴된 우주로서 경고한 반생명적인 현상으로, 그 대안은 공시적인 신화, 종교적인 색채를 띤 생명주의에 대한 열린 상상력으로 나누어 분석해 보고자 한다. 먼저 생명 파괴 현상으로는 황폐한 우주의 배경 및 그 기원을 우주 파괴의 선두주자이자, 남성들의 제국주의적인 욕망으로 찾아 그 이데올로기의 희생물로 생식력이 파괴된 남성과 여성의 불모의 생식력, 그리고 생명의 시초인 태아의 죽음이 살펴져야 할 것이다. 그것에 대한 생명주의 정신으로는 생명을 회복하기 위한 생성적 세계관으로 전망해 보고자 한다.

박상륭은 1970년대 『죽음의 한 연구』(1975)[6]가 씌어지기 이전 1960년대 단편에서는 주로 땅의 황폐를 공통적으로 보이면서도 생명 파괴와 생명 창조[7]라는 이중구조로 제시하고 있다. 『아겔다마』(1963) — 가롯 유다와 노파의 죽음/생명의 출현, 『장씨傳』(1964) — 여인과 두 아이 그리고 넉달짜리 아이의 죽음/생명의 선율, 『江南見聞錄』(1965) — 여인과 핏덩이의 죽음/원생명으로의 귀환, 『뙤약볕』(1966) — 역병이 창궐하는 땅/모성적 포용력, 『下元甲 섣달그믐』(1967) — 유아의 죽음/자궁의 생명 감싸기, 『子正女』(1969) — 핏덩이와 누이의 죽음/자궁의 상상력, 『쿠마場』(1968) — 남성의 생식력 파괴와 핏덩이의 죽음/땅의 환원력, 『山東場』(1968) — 유산아와 불모의 여인의 등장/대지의 싹 틔우기, 『山南場』(1969) — 죽음의 땅/대속의 상상력으로 나누어 보면, 파괴된 생명력과 생명을 향한 열린 정신으로 소설이 창작되었음을 볼 수 있다. 즉 이 단편소설들은 제국주의의 성향의 남성주의의 욕망의 결과로 비롯된 황폐한 우주와 그 기원

---

6) 박상륭, 『죽음의 한 연구』, 한국문학사, 1975.

7) 조셉 캠벨, 이숙종역, 『인도의 신화와 예술』, 평단문화사, 1984, 70쪽.

을 찾고, 그것의 회복을 향한 열린 정신이 맞물려 있는 구조로 분석될 수 있다. 그것은 1960년대 박상륭의 우주 생명을 살리기 위한 노력으로, 다시 1990년대에 우주적인 생명정신의 상상력으로 다시 읽혀져야 하리라 본다.

2. 황폐한 우주와 생명 파괴에 대한 경고

1990년대 지구촌의 이곳저곳에서는 생명 파괴 현상이 속출되고 있다. 어쩌면 그것은 우주에서의 인간의 삶이 진행된 인류사 시초부터 진화와 역 진화(퇴행)8)로 공존해 왔었는지 모른다. 그 이름은 문명이라는 진화된 듯 보이는 역사 진행과 우주 생명의 파괴라는 역진화된 자연 생태계로 공존해 왔을 것이다. 그러한 지구 혹성인 우주는, 최근 생명 위험의 수위가 극도에 달해 있다. 그 우주의 생명들이 파괴된 근원은 인간이란 인식론자들이 고도의 문명이란 미명 아래 개발해 오면서 비롯된 일들이다. 이들은 모두 문명을 위한 자연의 파괴 및 정복, 신을 유폐시켜 버린 인간의 대욕망, 그리고 우주리듬을 파괴해 버리는 인간 이성절대주의로 이끄는 인간의 이름을 빌린 남성의 정치적 욕망의 결과로 이루어진 집적물들이다. 그러나 이에 대한 우리시대의 주요한 과제는, 지구를 커다란 생명체로 보는 가이아(Gaia)9) 그녀의 새로운 생명으로서의 재생 및 부활을 위해서 먼저 자연과 생명의 파괴 내지 황폐의 양상과 그 기원을 탐색하는 것이 급선무가 될 것이다.

박상륭의 단편에서 보여지는 황폐한 세계는 먼저 삶의 마당인 땅의 황폐함과 맞물려 생명의 황폐함, 성의 황폐함으로 드러나고 있다. 그것은

8) 박상륭, 『칠조어론 1, 2, 3』, 문학과 지성사, 1990/1997/1992.
9) J. E. 러브록, 홍욱희역, 『가이아 ─ 생명체로서의 지구』, 범양사, 1992.

피밭(『아겔다마』), 가뭄이 연속되는 무덤 같은 마을(『장끼傳』), 매독이 든 우주의 땅(『江南見聞錄』), 역병이 창궐하는 땅(『뙤약별』), 황지인 땅(『下元甲 섣달 그믐』), 상여집 같은 빈 땅이자 정조를 유린당한 땅(『子正女』), 불모의 남성과 태아가 죽어 있는 땅 자체로(『山南場』) 구체적인 모습을 띠며 상징적으로 묘사되어 나타나고 있다.

2. 1

박상륭의 데뷔 작품은 『아겔다마』(1963)와 『장끼傳』(1964)이다. 이어 그의 세 번째 발표한 소설은 『江南見聞錄』(1965)이다. 먼저 이들 소설을 중심으로 보여준 생명 파괴 현상을 살펴보려고 한다. 데뷔작 두 편은 성경과 민속적 공간을 상징화하고 있으며, 시간적 배경은 서력기원 30년과 근대화 이전의 집단적인 공동체 삶의 양상을 띤 마을을 무대로 하고 있다. 이 두 작품은 절대자 신과 자연에 도전하는 인간 위주의 인위적인 삶으로 인해 생명들이 파괴되는 현상을 그리고 있다. 즉 이 소설들은 인간이 절대자에 대한 강한 정복력을 드러내 자연과 생명이 파괴되고 있음을 적나라하게 보여주고 있다.

먼저 『아겔다마』에 보이는 황폐한 땅은 서력기원 30년이란 시간대에 "힌놈의 골쯔기 동남쪽 예루살렘과 맞서있는 곳"인 성경적 공간으로 설정되어 있다. 이 소설의 서사를 가롯 유다라는 한 남성이 65세의 노파를 강간한 뒤 노파는 자살하고, 유다 자신도 죽는 것으로 등장하고 있다. 이 두 인물이 죽어 있는 이곳을 피밭이라 일컫고 있다.

> (이 일이 예루살렘에 사는 모든 사람들에게 알게 되어 본 방언에
> 그 곳을 이르되 아겔다마라 하니 이는 피밭이라는 뜻이었다)
>   — 『아겔다마』,[10] 472쪽

---

10) 박상륭, 『아겔다마』, 사상계, 1963.

(이 사람이 불의의 삯으로 밭을 사고 후에 몸이 곤두박질하여 배
가 터져 창자가 다 흘러나온지라 이 일이 예루살렘에 사는 모든 사
람들에게 알게 되어 본 방언에 그 밭을 이르되 아겔다마라 하니 이
는 피밭이라는 뜻이라) 시편에 기록하였으되 그의 거처로 황폐하
게 하시며 거기 거하는 자가 없게 하소서
— 『사도행전』,[11] 1: 18 − 20

　　거기서 그는 한 노파 옷이 갈기갈기 찢겨 하반신을 전부 드러내
고 죽어 있는 것을 보았고 또 한 사내가 죽여져 있는 것을 보았다.
그 사내 역시 바지가랑이가 찢겨 하반신을 노출하고 있었는데, 윗
옷의 단추가 열려 거의 알몸둥이나 같았다고 한다.
— 『아겔다마』, 472쪽

　『아겔다마』는 성경의 한 부분을 박상륭식으로 패러디한 작품이다. 이
소설에서는 생명 파괴가 특이하게 펼쳐지고 있는데, 노파가 가롯 유다에
게 강간을 당한 후 자살하는 것과 가롯 유다 역시 자살하는 것으로 그려
지고 있다. 이들의 죽음이 이루어진 장소에서는 노파의 가랑이와 유다의
하반신이 노출되어 있었으며, 그곳을 피밭이라 일컫고 있다. 박상륭은 이
피밭을 통하여 생명을 가진 인간으로서 생식력의 파괴를 상징적으로 보
임으로, 이 삶의 터가 더 이상 인간이 존재할 수 없는 황폐한 땅인 피밭으
로 고발하고 있다.
　인간이 신의 출현을 꿈꿀 수 있었던 전시대와 달리 서력기원 30년은
메시아의 출현이 이루어진 때이다. 가롯 유다는 신의 출현이 이루어진 이
때에 예수를 판 장본인이자 신의 출현에 맞선 최초의 인간적 대항자이자
자살자이다. 즉 가롯 유다는 신의 출현을 더 이상 꿈꿀 수 없는 시대인식
인 인신화(人神化) 과정에 강력한 반항을 했던 것이다. 그 시대 자체가 자
신과는 정반대의 노선으로 선택이 된 상황에 대해, 그는 평소에 어머니라

---

11) 관주 聖經全書, 대한성서공회, 1987.

섬겼던 노파를 유린한 후 그 또한 자살하고 만다. 그것과 상관없이 인간에게는 신이 임재(臨在)하므로, 신과 인간 사이의 가교를 알리며 인신화시대는 막이 열리게 된다. 인간은 모든 생명체를 살리게 하는 하나님의 창조사업의 조역자이며, 자연의 파수꾼 역할을 하는 자들이다. 그러나 신에 맞선 인간, 남성들의 정치적 야망은 신의 본능을 약화시키며 우주 황폐를 초래하는 원인이 되고 만다. 서력기원의 황폐한 피밭은, 20세기의 중반 박상륭의 소설 『아겔다마』에서도 역시 피밭 자체로 상징화하여 다시 드러내므로 인간적 삶의 비극이 더욱 참담함을 강조하고 있다.

한 농사 짓는 마을에 가뭄이 석 달 동안 연속되면서, 하늘로부터 버림받은 땅으로 묘사되는 소설 『장씨傳』의 황무지 같은 풍경 역시, 『아겔다마』의 피밭처럼 인간의 생존 환경을 메마르게 보여주고 있다. 이 작품은 대자연의 섭리를 인위적인 힘으로 조절하므로, 마을의 땅을 가뭄에서 벗어나게 하려는 인간의 자연에의 도전을 그리고 있다. 그러나 이 마을 전체는 물 한 모금 구하기 힘들 정도로 치달아 집단적인 죽음의 도가니로 점점 휩쓸려가는 모습의 극치를 보일 뿐이다.

> 산 중턱의 할미네는 돌보아주는 사람 없는 무덤이 된 거나 같았다./그 동안도 비는 오지 않았다. 그러나 날씨는 퍽 시원해진 모양으로 모든 것이 바짝바짝 말라 죽어버린 황무한 마을로 산들바람이 이따금씩 불어왔다. 날씨는 시원해질듯 했으나, 도처에 황폐가 있었다. 샘물도 형편없이 줄어들어, 이제는 내일 걱정이 아니라 오늘을 살아야 할 걱정으로 해서 모두가 거의 미쳐 있었다./아사자만도 세 명이나 있었는데 술집을 하던 과부와 그의 어린 두 자녀였다. 그러나 그건 사실로 아사였는지, 아니면 집단자살이었는지도 아무도 몰랐다. 그 집은 완전히 불더미 속에 파묻히고 말았었으니까 산마루엔 어린 사지를 비끌어 맺던 네 개의 말뚝이 타자 남은 채 서 있었다.
>
> ─ 『장씨傳』12)

---

12) 박상륭, 『장씨傳』, 사상계, 1964.

『장씨傳』의 황무지 같은 상황은 한 마을의 집단적인 생명의 죽음과 아울러 그 마을의 비참성을 무덤 속 같은 마을, 묵은 무덤 같은 집 등 극단적으로 상징하고 있다. 또 도처에 죽음이 깔린 땅의 마을이기도 하다. 이런 땅에서 생명의 출산자인 여성이 죽거나, 생명의 첫 싹들인 아이들의 죽음이 비롯되고 있어, 그것의 극은 넉 달짜리 핏덩이가 기우제의 제물로 바쳐져 죽는 것으로까지 나타나는 생명과의 속출의 현장이 되고 있다. 이 집단적인 죽음이란 황폐의 기원은 무엇보다 대자연의 섭리 내지 자연의 리듬에 맞선 인간 최대한의 이기성의 결과로 드러나고 있다. 즉 인간들은 대자연의 순환섭리에 인위성으로 도전해본 결과 스스로 파멸을 자초할 뿐이라는 것을 보여주고 있다. 결국 『장씨傳』에서는 인간이 대자연의 섭리에 도전하는 자이며, 자연을 정복하려는 주체자로 그려지고 있다. 그것은 『아겔마다』의 피밭에 이어 또다시 인간을 죽음에 이르게 하며, 우주황폐의 일로로 달리게 하는 장본인이자 피해자가 되고 있음을 경고하고 있다.

다음의 소설 『江南見聞錄』에서는 황폐한 시대에 황금시대의 유토피아 신화를 잃어버리고 신을 유폐시켜버린 이후의 인간세상을 보여주고 있다. 이 소설에서의 이상적인 시대는 황금시대, 설화의 시대, 신을 동경하며 기다리던 시대로 상징화하고 있다. 그러나 이미 인간 군상은 황금시대를 파멸한 지 오래이며 그 결과 지금은 정반대로 역사시대이며, 신을 유폐시켜 버린 인간시대인 제국주의와 공업화시대로서, 파멸의 세계 그 자체로 드러낸 것이다. 인간이 이끌어 온 시대는 인간이 예상했던 발전되어 있는 세계이기보다 신을 파멸한 상실된 세계로 매독이 든 우주의 모습으로 상징화되어 나타나고 있다.

오늘날 인류는 계급투쟁과 선동적인 정치, 배타적이고 군국적인 민족주의와 사회주의에 의해 초래된 폐허 안에서 매독 균은 즐거워하며 살고 있다. 아버지들의 정액 속엔 매독 균이 있었거나 그 정액을 받은 자궁에 뱀이 들끓고 있었던지도 몰랐다. 세계는 매독 균에 걸려 고름을 쏟으며 발작하려고 한다./그날 밤으로 그녀의 목을 눌렀다. 난 그녀의 생명을 아끼며 세 시간 동안에 걸려 죽였다. 뱃속의 아이까지도 내 놓았다. 아이는 죽어있는 한 핏덩이였다.

- 『江南見聞錄』13)

이와 같이 박상륭의 『江南見聞錄』에서는 오늘날의 비극적인 인류의 세계를 계급 투쟁적이고 선동적인 정치 및 각종의 제국주의적 욕망으로 초래된 폐허와 결부지어 생명파괴를 그리고 있다. 그 세상에서는 이미 아버지들의 정액에 매독 균이 함량 되어 있는 성의 황폐와 그 정액을 받은 여성들의 자궁 역시 매독의 균이 들끓어 생명 위협으로까지 상징화되어 있다. 인간이 공업화 위조로만 이끈 제국주의 시대에서는 심신(心神)대신 물신(物神) 위주여서 아무리 신을 찾으려 해도 유폐된 신은 찾아지지 않는 상황이다. 건강해야 할 남성의 생식력은 매독 병으로 문드러져 있고, 그것을 받은 여성의 자궁 역시 그 병에 침몰되어 생명의 황폐 일로로 달리게 할 뿐이다. 결국 여성은 남성에 의해 죽을 뿐만 아니라 세계 자체를 매독으로 병들게 하며 모든 생명력에 병균을 감염시키고 있는 실정이다. 이 비극의 끝은 여인을 죽이거나 그녀의 뱃속에 있던 핏덩이 태아마저 병으로 감염시켜 죽음의 형국 그 자체가 되고 있다. 『江南見聞錄』은 남성, 여성, 태아의 병듦 또는 죽음으로 생명의 황폐와 파괴의 극치를 경고하고 있는 것이다.

위의 세 편의 소설들은 절대자 신에 대항하거나 대자연의 순환섭리에 도전하거나 황금시대를 파멸시켜 버린 세상에 이미 인간의 권력에 대한 거대 욕망이 노파를 통한 생식력의 파괴로 상징화되거나, 여인과 어린 아

---

13) 박상륭, 『江南見聞錄』, 사상계, 1965.

이의 죽음과 제물로 바쳐진 넉 달짜리 아이의 죽음과 또 매독 든 정액을 가진 아버지와 여인의 죽음 그리고 핏덩이 태아의 죽음으로 생명 파괴의 극치이자, 이 땅이 불모의 세계의 극치임을 상징적으로 고발하고 있는 것이다. 결국 박상륭은 황폐한 우주의 기원이 은 30냥에라도 신을 팔고, 자연을 정복하려는 남성의 힘들이 인간의 심신을 극도로 소외시킨 물신 제국주의 남성들이 세계를 지배함으로 비롯된 비참한 현상으로 다루고 있다. 그것은 신이 출현되어 인신화 된 서기 30년이나, 자연업인 농업 위주로 생활을 하는 공동체 마을이나, 근대화 초기의 마을 모두에 나타내므로 시대와 상관없이 인간 역사가 자연의 황폐, 땅의 황폐가 인간 생명력을 얼마나 절망적으로 파멸시키고 있는지를 경고하고 있는 것이다.

2. 2

말(언어)의 사당을 모시고 있는 한 섬을 중심으로 전개된『뙤약볕』연작은 우주 언어의 파괴로 상징된 여러 가지 황폐현상을 다루고 있다. 우주 언어의 파괴로 인한 역병이 창궐하는 섬을 그린『뙤약볕』(1966), 병든 섬에서 새모선을 제조하여 새천지를 찾아 나서는 도중 모선의 대기에 끼어 있는 뙤약볕과 황지의 이미지가 드리운『하원갑 섣달그믐』─ 뙤약볕 2(1967), 버려진 섬과 정조를 유린당한 땅의 소설인『자정녀』─ 뙤약볕종(1969)의 연작을 통해, 자연의 황폐와 인간 생명의 파괴 현상을 다루고 있다. 즉 이 소설들은 유린되고 역병 든 땅의 기원을 인간 중심주의의 이성이, 상징적인 생명 언어 '우주 언어'의 파괴로부터 비롯되고 있음을 그리고 있다.

먼저『뙤약볕』은 인간이 인간을 서로 죽이는 현장에서 인간 중심의 욕망과 교만으로 생명의 언어인 우주 언어를 파괴시킨 후 땅 자체가 역병이 들어 있는 모습으로 상징화하고 있다. 우주 언어란 인간 중심의 말이나 행위가 아닌 자연의 창조적 생성 리듬에 따른 언어이다. 그러한 언어를 모시며 존중하던 시대에서는 섬의 스승인 당굴의 말이, 즉 섬의 혼령이며 사람들의 한 의지로 실천되고 있었다. 이 시절 스승은 말과 교통하기 위하여 명상하는 그 자체가 말과 동일시되던 시대로 이 당굴은 모든 사람의 커다란 한 빛으로 섬을 지키며 통치했던 것이다. 이 통치시기에는 말은 가시적으로 보이지는 않았으나, 신비한 마력을 지니며 땅과 운명을 지배했었다. 이 생명 언어는 저절로 큰 말이며 무한히 큰 말의 상징이어서 또 작은 생명의 말은 큰 생명의 말에 일치되어 있었다. 이때 생명적 말의 사당은 오각이었고, 신격이었으며, 최초의 우주였고, 어떤 것을 생성시키는 자궁의 상징이 되었던 것으로 물과 운명을 지배하며 말의 실천이 이루어진 유토피아 시대였다. 그러나 인간은 이러한 인간이 육화된 실체로 살아 있는 원초적인 말이 구현되는 유토피아 시대에 대하여 인간 중심주의로 도전하여 인류를 파멸시키는 현실로 만들고 있을 뿐이다. 인간이 인간을 서로 죽이고도 스승의 말에 따르는 실천할 논리는 더 이상 필요 없다고 파괴시키고 만 것이다. 즉 남성들의 권력지배 욕망이 인간이 쌓아놓은 바벨탑을 스스로 허물어 생명 언어와 같은 오각형의 우주 언어로 상징화된 지혜를 무참히 무너뜨리고 만 것이다. 그 결과 전 인류가 한 가족이었던 유토피아 시대의 말은 파괴되었으며 섬마을을 황폐한 우주일로로 달리게 될 뿐이다.

> 우계가 접어들면서 지독한 장마가 계속되어 가축은 병이 들고, 생선은 썩어 들고 곡식은 가마니 속에서 싹을 키웠다. 장마가 그치는가 했더니 이번엔 역병이 창궐하기 시작했다. 죽은 쥐가 도처에서 보이더니 사람이 죽기 시작한 것이다. 시체는 그을린 듯 새까맣게 변했다.
>
> ─『뙤약볕』,[14] 117쪽

---

14) 박상륭, 『뙤약볕』, 문학, 1966, 10쪽.

『뙤약볕』에서는 인간의 삶의 마당인 섬 자체의 땅이 썩어가고 섬에 서식하는 동식물인 자연이 죽어가는 현장을 그리고 있다. 처음에는 이 섬의 인구 중 삼할 가량이 죽어가고 있었으나, 은총과 구원의 말이 완전히 파멸된 이후 섬의 인구는 점점 줄어들어 오할로 늘어났다. 또한 땅과 하늘 역시 검은 주검만이 뒤덮여가며 율법도 정의도 남아 있는 것이라곤 아무 것도 없었다. 즉 인간들은 서로가 서로를 죽이고 파멸된 현장만을 초래했을 뿐이다. 더욱이나 바벨탑의 처절한 무너짐으로 혼란의 극치[15]를 보이며 이 섬은 주검의 도가니로 몰아넣은 황폐한 우주의 적나라함이 보일 뿐이다.

뙤약볕 기이(其二)의 부제가 달린 『하원갑 섣달 그믐』은, 뙤약볕의 연작으로 번제가 되어버린 섬과 그들이 새 천지를 찾아 나서려고 모선을 제조하여 섬으로부터 떠나가는 과정을 그리고 있다. 섬 주민들은 그들의 땅인 섬이 더 이상 그들과 정사를 원치 않음을 상징적으로 본다. 왜냐하면 망녕들어 자기 자녀의 썩은 살로 자맥질하며 더 이상 생산을 허락하지 않는 가랑탱이의 상징이 되어버렸기 때문이다. 그들은 편리위주로만, 힘이 더 강한 것만을 세상이라 믿고 생명 언어를 파괴하여 세계를 전복시키고 말았다. 그들의 생명의 언어들을 파괴한 이후 섬은 더욱 황폐화되고 죽어가는 생명은 계속 속출하며, 그들은 심지어 족장의 누이마저 버리는 생명 유기를 서슴지 않고 또다시 새 천지를 찾아 나서려 할 뿐이다. 그리하여 새 모선을 제조하여 바다를 향해 힘찬 닻줄을 올리게 된다. 황폐한 섬을 떠난 새 세계를 찾아나서는 선상에서 그들은 잠시 이상이 실현된 듯 착각을 한다. 그러나 그들이 찾고자 하는 새 땅 새 천지는 그들이 잃었던 생명적 말을 회복한 곳은 아니었다. 그들은 다만 육신적 생명을 잇기 위해 자식을 낳고 미래를 낚는 편리한 세상을 만들 뿐이며, 잃어버린 생명의 말은 그 후에 다시 찾겠다는 생명리듬을 유예시킨 논조만을 가지고 있었다.

---

15) C.H. 강/ 에델. N. 넬슨, 이혜남역, 『창세기의 발견』, 청하, 1991, 188쪽.

심신을 유예시킨 그들의 물신의 편리함만을 내세웠던 그들 계획은 빗나 감이 이미 예정되어 있었다. 그들은 여러 생각 중에서도 으뜸인 것만으로 뭉쳐진 물신 너머의 어떤 것이자 모든 생각이 태어 나오는 생명의 원리듬 이 사라진 지금 서로 제각각 힘의 지배싸움만을 보일 뿐이다. 이러한 배 반의 삶은 잠깐 모선 위에서 물신의 이상이 실현된 듯 보이나 삶 자체에 서도 우주의 황폐함이 무겁게 드리워져 있음으로 나타내고 있는 것이다.

> 이곳의 대기는 황지에 묻은 뙤약볕 한 잎 처럼 칩칩하고 물고 무 거웠다./ 유년중에선 남아 둘 실종에 여아 둘이 시체로 발견되었 다. 유아 중에서 한 아이는 그 애의 어미는 정신 차리고도 오랫동 안이나 아이의 목을 죄은 채 젖을 물리고 있었는데, 그 아이만이 축복받은 죽음을 한듯 했다. 그리고 아이 하나는 뒤늦게야 족장에 의해 시체로 발견되었는데 어떻게 해서 선창 속으로 흘러들어가 구겨져 있었던 지를 설명할 사람은 무도 없었다.
> —『하원갑 섣달 그믐』,[16] 382쪽

위의 말세처럼 그려진 『하원갑 섣달 그믐』에서는 생명의 섬을 떠나 물 신의 모선에서 지내고 있는 이들에게 아이가 죽어가고 늙은 지혜꾼을 바 다에 빠뜨려 죽이는 결과, 이 세상의 모든 생명, 태아의 생명, 지혜의 생명 의 죽음까지도 보이고 있다. 결국 인간이 인간을 죽이는 힘의 주도권을 위해 아귀다툼만을 벌리므로 인간의 죽음 그 자체가 새롭게 찾아 나선 모 선 모선 자체에서도 죽음으로 상징되고 있는 것이다. 이제 그 현장마저 "대기와 따가운 햇볕만 묵은 회분마냥 쌓아가고"로 끝날 뿐이다.

뙤약볕 종이라는 부제가 붙어 있는 『자정녀』는 『페르세포네』[17]의 배 은망덕한 땅이 변용 비유되고 있다. 뙤약볕 1, 2에 이어 뙤약볕3은 상여

---

16) 박상륭, 『하원갑 섣달 그믐』, 세대, 1967.
17) 그리스 로마신화, 91쪽.

집 같은 빈 땅이 세계로 상징화되고 있다. 뙤약볕1에서의 섬이 역병이 들어 땅이 황폐화되자 그 섬을 버리고 떠나가게 된다. 뙤약볕2에서는 제2의 삶을 다시 살아가고자 모선을 타고 그 섬을 떠나게 된다. 이어서 마지막 뙤약볕에서는 그 버려진 섬에 남겨진 족장의 누이와 점쇠를 통해 전개되고 있다. 이 버려진 섬에서 점쇠가 처음으로 목격한 것은 생명의 태냄새가 전혀없는 죽은 아이였다.

> 아이는 그날 밤에 죽어 버렸으므로 당굴들의 사상을 태어나게 했던 고행의 돌더미 속에다 묻어 주었다./ 그것을 두려워하고 미워했을 뿐 너를 미워하진 않았다. 그런 전갈을 죽이고 싶었을 뿐, 너를 죽이려고 않했다./ 난 내가 나 하나만 고립되어 있는 생명이라곤 생각지 않는다. 벌써 죽음의 노래 소린 들리지 않는다. 그런데 박락되어져야 할 모든 껍질의 대신으로 죽은 네가 아닌 여자로서 너는 이 대지의 소인판이다.
>
> — 『子正女』,[18] 329, 334, 336쪽

모두가 떠나버린 섬에 홀로 남은 점쇠는 병든 섬을 둘러보며 생명에 냄새를 찾아보려고 애썼으나 죽은 핏덩이의 형체만을 목격할 뿐이다. 그러나 잠시 후 그는 그 아이의 어미인 듯한 여인의 혼절된 모습을 발견한다. 혼절했다가 제정신이 들어 기운을 찾은 여인은 다름 아닌 누이였다. 아니 누이이기에 앞서 여자였고 여자이기에 앞서, 암컷의 냄새를 강하게 풍기고 있었다. 그런 암컷으로서의 여인은, 이제 남성인 나에 의해 죽여지고 있는 지경으로 그려지고 있다.

결국 생명 언어로 상징된 우주 언어의 파괴를 다룬 뙤약볕 연작은 인간 위주 중심의 남성주의가 파괴된 근원이자, 인간의 타락과 역병이 창궐하는 황폐한 땅의 기원으로 찾아갈 수 있다는 것을 보여주고 있다. 육화된

---

18) 박상륭, 『子正女』, 세대, 1969.

인간의 언어이자 우주의 한 가족의 말인 바벨탑의 언어는 인간의 교만한 지배 욕망이나 인간 이성중심주의에 파멸당하게 된다. 생명의 언어를 파괴한 인간은 스스로 버림받은 존재로 자처하고 만 것이다. 상징된 암컷인 여성은 이런 대지의 소인판에 의해 대가로 치르게 될 뿐이다. 이 모두는 남성들이 우주의 생명리듬 중심이 아닌 인간 위주의 힘의 언어로 비롯된 결과인 것이다. 인간 스스로의 황폐한 죽음의 현장 및 생명의 파멸을 자초하고 있음을 이 소설들에서 경고하고 있는 것이다.

2.3

각설이 일기 기일, 이, 삼이란 부제가 붙어 있는 소설 『쿠마場』(1967), 『山東場』(1968), 『山南場』(1969)은 장타령으로 되어 있는 연작이다. 이 연작은 작은 공간을 중심으로 여인과 아이의 죽음, 노인의 죽음 그리고 불모의 생식력을 가진 남성의 죽음 및 대지의 황폐함이 상징적으로 그려지고 있다. 데뷔작과 뙤약별 연작의 죽음이 땅의 황폐와 더불어 여인과 아이의 죽음이 벌어졌다면 장타령에서의 땅의 죽음은 환원적인 대지이자 윤회할 수밖에 없는 땅의 의미를 띠고 있다. 덧붙여 남성의 생식력도 불모로 되어 있는 상황으로 점점 치닫게 생명체의 죽음 그 자체가 황폐한 세계로 나타나고 있다.

먼저 각설이 일기 연작 중 1인 『쿠마場』은 페트로니우스의 "샤타리콘"의 쿠마의 무녀가 아폴로신으로부터 장수를 허락받았으나, 젊음을 잃었기 때문에 몸이 말라 독 안에 매달려 간신히 목숨만 붙이고 있을 뿐 완전히 생의 의의를 상실한 여인[19]을 독장수하는 늙은 영감으로 패러디하고 있다. 이 『쿠마장』은 생명의 근원인 여인의 죽음, 아이의 죽음, 생식력을 상실한 불모의 남성의 죽음으로 모든 인간 생명의 파멸을 상징하고 있다.

난 어떤 가난한 여자가 나무다리 위에서, 애를 낳고 기절해 버린

---

19) 이창배, 『T.S. 엘리엇 연구—인간과 문학』, 민음사, 1988, 195쪽.

걸 보았는데 말입죠. 핏덩이야 뭐 다리 아래로 꿀방울처럼 떨어져
돌에 부딪혀 묵사발이 되어 버리더군입쇼./ 헌데 그렇게나 건장하
던 사내가 갑자기 웬일로? 스스로 섬돌에다 다리를 짓찧어 댔어요.
제가 보는 앞에서/ 영감은 포기하고 항아리 전에다 이마를 찧기 시
작했다. 신음을 해대면서도 그것을 치열하게 감행했는데 아마도
축적되었던 거름이 한꺼번에 터져 한꺼번에 타고 있는 듯했다.
                                    —『쿠마場』,[20] 31, 36, 41쪽

　박상륭은 장타령 연작으로 넘어오면서 초기의 땅의 황폐함 위에 인간
의 생명 파괴가 더욱 거칠게 변하는 우주로 계속 상징화하고 있다. 이 장
인 땅은 삶의 시초인 핏덩이의 죽음, 생식력이 사라진 남성의 죽음, 늙은
노인의 죽음이 벌어지고 있다. 온통 장 전체의 모습이 죽어 있는 것이다.
　각설이 일기 기2의 부제가 붙어 있는『山東場』은 장을 한 덩어리의 상
징체로 파악하고 있다. 이 장은 산서(山西)든, 산동(山東)이든, 호동(湖東)이
든, 호서(湖西)든 질서이자 관념 형태가 잡동사니를 흔들어 만든 것으로 상
징하고 있다. 한 쪽의 끝은 어떤 모양으로든 퇴화하기 마련이며 언제나
새로운 퇴화는 시작되고 말며 이미 추상화시켜 생명의 불감증세를 내포
하고 있을 뿐이다.

　　너는 자식을 키워야 할 유방이 점점 나날이 음사에 경화되어와
　불감증에 걸려 있다. 그리하여 여자가 남자를 받고도 이미 자식을
　가질 수 없는 이 메마른 이단자 쑥 같은 계집들로 인해 이읍의 샘
　물을 모두 쓰게 될 것이다.
                                    —『山東場』,[21] 99쪽

20) 박상륭,『쿠마場』, 사상계, 1967.
21) 박상륭,『山東場』, 현대문학, 1968.

위의 소설『山東場』에서는 핏덩이를 키울 수 있는 자궁을 가진 여성이 불임 자체의 상태로 그려지고 있다. 더 이상 생산할 수 없는 불모지가 되어버린 여성과 땅의 황폐함을 불감증이 되어버린 생명으로 경고하고 있다.

이어『산남장』은 각설이 일기 3의 부제로 인간의 모든 죽음에 이어 여성의 불감증이 메마른 자궁, 대지의 죽음 그 자체를 상징화하고 있다.

> 한낮이 황폐한 언덕으로 울며 도망치자, 가마귀의 날게에 먹힌 죽은 빛이 고목을 덮고 어디선가 죽음이 산묘울음 소리를 냈다. 허긴 너무 가물어 보였다. 성자들은 영혼을 인색해 하는 탓에 그들이 사는 땅엔 비가 오질 않는다. 그들이 사는 땅엔 사철 건조한 바람만 불고, 가을엔 이삭도 없으며, 겨울에 들어간 안방에서 그들은 여름에도 나오려 하질 않고 그냥 사철 바람이 먼지만 흩뿌린다. 허긴참 너무도 가물었는데, 어디 구름이라도 한 조각 흘러 오느냐, 가마귀며, 들쥐며 정액 말라 비그덕이는 고장, 영혼의 거머리가 되어 육신을 파먹고, 육신은 없는, 육신은 없는 고장의 어디서… 나는 하늘을 한번 보고 고개를 떨구어 대지를 보았다. 대지는 피 묻은 돌로 해서 화평이 찢겨져 있었다.
>
> ─『山南場』,[22] 21, 22쪽

이『산남장』은 장 전체가 대지의 찢겨진 죽음 위에 문둥병자 등 성하지 않은 인간만이 집단으로 살고 있는 것으로 그리고 있다. 대지는 황폐 그 자체이고, 그 위에 사는 인간 자체도 불구자의 집단만이 처절하게 생존하고 있을 뿐이며, 건강한 대지이든 인간의 건강한 생명이든 모든 것이 송두리째 파괴된 황폐한 장인 세계로 그려지고 있다.

결국 장타령 연작소설에서는 이제 건강해야 할 남성의 생식력마저 불

---

[22] 박상륭,『山南場』, 68문학, 1969.

모인 세계로 드러난『쿠마장』, 여인의 자궁이 더 이상 생산을 할 수 없는 불모지로 상징되고 있는『산동장』과 더불어『산남장』에서는 대지의 죽음과 불구의 인간만이 살고 잇는 생명력의 파괴된 땅을 그리고 있다. 즉 박상륭의 장타령 연작에서는 땅의 황폐 및 세계의 황폐를 장의 상징화된 공간을 빌어 나타내고 있는데, 그것을 인간의 생식력의 불모로 연결시키면서, 인간 세상 모두가 땅이든 인간이든, 우주 내에 존재하는 생명 모두가 황폐 그 자체임을 강력히 고발하고 있는 것이다.

3. 생명의 근원(우주모와 어린 순교자)[23])과 대지 살리기

박상륭이 인류사 곳곳에 상징을 빌어 땅의 황폐, 성의 황폐, 생명 파괴가 벌어진 황폐한 우주의 주체를 다시 이 시대에 던져준 생명에 대한 문제의식으로 탐색되어야 할 것이다. 이 시대는 미래의 생존을 위해 병든 우주와 생명을 덜 파괴하는 방향으로 치유되어야 하며 나아가 그것을 구원 내지는 재생하려는 몸부림이 강력하게 요구되는 때임을 시사하고 있다. 황폐한 세계라는 반생명적 파괴 형상에 대하여 박상륭은, 그것을 살리려는 의지인 생명 회복을 함께 열린 상상력으로 제시하고 있다.

황폐한 세계에 맞선 생명주의의 열린 상상력을 박상륭은 세 변모로 나타내지만 생명의 근원적 대지 살리기란 큰 구조와 맞물려 나타내고 있다. 초기에는 자연의 생명리듬으로 생명 찾기를, 이어 어머니를 통한 모성과 자궁의 상상력으로, 그리고 장타령 연작에서는 땅의 윤회를 통한 대속의 상상력으로 그 구원의 생명의지를 보여주고 있다.

---

23) 성찬경, 「문학과 생명」, 생명문화연구소 제2회 세미나 자료집, 1992, 24쪽.

3.1

　먼저 데뷔작인 소설들, 『아겔다마』, 『장씨전』, 『강남견문록』에서 보여지는 생명의 구원 의지를 살펴보려고 한다. 이들 소설은 신에 맞서고, 대자연의 순환섭리에 도전하고 황금시대를 파멸시킨 남성주의의 대욕망으로 인한 생명 파괴 현성을 다루고 있었다. 이러한 반생명적인 현상에 대한 생명 찾기는 유토피아 자체를 파멸한 인간이기에 인간을 위한 그 구원 양상은 반대급부적으로 미약하게 나타나게 한다.

　데뷔작 『아겔다마』는 인간 메시아의 출현에 맞서 예수를 판 결과 자신의 죽음과 노파의 죽음 그리고 마을 전체가 피밭으로 얼룩진 모습을 그리고 있었다. 한 나그네가 지나가면서 그 피밭을 목격하게 된다. 이 나그네는 이방인이 아닌 유대인 개종자로 욥바항에 살고 있는 구두쇠 장사치로 비유되고 있다. 그가 예루살렘까지 행상 와 그 마을의 광경으로 한 노파와 사내가 죽어 있는 것을 목격하게 된다. 그는 유다의 고깃덩이와 웃는 얼굴, 그리고 노파의 가랑이가 핏덩인 채로 죽어 있는 것을 발견한 후 예루살렘에 사는 모든 사람들에게 이 피밭을 알리는 구실을 하고 있다. 즉 나그네를 통한 피밭의 알려짐은 인간의 땅의 황폐를 경고하는 구실을 하고 있다. 피밭인 땅인 황폐한 세계임을 지구상의 모든 사람들에게 알리는 발현 구조의 상징으로서 인간의 각성을 촉구하고 있는 것이다.

　그것에 비해 『장씨전』의 구원 양상은 진일보된 모습을 보이고 있다. 자연의 횡포함에 맞선 인간은 산 제물을 번제물로 삼아 여러 번 기우제를 치르게 된다. 그러나 자연은 인간의 인위적인 행사를 받아들이지 않는다. 다만 그 마을 전체를 황폐한 모습만 더욱 진하게 드리울 뿐이다. 이러한 마을은 외부와 차단되어 있는 곳으로 석 달 만에야 나그네가 당도할 뿐이다. 한 나그네는 허우적거리는 익사자의 모습으로 최후의 발악을 외쳐대며 다비소를 찾으며, 다만 다비소에 대해 병도 없으며, 꺼지지 않는 향불이 타올라 항상 잔치판이며 노란 연기가 타오르는 곳으로 북쪽에 있다고 만 할 뿐이다. 이어 지나가는 나그네 역시 지팡이에 간신히 기대어 걷는 늙은이로 움직이는 무덤 같은 형상을 하고 있었다. 그도 다비소는 늘 풍년이며 늙음과 가난도 없다며 지나간다. 마을 사람들은 그들의 말에 솔깃하나 말세의 죽음 같은 말에 아무도 따르질 않는다. 그러던 중 지나가는 세 번째 나그네에게는 모두 쏠리게 된다. 피리를 불며 걸어오는 이 나그네에 대하여 마을 사람들은 고통을 차츰 잊어가며 그 선율 속에서 새로운 땅의 체온을 느끼게 된다. 이들에게는 나그네의 피리 선율이 생명의 리듬인 구원의 한 표상으로 상징되었다고 볼 수 있다. 생명의 리듬에서 정지는 반생명적이나, 움직임은 역동성으로 생의 기본 리듬인 것이다. 이곳에서 저곳으로 항상 발길을 떠나는 나그네와 그 율조의 음악 소리는 생명 위로의 리듬으로 볼 수 있는 것이다. 여기서의 인간은 사회적, 역사적 존재이기보다 자연적 존재이기에 끊임없이 우주적 생명리듬의 맥박에 동참하는 호소의 상징이라 할 수 있다. 이 나그네의 선율을 통한 구원방식은 다시 장타령 소설에 등장하는 각설이와 연결 확대해 나가는 구원의 상징인 것이다.

이와 더불어『강남견문록』에서는 나그네가 떠돌다가 귀향하는 구조로 되어 있다. 인간이 살고 있는 암흑시대는 황금시대를 파멸하면서 자초한 결과다. 바벨탑에 대한 꿈이 사라진 지금의 이 시대는 철근과 대리석으로 이루어진 공업화시대로서 인간의 과학이 이룩한 거대문명이 인간을 더욱 비참하게 위협할 뿐이다. 이러한 시대 나그네는 그래도 한 곳 정도는 그와 반대인 세계가 있을 것이라고 방황을 한다. 그의 황금시대를 찾기 위한 3년의 방랑은 실패의 맛을 볼 뿐이다. 다시 총 7년이란 세월을 보냈으나 역시 마찬가지 결과였다. 그러나 이 여인 역시 근대화 시대의 배금주의에 물들어 있을 뿐이며, 그녀 역시 무덤의 이미지를 강하게 던져올 뿐이었다. 이러한 상황 속에 여인이 자살을 감행하려 했을 때 나그네가 주체가 되어 그 죽음을 감행하며, 그녀는 핏덩이만을 남기고 죽게 된다. 이 죄값으로 수인생활 23년을 마치고 탈옥한 나그네는 마지막 고향으로 향하게 된다. 생을 결코 포기하지 않는 강인한 생명의 대한 애착을 가지고 다시 출발하는 것이다.

『아겔다마』, 『장씨전』, 『강남견문록』에서는 인간들이 절대자의 파괴, 대자연의 섭리에의 도전, 황금시대를 파멸시켜버린 결과 우주의 황폐가 피밭, 섭리에의 도전, 매독이 든 우주의 땅으로 나타났었다. 그러나 우주의 황폐현상에 대하여 박상륭은 미약하게나마 정착하지 않고 항상 떠도는 이미지의 나그네를 빌어 흐름 및 생명의 원초적인 리듬으로 우주의 생생한 이미지를 드러냈고, 강인한 생의(生意), 생욕(生慾) 등의 인간의 숨은 내적 생명의 힘으로 그것의 시선을 피력했던 것이다.

3. 2

인간이 완전히 절대자나 자연을 파괴했던 시대에는 인간 구원의 양상은 자연의 생명리듬에 대한 재확인만이 미약하게 상징되었었다. 그러나 생명의 언어 파괴로 인한 섬땅이 파멸되어버린 뙤약볕1, 새로 찾아나선 모선 위에서도 생명의 죽음만을 일삼는 뙤약볕2, 아이의 죽음 및 여인의 암컷으로서의 전이를 보여 인간퇴화를 보인 뙤약볕3의 연작소설에서는 생명에 대한 열린 정신을 어머니의 자궁의 상상력과 시간 생성이 결합된 상징으로 나타내고 있다. 그들의 공통점은 생성력과 출발의 의미를 함축하고 있다.

먼저 『뙤약볕』에서는 섬땅에 역병이 창궐하고 인간이 인간을 서로 죽이는 결과를 보였다. 그 죽임의 현장에 인간들은 특히 남성들은 악인 또는 죄인의 죽음 과정을 적나라하게 목격하고 있다. 그러나 하나의 예외인 여자는 그 죄인을 포용하는 몸짓을 취하고 있다.

여자는 미쳐서 흰 나무를 얼싸 안고, 매달려 늘어선 섬돌이의 상처난 뒤꿈치를 핥았다. 그러다가 바람쇠가 내던진 낫을 발견하곤 그것을 주워다가 섬돌이의 목을 파고든 줄을 잘랐다. 여자는 구겨진 시체를 안았다. 알 수 없는 말로 시체를 얼르며 젖을 물렸다.
— 『뙤약볕』, 166쪽

즉 생명의 시초와 맞먹는 상징체인 생명의 말이 파괴된 이 섬에서 한 죄인의 시체를 감싸 안으려는 몸짓은 여인의 구원 의지이다. 이 여인은 죽어가는 섬돌이를 마지막까지 품어 죽음의 앞에 서 있는 죄인까지도 안으려는 모성적 포용력을 가진 모습 자체이다. 이 『뙤약볕』의 생명주의 정신은 자궁의 소유자인 여성이 모성적 포용력으로 생명체를 감싸는 구원의 의지로 볼 수 있다.

다음의 뙤약볕 2인 『하원갑 섣달 그믐』에서는, 새 천지를 찾아 섬을 떠난 섬 주민들이 다시 모선 위에서 탐욕과 악마가 들끓는 현장이며 이제 대기마저 황기로 되어버린 뙤약볕 아래 모든 생명이 죽어가고 있음을 그리고 있다. 인간이 인간을 서로 죽이고 어린 아이가 죽어가고 모두가 죽어가는 현장에 생성력을 지닌 여자를 마지막 생존자로 남겨 있게 상징화하고 있다. 모신 자체가 황폐의 상징적 덩어리로 되어 있는 그 현장에 그래도 마지막까지 강인한 생존자는 자궁 속에 아이를 품고 있는 여인인 것이다.

그리고 마지막 시민인 젊은 여자는 바닷물을 퍼올려 마시기 시작했다. 에뤼식톤처럼 이 세계를 송두리째 삼키기 시작했다. 그녀의 자궁 속에서 어떤 생명이 제국주의적인 맹아를 키우고 있었던지 어쨌는지는 알 수가 없었다.
— 『하원갑 섣달 그믐』, 391쪽

『하원갑 섣달 그믐』에서는 새 천지를 찾겠다고 떠나온 섬 주민들이 모선 위에서 모두 죽어갔지만, 마지막까지 살아남은 자는 여인이었던 것이다. 그 여인은 이미 자궁 속에 또 하나의 생명인 부정적일지도 모르는 제국주의적 맹아마저 생명력의 출산을 예정하고 있기 때문이다.

마지막 연작인 뙤약볕 3인 『자정녀』에서는, 홀로 남은 주인공이 구원의 상징이자 말의 상징을 찾은 행위로 나타나고 있다. 여기서의 구원의 상징은 여인과 시간의 결합체로 되어 있어 말 자체 그대로 자정녀였다.

> 자정은 어제의 끝이고… 내일의 시작이고… 헌데 오늘이 끼이질 못했고 하 그것은(영시) 묘혈이며 산실이고… 그건 정말 그래! 거기서 아마 거소를 잃은 (말)은 살고 있는 모양이다.
>
> 『자정녀』, 325쪽

이 『자정녀』에서의 출발의 시간인 자정은 태초의 우주를 생성시키는 또 하나의 상징이 되고 있다. 이때 점쇠는 섬으로부터 갓난애의 토하는 울음소리인 생명의 첫 울음소리를 듣게 된다. 또한 그는 구현된 말의 함성에서 생명을 느꼈으며, 섬이 자궁을 열고 향을 분만한 것으로 인식하게 된다. 그러나 아이는 그날 밤, 말에 도전이나 한 듯이 죽어 버리고 만다. 그 다음으로 찾아낸 것이 여인과 대지의 결합이다. 점쇠는 풍염한 대지가 음부를 열어 유혹하며 그것을 미얀마재비의 암컷이 말을 죽이려는 안간힘의 표출로 목격하게 된다. 이때 그는 나의 죽음이 나를 분만한다고 생각하는 죽음의 대행이라는 인식의 변화를 가져온다. 즉 한 우리 속에 출생과 묘혈이 공존하는 생명의 근원지를 발견하게 된다. 그는 너를 통하여 말의 의미를 재발견하게 되며 말은 그것들의 정조이자 생명 그 자체가 된 것이라고 생각하게 된다. 이곳 섬에는 송아지, 아이, 여자만이 남겨져 있고 그 이유를 말이 없어진 것이 아니라 예지와 실명이 있었던 말의 지시였다고 인식을 전환시킨다. 그러므로 새, 풀, 짐승, 모두 한 우리 속에 살고 있는 생명의 말 자체로 상징해 볼 수 있는 것이다. 이제 우주 생명 자체는 잃어버린 말이자 하나의 한 우리의 생명인 어머니인 것이다.

> 인간만이 볼 수 없었던 그리하여 스스로를 제외시켰던 태고 적인 그 어떤 숨결 같은 것이 젖같이 샘솟는 것을 되찾은 것이다. 그것이 바로 자정의 의지였다. 땅의 맥관을 타고, 줄기차지만 고요히 흘러온 작용력… 그것이 어쩌면 내가 찾은 〈새로운 말〉이다./ 태고적인 그 어떤 숨결, 잃어버린 땅, 그 새로운 자정의 의지, 그 여인, 그것은 한우리의 고향이다. 이 한우리의 귀소다. 이 한우리의 어머니다. 우리는 (생명들은) 우리를 기다리는 어머니 품을 생각하면 된다. 그러면 각개의 나는 이 한우리의 생명 속으로 녹아 버릴 것이며 어쩌면 그 때 말이란 다름 아닌 있음이 아니라 바로 자신이라고 알게 될거다. 자기는 이 한우리 그것의 큰 생명을 담고 있는 곧, 한우리니까/ 자기가 이 한우리 되어버린 것을 믿을 수 있을 때 그에게 다른 종류의 탄생이 될 뿐이겠지. 비가 개이는 대로 묵은 땅은 온통 불살라 버려야겠어 비로써도 다 못 씻은 낡음 들을. 그리고 씨알을 던져야지 씨알을 암은 여인의 몸에 그 자정에
>
> 『자정녀』, 336, 337쪽

결국 박상륭은 파괴된 섬이자 땅인 우주 그리고 생명적 언어인 우주의 언어의 파괴로 인한 황폐함에 대한 구원의 상상력을 길게 펼쳤던 것이다. 점쇠란 인물을 통해 첫 시간인 삶의 자정의 의지이자 원초적 의지를 한우리라는 인식으로 전환시켰던 것이다. 이것이야말로 한 우리 속의 자신이자, 자신이 한 우리로써 우주 생명을 큰 품으로 본 것이다. 그 반경에서 생의 변환 아니 윤회의 싹틈을 보았던 것이다. 결론적으로 또다른 탄생의 의미화를 어머니의 자궁의 생성력에 귀결시켜 상징하고 있는 것이다. 한 생명의 탄생과 모든 생명의 탄생을 위한 구원의 상상력을 펼쳤던 것이다.

이상과 같이 뙤약볕 연작에서는 생명적 언어의 우주 언어를 파괴한 반생명 현상에 대하여, 생명주의 정신으로 우주 언어를 찾는 구원 의지로 살펴보았다. 이 연작에서 보이는 세계는 우주 언어의 파괴로 역병이 창궐하는 땅, 모선에서의 생존의 파멸, 핏덩이와 누이의 죽음 등이 벌어지는 황폐한 우주와 생명 파괴 현상을 그리고 있다. 여기에 박상륭이 보여주었던 구원 방식은 마지막 죄인까지도 여인의 포용력으로 감싸려는 생명의 소중함에 대한 인식, 마지막 생존자로 남아서 태아를 품어 생명을 보호하려는 자궁의 소유자 여성을 그리고, 한 우리의 우주 생명의 탄생으로 생성력을 다루어 여성의 자궁의 상상력이자 우주 생명의 상상력으로 생명의 열린 정신을 찾을 수 있겠다.

3. 3

불모의 생식력이 되어버린 땅을 그린 장타령 연작인 『쿠마장』, 『산동장』, 『산남장』에서 보이는 열린 정신은 리듬의 상상력과 자궁의 상상력에서 더 확대시켜 나간 구원의 의지라 볼 수 있겠다. 먼저 한 장 입구에서 시작하여, 다른 곳으로 퇴장하는 장은 앞뒤가 열려 있는 시제 및 공간의 상징화로 나타나고 있다. 이 폐쇄가 아닌 열린 공간에서 나그네는 떠돌아 들어오고 다시는 돌아오지 않는 일회성의 머무름의 구조를 취하고 있다. 또 다음 장을 향한 떠남의 구조로 되어 있다. 여기서의 열린 정신은 인간과 결합된 생의 회복을 향한 땅의 환원으로 상징하고 있다.

먼저 『쿠마장』에서는 장타령꾼이 독장수 영감을 목격하면서 이야기가 전개된다. 늙은 영감은 인간을 하나의 항아리로 비유하고 있다. 그 자신은 이미 늙었으면서도 마음속에는 또 하나의 아기를 태어나게 하고 자신은 썩어 거름이 되기를 바라는 것으로 등장하고 있다. 그것은 인간군은 죽었으나 또 생명은 태어나는 사중생(死中生)[24]으로 생명이 유전되고 있음을 시사하고 있다. 그의 초상은 이미 완성의 자세를 취하여 궁궁(弓弓)25)의 표상이기도 하다. 그러나 이 영감에게 있어 이 변환의 계기는 장타령꾼의 피리소리로 인한 것이다.

> 나는 빈 껍질의 늙은이야 난 언젠지 죽어 있다가 오늘 태어난 거지 하지만 그 애가 오늘 죽은 아니지. 난 언젠지 죽어 있다가 오늘 태어난 거지. 만산도 대단한 만산이지/ 퉁소는 내 산모였다네 갓 나서 꽃처럼 으깨어진 그 애는 이장의 항아리 속에 던지웠던 한 씨앗이었던 모양이다.
>
> 『쿠마장』, 40~41쪽

이 『쿠마장』에서의 한 노인과 아이의 죽음은 또 다른 종류의 생명을 탄생시키기 위한 거름이며, 씨였던 것이다. 이는 인류학에서의 희생제의이자 대속제를 상징하여 보여준 것이다. 이제 장타령꾼은 바랑의 끈을 매고, 이 장을 떠나 다음 장으로 떠나는 재출발하고 있다. 이것은 뱀이 뱀의 꼬리를 물고, 우주 알을 품은 우로보로스26)의 상징화를 한 장을 통하여 보여준 것이다.

다음 장타령꾼은 쿠마장을 떠나 『산동장』에 도착하여 구원의 의지를 탐색하고 있다. 먼저 구원의 의지는 여인을 통하여 세 가지 의미를 복합하여 보여주고 있다.

> 두려워 할 줄도 교만할 줄도 모르는—바로 아기의 얼굴이며 동시에 어머니의 얼굴인 무균의 상징, 아무 것도 이해할 수 없지만 그러나 다 포용할 수 있으며 무엇이든 다 주겠지만 그래도 말름을

---

24) 이창배, 『T.S. 엘리엇 연구』, 201쪽. 생중사(生中死)의 변형.
25) 『동경대전』, 천도교경전, 천도교 중앙총부 출판부, 1981, 4쪽.
26) 조르쥬 나타프, 김정란 역, 『상징 · 기호 · 표지』, 열화당, 1992, 56쪽.

모르는 것이라는 이 비옥함, 그런 것들 그런 것 이상의 것들이 나를 그녀에게서 헤어나지 못하게 하고 있던 것이다. / 그녀를 산다면 난 동시에 세 가지 것을 가지게 될 것 같았다. 생각도 감정도 이성도 없는 고깃덩이를 가공 안 된 천연 그대로의 꿀방울을, 그리고 그런 모두를 초월한 어머니를

— 『산동장』, 100~101쪽

즉 여인과 땅을 결합시킨 『산동장』은 우선 여인을 통한 세 의미를 발견하게 된다. 그 여인을 통한 열린 정신은 여인을 육체, 정신, 영원한 우주의 세 의미를 동시에 가진 대우주모의 발견을 통해서이다. 그러면서도 장타령꾼은 퇴화를 보지 않고 퇴화의 아들인 질서를 보지 않기 위해, 다음 장을 향해 빨리 떠나는 것이다. 시간으로 상징된 장타령꾼은 두 번 다시 같은 장을 오지 않았으며, 언제나 흘러갈 뿐이다. 왜냐하면 그는 항상 새롭게 어제만을, 또 언제나 개혁 이전의 화폐만을 가지고 다니는 장돌뱅이이기 때문이다. 그래서 그는 "내일 장은 오늘 장의 고분 위에 돋아난 할미꽃 한 포기에 불과한 것이 아니겠느냐"며 끝을 맺으며 가고 있다. 『쿠마장』은 멈추지 않는 흐름의 상상력과 아울러 오늘 장은 내일 장을 위한 하나의 고분인 꽃 한 송이의 피어남으로 미리 내려다보며 떠나는 대속적인 생명의 탄생이 상징화된 것이다.

대지는 수천 년을 살아오면서도 앙금을 남기지 않고 어떻게 하여 늘 시원으로 환원되는가를 알아내려고 하였을 것이다. 나는 대지로부터 언제나 멀리 떠나는 대지 위를 망령처럼 지나며 그 위에서 꽃 피웠다. 늙은 것의 즙을 내먹고 열매에게는 내 정액을 입히며 늘 떠나는 사내만 내 바랑엔 앙금이 쌓이며 도대체 되돌아 거슬러 올라가지 못하고 언제나 근심스러운 다음 장을 지나가야 되는 사내 / 이 고장이 분만하는 단 하나의 딸을 안았다. 죽음의 성취도 힘들었지만 대속의 이치로 이해해야 한다. 나는 아버지가 되고 싶

었고 소녀는 어머니가 되고 싶어 했다. 우리는 파장의 입구에서 헤어졌다. 명년 봄에 오늘 묻은 내 동정이 되살아 날 때는 동정으로 이장의 못 계절을 통과해 갈게다. 허긴 난 아버지가 되고 싶은 그놈의 동정 때문에 늘 멈추질 못한다. 멈추질 못 한다.

ー『산남장』, 31쪽

즉 『산남장』에서는 생명 회복을 대속의 상상력을 기반한 대지의 싹 틔우기인 땅의 윤회로 상징하고 있다. 땅의 상상력은 고대 그리이스 신화에 나오는 여신, 가이아(Gaia)와 의미가 상통하며 지구를 생명 있는 유기체로 파악하는 데서 출발한다. 그리하여 장 하나하나를 가이아의 축조적 상징으로 볼 수 있다. 즉 이 생명체는 대지에 호흡을 불어 넣으며 윤회적인 대속을 치르면서, 새 생명이 탄생되는 생명의 회복을 그리고 있다.

이상과 같이 박상륭은 장타령 연작에서 생명주의 정신을 불모의 생식력과 생명의 파괴에 대해, 대지와 여인의 결합력으로 상징하고 있다. 그 생명정신에서 한 죽음은 다른 종류의 생명의 탄생을 가져오게 된다. 대속량으로 그려진 『쿠마장』, 여인과 의미를 육체, 정신, 영원한 우주라는 대모(代母)27)로 상징하여 대지의 상상력과 결부시킨 『산동장』, 죽어 있는 대지를 하나의 인물의 어머니 가이아로 파악하여, 새 생명의 탄생을 위한 의식으로 상징하는 『산남장』이나, 모두 탄생을 위한 대속적인 상상력으로 읽을 수 있다.

4. 불모의 시대에 생명주의의 상상력

지금까지 박상륭이 고국에서 1960년대 쓴 단편을 이중구조로 나누어

---

27) 그리스 로마신화, 45쪽.

살펴보았다. 하나는 황폐한 세계라는 반생명적인 현상들을 남성주의 제국주의의 욕망과 결부지어서 생명 파괴 현상으로 살펴보았다. 또 하나는 그에 맞서 생명의 근원(우주모와 어린 순교자) 살리기와 대지의 회생을 위한 생명주의의 열린 정신으로 살펴보았다.

이 글에서는 박상륭이 바라본 우주의 황폐함을 생명 파괴와 아울러 셋으로 나누어 보았다. 첫째, 남성들의 절대자에 대한 도전으로 인한 땅의 황폐를 들 수 있다. 그 황폐한 모습들을 신에 대한 도전, 대자연의 순환 섭리에 도전과 황금시대를 파멸시킨 결과였다. 그리하여 피밭이 된 땅, 무덤 같은 마을의 땅, 매독이 든 우주의 땅과 아울러 그곳에 노파, 여인, 아이, 핏덩이의 죽음이란, 인간의 생명 파괴가 자연의 파괴와 함께 벌어지고 있다. 둘째로는 생명적 언어인 우주 언어가 파괴된 섬을 중심으로 벌어지고 있다. 그들은 우주의 생명 리듬을 가진 언어에 배반을 하고 인간이 인간을 서로 죽이며 모든 생명체를 죽이는 결과를 초래하고 있다. 그로 인해 여자가 유기되고, 땅이 더 이상 생성력을 포기할 정도로 황폐화되어 가고 있다. 아이의 죽음, 또한 이곳 저곳에서 속출하고 있다. 셋째로 생식력이 파멸된 여인, 불모의 생식력을 가진 남성의 죽음, 불모의 대지로 확대되어 나가고 있음을 알 수 있다. 이와 같이 박상륭은 1960년대 세계 인류가 살고 있는 시대를 황폐한 우주와 생명 파괴의 현장 자체로 읽었던 것이다.

그에 맞서 박상륭은 반생명적 현상에 대하여는 생명주의 정신의 열린 상상력으로 전망을 고뇌하고 있다. 첫째 생명 리듬의 상상력을 통해서 보여주고 있다. 인간은 생명의 리듬을 가진 생명의 핵을 지니고 있다. 정지가 아닌 흐름이자 역동적인 상상력은 생에 대한 강한 의지의 구현이라 볼 수 있으며, 황폐한 세계에 대한 인식과 그것의 회복을 향한 각성으로 볼 수 있다. 둘째로는 여인의 자궁의 상상력을 들 수 있다. 여성은 모성의 포용력으로 감싸며 그녀의 자궁은 태아의 보호체이며 생명을 탄생시키는 생성력이며 인류의 구원자인 것이다. 셋째로는 대지의 윤회를 통한 생명의 재탄생을 대속적이자 환원적인 상상력으로 상징하고 있다. 위의 세 구원인 생명의 리듬, 생명의 탄생인 자궁, 인류의 탄생의 기반이 되는 대속의 상상력은, 삶의 회복 및 생명의 회복과 탄생을 향한 열린 정신이다. 이는 영원히 갈망되고 존재되어야 할 우주적인 대질서이자 창조적인 상상력인 것이다.

박상륭이 이상에서 보여주었던 1960년대의 단편들은 죽음을 통한 삶을, 자연과 인간의 황폐를 통한 탄생과 생명의 정신을 보여주었다. 인류가 처한 환경과 인간 생명의 파멸과 위협의 문제는 정치적, 경제적인 문제일 뿐만 아니라 근원적인 인간, 존재적인 삶의 인간 문제다. 마음의 근원이자 존재의 근원인 생명의 뿌리는 인간의 이름을 빌린 남성들의 지배욕과 물욕에의 탐닉, 노예가 되다시피 한 인간의 본성이 되어버려 비롯된 듯하다.

이제 인간 존재의 근원이자 고향인 지구촌의 우주와 그 속에서 살아가는 생명을 지키려는 인류의 순수한 노력이 요구되는 때다. 그것은 현대의 위기 앞에서 불모 및 황폐의 근원을 생명주의 상상력으로 돌려 생명을 회복하려는 의지를 펴야 할 것이다.

다시 말해 종교적 죄의 체험, 자연의 부정적인 체험, 인간 생명의 죽음 및 파괴의 체험 등 비극적인 체험을, 삶의 정열이자 생의 정열로 바꾸어야 한다는 것이다. 이제 생을 위한 희생의 정신을 우주적인 낙관론으로 펼쳐져야 하며, 눈, 귀, 손을 열어, 생명의 음성을 받아들여야만 한 것이다. 이는 박상륭이 우주의 한 생명적 자아의 눈으로 우주에서 살아가야 할 인류에 대하여 작가의 대응이자 응전력인 생명주의 상상력이자 우주 회복의 상상력으로 볼 수 있다.

나아가 본질적인 생의 근원에 대한 반성이자 1990년대 우리 및 세계에게 던져주는 의미로 다시 읽어야 할 것이다. 작가의 생명주의적 전망은 자연 파괴는 자연 보호와 연결지어, 물신숭배, 산업화와 제국주의적 욕망에 대한 근원적인 반성과 아울러 인간 존중, 생명을 향한 메시지이기도 하다. 우주 언어를 통한 생명의 리듬 중시, 우주 생성의 리듬인 상징체들의 끝없는 보호, 그리고 그것을 향한 메시지에 모두 마음을 열고 실천 행위가 뒤따라야 할 것이다. 아이와 태아의 죽음은 아직도 지구 선상에서 낙태와 기아의 문제로 남아 있기 때문이다.

그런 면에서 이 모두는 작가 박상륭의 우주에 대한 생명 읽기로 볼 수 있다. 그것은 1960년대 시각의 생명주의 상상력이자 1990년대의 생명주의이며 영원히 지켜져야 할 대안이다. 나아가 작가의 선구적 시각은 인류에게 던져준 구원의 빛이자 우주를 사랑하는 열린 정신의 반증으로 이 시대에 상기해 볼만하다. 작가 박상륭은 병든 우주를 우주의 생명적인 눈으로 감싸며 바라보았고 생성적이고 창조적인 변증법의 신화로 불모의 20세기에 대한 치유 의지를 예언했기 때문이다.

바다의 신화적 상상력과 '다른 우리'의 출현

— 위티 이히마에라, 『웨일라이더(Whale Rider)』를 중심으로

최영호

1. 현대 사회와 신화적 사고

신화적 사고는 현대 첨단 과학 사회에서도 여전히 중요한 의미를 갖고 있다. 과학의 엄밀성과 과학자의 상상력을 아름다운 조화로 본 프리먼 다이슨(Freeman Dyson)의 사고는 과학과 신화의 접점을 생각하는 데도 적지 않은 시사점을 제공한다. 그는 인간의 역사에 폭넓게 자리 잡고 있는 각종 신화들이 비록 볼품없고 하찮은 것에서 비롯되었을지라도 그 세계를 올바로 이해하려면 먼저 신화 자체를 원시적 사고의 산물로 봐서는 안 된다고 보았다. 첨단 물리학자이자 미래학자의 결론은 "우리가 먼 미래에도 살아남으려면 우리의 긴 과거와 계속 관계를 맺어야만 한다."(프리먼 다이슨 2000, 141)는 것이었다. 레비-스트로스 또한 신화와 과학을 서로 건널 수 없는 단절된 영역으로 보지 않았다. 오히려 과학적 사고는 신화의 본질을 이해하는 능력의 제공처로 간주했다. 신화와 과학을 논리적인 이항

대립의 관계로 보지 않고, 양적인 전망에만 맞추어 서로를 저울질하는 차원을 넘어 신화와 과학의 질적 측면을 인정하고 통합적인 안목으로 접근해야 함을 제안했다(레비-스트로스 2000, 53).

　이러한 관점에서 본 연구는 신화의 세계를 무의미하고 부조리한 것으로 보던 눈을 거두고, 일상과 떼려야 뗄 수 없는 그 세계가 왜 은유와 관념적 사고를 필요로 하고 있고, 왜 우리의 삶은 각종 경험들에서 차용한 여러 '이미지들(images)'을 요구하고 있는지를 『웨일라이더(Whale Rider)』(2004)[1]를 통해 살펴보고자 한다. 과학적 사고, 현대 문명적 관점으로는 쉽게 이해하기 힘든 세계를 신화적 상상력으로 다가가는 이 작품은 현대 문명 속에서 살아 있는 바다의 신화를 다루면서, 원래 세상은 하나로 현실과 비현실, 자연과 초자연, 현재와 과거, 과학과 환상이 처음부터 나누어진 게 아니라 우리 인간이 경계를 구분지은 것에 불과하다는 것을 보여주고 있다. 작가 위티는 바다나 고래와도 대화 가능한 마오리족 조상신 파이키아를 등장시켜 집단 정체성의 관점에서 전통적으로 축적된 원주민 마오리족의 원시적 감정들을 새롭게 해석한다. 이는 원시적 감정들을 도구적 개념이 아닌 가치 합리적 개념으로 수용하는 작가의 창조적 시도로서, 이를 통해 작가는 자연과의 끊임 없는 대화를 시도하며, 지속가능한 삶을 추구하는 현대인들에게 자연스럽게 형성된 문화적 차이를 함부로 착취하지 않으면서 각 민족성의 경계를 뛰어넘어 사유할 줄 아는 존재의 필요성을 제안하고 있다. 이해의 지평을 넓혀, 어쩌면 우리는 이 작품에서 레비나

---

1) 위티 이히마에라는 1944년 뉴질랜드 기즈번에서 마오리족으로 태어나 영어로 창작 활동을 하는 작가다. 그의 단편집으로는 『포우나무 포우나무(Pounamu Pounamu)』(1972)와 『탕기(Tangi)』(1973)가 있다. 이 두 권은 마오리족이 쓴 최초의 작품이다. 위티는 다작의 작가로서 이 두 권 외 아홉 권의 소설, 다섯 권의 단편집과 다수의 논픽션이 있다. 무대극과 오페라 대본도 집필하는 등 다방면으로 창작 활동을 하는 위티의 작품들 가운데서 문학적·상업적으로 크게 성공한 작품은『스페인 정원의 밤(Nights in the Gardens of Spain)』으로 평가되고 있다. 오랜 외교관 활동 경험도 갖고 있는 그녀는 현재 오클랜드 대학에서 영어와 창작 수업을 병행하고 있다.

스(E. Levinas)가 말한, "자기 자신의 이익을 위해 사는 삶이 아니라 타인의 고통을 고려하고 이웃을 사랑하는 책임적인 삶"(강영안 2006, 41~42)을 사는 인간과도 만나게 될지도 모른다.

2. 바다의 신화적 창조성

예나 지금이나 세상에는 탐구된 것 너머에 탐구되지 않은 것이 즐비하다. 그 수는 셀 수 없이 많으며, 바다도 그중 하나다. 물론 지금은 마음만 먹으면 첨단과학의 힘을 이용해 어디든 가지 못할 곳이 없지만 바다는 만만한 대상이 아니다. 바다는 지금도 자기 변신을 거듭하며 깨어지지 않는 수수께끼로 가득하고, 겉보기엔 잔잔하다가도 성난 파도가 몰아치면 전혀 다른 모습을 보여준다. 이러한 바다는 새로운 생물학을 주창해온 어그로스와 스텐시우가 자연 속의 지혜를 찾기 위해 내세운 "자기-창조적인"(어그로스와 스텐시우 1995, 40) 세계의 모습일 수 있으며, 심광현이 말하는 "비인간적인 자연의 이미지를 걷어버리고 인간과 공명하는 자연이라는 새로운 이미지"(심광현 2005, 68)일 수도 있다.

<비너스의 탄생>2)으로 유명한 보티첼리(S.Botticelli)의 경우, 그에게 있어 '바다'는 새로운 인간을 탄생시키는 신화적 공간이었다. 엘리아데(M.Eliade)의 말대로, "물은 잠재성의 보편적 총체를 상징한다"(미르치아 엘리아데 1998, 165)면, 보티첼리가 창조한 '바다'는 생명의 근원이자 원천일 뿐 아니라 존재의 존재됨의 가능성을 저장한 하나의 거룩한 성소였다. 바다

---

2) 산드로 보티첼리가 그린 <비너스의 탄생>은 278.5 x 172.5cm 크기로 제작되었으며, 현재 피렌체 우피치 미술관에 전시되어 있다. 보티첼리는 거의 전 생애를 자신이 태어나고 자란 피렌체에서 보냈으며, 단지 고향을 떠난 것은 1481~1482년에 시스티나 성당을 장식하는 일을 맡았을 뿐이었다. 이런 일을 맡을 정도로 살아생전 명성이 자자했으나 진즉 그의 명성이 부활된 것은 19세기 후반이라고 한다.

로의 침수(沈水)는 "결정적 소멸을 의미하는 것이 아니며, 무형태와의 일시적 재통합"(엘리아데 1998, 166)이며, 이런 재통합 과정에서 바다는 "새로운 창조, 새로운 생명, 새로운 인간"(엘리아데 1998, 166)을 출현시켰다.

보티첼리의 <비너스의 탄생>이 자아내는 신비로운 분위기는 비너스의 눈부신 나신(裸身) 때문만은 아니다. 비너스를 둘러싼 바람의 신 제피루스와 요정 호라이도 한몫 하며 보티첼리가 재창조한 파도도 가세한다. 특히나 비너스의 발밑을 파고드는 파도는 일상적인 실물의 파도가 아닌, 보티첼리가 브이(V)자 형태로 창조한 파도다. 바로 여기에 비너스라는 새로운 인간을 탄생시킨 바다가 신들의 세계임을 말하려는 보티첼리의 의도가 반영되어 있다. 보티첼리의 바다에는 어떠한 창조적 비밀이 깃들어 있는가? 비너스는 로마 신화에서는 베누스, 그리스 신화에서는 아프로디테로 명명된다. 고대 신화에서 비너스만큼 매혹적인 여신은 없다. 사랑, 아름다움, 웃음, 결혼의 여신인 그녀의 고향은 바다다. 하지만 비너스가 태어난 바다에는 무시무시한 전설이 들어 있다.

땅의 여신 가이아와 하늘의 신 우라누스는 부부였다. 그런데 우라누스는 평소 아내를 몹시 박해했다. 마침 우라누스와 교접해 티탄이란 최초의 인간을 낳자, 가이아는 더 이상의 분을 참지 못한다. 가이아는 자신의 또 다른 아들이자 시간의 신 크로노스를 끌어들여 아버지 우라누스와 싸우게 만든다. 어머니의 말에 화가 난 크로노스는 낫으로 아버지의 남근을 거세한 후 정액을 바다에 뿌린다. 그러자 파도에 떠다니던 정액이 물거품으로 변하고, 그 바다에선 마침내 아름다운 비너스가 조개껍질을 열고 탄생한다. 뱀이 물을 마셔 독을 만들고, 소가 풀을 뜯어 우유를 만든다면, 바다는 정액을 빨아들여 새로운 인간을 출산시키고 있다. 보티첼리는 회화성이 짙은 이런 전설을 화폭에 담았고, 그의 그림을 보는 사람들마다 몽환적 세계로 빨려들었다.

경쟁과 투쟁을 지나치게 강조하던 신화적 자연의 아름다움이 과학적으로는 아무런 가치도 없는 것일까? "자연은 공학자보다는 예술가에 가깝다. (⋯) 따라서 자연을 이해하기 위해서는 기본적으로 예술가의 태도를 가져야 한다."(심광현 2005, 67)고 주장하는 어그로스와 스텐시우는 이를 전면 부정한다. 그들은 이런 생명의 활달한 진행을 끊임없이 새로움을 확인하는 새로운 역동적인 체제로의 이행으로 보았다.

3. 『웨일라이더(Whale Rider)』의 바다와 새로운 인간 탄생

작가 위티 이히마에라는 뉴질랜드 원주민 마오리족 출신으로, 자신의 고향인 기즈번 왕가라(Wangara) 마을을 무대로 작품을 전개한다. 고래를 타고 온 마오리족 조상신 파이키아 아피라나, 다시 말해 뉴질랜드 마오리족에 전해내려 오는 천년 신화는 이 작품의 중심 내용이다. 작가의 창작 동기는 다소 엉뚱하다고 할 수 있다. 위티는 한때 허드슨 강변이 내려다보이는 뉴욕의 아파트에 살았다. 그러던 어느 날 허드슨 강가까지 올라와 물을 뿜는 고래를 목격하는데, 이것이 그의 작품의 외면적 창작 동기였다. 그러나 우리는 이 작품이 나오기까지 그의 조상의 삶에 깃든 고통과 분노의 역사를 기억해야 한다. 과거 금광을 노린 유럽의 이민자들과 조상 대대로 살던 땅을 내줄 수밖에 없었던 원주민 사이의 치열한 전쟁, 땅은 물론 문화와 언어, 자존심까지 모두 박탈당한 그들 조상들의 비참했던 삶이 그것이다. 다행히 1차 세계대전에 동참한 마오리 원주민들이 용맹을 떨침으로써 자신들의 상처받은 자긍심을 회복해나가는데, 이러한 노력이 바로 마오리족의 부흥운동이었다(위티 2004, 220).

소설 『웨일라이더』는 프롤로그와 에필로그 사이에 4개의 장으로 이루어져 있다. 봄, 여름, 가을, 겨울로 구분된 각각의 장은 다시 작은 프롤로그를 시작으로 저마다 펼쳐지며, 각 장마다 현실과 신화의 세계를 넘나드는 작가의 신비로운 이야기는 고래와 인간이 어떻게 어우러져 오늘에 이르렀는지를 환상적으로 들려준다.

소설의 가장 첫 '프롤로그'는 작품의 전체적인 흐름을 파악하는데 핵심인데, 마오리족의 조상신 파이키아와 인간 탄생의 비밀도 바로 여기서 말해진다.

> 먼 옛날, 사람들이 출현하기 전, 뉴질랜드의 육지와 바다가 생명의 씨앗을 기다린다. 그러던 어느 날 수평선 위로 영원한 노래가 퍼지면서 신의 선물을 지닌 거대한 고래가 솟아오른다. 고래의 이마에는 신성성을 나타내는 소용돌이 문신이 새겨져 있고, 바로 그 위에 웨일라이더란 한 남자가 타고 있다. 그가 바다와 육지를 향해 작은 마오리(생명의 씨앗)을 던지자 하늘을 날던 마오리는 숲속의 비둘기로, 바다에 내려앉은 마오리는 뱀장어로, 바다에서 울려 퍼지던 노래는 영원한 음악으로 변한다. 그러자 대지와 바다는 가슴을 열고 그 남자를 받아들인다. 그가 바로 탕가타, 인간이었다. 그런데 웨일라이더는 아직 던져지지 않은 마오리가 하나 남았다는 걸 알고 간절히 애원한다. 그것은 마지막 마오리는 장차 사람들이 곤경에 빠지면 꽃피워달라는 기도였다. 그러자 마지막 마오리는 웨일라이더의 손에서 기쁜 듯 뛰어올라 하늘로 날아갔고, 수천 년의 시간을 건너뛰어 마침내 땅에 내려앉은 그 마오리는 사람들이 자신을 필요로 할 때까지 다시 백오 십 년을 기다린다. 그 후 고래는 하늘을 향해 위엄 있게 꼬리를 내젖는데, '후이 에, 하우미 에, 타이키 에', 풀이하면 '다 이루었도다'는 마오리족의 말이 울려 퍼진다(위티 2004, 19~24).

이러한 '프롤로그'를 시작으로 작품은 본격적인 신비의 세계로 돌입한다. 고래들이 모여 짝을 짓고, 우두머리 영감 고래와 할멈 고래가 그 무리를 지켜보며 웅장하게 노래하고, 음파 속에서 영감 고래는 자신의 추억과 대화하고, 젊은 시절 그랬던 것처럼 주인의 플루트 소리를 들은 영감 고래는 먹는 일을 멈추고 힘차게 솟구치며 행복한 추억을 되새기는 광경이 모두 그러하다.

그런데 작품에 등장하는 사건 하나하나는 단순한 것 같지만 매우 중층적 의미를 가진다. 마오리 족의 장자(長子) 상속제도 하나만 보더라도 그렇다. 이 제도는 작품의 문제적 상황을 제기하고 수렴하는 구실을 한다. 장자 포루랑기의 아내 레후아가 계집아이를 낳자 부족장 아피라나 할아버지는 플라워즈 '할멈의 음기' 탓으로 돌린다. 그러면서 마오리 족장과 마나에 대한 자신의 전통적인 믿음과 계집아이 카후가 태어났다는 사실 모두를 부정한다. 그러자 할멈은 자기 자신이 '위대한 무리와이의 딸이자 부족의 훌륭한 스승'임을 자부하며 부족장을 설득한다. 카누를 타고 뉴질랜드로 온 무리와이는 오빠들과 함께 육지 탐사를 나갔다가 갑작스럽게 닥치는 풍랑의 위험을 직감한 순간, "에— 이! 테나, 키아 와카타네 아케오 아이 아후(이제 나는 남자가 되었노라!)"(위티 2004, 39)라는 기도를 올려서 위기를 극복한 전통을 중시한다.

이는 '상황에 따라' 여성도 남성처럼 '길을 인도할 책임과 권한'이 있음을 자각하게 한 중대 사건으로서, 무리와이의 숭고한 전통으로 자리를 굳혔다. 바로 이런 전통을 이어받은 터라, 플라워즈 할멈은 부족장 아피라나가 거부하는 부족의 승계권을 손녀에게 넘기길 원한다. 그리고 부족의 창시자이자 남자인 '카후티아 테 랑기'란 이름에서 유래한 '카후'란 이름을 손녀에게 붙여준다. "영감, 그 애는 포루랑기와 당신의 핏줄이에요. (⋯) 카후도 이곳 마라에에 자기 탯줄을 묻을 권리"(위티 2004, 41)[3]가 있다는 할멈의 거듭된 요구에도 불구하고 부족장 아피라나는 창시자의 권위에 어긋나는 일이라며 완강히 거부한다. 그러나 할멈은 둘째 아들 라위리와 카후를 데리고 마라에를 찾아가 카후의 탯줄을 묻으며 기도한다. 할멈

---

3) 마라에는 마오리족 마을의 가장 성스러운 장소를 의미한다.

의 기도는 부족장의 고착된 생각을 바꾸기 위한 기도였고, 기도가 끝나자 고래의 노랫소리가 들린다.

두 번째 장에서 작가 위티는 고래의 노랫소리를 따라 고래와 인간의 이채로운 만남, 그 원초적 세계로 독자들을 안내한다. 그곳은 이스터 섬으로부터 이천 킬로미터 떨어진 테 피토 오 테웨누아(육지의 끝), 말하자면 태평양 바닷속 '아기고래의 요람'이다. 이곳은 과거 인간과 고래의 "대화가 발전하면서 서로에 대한 이해와 사랑"(위티 2004, 50)을 나누던 시절이 있었지만, 지금은 그런 대화가 단절되어 고래가 인간을 피해 몸을 숨긴 '세상의 중심'이다. 작가는 이런 신비로운 이야기를 그 자체로 가두지 않고 카후의 비극적인 탄생과 예사롭지 않은 현실적 삶과 연결시킨다. 이를테면, 카후를 낳은 어머니 레후아가 이내 숨을 거두자 부족장의 강요로 카후는 외할머니에게로 보내지고 이를 본 플라워즈 할멈이 "어린아이가 자라는 모습을 직접 보지 못하면 그 애의 특별함을 나타내는 작은 상징이나 신호 같은 것을 눈치 챌 수 없게 마련"(위티 2004, 56)이라고 경고하는 대목이 그것이다. 단절된 인간과의 대화만 풀리면 고래 떼가 돌아오듯이, 플라워즈 할멈은 카후의 탯줄이 자신들의 땅에 묻힌 이상 그가 반드시 돌아올 것이라 확신한다.

할멈의 확신은 무엇보다 생명의 힘에 기초한다. 마오리족의 선조와 신들의 땅, 뉴질랜드와 하와이키 섬 사이의 테 모아나 누이 아 키와, 즉 '어둠의 바다'인 거대한 해양 대륙에는 하와이키 섬의 추장 카후티아 테 랑기가 살던 아름다운 시절이 있었다. 그 시절은 인간이 육지와 바다의 모든 피조물을 마음대로 부릴 수 있는 힘 있는 시절이었다. 고래 등에 올라타고 바다의 신 카후티아 테 랑기가 가져온 것은 바로 이 '생명의 힘'을 지닌 마오리였다.

그가 가져온 마오리는 우리 부족이 세상의 일부로 대화하며 살 수 있도록 해주었다. 그가 가져온 마오리는 각각 테 와케로에로, 테 라웨로, 랑기테인, 타페레 누이 아 와통가라고 불리는 배움의 집에서 나왔다. 마오리는 하와이키에 있는 배움의 집들이 신대륙에게 주는 선물이었다. 마오리는 인간에게 바다에 사는 온갖 짐승과 생명체들과 대화하는 방법을 가르쳐주었고, 그렇게 해서 모든 생명이 서로 도우며 조화롭게 살 수 있도록 해 주었다. 마오리는 하나가 되는 법을 가르쳐 주었다. 한마디로 마오리는 매우 특별한 선물이었다(위티 2004, 54).

인간과 바다가 함께 살며 서로 대화하는 법을 가르쳐준 마오리. 작가는 이 마오리를 가지고 온 카후티아 테 랑기가 아후아후에 도착하기까지의 과정을 '파이키아'로 이름 짓고, 그 땅을 '왕가라 마이 타휘티'로 부른다. '왕가라'는 파이카아의 운명이 닻을 내린 곳이고, 파이키아는 모든 부족을 통일시키는 존재였다.

그런 까닭에 부족장에겐 마오리 지식을 전수하는 일이 중대할 수밖에 없다. 부족장은 아들 포루랑기를 가르쳐 족장으로 추대하려 한다. 그러나 아내의 죽음 후 외로움에 시달린 포루랑기는 자신보다 딸 '카후'가 더 적격이라 말한다. 플라워즈 할멈의 의견도 같다. 이를 거절하는 부족장은 마오리족의 생존과 영토 수호는 오직 장손에게 있음을 고집한다.

부족 회의를 거쳐 남자들에게만 부족의 역사와 전통을 배울 정식 교육과정이 개설되고, 갖가지 도전를 요하는 통과시험들이 실시된다. 부족의 긴 가계도를 외워야 하는 기억력 테스트, 손재주, 체력, 정신력 시험, 특히 깊은 물속으로 잠수하여 사제가 떨어뜨린 돌조각을 되찾아오는 시험도 소개되고, 영문도 모른 채 이런 시험들을 해야만 하고 무조건 따라해야 했던 할아버지의 슬픈 고백도 더해진다. 더욱이 오늘날 마오리족 조상들이 잃어버린, "바닷속 동물들과의 대화 능력"(위티 2004, 61) 상실에 대한 부족장의 가슴 아픈 사연까지 낱낱이 제시된다.

부족장으로서 할아버지는 "파이키아 후손들이 항상 그들의 조상과 고래 섬에 대한 존경심"(위티 2004, 68)을 잃지 않도록 주지시킨다. 그리고 사람들이 나눈 "신과 대화, 육지의 주민들과 바다의 주민들의 친밀한 관계"(위티 2004, 68), "인간과 바다 사이의 존경을 나타내는 의식"(위티 2004, 69) 등을 교육한다. 그럼에도 그의 눈먼 가부장적 세계관은 깨어지지 않는다. 부족의 전통적인 교육에서 여자들이 제외되었다는 소식을 들은 할멈은 "전통은 다 깨어지게"(위티 2004, 70) 된다고 주장하며 할아버지의 고답적인 태도에 항의한다.

한편, 영화관에서 상처 입은 고래가 피를 흘리며 죽어가는 장면을 보고 "끝없이 눈물을 쏟아내는"(위티 2004, 72) 카후의 모습에서 놀란 포루랑기는 스펀지 베이 곶에서 거대한 육식 범고래를 보았을 때 보여준 카후의 행동거지를 본 뒤 카후의 실체를 명확히 인식한다.

> 거대한 육식 고래가 바다에서 소리 없이 헤엄치는 모습은 정말이지 기괴했다. 마치 이상한 꿈을 꾸고 있는 것처럼 무서우면서도 신비한 광경이었다.
> 게다가 카후가 목구멍으로부터 등골이 오싹할 정도로 기분 나쁜 소리를 뿜어내기 시작했다. 맹세컨대 카후가 만들어낸 기다란 비탄의 한숨과도 같은 소리는 방금 전 영화에서 보았던 고래들의 그것과 정확히 일치했다. 그것은 마치 고래에게 보내는 카후의 경고처럼 들렸다(위티 2004, 74).

카후의 소리에 놀라 물속으로 몸을 숨기는 범고래, 그 모습을 떠올리는 라위리는 이때부터 카후가 바다와 하나 되고 고래와 대화를 할 정도로 비범한 존재임을 인식한다.

완고한 할아버지의 편견 앞에 "당신의 피가 내 무리와이의 피를 이기지 못한 거니, 그건 당신 책임"(위티 2004, 76)이라는 할멈의 조언은 무용지물이다. 그럴수록 할아버지의 전통 교육은 더욱 강화되며, 어장마다 붙여진 갖가지 이름과 전설, 그 어장을 지키는 수호신에 관한 이야기부터 그들이 사라진 텅 빈 바다와 침묵이 드리운 바다의 슬픔을 낱낱이 이야기된다. 가까이 가서 손을 뻗어 살갗을 만져본 경이로운 고래 떼 이야기며 "작살에 찔린 고래가 몸부림을 치며 싸우던 모습"(위티 2004, 83)도 들려준다.

그런데 할아버지로부터 "잡힌 고래의 지방질을 벗기고 눈먼 뱀장어들이 그 피를 마시러 몰려들었던 이야기"(위티 2004, 83)를 듣자 카후의 목에선 가냘픈 울음소리가 흘러나왔고, "두려움으로 온몸이 마비"(위티 2004, 84)된다. 그리고 마침내 고래의 최후 순간을 말하는 대목에 이르자 카후는 "안 돼요, 영감탱이, 안 돼요!"(위티 2004, 84)라고 소리치며 할아버지 품으로 달려든다. 사태가 진정되자 카후는 "바다를 마주하고 서서 파도 소리에 섞여 들려오는 목소리"(위티 2004, 87)를 듣는다.

작품의 세 번째 장 역시 고래와 인간의 신비로운 관계가 집중 조명된다. 뱃머리에 조각된 파이키아상의 의미와 하와이키 해구, 신들의 집, 조상들의 고향과 고래들이 유영하는 황금빛 바닷속 이야기가 주를 이룬다. 그런데 앞의 두 장과 달리, 여기서는 매우 현실적인 사건들과 신비로운 이야기가 뒤섞인다. 고래와 인간이 함께 살았던, 신들의 집이 핵실험으로 파괴되는 현실, 살아남은 새끼 고래들이 방사능에 오염되는 실제 사고 등이 그러하다. 할멈 고래가 위로하지만 이런 비극적인 기억은 영감 고래를 고통스럽게 만든다. 마침내, 영감 고래는 태곳적부터 살아온 "생명의 장소, 신들의 장소"(위티 2004, 94)를 버리고 남극해로 떠난다.

작가 위티는 이런 신비로운 이야기의 속내 사정을 현실적 삶으로 옮겨오기 위해 주인공 카후의 네 살 때 일부터 추척한다. 작품은 즐비한 도로, 고층건물, 휘황찬란한 도시, 정신없이 북적대는 시드니 시내 킹스 크로스 등 소란스러운 현대 문명의 폐해를 짚는다. 뿐만 아니라 전통적인 삶을 따르지 않고 '스스로 원하는 방식의 삶'에 젖은 라위리와 사촌들의 가족 이야기, 앞의 다른 장들에서 주를 이루던 고래나 바다 이야기 대신 전화, 서핑보드, 하이킹, 버스, 각종 자동차 등 쾌락주의적 생활도 주목하고, 이 국땅에서의 원주민에 대한 인상도 소개한다. 자신을 원주민으로 소개하지 않은 제프의 말에 실망하는 라위리, 제프가 친구 버나드를 차로 치고 뺑소니친 일을 통해 원주민을 바라보는 사람들의 편견을 들려준다.

> "세상에 어쩌면 좋아. 저 사람 부족이 우리한테 당장 보복하려올 거야.
> 우리가 보복 당하게 생겼어. 저 원주민 하나 때문에."(위티 2004, 115)

친구 버나드가 불행한 일로 죽자 이에 충격을 받은 라위리는 불현듯 죄책감에 시달린다. 라위리가 문명인 제프의 눈엔 원주민이었지만 라위리 자신에겐 그는 친구였다. 작가 위티는 이를 통해 문화적 차이가 다른 존재를 기계적으로 갈래짓는 슬픔을 토로한다. 또한 카후의 귀환은 환영받지만, 라위리의 귀환은 "왕가라에 없는 것은 바깥세상에도 없다"(위티 2004, 119)는, 자기 자신에 대한 성찰의 기회로 작용한다.

한편, 후계자에 대한 할아버지의 가부장적 강박관념은 고스란히 지속된다. 구제불능의 할아버지를 본 할멈은 어머니 부족의 조상인 아파누이의 자손 "미히의 무용담"(위티 2004, 126)을 회상하며 위안 삼는다. 부족의 지역장들은 모두 여자는 마라에 절대로 서서 이야기할 수 없다는 금기를 미히가 깨뜨린 사건이다.

> "싫소, 당신이 앉으시오! 내 서열이 당신보다 위요!"
> 그뿐만이 아니었다. 미히는 그에게 등을 돌리고 서서 허리를 굽
> 히고 속치마를 올려보였다. 그러고는 말했다.
> "자, 여기가 네가 태어난 곳이다!"
> 이런 식으로 미히는 모든 남자가 여자에게서 태어났음을 강조했
> 다.(위티 2004, 127)

한편, 부족장은 사내아이들을 대상으로 바닷속에 던진 "돌을 쪼아 만든 조각"(위티 2004, 137)을 되찾아오는 능력을 통해 최종 후계자를 물색한다. 그러나 바다의 깊 푸른 어둠에 겁을 먹은 아이들은 깊이 잠수하기는커녕 돌조각조차 찾지 못한다. 이것을 찾아내는 것은 할멈과 라위리의 도움을 받은 카후였다. 카후의 능력은 탁월했다. 그녀는 바닷속에서 원을 그리며 도는 돌고래들과 대화하고, 고개를 끄덕이며 돌고래들과 입을 맞추기까지 한다. 더 깊숙이 내려가 바다가재까지 잡아 수면에 올라오는 장면을 본 라위리와 할멈은 카후의 힘을 현실로 인정한다. 하지만 두 사람은 이것이 장차 "저 멀리 고래 위에 올라탄 파이키아의 조각상이 앞으로 벌어질 일을 알려주는"(위티 2004, 143) 징후로 읽는다.

작품의 마지막 장은 재차 '웨일 라이더'의 고향과 신성한 섬 이야기로 시작된다. 영감 고래가 왕가라 마을에서 황금빛 피부의 인간을 내린 후 한 여자와 결혼하며 세월을 보낸 이야기가 나오고, 어느 날 분노와 절망 속에서 황금빛 주인을 태우고 바닷속으로 마지막 헤엄을 쳐 들어가 자신들의 고향인 신성한 섬을 보여준 이야기 뒤 그들 서로가 다음과 같은 말로 작별 인사를 한 이야기로 이어진다.

"나는 여기서 많은 자손을 낳았다. 내 운명은 여기에 있어. 너는 탕가로아 왕국의 네 종족들에게로 돌아가거라(위티 2004, 148)."

바닷속과 달리 바다 바깥은 눈보라가 몰아친다. 유연하게 헤엄치는 고래들은 얼음으로 덮인 바다 밑에서도 우아하게 유영한다. 그러나 거대한 빙벽 앞에서는 당황한 고래는 구슬픈 울음소리로 황금빛 피부의 주인에게 조언을 구한다. 바로 그때 갑자기 하늘에서 내리쬐는 햇빛 때문에 바닷 속은 수많은 거울로 바뀐다. 영감 고래는 황금빛 인간에 대한 기억에 사로잡혀 그 거울 속에 반사된 빙벽의 수면 위로 오르는 것을 끝으로 마지막 여행에 접어든다. 그 여행의 끝은 죽음이다(위티 2004, 150).

그 후 계속되는 <겨울> 장의 이야기는 와이누이 해변에 "이 백여 마리의 수컷, 암컷, 새끼 고래들이 삼 킬로미터 길이 해변에 널브러진 채 죽음을 기다리고"(위티 2004, 152) 있는 장면을 소개한다. 비극적인 현장으로 사람들이 몰리고, 헬리콥터까지 동원된다. 피를 흘리며 죽어가는 고래, 전기톱에 턱이 잘린 고래가 분출하는 피, 웃음, 고통, 승리, 피(위티 2004, 153)의 세계가 난무한다.

고래의 학살 장면은 마우리족 주민들의 슬픔과 분노를 자아낸다. 사람들 중에는 해변으로 올라온 고래를 신의 선물로 보는 측과 한때 인간의 친구였던 고래와의 사랑을 앞세우며 멸종위기를 걱정하는 측으로 나뉜다. 여덟 살의 카후가 이런 사실을 비밀로 하고 라위리는 현장으로 달려간다. 라위리는 고래 등에 탄 채 죽어가는 고래를 학살하는 남성들과 싸우는 백인 할머니를 목격하고, 동네사람들과 힘을 합쳐 사태를 수습한다. 무엇보다 고래들의 몸이 마르지 않고 질식해 죽지 않도록 노력한다. 그러나 해군지원병과 그린피스의 도움을 받아 성공은 거두지만 죽어가는 고래 모두를 살리지 못한다.

그런 가운데 사실을 인지한 카후가 절벽 위에서 바다를 향해 "예의 괴상한 울음소리"(위티 2004, 163)를 토한다. 이를 본 라위리는 울부짖는 카후를 품에 안자 "갑자기 바다 저 멀리서 거대한 문이 열리는 듯한 소리 없는 천둥의 진동"(위티 2004, 163)이 들린다.

작가는 와이누이의 고래 소동에 이어 닥칠 사건을 "그리스도의 재림"(위티 2004, 164)에 비유하며, 그 대변화의 힘과 권위를 칭송한다. 고래를 자살로 내몬 것이 무엇인지는 알지 못하나 그 일로 왕가라 마을에 무슨 일이 펼쳐지는지는 모두가 알았다. 그럼에도 불구하고 할아버지를 두 팔로 끌어안은 카후는 "괜찮아요, 영감탱이. 모든 일이 다 잘될 거예요."(위티 2004, 169)란 말만 한다. 그런 후 먼 옛날을 돌아보듯 바다를 뚫어지게 보던 카후는 운명에 순응하는 존재의 모습으로 돌변하는데, 마침내 라위리의 눈엔 카후가 행하는 신비한 광경이 보이기 시작한다.

그때 갑자기 물속에서 수천 년 전의 거대한 문이 열리는 듯 한 둔중한 울림이 터져 나왔다. 구름 아래의 수면은 금가루를 뿌려놓은 듯 반짝였다. 그러더니 한 줄기 푸른 번개가 미사일처럼 바다 밖으로 솟아올랐다. 나는 영겁의 세월을 건너온 무언가가 허공을 날아 마라에로 들어가는 것을 보았다. (…) 그것은 고래, 레비아탄이었다(위티 2004, 169~170).[4]

이를 목격한 할아버지는 탄식하고, 일의 해결을 위해 과거 무리와이처럼 힘을 발휘하는 할멈을 돕는다. 할멈은 영감 고래에게 다가가 나머지 고래를 데리고 넓은 바다로 되돌아가길 노래한다. 하지만 고래는 요지부동이다. 그러자 할아버지는 고래와 대화를 시도한다.

"테나 코에, 쿠아 타에 마이 코에 키 테 마테? 아라, 키 테 오라(당신은 여기에 죽으러 왔습니까, 아니면 살러 왔습니까)?"
고래는 아무런 대답이 없었다. (…) 고래가 거대한 꼬리지느러미를 들어 올렸다.
그것은 너희가 결정할 문제다(위티 2004, 173~174).[5]

할아버지와 사람들의 간절한 기도가 거듭되고, 몸과 마음, 영혼과 정신을 하나로 합쳐 시급히 해야 할 일을 하기 위해 심혈을 기울인다. 할아버지는 선조인 파이키아와 고래들이 어떻게 살고, 그들 서로가 어떤 대화를 하며 지냈는지, 신화적 사고와 현실의 관계를 대비시켜 설명한다. 이 부분은 작품의 주제가 가장 잘 나타나는 곳이다.

---

4) 레비아탄은 성서에 나오는 큰 고래를 말함.
5) 밑줄은 필자의 강조.

"그런데 언제부턴가 오만해진 인간이 신의 영역을 넘어서려고 했어. 인간은 죽음조차도 정복하려다 실패했지. 오만함이 점점 커지면서 인간은 원래 하나였던 세상을 갈라놓기 시작했다. 시간이 흐르면서 인간은 세상을 자신이 믿을 수 있는 반쪽과 믿을 수 없는 반쪽으로 나누었던 거야. 현실과 비현실. 자연과 초자연. 현재와 과거. 과학과 환상. 인간은 두 세계 사이에 벽을 쌓고 자기 쪽에 있는 것들은 모두 합리적이지만 반대쪽에 있는 것들은 모두 비합리적이라고 믿기 시작했지. 마오리 신들에 대한 우리의 믿음은 비합리적인 것으로 여겨질 때가 많았다." (…중략…) "이번 일은 우리에게 한때는 세상이 하나였다는 사실을 상기시켜주려는 것이다. 과거와 현재, 현실과 환상이 하나로 만나는 거야. 이건 양쪽 모두에 속한다. 양쪽 모두."(위티 2004, 175~177)

"고래는 계시다"(위티 2004, 177)는 말을 금과옥조로 삼는 할아버지는 고래를 바다로 돌려보내지 않으면 고래의 운명이 고래 자체로 끝나지 않고 곧 인간의 운명이 될 것임을 간파한다. 그래서 죽어가는 고래를 살리려고 애쓰나 실패만 거듭한다. 고래를 묶은 밧줄이 끊어지고, 사람들이 고통스럽게 울부짖는 난감한 상황은 거듭된다. 그러자 할아버지는 라위리에게 "여자들이 남자 노릇을 할 때가 됐다"(위티 2004, 174)는 최종 승인을 하기에 이른다. 이에 할멈을 비롯한 여자들이 대거 몰려나와 힘을 합치고 격려의 노래가 토해진다. 서로 화답하는 고래들은 서서히 움직이지만 그것은 바다 쪽이 아닌 육지 쪽이었다.

이때 카후는 '고래가 살면 우리도 산다'는 일념으로 파도를 헤치며 문신이 새겨진 고래에게로 접근한다. 카후는 높고 떨리는 목소리로 바다를 향해 무언가를 외친다. 고래를 향해 간다는 말이었다. 그 후 카후와 영감 고래의 대화는 길지 않았다. 그렇지만 그 대화는 카후가 고래로부터 자신이 '카후티아 테 랑이며, 파이키아'라는 것을 인증 받는 순간이었고, 고래 역시도 카후에게 '타쿠 랑카티라(나의 주인이시여)'(위티 2004, 193)임을 확인받는 순간이었다. 그러자 모든 고래는 바다로 돌아가고, 카후와 고래는 일심동체가 되어 깊은 바닷속으로 잠수한다. '죽는 것이 두렵지 않다'고 자위하며 고래와 함께 바다로 사라진 카후는 '웨일 라이더'였다. 카후가 사라진 바다를 보며 울분을 토하는 할멈은 할아버지가 바닷속에 던진 돌을 전해준다. 마침내 할아버지는 모든 것을 이해한다.

작품의 마지막 <에필로그>도 앞의 장들이 그랬듯이, 두 부분으로 구성된다. 앞부분은 바닷속 영감 고래 코루아와 암컷 일곱 마리가 함께 살며 언제 닥칠지 모르는 위험에 전투고래의 호위를 받는 장면이다. 바닷속은 "돌고래의 수다, 크릴새우들의 떼 지어 몰려다니는 소리, 오징어가 물장구치는 소리, 상어가 물살을 가르는 소리, 새우가 허리를 꺾는 소리, 그리고 쉬지 않고 물결치는 바다의 화음"(위티 2004, 207)이 생동하는 현장이다. 그리고 첫 <프롤로그>에서 시사했듯이, 마오리가 메마른 땅과 바다에 풍요로운 생명의 씨를 뿌리는 것도 재강조되고, 새로운 웨일 라이더를 인간 세상으로 돌려보내자는 고래 떼의 기이로운 결정도 이야기된다.

반면, <에필로그>의 뒷부분은 신성한 문신을 지닌 고래와 함께 사라진 카후가 사흘 만에 해초로 엮은 둥지에 실려 바다 한가운데서 발견되는 과정과 그 후 과정을 소개한다. 사람들이 카후를 발견하자 그때까지 주위를 지키던 돌고래들이 어디론가 사라진다. 병원에 입원해 실의에 젖었던 할멈과 카후는 극적으로 만난다. 할멈은 지난날의 잘못을 뉘우치는 할아버지에게 '그토록 찾아 헤매던 후계자'가 바로 카후라는 것을 간파하지 못한 것을 질책한다. 그런 가운데 깊은 잠에서 깨어난 카후의 귓전에 영감 고래 코루아가 다른 고래들과 주고받는 말이 노래로 들리면서 작품이 종결된다.

"케이 테 오라 이아 (그 애가 살았을까)?"(⋯)

"케이 테 오라 (그녀는 살아 있어요)."(⋯)

"카아타히, 케이 테 오라 토누 타나 이위, 타나 쿠이아, 메테 코루
아, 테나 타마리키(그녀의 부족, 그녀의 할머니, 할아버지, 자손
들은 영원히 잘 살 거야)."(위티 2004, 219~220)

4. 공경의 철학을 공유한 '다른 우리'의 발견

위티 이히마에라의 『웨일라이더』는 과학적 사고로는 쉽게 접근하기
힘든 세계를 바다와 신화적 상상력으로 다가간다. 이 작품의 주된 특징은
매우 환상적이고 전설적인 이야기임에도 불구하고 현대문명의 수용을
결코 거부하지 않는 점이다. 이것은 합리적인 이성의 한계를 극복하려는
작가 위티의 의지일 수 있다. '고래가 죽으면 인간도 죽는다'는 숭고한 생
명윤리를 '고래 떼의 죽음'이란 문제적 상황을 설정해 천착하고, 자연이
공평하듯 남녀 또한 평등하다는 공경의 철학을 견지하며 상황에 따른 믿
음직한 해결책을 찾고자 하는 것이다. 이는 마오리족이 지닌 자연친화적
삶의 구체적 재현이라 판단된다. 고래와 소녀의 환상적인 영감 교차 장면
과 천 년 전부터 내려온다는 파이키아 전설은 『심청전』에 나오는 용궁을
뜬금없는 환상세계로 치부하지 않는 우리에겐 이러한 광경과 전설들이
전혀 낯설지 않고, 위티의 문학적 세계관 역시 충분히 공감된다.

하지만 신화와 환상성이 결합된 작품의 평가는 쉽지 않다. 무엇보다 늘
있을 수 있는 사건의 단순성에 빠질 수 있다. 단순성은 작품에 나타난 몇
가지 두드러진 특징만으로 작품을 재단하는 위험에 빠지게 한다. 그로 인
해, 작품의 해석은 해석대로 작품의 평가는 평가대로 치달아 논의는 결국
환원주의적 시각에서 벗어나지 못한다. 또한, 신화와 환상성이 깃든 작품
을 너무 작품의 주제와 구조에만 치우쳐 이해하는 점이다. 이런 태도는

분석적일 뿐 판단은 하지 않으려는 것으로서, 여기서는 작품 자체가 펼쳐 보인 작가의 창조성과 등장인물들의 고유한 성격이 간과될 수 있다. 아울러, 작품에 깃든 시간적 흐름을 구체적인 현실과 결부시키기보다 초역사적 성격만 부각하고 마는 점도 지적할 수 있다. 이것은 작가와 작품을 당대의 현실로부터 도피하게 만들 수 있으며, 사회와 일정한 관계를 가져야 할 문학으로서의 의미를 단절함으로써 결과론적으로 무반성적 문학을 옹호하는 결과를 초래할 수 있다. 그런 점에서 볼 때, 『웨일라이더』의 가치는 과거·현재·미래의 상생을 구가하는 작가의 기지가 충분히 녹아 있고, 나아가 현대를 살아가는 우리들에게 근대 문명의 질곡을 넘어 인간 존재의 뿌리가 무엇인지를 올바로 인식시키고 있다. 더욱이 신화적 상상력이야말로 "끊임없이 자연과 신을 찬미하면서 자기 삶을 성찰하고 그 경이로운 질서 속에 자신을 동화시키는 종교적 사고이자 전 우주와 원융 회통하는 우주 철학적 사고, 우루의 다채로운 몸짓과 소리와 색채에 민감한 심미적 사고"(김현자 2004, 326)임도 일깨워준다. 작가 위티는 현실과 비현실, 자연과 초자연, 현재와 과거, 과학과 환상이 처음부터 둘로 나누어진 게 아니고 우리 인간이 그 두 세계 사이에 벽을 쌓은 탓으로 돌린다. 그것은 바로 우리 인간의 믿음에서 생겨난 것임을 역설하는데, 부족장 아피라나의 말대로 "원래 세상은 하나"(위티 2004, 229)였기 때문이다.

   이런 많은 장점에도 불구하고 동명소설의 영화와는 뚜렷한 차이를 보인다. 위티가 작품을 발표한 다음 해, 같은 뉴질랜드 출신 여성인 영화감독 니키 카로(Niki Caro)가 이를 영화로 만들었다. 이 영화에서 조상신 파이키아 아피라나 역을 맡은 12세 소녀 케이샤 캐슬―휴즈(Keisha Castle―Huges)을 포함해 작가, 감독, 주인공 모두 같은 마오리족 문화를 공유한 터라, 영화 속엔 마오리족의 전통적인 문화가 자연스럽게 녹아 있었다. 영화 제작 1년 뒤, 이 영화는 2003년 '시애틀 국제영화제 작품상과 감독상', '토론토 영화제 관객상', '로테르담 영화제 관객상', '샌프란시스코 영화제 관객상' 등 5개상을 수상했다. 영화평은 대부분 현실에서 부딪히는 전통적인 문제를 여성 특유의 섬세한 시선으로 포착하면서도 남성 문화가 조장한 인간에 대한 편견을 불식시키고 지역 주민이 누리는 신념의 문제를 따뜻하고 감동적으로 그렸다는 평가가 지배적이었다.

하지만 영화에서 소설의 중요 부분이 제대로 다루어지지 않은 점은 매우 아쉽다. 소설과 달리 영화는 천년 전설의 비밀을 풀어나가는, 작품의 중요한 화자를 삼촌이 아닌 카후(파이키아)로 삼았다는 것이 그 하나이다. 게다가 영화는 주인공 카후가 비밀의 세계와 만나는 성장기의 과정을 치밀하지 파고들지도 않았다. 이런 측면이 간과되면서 우리는 예기치 않은 운명을 타고난 한 소녀가 조상신의 계보를 잇기까지 겪은 '여성'으로서의 사회적·가족적 편견과 고통, 잘못된 고리를 끊고 새롭게 잇는 노력의 가치를 놓치게 된다. 또한, 이 영화는 현존하는 조상신으로 군림하며 계집이 아닌 사내아이, 그것도 장자 상속을 고집하는 고집불통의 할아버지를 '영감탱이'란 호칭으로 애살스럽게 부르면서 조금도 미워하지 않고 다가가려는 어린 소녀 카후의 감동적인 포용력도 포착하지 못했다. 이 영화에는 소설 속에서 결정적인 역할을 하는 웨일라이더의 신화와 마오리족의 계보도 찾아볼 수 없다. 마오리족의 조상신인 고래들의 세계, 즉 우두머리 영감 고래와 할멈 고래들이 무리지어 '플루트처럼 부드럽고도 웅장한 노래', '태양의 길'이라는 바다와 '아기 고래를 바라보는 영감 고래의 뇌리 속 어린 시절의 잔상', 아기 고래를 낳은 뒤 석 달 만에 상어에게 물려 세상을 떠난 어미 고래와 그 곁에서 울던 아기 고래를 구해준 '황금빛 피부의 인간', 심지어 '음파 속에서 영감 고래가 자신의 추억과 대화를 나누곤' 하는 장면은 하나도 나오지 않는다.

주인공 카후가 고래들과 '환상적인' 대화를 부분들을 놓치는 바람에 영화는 어린 소녀의 가녀린 몸짓과 진솔한 내레이션 속에 담긴 신화적 세계는 단촐하고 평면적으로 제시될 뿐이다. 고래와 소녀의 신비스런 대화가 단지 그 자체로 끝나지 않고 마오리족의 삶과 역사, 그들의 유구한 전통을 창조적으로 계승하려는 것이라면, 둘 다 여성이며 같은 마오리족 출신인 작가요 영화감독이라면, '드러나 있되 보이지 않는 존재'로 사는 소외된 존재에 대한 관심은 지나칠 수 없는 부분일 것이다. 어찌된 영문인지 이 영화는 손녀 카후가 부족의 신화를 계승하도록 끊임없이 용기를 불어넣고 격려하는 플라워즈 할멈의 진취적인 세계관과 태도를 전혀 보여주지 않았다.

결국, 문제의 핵심은 앞서 열거한 이러한 점들을 영화 <웨일라이더>는 전혀 짚지 못한 점이고, 애써 다루었다고 하더라도 각각의 사항을 전혀 엉뚱하게 해석한 점이다. 일례로 이따금 카메라 앵글에 할멈 플라워즈가 잡히지만 그 속에서의 그녀는 허약하기 그지없고 수동적 존재로 비칠 뿐이다. 할멈 역시 남성을 대신해 위기를 극복한 여성 무리와이 가문 출신이며, 적어도 고래와 대화를 할 능력을 갖춘 존재라는 '숭고한' 사실을 놓치고 있다.

한마디로 말해, 니키 카로 감독의 영화 <웨일라이더>는 작가 위티의 소설 『웨일라이더』가 아니다. 동명소설의 영화는 작가가 공들여 찾은 마오리족 가족사에 전해지는 환상적·신화적 세계를 극히 평면적으로 소개했다. 그래서 역설적일지 모르나 영화를 본 독자가 소설을 다시 읽는다면, 영화가 찾지 못한 신화와 바다의 상상력이 만들어내는 중층적 의미를 접할 수 있을 것이다. 뿐만 아니라 이러한 과정에서 영화의 환상성이 아니라 우리 삶의 환상성 자체가 바로 신화의 형태로 이루어진 것임도 깨닫게 될 것이다. 왜냐하면 "네가 바로 그것(Thou Art That)"(조셉 캠벨 2001, 10)이고, "자연은 생물들 사이의 전쟁이 아니라 협동에 기초를 둔 동맹관계를 중심으로 진화"(어그로스 1995, 45)하기 때문이다.

뉴질랜드 마오리족 출신 여성 작가 위티가 『웨일라이더』를 통해 던지는 메시지는 분명하다. 그것은 마오리족의 전통을 근거로 자연과 인간이 더불어 살 수 있고 전통과 현실이 함께 존재할 수 있는 최소한의 삶의 조건은 포용이란 것이다. 어느 한쪽의 일방적인 강제가 아닌 상호 존중, 차이의 존엄성을 제시한 것으로서, 이것은 '우리'와 '우리'를 형성하는 '우리 안의 다른 우리'의 현존을 확인시킨다. 갈등과 충돌을 넘어 종족 내적 갈등의 첨예한 대립의 모순을 찬찬하게 보여주는 작가적 신념은 더불어 살아야 할 공동체의 붕괴 원인을 '우리'의 외부로부터 가해지는 위협 못지 않게 일상적 경험을 공유하는 '우리 안'에서의 사랑 없음과 관용 부재라는 사실에서도 찾아내며, 나아가 '우리'의 삶 안팎의 현실과 정직한 만남 없이 그저 승인하고 끝나서는 인간에 대한 총체적인 이해조차 할 수 없음도 직시하고 있다. 위티의 작품은 오늘날 우리가 환경을 파괴하는 사회구조와 문화체계를 그냥 둔 채, 원인을 고려하지 않은 과학기술의 개발과 현상만 탓하고 의식에만 호소하는 치유 방식으로는 '우리'가 회구하는 지속가능한 삶의 위기를 결코 극복할 수 없다는 근본적인 문제를 제기하고 있는 셈이다.

수많은 신비로 가득 찬 바다를 신화적 상상력을 통해 접근하는 것이 실용성과 합리성만을 들어 과학적으로 접근하는 것보다 눈에 보이지 않는 인류 유산의 존엄성을 지키는 '지속가능한 발전'에 얼마나 더 지혜로운지는 단언하긴 어렵다. 그러나 미래에 제기될지 모르는 위험에 대비하는 진정한 승자는 패자를 발가벗기지 않는 법이다. 완전한 누드로 존재하는 바다가 계속해서 희망의 거처일 수 있으려면 우리 인간이 그 맨 몸을 가릴 최소한의 옷까지 벗기지 않아야 한다. 바다의 파멸은 말할 것도 없이 우리 인간의 소멸인 까닭이다.

이청준의 신화적 상상력과 그 문학적 의미

− 「흐르지 않는 강」을 중심으로

양진오

1. 서론

한 작가의 문학세계는 어떤 단일한 경향이나 스타일로만 형성되지는 않는다. 자기 문학이 관행적이고 상투적인 경향과 스타일에 함몰되어 활기와 생기를 상실하게 될 것을 염려하는 작가일수록 때로는 이질적인 경향과 스타일을 자기 문학 내부로 과감하게 수용해 새로운 문학세계를 만들어가기 마련이다. 이청준이라고 해서 예외는 아니다.

등단작 『퇴원』, 『병신과 머저리』, 『소문의 벽』, 『당신들의 천국』과 같은 작품으로 우리 현대 소설사에 지성소설의 계보를 열어간 이청준은 자아와 사회의 모순, 병리적 현상을 진지하게 혹은 치열하게 탐구한 작가라는 평가를 받아왔다. 그의 등장으로 우리 현대소설의 고질적인 취약점인 지성의 결여는 어느 정도 극복 가능하게 되었다고 해도 지나치지 않은 것이다.[1]

그러나 이청준이 독일의 지성적 작가 토마스 만의 문학을 환기시키는 서구적 감각의 지성소설 만을 발표한 것은 아니었다. 그는 또 다른 한편으로 신화적 상상력을 표방하는 소설을 일정하게 발표했으니 『석화촌』, 『침몰선』, 『남도소리』 등이 그 예에 속한다. 요컨대 이청준의 문학세계 내부에는 일견 이질적인 성격을 띠는 서구적 감각의 지성과 신화적 상상력의 미학이 동거하면서 문학적 활기를 형성해 온 것이다.

그런데 본고가 주목하는 작품은 바로 이 후자 계열의 소설들이다. 이 계열의 소설을 집중적으로 연구함으로써 이청준 문학이 신화 혹은 신화적 상상력을 적극적으로 사유한 문학이라는 점, 그럼으로써 이청준 문학이 좀 더 깊은 차원에서 인간의 삶에 내재한 심층적 의미와 우주적 차원의 진리를 탐구하려고 한 문학이라는 점을 밝히려고 한다. 신화 혹은 신화적 상상력은 근대적 합리주의가 전 지구적으로 확산하면서 그 가치를 의심받아 온 게 사실이다. '모든 것을 이해 가능하다'고 주장하는 계몽적 오류에 집착하는 근대적 합리주의의 자체 모순과 병폐가 깊어가면서 오늘날 작가들과 지식인들은 신화 혹은 신화적 상상력을 숙고하도록 요구받고 있다. 근대적 합리주의가 간과한 인간적 진실을 신화 혹은 신화적 상상력으로 발견하려는 움직임이 나타나고 있으며 우리는 그 문학적 성과를 확인할 수 있다.[2]

이청준 문학이 지니는 신화적 상상력의 특징을 규명하려는 논의[3]가 전혀

---

1) 김윤식 교수는 이청준 문학의 특징을 "다른 하나의 의미는 지적인 소설 유형을 개척하였다는 점이다. 이 계보에는 이상, 최인훈 등이 이미 있었지만 그 치열함과 깊이에 있어 이청준에 미치지 못한다."고 설명하고 있다. 권영민 교수는 "이청준은 감성의 언어가 아니라 이지의 언어로 소설을 쓴다. 그는 『병신과 머저리』(1966), 『과녁』(1967), 『매잡이』(1968) 등에서 현실과 관념, 허무와 의지 등의 대응적인 관계를 구조적으로 파악한다."고 설명하고 있다. 이처럼 이청준은 통상적으로 지적인 작가, 이지의 작가로 평가받고 있다(김윤식 · 정호웅, 『한국소설사』, 예하, 1993, 9쪽; 권영민, 『한국현대문학사』, 민음사, 1993, 205쪽).

2) 박상륭, 한승원 등의 작품이 이 분야의 성과로 꼽힌다.

3) 김열규, 찾음의 얘기들(Ⅰ)(Ⅱ), 『한국문학사』, 탐구당, 1983.

없지는 않았지만 그렇다고 이 방면의 연구가 적지 않게 쌓여있다고 말해도 좋을 정도로 연구 성과가 '충분한' 것은 아니다. 이렇게 이청준 문학의 신화적 상상력의 의미를 해명하려고 할 경우, 반드시 연구대상으로 설정해야 하는 작품이 있으니 중편 『흐르지 않는 강』이다.4)

1979년에 발표된 『흐르지 않는 강』은 안타깝게도 이청준 문학 연구자와 독자들에게 크게 주목받은 작품은 아니다. 1976년에 발표된 『당신들의 천국』 이나 『이어도』 등은 독자들의 사랑과 관심을 받으며 자주 연구대상으로 거론되었지만 『흐르지 않는 강』은 그에 상응하는 관심을 받은 것은 아니라는 얘기다. 『흐르지 않는 강』은 이청준의 여러 소설 중에서 신화적 상상력이 구조적으로 형상화된 사례로 이 소설의 문학적 의미를 파악하는 작업은 신화적 상상력의 소설적 변형을 확인하는 일과 동일한 의미를 지닌다고 하겠다.

이 소설의 작가노트에서 이청준은 이렇게 의미심장한 전언을 남기고 있다.

> 그 육중한 생명의 마모감이 내게 때때로 강을 생각하게 한다. 흐름이 영원히 끝나지 않는 강, 내 생명이 그 속에서 함께 숨 쉬고 춤추며 흘러갈 힘차고 거대한 강, 내 생명의 모든 것이 그의 거대한 힘과 빛 속으로, 영원히 불멸성 속으로 귀의해 가기를 바라는 소망의 강, 그런 소망과 생명의 강을 나는 때때로 꿈꾸곤 하였다(354쪽).

위 작가 노트에서 자주 반복되는 '강'은 인간과 자연의 본원적인 생명력을 표상하는 비유로 읽힌다. 문제는 "함께 숨 쉬고 춤추며 흘러갈 힘차고 거대한 강"이 근대화, 산업화의 급격한 형성과 광범위한 지속으로 소멸되어 간다는 데 있다. 근대화와 산업화는 오랜 시간 동안 가난한 나날을 영위하던 우리 국민들에게 편리한 삶을 제공해 준 게 사실이지만, 그 부정적인 대가도 만만치 않다는 말이다. 이청준의 지적처럼, 근대화와 산업화는 "함

---

4) 본고의 연구대상은 1998년 열림원에서 간행된 이청준 문학전집 8편 『이어도』에 수록된 『흐르지 않는 강』임을 밝혀둔다. 인용면수는 괄호 안에 기입한다.

께 숨 쉬고 춤추며 흘러갈 힘차고 거대한 강" 즉, 인간과 자연의 본원적인 생명을 죽이며 우리들에게 생활의 편의를 제공해 온 까닭이다. 『흐르지 않는 강』은 바로 이러한 문제를 심각하게 고민하며 쓰인 소설이다. 『흐르지 않는 강』은 마모되어버린 인간과 자연의 본원적인 생명이 부활하기를 꿈꾸며 쓴 소설이다. 본고는 이 소설의 신화적 상상력의 문학적 의미를 인물 설정 방식과 서사론의 두 차원으로 논의해 볼 계획이다.

2. 주요 작중 인물의 설정 방식과 그 특징

2.1. 두목 : 일탈과 광기 혹은 신화적 아버지의 현현

『흐르지 않는 강』은 극단적으로 일탈한 한 남성의 광기와 폭력, 죽음을 형상화하고 있으니 그 인물이 바로 '두목'이다. 이 소설은 동굴에 두목과 함께 기거하는 어린 화자 '돌배'의 시선에 포착된 두목의 예사롭지 않은 삶을 서술해주는 방식으로 전개되는데, 현상적으로 나타나는 두목의 일탈 행동은 범죄자의 그것을 연상시키고도 남음이 있다. 두목은 폭력과 폭음, 쾌락을 극단적으로 추구하는 반도덕적 인물의 전형처럼 보일 정도로 자기 파괴적 성격이 농후한 인물로 묘사되고 있다는 것이다.

두목은 이청준 소설에서 흔하게 발견되는 합리적 사유를 추구하는 이성적 주체도 아니며 자기 행동에 책임과 윤리를 모색하는 도덕적 주체도 아니다. 그와는 반대로 두목은 이성과 도덕, 윤리를 조롱하거나 파괴하는 난봉꾼이며 언제나 술에 도취된 자이며 틈만 나면 여자를 갈취하는 도둑처럼 보인다. 요컨대 두목은 우리 사회가 요구하는 윤리 도덕적 규범에 구애받지 않고 오로지 자기의 내적 욕망에 부응해 살아가는 일탈의 주인공 같다.

여기서 좀 더 주목해서 볼 대목은 이청준이 두목에게 신화적 아버지의 이미지를 부여한다는 점이다. 즉 이청준은 두목을 열정적으로 흥분하고 도취하는 대단히 비현대적인 인물, 달리 말하자면 고대적 원형성을 지닌 인물로 설정하고 있다는 것이다. 이청준은 종래 그의 소설에 사병적인 작중인물을 설정해 자아와 사회의 문제를 탐구하는 방식과는 다르게 오로지 그 자신의 욕망에 화답하는 열정과 충동의 야수적 인간을 설정해 문명적인 것과 충돌하게 하고 있다. 그러면 이를 더 구체적으로 살펴보기로 하겠다.

두목은 한탄강 인근 턱거리 마을에서 "강줄기를 오르내리며 생 횟거리 사냥으로 일과를 삼고 그 횟거리를 강가 횟술집들에 나눠 파는 것으로 끼니를" 꾸려나가는 직업 불명, 정처 불명의 중년 남성이다. 이청준은 아예 처음부터 이 두목의 의식과 행동을 그 자신의 주관적인 욕망에 부응해 살아가는 비현대적 인물의 그것으로 그려나가고 있다. 그는 현대 사회의 공준화 된 객관적인 규범에 순응하지 않는 인물, 어떻게 보자면 저 신화의 세계에서 현대로 이주한 인물처럼 보인다.

이렇게 얘기할 수 있는 소설 내적 근거가 거주 장소와 생식 습관이다. 두목은 돌배와 함께 강이 내려다보이는 동굴에 거주한다. 동굴은 두목과 돌배를 제외하고는 인근 지역 주민들이 그 소재지를 전혀 모르는 비밀 장소이다. 동굴에서 두목과 돌배는 잠을 자고 식사를 하며 휴식을 취하기도 한다. 뿐만 아니라 동굴은 두목의 성적 욕망이 발현되는 리비도의 공간이기도 하다. 그 구체적인 대목이 아래와 같다.

> 별장은 사냥을 나섰다가 비를 만나면 주막처럼 찾아 들어와 비를 피하고 가는 곳이었다. 날이 오래 들지 않으면 술에 취한 두목이 돌바닥 위에 고꾸라져 코를 골아대기도 했고, 어떤 날은 또 늦은 밤 사냥을 나섰다 아예 어디 물기슭이 아니면 이 별장으로 올라와 담요뙈기 한 장을 뒤집어쓰고 밤을 지새고 가는 때도 있었다.

물놀이 나온 횟 술집 색시를 용케도 잘 후려 끌고 가서 사냥질도
잊고 둘이서 한나절씩 그 망측스런 발장난질을 치다 지쳐 돌아오
곤 하던 곳도 바로 이 별장이었다(179쪽).

두목은 어느 날 동굴 속에서 심심풀이 삼아 나를 터무니없이 헉
헉거리게 해놓은 일이 있은 후부터 걸핏하면 자주 아랫도리에 힘
이 태여오곤 했다. 하지만 가겟거리 색시 앞에서 쓸데없이 그렇게
힘이 태여든 것은 이번이 처음이었다(219쪽).

이렇게 두목과 돌배는 인근의 집단적인 거주공간과 절연된 동굴에서
휴식과 수면은 물론이고 그들의 성욕까지 해결하고 있다. 동굴은 그들에
게는 생존의 휴게실이며 동시에 리비도의 발현 장소가 된다. 어린 돌배에
게는 그 수준이 동일하지 않겠지만 두목에게 동굴은 그의 본능을 거침없
이 펼치고 충족하는 범죄의 현장이며 난장의 현장이다. 두목은 이 동굴에
서 그의 리비도를 어떤 누구의 방해도 없이 추구하고 있는 것이다. 그에
게 성은 결혼제도를 의식해 스스로 통제하거나 혹은 윤리적 차원에서 금
기로 억압해야하는 대상이 아니다. 그는 현대 사회의 제도와 규범에서 자
유로운 신화의 주인공들처럼 그의 성적 욕망을 동굴에서 추구하는 것이
다.

그런데 동굴의 기능이 여기서 그치지 않는다. 돌배와의 관계를 고려해
보자면, 이 동굴은 마치 '잡아먹는 아버지(the devouring father)'[5]의 폭력이
아들에게 전기되는 현장으로도 보인다. 두목은 마치 신화 속의 아버지처
럼 돌배에게 절대적으로 군림하고 있다. 두목은 그의 권위를 폭력적인 방
식으로 돌배에게 확인시키면서 그와 돌배의 관계를 수직적인 복종의 관

---

5) 머레이 스타인(Murray Stein)은 그의 논문 「The Devouring Father」에서 고대 그리스 신
화의 아버지들이 기본적으로 아들을 '잡아먹는' 특징이 있으며, 이는 아버지의 부정
화 된 원형적 이미지라고 말하고 있다. Paticia Berry (ed), Fathers and Mothers, Spring
Publications, 1973.

계로 만들어 놓는다. 바로 이 대목이다. 이청준이 두목에게 신화적 아버지의 이미지를 부여한다고 할 때, 그 본의는 두목에게 돌배와 같은 아랫세대를 억압하고 통제하면서 여성을 독점하거나 그 어떤 영역을 관할하는 권위적인 권력자의 이미지를 부여한다는 것을 의미한다. 두목의 일탈 행위, 두목의 욕망, 두목의 폭력 등은 하나같이 그 자신의 권위를 강화하는 수단이거나 방법이며 이렇게 형성된 권위 앞에서 돌배뿐만 아니라 마마상으로 불리는 돌배의 엄마 그리고 턱거리 마을 사람들은 저항할 마음을 애초 포기해 버린다.

두목의 예사롭지 않은 생식 습관도 두목의 신화적 이미지를 더 강하게 만들어 놓는다. 두목은 오늘날 대다수의 현대인들과는 다르게 익혀 먹거나 구워먹기보다는 날것을 그대로 섭취하는 원시적인 식습관을 지니고 있다. 그는 최대한 자연 그대로의 날것을 포획해 먹는 고대인인 것이다.

유독이나 위인은 서울 신사들이 잘 먹지 못하는 것을 이상스럽게 재미있어 했다. 그래서 그는 더욱더 기고만장해서 메기 할망구 회를 자주 먹었고, 그래서 또 굳이 싫다는 서울 손님들에게도 일부러 더 부득부득 메기 토막을 먹여놓고는 혼자서 통쾌해 했다(206쪽).

두목은 강에서 포획한 어류만이 아니라 산에서 잡은 뱀들을 가리지 않고 날것으로 섭취한다. 이러한 두목의 식습관 행위는 문명화된 행위가 아니라는 데는 이론의 여지가 없다. 두목의 식습관 행위는 취향의 차원을 뛰어넘는 그의 본연적인 습성처럼 보일 정도다. 날것을 포식하는 두목의 식습관과 '서울 손님'들의 식습관과 극명하게 대비된다. '서울 손님'들의 식습관이 문명화된 식습관이라면 두목의 식습관은 비문명적인 식습관이다. 이렇게 두목은 식습관에서도 문명과 충돌하고 있다.

그런데 날것을 극단적으로 선호하는 두목의 식습관은 또 다른 측면에서 보자면 두목의 폭발적인 리비도를 표상한다고 할 수 있다. 즉 두목이 강과 산에서 포획한 어류와 뱀들을 날것으로 섭취하는 그 기이한 식습관 이면에는 턱거리 마을로 유입한 새로운 미지의 여성을 강압적으로 소유 하려는 욕망이 내포되어 있다는 것이다.

두목이 초대받지 않은 '서울 손님'들의 야외 회식 자리를 방문해 술 대 결을 벌이며 메기를 토막 내어 먹게 된 이유, 그러니까 그의 원시적인 식 습관을 공개적으로 드러내는 이유는 그 자리에 동석한 강남옥 새색시를 탈취하려는 의도가 깔려있다. 바로 그런 이유 대문에 두목의 일탈 행위들 은 턱거리 술가게에 새색시가 출현한 날 더 강하게 노출되고 있다. "새색 시만 보면 두목은 거의 언제나 강물을 틀어막고 싶어 미쳐" 날뛰었고 "그 리고 정말로 강가의 산기슭으로부터 바윗돌들을 굴려 내리고 낑낑거리 며 그 바윗돌들을 강상 깊숙이까지 져다" 던져 버리는 것이다. 이렇게 두 목의 일탈 행위는 턱거리 마을에 새로운 여성이 출현하는 일과 비례해 그 강도가 농후해지고 있다.

돌배와 함께 주로 동굴에 거주하며 시시때때로 강물을 틀어막기 위해 강으로 뛰어드는 두목, 강과 산에서 포획한 고기와 뱀을 날것 그대로 시 식하는 두목, 마을에 새로운 여성이 출현할 때 마다 특유의 발광기를 폭 발하는 두목은 현대 사회의 관습과 규범에서 자유로운 고대 신화 세계의 주인공의 현현처럼 보인다. 두목은 이성적 판단으로 세상과 인간의 일을 탐구하고 반성하고 전망하는 이성적 주체가 아니다.

그렇지만 두목이 극단적으로 비이성적이면서 비근대적인 성격을 띠면 서도 주목받는 인물이 될 수밖에 없는 이유는 그의 일탈과 욕망, 폭력이 궁극적으로는 가공된 인공성과는 거리가 먼 그의 자연친화적 성격을 부 각시키기 때문이다. 요컨대 두목은 근대화되고 산업화된 이 세상과 불화 적 관계를 띨 수밖에 없는 자연친화적 인간이며 자연의 리듬을 습득한 인 간이다. 그러니까 두목은 그의 자연친화적 성격을 세련된 매너가 아니라 대단히 직접적으로, 노골적으로, 충동적으로 드러내는 셈이다. 신화적 아버지로서의 두목은 이 소설에서 그 누구보다 자연의 감각과 리듬에 민감하게 반응한다는 점을 주목할 필요가 있다.

2.2. 돌배 : 저항과 반항 혹은 아버지를 살해하려는 아들

돌배는 두목과 함께 동굴에서 거주하며 두목의 잡심부름을 하는 어린 아이로 아버지 얼굴을 모르고 자라온 유복자로 설정되어 있다. 본명은 종식이지만 두목은 종식이를 돌배 아니면 똘배로 부르고 있으며 그 자신도 그렇게 불려지는 것에 대해서 별반 불만이 없다. 여기서 주목해 볼 대목은 두목과 돌배의 관계이다. 이청준은 구세대와 신세대, 권위자와 도전자, 기존세력과 신진세력을 표상하는 두목과 돌배를 신화 속의 아버지와 아들의 관계처럼 설정하며 이 소설을 전개해 나가고 있다.6)

작가는 두목과 돌배가 부자관계일 수 있다는 점을 분명하게 말해주지는 않고 있다. 두목과 돌배가 혈연적인 부자관계일 수 있다는 점을 '명확하게' 말해 주지는 않는다는 말이다. 그러나 돌배와 두목의 혈연적인 부자관계의 가능성이 모호하게 처리되고 있지만 그 둘의 관계는 신화에서 발견되는 부자관계를 충분하게 연상시킨다. 아주 일반적이라고 말할 수는 없겠으나 신화에서 아버지는 집어삼키는 아버지, '잡아먹는 아버지(the devouring father)'의 이미지를 흔히 보여준다. 고대 그리스 신화에서 발견되는 아버지들은 그의 자식을 집어삼키고자 하는 집념을 극명하게 보여주고 있다. "우라노스에서 크로노스에로 다시 크로노스에서 제우스에 이르는 핏줄은 아버지가 자식을 죽이고 자식이 아비를 죽이는 근친살육의 흐

---

6) 흔히 신화에서 어린이는 "기존의 가치에 새롭게 도전하는 구원자 혹은 구제자의 의미를" 지닌다고 얘기된다. 이 소설의 돌배 역시 이런 의미로 형상화된 작중인물이다. 어린이의 신화적 의미에 대해서는 다음의 논문을 참고. 이유경, 「창조신화에 관한 분석심리학적 이해」, 신화아카데미, 『세계의 창조신화』, 동방미디어, 2001.

름이다. 자기가 낳은 것을 스스로 파괴하고 자신의 원천을 스스로 말살하면서 아비와 자식의 내력은 이어져나갔다"[7]고 얘기할 정도로 신화의 부자관계는 훼손되어 있는 것이다.

잘 알려져 있듯, 신화에서 아버지는 아들을 억압하며 자기 권위를 보존하는 인물로 묘사되는 반면 아들은 이 억압을 극복해 새로운 자기영역을 개척해야 하는 새로운 세대로 묘사되고 있다. 권위적인 권력자인 아버지가 구축한 상징적 질서를 넘어서지 못하고서는 새로운 아들 세대가 설 자리가 없음을 신화는 말해온 것이다. 그래서 아들들은 아버지 죽이기를 계획하고 실행하려고 한다. 아들들은 아버지의 질서와 권위를 인정하지 않고 새로운 질서와 권위를 만들어가려고 한다. 이와 같은 신화에서의 아버지와 아들의 관계를 두목과 돌배도 반복하고 있다.

두목은 마치 신화의 잡아먹는 아버지처럼 군림하고 있다. 아니 그는 돌배만이 아니라 인근 지역의 새로운 여성, 강과 산의 고기와 뱀들 그러니까 자기 주변의 생물들을 집어삼키려 한다. 이런 두목은 돌배는 거역할 수 없는 공포의 대상으로 받아들인다. 요컨대 돌배는 두목에게 완전하게 종속된 노예 같은 존재였다.

그런데 두목과 돌배의 관계가 서서히 변모한다. 이러한 변모를 가능하게 한 요인은 이성에 대한 돌배의 관심이다. 평소부터 두목을 공포의 대상으로 받아들이며 복종하던 돌배는 마을에 새로 유입된 강남옥 새색시를 본 이후 이성애적 욕망과 두목에 대한 증오를 동시적으로 체험한다. 돌배의 내면에는 강남옥 새색시를 차지하고 싶은 욕망과 그래서는 안 된다는 죄책감이 갈등을 일으키는 것이다. 그렇지만 돌배는 현실적으로 자기 욕망을 충족할 수 없다. 돌배에게 두목은 압도적인 '거인'인 까닭이다.

---

7) 김열규, 『한그루 우주나무와 신화』, 세계사, 1990, 268쪽.

나는 두목을 향해 점점 더 미칠 듯이 화를 냈다. 그리고 그 두목에 대한 미움과 노기가 절정에 달해 울렸을 때 내 아랫도리에선 걷잡을 수 없는 속도로 모든 힘이 한꺼번에 재빨리 풀려나갔다. 그와 함께 내 감은 눈 속에 걸쳐 있던 두목과 강남옥 색시의 모습도 거짓말처럼 허망하게 스러져 갔다.

두목에 대한 불 같은 미움이 순식간에 무서운 죄책감으로 변해 있었다. 이윽고 나는 부르르 몸이 떨려왔다. 두목에게 지울 수 없는 죄를 지은 것 같았다. 두목을 심하게 배반하고 난 기분이었다(221쪽).

돌배가 강남옥 새색시를 소유하고 싶다는 욕망을 느낀다는 것은 돌배 스스로 그의 남성을 의식하는 말이기도 하다. 강남옥 새색시는 마을에 유입한 술집 작부로 유혹녀의 이미지를 강하게 노출하는 자유분방한 여성이다. 그녀는 두목의 폭음, 폭언, 폭력에도 불구하고 두목을 유혹하는 유혹녀의 모습을 보여주고 있다. 그 강남옥 새색시의 유혹 앞에서 돌배도 성적 흥분을 체험하면서 자신의 남성을 자각하기 시작한다.

강남옥 새색시를 상상적인 성적 대상으로 여기면서 죄책감에 사로잡힌 돌배는 결국 두목을 죽여야 한다는 판단을 내리고 만다. 두목에게 철저하게 복종하던 돌배가 서서히 반항의 태도를 보이기 시작하는 것이다. 강남옥 새색시를 소유하고 싶은 욕망과 두목만이 여자를 독점하는 현실을 인정할 수 없다는 불만으로 낙담하던 돌배가 서서히 두목을 향해 저항적 태도를 보여준다. 현실적으로 돌배에게는 두목을 제압할 수 있는 남성성이 결여되어 있지만 그는 더 이상 두목에게 복종하는 아동이 되고자 하지 않는다. 돌배는 복종하는 아동에서 저항하는 소년으로 자기변모를 시도한다.

비록 상상적인 차원이지만 강남옥 새색시를 성적 대상으로 여기고 실제로 두목을 극복해야 할 대상으로 받아들이는 돌배의 의식 전환은 성년식에 입문한 신화 세계의 주인공을 연상시킨다. 두목을 죽여야 한다는 돌배의 판단과 행동을 어떤 수준 높은 차원의 성장으로 이해할 수는 없지만 어떤 권위적 존재에 완전히 고착된 한 아동이 그 권위로부터 이탈되어 간다는 징표로 우리는 이해할 수 있다. 바로 이 점이다. 돌배는 신화의 아들들처럼 그의 아버지를 뛰어넘으려는, 그래서 좀더 큰 세계로 나아가려는 통과의례의 주인공으로 설정되어 있다.

> 두목을 죽여야 할 두 번째 이유는 바로 두목 자신에게 있었다. 두 번째 이유가 강남옥 새색시 대신 두목을 죽여야 할 진짜 이유였다. 두목을 죽이지 않으면 그가 먼저 그의 장님 색시를 먼저 죽이고 말 게 틀림 없었기 때문이다.
> 두목이 누군가가 그를 죽이지 않으면 그가 먼저 그의 장님 색시를 죽이게 되리라는 짐작을 하기는 어려운 일이 아니었다(240쪽).

두목을 죽여야 한다는 돌배의 판단은 위 예시문의 내용처럼 합리화된다. 돌배는 두목을 죽여야 하는 진짜 이유가 단지 강남옥 새색시 때문이 아니라 두목의 눈 먼 색시 때문이라고 생각한다. 강남옥 새색시에 탐닉하게 된 두목은 결국 그의 눈 먼 색시를 죽일 수 있으므로 먼저 두목을 죽여야 한다고 돌배는 판단한다.

그런데 이 판단은 전적으로 돌배의 주관적인 판단이다. 두목에 대한 증오를 합리화하기 위해 스스로 만들어낸 판단이다. 요컨대 객관적으로 검증받은 판단이 아니라는 말이다. 이렇게 돌배의 판단이 주관적임에도 불구하고 돌배의 판단이 전적으로 무의미한 것은 아니다. 이미 말했지만, 돌배의 판단에는 두목의 요구와 명령을 뛰어넘으려는 자기성장의 계기가 함축되어 있는 까닭이다. 두목을 죽여야 한다는 돌배의 판단 속에는 이제 그 자신이 두목에게 무조건 복종하는 아동으로 살아가지 않겠다는 의지가 내포되어 있다. 이런 돌배의 판단과 그 구체적 실행은 신화 속에서 발견되는 아들들의 이미지, 더 정확히 말하자면 아버지를 극복해 자기 영역을 개척하려는 아들의 생성적 고투를 재현하는 것이다.

　두목을 죽이기로 결심한 돌배는 자주 두목의 눈 먼 색시의 집을 방문한다. 돌배 스스로 타자들과의 교류를 확대하는 것이다. 그는 스스로 눈 먼 색시 집을 다니며 그녀의 보호자를 자처한다. 돌배가 이렇게 하게 된 동기는 두목에 대한 증오였지만 그는 이 과정에서 두목의 심부름꾼에서 눈 먼 색시를 보호하는 소년으로 변모해 간다.

　그러던 어느 날 "말은커녕 제대로 사람을 알아보는 응대 한 번 제대로 해보인 일이 없던 그녀"가 "나를 조용히 손짓해" 부른다. 그리고 돌배에게 젖을 물린다.

> 　그런데 색시는 그때부터 정말 기상천외의 몸짓을 시작했다. 그녀가 갑자기 한 손으로 내 팔목을 힘껏 끌어쥐더니 다른 한 손으로 재빨리 자기 저고리 섶을 헤치며 허연 젖더미를 끌어내었다. 그리곤 다짜고짜 그 눈부시게 허연 젖더미를 내게로 디밀어대고는 자기 어린아이게 그러듯 젖을 빨라는 시늉을 했다(276~277쪽).

　이 장면은 마치 어머니와 아들의 행복한 이자 관계를 연상시킨다. 두목과 돌배의 관계는 신화에서 불화하는 부자관계처럼 감정적으로 대립해 있는 반면 눈 먼 색시와 돌배는 친밀한 모자관계의 전형처럼 이 장면에서 묘사되고 있다.

　두목은 극단적으로 원시적인 남성성이 과잉화 된 남성이라면 그의 눈 먼 색시는 여성성이 결핍된 여성이다. 눈 먼 색시는 애초부터 그의 남편인 두목을 제어할 수 없는 불리한 처지였으며 유혹녀인 강남옥 새색시나 두목에게 호의적인 돌배의 엄마인 마마상과 비교하더라도 불리한 처지에 놓인 여성이었다. 그렇지만 이 세 여성들 중에 돌배에게 자애로운 모성성을 보여준 이는 이 눈 먼 색시이다. 돌배는 자기에게 젖을 물리는 눈 먼 색시에게서 불결한 것을 볼 수 없었으며 그 자신도 어떤 성적 욕망에 함몰되지 않는다. 돌배가 눈 먼 색시에게서 본 것은 모성의 사랑이었다.

그런데 이 장면은 더 이상 지속하지 않는다.[8] 돌배에게 젖을 물린 이후 눈 먼 색시가 자살을 하는 까닭이다. 눈 먼 색시의 자살 이후 급격하게 남성성을 상실해버린 두목을 보고 돌배는 더 강한 살의를 느낀다. 돌배의 시선으로 보자면, 눈 먼 색시의 죽음은 그에게 최초로 모성을 체험하게 한 대상의 소멸을 의미한다. 이는 돌배가 구체적으로 체험한 결핍이며 최초로 자각한 상처다. 돌배는 그의 결핍과 상처를 제공해 준 인물이 두목이라고 판단한다.

두목의 폭력과 광기 앞에서 돌배는 두목을 거역할 수 없는 공포의 대상으로 받아들이게 되지만 돌배는 서서히 두목을 죽여야 한다는 반역을 꿈꾼다. 두목은 마치 그리스 신화에서 흔히 볼 수 있었던 잡아먹는 아버지처럼 군림하지만 돌배는 그런 아버지에게 잡아먹히지 않으려 한다. 오히려 돌배는 그 아버지를 물리칠 반역의 꿈을 꾼다. 이렇게 돌배의 인물설정은 두목과는 다르게 반항하는 아들의 모습으로 그려지고 있음을 우리는 주목해야 한다.

3. 죽음과 재탄생의 서사

일반론에 해당하는 얘기지만 신화적인 상상력으로 서술된 소설일수록 그렇지 않은 소설에 비해 죽음과 재탄생으로 요약되는 신화소(mytheme)를 구조적으로 형상화하면서 서사를 진행해 나가는 특징이 강하다.[9] 『흐르

---

8) 역설적으로 눈 먼 색시의 죽음은 돌배로 하여금 모성의 세계와 결별해 부성의 세계와 투쟁하는 계기로 작용하고 있다.

지 않는 강』도 이런 예에 속하는 소설로, 이 소설은 기본적으로 죽음과 재탄생이라는 신화소를 서사의 형성 동인으로 수용하며 서술된 소설이다. 그러나 더 자세하게 살펴야 할 문제는 『흐르지 않는 강』의 서사 형성 동인이 죽음과 재탄생이라는 신화소에 있다는 점을 거론하는 일반론적 논의에 있는 게 아니다. 그런 일반론 속에 감추어진 이 소설의 서사적 특징을 구체적으로 살펴야 한다. 그러면 효율적인 논의를 위해 이 소설의 이야기 전개를 돌배의 시점으로 정리해 보기로 하겠다.

① 나는 두목과 함께 강가가 보이는 동굴에서 생활하고 있다.
② 나는 두목이 하루에도 몇 차례 강물을 틀어막기 위해 강에 뛰어드는 모습을 보며 두목이 미친 거라고 생각한다.
② 강남옥 새색시를 차지하기 위해 두목이 서울 손님과 술판 대결을 벌이는 현장에서 나는 광기에 가까운 두목의 폭음과 강남옥 색시의 유혹적인 포즈를 목격한다.
③ 나는 혼자 동굴로 와서 강남옥 새색시를 상상하며 자위행위를 하고 곧 죄책감을 느낀다.
④ 나는 두목이 그의 눈 먼 색시를 죽일 거라고 판단해 두목의 아내인 눈 먼 색시의 집을 출입한다.
⑤ 눈 먼 색시가 나에게 젖을 물린 이후 자살한다.
⑥ 나는 두목을 죽이기 위해 동굴에 몰래 독사를 방출한다.
⑦ 나는 두목이 독사에게 물리기 직전 동굴을 뛰어나가 자살하는 모습을 목격한다.
⑧ 나도 두목처럼 날것을 먹고 강물을 틀어막으려는 충동을 지닌다.

이렇게 정리될 수 있는 이야기 전개에서 먼저 주목해야 할 대목은 돌배와 두목이 세상과 분리된 동굴에서 삶을 영위한다는 점이다. 독자들이 이

---

9) 레비 스트로스는 언어의 음소, 형태소, 의미소에 해당하는 의미적 단위인 신화소를 설정해 오이디프스 신화를 분석한 바 있다. 죽음과 탄생은 일견 대립되어 보이지만 그 내적인 관계는 상호 보완적이다.

소설을 독서하는 과정에서 돌배의 동굴생활이 언제부터 이렇게 시작되었는가를 확인할 수는 없다. 돌배는 턱거리 마을 지역주민들만이 아니라 그의 엄마인 마마상과도 헤어져 이 동굴에서 대부분의 시간을 보내는 아이로 처음부터 설정되어 있다.

돌배가 마을과 분리된 동굴, 그것도 강이 바라보이는 동굴에서 살아간다는 것은 돌배가 이 세상의 요구와 규범과 거리를 두고 살아가는 아이, 즉 세속 사회보다는 자연환경에 더 많이 노출되어 살아간다는 것을 의미한다. 더 자세하게 말하자면, 돌배는 그의 해당 연령의 아이들과는 다른 차원에서 자기성장을 도모한다는 말이다. 복잡한 세속 사회의 시스템에 편입되어 살아가는 아이들이 그 사회 시스템이 요구하는 가치와 규범을 받아들이며 자기성장을 도모한다면 돌배는 그렇지 않다. 돌배는 이 소설의 결말에서 확실하게 확인되지만 세속 사회 질서가 아니라 자연의 질서, 리듬, 감각을 전폭적으로 습득하는 자연친화적 인간으로 성장해 나간다. 요컨대 돌배에게 동굴은 세속 사회의 규범과 가치와 격리된 장소이기는 하지만 그 장소는 자연의 질서를 학습하는 장소, 즉 자연의 질서로 편입하는 장소의 의미를 띠고 있다. 그러므로 돌배에게 ①에서의 동굴의 의미와 ⑧에서의 동굴의 의미는 동일하지 않다. 그 의미는 ①에서 ⑧로 갈수록 질적으로 심화되어 간다고 할 수 있다.

①에서 ⑧로 이어지는 이야기 전개에서 주목해야 하는 또 하나의 지리적 배경은 강이다. 어린 돌배와 두목에게 강은 처음부터 서로 동일한 의미로 체험되지 않는다. 두목에게 강은 단지 횟거리를 구하는 노동현장 정도의 의미를 띠지 않는다. 두목은 강에서 자기를 확인하고 자기를 실험한다. 마치 그는 강에서 태어나고 강에서 삶을 마치는 물의 신처럼 강의 질서를 그 자신의 내적 질서로 받아들이고 있다.

그러나 돌배에게 강은 그런 대상이 아니다. 돌배는 강을 틀어막겠다고 하면서 강으로 뛰어드는 두목의 모습을 이렇게 진술한다.

강물을 틀어막겠다는 두목의 말은 그냥 허풍이 아니었다. 불어난 강물만 보면 두목은 웬일인지 멍텅구리처럼 그 강물을 틀어막고 싶어 발광기를 일으켰다. 더욱이 마을에서 새색시라도 들어온 날이면 두목의 발광기는 예외가 있어본 일이 없었다(171쪽).

"불어난 강물만 보면" "웬일인지 멍텅구리처럼 그 강물을 틀어막고 싶어 발광기를" 일으키는 두목의 모습은 마치 자기 생명의 본향으로 회귀하려는 한 마리 연어를 연상시킨다. 두목은 "불어난 강물만 보면" 회귀의 본능으로 강을 역류하는 연어처럼 강으로 뛰어든다. 그런데 이와 같은 모습은 돌배에게는 발광기로 보인다. 스스로 절제할 수 없는 내적인 열정을 지닌 채 하루에도 몇 차례 강을 오르내리며 강물을 틀어막고자 하는 두목의 행동이 돌배에게는 이해할 수 없는 발광기로 보일 따름이다.

강은 신화에서 상반되는 이미지를 보여주어 왔음을 우리는 익히 알고 있다. 바로 죽음과 재탄생의 이미지다.[10] 이와 같은 상반되는 강의 이미지는 두목과 돌배의 상반되는 행위와도 연결된다. 더 자세하게 살펴보기로 하자.

눈 먼 색시의 죽음 이후 남성성을 급격하게 잃어가던 두목이 동굴에서 "마마상의 젖가슴에 묻혀 눈을 감고 있는" 장면을 목격한 돌배는 두목에 대한 강한 적개심을 품는다. 그래서 돌배는 두목을 살해하려는 계획을 실제 실행한다. 돌배는 두목 몰래 독사를 동굴 안에 풀어 넣는다. 이렇게 흐르지 않는 강의 서사는 후반부로 접어들수록 돌배의 음모와 그 계획의 진행을 자세하게 보여준다. 문제는 두목의 반응이다.

두목은 이미 돌배의 음모를 파악하고 있었다. 두목은 그 자신의 죽음을 돌배가 몰래 풀어놓은 독사에게 물리는 것으로 완성하지 않는다. 그는 그 스스로 그의 죽음을 준비하고 실행한다. 바로 강에서 말이다.

---

[10] 엘리아테는 "물의 상징은 죽음과 재생을 모두 내포"하며 "물과의 접촉은 항상 재생을 함축"하고 "해체 뒤에는 새로운 탄생이" 뒤따른다고 말한 바 있다.
미르지아 엘리아테, 이은실 옮김, 『이미지와 상징』, 까치, 1998, 165쪽.

"강물이 미쳤구나! 강이 죽었구나! 죽은 강물이 통곡을 한다! 흘러가게 해라, 강이 다시 흐르게 해라!"
그것이 그때 두목이 굴을 뛰쳐나가며 다시 광기가 도진 미친 사람처럼 겁에 질린 목소리로 외쳐대던 소리였다(334쪽).

두목은 이제 자기 힘으로 그 흐름을 다시 계속하게 할 작정인 것 같았다. 그는 강가에 다다르자 주저 없이 곧 물속으로 뛰어 들어가 사지를 허우적거리기 시작했다. 강물이 죽어 있어 헤엄도 제대로 쳐지지 않는 형국이었다. 지나가는 번갯불에 빗줄기를 뚫고 희미하게 떠오른 두목의 모습이 흡사 그 죽어버린 강으로 다시 흐름의 문을 열고 들어가려는 필사적인 몸부림을 쳐대고 있는 것 같았다(336쪽).

두목은 돌배의 음모가 구체적으로 실현되려는 그 순간에 그 자리를 뜬다. 그리고 강으로 달려간다. 그의 눈으로 보기에 강은 그 흐름을 멈춘 강, 즉 죽어버린 강이었다. 이는 두목의 환각이었다. 강이 흐르지 않는다는 말은 자연이 죽어간다는 의미로 눈 먼 색시의 죽음 이후 급격하게 남성성을 잃어가던 두목은 끝내 그 강에서 생을 정리한다. 그는 강에서 필사적인 몸부림을 치다가 죽고 만다.

그런데 두목이 강에서 생을 마감하게 되자 이번에는 돌배가 강의 리듬과 감각을 내면화해버린 소년으로 재탄생한다. 두목의 죽음은 돌배에게 두목의 운명을 적극적으로 수용하도록 하는 계기로 작용하고 있다. 돌배도 두목처럼 강물을 틀어막고 싶은 충동에 자연스레 몰입한다. 두목을 죽이려는 계획을 구체적으로 실행하던 돌배는 강남옥 새색시를 차지하고 싶다는 성적 욕망에 머물지 않고 주저 없이 강으로 뛰어들려는 더 큰 차원의 욕망에 몰입한다. 요컨대 두목의 삶이 죽음으로 끝나버린 게 아니라 돌배를 빌려 순환되고 있다.

그러니까 ①, ②, ③, ④, ⑤, ⑥, ⑦, ⑧로 이어지는 이야기 전개의 동력은 죽음과 재탄생의 신화소이며, 이 신화소의 점층적인 반복을 통해 이 소설의 결말이 형성된다고 할 수 있다.

그리고 이 죽음과 재탄생은 집중적으로 한 여름에 일어나고 있다는 점도 주목할 필요가 있다. 적어도 이 소설에서 만큼은 봄, 가을, 겨울이 존재하지 않는다. 오로지 여름만이 존재할 뿐이다. 여름에 보는 일이 일어나고 있다.

> 열흘 전쯤 일이었다. 산비탈이 온통 빨간 진달래 빛으로 물들었다가는 어느새 그 고운 꽃빛이 새로 돋아난 연두색 나무순에 파묻혀 사라져 버릴 때까지도 강가의 가겟집들은 한동안 문을 열 기미들을 보이지 않고 있었다.
>
> 하지만 하루하루 그 연한 산색이 짙은 녹음으로 어우러져 가자 강가의 가겟거리는 그동안 긴 잠에서라도 개어나듯 불현듯 소란스러워지기 시작했다. 탕탕 탕탕, 겨울 동안 찌부러들고 바람에 널린 지붕과 벽과 간판들을 손보는 못질 소리가 강심 멀리까지 울려 퍼졌다. 삐꺽거리고 탕탕거리는 소리들은 강을 건너 맞은편 산언덕을 기어오르다 말고 메아리가 되어 다시 강을 건너 왔다. 사람들은 산뜻한 빛깔로 저마다 가게 간판을 새로 색칠했고, 가게가 넓지 않은 사람들은 강가 모래 위에 술자리를 마련할 차양 막을 내다 손질했다.
>
> 강가의 가겟거리는 하루하루 활기가 더해갔다(176쪽).

"하루하루 그 연한 산색이 짙은 녹음으로 어우러져" 가는 계절, 즉 신록이 짙어가는 여름으로 접어들면서 이 소설의 서사는 본격적으로 진행된다. 계절이 여름으로 접어들자 강가 주변의 사람들은 "가게 간판을 새로 색칠"하거나 "술자리를 마련할 차양 막을" 손질하며 분주하게 지내게 된다. 그런데 강가 주변의 상인들이 서울이나 인근 도시에서 온 손님들을 대상으로 돈벌이할 목적으로 바빠지는 반면 두목은 그와는 다른 동기로 바빠지고 있었다.

그 동기는 바로 여성을 갈취하려는 리비도적 욕망에 근거를 둔다. 턱거리 마을에 여름이 다가오면 서울과 의정부, 인근 지역들에서 외래 손님들이 턱거리 마을을 방문하고 그에 따라 외지 여성들도 유입해온다. 이렇게 여름의 시작은 두목의 리비도적 에너지가 상승하는 분기점이 되고 있다. 한 여름이 분출하는 열기의 상승과 지속은 두목의 리비도적 에너지의 상승과 비례하고 있다.

그러나 이와 함께 『흐르지 않는 강』에서의 여름은 두목의 리비도적 에너지를 급격하게 소멸시키고 급기야는 두목의 죽음을 재촉하는 계절이 되고 있다는 점을 간과해서는 안 된다. 적어도 이 소설에서 여름이란 계절적 배경은 두목의 활기와 죽음을 극적으로 재촉하고 있다. 요컨대 두목의 희극과 비극이 동시적으로 여름 한 철에 반복되고 있다는 점을 주목해야 한다.

그런데 이 여름은 두목을 죽게 하는 대신 새로운 두목을 탄생시키는 계절이기도 하다. 이 여름 동안 죽음과 재탄생의 신화가 전개된다는 말이다. 두목의 죽음과 두목의 운명을 유전하게 되는 돌배의 재탄생이 이 여름에 모두 일어난다는 점을 감안하자면 여름은 두목의 하강과 돌배의 상승을 동시적으로 발생하게 하는 우주적인 질서의 상징처럼 보인다. 죽음과 재탄생의 드라마는 이렇게 여름 한 철에 극적으로 전개되고 있다.

4. 맺음말

중편 『흐르지 않는 강』은 일관되게 신화적 상상력에 바탕을 두고 쓰인 소설로 이 소설을 읽는 일은 신화적 상상력의 문학적 의미를 확인하는 것과 그 의미가 별다른 차이가 없다. 본고는 인물론과 서사론의 차원에서 이 소설의 신화적 상상력의 특징을 살펴보았는데, 그 결과를 정리하면 다음과 같다.

첫째, 이 소설의 주요 작중인물인 두목과 돌배는 신화에서 발견되는 아버지와 아들의 관계를 표상하고 있다. 두목은 잡아먹는 아버지의 이미지를 돌배는 그런 아버지에 대항하는 아들의 이미지를 보여주고 있다. 이청준은 두목을 마치 신화적 인물의 현대적 변형처럼 묘사하는데, 이렇게 묘사된 두목은 철저하게 그 자신의 주관적인 욕망에 부합해 살아가는 일탈자의 전형이다. 그런데 그의 일탈이 의미 있는 이유는 궁극적으로 현대사회가 풍속과 규범보다는 자연친화적인 삶의 감각을 완성시키는 현대적인 것을 부정하는 의미가 있기 때문이다. 두목은 마친 그리스 신화에서 흔히 볼 수 있었던 잡아먹는 아버지처럼 돌배에게 군림하지만 돌배는 그런 두목에게 반역의 꿈을 꾸며 자기성장을 도모한다. 요컨대 이청준은 신화론의 아버지와 아들의 관계 혹은 그 구도를 빌려 두목과 아들의 이미지를 만들고 그 역할을 부여한다.

둘째, 흐르지 않는 강의 서사 형성 동인은 죽음과 재탄생이라는 원형적 신화소이다. 그리고 이 원형적 신화소는 두목의 죽음과 돌배의 재탄생이라는 사건으로 구체화되어 간다. 자여친화적인 인간이었던 두목이 죽게 되자 돌배가 두목의 자리를 이어 새로운 자연친화적 인간으로 탄생하고 있다. 이 두 사건은 별개의 사건이 아니라 내적으로 긴밀히 연결된 사건이다. 두목의 죽음 속에는 돌배의 재탄생이 예비 되어 있다.

제3부

시의 상상력

조지훈 시의 유기체적 상상력 연구

박남희

1. 문학적 삶의 총체성과 유기체 시관

우리 문학사를 더듬어 볼 때 문학과 삶이 하나로 통합된 모습을 보여주는 것은 매우 드문 경우에 속한다. 그 드문 예의 첫손가락에 꼽을 수 있는 것이 조지훈 시인이다. 조지훈 시인은 그의 삶의 총체적인 모습을 그의 문학에 정직하게 구현시킨 대표적인 시인이다. 더욱이 그의 문학은 민족의 존재 근거가 흔들리던 일제 강점기로부터 4·19, 5·16에 이르는, 개인과 민족의 정체성의 혼란기를 문학적 총체성으로 극복해보려 했던 노력의 산물이라는 점에서 의미를 지닌다. 이미 여러 논자들에 의해서 거론된 바 있듯이 그의 문학은 복합적인 성격을 지닌다.[1] 따라서 그의 시를

---

[1] 일반적으로 조지훈의 시세계를 시집의 간행 순서로 나누는 데는 문제가 있다. 박호영은 그의 논문에서 조지훈의 시를 시기별로 나누기보다는 시 정신 별로 나누는 것이 타당하다고 보고 그의 시를 1)습작기의 시 2)자연관조적인 시 3)현실 참여적 경향의 시 4)자아탐구의 시로 나누어 분석하고 있다. 박호영, 『조지훈 문학연구』, 서울대

시기별로 명확하게 구분하기란 그리 쉬운 일이 아니다.

조지훈의 시는 일반적으로 서구적 유미주의에 천착한 습작기의 시들과 고전 취향의 시를 초기의 시로, 그가 월정사에 칩거하면서 쓴 일련의 선적 취향의 시와 해방 전후의 시를 중기의 시로, 그리고 해방 후 6·25 전쟁과 4·19, 5·16의 격동기를 거치면서 쓴 현실지향적인 시를 말기의 시로 나누어 볼 수 있다. 하지만 이러한 구분은 절대적이라고 볼 수 없다. 왜냐하면 그의 시는 엄밀히 말하면 시기별로 큰 변화가 없는 일정한 기조 위에서 씌어진 것이기 때문이다. 『조지훈 시선』 후기에서 시인 자신이 말한 "나의 시는 별로 변한 것이 없다"[2]는 고백이 이를 뒷받침해준다. 시인의 이러한 고백은 자신의 시가 스스로의 존재론적 가치관을 바탕으로 한 총체적인 중심축 위에서 일정하게 전개되고 있음을 암시해 주는 것이다.

초기 시부터 말기 시에 이르기까지 조지훈 시 전체를 관통하는 시관은 유기체 시관이다.[3] 유기체 시관은 단지 조지훈의 시론에 그치는 것이 아

박사학위논문, 1988.

2) 조지훈은 그의 세 번째 시집인 『조지훈 시선』을 간행하면서 그 후기에 자신의 시를 1부: 습작기를 중심으로 한 '지옥기의 시편', 2부: 해방기에 고향에서 쓴 시를 모은 '풀잎단장', 3부: 오산 월정사 시기의 시를 '달밤', 4부: 조선어학회 무렵의 시를 중심으로 한 '산우집', 문장지 추천 무렵의 시를 중심으로 한 '고풍의상', 해방과 6.25 전쟁 전후에 씌어진 시를 모은 '기려초'로 나누어 싣고 있음을 밝히고 있다. 하지만 이러한 분류는 시기별로 나눈 것이 아닐 뿐 아니라 스스로도 자신의 작품이 여러 계열이 뒤섞여 씌어졌음을 고백하고 있다.
『조지훈 전집 1』, 123쪽.

3) 필자는 이미 박용철, 정지용, 조지훈으로 이어지는 유기체시론의 흐름과 성격을 대비적으로 규명한 바 있다(박남희, 『한국유기체시론 연구』, 『숭실어문』 18집, 2002. 참조). 조지훈의 시를 관통하는 일정한 흐름을 필자는 1)문학적 존재론 2)친자연적 정신주의 3)유기체 시관으로 요약하고, 이 세 가지를 아우르는 조지훈 시의 요체를 유기체적 상상력이라고 보았다. 일반적으로 조지훈의 문학관을 '전통론', '순수시론', '유기체시론' 등으로 나누어서 보는 관점(신현락, 『한국현대시와 동양의 자연관』, 한국문화사, 1998, 324쪽)이 있으나, 필자는 이들이 별개의 것이 아니라 유기체 시관에 하나로 포섭될 수 있다고 보았다. 유기체 시관이 어떻게 조지훈 시와 삶 전체를 아우르는 구

니라 그의 삶과 존재 전체를 아우르는 세계관이고 가치관이라는 점에서 보다 포괄적인 의미를 지닌다. 그것은 그의 시론의 집대성이라고 할 수 있는『시의 원리』의 앞부분에서 이미 시인과 시를 유기체적 자연의 일부, 또는 창조적 생명체로 바라보고 있는 데서도 드러난다.4)

> 시란 것은 진실한 생각, 진실한 느낌, 진실한 표현을 통하여 나오는 그 자신의 전인격적(全人格的) 체험에서만 스스로 체득할 수 있고 이와 같이 시를 체득한 시인의 생명의 결정인 작품을 통하여서만 그의 최상의 작시법(作詩法)을 듣는 수밖에 다른 길이 없는 것이다. (중략)
> 대자연은 사물의 근본적인 원형으로서 여러 가지 의미를 실현하고 있다. 대자연의 일부인 사람은 그 자신 자연의 실현물(實現物)로서만 존재하는 것이 아니라 창조적 자연을 저 안에 간직함으로써 다시 자연을 만들 수 있는 기능을 가지는 것이다. 대자연은 자연 전체의 위에 그 본원상(本源相)을 실현하지만 반드시 개개의 사물에 완전히 나타나는 것은 아니기 때문에 어느 의미에서 시인은 자연이 능히 나타내지 못하는 아름다움을 시에서 창조함으로써 한갓 자연의 모방에 멈추지 않고 '자연의 연장(延長)'으로서 자연의 뜻을 현현(顯現)하는 하나의 대자연일 수 있는 것이다. 바꿔 말하면, 시는 시인이 자연을 소재로 하여 그 연장으로써 다시 완미(完美)한 결정(結晶)을 이룬 '제 2의 자연'이라고도 할 수 있다.
> 그러므로 시뿐 아니라 모든 예술은 자연을 정련(精練)하여 그것을 다시 자연의 혈통에 환원시키는 것, 곧 '막연(漠然)한 자연(自然)'에 특수한 의미를 부여함으로써 새로운 의미를 발견하는 것이라고 말할 수 있다.

심점이 되는지를 밝히는 것이 이글의 목적이다.
4)『조지훈 전집 2』, 19~21쪽.

이상의 진술을 종합해 보면 시인은 스스로가 대자연의 일부가 되어 자연이 미처 보여주지 못한 우주의 본원상을 새롭게 창조해서 자연에 특수한 의미를 부여해주는 전인격적인 존재인 것이다. 그런데 이 글은 우리에게 중요한 몇 가지 단서를 제공해준다. 그것은 시인의 시관이 우주적 존재론에 닿아있는 친자연적인 유기체시관이라는 점이다. 이처럼 시인이 인간을 대자연의 일부로 보고 우주와 인간과 문학이 하나의 유기체로 연결되어 있다고 보는 것은 단순히 문학관의 차원에 머무는 것이 아니다. 시인은 문학의 본질이 '문학정신'에 있다고 보고, 시인이 '문학정신'을 체득하는 "문학하는 태도는 문학을 생활화함으로써 하나의 문학적 인생관에 연결된다"고 하여, "문학관은 그의 예술관이요 인생관이며 세계관이기도 하다"고 말하고 있다.[5] 문학을 생활화한다는 것은 단순히 문학이 인생의 부수적인 것이 아니라 시인의 삶과 존재의 본질에 닿아있음을 말해주는 것이다. 이런 관점에서 볼 때 조지훈 시인에게 있어서 문학은 삶의 총체성을 아우르는 본질적인 것이다.[6] 그가 문학의 요체로서 문학정신을 강조하고 있는 것도 문학이 그의 삶의 총체성을 아우르는 핵심에 자리하고 있기 때문이다. 따라서 그의 문학의 핵심적 요체라고 말할 수 있는 유기체적 문학관은 문학을 포함한 그의 삶의 총체성을 아우르는 전일적(全一的)인 시관이라고 말할 수 있다.[7]

---

[5] 『조지훈 전집 3』, 17쪽.

[6] 그는 「자연과 문학」이라는 제목의 글을 통해 "문학은 인간을 통해 나타나는 자연 총체의 결정이요 자연을 통해 나타나는 인간정신의 구경적(究竟的) 구현"이라고 말하고 있다. 『조지훈 전집 3』, 41쪽.

[7] 구모룡은 그의 박사학위 논문에서 문학유기론이 과정이론, 존재이론, 가치이론, 역사이론 등의 영역을 갖는다는 점을 지적하면서 문학유기론이 인간의 삶의 총체성과 연결되어 있음을 설명하고 있다. 구모룡, 「한국근대문학유기론의 담론분석적 연구: 조지훈·김동리·조윤제를 중심으로」, 부산대 박사학위논문, 1992, 17쪽.

2. 우주적 존재론과 유기체 시관

조지훈의 초기 시에서 후기 시에 이르기까지 일관되게 나타나는 것이 그의 존재론적 문학관이다.8) 물론 그의 존재론은 동양적 우주론에 닿아 있다. 시인의 이러한 존재론적 관심은 처음부터 동양적인 정신주의에 닿아있었던 것은 아니다. 지훈의 습작기 시편을 가리키는 이른바 '지옥기'의 시편들은 「승무」나 「고풍의상」 계열의 등단기 시편들과는 달리 서구적인 발상과 감각에 바탕을 둔 보들레르나 오스카와일드적인 탐미 주의적 성향을 지닌 것들이다.9) 그런데 이러한 서구 취향은 존재론적 자각을 그 바탕에 깔고 있음을 간과해서는 안 된다. 하지만 이 시기의 존재론적 자각은 진정한 의미의 자각이라기보다는 존재론적인 방황이라는 표현이 맞는다. 이 시기의 시들은 암담한 시대 상황에 대한 인식과 맞물려서 '어둠'이나 '죄의식', '단절' 등을 통해서 오는 불안의식이나 결핍의식이 주조를 이루고 있다. 등단 이전에 씌어진 시 「影像」은 같은 해에 씌어진 「月光曲」과 짝을 이루는 작품으로 시인의 존재론적 단절을 드러내 보여준다.

> 이 어둔 밤을 나의 창가에 가만히 붙어 서서
> 방안을 들여다보고 있는 사람은 누군가.
> 아무 말 없이 다만 가슴을 찌르는 두 눈초리만으로
> 나를 지키는 사람은 누군가.

---

8) 김문주는 그의 박사학위논문을 책으로 묶어 낸 『형상과 전통』에서 "조지훈 시는 줄곧 삶의 존재론적 문제들과 고투해왔다"는 점을 강조하면서 "우주의 운행원리 아래 놓인 개체의 운명을 수락하되 어떻게 생명의 의의를 발견할 것인가 하는 문제는 지훈의 시가 일관되게 고민해온 주제"였음을 지적하고, "우주적 자아로서의 존재에 대한 인식은 지훈 시세계 전체를 떠받치고 있는 시의식의 대전제"임을 말하고 있다(김문주, 『형상과 전통』, 월인, 2006, 252쪽).

9) 조지훈, 「나의 역정」, 『조지훈 전집 3』, 201쪽.

萬象이 깨여 있는 漆黑의 밤 감출 수 없는
나의 秘密들이 파란 燐光으로 깜박이는데

내 不安에 질리워 땀 흘리는 수많은 밤을
종시 창가에 붙어 서서 지켜보고만 있는 사람

아 누군가 이렇게 밤마다 나를 지키다가도
내 스스로 罪의 思念을 모조리 殺戮하는 새벽에―
가슴 열어 제치듯 창문을 열면 그때사 저
薄明의 어둠 속을 쓸쓸히 사라지는 그 사람은 누군가.

　이 시는 누군가 밤마다 시적 화자가 잠자는 창가에 와서 '가슴을 찌르
는 눈초리'로 말없이 지켜보다가 박명의 어둠이 걷히는 새벽 무렵에 쓸쓸
히 사라지는 모습을 '그림자' 즉 '영상'으로 표상해내고 있는 시이다. 그림
자가 창밖에 서서 자신을 지켜보며 방안을 들여다보고 있다는 것은 시적
화자에 대한 관심의 표현이지만, 창문을 열거나 두드리지도 않고 새벽이
면 말없이 사라진다는 점에서 사랑하는 사람인지 감시자인지 알 수가 없
다. 그러므로 화자의 '불안'은 계속될 수밖에 없다. 그런데 "스스로 罪의
思念을 모조리 殺戮"한 후에야 사라지는 존재라는 점에서 서구의 기독교
적 원죄의식을 연상시켜 준다.
　그런데 이 시는 같은 시기에 씌어진 「月光曲」의 "부끄러운 곳을 가리
지 못하도록 두 팔을 잘리운 '미로의 비너스'로 표상되고 있는 욕망의 대
상으로서의 관능적 소녀와 연결되어 '욕망'과 '죄'의 굴레를 벗어나지 못
하는 인간의 한계를 상징적으로 보여준다. 두 시의 배경이 모두 밤이라는
것도 당시의 암담한 시대상과 무관하지 않은 것처럼 보인다. 이처럼 이
시기의 시들은 당시의 암담한 시대상을 반영하고 있으면서도 그 밑바닥
에는 원죄론을 바탕으로 한 서구의 기독교적 존재론이 자리하고 있다. 이

두 시에 공통적으로 보이는 '창'은 '소녀'와 '화자' 사이를 단절시키는 매체로서 자아와 타자를 분리하여 생각하는 전형적인 서구적 발상의 산물이다. 따라서 이 시기의 시들은 시와 삶 전체를 유기적 관점에서 바라보는 조지훈 시의 한 이단아인 셈이다. 하지만 이러한 서구문화의 충격이 시인으로 하여금 형이상학적이고 존재론적인 고민을 하게 하여[10] 장차 그의 시가 동양적 형이상학의 세계로 나아가는 계기가 되는 것이다. 그러므로 조지훈의 등단작 「승무」가 여승의 아름다운 모습 뒤에 감추어져 있는 육체적 욕망과 번뇌를 우주의 '별빛'과 유기적으로 연결시켜 심미적 완결성을 지닌 시로 승화시키고 있는 것은 시사 하는 바가 크다. 하지만 「승무」의 여승 역시 춤추는 그의 몸이 육체적 욕망과 구도정신의 갈등을 내포하고 있다는 점에서 「승무」계열의 초기 시들은 그의 시가 온전한 동양적 유기체 시관으로 나아가는 노정에 있는 과도기적 산물이다.

조지훈의 초기 시들은 그것이 서구적인 색채를 띤 것이든 동양적인 것이든 공통적으로 인간의 문제에 집중되어 있다.[11] 이러한 양상은 그의 시가 처음부터 존재론적 관심에서 출발하고 있다는 것과 무관하지 않다. 조지훈의 시가 서구적인 환경에서 출발해서 동양적 전일(全一)의 세계로 나아가는 과정은 시인이 당시에 직면하게 되는 인간의 문제들을 자연과 도(道)의 총체성에 기대서 온전하게 극복해나가는 과정이었다.[12] 이처럼 시인이 동양 사상에 심취하게 되는 것은 그의 정신 지향적 성향과도 무관하지 않다. 그는 당시에 일정한 시류를 형성하고 있던 유물론을 염두에 두면서 쾌락이나 경제와 같은 자연물질가치(自然物質價値)는 동물의 범주를

---

10) 김문주, 앞의 책, 195쪽.

11) 김문주, 앞의 책, 210쪽.

12) 조지훈은 시를 하나의 도라고 보고 인간 의식과 우주 의식의 완전 일치의 체험이기 때문에 인생의 괴로움을 자연의 사랑을 통해서 치유할 수 있다고 생각하고 있다. 따라서 그는 시를 쓰는 일, 즉 순수한 예술충동도 인간이 지닌 생명적 욕구라는 점을 강조하고 있다. 조지훈, 「시의 감성」, 『조지훈 전집 2』, 30쪽.

벗어나지 못하는 것이므로 절대가치인 진·선·미를 추구하는 이상정신가치(理想精神價値)에 비할 바가 되지 못한다는 점을 강조하고 있다.[13]

이처럼 조지훈의 시가 그의 삶에서 나타나는 존재론적 모순을 극복해 나가는 과정에서 쓰여진 것이라는 것은 너무나 자명한 사실이다. 그의 시가 해방을 기점으로 하여 자연과 세계에 대한 대응방식을 달리하게 되는 것도 시인의 이러한 문학관을 반영한 것이다.[14]

> 木蓮꽃 향기로운 그늘 아래
> 물로 씻은 듯이 조약돌 빛나고
>
> 흰 옷깃 매무새의 구층탑 위로
> 파르라니 돌아가는 新羅千年의 꽃구름이여
>
> 한나절 조찰히 구르던
> 여흘 물소리 그치고
> 비인 골에 은은히 울려오는 낮 종소리.
>
> 바람도 잠자는 언덕에서 복사꽃잎은
> 종소리에 새삼 놀라 떨어지노니
> 무지개 빛 햇살 속에
> 의희한 丹靑은 말이 없고……
>
> ─「古寺 2」 전문

---

13) 조지훈, 「시의 감성」, 『조지훈 전집 2』, 31~32쪽.

14) 김종태는 조지훈의 시를 자아와 세계의 대응양상으로 살피면서 그의 시가 "해방 전에는 주로 비애와 우수의 정서에 젖어서 주로 자연의 소멸과 죽음을 시화하였다면 해방 후에는 영원한 생명의 진리를 응축하고 있는 자연에 몰입하여 현실의 고단함으로 인해 우울과 고독에 빠져있었던 자아의 새로운 정서적 충일을 시화하였다."고 말하고 있다. 김종태, 「조지훈 초기 자연 서정시에 나타난 세계와 자아의 대응 양상」, 최승호편, 『조지훈』, 새미, 2003, 214쪽.

이 시는 「古寺 1」, 「山房」, 「山 1」, 「山 2」, 「鶯吟說法」 등과 더불어 지훈이 오대산 월정사에 머물던 시기에 쓴 작품이다. 시인은 「나의 역정」이라는 글을 통해서 이 시기에 지훈이 월정사에 머물게 된 것은 어지러운 머리를 가누기 위함이었다고 말하고 있다.[15] 이때까지 지훈을 괴롭힌 것은 자기존재의 정체성에 대한 혼란이었다. 그러므로 자의반 타의반으로 머물던 월정사 시절은 시인에게 있어서는 자신의 정체성을 회복하던 자기 침잠(自己沈潛)의 시기였으며 그에게는 매우 중요한 도정이기도 하였다. 이 시는 이 때 지훈이 얻은 '슬프지 않은 시 몇 편'에 속하는 것이었다. 하지만 이 시기의 시들에서 슬픔이 보이지 않는 것은 시인이 자연 속에 슬픔을 감추어 두었기 때문이다. 이러한 것을 가능하게 했던 것이 그의 '시선일미', '시선일여'의 시학이다.[16] 조지훈 시인은 시의 언어와 선의 언어가 비슷할 뿐 아니라 사물이나 우주의 근본 원리를 깨닫는데 있어서 발상법이 비슷하다는 점을 깨닫고, 선의 미학을 직접 시 창작 원리로 원용하여 정착시킨 흔치 않은 시인에 속한다.[17]

「古寺 2」는 자연과 역사의 아름다움을 간직한 고사의 풍경을 매우 서경정인 필치로 그려 보여주고 있으면서도 문득문득 그 안에 시인의 마음을 앉혀놓는다. 1연과 2연이 자연과 역사의 아름다움을 부각시키고 있다면, 나머지 연은 자연 속에 스며든 인공의 소리를 통해서 시인의 마음의 평정이 깨지는 상황을 상징적으로 보여준다. 시 문면에서는 종소리에 놀라 떨어지는 것이 복사꽃이지만, 그 이면에 숨겨져 있는 것은 암울한 시대 상황 속에서 느끼는 시인의 불안 의식이다. 이런 관점에서 보면 '복사

---

15) 조지훈, 「나의 역정」, 『조지훈 전집 3』, 202쪽.

16) 조지훈은 그의 글 「시선일미」에서 "시(詩)와 선(禪). 시(詩)가 마침내 선(禪)과 자리를 같이한다. 시도 또한 선이다."고 말하고 있다(조지훈, 『詩禪一味』, 『조지훈 전집 2』, 202쪽). 시인은 이것을 시선일여(詩禪一如)라는 한마디 말로 요약하고 있다. 『조지훈 전집 2』, 222쪽.

17) 신현락, 앞의 책, 336쪽.

꽃'은 자연이면서 동시에 시인 자신의 내면적 등가물인 것이다. 따라서 말없는 단청 역시 시인의 마음을 상징적으로 대변해주는 매개물이라고 말할 수 있다. 따라서 이 시기의 시들을 선의 세계에 침잠한, 현실인식이 결여된 시로 바라보는 것은 잘못된 것이다.[18]

> 실눈을 뜨고 벽에 기대 인다 아무것도 생각할 수가 없다
> 짧은 여름밤은 촛불 한 자루도 못다 녹인 채 사라지기 때문에 섬
> 돌 우에 문득 石榴꽃이 터진다
>
> 꽃망울 속에 새로운 宇宙가 열리는 波動! 아 여기 太古쩍 바다의
> 소리 없는 물보래가 꽃잎을 적신다
>
> 방안 하나 가득 石榴꽃이 물들어 온다 내가 石榴꽃 속으로 들어
> 가 앉는다 아무것도 생각할 수가 없다
>
> —「花體開顯」 전문

이 시는 해방 후인 1949년에 씌어진 작품으로, 1952년 발간된 『풀잎斷章』에서는 「아침」이었던 것이 1958년의 『趙芝薰詩選』 이르러서는 「花體開顯」으로 제목이 바뀐 독특한 시이다.[19] 1949년은 해방 이후 대한민국정부가 수

---

18) 이 시기의 시들을 평하는 대부분의 글들은 이 시기의 조지훈의 시를 "禪的觀照의 세계에 완전히 탐닉했던 사실"(김종균, 「조지훈의 문학비평」, 김종길외, 『조지훈 연구』, 고려대출판부, 1978)로 보는 등 일정한 편견을 가지고 바라보고 있다.

19) 이 시는 1958년의 『趙芝薰詩選』에서는 석류(石榴)가 자류(柘榴)로 표기되어 있는데, 이것을 1996년에 나남출판사에서 나온 『조지훈 전집 1 詩』에서는 석류(石榴)로 다르게 표기하고 있다. 이를 처음으로 지적한 김문주는 자류(柘榴)와 석류(石榴)를 각각 다른 나무로 보고 있으나 김종태는 같은 나무의 다른 이름으로 보고 있다(김종태, 앞의 글, 205쪽). 자류(柘榴)라는 이름이 들어가 있는 다른 시로는 백석의 「柘榴」가 있으나 대부분의 책에서 자류(柘榴)를 석류(石榴)와 동일한 나무로 보고 있으므로 김종태의 의견이 맞는 것으로 보인다. 하지만 조지훈이 『趙芝薰詩選』 이후에 쓴 필사본에는 자류(柘榴)를 석류(石榴)로 고쳐서 표기하고 있는 것으로 보아(김문주의 확

립되는 와중에서 민족이 좌익과 우익으로 갈려 갈등을 겪던 일종의 혼란기이다. 이 시는 언뜻 보면 무념무상의 몰아의 경지[20]만을 보여주는 것 같지만 실은 이 시의 초두에 시인의 고뇌가 엿보인다. 1연에서 시인이 실눈을 뜨는 행위나, 2연에서 촛불 한 자루도 못다 녹인 채 사라지는 짧은 여름밤은 당시의 혼란스러운 시대상과 맞물려 고뇌하고 있는 주체의 모습을 보여주는 것이다. 따라서 1연의 "아무것도 생각할 수가 없다"는 진술은 무념무상이라기보다는 오히려 시대적 불확실성을 상징하는 것으로 보는 것이 더 온당하다고 생각된다. 그리하여 시인은 불확실한 현실을 잊으려 "섬돌 우에 문득 石榴꽃이" 터지는 것에 주목하는 것이다.

이처럼 현실을 잊으려 자연에의 몰입을 감행한 시인은 꽃이 피는 모습에서 "꽃망울 속에 새로운 宇宙가 열리는 波動"을 온 몸으로 느끼게 된다. 그리하여 시인은 현재라는 시간을 초월하여 太古의 시간 속으로 들어가 바다의 소리를 듣고, 드디어 방안 가득 물들어 오는 석류(石榴)꽃 속으로 들어가 앉는다. 물아일체의 세계로 들어가게 되는 것이다. 그러므로 마지막 연에 나오는 "아무것도 생각할 수가 없다"는 진술은 무념무상을 가리키는 것으로 해석이 가능하다. 이 시에서 석류(石榴)꽃 이미지로 표상되고 있는 '꽃' 이미지는 조지훈 시에서 가장 자주 등장하는 중심적 심상으로서 그것이 단순한 현상세계의 작은 식물에 머무는 것이 아니라 현상세계 너머의 근원적 본질에 이르는 '미(美)의 흐름'으로 보고 있다.[21] 이러한 그의 상상력은 그의 동양적 유기체 시관에 닿아있음은 물론이다.

인) 자류(柘榴)는 조지훈이 석류(石榴)를 일시적으로 잘못 알고 쓴 것으로 추측되므로 나남에서 나온 『조지훈 전집1(詩)』의 표기는 올바른 것이라 할 수 있다.

20) 정근옥, 『조지훈 시 연구』, 보고사, 2006, 232쪽.

21) 조지훈은 "장자가 본 도(道)의 편만(遍滿), 기독(基督)의 신(神)의 무소부재(無所不在), 불교의 삼천실상(三千實相), 그것은 현상의 세계에 비친 미(美)의 흐름과 마찬가지니라. 옥경과(玉京)과 천당(天堂)과 극락(極樂) 호화장엄(豪華莊嚴)이 한 송이 꽃에 피느니라."고 하여 현상세계의 꽃을 형이상학적 근원에까지 연결시키고 있다. 조지훈, 「서창집 – 역일시론」, 『조지훈 전집 2』, 190쪽.

우리는 이 시를 통해서 시인의 고뇌하는 자아가 궁극적으로 도달하려는 곳이 물아일체의 경지인 우주의 세계임을 알 수 있다. 시인은 자연과 인간이 하나가 되는 유기체적 우주질서에 동참함으로써 유한한 인간존재의 한계를 극복해보려는 것이다.

3. 전통 지향적, 민족주의적 정체성과 유기체 시관

조지훈의 유기체시관은 시와 시인을 유기체적 우주의 일부로 보는 문학유기론에 머물지 않고, 그의 전통 지향적이며 민족주의적인 가치관과 맞물려서 혼란한 시대를 살아가는 시인 자신의 정체성 회복에 중요한 구심점 역할을 하는 시관이라는 점에서 총체성을 지닌다. 조지훈 시인의 전통지향성은 고전에 대한 관심으로 나타나게 되는데, 그가 고전을 중시하게 된 동기는 일차적으로는 전통에 대한 관심[22] 때문이었지만, 더 근본적인 이유는 동양고전을 통하여 자신의 정체성과 세계관을 새롭게 정립하려는 데 있었다. 따라서 그가 고전에 관심을 가진 것은 단순한 과거추수적인 성향이라기보다는 혼란한 현실을 타개해 나가려는 노력의 일환으로, 과거와의 단절이 아닌 연속선상에서 자주적이고 창조적인 전환의 계기를 마련해보려는 것이다.[23] 시인의 이러한 노력은 그가 유기적 문학관

---

22) 박호영은 조지훈의 전통주의를 논하면서 지훈의 전통에 대한 관심이 고전을 중요시하는 계기가 되었다고 말하고 있다. 박호영, 「조지훈의 전통주의」, 최승호편, 『조지훈』, 새미, 2003. 94쪽.

23) 조지훈은 「민족적 자아발견의 겨울」이라는 글에서 "현실은 과거의 연속이요 그 누적의 결과인 동시에 미래의 단서요 그 전환의 계기(契機)이다. 그러므로 현실은 우리에게 전통적 창조의 동력과 누습(陋習)의 완강한 타성(惰性)을 줄 뿐 아니라 동시에 자주전환(自主轉換)의 무한한 가능성과 추수순응(追隨順應)의 야릇한 매력을 주고 있다"고 하여 고전주의가 이러한 양면적 모순을 극복하고 자주적이고 창조적인 전환의 계기가 되기를 소망하고 있다. 조지훈, 「민족적 자아발견과 겨울」, 『조지훈 전집 3』, 388쪽.

을 통해서 서구문학 중심의 전통단절론을 극복하려고 한 것과 궤를 같이하는 것이다. 왜냐하면 그에게 있어서 문학은 곧 민족이고 자아이며 우주이며 세계이기 때문이다. 그러므로 그의 고전을 통한 민족적 자아 찾기의 노력은 곧 시인 자신의 정체성 찾기와 다른 것이 아니다. 이런 관점에서 그의 전통지향적인 초기시를 보면 그의 전통지향성이 단순한 취향의 차원을 넘어 그의 세계관에 까지 닿아있음을 알게 된다.

> 벌레 먹은 두리기둥 빛 낡은 丹青 풍경소리 날러간 추녀 끝에는
> 산새도 비둘기도 등주리를 마구 쳤다. 큰 나라 섬기다 거미줄 친
> 玉座 위에 如意珠 희롱하는 雙龍 대신에 두 마리 봉황새를 틀어 올
> 렸다. 어느 땐들 봉황이 울었으랴만 푸르른 하늘 밑 甃石을 밟고
> 가는 나의 그림자. 佩玉 소리도 없었다. 品石 옆에서 正一品 從九品
> 어느 줄에도 나의 몸 둘 곳은 바이없었다. 눈물이 속된 줄을 모를
> 양이면 봉황새야 九天을 呼哭하리라.
>
> —「鳳凰愁」전문

이 시는「僧舞」,「古風衣裳」등과 더불어 시인의 전통 지향적 시들 중 대표적인 작품이라고 말할 수 있다. 시인은 몰락한 왕조가 살았던 고궁을 둘러보며, 주변의 열강에 의해 사대주의적 수모를 겪을 수밖에 없었던 우리민족의 치욕의 역사를 돌이켜 보고 있다. "큰 나라 섬기다 거미줄 친 玉座 위에 如意珠 희롱하는 雙龍 대신에 두 마리 봉황새를 틀어 올렸다"는 진술은 지나간 과거의 치욕의 역사를 통해서 일제 식민지하에 있는 시인의 현실을 직시해보려는 노력인 것이다. 그는 과거의 역사를 과거의 책임으로만 돌리지 않고 현재의 자신과 무관하지 않음을 "푸르른 하늘 밑 甃石을 밟고 가는 나의 그림자"라는 표현을 통해서 현재화시킨다. 하지만 그는 "品石 옆에서 正一品 從九品 어느 줄에도 나의 몸 둘 곳은 바이없었다"고 하여 과거로 되돌아가서 치욕적인 과거를 되돌릴 수 없는 자신의 무능력함을 한탄하고 있다. 물론 이러한 역사에 대한 한계의식은 식민지

적인 현실을 반영한 것이다.

이 시를 통해서 우리가 알 수 있는 것은 과거의 역사를 똑바로 바라보려는 시인의 눈이 그의 존재론적 세계인식의 태도와 맞물려 있다는 점이다. 과거가 없이는 현재도 없는 것이고 미래도 있을 수 없다는 시인의 인식은 전통을 그냥 답습하는 것이 아니라 창조적으로 계승해 보려는 의지가 담겨있다. "전통은 창조의 원천이요 그 형상의 질료(質料)이며, 창조는 전통의 의욕이요 그 계승의 방법이다. 그러므로 전통 없는 창조는 공소(空疎)하고 허약하여 뿌리 없는 나무와 같고 창조 없는 전통은 침체하고 고루하여 인습의 폐풍(弊風)에 병들게 된다."[24]고 한 조지훈의 말은 전통을 바라보는 그의 태도가 어떤 것인지를 알 수 있게 해준다.

眞珠구슬 오소소 오색 무늬 뿌려 놓고
긴 자락 칠색線 花冠몽두리

水晶하늘 半月속에 彩衣입은 아가씨
피리 젓대 고운 노래 잔조로운 꿈을 따라

꽃구름 휘몰아서 발아래 감고
감은 머리 푸른 수염 네 활개를 휘돌아라

맑은 소리 품은 鼓 한 송이 꽃을
胡蝶의 나래가 싸고돌더니

풀밭에 앉은 나비 다소곳이 물러가고
꿀벌의 날개 끝에 맑은 청 鼓가 운다.
銀무지개 넘어로 작은 별 하나
꽃수실 채색무늬 花冠몽두리

―「舞鼓」 전문

---

24) 조지훈, 「민족문화연구 창간사」, 『조지훈 전집 3』, 386쪽.

조지훈의 「鳳凰愁」가 고전의 역사성에 주목하고 있다면 이 시는 역사성이라는 이데올로기보다는 미학적 차원에 더 관심을 가지고 있다. 사실 과거의 역사는 무수히 왜곡되고 변형되어서 그 정통성을 찾기가 쉽지 않지만, 전통의 아름다움은 천년의 시간을 건너와서 우리가 함께 공감할 수 있는 동질성을 가져다준다. 그것은 마치 천 년 전의 자연이 현재를 사는 우리에게 동일한 아름다움으로 다가오는 것과 같은 이치이다. 시인은 전통을 통해서 자연의 아름다움을 찾고 있는데, 이것은 전통을 자연의 영원성 위에 놓음으로써 전통적인 것과 현대적인 것이 동일하게 자연을 매개체로 교감할 수 있게 해주려는 의도인 것이다.

인용 시는 「舞鼓」라는 제목을 가지고 있지만 '북'에 대한 묘사 보다는 '舞衣'와 '舞姬'에 대한 묘사가 주를 이루고 있다. 시인이 '북춤'이라는 고전적인 소재를 '꽃', '나비', '꿀벌'과 같은 자연 이미지를 통해서 비유적으로 묘사하고 있는 것은, 우리의 고전이 그냥 과거에 머물러 있는 죽은 것들이 아니라 지금도 우리 곁에서 살아서 꿈틀거리고 있는 것이라는 것을 환기시키기 위함이다. 시인에게 있어서 시가 제 2의 자연이듯이 고전도 제 2의 자연으로서 창조성과 생명성을 가지고 있는 것이다. 말하자면 고전도 현재에 살아서 우리와 유기체적으로 연결되어 있는 생명체와 같은 것이다. "전통은 새로운 생명의 원천으로서 좋은 뜻을 살려서 이어받아야 할 풍습이요 방법이요 눈인 것이다. 전통은 역사적으로 생성된 살아있는 과거이지만 그것은 과거를 위해서가 아니라 도리어 현실의 가치관과 미래의 전망을 위해서만 의의가 있는 것이다."[25]고 한 조지훈의 말은 전통이 과거뿐만 아니라 현재와 미래에까지 연결되어 있는 살아있는 생명의 원천임을 증명해준다. 시인은 또 다른 글에서 고전을 "하나의 위대한 '이상주의적 현실주의'"이며, "한 인류 문화가 원심운동에서 구심운동으로 상극(相剋)에서 상생(相生)으로 전환하는 계기"를 마련해준다고 하여[26] 고

---

25) 조지훈, 「한국 문화사 서설 4. 한국 문화 논의」, 『조지훈 전집 6』, 314쪽.

전이 현실의 한계를 극복하고 유기체적 상생의 이상적 세계로 나아가는 대안이 될 수 있음을 말하고 있다. 시인의 이러한 주장은 언뜻 보면 과장되고 허황된 감이 없지 않으나, 이 글이 씌어진 1949년이 좌우익의 극심한 분열과 혼란 속에 있었다는 점을 감안해보면 어느 정도 그 정황이 이해가 된다.

4. 조지훈의 동양적 정신주의와 탈근대성

조지훈 시의 유기체적 상상력은 동양적 우주관을 바탕으로 하고 있지만, 그것이 단지 복고적 전통주의에 머무는 것이 아니라 서구의 기계 주의적 상상력의 파편화된 이분법을 넘어서는 탈근대성을 지니고 있다는 점에서 의의가 있다.[27] 그것은 조지훈 시의 요체인 동양적 정신주의가 서양의 인간중심적 이분법을 넘어서는 탈 중심주의에 까지 닿아있다는 점을 말해주는 것이다. 조지훈 시의 동양적 정신주의는 특히 억압과 폭력과 단절이라는 현실의 한계를 극복해보려는 전일적 유기체 시관에 바탕을 두고 있으며, 이는 그의 문학관이 소극적이기는 하지만 근대적 모순과 한계를 극복해나가려는 뚜렷한 전망 위에 존재한다는 것을 말해준다.[28] 이

---

26) 조지훈, 「고전주의의 현대적 의의」, 『조지훈 전집 3』, 53쪽.

27) 구모룡은 그의 저서 『제유의 시학』에서 유기론이 근대성 체계에 대한 해체와 비판이라는 이론적이고 실천적인 문제와 관련된다는 점을 강조하면서, 자연과 만물에 대한 유기론의 제유적 인식은 근대의 기계론적 환유의 세계관을 극복하는 대안으로서의 탈근대성을 지니고 있다고 말하고 있다. 구모룡, 『제유의 시학』, 좋은날, 2000, 26쪽.

28) 데리다를 중심으로 한 서구의 해체론은 기존의 이성중심적 사유와 담론에 대한 해체이지만, 삶에 대한 근본적인 대안이 될 수는 없는 것이다. 이에 반해 유기론은 자연과 만물을 연속성을 지닌 하나의 생명체로 인식함으로써 기계론적 단절론을 넘어서고 있다(앞의 책, 25쪽.) 특히 근대의 유기론이 삶의 전체성이 확인될 수 없는 혼란의 시기에 생의 느낌들을 하나의 연속성으로 재구하려는 노력의 일환으로 등장

는 지용이 당시의 시대적 역경을 이기기 위해서 산수시의 세계로 나아갔던 것과 비슷한 맥락에서 이해될 수 있다.[29] 하지만 지용이 자연을 하나의 은둔적 도피처로 생각했다면, 지훈은 자연을 형이상학적인 도(道)의 경지로 끌어올려 억압되고 훼손된 당대적 현실을 총체적으로 회복하고자 하는 드높은 정신지향성을 보여주고 있다는 점에 차이가 있다. 특히 당시의 민족 간의 갈등과 개인적 억압의 양상이 주체 중심적 이분법을 바탕으로 한 근대성의 산물이라는 점을 감안해보면, 조지훈이 동양적 유기체 시관을 통해서 보며준 탈주체적 정신주의의 반근대적이며 탈근대적인 성격이 드러난다.

조지훈의 동양적 정신주의는 유가(儒家)의 주역과 불교의 선적인 가치관을 아우르는 폭 넓은 세계관을 지향하고 있지만 무엇보다도 그 중심에는 노장적 도(道)사상이 자리하고 있다. 노장 사상은 데리다를 중심으로 한 해체주의에서 강조하는 탈근대, 탈중심의 논리와 상통하는 점이 있다는 점에서 많은 관심의 대상이 되어왔다. 하지만 이 둘 사이에는 근본적인 차이점이 존재한다. 서구적 해체주의의 탈중심이 '중심 없음'이라면, 노장의 사유에서는 중심이 없는 것이 아니라 '없음이 중심'이 된다. 해체주의적 '중심 없음'은 중심을 통해 강요된 동일성의 해체를 통해서 성(聖)의 세계가 파괴된 세속화를 지향하지만, 노장적 '없음이 중심'이 되는 세계는 오히려 '없음'을 통해서 개별자와 전체가 통합되는 전일적 정신주의를 지향한다.[30] 서구적 해체주의가 카오스적이라면 노장사상은 오히려

했다는 점을 감안해보면 조지훈의 유기체 시관이 갖는 현실극복의 대안적 성격을 알 수 있다(앞의 책, 23쪽).

29) 최동호, 「산수시의 세계와 은일의 정신」, 『하나의 도에 이르는 시학』, 고려대출판부, 1997, 139, 147쪽. 최동호는 이 글에서 지용이 식민지적 억압을 피해 은둔적이며 도피적인 세계로 나아가 그의 산수시의 세계에 이르게 되었음을 밝히고 있다(같은 책, 162쪽).

30) 이성희, 『무의 미학』, 새미, 2003, 120~121, 150쪽.

코스모스적이다. 이것은 세계의 모든 것을 살아있는 유기체로 바라보는 조지훈의 유기체 시관의 바탕에 생명시학이 자리하고 있다는 것과 관계된다. 다음의 글을 읽어보자.

> 생명은 자라려고 하는 힘이다. 생명은 지금에 있을 뿐 아니라 장차 있어야 할 것에 대한 꿈이 있다. 이 힘과 꿈이 하나의 사랑으로 통일되어 우주에 가득 차는 있는 것이 우주의 생명이 아니겠는가. 우주의 생명이 분화된 것이 개개의 생명이요, 이 개개의 생명의 총체가 우주의 생명이라고 볼 것이다. 그러므로 나는 '시는 자기 이외에서 찾은 저의 생명이요, 자기에게서 찾은 저 아닌 것의 혼(魂)'이라고 한다. 다시 말하면 '대상을 자기화하고 자기를 대상화하는 곳에 생기는 통일체 정신'이 시의 본질이라고 나는 믿는다. '인간의식과 우주의식의 완전 일치의 체험'이 시의 구경(究竟)이라고 믿어진다는 말이다. 이런 뜻에서 우주의 생명적 진실을 수정(受精)함으로써 시를 생탄(生誕)시키는 것은 시인의 보편한 지향이라 할 것이다.[31]

이 글은 조지훈의 유기체 시학이 생명의식을 바탕으로 한 동양적 우주관에 닿아 있음을 말해주고 있다. 지훈은 생명 속에 꿈이 있고 힘이 있음을 상기시키면서 "우주의 생명이 분화된 것이 개개의 생명이요, 이 개개의 생명의 총체가 우주의 생명이라고" 말하고 있다. 그리하여 그는 자아와 타자가 분리되지 않는 '대상을 자기화하고 자기를 대상화하는 곳에 생기는 통일체의 정신'이 시의 본질이라고 믿고 있다. 그가 말하는 '인간의식과 우주의식의 완전 일치의 체험'이야말로 근대의 이분법적 갈등을 치유하는 대안이 될 수 있는 것이다.

---

31) 『조지훈 전집 2』, 26쪽.

다락에 올라서/ 피리를 불면

萬里 구름ㅅ길에/ 鶴이 운다

이슬에 함초롬/ 젖은 풀ㅅ잎

달빛도 푸른 채로/ 산을 넘는데
물우에 바람이/ 흐르듯이
내 가슴에 넘치는/ 차고 흰 구름.

다락에 기대어/ 피리를 불면

꽃비 꽃바람이/ 눈물에 어리어

바라뵈는 紫霞山/ 열두 봉우리
싸리나무 새순 뜯는/ 사슴도 운다
　　　　　　　　—「피리를 불면」 전문(/표시는 필자)

　이 시는 조국이 해방되기 전인 1941년 작품으로 조국이 주체성을 잃고
타자로 떠돌던 시대적 아픔을 시의 문면에 숨기고 있다. 즉 화자가 다락
에 올라가서 피리를 불자 "꽃비 꽃바람이/ 눈물에 어리"는 것은 당시의 답
답한 시인의 마음을 자연에 호소하려는 의도가 숨어있는 것이다. 그런데
이러한 시인의 마음은 학이 우는 행위와 이슬에 젖어 있는 풀잎의 모습과
싸리나무 새순 뜯는 사슴이 우는 것을 통해서 자연과 일체화된 모습을 보
여준다. 여기서 '울음'과 '젖음'은 피리를 불고 있는 시인의 마음의 표현이
다. 이와 같이 시인과 자연이 하나가 되는 경지는 그의 유기체적 상상력
을 통해서 가능해진다. 이러한 상상력은 같은 피리를 소재로 한 1947년
도 작품인 「大笒」에서도 동일하게 나타난다. "어디서 오는가/그 맑은 소

리//처음도 없고/ 끝도 없는데//샘물이 꽃잎에/어리우듯이//촛불이 바람에
/흔들리누나//永遠은 귀로 듣고/刹那는 눈앞에 진다//雲霄에 문득/기러기
울음//사랑도 없고/悔恨도 없는데//無始에서 비롯하여/虛無에로 스러지
는//울리어 오라/이 슬픈 소리"가 전문인 이 시 역시 피리소리로 상징되는
인간의 마음과 자연의 소리인 기러기 울음이 상호 조응을 이루는 세계를
보여준다. "無始에서 비롯"한 것이 우주의 마음이라면 "허무에로 스러지
는" 것은 인간의 마음이다. 따라서 허무에 바탕을 둔 현실적 삶의 한계를
무시의 우주적 상상력을 통해서 치유해보려는 것은 해방 전이나 후나 마
찬가지인 것이다.

> 내 오늘밤 한 오리 갈댓잎에 몸을 실어 이 아득한 바다 속 蒼茫한
> 물 구비에 씻기는 한점 바위에 누웠나니
>
> 生은 갈사록 고달프고 나의 몸 둘 곳은 아무데도 없다 파도는 몰
> 려와 몸부림치며 바위를 물어뜯고 넘쳐나는데 내 귀가 듣는 것
> 은 마즈막 물결소리 먼 海溢에 젖어오는 그 목소리뿐
> 아픈 가슴을 어쩌란 말이냐 허공에 던져진 것은 나만이 아닌데
> 하늘에 달이 그렇거니 수많은 별들이 다 그렇거니 이 廣大無邊
> 한 宇宙의 한알 모래인 地球의 둘레를 찰랑이는 접시물 아아 바
> 다여 너 또한 그렇거니
>
> 내 오늘 바다 속 한 점 바위에 누워 하늘을 덮는 나의 思念이 이
> 다지도 작음을 비로소 깨닫는다
>
> —「渺茫」 전문

이 시는 해방 후에도 앞이 잘 보이지 않는 막막함 속에서 살아가는 불
확실한 시인의 삶을 구체적으로 보여준다. 시인에게 있어서 "生은 갈사록

고달프고" "몸 둘 곳은 아무데도 없"는 현실은 자신의 존재성마저 작아지게 만든다. 시인은 이러한 현실을 하늘의 달과 별에 자신을 투사시킴으로써 위로를 받는다. 지구를 한 알 모래로, 바다를 접시물로 축소시켜서 바라보려는 시인의 마음은, 그것이 단지 위로의 차원에 머물 뿐 근본적인 해결책이 되지는 못한다. 그가 자신의 삶의 비전으로 여겼던 동양적 정신주의도 당시의 혼탁한 현실을 헤쳐 나가는 이상적 대안이 될 수는 없었다. 그의 시가 해방 후에서부터 4·19, 5·16에 이르는 동안 긴장감을 잃고 산문화 되다가 급기야는 시를 거의 쓰지 못하는 단계에 이르게 되는 것도 이러한 사정과 무관하지 않다.

5. 맺음말

지금까지의 논의를 요약해보면 조지훈의 시의 요체는 동양적 정신주의에 바탕을 둔 유기체 시관이며, 이러한 시관은 그의 모든 시와 삶을 관통하는 그의 중심적 세계관이다. 이러한 논의는 조지훈의 문학관을 '전통론', '순수시론', '유기체시론' 등으로 나누어서 보는 종래의 관점을 넘어서 그의 문학의 총체성을 아우르는 시관이 유기체 시관임을 새롭게 입증해보려는 노력의 일환으로 이루어졌다. 그의 시는 유기체 시관을 바탕으로 처음부터 끝까지 존재론적 모색의 과정을 보여주었다. 말하자면 조지훈 문학의 핵심에 유기체 시관과 존재론이라는 커다란 두 개의 축이 자리하고 있는 셈이다. 이러한 시인의 노력은 당시의 서구 중심의 문학적 풍토 속에서 문학의 전통단절론을 극복하고 민족의 정체성을 확립하려는 노력과 맞물려서 억압되고 훼손된 당대적 현실을 총체적으로 회복시키려는 드높은 정신지향성을 보여주었다. 이러한 지훈의 현실 극복 의지는 인간 중심의 근대적 가치관을 허물고 탈중심주의적인 동양적 가치관을 지향함으로써 반근대성 내지는 탈근대성을 획득하게 된다. 이것은 그의 시가 단지 복고주의적 고전에 머무는 것이 아니라 근대를 넘어서려는 대안의 성격을 아울러 지니고 있었다는 것을 말해준다.

조지훈은 시를 도(道)의 차원으로까지 끌어올린 정신주의의 한 정상을 보여준 시인이다. 동양적 정신주의에 바탕을 둔 그의 문학은 그의 삶의 일부가 아니라 전부였으며, 그의 문학관은 인생관이고 세계관이고 우주관이었다. 따라서 그의 시가 걸어온 여정은 시인 자신의 총체적 가치관을 정립해 나가는 과정이었다. 이러한 그의 문학적 삶을 떠받치고 있었던 동양적 유기체 시관은 단순히 문학관의 차원에 머무는 것이 아니라 그의 삶의 총체성을 아우르는 시관이다. 유기체 시관은 그에게 있어서 자아와 세계의 단절을 허물고, 좌익과 우익, 과거와 현재, 현실과 이상의 벽을 허물어 궁극적 상생의 길로 나아가는 통로였다. 이러한 과정에서 그가 만난 것이 자연과 도(道)의 세계이다. 자연이 그의 시의 육체와 같은 것이었다면 도(道)는 정신이다. 육체와 정신이 하나가 되는 곳에 그의 시가 있다.

그는 문학의 궁극에 도(道)를 두고 지선의 가치를 두는 시인이지만 그의 관심은 이상세계에 있지 않고 현실세계에 있다. 따라서 그의 문학을 지나치게 형이상성이나 초월의식과 관련지으려는 기존의 논의들은 일면적이고 피상적인 감이 없지 않다. 조지훈이 불가에 귀의하지 않고 현실에 남아서 줄곧 민족의 해방과 통일을 염원했던 것도 이와 무관하지 않다. 그는 이상을 꿈꿈으로써 현실의 질곡을 넘어서려던 이상주의적 현실주의자인 셈이다. 그가 고전에 심취하게 된 것도 고전이 하나의 위대한 '이상주의적 현실주의'였기 때문이다. 고전을 포함한 문학은 그에게 있어서 살아있는 유기체이며 자연과 같은 것이다. 그가 자신의 문학관의 핵심에 유기체 시관을 둔 것도 유기체가 가지고 있는 생명성 때문이다. 시를 살아서 꿈틀거리는 유기체적 자연으로 바라보는 것은 시가 하나의 생동하는 자연이 되어서 단절되고 대립된 현실세계를 통합시켜주고 스스로 상처를 치유해 나가리라는 믿음이 그 안에 내재되어 있는 것이다. 비록 현실은 그의 문학적 이상과 달라서 그에게 끊임없는 고통과 슬픔을 가져다주었지만, 우리 시단에서 그가 보여준 지고한 정신주의 미학은 우리문학의 정체성 확립과 더불어 후세로 이어지는 정신주의 시학의 한 전범이 되어주었다는 점에 커다란 의의가 있다.

1930년대 말 동양주의의 한 방향
- 백석의 도가적 상상력을 중심으로

김용희

1. 백석과 도가적 사상

　1930년대 말(1935~1940초반) 백석 시가 보여주는 '옛것'에 대한 취향은 한국 시문학사 연구에서 여러 가지 관점들을 제공하고 있다. 백석은 일찍이 개화한 집안 분위기 속에서 정규 신식교육을 받으면서 오산학교를 졸업하고 일본 유학에서 영문학을 전공할 정도로 근대 문물의 수혜자였다. 백석 시는 감각적 이미지와 풍경의 재현적 묘사 등, 시적 형상화를 통해 문학적 근대화를 보여주고 있지만 근대 유학파 지식인으로서 백석 시가 민중 공동체에 대한 유년의 집단 기억이라는 '전통적 옛것'에 집중한다는 점은 특이한 사실이다. 부족 집단어로서의 정주방언, 민속의 절기와 풍습과 마을 풍물들, 백석 시는 민중생활의 구체적 일상 세목을 통해 훼손된 고향의 근원성을 회감하고자 한다. 백석 시에 대하여 신화적 민족정서, 모태 회귀의 장소애, 근대에 대한 전통의 실현 방식[1]이라는 지금까지의 논의들은 이러한 백석시의 특질에 값한다. "옛날"(「月林장」) "태고"(「榴」) "넷말"(「고방」) "넷적"(「木具」「湯藥」) 등과 같은 '옛것'에 대한 추구[2]는 아득한 과거와 조상들의 삶의 시간을 현재화, 물질화함으로써 역사적 전통성과 자아정립의 질서를 획득하고자 한 것인지도 모른다.

사실 1930년대 말 조선은 불안한 세계 정세의 전환기를 충분히 인식하고 있었고 '동양의 신질서'[3]라는 주체 문제가 정면으로 부상하고 있었다. 김기림[4]에 의해 모더니즘에 대한 뼈아픈 자기 각성이 제기되었고 파시즘의 극단적 부상 속에서 동양의 고전 세계에 대한 관심이 높아졌다. 1939년 2월 『文章』의 등장은 우리 정신의 실체를 우리 고전, 전통에서 찾아내우리 문화의 가치를 되새기려는 민족정신 모색의 결과였다. 이병기는 풍류의 전통과 난(蘭)을 통해 고완의 생활화에 이르려했고, 정지용은 후기로 오면서 동양적이고 고전적인 체취의 정관적 자연세계에 침잠하면서 귀족적 심미주의와 은일(隱逸)의 정신으로 빠져들었다. 그러나 사실 문장파가 보여주는 서구 문명에 대(對)한 '신문화 탄생'으로서의 '동양적 정신'은 전아한 고전정신[5]이며 고전정신은 법도와 예를 숭상하는 사대부적 문인

---

1) 백석 시에서 전통의 문제는 다음 논문 외에서도 수차례 논의되었다.
   신범순, 「현대시에서 전통적 정신의 존재형식과 그 의미」, 『국어교육』 96. 한국국어교육연구회, 1998; 최정례, 「백석 시 연구-근원에 대한 질문으로서의 근대성」, 고려대학교 석사논문, 2001; 권유성, 「백석 시에 나타난 전통지향의 양상 연구」, 경북대학교 대학원 석사논문, 2001; 박정호, 「전통의 시화 및 시적 변용-백석 시의 전통성 고찰」, 『한국어문학연구』 9집, 한국어문학연구회, 1998.
2) 손진은은 백석 시에서 '옛것' 지향의 예를 추적하면서 잃어버린 근원으로서의 '옛것'의 상상력을 모색하고 있다(손진은, 「백석 시의 '옛것' 모티프와 상상력」, 『한국문학이론과 비평』 제24집(8권3호), 한국문학이론과 비평학회, 2004.9).
3) 인정식, 「시국과 문화」, 『문장』, 1939.12; 「내선일체의 신과제」, 『문장』, 1940.1.
4) 김기림, 「'동양에 관한 단장」, 『문장』, 1941.4, 211쪽; 김기림은 인공적인 물질 문명에 대한 항의, 감각적이고 화려한 외피에 대한 환멸 속에서 정체성을 상실해 가는 당대 모더니즘의 급선회를 요구하게 된다.
5) 문장파와 전통의 관련성에 대해서는 이명희, 「『문장』이 보여준 '전통'의 의미와 의의」, 『상허학회』 4호, 2001년 참조.

의식,6) 곧 유가적 세계관을 의미하는 것이었다. 이를테면 이병기의 시조「난초」(『문장』, 1939.4)의 경우 "정한모래 틈에 뿌리를 서려 ……/微塵도 가까이 않고"사는 난초의 자태는 "빼어난 가는 닢새"가 은밀한 자존의 자태다. "微塵"도 가까이 하지 않는 고절한 자존은 '내면과 외면이 어우러진 군자'의 모습과 예에 상응하는 외모와 외적 계급을 중시하는 유가의 인간형을 상징하고 있다.

1930년대 말 문장파의 '고전'과 동양 정신에 대한 탐구가 자존의 강인한 정신력, 세정에 물들지 않는 고절의 지조를 담보한다면 동시대 백석 시가 보여주는 '옛것'에 대한 탐구는 분명 다른 세계관에서 표출된 문학적 징후라 할 수 있다. 백석 시에 나타나는 "옛것"은 옛주거(돌능와집), 옛 탈 것(소달구지), 옛 신발(싸리신), 조상의 목소리(방언), 음식물7)과 음식물의 냄새로 간취되는 민간풍속적 일상과 체험과 기억8)이다. 옛 민중 조상들이 따르던 세시풍습과 민속은 외양이 아니라 오랜 전통적 습속 속에서 자연적 천성과 자연의 이치를 따르는 민간신앙의 방식이다. 백석 시에서 샤머니즘적 민간신앙에 대한 관심이 보이는 것은 그 예라 할 수 있다.9) (「가즈랑집」, 「마을은 맨천 구신이 돼서」, 「오금덩이라는 곳」 등)

흥미로운 것은 백석 시에서 두드러지는 점, 즉 집단적 기억 속에서 끝없이 합일을 원하는 근원성에 대한 회귀, 가난과 소박한 정신에 대한 지

6) 문장파는 서권기(書卷氣), 문인화, 추사의 글씨체, 도자기, 고서류 등을 완상하는 것뿐만 아니라 자존과 고절의 동양적 정신주의를 찾고자 했다. 이에 대하여 졸고, 「백석 시에 나타난 구술과 기억술의 이데올로기」, 『한국문학논총』 제38집, 한국문학회, 2004.12, 145쪽 참조.

7) 돌나무 김치, 백설기, 마타리, 소조취, 기지취, 고바, 고사리, 두릅순, 회순나물, 물구지우림, 동굴레우림, 도토리묵, 도토리범벅, 인절미, 송구떡, 콩가루처떡, 뿌운 잔디, 도야지 비계, 무징게국.

8) 쥐잡이, 숨굴막질, 꼬리잡이, 시집장가가는 놀이, 쌈박질이질, 바리개돌림놀이, 호박떼기, 제비손이구손이놀이.

9) 김병택, 「백석시의 특질에 관한 고찰」, 『어문연구』제24집, 어문연구학회, 1993.10; 김병택은 백석 시에서 샤머니즘의 서사적 전개를 백석 시의 한 특질로 살피고 있다.

향, 생명 존중과 연민의식 등이 중국철학에서 도가적 사상의 일면과 매우 유사하다는 점이다. 도가10)는 우주를 살아있는 유기체로 간주하고 생명의 율동에 참여하면서(天人슴一) 무명(無名)의 소박한 마음으로 마음을 고요하게 다스리면11) 대도(大道)와 하나가 될 수 있다고 언급하고 있다. 도가는 마음으로 우주의 기와 상통하면서 인체와 자연과 우주가 합일되는 경지를 추구하려 한다. 백석 시에서 어린아이 화자가 등장하는 것도 이와 유관하다. 어린아이는 자연의 천성의 모습 그 자체이며 사물 그 자체로 사물성을 감각한다. 자연의 기와 교류하는 상태, 자신을 잃어버리는 경지, 즉 '심재'12)의 경지를 경험하는 존재라 할 수 있다. 또한 백석 시에서 자연물에 대한 자족적이고 초탈한 의식은 소요유로서의 '자유', '물러남'에 대한 추구를 보여준다. 백석 시에 나타나는 가난과 소박함은 유가의 선비가 보여주는 '안빈낙도'와 구분된다. 유가식으로 '궁함을 지키는 것', '절개를 지키는 것'과 달리 백석 시에서의 '가난'과 소박함은 마음을 비우고 외계사물에서 초월하는 도가적 초탈과 연결된다. 유가에서 선비가 은거하면서도 유명(有名)의 사회적 관계에 몰두한다면 도가는 '물러남'에 의해 '내면의 자유'를 찾고자 한다. 결국 1930년대 말 조선 시 문단은 '고전'과 '옛것'을 추구하는 두 갈래가 공존하고 있었고 그것은 유가적 의와 예를 중시하는 사대부적 문인의식과 민중적 민간신앙, 혹은 도가적 삶의 소

---

10) 일반적으로 도교와 도가를 동일시하는 경향이 있는데 약간 차이가 있다. 도가는 노자와 장자를 중심으로 한 학술이며 철학적 사상이다. 노자, 장자의 사상이나 『도덕경』, 『장자』의 내용 등은 모두 여기에 속한다. 도교는 귀신숭배, 무술(巫術)과 점술, 전군지한 신선 전설, 방사들의 술수 및 양한 황제와 노자를 교조로 삼아 형성된 중국의 토착종교로서 신앙을 이야기한다. 그러나 도교에서 신봉하는 도와 도가에서 숭상하는 도나 밀접한 관계가 있다. 본고에서는 도교와 도가를 모두 포함하여 도가적 사상으로 언급하고자 한다.
최인정, 『불교와 세계종교』, 서울 도서출판 여래, 1998.267쪽 참조.

11) 『老子』, 「第37章」 참조.

12) 심재는 사려와 욕망을 배제한 정신 수양방법, 곧 마음의 허정(虛靜)함을 지켜야 도를 체득할 수 있으므로 심재란 곧 '마음을 텅 비움'이라 할 수 있다.

박함과 자족의식이라 할 수 있을 것이다.

이 글은 백석 시에서 감지되는 도가적 의식을 탐색하면서 조선적 전통의 새로운 의미를 시적으로 형상화한 백석 시의 문학적 의미를 규명하고자 한다. 철학적 종교적 담론과 문학의 접점을 찾는 과정에서 때로 문학작품이 종교적 이념의 도그마에 종속될 가능성도 없잖아 있다. 종교적 사상적 논리의 세부적 특징들을 작품해석에서 단순 일대일 대응으로 등치, 환원시킬 수도 없거니와 종교적 이념이 작품해석에 이데올로기적 구속력을 가져서도 안 될 것이다. 종교적 사상적 원리가 시 텍스트의 내재적 의미와 시인의 의식세계를 규명하는 데 참조적 알리바이의 역할을 담당해야 하는 바 문학 연구가 사상 연구로 전이되는 전도본말을 경계해야 할 이유가 있는 것이다. 무엇보다 백석 시가 전적으로 도교 사상과 완벽하게 일치한다고 말할 수 없고 문학작품이 종교적 사상적 원리와 완벽하게 부합되어서도 안 될 것이다. 그런 점에서 이 글은 백석 시에 나타난 도교 지향의 기미들과 그 지향성이 현실과의 길항 속에서 어떤 방식으로 시인의식에 내면화되는가를 탐색해보고자 한다. 이 같은 작업은 한국 시문학사에서 '정신사적 사상적 계보'를 짚어보는 한 진단과 가설의 의미를 가질 수 있다.

2. 북방체험과 노자와 생명의식

백석은 1936년 시집 『사슴』을 출판한 뒤 서울 잡지사 편집 일을 갑자기 그만두고 1939년 만주로 떠나게 된다.[13] 만주체험에서 민족정서에 대

---

13) 만주로 간 후 백석은 유독 '한얼생'이라는 창씨개명과 역행하는 필명을 사용했는데 이는 만주, 북방에서 체험하는 민족의 고난과 이민사체험에 비롯된 민족의식에 대한 개인적 의지로 보인다.

한 향수, 고향상실에 이은 고독한 유랑의식이 가중되었다 할 수 있는데 흥미로운 것은 만주, 북방에서 '중국인들'을 접하면서(「조당에서」, 「두보와 이백같이」) 동양정신과 노장철학에 대한 관심을 갖게 된다는 점이다. 북방 체험에서 시인은 중국인들의 여유 있는 모습을 보면서 '도연명'과 '노자', '이백', '안회' 같은 이들을 떠올린다. 무엇보다 '소박한 가난'과 '자족'하는 즐거움, '자연산수 속에서 정(靜)과 허(虛)의 발견', '무위의 느림'에 대한 주목이라 할 수 있다. 그전 『사슴』 시편에서 보여준 유년 회상에서도 절대적 충족의 세계, 민중 공동체의 신화적 충일의 경지를 보여준 바 있지만 노자 철학에 대한 구체적 언급을 한 것은 북방 체험이후부터이다.

어진 사람이 많은 나라에 와서
어진 사람의 짓을 어진 사람의 마음을 배워서
수박씨 닦은 것은 호박씨 닦은 것을 입으로 앞니빨로 밝는다

수박씨 호박씨를 입에 넣는 마음은
참으로 철없고 어리석은 게으른 마음이나
이것은 또 밝고 그윽하고 깊고 무거운 마음이라
이 마음 안에 아득하니 오랜 세월이 아득하니 오랜 지혜가 또 아득하니 오랜 인정(人情)이 깃들인 것이다
태산(泰山)의 구름도 황하(黃河)의 물도 옛임군의 땅과 나무의 덕도 이 마음 안에 아득한 뵈이는 것이다

이 적고 가부엽고 갤족한 희고 까만 씨가
조용하니 또 도고하니 손에서 입으로 입에서 손으로 오르나리는 때
벌에 우는 새소리도 듣고 싶고 거문고도 한 곡조 뜯고 싶고 한 오천 말 남기고 함곡관(函谷關)도 넘어가고 싶고
기쁨이 마음에 뜨는 때는 희고 까만 씨를 앞니로 까서 잔나비가 되고

근심이 마음에 앉는 때는 희고 까만 씨를 혀끝에 물어 까막까치
가 되고
어진 사람이 많은 나라에서는
오두미(五斗米)를 버리고 버드나무 아래로 돌아온 사람도
그 옆자개에 수박씨 닦은 것은 호박씨 닦은 것은 있었을 것이다
나물 먹고 물마시고 팔베개하고 누었던 사람도 그 머리맡에 수
박씨 닦은 것은 호박씨 닦은 것은 있었을 것이다
- 「수박씨, 호박씨」 전문

  백석 시에서 중국인들은 노장철학의 현신처럼 "어진 사람"으로 등장한
다. 백석에게 있어 중국인들은 도연명과 노장 의식의 전통을 가진 동양정
신에서 순박하고 소박한 도(道)의 경지를 지닌 사람들로 나타난다. 백석은
중국에 와 그 어진 사람의 마음을 배워서 "수박씨"와 "호박씨"를 까먹는
다. 참으로 보잘것없고 정작 먹기에 어설픈 작은 씨를 까먹으며 시인은
"참으로 철없고 어리석고 게으른 마음이나" "참으로 밝고 그윽하고 깊고
무거운 마음이라" 노래한다. 시인은 사물을 '분별지(分別智)'에 의해 '대상
적 인식'으로 체득하는 것이 아니라 만물 가운데 내재하는 생성의 근원과
'그윽하여 보이지 않는' 생명 본질의 '마음'을 찾고자 하는 것이다.
  하잘 것 없이 조그만 수박씨 호박씨를 닦고 또 입에 넣는 마음은 총명
하고 부지런하고 재능이 있는 것보다 "어리석고 게으른 마음"처럼 보인
다. 그러나 이 마음은 소박하게 마음을 비우고 겸허하게 사물과 삶을 받
아들이는 스스로 있음의 '자연스러움'을 보여준다. 인간이 어리석게 보이
는 까닭은 그가 현실적 사려분별을 초월하기 때문이다. 현실적 분별에 민
감한 사람들의 눈에는 이들이 몽매하게 보인다. 노자철학은 세속적 명예
보다 자연적 생명을 창달하는 데 본래적 가치를 두고 있다. 노자철학에서
의 이상적인 인간은 도를 체득하고[14] 소박하고[15] 겸허하고[16] 자유로운

14)『老子』,「第16章」,「第33章」,「第52章」,「第53章」 참조.

인간17)을 상정한다. 겸손함과 검소함, 그리고 나서지 않고 물러감을 근본적인 가치로 여긴다.18) 그러하기에 "철없고 어리석고 게으른 마음"은 오히려 "참으로 밝고 그윽하고 깊고 무거운 마음"이 된다. 그 마음 안에는 "오랜 세월"과 "오랜 지혜", "오랜 인정"이 깃들어 있고 "태산의 구름"과 "황하의 물", "옛 임금의 땅과 나무의 덕"이 아득하니 뵈인다. 조그만 수박씨 호박씨 안에 우주만물의 생명과 산물의 원리가 내재해 있고 시원의 공간으로서의 절대적 자연의 원리가 숨겨져 있다. '도'의 원리는 모든 사물들 속에 사물 본래의 모습을 찾으려할 때 비로소 생명의 본질과 정령을 찾을 수 있다고 말한다. 시인은 조용하고 다소곳이 수박씨 호박씨를 손에서 입으로 입에서 손으로 오르내리면서 중국의 옛 성인들을 떠올린다.

"오천 말 남기고 함곡관(函谷關)을 넘어"간 사람은 노자19)이며 "오두미(五斗米)를 버리고 버드나무 아래로 돌아온 사람"은 도연명20)을 가리킨다. "나물 먹고 물마시고 팔베개하고 누었던 사람"은 '단표누항(簞瓢陋巷)'의 안회를 암시한다. 이 인물들은 한결같이 세속을 버리고 유유자적함으로써 인간과 자연이 조화롭게 공존하는 세계의 표본이 되고 있다. 백석이 이 사람들에게 관심을 가지는 것은 피폐한 식민지 고향을 버리고 방랑하는 가운데 정신적 표본으로 자기좌표가 필요했기 때문이 아닐까 생각된

---

15) 『老子』, 「第 3 章」 참조.

16) 『老子』, 「第 36 章」, 「第 40 章」 참조.

17) 『老子』, 「第 44 章」 참조.

18) 『老子』, 「第 67 章」 참조.

19) 함곡관(函谷關)은 중국의 중요한 관문이다. 노자는 함곡관을 지나면서 가르침을 묻는 문지기에서 도와 덕의 내용이 담긴 오천 말[言]을 남기고 그것이 노자의 『도덕경』이 되었다는 이야기다. 노자는 함곡관을 넘어가 사라져 버림으로써 그가 주장한 시원의 무의 세계로 들어가 버리는 상징이 되었다.

20) '오두미(五斗米)'는 도연명의 월급, 당시 중국 현감의 월급을 의미한다. 도연명은 "나는 오두미(五斗米)를 위하여 향리의 소인(小人)에게 허리를 굽힐 수 없다"고 개탄하면서 스스로 괭이를 들고 농경생활을 영위하며 「귀거래사」를 담겼다.

다. 백석은 때로 유랑의 허허로운 마음을 이들 인물과 일치시키면서 자신의 고독에서 위안을 찾고자 한다.

> 내 쓸쓸한 마음은 아마 두보나 이백 같은 사람들의 마음인지도
> 모를 것이다
> 아무려나 이것은 옛투의 쓸쓸한 마음이다.
>
> ― 두보나 「이백같이」 중에서

시를 쓰는 작업 자체가 세상에 대한 "쓸쓸한 마음"이기에 백석은 중국의 대표적인 두 시인 두보와 이백을 떠올리며 세상을 등지고 방랑하며 시를 쓰는 자신의 처지를 되짚어본다. 만주에서 백석은 "지나(支那)나라 사람들과 같이 목욕을 하"면서 중국문화와 중국의 옛 인물을 떠올리며 "도연명(陶淵明)[21]은 저러한 사람이었을 것이고" "양자(楊子)라는 사람은 아모래도 이와 같았을 것만 같다"(「조당(藻塘)에서」)라고 말한다. 그러면서 백석은 "내가 좋아하는 사람들을 만나는 것만 같"아 "어쩐지 내 마음은 갑자기 반가워지나 /그러나 나는 조금 무서웁고 외로워진다"라고 우울해한다. 백석은 중국철학과 사유에서 겸허한 우주적 도와 물러나 화해하는 마음을 찾으면서 식민지 청년으로서의 외로움을 동시적으로 체감한다. 백석은 식민지 현실의 실향과 사회적 문화적 속박의 고달픔 속에서 이러한 초연한 초탈의 경지를 찾으며 심리적 모순을 순화하고자 한 셈이다.

그리하여 시인은 세속의 탐욕적 논리를 부정하고 소박하고 남루한 '가난'의 정신을 인간 성품의 가장 순결한 탈속의 인품으로 여긴다. 도가에

---

21) 도연명은 본래 유가를 신봉했다. 그러다 유가에서 도를 걱정하는 것은 도가에 의거하여 즐기는 것만 못하다 여기면서 벼슬이 아니라 전원을 사랑하는 것이 자신의 본성이라 말한다. 「귀원전거」에서 도연명은 벼슬길이 이제 더 이상 광명의 길일 수 없고 그것은 자유를 가두는 새장에 불과하다고 노래한다. 장파, 유중하 역, 『동양과 서양, 그리고 미학』, 푸른숲, 1999, 264~266쪽 참조.

서 인간이 본래적 품성으로 복귀하게 될 때 그 인격은 소박하고 겸허한 마음이 된다고 말하고 있다.[22]

해바라기하기 좋을 볏곡간 마당에/볏짚같이 누우런 사람들이 둘러서서/어느 눈 오신 날 눈을 치고 생긴 듯한 말다툼 소리도 누우러니//소는 기르매 지고 조은다//아 모도들 따사로히 가난하니
― 「삼천포(三千浦) ― 남행시초(南行詩抄)4」 중에서

산골로 가는 것은 세상한테 지는 것이 아니다
세상 같은 건 더러워 버리는 것이다
― 「나와 나타샤와 흰 당나귀」 중에서

시골 항구는 지극히 평화로와 "따사로히 가난하"다는 전언, 낭만적 사랑을 꿈꾸며 "산골로 가는 것은 세상한테 지는 것이 아니"라 "세상"이 "더러워 버리는 것"이라는 전언, 백석은 가난을 따스하게 생각하는 적극적 초연의 자세를 지니면서 세상을 더러워 버리는 낭만적 허무의식을 지니고 있다. 도가에서는 자유와 부조리처럼, 의지함이 없는 소요와 인생의 공허함이 동전의 양면과 같다. 백석은 세상을 가난하고 따스하고 공허하게 바라보면서 소박하고 다정한 근원적인 본래로서의 마음을 찾으려 한다.

아, 이 반가운 것은 무엇인가
이 히수무레하고 부드럽고 수수하고 슴슴한 것은 무엇인가
겨울밤 쩡하니 익은 동티미국을 좋아하고 얼얼한 댕추가루를 좋아하고 싱싱한 산 꿩의 고기를 좋아하고
그리고 담배 내음새 탄수 내음새 또 수육을 삶은 육수국 내음새 자욱한 더북한 삿방 쩔쩔 끓는 아르굴을 좋아하는 이것은 무엇인가

---

22) 김용섭, 「老子에서의 理想的 人間과 社會」, 『철학연구』 제46집, 대한철학회, 1990.7.

이 조용한 마을과 이 마을의 으젓한 사람들과 살틀하니 친한 것
은 무엇인가
이 그지없이 枯淡하고 素朴한 것은 무엇인가

–「국수」중에서

'국수'는 평북정주지방에서 먹던 토속음식인 국수, 즉 시의 내용으로
봐서 동치미 국물과 육수를 섞은 물에 국수를 말아서 먹는 평양 지방의
토속음식인 평양냉면23)으로 볼 수 있다. 위 인용에서는 생략했지만 시의
전반부에서 "소기름불이 뿌우현 부엌"에서 국수틀로 국수를 만드는 과정
과 아버지와 아들이 겹상을 하면서 국수를 먹는 살갑고 정겨운 장면이 묘
사된다. 국수는 "곰의 잔등에 업혀서 길여났다는 먼 옛적 큰마니"(할머니)
와 "그 집등색이24)에 서서 자채기를 하면 산넘엣 마을까지 들렸다는" 할
아버지의 친근감처럼 그렇게 민족 근원적 정서와 역사적 내력의 향수를
지닌 음식이다. 시인은 이 조용한 마을에 "살틀하고 친근한 것이라고는
이것밖에 없다"고 말한다. "그지없이 枯淡하고 素朴한 것"은 이것밖에 없
다고 말한다. 국수는 "히수무레하고 부드럽고 수수하고 슴슴한" 그 무엇
인 것이다.

　도가적 세계관은 풍부한 감정적 변화와 주관을 넘어서는 단계, '담(淡)'을
소중하게 여겼는데 이는 감각의 세계로 말하자면 무미(無味)하고 소박(素朴)
한 상태이며 무채색(無彩色)의 느낌이다.25) 무위에 이르기 위해 모든 감각
들은 아득하고 경계를 넘어서야 하는 것이기 때문이다. 그런 점에서 모든
감각들은 '맑고 텅 빈 상태[淸空]', 머물렀지만 흔적이 없는 듯한 담백의 세
계로 나아가게 된다. 국수의 "히수무레하고 부드럽고 수수하고 슴슴한" 그

---

23) 고형진, 「白石의 「국수」」, 『시안』 제3호, 시안사, 1999.3
24) 짚이나 칡덩굴로 짜서 만든 자리.
25) 신은경, 『風流 – 동아시아 美學의 근원』, 보고사, 1999, 536~537쪽 참조.

맛은 미감의 뚜렷한 감각을 회석한 무미한 맛이다. 모든 감각적 경계를 넘어서 어느 쪽으로도 기울어지지 않은 맛, 초탈의 맛인 것이다. 백석은 오욕칠정의 감정적 감각적 경계를 넘어서면서 고담하고 소박한 맛, 도가에서 말하는 본래적 자연 성품의 미감을 '국수'라는 음식으로 상징화하고 싶어한다.

이외에도 백석은 아득하고 묽은 냄새의 기억들을 통해 존재의 흔적을 찾는다. '냄새'란 바슐라르에 의하면 존재의 현존과 부재 사이 그 간극에서 있는 것으로 존재의 실체가 있는 듯 없는 듯한 알 수 없는 초월적인 실체를 상징한다. 냄새는 감각되는 순간 대기 중으로 번져가면서 사라지는, 있는 듯 없는 듯한 '존재의 기미'를 의미한다. 그런 점에서 '체취, 내음, 내음새'같은 것은 '있는 듯 하기도 하고 없는 듯 하기도 한' '도(道)'의 경지와 흡사하다. 백석 시에서 이러한 "내음", "내음새"는 가장 특징적으로 나타나는 감각형태다. "아카시아들이 언제 흰 두레방석을 깔았나/어데서 물큰 개비린내가 온다"(「비」 전문) "女僧은 合掌하고 절을 했다/가지취의 내음새가 났다"(「女僧」 중에서) "나는 가느슥히 女眞의 살내음새를 맡는다"(「咸州詩抄 - 北關」 중에서) "장지문틈으로무이징개국을끄리는 맛있는내음새가 올라오도록잔다"(「여우난곬 族」 중에서) "약탕관에서는 김이 오르며 달큼한 구수한 향기로운 내음새가 나고"(「湯藥」 중에서). 백석 시에서 냄새는 강렬하고 자극적이라기보다 무심한 맛처럼 슴슴하고 구수하고 연하여 아득한 냄새로 드러난다. 현실에 대한 초연한 기운은 담백하고 여유로운 신이한 냄새로 나타난다.

생명 있는 것에서 몸 감각으로서의 '내음'을 찾는 과정은 몸과 우주의 연대적 관계를 구성하고 모든 사물에서 그 자체의 천성과 본래적 가치를 찾으려는 도교적 사유와 연관을 지닌다.

낡은 나조반에 흰밥도 가재미도 나도 나와 앉아서/쓸쓸한 저녁
을 맞는다//흰밥과 가재미와 나는/우리들은 그 무슨 이야기라도
다 할 것 같다……우리들은 모두 욕심이 없어/희여졌다/착하디
착해서 세관은 가시 하나 손아귀 하나 없다/너무 정갈해서 이렇
게 파리했다/우리들은 가난해도 서럽지 않다/우리들은 외로워할
까닭도 없다/그리고 누구 하나 부럽지도 않다
—「선우사(膳友辭)」 중에서

나의 정다운 것들 가지 명태 노루 뫼추리 질동이 노랑나비 바구
지꽃 메밀국수 남치마 자개짚세기 그리고 천희라는 이름이 한없
이 그리워지는 밤이로구나
—「야우소회(夜雨小懷) – 물닭의 소리5」 중에서

노자는 생명을 모든 가치 가운데 최고의 가치로 간주한다. 공자가 이념
을 생명보다 소중하게 여기는 경향을 보여주었다면, 노자는 이념보다 생
명을 중시하는 전통을 마련하였다.26) 우주만물이 모두 존귀하며 존귀한
생명을 가지고 있기에 서로 존중하고 우애의 친밀감을 가져야 한다는 의
식. 백석 시에서 "낡은 나조반"에 놓여 있는 "흰밥과 가재미와 나"는 모두
욕심이 없고 착하디 착하기만 한 친구 관계다. 백석은 다함께 "우리들"이
라 부르며 "우리들은 가난해도 서럽지 않"고 "외로워할 까닭도 없다" "그
리고 누구 하나 부럽지도 않다"고 노래한다. 「야우소회」에서 시인은 "나
의 정다운 것들"의 이름들은 무수하게 나열한다. 이들과 "나"는 개인적
비공식적인 관계이기에 자유롭고 친밀하고 가난하지만 외롭지 않은 친
화감을 공유할 수 있다.27) 사회적 명분적 공식적 관계를 거부하는 도가적

---

26) 김용섭, 「노자의 생명 존중 정신」, 『철학연구』 제63집, 대한철학회, 1997.12, 65쪽.
"아침에 도를 깨우치면 저녁에 죽어도 좋다"와 같은 공자의 말은 생명보다 더 소중
한 인간적 이념을 암시한 말이라면 노자는 명분과 이념보다도 생명이 존귀하다는
점을 강조한다.

사유 속에서 백석은 겸허하게 우주만물과 공동체적 원초성을 회복하고 공생의 연대감을 마련하는 것으로 근대식민지 현실의 피폐함을 위안 받고자 한다. 이와 같은 관계성과 배려의 마음은 유가에서 말하는 '인(仁)'과 달리 타인을 동정하고 이해하는 '자애로움'이라 할 수 있다. 노자가 말하는 '자애로움'은, 어떤 사물에 대해서도 차별하지 않고, 모든 사람을 동등하게 대해주는 것을 의미한다.

결국 백석은 자연, 우주만물, 민족에서 공동체적 자존감을 회복하고자 했는데 그 과정에서 도가적 세계관이 가지는 공동체적 평화의식, 소박한 은거와 정신적 초연함, 그리고 만물 생명존중의식이 내재해 있다는 점, 그렇게 하여 세속—현실과 맞서기보다 겸허하게 물러서는 부드러움의 시학을 탐색하고자 했다는 점을 기억할 필요가 있다.

3. 게으름의 미학과 부동성과 긴 호흡의 문장

백석의 북방체험은 앞에서 살펴보았듯이 유랑의 상실감에 젖어 있었던 것만은 아니었다. 백석은 도연명 노자 등 중국 옛 인물들을 떠올리며 실향의식의 외로움 속에서 여유롭고 자족하는 도가적 세계관에 관심을 드러냈다.

> 그런데 참으로 그 은(殷)이며 상(商)이며 월(越)이며 위(衛)며 진(晋)
> 이며 하는 나라 사람들의 이 후손들은
> <u>얼마나 마음이 한가하고 게으른가</u>
> 더운 물에 몸을

---

27) 백석 시에서의 생태주의, 생명의식과 관련하여 이혜원은 「백석 시의 에코페미니즘적 고찰」(『한국문학이론과비평』제28집(9권3호), 한국문학이론과비평학회, 2005.9.)논문을 상재한 바 있다.

불키거나, 때를 밀거나 하는 것도 잊어버리고
제 배꼽을 들여다보거나 남의 낯을 쳐다보거나 하는 것인데
이러면서 그 무슨 제비의 춤이라는 연소탕(燕巢湯)이 맛도 있는 것과
또 어늬 바루 새악씨가 곱기도 한 것 같은 것을 생각하는 것일 것인데
나는 <u>이렇게 한가하고 게으르고 그러면서 목숨이라든가 인생이라든</u>
<u>가 하는 것을 정말 사랑할 줄 아는</u>
그 오래고 깊은 마음들이 참으로 좋고 우러러진다
　　　　　　　　　　　　　　　　─「조당(藻塘)에서」 중에서

　　시인은 중국 철학의 옛 정신적 유산을 떠올리며 목욕탕에 있는 중국인
들의 모습을 바라본다. '도연명'과 '양자' 같은 이를 생각하며 그들의 후손
인 이들의 마음은 얼마나 한가하고 게으른가를 생각한다. 사리분별이 빠
른 사람들은 민첩하고 행동이 재빠르지만 자연의 본성에 편안하게 몸을
맡기는 담백한 심성을 가진 이들은 느리고 한가하고 게으르다. 도교철학
에서 '한(閑)'은 '아무 것도 하고 있지 않는 것' 이상의 뜻을 내포한다. 현실
적인 관심과 욕망으로부터 마음을 자유롭게 가지고 그 자신과 자연이 함
께 평화로운 상태임을 나타낸다. 유약우는 왕유의 시구에서 '한(閑)'을 '평
화 속에 있음(being in peace)'이라고 번역한 바 있다.[28] 이와 같은 게으름, 느
림, 한가로움의 미학은 실은 도교에서의 '공(空)'이나 '허정(虛靜)'의 의미와
연결되면서 그것은 '적막(寂寞)'이나 '무(無)'의 변주적 표현이라 할 수 있다.
즉 이것은 '아무 것도 없이 고요하고 적막하다'는 의미를 넘어서서 비어
있기에 가득 채워질 수 있다,[29] 혹은 한가하고 느리기 때문에 여유와 평
화가 가득할 수 있다는 의미를 내포한다. 시인은 이러한 정신적 유산을
물려받은 중국인들의 "이렇게 한가하고 게으르고 그러면서 목숨이라든
가 인생이라든가 하는 것을 정말 사랑할 줄 아는", "오래고 깊은 마음들이
참 좋고 우러러진다"고 말한다.

---

28) 유약우 저, 이장우 역, 『中國詩學』, 명문당, 1994, 102쪽.
29) 신은경, 「'無心'論」, 『風流─동아시아 美學의 근원』, 보고사, 420쪽.

그 맑고 거룩한 눈물의 나라에서 온 사람이여

그 따사하고 살틀한 볕살의 나라에서 온 사람이여

(……)

높은 산도 높은 꼭다기에 있는 듯한

아니면 깊은 물도 깊은 밑바닥에 있는 듯한 당신네 나라의

하늘은 얼마나 맑고 높을 것인가

바람은 얼마나 따사하고 향기로울 것인가

그리고 이 하늘 아래 바람결 속에 퍼진

그 풍속은 인정은 그리고 그 말은 얼마나 좋고 아름다울 것인가

다만 한 사람 목이 긴 시인(詩人)은 안다

'도스토옙흐스키'며 '조이쓰'며 누구보다도 잘 알고 일등가는 소설
도 쓰지만

아무 것도 모르는 듯이 어드근한 방안에 굴러 게으르는 것을 좋아
<u>하는 그 풍속을</u>

사랑하는 어린 것에게 엿 한가락을 아끼고 위하는 아내에겐 해진 옷
을 입히면서도

마음이 가난한 낯설은 사람에게 수백냥 돈을 거저주는 그 인정을 그
리고 또 그 말을

<u>사람은 모든 것을 다 잃어버리고 넋 하나를 얻는다는 크나큰 그 말을</u>

— 「허준(許俊)」 중에서

위의 시는 백석과 교우관계에 있던 허준이라는 인물에 대하여 노래한
다. 시에서 허준은 "맑고 거룩한 눈물의 나라에서 온 사람"으로 인정 많고
고결한 비세속적인 인물로 그려진다. 허준은 당시 최고의 소설가이면서
영문학의 수재이지만 "아무 것도 모르는 듯이 어드근한 방안에 굴러 게
으"른 자라는 점에서 오히려 허위가 없이 어린아이처럼 한가하고 순수하
다. 허준은 사랑하는 어린 것과 아내에게 아끼면서 "마음이 가난한 낯설
은 사람에게 수백냥 돈을 거저주는" 인정을 가졌다. "사람은 모든 것을 다

잃어버리고 넋 하나를 얻는다는 크나큰 그 말" 넋은 인간의 본질적 가치를 추구하는 '도(道)'의 한 경지를 상징할 수 있다. 그것은 고요하며[靜] 비어있고[虛] 부드러우며[柔] 소박한[樸] 넋 하나의 맑음이라 할 수 있다. 백석은 여기서 마음의 가난, 인정(人情), 그리고 게으름(한가로움)을 소박하고 순수한 가치로 받아들이고 있다(이와 같은 겸허하고 탈속적인 초월의지는 「흰 바람벽이 있어」 같은 시에서 "모두 다 가난하고 외롭고 높고 쓸쓸하게 그리고 사랑과 슬픔 속에서 살도록 만들어졌다"는 싯구에서도 드러난다). "아득한 넷날 한가하고 즐겁든 세월로부터"(「국수」)와 같이 시인은 한가로움의 시절을 시원의 시간대를 회복하는 즐거운 시간으로 의식한다.

　　호흡이 길고 어눌한 문체에서도 '게으름의 미학'은 나타난다. 초기의 「사슴」 시편에서도 열거와 반복이 장황하게 나타난 바 있지만 백석이 만주로 이주한 후에 쓰어진 작품들은 호흡이 긴 장시들이 대부분이다. 또한 종결형 서술어를 피한 채 연속과 연결형 시형으로 이어가거나 시행말에 잦은 쉼표를 하며 한 문장을 긴 유장체로 이끌어가는 방식들에 주목할 수 있다.30) 유장체의 문장흐름에서도 백석은 반복과 댓구방식을 보여주는

---

30) "마을에서는 새불 김을 다 매고 들에서/개장취념을 서너 번 하고 나면/백중 좋은 날이 슬그머니 오는데/백중날에는 새악씨들이/생모시치마 천진뙤치마의 물팩치기 껑추렁한 치마에/쇠주뙤적삼 항나적삼의 자지고름이 기드렁한 적삼에/한끝나게 상나들이옷을 있는 대로 다 내입고/머리는 다리르 서너 켜레씩 들어서/시뻘건 고들채댕기를 삐뚜룩하니 해 꽂고/네날백이 따백이신을 맨발에 바꿔 신고/고개를 몇이라도 넘어서 약물터로 가는데/무썩무썩 더운 날에도 벌 길에는/건들건들 씨언한 바람이 불어오고"(「칠월백중」 중에서) "그러나 잠시 뒤에 나는 고개를 들어, 허연 문창을 바라보든가 도 눈을 떠서 높은 천장을 쳐다보는 것인데,/이때 나는 내 뜻이며 힘으로, 나를 이끌어가는 것이 힘든 일인 것을 생각하고,/이것들보다 더 크고, 높은 것이 있어서, 나를 마음대로 굴려가는 것을 생각하는 것인데,/이렇게 하여 여러 날이 지나는 동안에,/내 어지러운 마음에는 슬픔이며, 한탄이며, 가라앉을 것은 차츰 앙금이 되어 가라앉고,/외로운 생각만이 드는 때쯤 해서는,/더러 나줏손에 쌀랑쌀랑 싸락눈이 와서 문창을 치기도 하는 때도 있는데,/나는 이런 저녁에는 화로를 더욱 다가 끼며, 무릎을 꿇어보며"(「남신의주 유동 박시봉방(南新義州 柳洞 朴時逢方)」 중에서)

데 '~고~고'로 이어지거나 '~며~고~데~며~며'와 같은 연결체를 보여준다. 이는 연상과 사유가 느리게 흘러가는 방식을 시적 형식으로 보여주고자 하는 것이다.

한가하고 게으르게 가만히 있으려고 하는 까닭은 내 마음을 고요한 상태를 유지하면 만물이 풍성하게 생육했다가 어디로 돌아가는지를 볼 수가 있기 때문[31]이다. 게으름과 한가함은 중국 노장철학에서 핵심적인 요체인 무(無) 혹은 무위(無爲)를 지향하는 데서 나타나는 것.[32] 장자의 소요유(逍遙游)는 내적인 정신의 자유를 구가하며 유유자적해야 한다는 것으로서 거닐기, 낮잠자기와 같은 '게으름'의 행동을 통해 절대 무위에 이르고자 한다. 목적을 따르지 않는 행동인 소요는 절대 무위의 경지에 도달하고자 하는 방법이자 목적 자체인 것, 여기에는 만물이 모두 하나라는 일원론적 세계관과, 인생은 모두 천명이라는 숙명론이 바탕이 되어 있다. 노장철학은 중국인들에게 가장 깊이 심겨져 있는 사상으로서 도연명, 이백과 같은 중국의 많은 시인들의 철학적 기반이 되었다.

노장철학에서의 이 한가로운 게으름은 백석의 시에서 전형적인 산수 자연에 대한 묘사로 '한적함'과 '고요함'을 드러내기도 한다. ("초생달이 귀신불같이 무서운 산골거리에선/처마끝에 종이등의 불을 밝히고/쩌락쩌락 떡을 친다/감자떡이다/이젠 캄캄한 밤과 개울물 소리만이다" 「향악」) "풀밭에는 어느새 하이얀 대림질감들이 한불 널리고/돌우래며 팟중이 산옆이 들썩하니 울어댄다/이리하여 한울에 별이 잔콩 마당 같고/강낭밭에

---

31) 『老子』, 「第16章」 참조.
32) '무'는 '빔', '고요함'의 내용을 포괄하고 있는 것으로 존재의 근원을 보는 것은 존재의 배후에 깊은 본질, 즉 무(無)를 보는 일이라 설명한다. 형체는 일정하지 않으나 뭔가 커다란 혼돈이 천지에 앞서서 생성하고 있었는데, 그것은 소리가 나지 않고 텅빈 것 같으나 독립하고 변함이 없으며 보편적이고 쇠퇴하지 않는 어떤 상태, 이것이 도의 경지요 무의 경지라 할 수 있다. 무의 경지는 이와같이 주객이 분할되지 안은 상태를 의미한다(『老子』, 「第25章」).

이슬이 비 오듯하는 밤이 된다"「박각시 오는 저녁」).

때로 '게으름의 시학'은 백석 시에서 어떤 행위적 표식을 거절한 채 폐칩하는 부동의 시적 자아를 만들어내기도 한다.

> 여인숙이라고 국수집이다
> 메밀가루포대가 그득하니 쌓인 웃간은 들믄들믄 더웁기도 하다
> 나는 낡은 국수분틀과 그즈런히 나가 누어서
> 구석에 데굴데굴하는 목침(木枕)들을 베어보며
> 이 산(山)골에 들어와서 이 목침들에 새까마니 때를 올리고 간
> 사람들을 생각한다
> 그 사람들의 얼굴과 생업(生業)과 마음들을 생각해 본다
> ─「산숙(山宿)─ 산중음(山中吟) 1」중에서

화자가 산중에 자기 위해 찾은 여인숙은 실은 국수집 뒷방이어서 방안에 메밀가루푸대와 낡은 국수분틀이 있다. 시적 화자는 국수틀과 함께 방안에 누워 "구석에 데굴데굴하는 목침(木枕)들을 베어"본다. 그리고는 이 산골에 들어와 목침에 새까마니 때를 올리고 간 사람들 떠올려보는 것이다. 그들의 얼굴과 생업과 마음들을 생각해 보는 것이다. 여기서 시인의 움직임이란 '누워 보다' '생각하다'이다. 시인은 사회적 행위라 할만한 동적인 움직임을 거절한 채 '가만히 그 자리에 있는 것' '가만히 마음으로 생각해 보는 것'으로만 있다. 드러난 현장 자체에 고착되지 않고 이면의 어떤 것(실상, 무)에 집중해 보려한다. 백석의 시에서 '눕다' '생각하다'는 게으름의 극한에서 거의 행위를 거세한 채 스스로 부동성의 세계로 들어가버리는 것으로 극단적 내면세계를 드러내는 기표[33]가 된다. 여기서 소리는

---

33) 이와 같은 부동성, 자폐적 웅크림은 1930년대 이상 소설<날개>에서 주인공 '나'와 닮아 있다. 그러나 이상 소설에서의 주인공이 자폐적 폐쇄회로에 과잉된 자의식으로 넘쳐나는 반면에서 '백석 시에서의 부동성은 마음을 고요하고 쓸쓸하게 하여 '텅 비어 두는 것'으로 세상만물과 교류하려는 동(動)의 씨앗을 품고 있는 '정(靜)이다.

없고 전혀 움직임이 없는 정적(靜)의 세계이지만 다양한 동(動)의 씨앗을 품고있는 정(靜)[34]이다. 즉 아무 것도 없이 고요하고 움직임이 없기 때문에 적막한 극단적 소극성이라기보다는 '비어 있기에 오히려 가득 채워질 수 있는' 역설적 의미를 내포하고 있다. 시인은 가만히 목침을 하고 방안에 누워 산중 국수집에 딸린 여인숙의 방에 누워보는 것으로 그곳을 거쳐 간 남루하지만 마음이 가난한 사람들을 생각한다. 그들과 공감과 연대를 느낀다. 이와 같은 적극적 부동성은 사유의 확장을 위한 한 철학적 방편이 되는 것인데 다음과 같은 시에서도 그 예를 찾을 수 있다. "김치 가재미선 동치미가 유별히 맛나게 익는 밤//아배가 밤참 국수를 받으려 가면 나는 큰마니의 돋보기를 쓰고 앉어 개 짖는 소리를 들은 것이다(「개」). 여기서 시인은 밤참 국수를 받으러 간 아배를 가만히 기다리며 할머니의 돋보기를 쓰고 앉어 개 짖는 소리를 듣고 있다. 시인의 부동성(浮動性)은 거의 제한적이고 최대한 행위장력을 줄이는 것으로 고요와 침잠과 기다림 속에서 마음을 비우는 과정을 보여주고 있다. 할머니의 돋보기를 쓰고 방안에 앉어 개 짖는 소리를 듣고 있는 것만으로 어린 화자는 영험한 시계(視界) 속에서 우주적 운행의 거대한 섭리 속으로 들어가게 된다.

> 가무락 조개 난 뒷간거리에
> 볕을 얻으려 나는 왔다
> 볕이 안 되어 가는 탓에
> 가무래기도 나도 모도 춥다
> 추운 거리의 그도 추운 능당 쪽을 걸어가며
> 내마음은 웃즐댄다 그 무슨 기쁨에 웃즐댄다
> 이 추운 세상의 한 구석에
> 맑고 가난한 친구가 하나 있어서
> 내가 이렇게 추운 거리를 지나온 걸

---

34) 신은경, 앞의 책, 418쪽 참조.

얼마나 기뻐하고 락단하고
그즈런히 손깍지 베개하고 누어서
이 못된 놈의 세상을 크게 크게 욕할 것이다.
　　　　　　　　　　　－「가무래기의 **樂**」 중에서

별을 쬐지 못한 채 집으로 돌아가는 추운 골목길. 시인은 보잘 것 없는 가무래기 조개와 같이 길을 돌아온다. 시인은 "이 추운 거리"를 가무래기 조개와 같은 "맑고 가난한 친구가 하나 있어서" 오히려 "이 못된 놈의 세상을 크게 크게 욕할" 수 있는 새로운 힘을 얻는다. 현실은 그처럼 속악한 것이기에 이에 거절당한 자신은 비관에 빠질 수 있지만 오히려 우쭐대며 기뻐하는 과장된 태도를 보인다. 시인은 "그즈런히 손깍지 벼개"를 하고 누워 여유자적하고 있는 것이다. 이처럼 비극적 현실을 맞은 자의식과 자족적 '한가함'을 통한 현실과의 거리두기는 문득 지나치게 '자족'을 숭배하는 극단적 순수주의처럼 보이기도 한다. 험악한 현실원칙에 대한 초월적 인식의 한 방편이기도 하지만 때로 맹목적 자족은 비현실 반역사성의 혐의처럼 보이기도 한다. 사실 백석은 현실적 어두운 갈등을 잠재우며 삶에서 진정한 내재적 힘을 추구하고자 하지만 여전히 현실과의 마주침에서 끝없이 길항하며 갈등을 겪는 마음의 여진을 가지고 있다. 백석이 추구하는 도교적 세계관의 한가로움과 자유로움은 그와 같은 갈등을 동양정신의 방식으로 해결하고자 했던 한 관점이었던 것이다. 이 같은 과정을 다음 장에서 좀 더 구체적으로 살펴보자.

4. '생각하다'와 '쓸쓸하다'와 '현(玄)'의 세계

백석 시에서 '생각하다'는 동사는 매우 반복적으로 나타나고 있는 바 이것을 단순히 근대계몽의 기획 가운데 이야기되는 '이성의 사고'로 여겨서는 안된다. 이를테면 "나는 문득 가슴에 뜨끈한 것을 느끼며/소수림왕을 생각한다 광개토대왕을 <u>생각한다</u>"(「북신」) "이렇게 발가득 벗고 한 물에 몸을 씻는 것은/생각하면 쓸쓸한 일이다."(「조당에서」) "손방아만 찧는 내 사람을 <u>생각한다</u>"(「統營」) "외로히 타관에 나서도 이 원소를 먹을 것을 <u>생각하며</u> 그들이 아득하니 슬펐을 듯이"(「두보(杜甫)나 이백(李白)같이」) "이 봄에는 이 밭에 감자 강냉이 수박에 오이며 당콩에 마늘과 파도 심그리라 <u>생각한다</u>"(「귀농(歸農)」). '생각하다'는 그리워하다, 추억하다, 예감하다 등 여러 가지 의미로 파생되겠지만 백석 시에서 '생각하다'는 여유를 가지고 생을 살피는 하나의 관점으로 성립된다.

> 눈이 오는데
> 토방에서는 질화로 위에 곱돌탕관에 약이 끓는다
> 삼에 숙변에 목단에 백복령에 산약에 택사의 몸을 보한다는 육미탕(六味湯)이다
> 약탕관에서는 김이 오르며 달큼한 구수한 향기로운 내음새가 나고
> 약이 끓는 소리는 삐삐 즐거움기도 하다
> 그리고 다 달인 약을 하이얀 약사발에 받어놓은 것은
> 아득하니 깜하야 만년(萬年) 옛적이 들은 듯한데
> 나는 두손으로 고이 약그릇을 들고 이 약을 내인 <u>옛사람들은 생각하노라면</u>
> <u>내 마음은 끝없이 고요하고 또 맑어진다</u>
>
> — 「탕약(湯藥)」 전문

백석 시에 자주 나타나는 계절은 겨울인데 이는 '북방'체험과 관련 있는 듯하다. 추운 날일수록 '사유'와 '기억'은 깊어져 유년과 가족공동체에 대한 회감의 시간들을 마련한다(「여우난골족(族)」, 「수라(修羅)」, 「고향(故鄉)」, 「북방에서」). 추운 지방에서 자주 내리는 눈의 흰빛은 환몽적인 낭만성(「나

와 나타샤와 당나귀」)이나 탈속적 세계의 비현실성을 환기하기도 한다.

「탕약(湯藥)」에서 밖에는 눈이 오고 토방에서는 탕관에 약이 끓고 있다. '차가움/뜨거움', '흰 눈[雪]/검은 탕약, '고요한 외부/소리가 나는 내부'라는 이항 대립적 공간대비를 통해 방안의 공간은 바슐라르의 언급대로 '내부성'이 외부성에 의해 극도로 강화되는 형태로 나타난다. 외부의 날씨가 춥고 또 눈이 오는 것에 의해 철저하게 외부통로가 통제당할 때 내부 공간의 내밀성은 더욱 강화되어 친밀감은 고조된다. 시인은 질화로 위 곱돌 탕관에서 끓고 있는 약을 바라보며 깊은 내밀성의 존재 침잠으로 이끌려 간다. 약탕관에서 "김이 오르며 달크한 구수한 향기로운 내음새가 나고/약이 끓는 소리는 삐삐 즐거웁기도 하다" 그리하여 "다 달인 약을 하이얀 약사발에 밭여놓"는 것이다. '검은 탕약/흰 약사발'의 대조적 색감에 의해 무채색의 초탈적 신이한 느낌이 강화되고 시인은 정신이 아득하여져 "두 손으로 고이 약그릇을 들고" 저 아득한 "만년(萬年) 옛적" "약을 내인 옛사람들을 생각하"는 것이다. 그리하여 백석 시에서 '생각하다'는 감각적으로 직관적으로 우주의 모든 기운을 느끼며 전체에 집중하려 할 때 나타나는 동사이다. 한편으로 조용하게 집중적인 상태에 이르고 또 다른 한편으로는 조용한 가운데 움직이고 있는 마음을 표현한다. 그러면서 사물의 정중동(靜中動)에 이르고자 하는 것이다. '생각하다'는 과거의 시원의 때로 거슬러 올라가 평화롭고 따뜻한 느낌이 들면서 동시에 어떤 집중된 상태에서 자신의 마음의 주관성이 보편적 객관의 세계 속으로 스며들어가는 아득함의 세계를 뜻한다. 하여 시인은 "옛 사람들을 생각하노라면/내 마음은 끝없이 고요하고 또 맑어진다"라고 노래한다. 여기서 "옛 사람들 생각하노라"는 것은 '관(觀)' 즉, 내관, 정관 등의 조성으로써 정신적 깊이를 지시하는 것. 육체적 눈으로 보는 것이 아닌 내면의 깊이를 헤아리는 눈으로 사물의 본질을 꿰뚫어보는 것으로 의미한다. 이는 마치 "보이는 경험성의 현상은 보이지 않는 선험성의 본질을 통해 의미의 깊이에 참여한다"35)는 것과 같다.

"내 마음은 끝없이 고요하고 또 맑어지"는 경지, 이와 같은 경지가 도교에서 말하는 현(玄)과 닮아 있다. 노자는 도를 현이라 부르기도 했다[道即玄].36) 현의 의미는 어떤 현묘하고 신비스런 형이상학적 불가사의한 진리를 뜻하는 것이 아니라 음양의 양가성의 한 묶음으로 하는 이 세상의 사실37)을 지적하는 것이라 할 수 있다. 현(玄)은 근본이며 현상[妙]에 대비한 본질이며 깊고 깊어 말로 나타내려 해도 나타낼 수 없음을 의미한다. '유(幽)'는 현묘하다는 의미로 소박 담백하며 작위적이거나 인위적인 것이 없는 사고나 인식작용으로 헤아릴 길 없는 존재의 깊이를 의미한다. 그리하여 유현(幽玄)은 그윽하고 깊고 비어있으면서 가득한 상태, 노자의 말대로 인식이나 사유의 영역으로 포괄할 수 없는 또는 그 경계를 넘어서는 현상의 본질, 존재의 깊이를 형용하는, 만물의 근원으로서의 무(無)의 상태를 나타내는 말로 이해할 수 있다.

그런 점에서 백석 시에서 '생각하다'는 마음을 맑게 가라앉히면서 그윽하고 아득한 내면의 통로로 내려가는 허정(虛靜)의 과정임을 생각할 수 있다(「故鄕」).

그러면서도 한편 백석 시에서 '생각하다'는 과거 기억을 회감하는 것으로 현재 마음의 '쓸쓸함'과 '쓸쓸한 자신'을 들여다보는, 여전히 자기회한의 미진을 드러내 보인다.

> 그렇건만 나는 하이얀 자리 우에서 마른 팔뚝의
> 샛파란 핏대를 바라보며 나는 가난한 아버지를 가진 것과
> 내가 오래 그려오던 처녀가 시집을 간 것과
> 그렇게도 살틀하든 동무가 나를 버린 일을 <u>생각한다</u>

---

35) 김형호, 「도가 사상의 현대적 독법」, 한국도가철학외 편, 『노자에서 데리다까지』, 예문서원, 2001, 26쪽.
36) 『老子』, 「第 1章」
37) 김형효, 앞의 책, 26~27쪽.

또 내가 아는 그 몸이 성하고 돈도 있는 사람들이
즐거이 술을 먹으려 다닐 것과
내 손에는 신간서(新刊書) 하나도 없는 것과
그리고 그 '아서라 세상사(世上事)'라도 들을
유성기도 없는 것을 <u>생각한다</u>

그리고 이러한 생각이 내 눈가를 내 가슴가를 뜨겁게 하는 것도
<u>생각한다</u>
　　　　　　　　　　　　　　　　 ―「내가 생각하는 것은」 중에서

　밝은 봄날 거리에 사람들도 많이 나다니며 흥성거리지만 시인은 "하이
얀 자리 우에서" 가만히 "가난한 아버지를 가진 것"과 "오래 그려오던 처
녀가 시집을 간 것" "살틀하든 동무가 나를 버린 일"을 생각한다. 그리고
몸 성하고 돈 있는 사람들이 즐거이 "술을 먹으려 다닐 것"과 자신은 "신
간서 하나도 없는 것"과 "유성기도 없는 것"을 생각한다.

　시인에게 '생각하는 행위'는 끝없이 자기 '존재의 태반'을 들려다 보려
는 자기성찰이며 자기사유의 결과이다. 여기서 생각하는 일은 이성적 논
리적 주객분리에서 대상을 과학적 탐구로 상대화하는 데카르트적 사유
가 아니다. 세계를 보다 객관적으로 대하고 또 세계를 시각의 장으로 구
성하는 '바라보는 거리'와 구분된다. 시각체험은 질서의 가능성을 드러내
보이는 일이며 주관을 분명히 하는 행위와 관계있다. 백석에게서 '생각하
다'는 주객체의 엄격한 분리 속에서 물(物)의 세계를 대상화하는 김수영의
'바라봄'[38]의 세계와 구분되는, 고요한 자기집중과 관계한다. 스스로 자
신의 내면으로 침잠하며 마음을 맑고 고요하게 하여 자신의 근원성으로
회귀하고자 할 때, 즉 마음을 비우고(虛) 고요하게 할 때(靜) 찾아오게 되는
근원적 쓸쓸함(寂)의 본모습이다.

―――――――――――――――
38) 김수영 시에서 "똑바로 보마"의 세계.

그러나 시인은 "이러한 생각이 내 눈가를 내 가슴가를 뜨겁게 하는 것도 생각한다"라고 말하며 슬픔에서의 균형을 찾고 있다. 즉 백석에게서의 '쓸쓸함'과 '슬픔'은 '애이불상(哀以不傷)'으로서의 슬픔이라 할 수 있다. '상(傷)'이란 '애(哀)'가 극단으로 치우쳐 조화를 잃는 것을 의미한다. 여기서 '애이불상(哀以不傷)'이란 슬픔을 지극히 하되 마음의 성정으로 스스로를 잘 다스리는 '조화'의 태도를 찾아가는 것이다. 대개 '한'은 슬픔에 어떤 경계, 정도를 두지 않는 개념, 조화에 중점이 있기보다 오히려 슬픔의 정서를 더 이상 이를 곳이 없는 극까지 밀고 갔을 때 체험하게 되는 '비애의 공백상태'라 할 수 있다. 이에 반하여 백석 시에서 슬픔, 쓸쓸함은 비통이나 애감이라는 단순정서에 머무는 것이 아니라 슬픔을 통해 사물 인생에 대한 깊은 통찰의 계기를 찾고 보편성과 형이상학적 깊이를 획득하는 미감을 가진다. 자신을 둘러싸고 있는 사랑하는 모든 것들이 떠나갔을 때 오는 결핍과 부재의 절망감이 아니라 삶의 이치가 근원적으로 가지는 상실감(會者定離), 애린(愛隣)과 연민(憐憫)으로서의 슬픔이다. 그런 점에서 백석 시에서 '생각하다'와 '쓸쓸하다'는 삶이 가지는 근원적 연민성을 체감하는 사람의 깊이가 담겨져 있다. 이것은 '유암성(幽暗性)', 즉 그윽하고 어두침침함, 그윽하고 풍성한 쓸쓸함이라 할 수 있다.

> 그러나 잠시 뒤에 나는 고개를 들어,
> 허연 문창을 바라보든가 또 눈을 떠서 높은 천장을 쳐다보는 것인데,
> 이때 나는 내 뜻이며 힘으로, 나를 이끌어가는 것이 힘든 일인 것을 <u>생각하고</u>,
> 이것들보다 더 크고, 높은 것이 있어서, 나를 마음대로 굴려가는 것을 <u>생각하는 것인데</u>,
> 이렇게 하여 여러 날이 지나는 동안에,
> 내 어지러운 마음에는 슬픔이며, 한탄이며, 가라앉을 것은 차츰

앙금이 되어 가라앉고,
외로운 생각만이 드는 때쯤 해서는,
더러 나줏손에 쌀랑쌀랑 싸락눈이 와서 문창을 치기도 하는 때
도 있는데,
나는 이런 저녁에는 화로를 더욱 다가 끼며, 무릎을 꿇어보며,
어니 먼 산 뒷옆에 바우 섶에 따로 외로이 서서,
어두어오는데 하이야니 눈을 맞을, 그 마른 잎새에는,
쌀랑쌀랑 소리도 나며 눈을 맞을,
그 드물다는 굳고 정한 갈매나무라는 나무를 <u>생각하는 것이었다.</u>
　　－「남신의주 유동 박시봉방(南新義州 柳洞 朴時逢方)」중에서

　유종호는 이 시를 일러 "낙백한 영혼이 펼쳐 보이는 비관론의 절창"이
며 "한국인의 생활철학과 인생관이 집약된 대표적인 사상시"[39]라고 평하
고 있다. 무엇보다 연대기적으로 백석 시세계에서 후기에 씌여진 작품인
만큼 대부분의 논자들이 논의에서 빼놓지 않고 다루고 있는 바, 비극적
자의식의 극복을 위한 성찰과 초월을 향한 의지가 두드러지는 작품으로
알려져 있다. 춥고 누추한 셋방에서 화로를 중심으로 의식의 정점을 모아
가던(화롯불을 안고 손으로 쬐거나 재 위에 글자를 쓰거나 누워 구르는 등) 시적 화자
는 슬픔과 고독의 시간을 견딘 후 문창과 천장으로 서서히 고개를 들면서
하강에서 상승의 이미지, 갈매나무의 순수의지로 향하는 초월적 존재의
수직적 지향의식을 보여준다.[40]
　여기서 주목하고 싶은 것은 그윽하고 풍성한 슬픔(幽暗性) 속에서 마음
의 쓸쓸함(寂)을 가라앉혀 가는 과정에서 나타나는 '생각하다'라는 동사
다. 시인의 슬픔은 '한'처럼 좌절과 상실 결핍에서 유래되는 원한의 공격

---

39) 유종호, 『다시 읽는 한국 시인』, 문학동네, 2002.
40) 지금까지 이와같이 하강이미지에서 수직이미지로의 상승, 수직적 존재로서의 갈
　　매나무 이미지로 해석되어 왔다.

성이 아니다. 한은 원인에 의해 전후 사정이 결정되고 한 맺힌 것을 풀기 위한 소망 목적성이 내포된다. 한은 윤리적 지향이 강하며 원망과 상처에 대한 고통이 극심하다.[41] 이에 반하여 백석 시에서의 슬픔은 삶에 대한 근본적 배려, 동정, 감탄, 자기연민을 전제로 하는 것이며 이러한 연민은 삶에 대한 복합적인 '애린(愛隣)'의 성격을 띤다. 그리하여 시인은 "나는 내 뜻이며 힘으로, 나를 이끌어가는 것이 힘든 일인 것을 생각하고,/이것들보다 더 크고, 높은 것이 있어서, 나를 마음대로 굴려가는 것을 생각"한다. 이는 저 거대한 우주의 운행과 생명 율동의 순리 속으로 자아를 내맡기는 조화와 자기 허여(許與)를 의미한다. 여기서 '생각하다'는 지각하고 감각하고 느끼는 세계 너머의 근원적 세계로 마음을 열어놓는(坐) 과정을 의미하는 것이며 마음을 고요히(靜) 집중하여 아득하고 가득해지는(玄) 과정을 의미하는 것이다. 이렇게 하여 "내 어지러운 마음에는 슬픔이며, 한탄이며, 가라앉을 것은 차츰 앙금이 되어 가라앉고" 마음은 명경처럼 맑아져("외로운 생각만이 드는 때쯤 해서") 어둑신한 곳에서 흰 빛을 맞고 있는 "드물고 굳고 정한 갈매나무라는 나무"에게 다가갈 수 있다. 결국 백석에게서 '생각하다'의 도정은 우주와 자아 사이 여백에서 그윽하게 마음의 소박함으로 고요를 찾고 조화를 찾아 마침내 순수한 받아들이는(谷), 굳고 정할 마음으로 우주를 기운으로 느끼는 조용한 집중의 구도과정이라 할 수 있다.

5. 동양적 신질서로서의 도교의식과 현대시사의 계보

백석 시는 「사슴」 시편 이후 만주 체험 속에서 주로 '사랑과 슬픔', '유랑과 고독'의 세계로 논의되어 왔던 바지만 이에 더불어 본 논문은 백석 시에서 무

---

41) 신은경, 앞의 책, 385~388쪽 참조.

위의 노자철학에 시적 지향점이 닿아 있는 점을 살피고자 하였다. 북방체험에서 시인은 중국의 옛 성현, 노자와 도연명, 이백과 두보, 그리고 이들의 중국고사를 떠올리며 도가적 세계관에 관심을 드러낸다. 시인은 도교 관련 이야기를 차용하면서 시 속에서 가난한 자족과 생명존중의식, 담백하고 소박한 겸허, 한가로운 게으름을 구사하기도 한다. 그럼에도 유랑과 식민체험에서의 마음의 피폐함으로 깊은 슬픔이 과거기억과 함께 돌아올 때 시인은 어지러운 마음을 고요하게 침잠시키며 마음의 슬픔에서의 균형과 조화를 찾고자 한다. 적막과 슬픔은 고요와 침잠과 더불어 허정(虛靜)의 세계를 향해가는 '아득한 마음의 세계'(玄)을 동시적으로 담고 있다. 하여 백석 시에서 '쓸쓸하다'는 '아득함'을 얻게 되고 '생각하다'는 우주의 만물과 기운을 느끼는 '그윽함'으로 나아가게 되어 마침내 슬픔은 어둑하면서 그윽한 유암(幽暗)의 미학을 성취한다. 만주체험에서의 백석 시는 분명 유랑의 고독과 슬픔을 담고 있고 여전히 그 슬픔의 여진이 시 전반에 미만하지만 한편으로 이와 같은 도가적 자연주의 삶에 대한 회구가 슬픔의 균형과 미학, 한가로움 속에서의 자유로움, 소박함을 찾아가는 명상('생각하다')과 함께 공존하고 있었던 것이다.

이와 같은 무위자연, 겸허한 자기 성찰, 본위를 찾으려는 자연주의적 삶의 태도는 '상고주의'를 향하는 유교주의와 분명 구분되는 지점이다. 1930년대 말 일제 강점의 극단에서 훼절하지 않기 위해 시인들이 선택할 수 있는 두 가지의 정신세계가 있었다면 그것은 유가적 세계관에 의한 고절과 엄격한 지조의 세계가 그 첫 번째고 도가적 세계관에 의해 여유자적하고 자유로움 속에서 적막과 슬픔, 고요와 침잠을 찾으려 한 세계가 그 두 번째라 할 수 있다. 유가적 세계관에 속하는 시인이 정지용, 이병기 등 문장파 시인과 이육사라 한다면 도가적 세계관에 속하는 시인이 백석이라 할 수 있다. 가설적 유형화를 해본다면 첫 번째의 계보에 조지훈(「승무」, 「매화송」), 김현승(「눈물」, 「견고한 고독」) 등을 든다면, 두 번째 계보에 박목월이 있다. 이를테면 다음 시 "모밀묵이 먹고 싶다/그 싱겁고 구수하고/못나고도 素朴하게 점잖은/촌 잔칫날 팔모床에 올라/새 사돈을 대접하는 것./그것은 저믄 봄날 해질 무렵에/허전한 마음이/마음을 달래는/쓸쓸한 食慾이 꿈꾸는 飮食."(박목월 「적막한 食慾」)42)에서 '싱겁고 슴슴한 맛'이나 '소박한 음식'에 대한 토속적 정취 등이 백석 음식 시에서 담백한 맛이나 냄새와 닮아 있다. 또한 "장갑을 벗으며/강 건너 돌을 생각한다./해질 무렵에 돌아와 눅눅한 장갑을 벗으며/왜랄 것도 없이/강 건너/돌을 생각한다."(박목월 「강건너 돌」)와 같은 시를 떠올릴 수 있다. 목월이 실존의 깊이로 가닿고자 겸허하게 '생각한다'라고 말할 때 백석 시에서 아득한 쓸쓸함, 그윽한 여백의 느낌이 되살아나는 '생각한다'는 동사를 떠올릴 수 있다. 목월의 시 「나그네」의 자유로움도 도가적 세계관과 닮아 있다.

1930년대 말 절체절명의 순간 조선 시인에게 동양적 정신주의에는 유교적 지조 의식과 도가적 자연 순리에 따르는 삶이라는 두 사상적 흐름의 선택이 놓여 있었는지 모른다. 백석 시가 보여주는 도가적 세계관은 민족 극단의 상황에서 어쩌면 실천적 공허함과 자족적 안위에 젖어 있는 소극적 도피의 극점처럼 보인다. 그러나 격렬한 대결의지로 정신적 인내와 구도의 극점에 가닿으려 한 유교적 내핍의 과정과 달리 도교적 세계관은 근대적 질서화 너머에서 계급적 서열과 경계를 무화시키는 우주만물 섭리의 원리에 순응하여 '저항 아닌 저항'의 모습으로 파시즘적 세계와 대면하려 한 것은 아닌가 생각을 해볼 수 있다. 그런 점에서 탈근대적 모티프는 근대의 대안으로서가 아니라 근대에 대한 자기반성의 지점으로, 통제의 지점을 해체시키는 교란(노이즈)이 될 수 있다.

---

42) 고형진은 백석의 시 「국수」는 박목월의 「寂寞한 食慾」에 커다란 영향을 미치고 있다고 본다(고형진, 「白石의 「국수」」, 『시안』 제3호, 시안사, 1999.3).

상상력의 시학

맹문재

1.

  콜린 윌슨(Colin Wilson)의 상상력에 관한 견해에 영향을 준 사르트르는 그의 나이 32세에 『상상력』(1936)을 출간했는데, 기존의 견해들을 비판하고 의식과 같은 지위로 올려놓았다. 고대 철학자로부터 데카르트나 칸트를 거쳐 근세에 이르기까지 상상력을 온전한 인간 의식으로 인정하지 않았지만, 사르트르는 의식 수준으로 끌어올린 것이다. 사르트르가 제시한 의식은 현상학의 개념인 지향성이라고 볼 수 있다.

  사르트르에 이르기 전까지 상상력에 관한 견해는 코울리지에 의해 주도되었다. 코울리지는 공상력이 기존의 자료들을 연상으로 받아들이는 것이라면, 상상력은 변용을 주도하는 능력이라고 보았다. 그리하여 시인은 상상력으로써 자신의 세계를 개진하는 존재라고 인식했다. 눈으로 보는 것 이상으로 보고, 귀로 듣는 것 이상으로 듣고, 몸으로 느끼는 것 이상으로 느낀다고 본 것이다. 코울리지의 상상력은 블레이크의 입장을 좀 더 정립한 것이다. 블레이크는 경험론자들이 우주를 바람도 색채도 향기도 없는 기계로 만들었다고 비판하며 시를 썼다. 실제로 경험적 사실이 진리를 가져오는 것 같지만 정신적인 면 또한 존재하는 것이기에 블레이크의 상상력은 이전의 입장들에 비해 상당히 진전된 것이었다.

아리스토텔레스는 상상력에 부정적 입장을 보인 플라톤을 극복하고 이성으로 상상력을 발휘해 신의 이데아를 창조할 수 있다고 보았다. 하지만 과학혁명의 토대로 중세와 근대를 잇는 르네상스 시대의 도래로 인해 상상력은 비이성적이고 비합리적인 정신 능력으로 취급되었다. 그러다가 감각의 경험을 통해 획득된 지식을 강조하는 경험론이 17세기에 부각되면서 다시 조명 받게 되었다. 특히 토마스 홉스는 상상력이 판단력에 의해 제어되는 경우 인간에게 감동을 주는 수단이 될 수 있다고 보았다. 그렇지만 케임브리지대학을 중심으로 한 플라톤주의자들은 그와 같은 견해에 실재를 물질로만 볼 뿐 신과 정신의 영역을 추방했다고 격렬하게 반대했다. 블레이크는 그러한 상황을 반영하는 역할을 한 것이다.

상상력은 바슐라르의 등장으로 한층 더 영역이 확대되었다. 바슐라르는 『불의 정신분석』(1938)에서부터 『촛불의 미학』(1961)에 이르기까지의 방대한 저서들을 통해 인간의 상상력이 본질적으로 물, 불, 공기, 대지를 바탕으로 한 물질적 상상력이라고 보고 감각적 경험과 실증적 검증에 기반을 둔 것만을 지식이라고 인정하는 실증주의를 극복했다. 상상력을 초인간적인 능력으로 여긴 것은 물론 상상력에 의해 인간의 참다운 삶을 마련할 수 있다고 본 것이다. 질베르 뒤랑은 바슐라르의 상상력 개념을 인류학으로까지 확대했다. 상상력을 현대인들의 전유물이 아니라 고대인들도 공유한 것으로, 다시 말해 인류 역사와 함께해온 문화로 정립했다. 그리하여 전 세계인들에게 내재한 보편적 특질로서의 상상력을 제시하고 인간의 정체성을 이성이나 합리성이 아니라 상상력에서 찾았다.

이와 같은 견해 중에서 상상력의 긍정적인 면을 적극적으로 내세운 콜린 윌슨은 주목된다. 윌슨은 1931년 영국에서 태어나 공업학교를 다닌 뒤 장의사 등 온갖 직업을 전전하다가 1950년 프랑스로 건너가 행동주의 철학에 영향을 받았다. 고국에 돌아와서는 독서와 사상 정리에 전념하다가 1956년 평론집 『아웃사이더』를 출간해 세계적인 명성을 얻었다. 물질문명과 기계문명이 고도로 발달하지만 정신문명은 상대적으로 약화되어 점점 소외되어가는 현대인들의 상황을 해박한 지식으로 조명한 것이다.

또한 윌슨은 '문학과 상상력'이라는 부제를 단 『꿈꾸는 힘』을 통해 상상력에 관한 관심을 표명했다. 생명의 개념을 자연의 기계론과 대비되는 역동성과 자유로움으로 규명하는 생철학에 근거를 두고 소설가 겸 평론가답게 다양한 작품들을 고찰하면서 이 세계와 생명들에 대해 긍정하는 마음을 갖고자 한 것이다. 작가들의 창작적 동기의 근원이 이 세계를 부정하기보다 긍정하는 데 있다고 보고, 상상력을 현실 도피가 아니라 대결을 지향하는 것으로 인식했다. 상상력이 작가의 의식과 밀접하다고 여긴 것으로, 책의 서문에서 사르트르의 상상력 개념이 지나치게 추상적이라고 비판했지만 실제로는 지대한 영향을 받은 것으로 보인다. 이와 같은 윌슨의 상상력은 심인숙 시인의 시세계를 살펴보는 데 필요한 토대로 삼을 수 있다.

2.

초저녁달이 도르래를 내리고 있어요
끊어진 수화기에선 아직도 말소리가 새어나와요
슬플 땐 노래하라고 당신이 말했던가요
샤우팅 창법으로 노래하고 싶었어요
나는 주춤거리다 이내 달이 끄는 도르래에 올라타요

담을 훌쩍 넘어
아아 새보다 빠르게 달음박질치는 건 내 몸의 긴 그림자예요
달빛 도르래에 매달려
난 정말 가뿐하게 빨간 신호등을 건너가고 있어요
나무와 나무의 등을 옮겨 타며 빌딩을 지나가고 있어요
아 아 양떼구름을 불러볼까요
구구구구 산비둘기들이 몰려오네요
물소리가 들려요 폭포수가 보여요
공기방울처럼 흩어져 내리는 숲의 함성들
빈 둥지를 슬쩍 건드리면 뭇별들이 피어날까요
당신의 말소리 이곳에선 들리지 않아요
나는 달빛 도르래를 타고 울퉁불퉁한 지평선을 넘어가고 있어요
악보를 삼킨 달이 연거푸 노랠 불러요
—「달과 노래하는 중이에요」 전문

　화자는 상상력을 발휘해 초저녁달과 함께하고 있다. "초저녁달이 도르래를 내리"자 "주춤거리다 이내 달이 끄는 도르래에 올라"탄 것이다. 화자가 처음에 주춤거린 이유는 지상에서만 발을 딛고 살아왔기에 벗어나는 것이 낯설고 두렵기 때문이기도 했지만, "끊어진 수화기에선 아직도 당신의 말소리가 새어나"오기 때문이기도 했다. 다시 말해 이 세상의 인연과 단절하기가 어려워서 망설인 것이다. 지상에서 한 존재로 살아가는 일은 가족, 친척, 친구, 이웃, 동료, 시민 등에 이르는 구성원이 되기에 관계를 단절하기란 쉽지 않다. 그들 중에는 힘들게 하거나 손해를 끼치는 이도 있겠지만 기쁨을 주거나 도움을 주는 이도 많은 것이다. "슬픈 땐 노래하라고" 용기를 준 이도 그중 한 사람이다. 그리하여 화자는 그 목소리에 힘입어 초저녁달에 올라탄 것이다.
　화자를 태운 초저녁달은 "담을 훌쩍 넘"고 "새보다 빠르게 달음박질"로 "가뿐하게 네거리 빨간 신호등을 건너"가고 "빌딩들을 지나"간다. 그

리고 마침내 "당신의 말소리"가 들리지 않는 세계에 닿는다. 지상으로부터 멀리 떨어진 세계에 이른 것이다. 그곳에서 아래를 내려다보니 "산비둘기들이 몰려오"고 있다. 또한 "물소리가 들"리고 "폭포수가 보"이고 "숲의 함성들"도 들린다. 화자는 "양떼구름을 불러"보고, "뭇별들이 피어날" 것 같은 기대감도 갖는다. 비로소 지상으로부터 자유로운 몸이 된 것이다.

콜린 윌슨의 견해처럼 상상력은 자유와 동의어라고 볼 수 있다. 비유하자면 공기를 바람이라고 말할 수 있을 정도이다. 상상력은 육체에서 탈출하거나 현재를 초월한 세계를 만들기를 시도한다. 따라서 자유와 동의어가 되고 역동성도 띤다. 정적(靜的)으로 머무르는 것이 아니라 자유의 세계를 지향하는 것이다. 그리하여 상상력은 눈앞에 존재하지 않는 이미지를 만들지만 삶을 강렬하게 이끄는 힘을 지닌다. 그것은 기차가 역동적이지만 행로를 따라 평형을 유지하는 것과는 본질적으로 다르다. 인간의 의식이 내포된 것으로 추리 능력 차원을 뛰어넘는 것이다. 더욱이 시인의 상상력은 여성 의식이기에 주목된다.

어머니, 보이세요?
저기 흐린 창 너머 하늘 가장자리에 푸른 콧날이 걸렸잖아요
뾰족구두 같기도 한
저 달에 몸을 싣고 마실이라도 나가볼까요
생과일주스를 마시며 행복백화점 스카이라운지를 걸어볼까요
하얀 레이스 출렁이는 식탁 위의 만찬은 어때요?
일몰을 보는 언덕에선 그네를 타고
눈 덮인 미륵전 지붕 위에 무지개섬광을 뿌려놓을 수도 있어요
대구, 구미를 거쳐 소라미용실을 돌아 삼거리극장 앞의
젊은 아버지를 만나보러 갈까요
눈매가 고운 뾰족구두를 신고 연분홍 투피스를 입고
꽃무늬 양산을 펼쳐봐요
우주 너머까지 날아 올라가면 꽃향기로 둘러싸인

빈 봉분 하나를 미리 들러볼 수도 있잖아요
낡은 침대는 잊혀져가고
지구의 주파수는 멀어져가도 이마를 찌푸리진 마세요
광대뼈에 한 아름 웃음을 피워봐요
여기선 눈물이나 기적 따윈 없다니까요
어머니, 보이세요?
신의 콧날 옆에 앙증맞게 찍어놓은 별들의 발자국들

— 「푸른 초승달」 전문

화자는 "초승달"을 바라보며 "어머니"에 대한 희망 사항들을 제시하고 있다. 우선 "뾰족구두 같기도 한/저 달에 몸을 싣고 마실이라도 나가볼까요"라고 권유한다. 그리고 단순히 이웃집에 마실가는 것을 넘어 "생과일주스를 마시며 행복백화점 스카이라운지를 걸어볼까요"라거나, 그곳에서 "하얀 레이스 출렁이는 식탁 위의 만찬은 어떠"냐고 제안한다. 뿐만 아니라 "일몰을 보는 언덕에선 그네를 타"기도 하고, "눈매가 고운 뾰족구두를 신고 연분홍 투피스를 입고/꽃무늬 양산을 펼쳐"들기도 하고, 그리고 "대구, 구미를 거쳐 소라미용실을 돌아 삼거리 앞의/젊은 아버지를 만나보러 갈까요"라고까지 확대한다. 이처럼 화자는 당신의 삶을 해방시키기 위해 상상력을 발휘한다. "푸른 초승달"에 "몸을 싣고" 지상을 떠나 "광대뼈에 한 아름 웃음을 피워"보려고 하는 것이다. 화자가 상상하는 그곳은 "눈물"이 없고 막연한 요행을 기대하는 "기적 따윈 없다."

화자의 이와 같은 제시는 "어머니"의 실제 삶이 그러하지 못하다는 사실을 말해준다. 다시 말해 뾰족구두 같은 세련된 신발을 신거나, 연분홍 원피스 같은 아리따운 옷을 입거나, 꽃무늬 양산을 펼쳐들 정도로 멋을 내거나, 백화점 스카이라운지를 걸어보거나, 하얀 레이스가 깔린 식탁에서 만찬의 기회를 가져보거나, 심지어 삼거리극장 앞에서 남편을 만나 영화 구경을 함께하지 못한 사실을 나타내는 것이다. 그만큼 "어머니"는 자신의 자유며 행복이며 여유를 추구하는 것과는 거리가 먼 삶을 살아왔다.

그것은 당신 스스로가 선택한 길이라고 볼 수도 있지만, 그것보다는 당신이 가족들을 위하느라 희생한 삶이라고 볼 수 있다. "어머니"의 그와 같은 모습은 다음의 작품에서도 여실하다.

어디로 갔을까 그녀는,
다진 마늘을 꺼내놓고 연둣빛 다라이에 배추는 절여놓고
여름 겨울 지나 봄을 건너
늦은 김치를 담가야 하는데
귓전에 펄럭이는 소리
애야,
까나리액젓 …, 소금물 ……에 너무 ……
파란 채반을 든 그녀가 잠시 일렁이네
뭉게구름을 뚫고
나비 한 마리 날아드네

어디서 묻혀왔을까
흰 날개가 순하게 접혔다 펼쳐질 때마다
거실 가득한 소독 냄새
더듬이가 긴 주사바늘 같네
햇볕이 손을 뻗어 투명한 날개를 어루만져주네
사뿐히 날아오르네
내 겨드랑이에서도 까닭 없는 날개가 돋아나네

앞치마는 걸어놓고
모시적삼 맨발로 찬장 속을 들락거리는
배추흰나비
소금물에 푹 절여진 속배추가
빛줄기를 타고 외줄바람을 타고
하늘 위로 날아오르는 봄날

　　　　　　　　　　　　　　　　　　─「흰나비」 전문

그녀"는 곧 화자의 어머니이자 당신으로 읽히는데, 그 일생이란 "다진 마늘 꺼내놓고 연둣빛 다라이에 배추는 절여놓고" "늦은 김치를 담가야 하는데"라고 애태우는 모습이다. 그리하여 화자는 "애야,/까나리액젓…, 소금물……에 너무 ……"라는 당신의 말을 어떤 말보다도 선명하고도 절실하게 듣는다. 뾰족구두나 생과일주스나 백화점이나 스카이라운지나 만찬이나 꽃무늬 양산 같은 말들보다도 가슴을 누르며 듣는 것이다.

그러던 "그녀"가 그만 "거실 가득한 소독 냄새/더듬이가 긴 주사바늘"에 의지하는 처지가 되었다. 나비처럼 날아다니는 자유로운 상태는 아니더라도 김장을 담그는 일조차 하지 못하고 "소금물에 푹 절여진 속배추" 같은 신세가 된 것이다. 꽃구경도 극장 구경도 제대로 못하고, 얼굴에 웃음꽃을 활짝 피우지 못하고, 집안 살림과 식구들 걱정에 애를 태우다가 그만 "배추흰나비"의 운명이 된 것이다. 화자가 이 세상을 떠난 당신을 무수히 많은 나비들 중에서 "배추흰나비"라고 이름 붙인 이유는 저세상에서도 배추를 만지며 김장을 담그는 똑같은 삶을 살아갈 것이라고 생각했기 때문이다. 가족을 위해 희생하다가 떠난 당신이 그곳에서도 별반 다르지 않는 삶을 영위하리라고 여긴 것이다. 그와 같은 당신의 모습이 화자가 인식하고 있는 여성의 삶이다. 그리하여 화자는 상상력을 통해 당신을 푸른 초승달에 태우고 날아오른다. 근심도 애태움도 눈물도 구속도 희생도 없는 세계로, 여성의 주체적인 삶을 지향하는 것이다.

다른 예술가들과 마찬가지로 시인에게는 자기 인식의 심화가 중요하다. 자기 인식이란 한 인간 존재로서 자신의 운명과 삶의 의미에 열중하는 것이다. 상상력이란 이성과 마찬가지로 그와 같은 인식의 한 모습이다. 그러므로 이성과 협력하여 삶의 실재와 밀접하게 관련을 맺는다. 곧 상상력은 시인의 세계관 혹은 인생관이라고 볼 수 있다. '병'이라는 말이 마치 '건강'에 대한 의미를 인지시키듯이 '상상력'은 '실재'의 의미를 반영하고 있는 것이다.

3.

다닥다닥 붙어 앉은 다세대주택 속에 낯익은 창이 보인다
저곳엔 한때 상실이란 여자가 살았다
반지하로 내려앉은 안방 창문을 가리느라 그녀가 붙여놓은 바닷
속 물고기 스티커,
유유히 물밑을 헤엄쳐 다니던 아가미는 황톳빛 물방울을 내뱉고
있었다
지금 B101호는 예전 그대로 그늘에 잠겨 있다
아니다, 이런 것이 아니다
그때 저 집은 물속으로 가라앉던 그녀를 수평선 위로 끌어올리
곤 하였다
어쩌다 숨어드는 햇살을 찾아 손에 쥐어주곤 하였다

컹컹, 짖으며 그녀의 집이 나를 불러 세우고 있다
화장실 창틈으로 먼지 쓴 나팔꽃이 고개를 삐죽 내밀고 지하 계
단으로 백열등 불빛이 언뜻 비치는 듯하다
주전자에선 결명자가 끓고 금방이라도 프라이팬에 올려진 김치
지짐이 냄새가 흘러나올 것만 같다
초원슈퍼 앞을 지나다 돌아보니 앳된 그녀가 무언가를 사들고
옛집으로 들어서고 있다
—「옛집을 지나며」 전문

　화자가 비록 "옛집"이라고 말하고 있지만 현재의 모습이기도 하다. 설령 현재의 삶이 변화된 상태라고 할지라도 화자의 마음속에 남아 있는 "옛집"의 기억은 결코 지울 수 없다. 그 기억의 그림자는 매우 짙기 때문에 화자의 현재 삶은 이전 삶의 연장이라고 볼 수 있는 것이다. 그와 같은 모습은 화자가 "컹컹, 짖으며 그녀의 집이" 불러 세우는 소리를 천둥소리보다

크게 듣는 데서 확인된다. "화장실 창틈으로 먼지 쓴 나팔꽃이 고개를 삐죽 내밀고" 있는 모습이나 "지하 계단으로 백열등 불빛이 언뜻 비치는" 모습을 발견하는 데서도 마찬가지이다. 그리하여 화자는 "주전자에선 결명자가 끓고" "프라이팬에 올려진 김치 지짐이 냄새"를 맡기도 한다. 뿐만 아니라 "초원슈퍼 앞을 지나다 돌아보니 앳된 그녀가 무언가를 사들고" 가듯 집의 현관문을 연다.

화자는 기억의 장면들을 통해 현재의 삶을 생생하게 나타내고 있다. 현재의 삶을 방기하거나 소비하거나 파기할 수 없다고 생각하는 것이다. 그리하여 마치 숙제를 하듯이 자신의 일상에 달라붙어 삶을 일구려고 애쓴다. 결국 「달과 노래하는 중이에요」, 「푸른 초승달」, 「흰나비」 등 앞의 작품들에서 본 '어머니'나 '당신'과 같은 일생을 따르고 있는 것이다.

이와 같은 차원에서 화자가 추구하는 상상력의 의미를 읽을 수 있다. 자신의 현재 삶을 극복하기 위한 의식을 내포하고 있는 것이다. 다시 말해 여성에게 요구되는 일생에 갇히지 않기 위해, 스스로 순응하는 여성이 되지 않기 위해 행동하고 있는 것이다. 따라서 화자의 상상력은 어떤 공상적인 것이 아니라 뿌리가 튼튼한 실재의 산물이다. 삶을 부정하는 것이 아니라 긍정하기 때문에 새로운 세계를 인식하는 것이다. 이상향을 지향한 화자의 그 의식이 개인적인 차원을 넘어서는 것이기에 더욱 주목되기도 한다.

한밤, 봉숭아꽃 가득한 마당에서 숭어들이 뛴다.
다닥다닥 붙어사는 셋방 여인들이 마당 수돗가에서 목욕을 한다. 청상과부 선아엄마, 집 나간 서방을 기다리는 애경엄마, 그냥 이모라 불리던 사투리 걸쭉한 부안댁이다. 아침이면 식당이나 병원, 공사판으로 마른 꽃씨처럼 흩어졌다가 밤이 되면 물오른 입을 들고 돌아오는 여인들. 한바탕 얘기꽃을 피우며 한 겹씩 옷을 벗고 있다.

빨랫줄에 걸린 이불홑청 사이로 달빛이 든다. 보초 세운 어둠이
슬쩍 돌아서 있다. 좁은 수돗가에서 미끈한 숭어들이 비늘을 떼
고 있다. 찬물을 끼얹을 때마다 저절로 한숨 같은 비음이 흘러나
온다. 지느러미처럼 간드러지는 웃음소리가 깔깔, 허공을 질러
담을 넘어간다. 숭어들이 별빛을 따라 밤하늘을 헤엄치고 있다.

몰래 숨어든 달의 이마가 붉게 물들었다.
　　　　　　　　　　　　　　　　　　　　　　　　ㅡ「숭어」 전문

　　한밤에 "셋방 여인들이 마당 수돗가에서 목욕을" 하는 장면을 선명하
게 그린 수작이다. 그 여인들이란 "청상과부 선아엄마, 집 나간 서방을 기
다리는 애경엄마, 그냥 이모라 불리던 사투리 걸쭉한 부안댁이다." 그녀
들은 "아침이면 식당이나 병원, 공사판으로 마른 꽃씨처럼 흩어졌다가 밤
이 되면" 돌아온다. 따라서 그녀들의 일과는 이루 말할 수 없이 힘들어 귀
가할 즈음에는 지쳐 있는 상태이다. 그러한데도 화자는 그녀들을 "물오른
입을 들고 돌아오는 여인들"로, 그녀들의 목욕하는 모습을 "한바탕 애기
꽃을 피우며 한 겹씩 옷을 벗"는다고 생동감 있게 그린다.
　　이와 같은 면에서 화자의 여성 인식을 또다시 읽을 수 있다. 집안의 울
타리를 넘어 생업에 시달리는 여성들까지 품는 것이다. 한편으로는 집안
살림이며 관습에 얽매여 있는 여성의 삶을 극복하면서, 다른 한편으로는
연대의식을 통해 그 극복의 토대를 마련하고자 하는 것이다. 그와 같은
목표를 "숭어들이 별빛을 따라 밤하늘을 헤엄치"는 상상력으로써 지향하
고 있다. 시몬 드 보부아르나 뤼스 이리가라이가 추구한 현실적인 페미니
즘과는 차이가 있는 것으로, 결국 여성성을 사회학적 관점에 국한되지 않
는 시인의 관점으로 심화시키고 있는 것이다.
　　시인은 어둡고 비좁고 답답한 상황 속에서도 가늘고 약하지만 의식의
광선을 소유하고 있다. 그것으로 자신은 물론 다른 사람을 비추어 이해하

고 동화를 추구한다. 시인의 그 의식이 바로 상상력이다. 그리하여 시인은 세속적이고 찰나적인 것보다 더 궁극적으로 여성성을 추구하고 있다. 물 위를 떠내려가고 있는 종이배같이 주위의 영향을 절대적으로 받는 존재가 아니라 자기의 존재성을 굳건하게 지키고 있는 것이다. 그 결과 "지느러미처럼 간드러지는 웃음소리가 깔깔, 허공을 질러 담을 넘는다."

박재삼의 시집 『춘향이 마음』에 나타난 상상력의 구조

심재휘

1. 서론

박재삼은 1955년에 등단하여 1997년 영면에 들기 전까지 열다섯 권의 창작시집과 일곱 권의 수필집을 냈다. 적지 않은 양이다. 많은 사람들은 시인 박재삼을 변화나 다양성보다는 개성의 깊이를 추구한 시인으로 기억한다. '전통 서정' 혹은 '한'이라는 용어로 수렴되는 그의 시 세계는 근대 한국시가 구축해온 재래적 정서를 이어나가고 또 탐구해 왔다는 측면에서 매우 소중한 자산이 아닐 수 없다.

특히 그의 초기 시들은 전후 한국 시사가 발전적인 균형을 이루며 앞으로 나아가는 데 적지 않은 기여를 하였다. 1950년대의 한국시가 한편으로는 출처가 불분명한 난해시들의 세례로 진보의 내적 필연성을 결여한 채 표류할 때에 박재삼의 등장이 전통 서정의 계승과 발전이라는 다른 한 축의 구심점 역할을 충분히 해냈다고 할 수 있다. 언어의 실험이 지나치게 부각되던 시기에 민족 정서의 근간을 일깨워주고 전통 시작법의 묘미를 느끼게 해 준 점은 그의 시가 이루어낸 가장 큰 업적이라고 하겠다.

더구나 그가 보여준 시적 상상력은 상당히 매력적이다. 상상력이란 감각의 소산인 시를 더욱 시답게 만드는 힘이다. 시인들은 경험과 언어의 연대 위에다 상상을 덧입힘으로써 의도하고자 하는 시적 사유와 정서를 획득한다. 박재삼의 경우도 마찬가지다. 개인사에서 취재한 많은 경험들을 섬세한 언어로 직조해나갈 때 그만의 독특한 상상력은 강한 개성을 구축하는 데 일조한다.

이 글이 의도하는 것은 박재삼의 첫 시집 『춘향이 마음』에 들어있는 상상력의 성격과 전개과정을 살피는 일이다. 상상력의 내용이 무엇이며 내용을 구성하는 몇 가지 요소들이 어떻게 관계하면서 하나의 전체를 이루는지 밝혀보려 한다. '한'이라는 매우 복합적인 감정의 시적 구현을 위해 그의 시집에서는 몇 가지 요소들이 서로 견고하게 상관하면서, 그리고 양립할 수 없는 감정들이 서로 쌍을 이루면서, 전통적인 역설의 상황을 교묘하게 드러내고 있기 때문이다. 그 결과, 그의 시 세계를 대표하는, 이른바 '슬픔의 미학'이 단순히 감상에 젖은 자의 넋두리에 그치는 것이 아니라 한국인의 애환을 미학적으로 승화시킨 사례가 된다.

분석 대상을 첫 시집에 국한한 것은 시집 『춘향이 마음』의 위상과 영향력이 남다르다고 생각하기 때문이다. 시인에게 첫 시집은 앞으로의 문학적 인생을 도모하기 위한 하나의 발판이기도 하거니와 시인의 개성을 선보이는 의미 있는 작업의 결과물이므로 매우 중요하다. 더욱이 박재삼과 같이 "평생을 사랑과 이별, 슬픔과 한스러움의 정서를 토대로 하는 시"[1]를 써서 "문단 데뷔시절부터 오늘에 이르기까지 비교적 일관된 세계만을 고수"[2]하

---

1) 이건청, 「한국 전통 서정의 계승과 발전」, 『해방 후 한국 시인 연구』, 새미, 2004, 179쪽.

는 경우, 즉 초기 시의 특징이 이후의 미미한 변화를 압도하는 경우에는 첫 시집이 차지하는 비중은 무엇보다도 크다고 하겠다. 많은 연구자들이 그의 초기 시에 관심을 보인 것도 같은 맥락에서 이해할 수 있다. 따라서『춘향이 마음』을 통해 지향된 정서, 혹은 발현된 상상력은 그의 이후 시 세계를 이끌어가는 원동력으로서 박재삼의 시를 대표한다고 하겠다. 이 글에서는 『춘향이 마음』에 수록된 시들과 박재삼의 수필문 등, 기본 자료를 충실히 검토하고 분석하는 데 초점을 두려 한다. 상상력의 전개에 관련된 시인의 의도와 텍스트 사이의 관계를 좀 더 선명하게 알고자 함이다.

2. 상상력의 구조

1) 아름다운 슬픔

박재삼은 한국인의 원형적 심상을 포착하려고 애쓴 시인이다. 그는 특히 한국인들만이 지니고 있는 재래적인 정서, '한(恨)'에 집착하였다. 한 시인이 특정한 정서에 몰입하게 되는 현상에 대해서는 다양한 원인이 있을 수 있겠으나 박재삼의 경우에는 다분히 개인의 성정에서 그 이유를 찾아야 할 듯하다. 그의 개인사를 들여다보면 슬픔을 유발할 수밖에 없는 환경은 물론이거니와 스스로 슬픔에 경도되려는 성정의 단초들을 찾는 것은 어렵지 않다.

그는 어려서부터 가난의 고통을 남다르게 느끼며 살았다. 그의 성장기였던 사오십 년대의 한국 사회에서 빈곤은 도처에 만연했던 일상의 모습이기도 한데 유년의 박재삼에게 그것은 매우 각별한 정서 체험으로 다가온 듯하다. 그가 태어나 네 살까지 살았던 일본에서나 귀국한 후 유년을 보냈던 어머니의 고향 삼천포에서의 생활은 부모의 노동으로 근근이 이

---

2) 오세영, 「아득함의 거리―박재삼론」, 『20세기 한국 시인론』, 월인, 2006, 279쪽.

어지던 궁핍의 연속이었다. 그가 「추억에서」라는 제목의 여러 시들에서 가난했던 유년의 일들을 회감하고 있듯이 생활고로 인한 부모의 노고와 그에 대한 유별한 기억은 오랫동안 그의 가슴 속에 남아 있는 듯하다. 가령, 두 번째 시집 『햇빛 속에서』에 나오는 "어머니는 모래뜸질로/남향 십리 밖 사둥리(沙登里)에 가시고/아버지는 어물도부(魚物到付)로/북향 십리밖 용치리(龍峙里)에 가시고/여름해 길다. (중략) 오히려 물정(物情) 없는 나이로도/십리 밖 칼끝 같은 세상을/짚어 짚어 알았더니라."(「추억에서」)라는 시도 그러한 경우에 해당한다.

하지만 그는 가난을 극심한 고통의 원인으로 규정하거나 가난을 둘러싼 개인적, 사회적인 여러 요인들에 대해 심각한 문제의식을 보여주지는 않는다. 생각하기에 따라서 이것을 역사의식의 부재로 받아들일 수도 있겠으나 애초부터 박재삼에게 가난은 개인을 슬픔으로 몰아넣는 하나의 계기일 뿐, 다른 그 무엇도 아니었다. 그는 슬픔이 개인의 내면에 어떤 양상으로 전개되는지 그러한 감정이 외부의 대상과 결합하여 어떻게 말로 표현되는지를 주목한다.

> 진주 남강 맑다해도/ 오명 가명/ 신새벽이나 밤빛에 보는 것을,/ 울 엄매의 마음은 어떠했을꼬./ 달빛 받은 옹기전의 옹기들같이/ 말없이 글썽이고 반짝이던 것인가
>
> 　　　　　　　　　　　　　　　－「추억에서」 부분

> 어느 소소한 잘못으로 쫓겨난/ 하늘이 없던, 어린 날 흘렸던,/ 내 눈물의 복판을,/ 저승서나 하던 짓인가./ 무지개 빛을 긋던 눈부신 갈매기야.
>
> 　　　　　　　　　　　　　　　－「눈물 속의 눈물」 부분

우리의 골목 속의 사는 일 중에는 눈물 흘리는 일이 그야말로 많고도 옳은 일쯤 되리라. 그 눈물 흘리는 일을 저승같이 잊어버린 한밤중. 참말로 참말로 우리의 가난한 숨소리는 달이 하는 빗질에 빗어져, 눈물 고인 한 바다의 반짝임이다.

　　　　　　　　　　　　　　　　　　　－「가난의 골목에서는」 부분

시절이 좋을쏜/ 굶고 울고 굶고 울고// 그 중에 벼락 안 맞고 날 보낸 걸/ 어진 제왕님 덕이라 하였던가.

　　　　　　　　　　　　　　　　　　　－「원한(怨恨)」 부분3)

　예시한 시들에서 보듯이, 박재삼에게 유년의 슬픔이란 대체로 궁핍한 생활과 무관하지 않다. 새벽에 장터 어물전에 나가 밤늦도록 바닷물고기를 팔아야 했던 모친에 대한 추억이나 조그만 잘못으로도 눈물 속으로 내쳐져야 했던 어린 날의 기억들은 물질적 풍요의 반대편에 자리했던 삶의 양상으로부터 형성된 것들이다. 하지만 「추억에서」나 「눈물 속의 눈물」에서처럼 가난을 소재로 한 시들의 시작 의도는 빈곤했던 생활의 고통이 개인에게 가해지는 환경의 모순을 탓하려는 데 있다기보다 그 상황에 처해있는 개인의 심정을 '한스러운 처지나 상황'으로 형상화하려는 데 있다. 가장 한국적인 '슬픔'을 구현하는 것이 시 쓰기의 목표였는데 그 자료가 된 것이 경험적 현실인 가난이었던 셈이다.

　그런데 위의 시들에서 주목해야 할 부분은 박재삼이 목표하는 '슬픔'이 단순한 감정의 차원을 넘어서고 있다는 점이다. 이를테면, 「추억에서」의 "옹기"나 「눈물 속의 눈물」의 "갈매기"와 같은 소재의 운영에서도 오랜 시간동안 우리 민족의 내면에 자리잡아온 토속적이며 재래적인 슬픔의 메커니즘을 엿볼 수 있는 것이다. 이들 소재는 단순히 화자의 슬픔이 투사되는 대상에 머무르는 것이 아니라 화자가 스스로 그 슬픔을 삭이고 인정해

---

3) 이 글에서 인용하는 작품의 원전은 『박재삼 시전집1』(민음사, 1998)이다.

가는, 일종의 내면 정화의 기능도 수행한다는 점을 눈여겨 볼 필요가 있다.

개인의 감정을 직접 토로하는 것에 비해 특정한 대상을 통해 우회적으로 표현하는 일은 감정 '풀이'의 일환이라고 할 수 있는데 '풀이'의 과정에는 내면 정화의 단계인 '삭임'의 과정이 선행된다.4) 위의 두 시에서 시적 화자는 원망의 감정을 대상들에 투영하면서도 슬픔조차도 "반짝이던" 것, "눈부신" 것으로 인식한다. 이 역설적인 마음의 상태는 어둡고 부정정인 현실로부터의 고통을 공격적이거나 퇴영적인 상태로 전환하지 않고 수세적이지만 선의적인 삶의 지평으로 수긍하는 태도에서 비롯한다. 이는 '한국적 한의 지니는 역설적 속성'5)이며 박재삼은 그러한 슬픔의 속성을 미학적인 경지로 승화시키려한 것이다.

외부 세계의 고통에 대항하기보다는 그 상황을 수긍하고 받아들이는 태도는 '한국적 슬픔'의 전제이자 내용이 되어왔다. 박재삼은 이와 같은 전통 미학에 충실하고자 했는데, 그는 "우리시에 있어서 전통을 굳이 한 마디로 한다면 '恨'의 미학을 들고 싶다. 내가 그려내고 있는 '한'이란 '영원히 지워지지 않는 슬픔의 정감'에 있다. 슬픔의 정감의 연면성(連綿性)이 한에 있는 것이다"6)라는 말로 시 쓰기의 지향을 밝힌 바가 있다.

앞서 예시한 「가난의 골목에서는」과 「원한(怨恨)」에서도 '한'을 한국인들의 보편 심성으로 그가 받아들이고 있음을 알 수 있다. 재래적 정서로서 한은 외부의 부정적인 기제를 내면으로 받아들여서 인정해야 하는 지극히 모순된 감정이다. 이 양가적 감정은 원망과 포기, 그리고 운명의 긍정이라는 독특한 정서의 구조를 지니게 된다. 천이두는 이러한 한의 구조를 다음과 같이 풀이한다.

---

4) 천이두, 『한의 구조 연구』, 문학과지성사, 1993, 214쪽.
5) 위의 책, 38쪽.
6) 박재삼, 「특집 현대시의 계보」, 『심상』 1976년 10월, 78쪽.

한이라는 것은 분명 원한, 한탄 등과 같은 부정적 정서에서 출발하지만 적어도 한국인의 아이덴터티와 관련되는 자리에서 볼 때는 그것이 밝고 건강한 윤리적 정화 장치로서 작용하고 또 한국문화의 아이덴터티와 관련되는 자리에서 볼 때는 미적 승화 장치로 작용하는 것이다. 다시 말하면 한국인이 한국인으로 성숙되어 가는 과정에 있어서 또는 한국 문화가 한국문화로서의 고유한 가치를 성취해가는 과정에 있어서 한은 비록 고통에 찬 것이기는 하지만 가치생성을 위한 제재로서 그리고 동시에 가치생성의 장치로서 작용을 하는 것이다.[7]

박재삼의 초기 시에 등장하는 슬픔이란 천이두의 언급처럼 미적 승화 작용을 거친 결과물로서 부정적이고 소모적인 감정이 정화된 상태를 의미한다. 시에서 발현되는 한의 정서는 단순한 계기로서의 부정적 감정이 시상의 흐름에 따라 정제되는 과정을 포함한다. 그러므로 한은 서로 길항하는 감정들이 포기와 수긍의 단계를 거치면서 도달해가는 하나의 가치 있는 목표와 같다고 할 수 있다.

한편, 박재삼이 한국인의 원형적 심상으로 '슬픔'을 선택한 것은 슬픔에 대한 각별한 관심 때문이기도 하다. "내가 시를 처음 시작했을 무렵에는 기쁜 시보다는 슬픈 시가 많았다. 아마도 집이 가난한 데서 자꾸 슬픔을 팠던 것 같다. 그래서 나는 어딘가에서 본 <가장 슬픈 것을 노래한 것이 가장 아름다운 것을 노래한 것이다>라는 말을 금과옥조로 삼았다"[8] 라고 그는 술회한 바가 있다. 그의 성정에는 일찍부터 슬픔을 지향하는 취향이 자리 잡고 있었던 것이다. 또한 그는 시를 쓰면서 한국적인 슬픔의 정체에 대하여 고민한 듯하다.

---

7) 위의 책, 241쪽.
8) 박재삼, 『슬픔과 그 허무의 바다』, 예가출판사, 1989, 23쪽.

나는 한국의 아름다움이나 멋은 <슬픔>을 구현하는데 제일의
적인 강음부가 주어져 왔다고 말하고 싶다. 한국적인 것은 아름답
다. 아름다운 것은 슬픈 것이다. 따라서 한국적인 것은 슬픈 것이
다 - 하는 등식을 찾는 것이다. (중략) 연약한 듯한 문화유산에서
<절실한 것> <처연한 것>이 우리의 멋과 아름다움을 길러준 바
탕이 되었기 때문에 사라질 듯한 망할 듯 하면서도 그럴 수가 없는
가장 <약한 것>이 지닌 <가장 강한 면>을 가질 수가 있었던 것
인지도 모른다. 따라서 그러한 약한 것을 가장할 필요는커녕 도리
어 그 <약한 것이 가진 강한 면>을 우리는 특유의 아름다움과 멋
으로 누려야 할 것이다.[9]

요컨대, 박재삼은 슬픔을 다루는 전통 서정시를 가장 아름다운 시로 여
기며 슬픔조차도 가치 있는 미학적 정서로 삼는다. 그로인해, 그는 한국
인의 원형적 심성을 시화하는 원동력으로서 슬픔을 지목하였고 그것을
아름답게 형상화하는 일에 온 문학적 인생을 바쳤다. 절실하고 처연한 마
음의 상태로부터 한국적인 미를 발견하고 약한 것에서 강한 면모를 찾아
내는 그는 '밝고 건강한 미학적 정화장치'에서 한의 가치를 발견한다.

2) 친자연(親自然)과 장소애(場所愛)

슬픈 것과 아름다운 것을 동일시하는 그의 태도는 친자연의 상상력으
로 전개된다. 박재삼은 일곱 권이나 되는 수필집을 남겼는데 여러 글에서
스스로 친자연의 성정이 있다고 밝힌 바가 많다. 『춘향이 마음』에도 꽃
과 나무, 해와 달, 열매와 새 등과 같은 자연물 소재가 종종 등장한다. 그
러나 그는 특정한 꽃과 나무와 새 등을 노래하기보다는 포괄적인 개념으
로서의 자연을 인용한다. 그에게 자연은 근경보다는 원경이다. 그의 시에
자연은 하늘에는 해나 달이 있고 땅에는 바다가 있거나 강이 흐르며, 그

---

9) 박재삼,『슬퍼서 아름다운 이야기』, 경미문화사, 1977, 220~221쪽.

속에 나무가 있고 새가 나는 매우 개략적인 풍경으로 나타난다. 이는 특정한 자연물의 속성에 빗대어 인간사를 해석하는 일반적인 시작법이 그의 시에 적용되지 않는 이유이기도 하다.

　어쩌면 박재삼에게 자연은 일종의 관념적 공간일 수 있다. 스스로 그러한 세계, 즉 순리라는 관념에 포괄되는 자연이 그가 생각하는 자연이다. 이러한 자연에 대한 그의 애정은 자연의 논리에 충실하고자 하는 태도로 연결된다. 그는 "움직일 줄을 아는 내 마음 꽃나무는/내 얼굴에 가지 벋은 채/참말로 참말로/바람 때문에/햇살 때문에/못 이겨 그냥 그/웃어진다 울어진다 하겠네"(「자연」)라고 노래한다. 인간의 운명이 자연의 순리에 복속된 것이라고 여기는 까닭에 그는 슬픔이나 한을, 거역할 수 없는 운명이면서도 아름답고 순정한 정서로 인식한다.

　특이한 것은, 박재삼이 보여주는 친자연의 상상력이 자연물보다는 자연 공간에 집중되어 있다는 사실이다. 그 중에서 바다와 강은 자주 의미 있는 공간 배경이 된다. 이는 고향의 강과 바다에서 지내던 어린 날의 경험이 그에게 강한 장소애(場所愛)로 현현된 것이라고 볼 수 있다. 장소애(topophillia)란 "강렬하고 개인적이고 심오하게 의미 있는 장소와의 만남"을 바탕으로 하는데 강이나 바다는 박재삼에게 "절정경험의 원천이 되는 개인적 장소"10)로 각인되어 있다.11)

　『춘향이 마음』에 수록된 서른 편의 시 중에 고향의 강과 바다가 등장하는 시가 모두 열네 편에 이르고 있고 더욱이 그것들이 단순한 공간배경을 넘어서서 예의 슬픔의 정서를 견인하는 비중 있는 상관물로 기능하고 있다는 것은 고향의 자연에 대해 시인이 얼마나 각별한 애정을 지니고 있는지를 보여주는 것이라 하겠다.

---

10) 에드워드 렐프, 김덕현 외 역, 『장소와 장소상실』, 2005, 논형, 93쪽.

11) 박재삼의 수필 중 「7월의 바다」, 「알몸의 동심」, 「눈물 나는 일」(『슬퍼서 아름다운 이야기』, 경미문화사, 1977) 등과 「팔포, 슬픔과 허무의 바다(『슬픔과 그 허무의 바다』, 예가출판사) 에 고향 바다에 대한 그의 애정이 잘 나타난다.

강바닥 모래알 스스로 도는
진주 남강 물 맑은 물갈이는,
새로 생긴 혼이랴 반짝 어리는
진주 남강 물빛 맑은 물갈이는,
사람은 애초부터 다 그렇게 흐를 수 없다.
　　　　　　　　　　　　　－「남강 가에서」부분

저것 봐, 저것 봐
네보담도 내보담도
그 기쁜 첫사랑 산골 물소리가 사라지고
그 다음 사랑 끝에 생긴 울음까지 녹아나고
이제는 미칠 일 하나로 바다에 다 와 가는
소리 죽은 가을 강을 처음 보것네.
　　　　　　　　　　　　　－「울음이 타는 가을강」부분

　「남강 가에서」와 「울음이 타는 가을강」은 '강'을 배경으로 하는 대표적인 시이다. 진주 남강은 『춘향이 마음』 중의 「추억에서」란 시에서 보듯이 가난에 대한 어린 날의 체험이 각인되어 있는 공간이다. "가을강" 역시 바다로 흘러들어가는 하구이므로 고향의 강이거나 그것과 크게 다르지 않다. 한 개인이 특정한 경험으로 인해 지속적으로 기억하는 장소는 그 의미가 쉽게 변하지 않는다. 그러므로 이러한 '장소 현상'은 '한 개인이 세계와 관계를 맺는 방식'이기도 하며 '의도된 맥락'을 구성하기도 한다.12)
　부언하자면 「남강 가에서」의 "남강"이나 「울음이 타는 가을강」의 "가을강"은 모두 '개인적 장소 체험'에 의해 구현된 시적 상관물이다. 특히 두 시의 강은 모두 강으로서의 생애를 끝내는, 그리고 바다로 진입하며

---

12) 에드워드 렐프, 앞의 책, 107쪽.

사라지는 존재라는 점에서 슬픔을 지향하려는 '의도된 맥락'에 놓여 있다. 박재삼이 바다로 흘러들어가는 고향의 강을 보며 "마지막을 향해가는 것의 쓸쓸함"[13]을 강하게 느꼈다고 말했듯이 바다에 다 와가는 고향 강의 특성은 그의 성품이나 문학관에 어울리는 장소가 될 수밖에 없다.

한편, 박재삼의 시에서 강과 더불어 강한 장소애를 보이는 공간은 바다이다. 열 편의 시가 바다를 배경으로 하고 있듯이 바다에 대한 시인의 애정은 대단하다. 그는 훗날 자신의 시에 등장하는 공간에 대해 자신의 고향인 삼천포를 무대로 했다고 밝힌 바가 있다. 더욱이 그는 "삼천포라도 바다에서 받은 이미지가 중심이 되어 있다. 그만큼 고향은 내게는 오늘을 있게 한 정신의 주된 무대였다고 하겠다. 어릴 때 보고 들었던 것 이상으로 직접적인 것이 있을까 싶지 않다. 그런 의미에서 나는 고향을 떠나 살더라도 그곳에 애틋한 연정 같은 것을 느끼는 것이다"[14]라고 고백한다. 고향의 자연 공간이 그의 시작에 적지 않은 영향을 준 것으로 보인다.

> 혼도 어여쁜 혼은, 우리의 바다에 살아 바다로 구경나선 눈썹 위
> 에서, 다시 살아 어지러울 줄이야……
> 밝은 날, 바다 밑이 이 세상 아니게 기웃거려지는 한려수도를 크
> 고 너른 꽃 하나로 느껴보아라. 우리는 한시도 가만 못 있는 지껄
> 이는 이파리 되어, 누구에게 손 잡혀 따라가며 크고 있는가.
> ─「어지러운 혼」 부분

> 비로소 가슴 울렁이고
> 눈에 눈물 어리어
> 차라리 저 달빛 받아 반짝이는 밤바다의 질정質定할 수 없는
> 괴로운 꽃비늘을 닮아야 하리.
> ─「밤바다에서」 부분

---

13) 박재삼, 『노래는 참말입니다』, 도서출판 열쇠, 1980, 14쪽.
14) 박재삼, 『슬픔과 그 허무의 바다』, 예가출판사, 1989, 18쪽.

인용한 시들에서 보듯이 그의 시에서 바다는 전면적인 의미공간으로 부각되어 있다. 그것은 대낮의 평화로운 바다(「봄바다에서」, 「어지러운 혼」, 「광명」, 「무제」 등)와 달빛에 빛나는 고요한 밤바다(「밤바다에서」, 「가난의 골목에서는」, 「추억에서」 등), 그리고 바닷가의 모래밭(「밀물결 치마」, 「광명」 등)이나 바닷가의 돌밭(「물먹은 돌밭 풍경」)에 이르기까지 다양한 모습으로 나타날 뿐만 아니라, 유년의 놀이 공간으로서 경험적 공간이기도 하며, 자아의 내면이 투영된 관조의 대상으로서도 역할을 한다. 바다에 떠 있는 "갈매기"(「눈물 속의 눈물」)와 바다 한가운데의 섬(「섬」) 역시 시의 모티프로 기능하는 현상은 특정한 장소에 대한 시인의 각별한 애정이라고 해석할 수밖에 없다. 게다가 무엇보다도 이러한 장소애가 다음 장에서 살펴볼 물의 상상력의 중요한 토대가 되는데, 이처럼 상상력의 구조를 완성하는 과정에서 바다가 차지하는 비중은 매우 크다고 하겠다.

특정한 공간에 대한 집착은 변화보다는 안정을, 인위보다는 자연을 회구하는 박재삼의 시적 취향과도 밀접하게 관련이 있다. 대체로 고향은 많은 시인에게 상상력의 근원이 된다. 더욱이 고향의 특정한 장소들은 불안정한 현재의 상황 속에서 안정감을 찾고자 할 때 자주 시의 소재로 등장하기도 한다. 현대적인 감각보다는 재래적인 정서를 보여주고자 했던 박재삼에게도 친숙한 고향의 자연 공간은 시에 유효한 안정감으로 작용했을 것이다. 또한 남해안의 자연은 그의 말대로 친자연의 성정을 자극하는 요인이 되기도 했다. 그가 '한려수도를 보고 인위의 소산인 시를 가능한 자연스럽게 해야 한다는 믿음을 얻었다'[15]고 말한 것처럼 고향의 자연은 그에게 친밀한 공간이기도 했지만 전통 정서를 자연스럽게 시에 담기 위한 하나의 방법이기도 했던 것이다. 자연 혹은 자연스러움에 다가가고자 했던 그의 문학관을 확인할 수 있다.

어쨌거나 '아름다운 슬픔'에서 전통 정서의 가치를 발견하고 그것을 통

---

15) 위의 책, 24쪽.

해 서정의 극치에 도달하고자 했던 박재삼에게 장소애가 슬픔의 시학을 완성하기 위해 매우 효과적으로 활용되었다는 것은 분명한 사실이다. 연구에 의하면 과밀한 공간에 비해 광활한 공간에 처했을 때 인간은 자유로움과 더불어 짙은 고독을 느낀다고 한다. 광활한 공간은 무엇인가가 밀집해 있는 공간과 대조가 되면서 자유로운 느낌을 주기도 하지만 더불어 복잡하고 빽빽한 공간에서 받았던 느낌을 오히려 부각시키기도 한다.16) 넓고 평화로운 공간은 복잡다단한 현실로부터 받았던 고통과 대비되면서 허무함이나 서러움을 유발하는 것이다. 박재삼이 시의 공간배경으로 과밀한 공간들, 이를테면 숲이나 도회보다 강이나 바다를 선호한 것은 그것이 단순히 고향이라서가 아니라 서정적 자아의 외로움과 슬픔을 더욱 잘 드러낼 수 있는 공간이었기 때문이다.

슬픔을 드러내기 위해 각별히 애썼던 시인에게 이 '친밀한 장소 경험'17)은 일종의 장소애로 나타나면서 슬픔의 상상력을 자극했던 것으로 보인다. 그리고 이와 같은 특별한 장소애는 어쩔 수 없이 물의 상상력과 연계되면서 그만의 강한 개성을 만들게 된다.

3) 빛나는 물

살펴보았듯이 친자연의 상상력은 소재 활용의 측면이나 시상 전개의 부분에서 매우 강력한 힘을 발휘한다. 게다가 앞에서 언급한 바와 같이 그의 시에 자주 등장하는 물의 이미지는 그의 시학을 이해하는 중요한 실마리가 된다. 물의 이미지에 내포되어 있는 여러 속성 중, 소멸의 미학은 그가 목표하는 슬픔의 내용에 부합하는 것으로서 초기시의 강한 개성을 구축하는 데 핵심이 된다.

시 작품에 등장하는 물은 이미지 분석의 대표적인 소재로서 대체로 생성과 소멸, 그리고 정화의 의미를 담당하는 원형심상이다. 생명의 근원이

---

16) 이 푸 투안, 구동회 외 역,『공간과 장소』, 도서출판 대윤, 2001, 97~101쪽.
17) 위의 책, 219쪽.

자 삶을 추동하는 물질로서 물은 인간의 인식과 관련된 모든 영역에 편재되어 있어서 자주 특정한 무의식이 발현되는 물질 혹은 공간으로 나타나기도 한다. 바슐라르는 이러한 물의 속성에 대해 "물은 하나의 육체와 혼과 목소리를 가지고 있는 전체적 존재"로서 다른 원소들에 비해 완전한 "시적 현실"[18]이라고 규정한 바 있다.

『춘향이 마음』에서 물의 이미지가 차지하는 비중은 매우 크다. 슬픔이 집약된 하나의 상징으로 기능하기 때문이다. 그의 시에서 물은 정화수나 눈물과 같이 공간 배경이 아닌 것과, 강물과 바닷물 등 공간 배경을 이루는 것으로 나뉜다. 시집의 1부에 나오는 춘향시편들에는 강물과 바닷물이 등장하지 않는다. 이들 시는 춘향의 상황을 극적으로 연출한 것인데 공간배경으로서 강과 바다가 등장하지 않는 것은 인유하는 대상 텍스트에 충실하기 위함인 듯하다.

> 집을 치면, 정화수(精華水) 잔잔한 위에 아침마다 새로 생기는 물방울의 선선한 우물집이었을레. 또한 윤이 나는 마루의, 그 끝의 평상(平床)의, 갈앉은 뜨락의, 물냄새 창창한 그런 집이었을레. 서방님은 바람같단들 어느 때고 바람은 어려올 따름, 그 옆의 순순(順順)한 스러지는 물방울의 찬란한 춘향(春香)이 마음이 아니었을레.

> 하루에 몇 번 쯤 푸른 산언덕들을 눈 아래 보았을까나. 그러면 그때마다 일렁여오는 푸른 그리움에 어울려 흐느껴 물살 짓는 어깨가 얼마쯤 하였을까나. 진실로, 우리가 받들 산신령(山神靈)은 그 어디 있을까마는, 산과 언덕들의 만리(萬里)같은 물살을 굽어보는, 춘향(春香)은 바람에 어울린 수정(水晶)빛 임자가 아니었을까나.

- 「수정가(水晶歌)」 전문

---

18) 가스통 바슐라르, 이가림 역, 『물과 꿈』, 문예출판사, 1988, 27쪽.

위 시의 핵심은 바람과 물의 대비이다. 바람이 찾아오면 그 바람에 순순히 스러지는 물의 조화는 사랑하는 이들이 만났을 때 누릴 수 있는 기쁨의 형상이라고 할 수 있다. 하지만 이 시가 그려내고자 하는 것은 바람과 물의 조화보다는 바람의 유동성에 대비된 물의 고정성이다. "춘향(春香)이 마음"을 빗대는 "물방울" 혹은 "정화수"와 "우물"은 서방님과의 재회를 염원하는 소망의 상징이기도 하지만 무작정 기다려야만 하는 여성의 그리움을 더욱 절실하게 드러내는 소재이다. 춘향의 흐느낌을 "물살 짓는 어깨"로 표현한다든지 서방님과 춘향과의 거리를 "만리(萬里) 같은 물살"로 형용한 것도 같은 맥락이다. 그러나 물에 비유된 춘향이 마음을 찬란하다거나 푸르다고 표현한 점, 그리고 수정 빛으로 묘사하는 점 등에 주목할 필요가 있다. 이는 춘향의 슬픔을 단순히 퇴영적인 감정으로 본 것이 아니라 아름답고 순수한 것으로 파악한 까닭이다. 박재삼이 보여주는 물의 이미지에는 이처럼 양가적인 감정이 반영되어 있다.

그러나 이 시집에서 물의 이미지가 전폭적으로 활용되는 경우는 장소애가 강하게 발현되는 시편들이다. 강과 바다를 배경으로 하는 시들에서는 부정적 감정인 슬픔을 아름답게 읽어내려는 양가적 감정 또한 강하게 드러난다.

> 1
> 화안한 꽃밭 같네 참.
> 눈이 부시어, 저것은 꽃핀 것가 꽃진 것가 여겼더니 피는 것 지는 것을 같이한 그러한 꽃밭의 저것은 저승살이가 아닌것가 참.
> 실로 언짢달것가. 기쁘달것가.
> 거기 정신없이 앉았는 섬을 보고 있으면,
> 우리가 살았닥해도 그 많은 때는 죽은 사람과 산 사람이 숨소리를 나누고 있는 반짝이는 봄바다와도 같은 저승 어디쯤에 호젓이 밀린 섬이 되어 있는 것이 아닌것가.

2
우리가 소시(少時)적에, 우리까지를 사랑한 남평 문씨 부인은,
그러나 사랑하는 아무도 없어 한낮의 꽃밭 속에 치마를 쓰고 찬
란한 목숨을 풀어헤쳤더란다.
확실히 그때로부터였던가. 그 둘러썼던 비단치마를 새로 풀며
우리에게까지도 설레는 물결이라면
우리는 치마 안자락으로 코 훔쳐주던 때의 머언 향내 속으로 살
달아 마음 달아 젖는단것가.

돛단배 두엇, 해동갑하여 그 참 흰나비 같네.
            — 「봄바다에서」 전문

　이 시에서 바다는 저승의 영역이다. 화자는 햇빛 받아 반짝이는 봄 바
다를 "저승 살이"라고 말한다. 그러므로 죽은 이를 떠올리며 바라보는 바
다는 슬픔의 극치가 투영된 공간이다. 화자가 떠올리는 "남평 문씨 부인"
과의 따뜻한 인연과 외롭게 바다에 빠져 죽을 수밖에 없었던 그녀의 죽음
의 대비는 바닷가에 처한 화자의 심정을 더욱 애달프게 한다. 그러나 특
이하게도 시인은 이 지극한 슬픔의 공간을 황홀경으로 그려낸다. 깊고 어
두운 바다의 느낌보다는 밝고 화려한 느낌이 강조된다. 그래서 한낮의 바
다를 "화안한 꽃밭"이라고 말한다. 원망과 포기, 그리고 운명의 긍정이라
는 한국적 슬픔의 속성을 미적인 정화장치로 승화시킨 결과이기도 하다.
　그는 「바다에서 배운 것」이라는 시에서 죽음과 바다의 관계에 대해 다
음과 같이 말한다. "그러나 나는 한 가지/사람이 죽어/비록 형체 없더라도
남기게 되는/반짝이는 것, 흔들리는 것은/꽃비늘로 환하게 둘러쓸 것을
마흔 한 해 동안 고향 앞 바다를 보고/제일 많이 배운 바이니라." 슬픔과
아름다움을 동시에 받아들이는 양가적 감정은 소멸의 상징인 물을 밝은
이미지로 처리하도록 한다. 박재삼의 시에 등장하는 물이 대체로 반짝거
리거나 빛이 나는 이유이다.

마음도 한자리 못 앉아 있는 마을일 때,
친구의 서러운 사랑 이야기를
가을 햇볕으로나 동무삼아 따라가면,
어느새 등성이에 이르러 눈물 나고나.

제삿날 큰집에 모이는 불빛도 불빛이지만,
해질녘 울음이 타는 강을 보것네.

저것 봐, 저것 봐
네보담도 내보담도
그 기쁜 첫사랑 산골 물소리가 사라지고
그 다음 사랑 끝에 생긴 울음까지 녹아나고
이제는 미칠 일 하나로 바다에 다 와 가는
소리 죽은 가을 강을 처음 보것네.

— 「울음이 타는 가을강」 전문

    이 시에서도 물의 이미지는 소멸의 느낌으로 가득하다. 앞 장에서 언급하였듯이 박재삼이 이 시를 쓰게 된 동기, '마지막을 향해가는 것의 쓸쓸함'이 가을 저녁강의 분위기와 절묘하게 맞아떨어진다. 그러나 이 시에서도 슬픔이 투사된 물은 빛과 연계되어 나타난다. "사랑 끝에 생긴 울음"이나 '마지막을 앞둔 존재의 쓸쓸함'이 석양빛에 물들어 붉게 타오르는 빛의 모습으로 형상되는 것은 슬픔과 황홀경을 동시에 받아들이는 매우 역설적인 체험이라고밖에 볼 수 없다. 그의 또 다른 시 "저 달빛 받아 반짝이는 밤바다의 질정(質定)할 수 없는/괴로운 꽃비늘"(「밤바다에서」)에서도 볼 수 있듯이 양가적인 감정이 절정에 이르렀을 때, 즉 '아름다운 슬픔'이 최고조에 달했을 때, 그것은 어쩔 수 없이 역설을 드러낼 수밖에 없다. 이러한 의미에서 빛나는 물의 상상력은 박재삼의 시의 중요한 핵심의 하나가 아닐 수 없다.

4) 여성 편향성

앞서 언급한 몇 가지 요소들과 더불어 첫 시집에서 보여주는 박재삼의 강한 시적 취향은 여성 편향성이다. 이는 감성적이고 섬세하며 연민이 많았던 박재삼의 성정에 토대를 둔 것이기는 하지만 결과적으로 그의 시가 슬픔의 세계로 나아가기 위해 선택한 하나의 방법이기도 하다.[19] 더구나 바슐라르의 언급처럼 물의 심상에 강하게 예속되어 있는 여성성(Féminin)과 모성(Maternité)[20]은 그의 시에 자주 등장하는 물의 이미지에도 작용하여 시집 전반에 편만한 여성 편향성을 더욱 두드러지게 한다.

이러한 여성 편향성은 시인의 무의식 속에 내재되어 있는 일종의 여성성의 표출이라고 할 수 있다. 융의 용어를 빌자면 아니마의 발현이다. 바슐라르 역시 성실한 몽상 속에서 포착된 순수한 이미지들은 자주 아니마의 덕성을 표방한다고 말한다.[21] 아니마란 남성의 마음속에 있는 모든 여성적인 심리경향이 인격화된 것으로서 막연한 느낌의 무엇이다. 그것은 무드, 육감, 합리적인 것에의 감수성, 사랑의 능력, 자연물에의 감정, 무의식과의 관계 등으로 나타난다.[22]

융의 이론에 의하면 아니마의 특징은 일반적으로 어머니에 의해 형성된다고 한다. 어머니로부터 나쁜 영향을 받았을 때에는 음산하고 불확실

---

19) 소월로부터 이어지는 여성성의 도입은 한국의 전통 서정을 완성하는 하나의 방법이다. 수세적일 수밖에 없는 여성의 삶과 그들의 내면에 자리 잡고 있는 감정의 구조가 재래적인 슬픔의 양상을 구현하는 데에 더 적합하기 때문이다. 박재삼은 그러한 국면을 적극적으로 활용한다. 그 결과, 그는 여성의 어조를 단순하게 빌려오는 차원에서 벗어나 고전의 여성을 인유하거나 가상의 여성을 창조하여 그녀들의 삶을 극적으로 연출하기에 이른다.

20) 가스통 바슐라르, 앞의 책, 24쪽.

21) 가스통 바슐라르, 김현 역, 『몽상의 시학』, 홍성사, 1978, 77쪽.

22) 욜란디 야코비 외, 권오석 옮김, 『C. G.융의 심리학 해설』, 성문각, 1993, 39쪽. 이 글에서 참고하는 융의 무의식 이론은 앞의 책과 더불어 다음의 책들로부터 도움을 받았다. 욜란디 야코비, 이태동 역, 『칼 융의 심리학』, 성문각, 1992; 이부영, 『분석심리학』, 일조각, 1993.

하며 불안정한 형태로 아니마가 형성되지만 바람직한 영향을 받았다면 감상주의자의 그것이 된다. 내적 세계로 향하는 안내자로서, 아니마의 역할이 바람직하게 기능할 때 남성은 아니마로부터 전달되는 감정과 무드, 기대와 공상 등을 진지하게 선택하여 그것들을 예술의 형태로 정착시킨다.

> 진주 장터 생어물전에는
> 바닷밑이 깔리는 해다진 어스름을,
>
> 울 엄매의 장사 끝에 남은 고기 몇 마리의
> 빛 발(發)하는 눈깔들이 속절없이
> 은전(銀錢)만큼 손 안 닿는 한(恨)이던가
> 울 엄매야 울 엄매.
>
> 별밭은 또 그리 멀리
> 우리 오누이의 머리 맞댄 골방 안 되어
> 손 시리게 떨던가 손 시리게 떨던가.
>
> 진주 남강 맑다 해도
> 오명 가명
> 신새벽이나 밤빛에 보던 것을,
> 울 엄매의 마음은 어떠했을꼬.
> 달빛 받은 옹기전의 옹기들같이
> 말없이 글썽이고 반짝이던 것인가
>
> — 「추억에서」 전문

박재삼의 어머니는 어물전에서 생선장수를 해서 자식들을 부양했다. 자전적인 시 「추억에서」는 그러한 가족사를 바탕으로 한다. 이 시에서는 물고기를 다 팔지 못하고 돌아오는 "울 엄매의 마음", 즉 "은전(銀錢)만큼 손 안 닿는 한(恨)"도 다루어지고 있기는 하지만 고생하는 어머니를 가슴 아프게 기억하는 화자의 슬픔이 시의 주된 정서로 환기된다. 빛을 받아 반짝거리는 물고기들의 눈깔이나 진주 남강의 물빛, 그리고 "달빛 받은 옹기전의 옹기"가 표면상 어머니의 마음을 형상하는 것이기는 하지만 궁극적으로 화자의 심정이기도 한 것은 어머니와 화자 사이에 놓인 강한 유대가 있기 때문이다.

이처럼 어머니에 대한 박재삼의 흠모의 정은 남다르다. 그는 「어머니의 마음」이라는 수필에서 "늘 고향 생각을 하면 먼저 어머님 생각부터 한다"라고 자신의 마음을 드러낸 적이 있다. 이 말은 한편으로 평범한 듯 보인다. 그러나 지독한 가난 속에서 가족을 위해 헌신했던 어머니의 사랑은 유년의 그에게 정서적으로 남다른 영향을 준 듯하다. 그래서 그는 "어느 어머님 치고 그렇지 않으랴마는 유독 가난한 집의 어머니는 그 정이 보다 더 간절한 쪽에 있을 것이다. 그런 것이 못난 아들에게는 눈물겨웁고 뼈 저리는 설움이 된다"[23]고 말한다. 이러한 그의 마음은 네 번째 시집 『어린 것들 옆에서』에 실린 장시 「어머님 전상서」에서 절절히 드러난다.

유년의 고단한 환경은 개인의 인성 형성에 부정적인 요소가 될 수도 있으나 박재삼에게는 가족의 유대를 강화하고 풍부한 감성을 기를 수 있었다는 측면에서 긍정적으로 작용한 듯하다. 아니마의 형성 논리로 볼 때 특히 어머니로부터 받은 사랑의 능력은 자연에 대한 섬세한 감수성으로 확장되면서 그의 시에 여성 편향성의 일면을 갖게 한 것으로 보인다. 여성 편향성은 그의 무의식에 자리 잡고 있던 아니마의 발현이기도 하거니와 시 쓰기의 취향에 부합하는 하나의 방법으로서 그의 시세계를 형성하는 특별한 개성으로 자리 잡은 것이라고 하겠다.

그는 "내 시에 바다가 나오지만 그것은 늘 졸음이 오는 평화스러운 것으로서의 바다였다. 그런 의미에서 내 시는 남성적인 억센 톤이기보다는

---

23) 박재삼, 『슬퍼서 아름다운 이야기』, 경미문화사, 1977, 78쪽.

여성적인 부드러운 톤 쪽으로 흐른 것이, 크게는 한려수도에서 받은 것이었다"[24]고 말을 하지만 바다의 여러 면모 중에서 특히 평화롭고 아름다운 광경, 그러면서도 소멸하는 것의 아픔을 감싸주는 모성적인 이미지를 선호한 것은 그의 내면에 자리 잡고 있는 여성성이 강하게 작용했기 때문이라고 하겠다.

일반적으로 한국시의 여성 편향성은 소월과 영랑의 시처럼 어조에 의해 도드라지는데 박재삼의 경우는 다르다. 그의 시의 어조는 다양하여 여성화자의 어조를 띄는 것이 있기는 하지만 그렇지 않은 것도 많다. 그의 시에 담긴 여성 편향성의 특징은 대체로 시 전편에 흐르는 감성적인 분위기에 의해 표면화된다.

재미있는 것은 그가 여성 편향적 분위기를 극적인 상황으로 연출한다는 점이다. 정인과 헤어져 기약 없이 기다리는 여성, 사랑하는 사람을 잃고 바다에 빠져 죽은 여성, 사랑을 잃고 괴로워하는 여성 등, 정한(情恨)의 구체적인 주인공들을 창조한 박재삼은 그녀들을 통해 고통과 아름다운 슬픔의 서사를 완성한다. '춘향'과 '남평 문씨 부인'과 '누님'이 그녀들이다.

춘향은 사랑의 기쁨과 이별의 고난을 상징하는 전통적인 인물이다. 이 점에서 춘향을 소재로 차용하는 것은 우리 민족이 지니는 슬픔의 보편성을 대중들에게 전달하기에 효과적이다. 하지만, 그의 시에서 춘향으로 명명된 여성은 고전을 재해석한 노력의 결과일 뿐, 더 이상 잘 알려진 고전소설의 인물로 등장하지는 않는다. 그는 춘향의 전고를 현대인들의 정서에 맞게 재창조하였고 개성적인 어조와 상황의 연출을 통해 슬프면서도 아름다운 '한'의 세계를 새롭게 노래하고자 했다.[25] 춘향의 태도와 심리,

---

24) 박재삼, 『슬픔과 그 허무의 바다』, 예가출판사, 1989, 18쪽.
25) 박재삼은 춘향을 소재로 삼은 자신의 시 쓰기에 대해 다음과 같이 말한다.
　　"『춘향이 마음』에서 춘향이의 사랑, 그것만을 나는 노래하지 않았다. 나의 사랑에 대한 인식 혹은 더 거창하게 말해서 우리 겨레가 가진 사랑에 대한 인식과 춘향의 그것이 만나게 되어 가능하리라는 생각이다. (…) 그러니까 『춘향이 마음』을 내세워서

그리고 그녀의 목소리를 통해 드러나는 정한의 세계는 다분히 여성적 감수성을 바탕으로 할 수밖에 없다.

'남평 문씨 부인'이나 '누님' 역시 허구의 인물이다. 박재삼의 주변에는 공교롭게도 바다에 빠져 죽었던 인물이 많아 '남평 문씨 부인'의 실제모델을 현실에서 찾을 수도 있겠지만 중요한 것은 그녀로 인해 모성이 충만한 여성, 하지만 슬픔을 간직한 채 목숨을 버린 비극적 여성이 창조된다는 점이다.[26] 앞서 인용한 「봄바다에서」를 비롯하여 「밀물결 치마」, 「어지러운 혼」, 「광명」 등의 시는 '남평 문씨 부인'과 관련한 비극적 스토리를 다루고 있다. 누구에게나 있음직한 유년의 슬프고도 아름다운 기억이 개연성 있는 화제로 재구되어 있다. 한 여성의 애틋한 사연을 감성적인 허구로 꾸미는 태도에서 박재삼의 시적 취향을 선명하게 확인할 수 있다.

'누님'의 경우도 마찬가지이다. 사실, 박재삼에게는 친 누님이 없다. 그러한 그가 누님이라는 여성상을 창조한 것은 연애와 실연의 감정을 가상으로 체험하기 위함이다.

말한다면 그 세계는 춘향 자신을 완전히 표현한 것이 아니고 그렇다고 해서 춘향과 별무 상관이라고도 할 수 없는 그런 언저리에서 형상화했다고 할 수 있다. 그리고 이런 정도가 우리의 옛것에서 취재하는 작품 구성상의 자유이자 구속인 것이고 그것은 다시 옛것에 대한 재해석·재평가가 가지는 진취성이자 보수성이 될 것으로 본다." 『슬퍼서 아름다운 이야기』, 경미문화사, 1977, 228~229쪽.

26) 「추억에서 27」을 보면 "나를 지극히 아끼던 친 이모(親姨母)가/앞바다 물에 몸을 던져 죽고/또 그 이모(姨母)의 육촌(六寸) 시누이/팔촌(八寸) 시누이들이 차례로/끌리듯이 물귀신(鬼神)에게 홀려 목숨을 끊었다/사지(死地)밥을 올려 달래어도/어두운 밤바다가 되어/이리 뒤채고 저리 굼뜰 거리는/짓밖에 딴 일은 못하였다"라는 표현이 나온다. 이런 연유로 '남평 문씨 부인'이 주변인물일 것이라는 추측이 가능하나 사실의 유무를 떠나서 이 여인은 의도하는 정서를 얻어내기 위해 창조한 가상의 여인으로 보는 것이 옳다. 박재삼 역시 김기중·고형진과의 인터뷰(「오, 아름다운 것에 끝내 노래한다는 이 망망함이여」, 『문학정신』, 1992.1)에서 남평 문씨 부인이라는 호칭의 어감이 좋아서 허구적인 인물을 만들었다고 말한 바가 있다.

누님의 치맛살 곁에 앉아
누님의 슬픔을 나누지 못하는 심심한 때는,
골목을 빠져나와 바닷가에 서자.
비로소 가슴 울렁이고
눈에 눈물 어리어
차라리 저 달빛 받아 반짝이는 밤바다의 질정(質定)할 수 없는
괴로운 꽃비늘을 닮아야 하리.
천하(天下)에 많은 할 말이, 천상(天上)의 많은 별들의 반짝임처럼
바다의 밤물결 되어 찬란해야 하리.
아니 아파야 아파야 하리.

이윽고 누님은 섬이 떠 있듯이 그렇게 잠들리.
그때 나는 섬가에 부딪치는 물결처럼
누님의 치맛살에 얼굴을 묻고
가늘고 먼 울음을 울음을
울음 울리라.

― 「밤바다에서」 전문

　인용한 시는 "누님의 슬픔"이 시상전개의 발단이다. 그러나 누님의 슬
픔의 내용은 나오지 않는다. 기실 그것은 중요하지 않다. 다만 그 여성이
짙은 슬픔의 소유자라는 것과, 화자가 그 슬픔을 나누지 못한 채, 그녀로
인해 슬퍼해야한다 사실이 이 시의 핵심하다. 이 시에서 '누님'은 '남평 문
씨 부인'과 같은 모성 상징의 연장선에 있기도 하지만 '부인'과 다른 것은
화자에게 그녀가 무엇보다도 연모의 대상이라는 점이다. 누님의 슬픔을
먼발치에서 바라보아야만 하는 화자의 슬픔은 다가갈 수 없는 대상과의
거리감으로 인해 발생하는 실연의 아픔과 다르지 않다. 이 시에 가득한
"울음"은 일종의 대상(代償)감정이다. 누님의 슬픔을 대신한다는 면에서
화자에게는 대상 감정이고 시인에게는 허구의 여성을 통해 연애감정의

애틋함을 표현하고 있다는 면에서 그것이다. 박재삼 역시 이 시를 두고 "연애를 못한 패배적인 심정은 이 세상 모든 것을 연애감정에 입각해서 노래할 수 없을까. 나에게는 누님도 없거니와 또 그 연정을 도시 없는 셈이었다. 그런데도 나는 누님을 끄집어내어 채우지 못한 연정을 메울 수가 있었던 것이다"[27]라고 밝힌 바가 있다. 그로 인해 "괴로운 꽃비늘"과 같은 역설이 탄생한다.

여러 시들에서 확인한 것처럼, 허구의 여성을 내세워 그들의 슬픔에 화자의 감정을 이입하는 방식은 시의 분위기를 여성적인 감성의 그것으로 경도되게 한다. 이와 같은 여성 편향적 성격은 박재삼의 시가 지니는 대표적인 성격으로서 여타의 요소들과 연계해 독특한 상상력을 완성한다.

3. 결론

살펴본 바와 같이 박재삼의 첫 번째 시집 『춘향이 마음』은 전통 서정을 계승하고 발전시켰다는 점에서 시사적 의의가 있다. 더구나 그의 초기 시들이 보여주는 강한 개성은 1950년대 이후의 한국 시의 지평을 넓히는 데 일조한다. 이 시집의 개성은 몇 가지 요인들, 이를테면 의도적으로 슬픔을 지향하는 태도라든지, 그러한 태도에 반영된 역설의 정서라든지, 역설의 정서를 형상화하기 도입된 표현 기법들에 힘입은 바 크다. 그로 인해 박재삼 시의 특징으로 거론되는 '슬픔의 상상력'이 완성되는 것이다. 그는 복잡 미묘한 감정인 '한'의 시적 구현을 위해 독특한 상상력을 선보인다. 이 글은 그 상상력의 내용과 전개과정을 살펴보기 위해 기획되었다. 『춘향이 마음』에 담긴 상상력의 내용과 전개과정을 요소별로 나누어 정리하면 다음과 같다.

---

27) 박재삼, 『슬픔과 그 허무의 바다』, 예가출판사, 1989, 125쪽.

시집 『춘향이 마음』에 담긴 상상력의 바탕은 무엇보다도 슬픔에 대한 시인의 전폭적인 지향이다. 박재삼이 금과옥조로 삼았다는 <가장 슬픈 것을 노래한 것이 가장 아름다운 것을 노래한 것이다>라는 말이 그의 지향을 선명하게 보여준다. 그는 슬픈 것을 아름다운 것과 동일시한다. 따라서 그의 시 쓰기 목표는 '아름다운 슬픔'을 드러내는 것이다. 그 결과, 그는 한국인의 전통 서정인 '한'을 '밝고 건강한 미학적 정화장치'로 승화한다. 슬픔을 퇴영적인 감정으로 보지 않고 가치 있는 정서로 바라본 것이다. 이는 개인사에서 형성된 시인의 성정에 연유하는 것이기도 하지만 전통 정서의 구현에 충실하려는 시작 태도에 기인하는 바가 크다. 이것이 상상력의 내용을 결정하는 첫 번째 요소이다.

두 번째 요소는 친자연의 성정과 장소애다. 스스로 친자연의 성정이 있다고 밝힌 바와 같이 그는 자연을 통해서 슬픔을 형상화하고 또 내면에 가득한 슬픔을 자연에 투사하기를 좋아한다. 특히 고향의 강과 바다에 대한 애정은 강한 장소애로 나타난다. 이 장소애가 '슬픔의 상상력'과 맞물려 특별한 분위기를 창출한다. 그로 인해, 물의 원형심상 중의 하나인 소멸의 미학이 탄생한다.

세 번째 요소인 물의 이미지는 '아름다운 슬픔'을 드러내는 데에 효과적이다. 서로 양립할 수 없는 감정의 조화는 어둡고 부정적인 현실을 선의적인 삶의 지평으로 받아들이는 재래적 운명론과 맞물려 '한국적 한의 지니는 역설적 속성'을 구현한다. 박재삼의 시에 나타나는 강물과 바다가 종말 혹은 소멸의 의미를 내포하면서도 빛을 받아 반짝거리는 공간으로 나타나는 연유이다. 슬프면서도 아름다운 이 역설의 감정은 그의 시에서 자주 몽환적으로 그려진다.

그러나 이 세 가지 요소를 아우르며 슬픔의 상상력을 완성하는 것은 여성 편향성이다. 외부의 고통에 대해 수세적일 수밖에 없는 한국 여성의 내면을 시에 차용한 것이다. 하지만 그는 단순히 여성의 어조에 기대어 슬픔을 양산하는 태도를 취하지는 않는다. '춘향'과 '남평 문씨 부인'과 '누님' 등의 비극의 주인공을 창조하여 그녀들의 고통스러운 삶을 극적으로 연출한다. 매우 적극적인 여성 편향성이다. 그녀들의 비극적인 이야기를 시의 전면에 내세워 화자의 섬세한 감성을 자극한다. 이는 시인 박재삼의 내면에 충만한 여성성의 발로로 볼 수 있다. 어머니로부터 받은 밝고 긍정적인 성정은 자연에 대한 섬세한 감수성으로 확장되면서 그의 시에 여성 편향성의 일면을 갖게 한 것으로 보인다. 모성과 연정의 시화는 슬픔의 상상력을 구사하기 위한 방법론으로 자리 잡으며 초기시의 강한 개성이 된다.

소월로부터 이어지는 정한의 세계는 전통 서정의 중심을 이루어 왔다. 영랑과 미당, 그리고 목월이 폭을 넓혀온 전통 서정의 면모는 전후 1950년대의 박재삼에 이르러 새롭게 계승된다. 그러므로 한국 현대 시사에서 박재삼 시의 위상은 전통의 계승과 발전의 측면에서 높은 자리를 차지하기도 하지만 평생을 일관되게 슬픔의 미학을 추구한 시인으로도 오래 기억될 것이다. 그의 시집 『춘향이 마음』은 한국적 정서의 원형을 보여준다는 점에서 값진 성과라고 하겠다.

생명의 황홀을 노래하는 우주적 상상력

— 정현종의 시세계

유성호

1.

정현종(鄭玄宗)은 등단 초기부터 많은 비평가들의 깊은 주목을 받아왔다. 그의 시를 해석하고 평가한 비평문 역시 동시대의 다른 어떤 시인들보다 많이 축적되어 있는 편이다. 이는 그의 시가 가지는 의미나 감동이 매우 복합적인 데다 그 울림이 크다는 비평적 증거라고 할 것이다. 그동안의 정현종 연구사는 그의 초기 시로부터 후기 시까지의 변모 과정이라든가, 수사적 특성, 어조, 이미지, 운율 등의 시적 자질을 풍부하게 드러내는 데 모아져왔다. 그 결과 초기 시부터 일관되게 견지되어온 것이 감각의 섬세함과 육체성에 대한 발견 그리고 생명에 대한 매혹이라고 한다면, 현저하게 변모된 것은 난해성과 관념성의 철저한 거세와 구체성의 획득이라고 할 수 있을 것이다.

2.

　1965년 『현대문학』을 통해 등단하여 이른바 한국적 모더니즘의 적자(嫡子)의 언어로 우리 앞에 다가왔을 때부터 원초적인 생명력의 예찬을 주조로 하는 최근의 시에 이르기까지, 정현종은 그 특유의 철학적 사색과 사물을 섬세하게 감각적으로 살려내는 치밀한 언어로 독자적인 시세계를 형성해왔다. 그것을 일별해보면, 불투명하고 다소 난해한 형이상학적 관념(죽음, 고통, 영혼, 실존…)의 시에서 일상적인 삶의 성찰을 통해 시적 구체성(삶, 나무, 몸…)을 획득해간 도정이었다고 집약할 수 있다. 시간이 지나는 동안 현저하게 덜어진 부분이 철학성 내지 관념성이라면 꾸준히 점증해간 부분은 명징성과 구체성이다.

　첫 시집인 『사물의 꿈』 이래 『고통의 축제』, 『나는 별아저씨』, 『떨어져도 튀는 공처럼』을 거칠 때만 해도 정현종은 인간적 비극의 결핍 상태 곧 죽음이라든가 삶의 권태 혹은 실존적 비극성에 대한 형이상학적 천착을 노래해왔다. 그러던 그가 『사랑할 시간이 많지 않다』에서는 사람살이의 일상적이고 구체적인 형상들을 표출하더니 1990년대 이후 잇따라 펴낸 『한 꽃송이』, 『세상의 나무들』, 『갈증이며 샘물인』, 『견딜 수 없네』에서는 우리를 둘러싸고 있는 생명들의 충일감을 확신 있게 노래하고 있다. 그래서 그의 시는 결핍에서 충일로, 관념성에서 구체성으로, 죽음에서 생명으로, 비극성에서 넘쳐흐르는 활력으로 전이해간 역정을 갖고 있다고 할 수 있다.

> 그 잎 위에 흘러내리는 햇빛과 입 맞추며
> 나무는 그의 힘을 꿈꾸고
> 그 위에 내리는 비와 뺨 비비며 나무는
> 소리 내어 그의 피를 꿈꾸고
> 가지에 부는 바람의 푸른 힘으로 나무는
> 자기의 生이 흔들리는 소리를 듣는다.
> 　　　　─「사물의 꿈 1 ─ 나무의 꿈」(『사물의 꿈』, 민음사, 1972)

꿈과 사물은 궁극적으로 하나라는 사실, 다시 말하여 시인의 꿈꾸기에 대한 욕망이 그치지 않는 한 사물들은 살아 움직이고, 그 꿈이 다하면 사물들도 죽음의 그림자를 짙게 드리우고 우리 또한 그 밀폐된 공간의 그림자에서 질식해갈 것이라는 믿음이 이 시편의 기본을 이루고 있다. 따라서 시인의 눈에 들어오는 사물들은 그 자체가 살아 움직인다. "나무"로 지칭되는 그의 시적 대상 곧 "사물"은 꿈꾼다. 그리고 "햇빛과 입 맞추며" "힘을 꿈꾸고" "피를 꿈꾸고" 결국은 바람과의 친화를 통해 자기 생의 본질을 알아차린다.

이처럼 그의 시에 나타나는 사물들은 스스로 움직이는 물활적 존재이고, 우주적 생명력으로 범람하는 육체성으로서의 가치를 지닌다. 따라서 정현종의 시를 떠받치고 있는 근본 동력은, 이미 그의 초기시부터, 사물들이 스스로 꿈꾸며 끊임없이 생성시키는 우주적인 생명력으로서의 육체성이었다고 할 수 있다. 이러한 생명력에 대한 갈망은, 생명력이 고갈된 불모의 세상에서는, 시인에게 가장 커다란 그리움을 안겨다준다. 정현종의 초기시 가운데 가장 대중적 명성을 지니고 있는 다음 작품에서 그 그리움은 커다란 신비를 품은 채 나타나고 있다.

> 사람들 사이에 섬이 있다
> 그 섬에 가고 싶다
> — 「섬」(『나는 별아저씨』, 문학과지성사, 1978)

이 시편은 현저하게 짧은 길이에 비해서 매우 큰 울림을 지니고 있다. 이 작품에서 '섬'의 의미가 무엇인가를 명시적으로 따진다는 것은, 마치 만해(萬海)의 '님'이 무엇인가를 산문적으로 따지는 것만큼 공허한 일일 것이다. 정작 시인은 이에 대하여 "우리의 인생살이라는 것이 그리운 것의 연속이 아니겠느냐"라고 말한다. 말하자면 그리움의 대상 자체("섬")보다는 그리움이라는 현상 자체("가고 싶다")가 중요하다는 것, 그래서 우리에게 중요한 것은 대상 획득이 아니라 대상을 향한 끊임없는 꿈이라는 것을 시인은 에둘러 강조하고 있는 것이다. 시인은 그 같은 불모성과 비극성을 푸는 방법론으로 '육체에 기반을 둔 사랑' 곧 에로스의 시적 발견에 힘을 쏟는다.

> 뒷산에 올라가 삭정이로 흙을 파헤치고 거기 코를 박는다. 아아,
> 이 흙냄새! 이 깊은 향기는 어디 가서 닿는가. 머나멀다. 생명이
> 다. 그 원천. 크나큰 품. 깊은 숨.
> 생명이 다아 여기 모인다. 이 향기 속에 붐빈다. 감자처럼 주렁
> 주렁 딸려 올라온다.
>
> 흙냄새여
> 생명의 한통속이여.
> ─「흙냄새」 중에서(『떨어져도 튀는 공처럼』, 문학과지성사, 1984)

시인이 정성스럽게 어루만지고 냄새 맡고 있는 '흙'에 대한 이 우주적 친화력은 그의 시에서 연면하게 지속되는 상상력의 원천이다. 이처럼 정현종의 초기 시들은, 사물들의 활력 있는 생명에 대한 긍정과, 불모의 세상에 대한 비극적 인식의 사이에서 분출한 탄력의 언어였다고 할 수 있다. 그것들이 최근의 시에서처럼 자연에 대한 긍정적 친화로 확산해간 것이다. 이러한 생각은 내면 공간에서의 명상과 자유로운 창조적 상상력에 의해 가능하게 되는데, 다음 글은 정현종의 그 같은 시적 기율을 선명하게 암시하고 있다.

> 한편의 시가 태어나는 공간에 대한 이해는 시를 쓰고 있는 자기
> 자신의 내면 공간 ─ 말하자면 우리가 상상력·의식·지성·감

정 혹은 정서·무의식·몽상 등의 이름으로 부르는 여러 힘들의 운동과 상호 작용을 관찰할 때 가능한 일로서, 우리와 외계를 연결하는 통로인 감각 기관들까지도 안을 향해 열려 있는 상태를 필요로 한다. 이것은 우리의 모든 주의력이 비상하게 모아지는 상태라고 일단 말할 수 있는데, 이런 상태를 우리는 명상이라고 할 수 있고, 이 단계에 이르러 우리는 '명상의 눈'에 의해 아주 다른 모습으로 바깥세상과 연결된다. 명상의 눈은 우리의 감각 체험들은 물론 앞에 말한 내면 공간의 여러 힘들이 통합되어 대상을 감싸는 시선이라고도 할 수 있다. (…) 이렇게 의식의 촉수(볼티지)가 광명의 정점에 있고, 감정의 공간에 사랑의 창이 열려 있는 상태, 모든 게 다 있으면서 동시에 아무 것도 없는 미친 듯이 풍부한 상태 — 그 역동적 고요의 상태에 이르기 전에는 단 한 편의 시도 쓸 수 없다. 한 편의 시는 그것이 쓰여지기 전에 결정되는 것이다. 그런데 최상의 상태에 가능한 한 항상 있기 위해서 시인이 조건 없이 짊어져야 하는 요청은 자유로운 마음이다. 그래서 역동적 고요의 상태는 '자유의 공기'에 의해 감싸여 있으며, 거기서 나온 시는 무겁고 얽매인 우리가 더불어 꿈꾸는 자유의 공간이 된다.

　　　　　　　—「역동적 고요의 공간」 중에서(『숨과 꿈』, 문학과지성사, 1982)

　이처럼 그는 한국 근대사의 파행과 굴곡이 우리 문학에 요구했던 역사적 원근법 및 엄숙주의와는 전혀 다른, 가벼운 언어적 탄력과 고통을 축제로 변용시키는 상상력을 보여주었다. 이 활달한 물질적 상상력은, 때로는 자유주의 문학의 기수로, 더러는 모더니즘 문학의 대표적 시인으로 그를 평가하게끔 하는 역할을 하였다.

　그 후 1990년대 들어서 발표한 시집들에 줄곧 담긴 명징하고도 구체성 있는 생명의 시편들은 그의 시 안에 담겨 있는 철학성의 본질을 새삼 되묻게 만들었고, 그 결과는 난해한 관념성이라는 이전의 평가를 무색하게 만들면서 한국 시의 자기 전개 과정에서 빚어진 의미 있는 진경(進境)이라는 평가를 부르게 된다. 따라서 정현종의 시편들은 민족문학이라는 이념적, 방법적 패러다임을 넘어서는 보편적이고 생성적인 의미 자질을 지닌 채 우리의 독서 감각을 충족시키면서 한국 현대시의 정상 시편으로 확실하게 자리를 잡게 된다.

> 복도에서
> 기막히게 이쁜 여자 다리를 보고
> 비탈길을 내려가면서 골똘히
> 그 다리 생각을 하고 있는데
> 마주 오던 동료 하나가 확신의
> 근육질의 목소리로 내게 말한다
> 詩想에 잠기셔서 ……
> 나는 웃으며 지나치며
> 또 생각에 잠긴다
> 하, 쪽집게로구나!
> 우리의 고향 저 原始가 보이는
> 걸어 다니는 窓인 저 살들의 번쩍임이
> 풀무질해 키우는 한 기운의
> 소용돌이가 피워내는 생살
> 한 꽃송이(시)를 예감하노니 ……
> ─「한 꽃송이」(『한 꽃송이』, 문학과지성사, 1992)

시인은 산책중이다. 학교 복도에서 한 여학생의 다리를 얼떨결에 보고는 그게 눈앞에서 아른거린다. 그러면서 숲길을 걷고 있는데, 마주 오던 한 사람이 "저 사람은 시인이니 시상에 잠겨서 저리 골똘하겠거니" 하면서 의례적인 인사를 건넨다. 여자 다리나 생각하고 있는데 '시상'이라니? 시인은 멋쩍게 웃고는 계속 숲길을 걷는다. 이때 하나의 시적 반전(反轉)이 찾아온다. '시(詩)'라는 내포에 대한 경이적인 인식 전환에 따른 탄성과 함께. "쪽집게"처럼.

말하자면 여자 다리 생각에 잠겨 있어서 쑥스러웠는데, "바로 그게 시다"라는 인식이 찾아온 것이다. 사람들의 육체가 곧 '꽃'이고 '시'라는 인식이 그것이다. 그래서 시인은 후반부에서 비로소 노래하기 시작한다(사실 10행까지는 이 시의 전경에 해당하고, 11행부터가 '노래'라고 할 수 있다. 운율을 느껴봐도 후반부의 노래적 성격은 확연하다. 시인의 인식 전환이 이 같은 율동을 낳은 것이다). 사람들의 육체 곧 "우리의 고향 저 原始가 보이는/걸어 다니는 窓인 저 살들의 번쩍임이/풀무질해 키우는 한 기운의/소용돌이가 피워내는 생살"이야말로 "한 꽃송이" 곧 "시"라고 시인은 노래하는 것이다.

이 작품을 통해 우리는 정현종의 중요한 하나의 생각과 마주치게 된다. 일차적으로 그에게 '시'는 이 비극적 세계를 노래할 수밖에 없는 숙명으로 주어져 있었다. 그리고 그것은 생명력으로 충일한 자연과 인간의 육체성을 도외시하고 초월적인 정신의 세계에 침잠해버리는 고고한 행위가 아니다. 자연적 생명력 자체를 언어적으로 육화하는 일이 '시'가 하는 일이라는 것을 이 작품을 통해 시인은 말하고 있는 것이다. 우리의 고향인 원초적 생명을 볼 수 있게 해주는 투명한 "창(窓)"이 곧 인간의 육체이고 그 살[肉]의 역동 곧 에로스적 에너지의 소용돌이가 피워내는 생살이 '꽃'이요 '시'라는 생각 말이다. 이러한 생각은 그의 후기 시편들에서 집중적인 생태적 상상력을 낳는 원동력이 된다.

세상의 나무들은
무슨 일을 하지?
그걸 바라보기 좋아하는 사람,
허구헌 날 봐도 나날이 좋아
가슴이 고만 푸르게 푸르게 두근거리는

그런 사람 땅에 뿌리내려 마지않게 하고
몸에 온몸에 수액 오르게 하고

하늘로 높은 데로 오르게 하고
둥글고 둥글어 탄력의 샘!

하늘에도 땅에도 우리들 가슴에도
들리지 나무들아 날이면 날마다
첫사랑 두근두근 팽창하는 기운을!
　　　　　—「세상의 나무들」(『세상의 나무들』, 문학과지성사, 1995)

　　세상의 나무들, 그 안에는 사람들 가슴을 탄력 있게 솟구치게 할 수 있
는 둥글고 둥근 샘이 고여 있고, 하늘과 땅 그리고 사람의 가슴과 두근거
리며 수런댈 수도 있는 팽창하는 에너지가 들어 있다. 그것이 바로 "수액"
인데 그 수액을 통해 나무는 시인의 눈에 의해 둥근 "탄력의 샘"으로 변용
된다. 이처럼 정현종은 우주 가득 차 있는 생명의 흔적을 '나무'라는 대상
이 가지고 있는 생명의 원리에 의탁하여 노래하고 있고, 우리는 그의 시
를 통해 스스로 살아 움직이는 생명의 의미를 신성의 경지에서 체험하게
된다. 이러한 생각을 시인은 일찍이 한 산문집에서 이렇게 밝힌 바 있다.

　　세월이 흐를수록 점점 더 나는 생명 현상에 감동합니다. 모든 생
　　명의 움직임에 감동하지 않고는 시가 나오지 않는 것이니까 옛날
　　이라고 해서 그렇지 않았을 리 없겠습니다만, 근년에 한결 더 그렇
　　습니다. 숲에 가서 초록 나뭇잎과 풀들을 보면 어떤 때는 狂喜에
　　가까운 기쁨으로 부풀어 오르고, 날으는 새들, 꽃들, 풀벌레 같은
　　것들이 너무 사랑스러워 감탄하며 혼자 웃기도 하는 것입니다만,
　　사실 생명의 기쁨은 무슨 추상적인 이념이나 거창한 철학 속에 들
　　어 있는 게 아니라 이렇게 작은 것들 속에 들어 있습니다.
　　　　—「구체적인 생명에로」 중에서(『생명의 황홀』, 세계사, 1989)

그가 줄곧 감동하고 있는 "생명 현상"이란 철학적 의미에서 천착하는 '죽음'의 반대편에 있는 어떤 관념이 아니다. 그것은 '숲/나무/꽃/새/벌레' 등 목숨 있는 모든 것들의 몸에서 나오는 에너지이고, 숨(호흡)인 것이다. 이러한 호흡과 같이 움직이고 생각하고 시 쓰려는 열망은 최근에 와서는 더할 수 없는 열정으로 그의 시를 구축해내는 근본적 힘이 되고 있다. 『갈증이며 샘물인』은 그의 생태적, 우주적 상상력이 극점에 이른 시집으로서, 미물과 우주, 인간과 자연, 역사와 실존이 두루 화응(和應)하는 탄력과 가벼움과 생명의 세계를 그리고 있어 더욱 주목된다.

> 등에 지고 다니던 제 집을
> 벗어버린 달팽이가
> 오솔길을 가로질러 가고 있었습니다.
> 나는 엎드려 그걸 들여다보았습니다.
> 아주 좁은 그 길을
> 달팽이는
> 움직이는 게 보이지 않을 만큼 천천히
> 그런 천천히는 처음 볼 만큼 천천히
> 건너가고 있었습니다.
> 오늘의 성서였습니다.
> ―「어떤 성서」(『갈증이며 샘물인』, 문학과지성사, 1999)

속도에 취해서 우리를 둘러싸고 있는 사물들 혹은 자신의 육체 안에서 깊이 울려오는 미세한 소리와 균열마저 전혀 감지하지 못하는 우리에게 시인이 주는 전언(傳言)은, 그 속도를 멈추고 느린 채로 진행되고 있는 우리의 시원적, 본질적 모습을 보라는 것이다. 여기서 달팽이는 "제 집을/벗어버"리고[出家] 아주 천천히 자신의 실존을 감당해내는 태초의 시원성을 가진 존재로 화한다. 이제까지 그 어느 관념이나 사물에 자신의 권위를 결코 양도한 적이 없는 종교적 정전(Canon)인 '성서'가 오늘 시인의 관찰에 의하여, 시인의 언어에 의하여, 달팽이로 현신하는 것도 이러한 통렬한 깨달음이 기초가 되고 있는 것이다. 이 획기적인 명명의 장면은 "만물이 제자리에 있으면 마음도 더없는 제자리"(「장수하늘소의 인사」)라는 시인의 생각의 반영일 것인데, 우리를 "문명의 難民"(「가짜 아니면 죽음을!」)으로 읽는 시인의 독법이 "저 나무들 보아라/생각 없이 푸르고/생각 없이 자란다/(그게 하느님의 생각이시니)"(「이 귀신아」)에서 보듯이 자연(달팽이, 나무 등)에 신성성을 부여하는 것으로 나아가고 있는 것이다. 시인에게 문명은 폐허이고 자연은 그 폐허를 감싸고 치유하는 시원의 모태이기 때문이다.

결국 정현종이 현실과 역사의 중력을 견디고 넘어서는 방법은, 우주적 상상력의 구체화라고 부를 수 있는 그의 시적 행위에 담겨 있는데, 그의 말대로 "살[肉]이라는 것은 감각의 지층"이므로, 그것을 가능케 하는 것은 우리의 육체이다. 그 육체에 대한 재발견이 그로 하여금, '환함'과 '가벼움'이라는, 이를테면 '어두움'과 '무거움'과 대극에 선 사물의 역동성과 활달함을 바라볼 수 있게 하는 것이다.

또한 정현종에게 모든 "權座는 치욕의 원천"(「權座」)이다. 따라서 그에게 "사랑은 나의 권력"(「사랑은 나의 권력」)일 수밖에 없다. 세속적 권력의 그물망을 혐오하는 것과는 달리, 그는 타자에 대한 열렬한 사랑을 권력의 자리에 놓고 그 권력의 비호 아래 숨을 쉬며 이 세상에 윤기와 탄력을 부여하고 있다. 따라서, 이제 타자를 향한 사랑만이 시인의 권력이요, 직능이요, 그 자체로 시인됨의 원천이 되는 것이다.

갈수록, 일월(日月)이여
내 마음 더 여리어져
가는 8월을 견딜 수 없네.

9월도 시월도
견딜 수 없네.

흘러가는 것들을
견딜 수 없네.

사람의 일들
변화와 아픔들을
견딜 수 없네.
있다가 없는 것
보이다 안 보이는 것
견딜 수 없네.

시간을 견딜 수 없네.
시간의 모든 흔적들
그림자들
견딜 수 없네.

모든 흔적은 상흔(傷痕)이니
흐르고 변하는 것들이여
아프고 아픈 것들이여.
　　　　　─「견딜 수 없네」(『견딜 수 없네』, 시와시학사, 2003)

　가장 최근 시집인 『견딜 수 없네』는 변해가는 것, 소멸해가는 것에 대해
안타까워하면서 동시에 그것들과 화해하는 장면을 구축해낸다. 표제작인
위 시편에서 시인은 '시간'의 상실을 견딜 수 없어 한다. "내 마음 더 여리
어져" 모든 "흘러가는 것들을/견딜 수" 없고, "사람의 일들" 그리고 "변화
와 아픔들"을 견딜 수 없다고 한다. 그런데 이 무상한 것들, 일상적인 것들,
거기서 빚어지는 모든 상처들은 거대한 담론으로 포괄되는 어떤 것들이

아니다. 그것들은 다만 "있다가 없는 것/보이다 안 보이는 것"들일 뿐이다. 요컨대 그것은 사물들 속에 깃들여 있는 "시간"이다.

시인은 "시간의 모든 흔적들/그림자들"을 견딜 수 없다고 한다. 따라서 "모든 흔적은 상흔(傷痕)"이고 "흐르고 변하는 것들"은 "아프고 아픈 것들"이 아니겠는가. 이처럼 정현종 후기시를 장식하고 있는 키워드는, 마치 그가 「사랑할 시간이 많지 않다」에서 노래했던 것처럼, 흘러가는 시간에 의해 굴절되고 변형되고 소멸해가는 생명들에 대한 깊은 통증이다. 그 통증이 궁극적으로 사물의 운명과 친화하는 "방법적 사랑"임을 왜 모르겠는가.

3.

궁극적으로 정현종의 시는, 시적 진리에 이르는 길이란 과거로부터 물려받은 모든 지식과 욕망으로부터 자유로워진 상태에서 사물의 있는 그대로의 모습을 고도의 집중력을 가지고 바라보는 데 있다는 것이라는 착상에서 비롯하여, 그것을 두루 실험하고 완성하는 구체적 실감으로 이루어져 있다. 또한 그의 생태적 상상력이나 타자의 목소리를 중시하는 시편들은 우리로 하여금 감관(感官)을 자극하게 하고 인지적, 정서적 충격과 반응을 풍부하게 허여하고 있다.

온 우주를 끌어다놓아도 풀잎 하나, 미생물 하나를 언어로 재현할 수 없음은 자명한 일이다. 따라서 우리에게는 우주와 같이 숨 쉬고 온 우주를 구성하는 구체적 생명들과 함께 길을 열어가는 원초적, 우주적 상상력이 필요해진다. 이러한 상상력의 요청에 정현종의 시는 강력한 시사점이 될 것이고, 그것이 그의 시를 이 시점에 읽는 가장 중요한 까닭일 것이다. 또한 정현종이 우리 문학사에 남긴 몫, 곧 생명의 황홀을 노래하는 우주적 상상력의 전개 과정과 그 언어적 정수(精髓)는 더욱 섬세하고 풍부한 탐색을 요청받을 것이다.

놀이와 상상력, 시작(詩作)의 상관 관계

― 김수영 시 「달나라의 장난」을 바라보는 새로운 시각

김유중

인간이란 놀이하는 곳에서만 인간이다.

― 쉴러(J. C. Friedrich von Schiller), (1759~1805)

팽이가 돈다
어린아이이고 어른이고 살아가는 것이 신기로워
물끄러미 보고 있기를 좋아하는 나의 너무 큰 눈 앞에서
아이가 팽이를 돌린다
살림을 사는 아이들도 아름다웁듯이
노는 아이도 아름다워 보인다고 생각하면서
손님으로 온 나는 이집 주인과의 이야기도 잊어버리고
또 한 번 팽이를 돌려주었으면 하고 원하는 것이다
도회(都會) 안에서 쫓겨 다니는 듯이 사는
나의 일이며
어느 소설(小說)보다도 신기로운 나의 생활(生活)이며
모두 다 내던지고
점잖이 앉은 나의 나이와 나이가 준 무게를 생각하면서

정말 속임 없는 눈으로
지금 팽이가 도는 것을 본다
그러면 팽이가 까맣게 변하여 서서 있는 것이다
누구 집을 가보아도 나 사는 곳보다는 여유(餘裕)가 있고
바쁘지도 않으니
마치 별세계(別世界)같이 보인다
팽이가 돈다
팽이가 돈다
팽이 밑바닥에 끈을 돌려 매이니 이상하고
손가락 사이에 끈을 한끝 잡고 방바닥에 내어던지니
소리 없이 회색빛으로 도는 것이
오래 보지 못한 달나라의 장난 같다
팽이가 돈다
팽이가 돌면서 나를 울린다
제트기(機) 벽화(壁畵)밑의 나보다 더 뚱뚱한 주인 앞에서
나는 결코 울어야 할 사람은 아니며
영원히 나 자신을 고쳐가야 할 운명(運命)과 사명(使命)에 놓여
있는 이 밤에
나는 한사코 방심(放心)조차 하여서는 아니 될 터인데
팽이는 나를 비웃는 듯이 돌고 있다
비행기 프로펠러보다는 팽이가 기억(記憶)이 멀고
강한 것보다는 약한 것이 더 많은 나의 착한 마음이기에
팽이는 지금 수천 년전(數千年前)의 성인(聖人)과같이
내 앞에서 돈다
생각하면 서러운 것인데
너도 나도 스스로 도는 힘을 위하여
공통된 그 무엇을 위하여 울어서는 아니 된다는 듯이
서서 돌고 있는 것인가
팽이가 돈다
팽이가 돈다

— 「달나라의 장난」(1953) 전문

1. 문제의 제기

「달나라의 장난」은 그간 김수영 연구자들 사이에서 비교적 일찍부터 주목받아온 텍스트 가운데 하나이다. 이러한 관심은 주로 다음과 같은 두 가지 이유에서 비롯된 것처럼 보인다.

첫째, 김수영 자신이 이 텍스트에 대해 상당한 자부심과 애착을 보였던 점을 지적할 수 있다. 1959년 발간된 생전의 유일한 개인 시집 제목이 바로 이 텍스트의 제목에서 따온 것이라는 점이야말로 그러한 추정의 정당성을 입증해주는 유력한 증거일 수 있겠다. 요컨대, 이 텍스트는 김수영 자신에 의해 진작부터 그의 초기작들을 대표하는 작품으로 인정받았던 것이다. 텍스트 자체의 밀도나 완성도를 고려하더라도 이와 같은 판단이 터무니없어 보이지는 않는다.

둘째로, 시각을 좀 더 넓혀 생각해보았을 때, 이 텍스트는 향후 그의 시작 활동의 방향성을 가늠해보는 데 도움이 될 만한 여러 문제적인 요소들을 다채롭게 구비하고 있는 것으로 이해된다. 일상 세계와 내면세계 간의 상관관계라든가, 생활 속에서 경험하게 되는 사회적 구속 내지 억압과 이를 뛰어넘으려는 자유에 대한 열망, 설움에 대한 인식, 존재에 대한 고민과 자기 성찰의 태도 등이 그 구체적인 내용들일 것이거니와, 이러한 양상들이 이후 그의 시작 활동 전반에 걸쳐 지속적으로 반추되고 있다는 점은 필히 짚고 넘어갈 필요가 있는 대목이기도 하다.

사실 이러한 내용들에 대한 이해나 고려는 그간의 연구 과정들을 통해 적잖이 반영되었던 것으로 생각된다. 그럼에도 불구하고 필자가 다시 이 텍스트에 대해 거론하고자 하는 이유는 다른 곳에 있다. 그것은 이제까지의 연구들에서 이 텍스트의 핵심 소재라고 할 수 있는 팽이 놀이라는 요소, 그리고 동심의 세계라는 요소에 대한 깊이 있는 천착이 다소 미흡하지는 않았나하는 의구심과 관련이 깊다.

기본적으로 이 텍스트는 어른의 세계와 대비되는 아이의 세계, 일상 세계와는 대비되는 탈일상적 놀이의 세계에 대한 새로운 눈뜸, 그 경이로운 세계에 대한 발견의 체험에서부터 비롯된다. 그러나 필자가 검토해본 바에 의하면, 그 어떤 연구물에서도 이들 요소에 대한 체계적인 접근을 꾀한 경우는 없었다. 우연히 마주치게 된 어린 아이의 팽이 놀이가 이 텍스트에서 김수영이 체험했던 신기로운 경험과 사유의 원천으로 작용했던 점을 주목한다면, 이 같은 연구자들의 둔감함은 조금은 의외라고 할만하다. 요컨대 이 텍스트의 사유 구조에 대한 제대로 된 이해는 이와 같은 어른 대 아이, 일상 대 탈 일상(놀이)이라는 두 가지 대비 구도를 기초로 한 정밀한 분석 작업의 토대 위에서만 가능하리라는 것이 이 글의 기본 전제이다.

2. 초점(1) : 육체와 정신, 그리고 존재 사유

본격적인 연구에 들어가기에 앞서, 잠시 이 텍스트에 대한 필자의 기존 입장을 재정리해볼 필요성을 느낀다. 이러한 작업을 수행해나가는 동안 자연스럽게 이 글에서 강조하고자 하는 관점의 참신성과 그것이 지닌 중요성을 떠올릴 수 있게 되리라 믿기 때문이다.

먼저, 필자는 이 텍스트가 일상성 속에 매몰된 시인 자신의 현재 모습, 나아가 근대 세계 속에서 생활하는 일반인들의 평균적인 사고방식과 태도에 대한 근원적인 의문과, 그로 인해 촉발된 존재 사유의 그림자를 안고 있다는 점을 이미 여러 차례 강조한 바 있다.[1] 중요한 것은 이와 같은

---

1) 김유중, 「김수영 시의 모더니티 (1)─지식 · 권력 · 육체의 문제」,『국어국문학』119, 국어국문학회, 1997.5, 341~342쪽. 「김수영 시의 모더니티 (6)─근대 기술의 본질과 그 극복」,『현대문학의 연구』22, 한국문학연구학회, 2003.12, 469~471쪽. 「김수영 시의 모더니티 (8)─일상 세계의 무의미성과 시인의 윤리 의식」, Comparative Korean

문제들에 대한 해결점을 찾기 위해서는, 현존재를 규정하는 근대 세계의 지배 질서에 대한 확실한 자각 및 이에 대한 끈기 있는 천착이 없이는 불가능하다는 사실이다. 물론 이러한 내용들이 처음부터 시인의 내면에 확고부동하게 자리 잡고 있었다고 말하기는 어렵다. 위에서 필자가 굳이 <사유의 그림자>라는, 조금은 유보적인 표현을 택할 수밖에 없었던 이유가 바로 여기에 있다.

이와 같은 초보적인 양상은 그 후 김수영이 하이데거 존재 사유의 기본 개념과 원리들에 한 발짝 다가서게 되면서부터 그의 내면에 차츰 구체화된 형태로 자리 잡게 된다. 말하자면 이 텍스트에는 하이데거를 본격적으로 접하기 이전, 시인 김수영의 내면에 막연한 형태로 피어올랐던 존재론적인 고민들이 채 정리되지 않은 상태에서 두서없이 나열되어 있는 것처럼 생각된다.

이런 시각에서 이 텍스트의 주된 소재인 팽이 놀이를 바라본다면, 그것의 내적인 의미는 다음과 같은 방식으로 정리될 수 있을 것이다.

> 줄을 감아 던지기만 하면 내버려두어도 저 혼자 도는 팽이의 비애는 그만 돌고 싶어도 스스로는 절대 멈출 수 없다는 데 있다. 주어진 힘이 다하기 전까지는 그야말로 미친 듯이 돌아야 한다. 김수영의 눈에 비친 팽이의 모습, 그것은 '도회(都會) 안에서 쫓겨 다니는 듯이 사는 나의 일'과 '어느 소설(小說)보다도 신기로운 나의 생활(生活)'과 겹쳐져 보인다. 살아간다는 것은 신기로움 그 자체이다. 그 속에서 인간의 육체는 마치 팽이와도 같이 쉴 새 없이 움직이지 않으면 안 된다. 육체의 주인은 결코 우리들 인간이 아닌 것이다.2)

Studies Vol 12. No. 2, 국제비교한국학회, 2004.12, 41~43쪽.
2) 김유중, op. cit, 1997.5, 342쪽.

팽이 놀이에 대한 이러한 해석에는 근대 세계의 근본 특성인 일상성이 가지는 무반성적이고 반복적인 메커니즘에 대한 비판적 인식이 내재되어 있다. 이전까지 시인은 한 번도 자기 자신의 현재 생활에 대해 거리를 두고 생각해볼 기회가 없었다. 그러나 어린 아이의 팽이 놀이를 대하는 순간, 그리고 정신없이 돌아가는 팽이의 모습 속에 자신의 현재 모습을 투영시켜보는 순간, 자신과 자신의 주위를 둘러싼 모든 현실적인 조건들이 느닷없이 신비롭고 낯설게만 느껴지는 이색적인 체험을 하게 된 것이다.

이러한 발견은 그냥 에서 머물 수 없다는 위기감('나는 결코 울어야 할 사람은 아니며/영원히 나 자신을 고쳐가야 할 운명(運命)과 사명(使命)에 놓여있는 이 밤에/나는 한사코 방심(放心)조차 하여서는 아니 될 터인데')과, 현실적으로 이 생활의 굴레로부터 벗어날 가능성은 거의 없다는 객관적인 인식 사이의 틈바구니에서 그를 방황하게 만든다.

따라서 이런 관점에서 본다면 팽이 놀이란 그 자체가 근대의 존재론적 위기 상황을 날카롭게 지적하였던 하이데거 류의 사유 방식으로부터 그다지 멀리 떨어져 있지 않아 보인다. 텍스트 말미에 등장하는 서러움의 감정에서, 하이데거가 강조했던 <근본 기분(Grundstimmung)>의 분위기를 우리가 떠올리게 되는 것은 이 때문이라 하겠다.

3. 초점(2) : 놀이와 상상력

그러나 이 텍스트에 제시된 팽이 놀이의 의미를 다만 상기의 관점에서만 이해하고 서둘러 마무리지어버린다면 일방으로 편중된 결론이라는 비난을 면할 길이 없는 것처럼 보인다. 위 해석에는 놀이가 지닌 자발성과 자유에 대한 열망[3] 등에 대한 이해의 노력이 전적으로 결여되어 있는

---

3) "우선 그리고 무엇보다 중요한 것은 모든 놀이가 자발적인 행위라는 것이다. 명령에

듯이 생각되기 때문이다. 팽이 놀이도 어디까지나 놀이의 일종이니만큼, 놀이가 지닌 이와 같은 기본 속성들을 무시하고서는 제대로 이해될 수 없을 것임이 자명하다.

요컨대 위 해석이 지니는 최대 약점은 그것이 단지 어른의 시각만을 반영하고 있을 뿐이라는 점에 있다. 아이의 시선, 좀 더 정확히는 어린 아이의 놀이를 바라보는 동안 시인 김수영의 내면에 되살아난 어린 시절의 순수했던 기억과 연관된 시선은 거기 반영되어 있지 않다. 그러므로 이제부터 우리가 해야 할 바는 팽이 놀이를 바라보는 아이의 시선을, 그리고 시인 김수영의 내면을 뒤흔든 순수했던 어린 시절의 기억들과 그 기억들 속에 담긴 숨은 의미를 면밀하게 추적, 복원해내는 일일 터이다.

1. 〈놀이〉에 대하여

김수영은 팽이 놀이를 '달나라의 장난'이라고 했다. 이는 그것을 그가 속한 <지금 이 곳>의 현실과는 동떨어진, 전혀 다른 조건 속에서 벌어지는 일처럼 느꼈기 때문일 것이다. 이러한 그의 생각은 그가 어린 아이의 팽이 놀이에서, 어른들의 세계에서는 좀처럼 찾아볼 수 없는 무엇인가를 새롭게 발견했기 때문으로 풀이될 수 있다.

즉, 한 치의 빈틈도 없이 꽉 짜인 스케줄 속에서 매일매일 다람쥐 쳇바퀴 돌 듯 바쁘게 살아가야 하는 어른들의 생활과는 달리, 노는 아이의 모습 속에서 그는 일상의 분주함으로부터 멀찌감치 떨어진 '여유'로움을 발견하게 된 것이다. 그 '여유'는 어른인 그에게는 낯설다. 삶에 찌들어 한 번도 그것에 대해 진지하게 생각해볼 기회가 없었던 탓이다. 이러한 여유로움의 존재를, 아이의 놀이를 통해 비로소 발견하게 된 점은 그로서는

의한 놀이는 이미 놀이가 아니다. 기껏해야 놀이의 억지 흉내일 뿐이다. 자유라는 본질에 의해서만이 놀이는 자연의 진행 과정과 구분된다."
J. 호이징하, 『호모 루덴스』, 까치, 1981, 19쪽.

무척 특이한 체험이었음에 틀림없다. 그 체험은 그에게 마치 '별세계'를 접한 듯 한 착각마저 불러일으키는 체험이었던 것이다.

여기서 우리가 눈여겨볼 점은 모든 놀이는 기본적으로 일상생활로부터 벗어난 지점에서 시작된다는 사실이다. 호이징하의 지적대로 일상의 관점에서 볼 때 놀이란 반드시 이행하여야만 할 의무가 없는, 즉 해도 좋고 안 하더라도 별 상관이 없는 <여분의 것>[4]에 불과하다. 그것은 현실적인 필요나 욕망의 직접적인 만족이라는 테두리 바깥에 존재하기 때문이다. 논다는 것은 그러므로 일상에서 멀어진다는 것이며, 현실 세계의 구속이나 번잡함으로부터 잠시 벗어나 자신만의, 혹은 우리들만의 세계 속에 머무른다는 의미를 함축한다.

일상생활은 거기서 일시적으로 정지된다. 문제는 이와 같이 일상생활이 정지되는 동안 놀이에 참가하는 사람들은 평소의 그들과는 무관한 사람이 되어 행동한다는 점이다.

> 놀이는 "우리"를 위한 것이지 "다른 사람"을 위한 것이 아니다. 그 순간 "다른 사람들"이 밖에서 무엇을 하고 있든 "우리"는 거기에 관심이 없다. 놀이 안에서 우리는 다른 사람이며 또한 달리 행동한다.[5]

위 인용문의 마지막 문장, 즉 놀이 가운데에 우리가 <다른 사람>이 된다는 말에 새삼 주목해볼 필요가 있다. 다시 말해서 흔히 놀이하는 사람은 일상 속에서의 자기 자신, 일상 속에서의 우리와는 다른 사람이 되어 사고하고 행동한다.[6] 덧붙여, 호이징하는 친절하게도 이러한 특성이 어린이들

---

4) Ibid, 19쪽.
 덧붙여 이러한 <여분>이, 김수영이 강조했던 '여유로움'에 대한 이해와 밀접한 상관성을 유지한다는 점을 미리 강조해두고자 한다.
5) Ibid, 26쪽.
6) 물론 그렇다고 해서 일상생활을 <완전히> 잊어버리는 법은 결코 없다. 다만 놀이하

의 놀이에서 특히 두드러진다는 사실을 지적하는 것을 잊지 않는다.

　김수영이 경험했던 신기로움의 실체, 놀라움의 실체 역시 여기서 찾아볼 수 있지 않을까. 팽이 놀이를 하는 어린 아이의 행동 속에서, 그는 이제까지 우리 모두가 마땅히, 그리고 별다른 의식 없이 무조건적으로 따르고 좇아야 한다고 믿어 왔던 일상 세계의 질서나 규칙은 무력화된다는 사실을 발견하고 새삼 놀라움을 느꼈던 것은 아닐까. 나아가 그는 이 세계의 질서 내지 규칙과는 다른, 새로운 세계의 질서와 규칙의 창조 가능성[7]을 어렴풋이나마 떠올리게 되었던 것은 아닐까.

　다시 말하면 김수영은 아이가 팽이를 돌리며 노는 모습 속에서 스스로의 일상, 즉 '도회(都會) 안에서 쫓겨 다니는 듯이 사는/나의 일'이나, '어느 소설(小說)보다도 신기로운 나의 생활(生活)'과는 다른, 새로운 질서나 규칙의 존재를 떠올리게 되었던 것이다. 그리고 그로부터 이제껏 한 번도 의식해본 적이 없었던 일상 세계의 무반성적이고 반복적인 메커니즘의 실체를 발견하고, 이에 대해 정식으로 고민하기 시작하였던 것이다.

　현실 생활과는 무관한 놀이 속에서, 그것도 모두들 하찮게만 생각하는 어린 아이들의 놀이 속에서, 이처럼 일상 세계의 지배 질서와 규칙으로부터의 탈출 가능성에 대해 사유하는 계기를 발견하게 되었다는 점은 다소 뜻밖이긴 하다. 이 때 팽이란, 우연히 떠올리게 된 그런 그의 의식을 끊임없이 자극하며, 그로 하여금 새로운 세계의 가능성에 대해 보다 진지하게 사유토록 촉구하는 매개물로서의 기능을 담당하고 있다고 할 수 있을 것이다.

　는 동안 그들은 그것을 <잊은 것처럼> 사고하고 행동할 뿐이다.

7) 이 점과 관련하여, 호이징하는 다음과 같은 두 가지 사항을 부연한다. 첫째, 놀이가 일상적인 삶과 구분되는 것은 그것이 지닌 장소의 격리성과 시간의 한계성 때문이다. 즉, 놀이는 제한된 시간과 장소 속에서만 이루어지기에 그러한 구분 내지 분리가 가능하다. 둘째, 놀이터 안은 절대적이고 고유한 질서가 존재한다. 이는 놀이가 질서를 창조하는 기능을 지니기 때문이다.
　J. 호이징하, op. cit, 21~23쪽.

그런 팽이의 모습은 분명 일상과 현실의 틀 속에 갇혀 사는 그 자신의 모습과는 대조적이다. 스스로의 고유한 원리에 입각하여 돌고 있는 팽이의 모습은 그를 심리적으로 더욱 초라하게 만든다. 이제껏 그는 자신의 규칙이 아닌, 남들에 의해 정해진 규칙, 남이 이미 만들어놓은 규칙에 의해서만 생활하여 왔던 것이다. 이런 데까지 생각이 미치자, 그는 자신의 눈앞에서 '수천 년전(數千年前)의 성인(聖人)과같이' 유유자적한 모습으로 돌고 있는 팽이가 마치 그 자신을 '비웃는' 것 같은 착각에 빠진다.

2. 〈상상력〉에 대하여

일상으로부터의 탈출을 꿈꾼다는 것, 그것은 이성적인 판단만으로는 불가능하다. 오히려 이성적인 현실의 판단을 넘어서려는 과감한 자유정신, 모험 정신을 통해서만 가능하다. 그러나 이러한 자유와 모험의 정신은 일반인들로서는 쉽사리 다가설 수 있는 것이 아니다. 그것은 현실 속의 모든 사회적 관계와 질서들을 포기할 수 있는 용기를 지닌 자에게만이 허용되는 것인 까닭이다.

이러한 탈출이 현실적으로 어렵다고 했을 때, 다음 단계에서 우리가 생각해볼 수 있는 것은 마음속으로나마 그러한 탈출을 꿈꾸어보는 일일 터이다. 현실 세계를 벗어나 상상의 세계로 빠져드는 경우를 말하는데, 여기서 중요한 것은 현실의 어떠한 억압적인 근거나 내용도 완벽하게 배제한 상태에서 행해지는 자유로운 상상이 보장되어야 한다는 점이다.

그게 과연 가능할까? 현실의 압력이나 무게를 전혀 의식하지 않은 상태에서 상상의 나래를 자유롭게 펼치겠다는 것은 너무 순진한 생각이 아닐까. 그렇다. 그것은 순진한 생각이다. 그것도 지나칠 정도로 순진한 생각이다. 적어도 그가 어른이라면 결코 이런 터무니없는 꿈을 꾸진 않을 것이다. 실제로 현실 세계의 질서에 이미 익숙해 있는 어른들에게서 이런 상상을 기대하기란 힘들다. 그러나 만일 그 주체가 어린 아이라면 이야기는 달라진다. 아이들은 평소에도 어떤 망설임이나 두려움 없이 자신만의 상상의 나래를 마음껏 펼쳐 보이곤 하기 때문이다.

현실에 눈을 뜬다는 것은 이성의 힘에 자진해서 굴복한다는 것이며, 그것은 곧 상상의 세계와는 멀어진다는 의미로 해석된다. 널리 알려진 바와 같이 근대의 합리주의자들은 이러한 상상을 억압하려 했다.[8] 상상을 억압하고 이성과 친해지기 위해 노력하는 동안 우리는 차츰 어른이 되어간다. 근대의 합리주의가 바라는 이상은 사람들을 모두 이와 같이 정신적으로 성숙한 어른으로 탈바꿈시키는 것이라 할 수 있다. 그러나 합리적으로 모든 사물과 현상을 바라보는 것이 반드시 올바른 사유의 태도라고 확신할 수 있는가. 우리는 혹 우리 자신도 모르는 사이에 이성이 쳐놓은 견고한 그물망 속으로 빨려들어 가버린 것은 아닐까.

소수이긴 하지만 이러한 의문점들에 대해 자신만의 색다른 의견을 제시한 이들도 물론 있었는데, 그 가운데 대표적인 사람이 바로 니체이다. 대다수의 사람들이 생각했던 것과는 반대로, 그는 어린 아이를 인간 정신이 실현되는 마지막 도달점[9]으로 보았다. 그에게 있어 어른이 된다는 것은 기원의 원초적 순수성을 상실한다는 것이고 자연의 빛 앞에 맹목이 되는 것을 뜻한다. 그러므로 정신의 성숙은 다시 어린 아이에게로 돌아가는 과정과 일치한다. 이 경우 어린이는 기존의 가치 질서와 규범에 얽매이지 않는 원초적이고 순수한 세계의 주인공이다.[10]

이러한 그의 사유는 마침내 차라투스트라의 입을 빌어 <낙타에서 사자로, 다시 어린 아이로>[11]라는 저 유명한 정신의 세 단계 변화라는 원

---

8) "데카르트에게 상상력은 그저 '오류의 근원'일 뿐이었다."
  진중권, 『놀이와 예술, 그리고 상상력』 휴머니스트, 2005, 7쪽.
 9) 김상환, 「철학의 두가지 초상」, 『예술가를 위한 형이상학』 민음사, 1999, 117쪽.
10) Ibid, 110쪽.

리로 귀착된다. 여기서 어린 아이란 순진 무구요 망각이며, 새로운 시작, 놀이, 스스로의 힘에 의해 돌아가는 바퀴이며 최초의 운동이자 거룩한 긍정12)의 의미를 지닌다. 그런 만큼 그것은 더 이상 어른의 대칭 개념이 아닌 것이다.

> 어린이는 어른의 위나 아래에 있는 것이 아니며 그 옆의 어느 쪽에 있는 것도 아니다. 마치 로고스중심주의에서 이성이 모든 인간 안에 내재하는 것처럼, 이제 어린이는 모든 인간 혹은 어른 안에 존재한다. 어린이는 새로운 사유와 모험의 가능성 혹은 미지의 것으로 외출하는 힘으로서 우리 안에 존재한다. 미래적으로 사유하고 철학한다는 것은 우리 안의 유년기적 미성숙을 기억하는 것이고, 그 안에서 처음부터 새로 시작하는 것이다. 어린이는 사유와 비사유 혹은 개념과 비개념 혹은 진리와 오류가 아직 예측 불허의 결과를 향하여 재조합되는 원점에 대한 이름이다.13)

김수영이 바라본 어린 아이의 놀이는 실상 이와 같은 의미를 지닌 것이 아니었을까. 상상이란 원래 정신의 놀이이다. 상상을 할 때 정신은 노동을 하지 않고 놀이를 한다.14) 여기서의 핵심은 기존의 가치관이나 질서에 물들지 않고 그것들로부터 거리를 둔 채 멀찌감치 떨어져 있을 수 있는 능력이다. 상상을 하기 위해서는 이러한 거리 조절의 능력, <유년기적 미성숙>을 기억해낼 수 있는 보다 <성숙한> 능력이 필수적이다. 김수영의 표현을 빌자면 '정말 속임 없는 눈'으로, 세상을 대하려는 마음의 자

---

11) "나 이제 너희들에게 정신의 세 단계 변화에 대해 이야기하련다. 정신이 어떻게 낙타가 되고, 낙타가 사자가 되며, 사자가 마침내 어린 아이가 되는가를."
   F. 니체, 『차라투스트라는 이렇게 말했다』, 정동호 역, 책세상, 2005, 38쪽.

12) Ibid, 41쪽.

13) 김상환, op. cit, 122쪽.

14) 진중권, op. cit, 9쪽.

세가 필요한 것이다. 요컨대 김수영은 이와 같은 마음의 자세와 더불어, 어린 아이의 팽이 놀이 속에서 인간 정신의 새로운 가능성, 일상과 현실, 이성 등에 물들지 않은 상상력의 자유로운 창조적 가능성에 홀연 눈을 뜨게 된 것이다. 상상의 세계, 그것은 그에게 어린 아이의 세계로 회귀하려는 <성숙한> 자만이 들어설 수 있는 초록빛 낙원15)인 것이다.

그런데 이러한 눈은 억지로 뜨려 한다고 해서 떠지는 것이 아니다. 그것은 어린 아이들에게서 보듯, 어디에도 얽매이지 않은 상태에서 내면으로부터 자연스럽게 돋아날 때에만 주어지는 것이다. 문제는 이러한 자연스러운 도출이 그를 포함한 대다수의 일반인들에게는 가능하지 않다는 점이다. 뿐만 아니라, 십중팔구는 애초부터 그럴 필요성조차 느끼지 못한다.

김수영 역시 이러한 어려움에 대해 고민을 거듭하였던 것으로 보인다. 그가 '제트기(機) 벽화(壁畵)밑의 나보다 더 뚱뚱한 주인 앞에서/나는 결코 울어야 할 사람은 아니며/영원히 나 자신을 고쳐가야 할 운명(運命)과 사명(使命)에 놓여있는 이 밤에/나는 한사코 방심(放心)조차 하여서는 아니 될 터인데'라고 했을 때, 이 구절은 분명 그러한 어려움에 대해 깊이 고민한 흔적을 담고 있는 것으로 이해될 수 있다. 기존의 사회 질서와 규범으로부터 벗어나 스스로를 고쳐나가고, 나아가 새로운 세계의 창조를 꿈꾼다는 것은 그에게는 어디까지나 '운명' 혹은 '사명'처럼 주어진 작업으로 생각된다. 그리고 이 과정에서 단 한 치의 '방심'도 허용되어서는 안 될 것이다. 그런 그의 각오는 물론 대단하다고 할 수 있겠지만, 거기에는 그가 꿈꾸어 온 어린 아이와 같은 자연스러움, 천진난만함이 제거되어 있다.

그가 꿈꾼 세계는 오직 치열한 자기 관리와 노력을 통해서만이 겨우 도달할 수 있는 것일 따름이다. 일상의 굴레를 벗어나기 힘든 그는 결코 어린 아이와 같이 오염되지 않은 순수한 눈을 쉽사리 가질 수 없었던 것이다. 달리 표현한다면 그의 내면은 아직 유년기의 미성숙한 세계로 되돌아

---

15) Ibid, 11쪽. 폴 비릴리오 Paul Virilio의 표현.

갈 수 있을 정도로 충분히 성숙되어 있지는 못하다. 여기서 그는 어린 아이의 세계로 되돌아가고자 하는 그의 시도가 너무나 이상에 치우친 것임을 깨닫게 된다.

이런 진퇴양난의 고민에 잠겨 있는 그의 앞에, 팽이는 너무나도 자연스럽게, 그리고 의연한 모습으로 서서 돌고 있다. 마치 처음부터 아무런 고민거리도 지닌 적이 없다는 듯이. 김수영은 그런 팽이의 안정된 모습 속에서 '성인'의 이미지를 읽는다.16) 이 경우 팽이의 그런 모습은 그가 꿈꾸어온 이상 세계의 모습과 일치하기 때문이다. 놀이가 생활이 되고 생활이 곧 놀이가 되는 세계,17) 그리고 그런 가운데서 현실을 겨냥한 어떤 진지한 변화의 기운이 감지되는 세계, 이것이야말로 진정으로 시인 김수영이 꿈꾸었던 이상 세계의 본 모습이 아닐 수 없다.

그러나 그 세계는 그에게서 사실상 너무 멀게만 느껴진다. 여기까지 생각이 미치자 그는 문득 내면으로부터 서러움이 밀려나오는 것을 막을 길이 없다. 뚫어져라 팽이를 바라다보는 그의 눈가에 어느덧 이슬이 맺히기 시작하는 것('팽이가 돌면서 나를 울린다.')이다.

---

16) 이와 같이 시인 자신의 모습과 대비되는 '성인'의 유연한 이미지는 이미 「공자(孔子)의 생활난(生活難)」에서 한 차례 등장한 적이 있다. 즉 「공자의 생활난」1, 2연에 보이는 '꽃이 열매의 상부(上部)에 피었을 때/너는 줄넘기 작란(作亂)을 한다//나는 발산(發散)한 형상(形象)을 구(求)하였으나/그것은 작전(作戰)같은 것이기에 어려웁다'라는 대목이 그것을 증명한다. 여기서도 이미 어떤 경지에 도달한 '너'와 그 경지에 도달하기 위해 안절부절 못하는 '나' 사이의 대조적인 모습, 그리고 그런 '너'의 '장난(작란)'과 '나'의 치밀한 '작전' 사이의 대조적인 모습이 중심 모티브로 등장한다는 점이 주목된다.

17) 플라톤이 했다는, 다음과 같은 말의 의미를 되새겨볼 필요가 있으리라.
"그러면 무엇이 바로 사는 방법인가? 삶을 놀이하면서 살아야 한다."
J. 호이징하, op. cit, 35쪽.

4. 결론 : 놀이와 시작의 상관관계

이전까지 필자는 주로 하이데거 존재 사유의 기본 개념들에 의거하여, 이 텍스트의 내용을 해석하여 왔다. 그런 해석 과정을 통해 이 텍스트가 기본적으로 일상 세계의 지배 질서에 대한 근본적인 의문과 그러한 의문에 기초하여 연역된 존재론적 위기 국면에 대한 고민을 담고 있다는 점을 강조하였던 것이다. 이와 같은 해석은 그 나름의 근거와 타당성을 지닌 것이긴 하지만, 이 자체만으로는 물론 완전하다고 할 수 없을 것이다. 거기에는 이 텍스트에서 중요하게 다루어지고 있는 어린 아이의 놀이라는 요소, 그리고 그것의 기반이 되는 내면의 상상 세계에 대한 깊이 있는 천착이 제거되어 있기 때문이다.

이러한 두 가지 관점을 통해 얻은 결과를 종합하여 정리해본다면, 다음과 같은 결론에 도달할 수 있을 것이다. 이 텍스트는 시인 김수영의 내면에 막연한 형태로 잠재되어 있던 일상 세계에 대한 존재론적 의문이, 어린 아이의 팽이 놀이라는 우연히 마주친 계기를 접하게 됨으로써 비로소 가시화되어가는 과정을 담고 있다고 할 수 있다. 비록 초기적인 양상에 머물러 있긴 하지만, 거기에는 분명 존재 사유의 핵심 내용들에 대한 밑그림이 상당한 정도로 그려져 있는 것이 사실이다. 그러므로 이 텍스트는 그의 향후 시작 활동의 방향성을 가늠해볼 수 있는 유력한 기준을 제공해주는 것이라 단정 지어도 손색이 없다.

여기서 텍스트 해석의 열쇠를 쥐고 있는 것은 <팽이>이다. 그런데 자세히 살펴보면 알 일이지만, 여기서 시인이 팽이를 바라보는 시선은 다분히 이중적이라 할 수 있다. 즉, ① 팽이에, 일상의 굴레에 사로잡힌 자기 자신의 현재 모습을 투영시켜 보는 경우와 ② 그러한 굴레로부터 빠져나오기 위해 몸부림치며 살아가는 자기 자신과는 차별화된 존재, 한결 여유롭고도 유유자적한 가운데 그러한 일상으로부터 여유롭게 비껴나가는 법을 보여주는 성인과도 흡사한 존재로 보는 경우, 이 두 가지 경우의 이미지가 겹쳐 있다. 이 둘 가운데 어느 한 쪽의 견해만을 전적으로 옳다, 혹은 그르다라고 주장할 수 없음은 당연한 이치이다. 그러므로 팽이는 일상에 찌들어 지내는 근대인들의 초상이자, 근대인들이 궁극적으로 도달하여야 할 이상 세계의 모습, 즉 성인의 이미지를 동시에 지니고 있다. 이들 양자 사이를 분주하게 오가며 완성된 것이 바로 김수영의 「달나라의 장난」이며, 그런 의미에서 이 텍스트는 그의 내면에 잠재되어 있던 존재론적 고민을 불러내어 표현한 텍스트로 이해하여도 크게 무리가 없을 것이다.

어쨌든, 여기서 우리가 눈여겨보아야 할 사실은 이 둘 가운데 어떤 관점을 택한다 하더라도 결론은 결국 마찬가지일 것이라는 점이다. 말하자면 이 텍스트에는 김수영이 이때 당시부터 어렴풋이나마 눈을 떴던 근대 세계의 존재론적 위기 국면에 대한 고민과, 그것으로부터 비롯된 은밀한 극복 의지가 단지 사유의 그림자 형태로만 제시되어 있다고 할 수 있다. 그리고 이러한 사실은 이후 그가 하이데거의 존재 사유에 대해 관심을 가지게 되는 직접적인 계기로 작용하게 된다.

이 점을 생각할 때, 김수영이 애초 이러한 사유의 근원을 <놀이(장난)>에서 발견하였던 점은 흥미로운 사실이 아닐 수 없다. 그것은 시작을 일종의 <놀이(Spiel)>로 이해[18]하려 했던 하이데거의 견해와 대비될 수 있기 때문이다. 시작이란 현실과는 무관한 놀이이기에, 인간이 하는 모든 일 가운데서 가장 덜 해로운 것, 순진무구한 것이요, 반면에 현실에는 아랑곳하지 않고 행할 수 있는 놀이이기에 가장 위험스런 존재가 되기도 한다.[19] 평소 그것은 현실에 별 영향을 미치지 못한다. 그러나 활용하기에 따라서는 세계 자체를 새로이 창조할 수 있는 도구가 되기도 한다. 언어의 놀이,

---

18) 마르틴 하이데거, 「횔덜린의 시와 시론」, 『하이데거의 시론과 시문』, 전광진 역, 탑 구당, 1978, 10쪽.
19) Ibid, 10~16쪽.

말놀이로서의 시작이란 이처럼 위대하며, 또한 위험하다. 시작이란 곧 놀이이며, 또한 이 놀이는 우리 주변의 굳어진 이성과 현실의 벽을 뛰어넘을 수 있는 상상력의 비약을 필요로 하는 것이기 때문이다.

그러므로 김수영의 시작 활동은 그의 <놀이 정신>[20]에서부터 출발한 것이라 보아도 크게 무리가 없다. 그런 놀이 정신, 놀이에 대한 관심을 그의 초기작인 「달나라의 장난」에서 발견하게 되는 것은 고무적인 일이다. 이러한 사실로부터 이 텍스트가 왜 김수영 자신에게 내면적인 자부심의 근거로 자리 잡게 되었는지를 조금이나마 깨달을 수 있을 것이다.

---

20) "놀이를 인정함으로써, 우리는 "정신"을 인정하게 된다."
  J. 호이징하, op. cit, 13쪽. 호이징하의 이러한 '놀이 정신'의 중요성은 그 후 로제 카이와 R. Caillois에 의해 다시 한 번 거론된다. 로제 카이와, 『놀이와 인간』, 문예출판사, 1996, 15쪽 참조.

백석 시의 낭만성과 동양적1) 상상력

− 유토피아 의식을 중심으로

이경수

1. 문제제기

1988년 월북 · 재북 문인들에 대한 해금 조치가 이루어진 후 본격적으로 진행된 백석 시에 대한 연구는 양적으로나 질적으로 많이 축적되었다. 선행 연구들의 연구 성과는 결과적으로 백석의 문학사적 위상에 변화를 가져왔을 만큼 집중적으로 이루어졌다. 백석 시에 대한 선행 연구는 크게 장르 인식에 대한 접근,2) 주제론적 접근,3) 창작방법론을 비롯한 형식주

---

1) 동양은 대립적 짝인 서양을 연상시키는 말이므로 오해의 소지가 있지만, 이 논문에서는 우리를 비롯한 중국의 고전을 직접 인용하거나 읽은 흔적이 드러나는 시작품을 통해 백석 시에 나타난 동양적 상상력을 살펴보고 이러한 상상력이 백석 시 전체에 걸쳐서 근대적으로 작동하는 방식을 살펴보려는 목적에서 중국과 우리를 포괄하는 개념으로 '동양'이라는 용어를 제한적으로 선택하였다.

2) 윤여탁, 「1920~30년대 리얼리즘시의 현실인식과 형상화 방법에 대한 연구」, 서울대 박사학위논문, 1990, 고형진, 『한국 현대시의 서사지향성 연구』, 시와시학사, 1995.

3) 김재홍, 「민족적 삶의 원형성과 운명애의 진실미, 백석」, 『한국문학』, 1989, 김윤석,

의적 접근,4) 어휘적 차원의 접근5) 등 다양한 방면에서 이루어졌다. 다각적인 연구들은 백석의 시를 리얼리즘 시로 보느냐 모더니즘 시6)로 보느냐 하는 기본 입장에서부터 갈라지거나 리얼리즘적 관점과 모더니즘적 관점을 통합하는 절충적인 태도를 보이기도 했다.

백석 시에 대한 주제론적 접근은 토속성, 고향 상실 의식, 낭만성의 성격을 밝히는 데 주로 집중되었다. 백석 시의 토속성을 탐구하는 데 주력한 연구들은 주로 『사슴』(1936)의 세계를 해명하는 데 관심을 기울여 왔다. 평북 정주 지방의 방언사용이 두드러진 『사슴』 소재 시편에 대해서는 『사슴』이 출간된 당대에서부터 '토속성'이 두드러진다는 평가가 이루어졌다.7) 그러나 백석 시에 나타난 토속성은 의도적인 방언 사용과 관련지어 볼 때 근대성과 대립되거나 배치되는 성격의 토속성이라고 보기는

「허무의 늪 건너기」, 『민족과 문학』, 1990년 봄호, 신범순, 「백석의 공동체적 신화와 유랑의 의미」, 윤여탁 · 오성호 편, 『한국현대리얼리즘시이론』, 태학사, 1990, 최학출, 「1930년대 한국 모더니즘 시의 근대성과 주체의 욕망체계에 관한 연구」, 서강대 박사학위논문, 1999, 최정례, 「백석 시 연구」, 고려대 석사학위논문, 2001, 박주택, 「낙원의 원상과 영혼의 풍경」, 『문예연구』 30, 2001년 가을 호, 김신정, 「백석 시의 '가난'에 대하여」, 『문예연구』 30, 2001년 가을 호, 이혜원, 「백석 시의 동심 지향성과 그 의미」, 한국문학연구소 제15회 연구발표회 발표문, 고려대학교 한국문학연구소, 2002.9.

4) 이숭원, 「풍속의 시화와 눌변의 미학」, 『한국시문학의 비평적 탐구』, 삼지원, 1985; 정효구, 「백석 시의 정신과 방법」, 『한국학보』, 1989년 겨울호, 김명인, 『한국근대시의 구저 연구』, 한샘, 1988; 이경수, 「백석 시의 반복 기법 연구」, 『상허학보』, 7집, 2001; 이경수, 「차이를 생성하는 반복의 미학」, 『국어문학』 36집, 국어문학회, 2001, 이경수, 「한국 현대시의 반복 기법과 언술 구조」, 고려대 박사학위논문, 2002.12.

5) 고형진, 「백석 시 연구」, 고려대 석사학위논문, 1983; 이동순 편, 『백석시전집』, 창작과비평사, 1987; 조영복, 「백석 시의 언어와 정치적 담론의 소통성」, 『한국현대시와 언어의 풍경』, 태학사, 1999.

6) 백석 시에서 모더니티를 발견한 대표적인 견해는 김기림, 「『사슴』을 안고」, 『조선일보』, 1936.1.29 에서 찾아볼 수 있다.

7) 오장환, 「백석론」, 『풍림』 통권 5호, 1937, 19쪽.

어렵다. 최근의 연구들은 토속성의 근대적 성격을 규명해내었다는 점에서 백석 시의 토속성에 대한 한층 진전된 이해에 이르렀다고 평가할 수 있다.[8] 고향 상실 의식에 주목한 연구들은 백석의 『사슴』(1936)에 실린 시들과 그 이후에 신문이나 잡지에 발표된 시들 사이에 고향을 형상화하는 태도에 있어서 커다란 차이가 나타난다는 사실에 주로 착안한다. 고향의 원형을 재구하는 초기 시의 방식과 자족적인 원형으로서의 고향을 잃어버렸다는 상실감을 주로 그린 후기 시의 방식을 관통하는 의식은 고향 상실 의식이라고 할 수 있다. 1930년대 후반기 시에 나타나는 고향 상실 의식은 대개 잃어버린 조국과 겹쳐짐으로써 깊이 있는 울림을 자아내곤 했다. 『사슴』에 수록된 시들에 나타나는 자족적 고향에 대한 형상화를 낙원 지향성, 또는 낙원 회복의 꿈과 관련지어 해석한 선행 연구[9]는 궁극적으로 낭만성과 관련지어 백석의 시를 이해하는 시각을 깔고 있다.

백석의 시가 낭만성을 지닌다는 데 대해서 많은 연구자들이 동의해 왔으나, 그의 시에서 낭만성이 구체적으로 어떻게 발현되는지에 주목하여 면밀히 살펴보는 연구는 진전되지 못했다. 그러나 어떤 상상력에 의해 구체적으로 낭만성이 어떻게 발현되는지를 설명하지 못한다면 '낭만성'을 백석 시만의 고유한 특징이라고 규정할 수는 없을 것이다. '낭만성'은 적지 않은 시에서 나타나는 특징이지만, 그것이 백석 시에서는 어떻게 발현되는지 그 구체적인 작동 방식을 해명하는 연구가 이루어질 때 비로소 다른 시인의 시와는 구별되는 백석 시의 낭만성에 대해 논의할 수 있을 것이다.

이 논문은 이러한 문제의식 아래 백석 시에서 낭만성이 구체적으로 어떻게 발현되는지 밝히고자 하였다. 이 논문에서는 한시의 영향을 받았거

---

8) 이러한 관점의 연구로는 최정례, 「백석 시 연구」, 고려대 석사학위논문, 2001; 최학출, 「1930년대 한국 모더니즘 시의 근대성과 주체의 욕망체계에 대한 연구」, 서강대 박사학위논문, 1995; 이경수, 「한국 현대시의 반복 기법과 언술 구조」, 고려대 박사학위논문, 2002 등이 있다.
9) 박주택, 『낙원 회복의 꿈과 민족정서의 복원』, 시와시학사, 1999.

나 동양 고전을 직접 인용하거나 동양 고전을 읽은 흔적이 보이는 시들에 문제의 핵심이 있다고 보았다. 평북 정주 지방의 방언을 적극적으로 활용했다는 데 주목하여 백석 시의 토속성을 지적한 연구들은 이미 있었지만 백석 시의 동양적 상상력은 연구자들에게 관심의 대상이 되지는 못했다. 최근에 와서는 근대성이라는 관점에서 백석 시의 미의식에 접근하거나 그의 창작방법론을 밝히는 연구들이 주로 이루어졌는데, 이런 방향으로 연구가 집중되면서 백석 시에 나타난 동양적 상상력에 주목하는 시각을 제약한 측면도 있었을 것으로 보인다.

이 논문은 백석의 시가 다양한 방법론으로 접근하는 것을 가능하게 해주는 열린 텍스트라는 입장을 기본적으로 취하고 있다. 동양적 상상력에 주목한다고 해서 그것이 백석 시의 근대성을 부정하는 것은 물론 아니다. 오히려 동양적 상상력을 활용하는 방식에서 백석 시가 지닌 근대적 성격을 다시 한 번 확인할 수 있다는 것이 이 논문의 독특한 시각이다.

유토피아(utopie)라는 단어는 장소를 의미하는 그리스어 토프스(topos)라는 실사와 양질을 뜻하는 접두사 eu와 부정을 나타내는 ou라는 두 개의 접두사가 합성된 단어로서, '좋은 장소'와 '어디에도 없는 곳'이라는 이중적인 의미를 지닌다.10) 1516년에 토마스 모어가 『유토피아』를 출간한 이후 '유토피아'는 서구적인 개념으로 자리 잡아 왔다. 때로는 종교적인 색채가 드리워지기도 했고 때로는 이념적인 색채를 강하게 띠기도 했지만, 유토피아 의식이 서구적인 세계 인식을 드러내는 것이라는 데에는 대체로 동의해 왔다. 그러나 유토피아에 대한 이와 같은 제한적 인식은 유토피아라는 용어가 탄생하게 된 배경을 지나치게 의식한 탓이기도 하다. 사실 행복하고 이상적인 곳이지만 현실에는 존재하지 않는 곳으로서의 이상향에 대한 인식은 어느 세계에서나 있어 왔고, 그런 이상향을 희구하는 것은 문학의 본질적인 속성이기도 하다. 적어도 한국 현대시와 유토피

---

10) 티에리 파코, 조성애 역, 『유토피아』, 동문선, 2002, 10쪽.

아 의식을 관련지어 논할 수 있으려면 유토피아 의식을 태생적 한계에 가두어 서구적인 것이라 단정하는 시선을 극복할 필요가 있을 것이다. 이 논문은 유토피아를 꿈꾸는 것이야말로 인간의 본질적 속성이며 인간의 심층에 접근하는 문학 역시 그런 의미에서 유토피아 의식을 드러내는 경우가 많다는 전제에서 출발한다. 도달할 수 없는 이상향에 대해 그린 시들은 어느 시기에나 있었지만, 이 논문에서는 그 중에서도 1930년대 후반기의 백석의 시에 나타난 유토피아 의식에 주목하고자 한다. 그것은 백석 시에 나타난 동양적 상상력의 연원을 밝히는 일이기도 하다.

2. 창작 의식의 낭만성과 '당나귀'의 의미

백석의 『사슴』 이후의 시에는 현실 도피적이거나 은둔적 태도가 종종 드러난다.[11] 선행 연구는 백석 시의 이러한 성향에 대해 크게 주목하지 않았지만, 백석 시의 낭만적 상상력을 해명하기 위해서는 현실 도피적 태도로 대표되는 백석 시의 낭만적 상상력이 어디에서부터 연원하는지 밝히는 작업이 선행되어야 한다. 낙원 회복 의식이라는 관점에서 백석의 시를 해석한 박주택은 『사슴』 소재 시편에서는 신화적 인간에로의 회귀라는 방향으로 낙원 회복의 꿈이 나타나다가 여행을 통해 그의 낙원 찾기가 강화된다고 보았다. 결국 낙원 찾기 과정에서 만나는 가난하고 소외된 민족 공동체와 민족 정서를 시로 재현시키려고 했다고 백석 시의 낙원 회복 의식을 평가하였다.[12] 그런가 하면 백석의 후기 시에 현실 도피적 태도가 나타난다는 데 주목한 다른 선행 연구들도 있었으나, 대체로 부분적인 언급에 그쳤다.[13]

---

11) 이경수, 「한국 현대시의 반복 기법과 언술 구조」, 고려대 박사학위논문, 2002, 71~73쪽.

12) 박주택, 앞의 책, 224~225쪽.

이 논문에서는 백석의 후기 시에 지속적으로 나타나는 동양적 상상력이 그의 시에 나타나는 낭만성을 해명하는 데 결정적 요인으로 작용한다고 보았다. 좀 더 흥미로운 것은 이러한 상상력이 궁극적으로 백석의 시작 태도를 드러내 준다는 데 있다. 이 장에서는 선행 연구에서 서구적 상상력과 관련지어 주로 해석해 온 「나와 나타샤와 흰 당나귀」를 중심으로 백석 시의 동양적 상상력이 그의 창작 의식과 어떻게 관련되는 지를 밝히고자 한다.

> 가난한 내가
> 아름다운 나타샤를 사랑해서
> 오늘밤은 푹푹 눈이 나린다
>
> 나타샤를 사랑은하고
> 눈은 푹푹 날리고
> 나는 혼자 쓸쓸히 앉어 燒酒를 마신다
> 燒酒를 마시며 생각 한다
> 나타샤와 나는
> 눈이 푹푹 쌓이는밤 흰당나귀타고
> 산골로가쟈 출출이 우는 깊은산골로가 마가리에살쟈
> 눈은 푹푹 나리고
> 나는 나타샤를 생각하고
> 나타샤가 아니올리 없다
> 언제벌서 내속에 고조곤히와 이야기한다
> 산골로 가는것은 세상한테 지는것이아니다
> 세상같은건 더러워 버리는것이다
> 눈은 푹푹 나리고
> 아름다운 나타샤는 나를 사랑하고
> 어데서 흰당나귀도 오늘밤이 좋아서 응앙 응앙 울을것이다
> ― 「나와 나타샤와 흰당나귀」(『女性』 3권 3호, 1938.3,
> 16~17면) 전문

---

13) 이경수, 앞의 글, 같은 곳.

흰 눈이 푹푹 내려 쌓이는 밤, 오지 않는 마음 속 연인 '나타샤'를 그리워하면서 홀로 소주잔을 기울이며 '산골로 가는 것'을 꿈꾸는 이 시는, 백석의 대표적인 연애시(戀愛詩)로 해석되어 왔다. 흰 눈이 온 세상을 뒤덮고 있는 풍경이나 이국적인 여인 나타샤, 역시 이국적인 분위기를 풍기는 '흰 당나귀' 등은 이 시의 분위기를 이국적인 낭만의 정취로 해석하게 하는 데 기여해 왔다. 이 시에서 '눈'이나 '흰 당나귀'는 온 세상이 하얀색으로 가득한 정서적 색채나 깊이를 표현하기 위한 도구로서 취급되어 왔을 뿐 백석의 창작 의식을 해명하는 중요한 소재로서 평가되지는 못했다.

그런데 사실 이 시에서 그리고 있는, 흰 눈이 쌓여 있는 곳을 당나귀를 타고 거니는 풍경은 맹호연이나 두보의 한시에서 흔히 볼 수 있는 시상(詩想)으로, 이러한 '기려행(騎驢行)'의 시상은 선비들의 풍류를 나타내는 '기려도(騎驢圖)'라는 유형의 그림에서 종종 볼 수 있는 것이었다. '기려도'란 선비가 당나귀를 타고 가는 모습을 그린 그림을 말하는데, 때로는 계절적 배경을 강조하여 풍설(風雪)이 분분한 겨울 경치를 배경으로 당나귀를 타고 다리를 건너는 선비의 모습을 그렸다.

기려행이 구체적으로 시상과 어떤 관련을 맺고 있는지를 해명한 글은 구양수의 『귀전록(歸田錄)』에서 찾을 수 있다. 『귀전록』에서 구양수는 시문을 구상하는 데 가장 좋은 분위기 세 가지를 들면서, 그 첫 번째로 당나귀의 등 위에 앉아 있을 때를 들었다.[14] '기려행'은 대체로 두 가지 의미를 띠고 있었다. 첫째, 특별한 목적지가 없이 소요하는 것을 의미하며, 둘째, 매사를 관조할 수 있을 만큼의 느린 움직임을 의미한다. 결국 이는 시상의 출발점인 동시에 세상에 대한 시인의 태도를 보여 주는 이미지라고 할 수 있다.

백석의 시 「나와 나타샤와 힌당나귀」는 '기려행', 그 중에서도 풍설이

---

14) 『귀전록』에서 구양수가 시문을 구상하는 데 가장 좋은 분위기로 든 것은 당나귀의 등 위에 앉아 있을 때(驢上), 잠자리에 누워 있을 때(枕上), 화장실에 앉아 있을 때(廁上)였다. 이 세 가지 중에서도 풍류 정신과 가장 잘 통하는 것은 당나귀에 앉아 있을 때, 즉 '기려행'이라고 할 수 있겠다. 구양수, 『귀전록』, 台北 : 藝文印書館, 1965.

흩날릴 때 당나귀를 타고 거니는 선비의 모습을 나타내는 이미지를 그 바탕에 깔고 있다. 물론 '기려행'의 일반적인 이미지를 그대로 따온 것은 아니며, 흰 눈이 푹푹 내리는 계절적 배경과 당나귀를 타고 간다는 설정을 주로 빌려 왔다고 볼 수 있다. 그러나 「나와 나타샤와 힌당나귀」에 전체적으로 깔려 있는 현실 도피적 분위기는 '기려행'의 영향을 받은 것이라고 보아야 한다. 특히 당나귀의 등 위에 타고 앉아 시구를 찾는다는 표현이나 당나귀의 등에 타고 앉아 술을 마시는 풍경이 당송대의 한시에 심심찮게 등장한다는 사실로 미루어볼 때 「나와 나타샤와 힌당나귀」에 등장하는 소재와 분위기는 이와 무관하다고 보기는 어려울 것이다.

물론 눈, 당나귀, 술과 같은 유사한 소재를 사용하고 은둔적 태도를 보였다고 해서 인용한 백석의 시를 한시(漢詩)의 이미지를 현대어로 번역해놓은 것 정도로 한정지어 이해하는 것은 정당하거나 올바른 태도라고 볼 수 없다. 백석 시의 우수함은 옛것의 계승이나 인용에 있는 것이 아니라 거기에 현대적인 정서와 분위기를 더하고 있는 데 있다.

당나귀의 등 위에서 흔들리며 시구(詩句)를 찾는 낭만적 태도라든가 당나귀를 타고 산골로 가는 것은 세상한테 지는 것이 아니라 세상 같은 건 더러워서 버리는 것이라는 말에서 느껴지는 현실 도피적 태도는 '기려행'의 일반적인 이미지를 계승한 것이라고 볼 수 있다. 그러나 한시에서 주로 인용된 기려행이 선비의 유유자적하는 소요(逍遙)를 드러내는 것이었다면, 인용한 백석 시의 경우에는 기려행의 기본 정서에 이국적 여인과 비현실적이고 낭만적인 사랑을 덧씌움으로써 연애시의 요소를 더해준다. 목적지 없이 느릿느릿 소요하는 '기려행'의 태도와 오갈 데 없는 비현실적 사랑의 분위기는 기막힐 정도로 잘 어울린다.

백석이 시를 쓰고 발표하며 주로 활동했던 시기는 어느 때보다도 검열의 억압과 횡포가 심했던 일제 말기였다. 1936년에 100부 한정판으로 『사슴』이라는 시집을 펴낸 이후에 1940년대 초반까지 그는 신문, 잡지 등에 시를 발표하다가 일제 말기 2~3년 동안은 절필을 하였다. 백석의 후기 시에 종종 등장하는 현실 도피적 태도는 맑은 물에 갓끈을 씻고 흐린 물에 발을 씻는[15] 은둔적 태도와 통하는 것이라고 볼 수 있다. 도가의 사상이나 유가의 사상 중에서도 은둔적 태도를 나타내는 구절이나 일화들을 그의 시에 종종 인용하고 있는 데서도 이러한 사실을 확인할 수 있다. 시인으로서 백석이 선택한 태도는 적극적인 저항의 태도는 아니었지만, 오히려 세상한테 지지 않겠다는 결벽의 태도가 시인으로서의 염결성을 훼손하지 않고 일제 말기에도 그를 진정한 시인으로 남게 했다는 점이야말로 이 시대의 아이러니였을 것이다.

현실에 대한 태도는 백석에게서는 시인으로서의 창작 의식과 다르지 않은 것이었다. 전통적으로 시상의 착상과 밀접한 관련을 맺고 있던 '당나귀'는 백석의 시에서 시인과 정서적으로 공감하는 생명체이자 자연물로서 새로운 의미를 부여받는다. 더구나 그것은 '힌당나귀'로서 세상의 때에 물들지 않은 순백의 영혼을 지녔다는 점에서 시인의 분신이라고 볼 수 있다. 이러한 자기 염결적 태도는 자폐적인 성향에 갇힐 위험도 지니고 있었지만, 백석의 경우에는 눈 덮인 하얀 세상에 "응앙 응앙" 울려 퍼지는 '당나귀의 울음소리'를 통해 정서적 공감을 확장하는 데 성공하게 된다. 시는 백석 시인에게 자신의 내면을 들여다보고 세상을 향한 공감의 폭을 넓히는 각별한 존재였던 것이다.

그러면 기려행을 거쳐 시인이 도달하고자 하는 곳은 어디인가? 그는 "출출이 우는 깊은 산골"로 가서 사랑하는 여인과 함께 "마가리"에 살고자 한다. 인적이 드문 깊은 산골 오막살이에서 사랑하는 여인과 함께 평화롭게 산다는 상상력은 익숙하고 보편적인 낭만적 정서이지만, 1920년대 시에 종종 등장하던 비극적 낭만성과는 다소 거리가 있다. 1920년대

---

15) 滄浪之水淸兮 可以濯吾纓 滄浪之水濁兮 可以濯吾足 [창랑의 물이 맑으면 갓끈을 씻고 창랑의 물이 흐리면 발을 씻겠다], 굴원, 초사, 어부편.

시에서는 이루어질 수 없는 사랑의 비극성을 고취하기 위해 '죽음'과 '밀실'이 종종 동원되었지만, 「나와 나타샤와 힌당나귀」에 등장하는 시적 공간은 몽환적이고 적막한 곳이기는 하지만 비극성이 강조되지는 않는다. 오지 않는 여인을 홀로 기다리는 상황은 비극적일 법도 한데, 백석의 시는 비극성에서 한발 비켜 서 있다. 그것은 시의 화자가 비록 상상 속에서나마 흰 눈이 푹푹 내려 쌓이는 밤에 흰 당나귀를 타고 산골로 가는 모습과 일치되어 있기 때문일 것이다. 눈 내리는 밤에 홀로 소주잔을 기울이는 화자와 그의 상상 속에서 흰 당나귀에 올라타 눈 속을 걸어 깊은 산골 '마가리'에 이르는 주체는 하나가 된다. 당나귀의 움직임에 따라 그의 등에서 느껴지는 반복적인 리듬감은 이 시의 기본문장을 변주하며 반복되는 리듬으로 표출된다. 백석은 기려행과 흰눈의 은둔적이고 몽환적인 이미지에 기대어 더러운 현실로부터 시의 화자를 격리시켜 놓는다. 그것은 세상한테 지는 것이 아니라는 화자의 말은 도피적 변명이라기보다는 불우(不遇)하고 혼탁한 세상에서는 관직에서 물러나 은둔할 것을 권고한 유가적 처세술의 영향으로 보아야 할 것이다. 실제로 백석 시인은 정세가 급변하는 일제 말기에는 작품 활동을 하지 않는 선택을 감행한다. 일제 말기 수많은 문인들이 친일로부터 자유롭지 못했음을 상기할 때 이러한 백석의 선택을 현실 도피적이라고 몰아붙일 수많은 없을 것이다.

3. 고전의 인용과 은둔의 상상력

백석의 『사슴』 이후의 시에는 동양의 고전을 인용한 흔적이 드문드문 나타난다. 평북 정주 지방의 방언 사용이라는 언어적 특성이 두드러진 백석 시에 대해서는 초기의 연구에서는 주로 토속적 성향이 주목받아 왔고, 최근의 연구에서는 토속성의 근대적 성격을 해명하는 연구가 이루어졌다.

백석 시를 리얼리즘으로 볼 것이냐 모더니즘으로 볼 것이냐라는 대립적 시각에 따라 연구가 진행되어 오다 보니, 백석 시에서 나타나는 동양적 상상력에 주목하는 연구는 진척되지 않은 것이 사실이다. 그러나 이 논문에서는 백석 시의 낭만적 성격을 해명하는 데 백석 시의 동양적 상상력을 분석하는 것이 의미가 있다고 본다. 이 장에서는 백석 시에 인용된 고전의 성격을 살펴봄으로써 그의 시에 나타나는 동양적 상상력이 낭만성과 어떤 관계를 지니는지 해명해 보고자 한다.

> 어진 사람이 많은 나라에 와서
> 어진 사람의 줏을 어진사람의 마음을 배워서
> 수박씨 닦은 것을 호박씨 닦은 것을 입으로 앞니빨로 밝는다
> 수박씨 호박씨를 입에 넣는 마음은
> 참으로 철없고 어리석고 게으른 마음이나
> 이것은 또 참으로 밝고 그윽하고 깊고 무거운 마음이라
> 이 마음안에 아득하니 오랜 세월이 아득하니 오랜 지혜가 또 아
> 득하니 오랜 人情이 깃들인 것이다
> 泰山의 구름도 黃河의 물도 옛 님군의 땅과 나무의 덕도 이 마음
> 안에 아득하니 뵈이는 것이다
>
> 이 적고 가부엽고 갤족한 히고 깜안 씨가
> 조용하니 또 도고하니 손에서 입으로 손으로 올으날이는 때
> 벌에 우는 새소리도 듣고 싶고 거문고도 한 곡조 뜯고 싶고 한
> 五千말 남기고 函谷關도 넘어가고 싶고
> 기쁨이 마음에 뜨는 때는 히고 깜안 씨를 앞니로 까서 잔나비가
> 되고
> 근심이 마음에 앉는 때는 히고 깜안 씨를 혀끝에 물어 까막까치
> 가 되고
>
> 어진 사람이 많은 나라에서는

五斗米를 벌이고 버드나무아래로 돌아온 사람도
그   차개에 수박씨 닦은것은 호박씨 닦은것은 있었을것이다
나물먹고 물마시고 팔벼개하고 누었든 사람도
그 머리 맡에 수박씨 닦은것은 호박씨 닦은것은 있었을것이다.
　　　　－「수박씨, 호박씨」(『人文評論』, 1940.6, 34~35면) 전문

　백석이 만주 신경(新京)에 거주하면서 쓴 시 「수박씨, 호박씨」에는 동양
의 고전이 인용되어 있다. 수박씨와 호박씨를 앞니로 발라 먹는 평화로운
풍경 속에서 시의 화자가 떠올리는 것은 어진 사람이 많은 나라의 지나간
세월들이다. 백석의 시에는 지나간 과거의 오랜 시간이 축적되어 있는 사
물이나 어휘가 종종 등장하는데,16) 이 시 역시 예외가 아니다. 낯선 이국
땅에 와서도 시의 화자가 낯섦보다는 익숙함을 느끼는 이유는 이국땅을
흘러 지나간 시간을 떠올렸기 때문이다. 더구나 그 시간은 독서의 체험을
통해 이미 화자에게 익숙한 것이다. 호박씨, 수박씨를 입에 넣는 마음속
에 이곳에서 살아온 사람들의 아득하니 오랜 세월과 지혜와 인정이 깃들
여 있음을 시의 화자는 잘 알고 있다. 따라서 그는 낯선 곳에서 친근함마
저 느낀다.

　인용한 시에는 동양 고전과 한시에서 익숙하게 보아온 상상력이 등장
한다. 중국의 한시나 고전에 흔히 등장하는 태산과 황하는 물론이고 삼황
오제(三皇五帝)로 통칭되는 "옛 님군"까지도 인용된다. 이곳 사람들의 일상
적이고 사소한 행위나 마음 하나에서도 그들에게 쌓여온 세월의 흔적을
읽어내고자 하는 것이다. 수박씨, 호박씨를 까먹는 한가로운 풍경에서 화
자가 먼저 떠올리는 것은 노자(老子)와 얽힌 일화이다. 중국 춘추시대의 사
상가 노자는 초나라 사람으로 주왕(周王)을 섬겼지만 주의 쇠망을 예견하

---

16) 이러한 백석 시의 특징에 대해 밝힌 연구로는 심재휘, 「1930년대 후반기 시 연구」,
　　고려대 박사학위논문, 1997; 최정례, 「백석 시 연구」, 고려대 석사학위논문, 2001;
　　등이 있다.

고 주나라를 떠났는데 그때 함곡관 관령 윤회의 간청으로 써준 책이 『도덕경』이라고 흔히 불리는 『노자』였다.17) 『도덕경』이 바로 오천 개의 말[言]로 이루어져 있었기 때문에 "오천말"을 남기고 갔다고 한 것이다. 노자가 말하는 도(道)는 한마디로 '무위자연(無爲自然)'인데, 인위적인 것으로부터 벗어나 자연 그대로의 삶을 추구함으로써 도를 회복할 수 있다고 보았다. 이 시의 화자는 문득 노자를 떠올림으로써 그와 같은 '무위자연'의 삶을 살고 싶은 심정을 드러낸다. '무위자연'은 백석 시의 화자가 도달하고자 한 이상향의 하나라고 볼 수 있다. 이상 사회의 추구는 대개 현실에 대한 강한 불만을 역설적으로 드러내는 표현 양식으로 나타나거나 이상과 현실의 괴리를 화해시키려는 이념적 · 정치적 운동의 사상적 실천으로, 심지어 어떤 경우에는 강력한 종교적 열정을 동반하며 현실을 전면 부정하고 새로운 세계의 도래를 신앙하는 혁명적 실천으로 나타나기도 한다.18) 백석 시의 경우에는 첫 번째 유형에 가장 가깝다고 할 수 있다. 실제로 이 시기의 백석 시에서는 은둔적이고 도피적인 삶의 태도가 느껴진다.

　　잔나비와 까막까치는 한시에 흔히 등장하는 소재들인데, 이 시에서는 자연의 일부가 되고 싶어 하는 화자의 심정을 반영한 매개물로 쓰였다.

---

17) 졸고, 「한국 현대시의 반복 기법과 언술구조」, 고려대 박사학위논문, 2002, 71쪽.
18) 김시천, 『철학에서 이야기로 ― 우리 시대의 노장 읽기』, 책세상, 2004, 99쪽.
　　김시천은 이 책에서 이상사회의 추구를 resentment 형태의 표현으로 보고 이상사회를 유토피아, 아르카디아, 천년왕국의 세 가지 유형으로 나누어 본 미이시 젠키치의 견해에 따라 노장사상에서 추구하는 이상 사회를 도가적 아르카디아의 도가적 유토피아로 나누어 본다. 그는 아르카디아를 현실 정치에서 몸을 배내 전원, 자연, 비정치적인 것을 아름답게 보면서 현실 정치권력에서 이탈하려는 탈정치적 성격을 지닌 것으로 봄으로써 현실정치가 다다라야 할 이념에 비춰 현실의 문제를 지적하며 정치개혁을 기대하고 정치적 가치를 추구하는 유토피아와는 구분하였다(김시천, 같은 책, 00~101쪽). 이러한 김시천의 분류에 따르면 백석의 시에서 그린 이상향은 아르카디아에 가깝다고 볼 수 있겠으나, 이 논문에서는 이상향인 동시에 어디에도 없는 세계라는 유토피아의 본래의 의미를 받아들여 유토피아의 의미를 좀 더 포괄적으로 이해하고자 하였다.

화자의 탈속(脫俗)의 욕망이 자연물에 의탁된 것이다. 다만 한시에서 잔나비와 까막까치가 등장하는 경우가 대체로 쓸쓸하고 적막한 분위기를 나타낸다는 점을 상기해 보면,[19] 인간 세계를 벗어나 자연의 일부가 되고 싶어 하는 화자의 바람 뒤에는 적막하고 쓸쓸한 현실이 숨어 있음을 짐작해 볼 수는 있다. 그가 끊어버리고자 하는 세속이 여전히 화자를 괴롭히고 있는 것이다.[20]

　옛 성현들에 대한 화자의 심정적 동일시는 계속된다. 4연에는 도연명과 공자에 얽힌 일화가 등장한다. 오두미(五斗米)를 버리고 버드나무 아래로 돌아온 사람은 '오류선생(五柳先生)'으로 알려진 도연명(陶淵明)을 가리킨다. 오두미는 하급관리에게 나라에서 녹으로 주던 곡식으로, 벼슬길에 있음을 의미하는 것이다. 당시 도연명은 잠시 벼슬길에 오르기도 했지만 '오두미' 때문에 향리의 소인에게 허리를 굽힐 수는 없다는 뜻을 밝히고 사임했다고 한다. 이후 그는 유명한 「귀거래사(歸去來辭)」를 쓰고 은둔 생활에 들어가게 된다. 도연명의 시에는 전원생활을 토대로 한 구체적인 삶의 모습이라든가 따뜻한 인간미가 잘 드러나 있는데, 이런 점은 백석 시에서도 공통적으로 느껴지는 정서라고 할 수 있다. 물질적인 것에 자존심을 팔지 않았던 도연명의 정신은 백석의 시 정신에로 계승된다.

　백석이 4연에서 인용한 『논어』 술이편에 등장하는 공자의 말 역시 의롭지 않은 부귀보다는 의로운 가난에 기꺼이 거했던 공자의 정신을 나타낸다. 거친 밥을 먹고 물마시고 팔베개를 해도 그 속에 즐거움이 있다는

---

19) 이에 대해서는 졸고, 「한국 현대시의 반복 기법과 언술구조」, 고려대 박사학위논문, 2002, 73쪽.

20) 「북방에서」, 「남신의주 유동 박시봉방」 같은 백석의 후기 시에는 고향을 떠나 방랑하는 화자가 등장하는데, 이들은 고향을 떠나 있으면서도 심리적으로나 정서적으로 고향에 매여 있는 존재들로서 진정한 의미에서 자유롭지는 못했다. 백석의 후기 시에 지배적으로 나타나는 적막하고 쓸쓸한 정서는, 버리고 왔지만 끊임없이 상기되는 고향/조국 때문이었을 것으로 추정된다.

말은 가난에 기꺼이 거하는 안빈낙도(安貧樂道)의 정신을 표상하는 것으로 이는 백석 시인이 지향하는 바이기도 했다. 그의 『사슴』 이후의 시에 '가난'에 대한 탐색이 종종 등장하는 것도 이러한 시인의 지향과 관계 있는 것으로 보인다.21) 의롭지 않은 부귀를 따르는 일은 뜬구름 같은 것임을 알았기 때문에 공자는 여러 나라를 떠돌며 유세했지만, 자신의 의지를 굽혀 타협하거나 하지는 않았다. 결국 공자는 불우(不遇)해서 그의 능력을 알아보고 등용하는 군주를 만나지 못했다.

　인용한 시에서 백석 시인이 고사와 함께 구체적으로 떠올린 인물들은 노자, 도연명, 공자 등인데, 이들은 모두 세속적인 가치와 화합하지 못하고 은둔하거나 떠돌았던 인물들이다. 이들의 모습은 시공의 차이와 사상적 편차를 뛰어넘어 시인 백석의 자전적 모습과 겹쳐진다. 일제 말기에 백석 역시 고향을 떠나 만주 등지를 떠돌아다녔으며, 일제 말기 2~3년간은 시를 발표하지 않고 절필했다. 그는 옛 성현들의 처세를 본받아 혼탁한 세상에서 최소한의 자존심과 자긍심을 지키려고 했던 것이다. 「남신의주 유동 박시봉방」에서 시인이 마음속으로 그려 본 "굳고 정한 갈매나무"는 시인이 마지막까지 지키고자 했던 정신을 표상하는 상징물이라고 할 수 있다.

> 오늘은 正月보름이다
> 대보름 명절인데
> 나는 멀리 고향을 나서 남의나라 쓸쓸한 객고에 있는 신세로다
> 　날 그 杜甫나 李白같은 이 나라의 詩人도
> 먼 타관에 나서 이 날을 맞은 일이 있었을 것이다
> 오늘 고향의 내 집에 있다면
> 새 옷을 입고 새신도 신고 떡과 고기도 억병 먹고
> 일가친척들과 서로　여 즐거이 웃음으로 지날것이였만

---

21) 이에 대해서는 다음 장에서 자세히 살펴보고자 한다.

나는 오늘 때 묻은 입듯옷22)에 마른물고기 한 토막으로
혼자 외로히 앉어 이것저것 쓸쓸한 생각을 하는 것이다
　날 그 杜甫나 李白같은 이 나라의 詩人도
이날 이렇게 마른물고기 한 토막으로 외로히 쓸쓸한 생각을 한
적도 있었을 것이다
나는 이제 어늬 먼 읜진 거리에 한 고향사람의 조고마한 가업집
이 있는 것을 생각하고
이 집에 가서 그 맛스러운 떡국이라도 한 그릇 사먹으리라 한다
우리네 조상들이 먼먼　날로 부터 대대로 이날엔 으레히 그러
하며 오듯이
먼 타관에 난 그 杜甫나 李白같은 이 나라의 詩人도
이날은 그어늬 한고향 사람의 주막이나 飯館을 찾어가서
그 조상들이 대대로 하든 본대로 元宵라는떡을 입에 대며
스스로 마음을 느꾸어 위안하지 않었을것인가
그러면서 이 마음이 맑은　詩人들은
먼 훗날 그들의 먼 훗자손 들도
그들의 본을 따서 이날에는 元宵를 먹을 것을
외로히 타관에 나서도 이 元宵를 먹을 것을 생각하며
그들이 아득하니 슬펐을 듯이
나도 떡국을 노코 아득하니 슬플 것이로다
아, 이 正月대보름 명절인데
거리에는 오독독이 탕탕 터지고 胡弓소리 뻴뻴높아서
내쓸쓸한 마음엔 작고 이 나라의　詩人들이 그들의 쓸쓸한 마
음들이 생각난다
내 쓸쓸한 마음은 아마 杜甫나 李白같은 사람들의 마음인지도
모를 것이다
아모려나 이것은　투의 쓸쓸한 마음이다
　　　－「杜甫나李白같이」(『인문평론』3권 3호(1941.4): 28~29쪽)

---

22) "입듯옷"은 '입든옷'의 오기인 것으로 보이나, 아직 백석 시의 텍스트 확정 작업이 엄
밀하게 이루어지지 않았으므로 이 논문에서는 원문에 충실하게 인용하고자 하였다.

남의 나라 땅에서 대보름 명절을 맞은 화자가 떠올리는 이는 당나라의 대표적 시인 두보와 이백이다. 백석이 『사슴』 이후에 발표한 후기 시에 시인 자신을 연상케 하는 1인칭 성인 화자가 종종 등장하는데, 이 시 역시 그렇다. 시의 화자는 두보와 이백과 자기 자신을 동일시하려고 한다. 두보나 이백 역시 먼 타관에서 명절을 맞은 적이 있었을 거라는 말은 단지 화자의 추측에 불과한 것은 아니다. 실제로 두보와 이백은 오랫동안 방랑생활을 한 것으로 알려져 있다. 두보는 20대 전반은 강소(江蘇), 절강(浙江)에서, 20대 후반에서 30대 중반까지는 하남(河南), 산동(山童) 등지에서 방랑 생활을 했다고 한다. 이후에도 관직에 오를 기회를 잡지 못해 궁핍하고 불우한 생활을 계속한 것으로 알려져 있다. 시선(詩仙)으로 불리는 이백은 25세 때 촉나라를 떠난 이후 평생 유랑 생활을 했다고 한다. 현종의 부름을 받아 잠시 벼슬길에 오르기도 했지만 그의 기질 때문에 오래가지는 못했다. 일찍이 도교에 심취한 그의 시는 도교적 색채를 드러내기도 했다.

　고향을 떠나 객지에서 지내는 이의 외로움과 쓸쓸함은 백석의 후기 시에 종종 나타나는 감정이다. 평범한 날들도 그럴 것인데 새 옷에 화려한 음식에 친척들이 모여 북적하게 지내는 명절이야 두 말할 나위도 없을 것이다. 『사슴』에 실려 있던 초기 시 「여우난곬族」에 그려진 풍요롭고 북적거리는 명절과 이 시에 그려진 명절날의 분위기는 대조적이다. "마른 물고기 한 토막으로" 달래기에는 그 쓸쓸함이 클 것이다. 화자에게 쓸쓸함을 견디게 하는 힘은 오히려 두보나 이백 같은 시인과 자신을 동일시하는 데서 온다. 두보와 이백도 오랜 세월을 방랑하며 쓸쓸하고 불우한 생애를 살았지만, 그들이 남긴 시는 동양의 고전으로 시공을 초월해 사랑받고 있다. 일상생활에서 많은 제재를 취한 두보의 시적 특징이라든가 꾸밈이 없고 낭만적인 이백의 시의 성향은 백석의 시가 지니고 있는 느낌과도 흡사한 면이 있다. 직접적으로 영향 관계를 따져보기는 어렵지만, 백석이 이들의 시에서 자신과 공통된 성향을 발견한 것은 추측 가능한 일이라고 할 수 있다.

백석의 후기 시에 나타나는 은둔의 상상력은 이와 같이 고전을 인용한 시에서만 나타나는 것은 아니다. 1947년에 발표한 「적막강산」이라는 시에도 "산으로 오면 산이 들썩 산소리 속에 나 홀로/벌로 오면 벌이 들썩 벌소리 속에 나 홀로" 있는 적막감이 그려져 있다. 이 시의 계절적 배경은 생명 활동이 왕성한 여름인데,23) 그렇게 북적대고 흥성거리는 계절에도 화자는 쓸쓸함과 외로움을 느끼고 있다. 외따로 떨어진 곳에 홀로 있는 화자의 모습은 그의 후기 시에서 흔히 볼 수 있는 광경이다. 백석의 후기 시에 나타나는 은둔의 상상력은 현실 도피적인 그의 성향을 드러내는 것이기는 하지만, 그 배면에는 세상과 화합하지 못하는 시인의 성향이 깔려 있다. 그리고 은둔의 상상력의 근저에는 앞에서 살펴본 것 같이 그가 즐겨 읽거나 섭렵했던 동양 고전의 영향이 자리 잡고 있는 것으로 보인다.

4. 자의식의 공간으로서 '가난'의 의미

『사슴』 이후의 백석 시에는 유독 '가난'이라는 시어가 자주 등장한다. '가난'은 백석 시에서 주로 시인과 상상적으로 동일시되어 있는 화자가 처한 상황으로 그려진다. '가난한 나'라는 수식어는 그의 후기 시에서 쉽게 찾아볼 수 있다. 그런데 백석의 시에서 '가난'이 중요한 의미를 지니는 것은 단지 자주 등장하는 시어이기 때문은 아니다. '가난'을 그리고 '가난'을 대하는 시인의 태도가 독특하기 때문이다. 백석 시에 나타나는 '가난'은 다른 시인들의 시에서 시적 화자를 둘러싼 배경이자 환경으로 그려지는 '가난'과는 성격이 좀 다르다. 백석 시의 '가난'이 지니는 성격에 대해서는 이미 김신정의 선행연구가 있었지만,24) 이 논문에서는 동양적 상상

---

23) 졸고, 「한국 현대시의 반복 기법과 언술구조」, 고려대 박사학위논문, 2002, 65쪽.
24) 김신정, 「백석 시의 '가난'에 대하여」, 『문예연구』 30, 2001년 가을호.

력과 유토피아를 지향하는 낭만성이라는 관점에서 백석 시의 '가난'에 접근해 보고자 한다.

오늘저녁 이 좁다란 방의 흰 바람벽에
어쩐지 쓸쓸한 것만이 오고 간다
이 흰 바람벽에
히미한 十五燭전등이 지치운 불빛을 내어던지고
때글은 다낡은 무명샤쯔가 어두운 그림자를 쉬이고
그리고 또 달디단 따끈한 감주나 한잔 먹고 싶다고 생각하는 내
가지가지 외로운 생각이 헤매인다
그런데 이것은 또 어인일인가
이 흰 바람벽에
내 가난한 늙은 어머니가 있다
내 가난한 늙은 어머니가
이렇게 시퍼러둥둥하니 추운 날인데 차디찬 물에 손은 담그고
무이며 배추를 씻고 있다
또 내 사랑하는 사람이 있다
내 사랑하는 어여쁜 사람이
어늬 먼 앞대 조용한 개포가의 나지막한 집에서
그의 지아비와 마조 앉어 대구국을 끓여놓고25) 저녁을 먹는다
벌써 어린것도 생겨서 옆에 끼고 저녁을 먹는다
그런데 또 이즈막하야 어늬사이엔가
이 흰 바람벽엔
내 쓸쓸한 얼골을 처다보며
이러한 글자들이 지나간다
─나는 이 세상에서 가난하고 외롭고 높고 쓸쓸하니 살어가도록
태어났다
그리고 이 세상을 살어가는데

---

25) "끓여놓고"는 '끓여놓고'의 오기이다.

내 가슴은 너무도 많이 뜨거운 것으로 호젓한 것으로 또 사랑으
로 슬픔으로 가득 찬다
그리고 이번에는 나를 위로하는 듯이 나를 울력하는 듯이
눈질을 하며 주먹질을 하며 이런 글자들이 지나 간다
─하늘이 이 세상을 내일적에 그가 가장 귀해하고 사랑하는 것들
은 모두 가난하고 외롭고 쓸쓸하지 그리고 언제나 넘치는 사랑
과 슬픔 속에 살도록 만든 것이다
초생달과 바구지꽃과 짝새와 당나귀가 그러하듯이
그리고 또 「프랑시쓰・쨈」과 陶淵明과 「라이넬・마리아・릴
케」가 그러하듯이
　　─「흰 바람벽이 있어」(『문장』 3권 4호(1941.4): 165~167쪽)

　‘흰 바람벽’은 시인과 상상적으로 동일시되어 있는 화자의 내면을 비추
어 보는 자성적(自省的) 공간이다. 바람벽은 바깥의 바람을 막는 역할을 하
는 벽으로 그림자 등이 비치는 곳이다. 바람벽이 유독 흰 빛깔로 그려진 것
은 백석이 후기 시에서 시인 자신의 내면과 관련된 사물이나 공간, 대상 등
에 일관되게 ‘흰색’을 사용한 것과 관련이 있어 보인다. 그의 시에서 바람
벽은 그림자만 비치는 공간이 아니라 화자의 자의식이 투영된 공간인 ‘흰
바람벽’으로 형상화한 것이다. 무채색의 흰 빛깔은 그의 시에서 민족적 색
채로서의 의미를 부여받기도 하지만,[26] 아무것도 가진 것 없는 무소유의
빛깔이라는 의미를 지니기도 한다. 그런 점에서 흰 사물이나 존재들은 ‘가
난’한 존재를 형상화한 빛깔이기도 하다. 백석 시에 그려진 가난이 단지 물
리적인 가난만을 가리키지 않는다는 것을 이로부터 짐작해 볼 수 있다.
　위의 시에서 가난은 어머니로부터 화자인 나에게로 이어져 내려오는
것으로 그려져 있다. 화자에게는 “가난한 늙은 어머니”가 있고 화자 자신
도 “가난하고 외롭고 높고 쓸쓸하니” 살아가도록 운명 지어졌다고 생각

────────────

26) 「국수」 같은 시가 대표적이다.

한다. 운명적으로 화자와 닮은 존재로는 "초생달과 바구지꽃과 짝새와 당나귀"가 있고, 프란시스 잼과 도연명과 라이너 마리아 릴케라는 시인이 있다. 시인이 자신의 분신이자 닮은꼴로 떠올리는 존재들은 소박하고 고고한 이미지의 자연물이거나 자연친화적이며 은둔적이며 낭만적이고 고독한 시를 쓴 시인들이다. 그는 소박하지만 고고한 아름다움을 지닌 존재들을 자신과 병치해 놓음으로써 '가난'에 고고한 정신적 높이를 부여한다. 따라서 이 시에서 화자에게 가난은 극복의 대상이라기보다는 잘 맞는 옷처럼 편안히 거주할 수 있는 공간에 가깝다. 백석 시의 가난은 이원적인데, 「여승」이나 「팔원」같이 제삼자가 등장하는 시에서는 궁핍한 식민지 현실을 떠올리게 하는 사회적이고 물리적인 의미에서의 가난이 등장하지만, '가난한 나'가 등장하는 내성적 성향의 시에서는 화자가 처한 정서적이고 정신적인 상황을 의미하는 자의식적 공간으로서 가난이 그려진다. 후자의 가난은 앞 장에서 살펴본 바와 같이 안빈낙도(安貧樂道)의 정신을 계승한 것이라 볼 수 있다.

　이 시의 화자는 가난하고 외롭고 높고 쓸쓸하니 살아가도록 태어난 것을 자신의 운명이라고 생각한다. 그것은 정확하게 시인의 운명과 겹친다. 가난은 백석의 시에서 외로움과 짝을 이룬다. 그것은 단지 물질적 의미에서의 빈곤은 아니다. 풍요롭지 못하고 결핍된 자의식적 공간이 가난으로 표현된 것이다. 화자의 가난은 어머니의 가난으로부터 계승된 것이지만 어머니의 가난과 동일하지는 않다. 오히려 『사슴』에 실려 있는 유년 화자가 등장하는 풍요롭고 자족적인 세계로부터 떨어져 나온 화자의 외상의 표현이 가난이라고 보는 것이 정확할 것이다. 그 세계로 돌아갈 수 없는 거리감이 백석의 시에서는 가난이라고 표현된 것이다. 유독 그의 후기 시에 '가난'이 등장하는 까닭은 그 때문이다. 따라서 가난은 1930년대 후반기의 시인 백석에게 존재론적 조건이 된다. 외롭고 높은 고고(孤高)함은 가난과 더불어 시인의 조건을 형성한다. 외로움은 가난과 짝을 이뤄 시인의 소외감을 나타내 준다. 세상으로부터 소외되었다고 느끼는 시인은 사실은 세상으로부터 스스로를 소외시킨 것이기도 하다. 외로움은 높은 정신과 짝을 이루었을 때 추하지 않고 자존심을 지킬 수 있는 것이 된다. "세상 같은 건 더러워 버리는 것"(「나와 나타샤와 흰당나귀」)이라는 백석의 후기 시에 나타나는 일관된 태도의 일단이 여기서도 느껴진다. 그러나 고고함이 지나쳐 현실과의 관련을 잃어버리면 홀로 높아져 시인의 길을 벗어나게 될 수도 있다. 백석의 시가 고고함을 중시하면서도 천상이나 영원성의 세계로 비약하지 않고 현실과의 관련을 잃어버리지 않는 태도는 "쓸쓸"함이라는 말에서 나타난다. 끊임없이 발을 디디고 있는 현실을 돌아보고 이상과 현실 사이의 아득한 거리를 느낄 수 있을 때 비로소 쓸쓸함이라는 정서는 발생한다. 그리고 그것은 시인으로서의 마지막 조건이 된다. 허무에 도달하기는 쉽지만, 허무의 정신을 견인(堅忍)하기는 쉽지 않다. 일찍이 김윤식이 언급했듯이, 허무의 늪을 건너는 백석 시의 태도에는 소박하지만 놀라운 정신이 숨어 있다. 그 견인의 정신을 지탱해 주는 힘은 그의 시의 배후에 도사리고 있는 동양적 상상력에 있다고 생각한다.

> 내가 이렇게 외면하고 거리를 걸어가는 것은 잠풍날씨가 너무나
> 좋은 탓이고
> 가난한 동무가 새 구두를 신고 지나간 탓이고 언제나 꼭같은 넥
> 타이를 매고   은사람을 사랑하는 탓이다
>
> 내가 이렇게 외면하고 거리를 걸어가는 것은 또 내 많지 못한 월
> 급이 얼마나 고마운 탓이고
> 이렇게 젊은 나이로 코밑수염도 길러보는탓이고 그리고 어늬 가
> 난한집 부엌으로 달재 생선을 진장에 꼿꼿이 짖인것은 맛도 있
> 다는 말이 작고 들려오는 탓이다
> ─「내가이렇게외면하고」(『女性』3권 5호(1938.5): 18~19면) 전문

백석의 시에는 가난을 부끄러워하지 않고 기꺼이 그 안에서 즐기는 안빈낙도의 태도가 보인다. 동시대의 시인 이용악의 시에서도 '가난'은 종종 소재로 등장하지만 그의 시에서 '가난'은 제발 들키고 싶지 않은 부끄러움이자 먹을 것을 걱정하는 물리적 고통과 절망으로 그려진다. 그런 점에서 이용악 시의 가난은 사회적 성격이 강하다. 반면에 백석의 시에서 가난은 「여승」이나 「팔원」같은 시를 제외하고는 그렇게까지 비참하게 그려지지는 않는다. 특히 시인과 상상적으로 동일시된 1인칭 화자가 등장하는 시에서는 물리적인 비참함보다는 정서적인 색채를 강하게 띠고 나타난다. 이때 가난은 대개 화자의 자의식과 관련된다.

인용한 시에서 화자는 자신이 이렇게 외면하고 거리를 걸어가는 이유에 대해 구구절절이 늘어놓는다. 날씨 탓도 해보고 변심한 가난한 친구 핑계도 대보고 많지 않은 월급이지만 자신이 얼마나 고마워하고 있는지를 이야기해 보기도 하지만, 이 시에서 묻어나는 정서는 쓸쓸함과 상실감이다. 거리는 타인들과 마주칠 수 있는 가능성을 지닌 공간이자, 관찰이 가능한 공간이다. 하지만 화자에게는 거리를 걸어가는 그러한 상황이 달갑지 않아 보인다. 애써 외면하고 거리를 걸어가는 이유는 사람들과 마주치고 싶지 않거나, 보고 싶지 않은 모습을 보지 않기 위해서인 것처럼 보인다. 변심해 가는 세상이 화자에게는 외면의 이유이자 대상이었는지도 모른다. 백석 시인이 몇몇 시를 통해 경의를 바친 바 있는, 안빈낙도와 청렴결백한 은둔의 태도를 보인 시인이나 사상가들처럼 그 역시 살고 싶었겠지만, 요동치는 세상이 그에게 유혹으로 다가오기도 했을 것이다. 이 시에서는 애써 태연한 체하지만 유혹에 예민해진 화자가 감지된다. 유혹에 흔들리지는 않았더라도 쉽게 변하는 세상의 모습에는 적어도 흔들리거나 상처받았을 것이다. 이때 시인의 분신인 화자가 취하는 태도는 세상사의 잡다하고 사소한 일들로부터 고개를 돌리고 그것을 외면하는 것이다. 물론 이러한 화자의 태도에 대해서도 도피적이라고 평가할 수는 있을 것이다. 그러나 기질적으로 투사와는 거리가 멀었던 백석 시인으로서는 아마도 식민지 말기를 견디는 최선의 선택이 세상으로부터 고개를 돌리는 방식이었을 것이다. 스스로를 고립시킴으로써 그는 세상의 더러움으로부터 몸을 피한다. 그러면서도 그의 시는 종교적 세계로 귀의하거나 청정한 자연 세계에 스스로를 유폐하지는 않는다. 그는 차라리 어디에도 정착하지 못하고 떠돌아다니는 쓸쓸한 방랑을 선택한다. 백석의 시는 쓸쓸한 정취를 통해 훼손된 현실과 지향하는 현실 사이의 아득한 거리를 상기시키는 방식으로 가혹한 시대를 견뎌낸다. 이때 가난은 시인이 거주할 수 있는 내면의 공간이라는 성격을 지니게 된다. '가난한 나'는 백석의 후기 시에서 반복적으로 나타나는 화자의 모습인데, 그것은 종종 '흰색의 나'로 변주되기도 한다. 세속의 때에 물들지 않은 순결하면서도 자존심을 잃어버리지 않은 영혼을 '가난한 나', 또는 '흰색의 나'로 표현한 것이다. 그가 거주한 순결한 자의식의 공간은 마침내 거칠고 가혹한 시대를 거치면서도 시인으로서의 자신의 모습을 상실하지 않게 하는 힘으로 작용하게 된다. 그런 점에서 '가난'은 식민지 말기 지식인의 정신세계를 상징하는 철학적이고 정신사적인 의미를 부여받게 된다.

5. 모계적 공통체로서의 유토피아

이 장에서는 이상에서 살펴본 백석 시에 나타난 동양적 상상력에 대한 논의들을 토대로 백석 시가 지향하는 유토피아의 모습을 구체적으로 그려 보고자 한다. 그것은 「나와 나타샤와 힌당나귀」에서 백석이 사랑하는 여인과 함께 당나귀를 타고 가려고 했던 "깊은 산골 마가리"의 세계를 구체적으로 그려보는 것이기도 한다. 물론 그의 후기 시는 이미 회복할 수 없는 이상향과 현실과의 아득한 거리를 의식하고 있었지만, 백석 시인을

쓸쓸한 허무에 발 담그게 한 회복할 수 없는 세계는 도대체 어떤 모습을
지닌 세계였는지 검토해 볼 필요가 있다.

> 달빛도 거지도 도적개도 모다 즐겁다
> 풍구재도 얼럭소도 쇠드랑볏도 모다 즐겁다
>
> 도적괭이 새끼락이나고
> 살진 쪽제비 트는 기지게 길고
> 홰냥닭은 알을낳고 소리치고
> 강아지는 겨를 먹고 오줌 싸고
>
> 개들은 게뭏이고 쌈지거리하고
> 놓여난 도야지 둥구재며오고
>
> 송아지 잘도 놀고
> 까치 보해 짖고
>
> 신영길 말이 울고가고
> 장돌림 당나귀도 울고가고
>
> 대들보우에 베틀도 채일도 토리개도 모도들 편안하니
> 구석구석 후치도 보십도 소시랑도 모도들 편안하니
> ―「연자ㅅ간」(『朝光』 2권 3호(1936.3): 298~299면) 전문

인용한 시는 백석 시인의 지향한 유토피아가 어떤 모습을 지닌 세계인
지를 짐작하게 해주는 시이다. 자연물과 동물과 사물과 인간이 갈등 없이
편안하고 평화롭게 공존하는 세계는 이질적인 것들이 공존하는 세계의 모
습을 형상화한 것이다. 이것은 백석의 초기 시로부터 후기 시에까지 이어

지는 일관된 경향이라고 할 수 있다. 다만 후기 시에는 도달할 수 없는 세계에 대한 아득한 거리감과 쓸쓸함의 정서가 두드러질 뿐이다.

이렇듯 평화로운 공존의 세계는 지배와 피지배의 이분법적인 관계가 온전히 살아 있는 대립적 세계 속에서는 실현 불가능한 것이다. 시인 백석이 살았던 당대는 지배자로서의 식민지 종주국과 피지배자로서의 식민지가 대립하고 있는 불평등하고 폭력적인 세계였다. 그러나 시를 통해 백석이 그린 세계 속에는 지배자도 피지배자도 없다. 저마다의 개성을 지닌 다양한 존재들이 종차(種差)를 불문하고 더불어 평화롭게 어우러져 있는 세계인 것이다. 그런데 이질적인 것들이 공존공생(共存共生)하는 이러한 세계는 서구의 근대적인 자연관과는 거리가 먼 세계이다. 서구의 근대적 자연관은 미지의 존재로서의 자연을 손아귀에 넣어 인지하려는 욕망으로부터 비롯된다. 따라서 자연에 대한 인간의 우위를 점하고, 자연을 지배하고 닦달하는 태도를 기본적으로 보인다. 그에 비해 동양적 자연관은 이분법적이고 대립적인 시선을 벗어나 더불어 사는 존재로 자연을 인식하는 경향이 있었다.[27] 앞서 살펴본 백석의 시 「수박씨, 호박씨」에도 인용된 도연명은 오류선생(五柳先生)이라는 별명으로 불리기도 했는데, 버드나무와 도연명 자신을 나란히 병치시켜 놓을 정도로 자연물에 대해 동등한 시선을 지니고 있었다. 이러한 특징이 백석의 시에서는 이질적인 것들이 공존하는 유토피아의 모습으로 자연스럽게 형상화된다. 예로부터

---

27) 장파는 『동양과 서양, 그리고 미학』에서 중국의 창작론은 '마음으로 조화를 본받는다(心師造化)'는 원칙을 지니는데, 여기서 '조화'는 자연을 가리킨다고 보았다. 이것은 자연을 눈앞에 대상으로 두고 모방하는 서구의 창작론과 다르다고 보았다. 장파, 유중하 외 역, 『동양과 서양, 그리고 미학』, 푸른숲, 1999. 유약우는 좀 더 단순명쾌하게 중국 시인들에게 자연은 창조주의 구체적 현시(顯示)가 아니라 그 자체일 뿐이며, 자연을 운동의 원동력으로 관찰하는 것이 아니라 하나의 실재(實在)로 받아들인다고 설명하였다. 따라서 중국시에서 자연은 인간에게 적대적인 존재이거나 투쟁의 대상이 되지 않고 오히려 자연의 일부로서 인간이 그려진다고 보았다. 유약우, 이장우 역, 『중국시학』, 명문당, 1994, 93쪽.

한시에서도 자연물에 의탁해 정서를 드러내거나 선경후정(先景後情)의 방법으로 자연물과 인간을 나란히 놓는 태도는 일반적인 것이었다. 자연을 스스럼없는 친구로 대하거나 더불어 공존하는 존재로 다루려는 기본적인 태도는 백석의 시에도 일관되게 나타나는 것인데, 이러한 백석 시의 성향은 동양적 자연관에 바탕을 둔 상상력과 연관된 것이라 볼 수 있다.

온 마을사람들이 둘러앉아 국수를 먹으며 하나가 되는 평화롭고 아름다운 풍경을 그리고 있는 시「국수」에도 음식물에 영혼을 불어넣는 백석 시 특유의 태도가 나타나 있다. 이것은 자연과 사물을 비롯해서 타자를 대하는 전통적 태도와 근본적으로 관련이 있어 보인다. 시인이 그리는 공동체는 "곰의 잔등에 업혀서 길여났다는 먼 녯적 큰마니"의 전설과 "집등색이에 서서 자채기를 하면 산넘엣 마을까지 들렸다는 먼 녯적 큰아바지"의 전설이 내려오는 곳이다. 이처럼 시인이 그리는 공동체에는 샤머니즘적 색채가 자욱하다. 태곳적으로부터 형성된 그 마을에는 국수 한 그릇을 앞에 두고 온 마을 사람들이 둘러앉아 행복한 시간을 보낼 수 있는 소박하고 고담한 사람들이 산다. 그곳에서 국수는 이미 음식물의 차원을 벗어나 마을 사람들의 의젓한 마음과 텁텁한 꿈과 하나가 되는 존재로 거듭난다.

그런데 과거의 풍요로운 모습을 지향한다고 해서 백석의 시가 가부장제적 질서가 살아 있는 과거의 복원이나 회귀를 지향하는 것은 아니다. 그가 꿈꾸는 유토피아적 세계에는 가부장제적 위계질서가 잘 드러나지 않는다. 오히려 그의 시에는 아버지와 할아버지의 모습보다는 어머니와 할머니의 모습이 더 두드러진다. 그것은 「흰 바람벽이 있어」에서 시인의 자의식적 공간인 흰 바람벽에 비치는 존재가 누구인지를 생각해보아도 짐작할 수 있다. 그의 흰 바람벽에는 "내 가난한 늙은 어머니"와 "내 사랑하는 어여쁜 사람"이 비친다. 아버지와 할아버지의 자리는 그곳에 없다.[28]

---

28) 백석의 시에서 아버지와 할아버지, 삼촌 등의 존재가 등장하지 않는 것은 아니지만, 어머니, 할머니, 고모, 이모, (사랑하거나 사랑했던) 여인 등의 모습이 출현하는 비중

백석의 시에는 유독 여성의 형상이 두드러지게 나타나는데, 특히 **몇몇** 시에서는 모계 사회적 공동체의 모습을 띠고 나타나서 주목할 필요가 있다.

승냥이가 새끼를치는 전에는 쇠메듦도적이 났다는 가즈랑고개

가즈랑집은 고개 밑의
山넘어마을서 도야지를 잃는 밤 즘생을쫓는 깽제미소리가 무서
웁게 들려오는 집
닭개즘생을 못 놓는 멧도야지와 이웃사춘을 지나는 집

예순이 넘은 아들 없는 가즈랑집 할머니는 중같이 정해서 할머
니가 마을을 가면 긴 담배대에 독하다는 막써레기를 대라도 이
라고하며

간밤엔 섬돌아레 승냥이가 왔었다는 이야기
어느메 山곬에선간 곰이 아이를 본다는 이야기

나는 돌나물김치에 백설기를 먹으며
   말의 구신집에 있는 듯이

가즈랑집 할머니
내가날 때 죽은 누이도 날 때
무명필에 이름을 써서 백지 달어서 구신간 시렁의 당즈깨에 넣
어 대감님께 수영을 들였다는 가즈랑집 할머니
언제나 병을 앓을 때면
신장님달련 이라고하는 가즈랑집할머니
구신의 딸이라고 생각하면   버   다

이 압도적인 것은 사실이다.

토끼도 살이 올은다는 때 아르대즘퍼리에서 제비꼬리 마타리 쇠
조지 가지취 고비 고사리 두릅순 회순 山나물을하는 가즈랑집
할머니를딸으며
나는 벌서 달디단물구지 우림 둥굴네 우림을 생각하고
아직 멀은 도토리묵 도토리범벅까지도 그리워 한다

뒤우란 살구나무 아레서 광살구를 찾다가
살구벼락을 맞고 울다가 웃는 나를 보고
미꾸멍에 털이   자나났다 보자고 한 것은 가즈랑집할머니다
찰복숭아를 먹다가 씨를 삼키고는 죽는것만같어 하로 종일 놀지
도 못하고 밥도 안먹은것도
가즈랑집에 마을을 가서
당세먹은 강아지같이 좋아라고 집오래를 설레다가였다
　　　　　　　　　－「가즈랑집」(『사슴』, 선광인쇄주식회사, 1936.) 전문

　마을의 우환을 돌보는 무당이자 병든 사람을 치료해 주는 의사의 역할
까지 도맡아 한 가즈랑집 할머니를 만나기 위해서는 가즈랑 고개를 넘어
가야 한다. 가즈랑집 할머니가 사는 가즈랑집은 가즈랑 고개 밑 깊고 으
슥한 곳에 있다. 그곳에는 밤이면 항상 짐승을 쫓는 소리가 들려온다. 아
무 때나 멧돼지가 제 집 드나들듯 드나드는 곳이어서 닭, 개, 짐승을 기를
수도 없는 곳이다. 이러한 장치들은 가즈랑집과 그 집주인인 할머니를 신
화화하고 신비화하는 장치들이다. 거기엔 물론 이야기도 빠질 수 없다.
간밤엔 섬돌 아래까지 승냥이가 왔었다는 이야기, 어느 산골에선가는 곰
이 아이를 본다는 황당무계한 이야기들이 그곳에서는 사실처럼 전해진
다. 물론 아무도 그것을 의심하지 않는다. 그런 점에서 백석이 그리는 가
즈랑집을 둘러싼 세계는 전근대적이다. 재단하고 통제하는 근대적 계몽
의 시선이 들어오기 이전의 미분화된 세계가 그곳에는 있다. 따라서 가즈
랑집이 위치해 있는 무속적 세계에서 자연과 인간과 귀신은 경계를 넘어

자연스럽게 어울린다. 가즈랑집 할머니는 귀신과도 마을 사람들과도 자유롭게 소통하며 서로간의 이야기를 들어주고 상처를 치유해주는 존재이다. 백석의 시에서 그리는 유토피아는 부계적 위계질서에 의해 지배되는 세계가 아니다. 가즈랑집 할머니를 통해 시인이 그리려 한 유토피아는 이질적인 것들이 평화롭게 공존하는 모계 사회적 전통에 가까운 모습이다. 그의 시에서 가즈랑집 할머니는 지배자가 아니라 치유자의 형상을 하고 있다.

그밖에도 시인이 그리는 유토피아가 모계적 공동체에 가깝다는 것을 알려 주는 작품으로 「고야(古夜)」, 「넘언집 범같은 노큰마니」 등이 있다. 유년의 기억 속에 남아 있는 여러 밤의 풍경을 그리고 있는 「고야」에는 '아배는 타관 가서 오지 않고 엄매와 나(유년의 화자)와 단둘이서' 무서움에 떠는 밤이 등장한다. 그밖에도 이 시에서 그리는 이러저러한 밤에 화자와 함께 하는 것은 '엄매'와 '망내고무'와 '일가집 할머니' 등의 여성이다. 심지어 어머니나 고모가 들려주는 이야기 속에도 '닭 보는 할미'라든가 '쌔하얀 할미귀신' 같은 여성이 주로 등장한다. 1939년 4월에 『문장』에 발표된 「넘언집 범 같은 노큰마니」에는 집안의 최고 어른으로서 엄격함과 자상함을 함께 갖춘 "아배에 삼촌에 오마니에 오마니"인 '노큰마니'가 등장한다. 그런데 흥미로운 것은 '노큰 마니'가 사는 집 역시 "색동헌겊"과 "뜯개조박" 등이 내걸린 무속적 공간인 "국수당 고개"를 넘어가야만 이를 수 있는 깊고 으슥한 곳에 자리 잡고 있다는 점이다. 엄격하지만 유년의 화자에게만은 한없이 자상한 '노큰마니'의 모습은 여러 가지 면에서 '가즈랑집' 할머니를 연상시킨다. 이들은 대모이자 최고 어른으로서 마을이나 일가의 중심에 자리한다. 이렇듯 유년의 화자가 등장하는 백석의 시에서 여성 형상이 자주 출현하는 것은 실제로 유년의 화자가 어머니라든가 할머니, 고모 같은 여성들과 주로 유년의 밤을 함께 보냈기 때문이기도 하겠지만, 시인이 그리워하는 고향의 모습이 여성 중심의 모계 사회적 속성을 지니고 있기 때문이기도 할 것이다. 물론 거기에는 시인이 선택한 화자가 유년의 화자의 모습을 하고 있다는 사실 또한 중요하게 작용한 것으로 보인다. 백석 시의 동화적 상상력에 대해서는 이미 적지 않은 선행 연구들이 있었지만[29] 이러한 동화적 상상력의 바탕에는 여성 중심의 모계 사회적 특징이 자리를 잡고 있었을 것이다.[30] 그리고 그것은 시인이 그리는 유토피아, 즉 가부장제적 위계질서가 붕괴되고 이질적인 것들이 평화롭게 공존하는 세계로 자연스럽게 이어진다.

백석이 그리는 유토피아는 가부장제적 위계질서가 사라진 사회라는 점에서 모계적 사회의 속성을 지니고 있으나, 이질적인 것들이 평화롭게 공존하는 유토피아는 이상향인 동시에 어디에도 없는 곳이다. 그나마 자연의 모습이 그가 그리는 유토피아의 모습에 가장 가깝다고는 볼 수 있겠지만 말이다. 백석의 시는 은둔적이고 도피적이고 주변적인 태도를 지니는데, 이러한 성향은 동양적 자연관이라든가 동양적 상상력과 밀접한 관련을 맺고 있었던 것으로 보인다. 결국 이러한 분위기가 가부장적 지배 질서가 온존해 있는 공동체가 아니라 모계적이고 원시적이고 이질적인 공동체를 지향하게 한 것으로 보인다. 백석의 시는 이질적인 것들이 각자의 개성을 잃지 않으면서 평화롭게 공존하는 모계적 공동체로서의 유토피아를 꿈꾸는데, 사실상 그 꿈에 도달하지는 못한다. 그의 낭만성이 감상주의에 빠지지 않고 현실과의 거리에서 쓸쓸함을 자아내게 하는 힘을 지닌다는 점에서 백석 시에 근대적 의식이 작동하고 있음을 짐작할 수 있다.

---

29) 졸고, 「백석 시 연구―화자 유형을 중심으로」, 고려대 석사학위논문, 1993, 이혜원, 「백석 시의 동심 지향성과 그 의미」, 한국문학연구소 제15회 연구발표회 발표문, 고려대학교 한국문학연구소, 2002.

30) 백석 시에는 여성 형상이 자주 출현할 뿐만 아니라 언어적이고 형식적인 측면에서도 여성적 특성이 나타난다. 수다스럽고 분산적이고 병렬적인 말하기의 특성은 구술적인 특성이기도 하면서 동시에 여성적 말하기의 특성으로 볼 수도 있다. 이러한 특성을 살린 백석 시의 형식은 여성적 글쓰기라는 차원에서도 접근 가능한 것으로 보인다.

6. 동양적 상상력의 근대적 작동 방식

　이상에서 살펴본 바와 같이 백석의 시에 나타난 유토피아 의식은 낭만성의 연원을 밝히는 것을 통해 구명할 수 있었다. 이 논문에서는 백석 시의 낭만성을 동양적 상상력과의 관련 아래 일관되게 분석하고자 하였다. 백석의 시는 동시대의 정지용의 시처럼 표 나게 동양적 상상력을 표방하지는 않았다. 그런 까닭에 백석의 시를 대상으로 동양적 상상력을 분석하는 연구는 지금까지 이루어지지 않았던 것이 사실이다.31) 근대성이라는 관점에서 백석의 시를 해명하고자 하는 견해가 최근에는 지배적이었는데, 아마도 이러한 연구 성향이 백석 시의 동양적 상상력에 접근하는데 장애로서 작용했을 것이라는 추정도 가능하다. 그러나 이러한 관점은 백석 시의 새로움을 밝히는 데는 유용하지만, 단지 그것이 새로워서 의미가 있다거나 근대적이므로 새롭다는 식의 순환 논리에 빠질 가능성이 있다. 오히려 백석의 시가 지닌 새로움을 정확하게 파악하기 위해서는 그의 시가 동양적 상상력에 기반을 두고 있으면서도 그로부터 얼마나 달아났는지를 분석하는 방식이 더 유용할 것으로 보인다. 동양적 상상에 기반한 시는 토속적이거나 낡은 것이고, 근대적 상상력에 기반한 시는 근대적이고 새로운 것이라는 식의 낡은 이분법에서 이제는 벗어나야 한다. 백석의 시는 그런 의미에서의 낡은 이분법을 근본적으로 분쇄시킨다는 점에서 무엇보다도 새롭다.

　백석의 시는 「나와 나타샤와 힌당나귀」에서처럼 동양적 상상력에 바탕을 둔 창작의식이 나타나는 시도 눈에 띄고, 동양 고전이나 옛 시인들을 언급하면서 맑은 물에 갓을 씻고 흐린 물에 발을 씻는 식의 은둔의 상

---

31) 백석의 『사슴』에 등장하는 이미지즘 시에 대해서 동양적 자연의 허정의 세계와 여백의 미를 관조적으로 보여 준다고 간략하게나마 언급한 것 정도가 전부이다.
　박주택, 앞의 글, 46쪽.

상력에 기반한 시도 여러 편 씌어졌다. 백석의 후기 시에 집중적으로 나타나는 자의식적 공간으로서의 '가난'이라든가, 초기 시로부터 후기 시에 이르기까지 지속적으로 등장하는 여성 형상을 중심으로 한 모계 사회적 공동체의 특성에서도 동양적 상상력은 일관되게 나타난다. 다만 이상에서 살펴본 바와 같이 백석의 시가 즐겨 활용한 동양적 상상력은 가부장적 지배질서가 온존하는 세계와는 거리가 멀었다. 그는 은둔적이고 도피적이며 주변적인 세계관과 이미지를 주로 활용했는데, 그것은 궁극적으로 1930년대 후반기 시인으로서 백석이 자기 자신에게 던진 '나는 누구인가?'라는 자의식적인 질문과 만남으로써, 시인이 처한 현실과의 괴리가 자아내는 쓸쓸함을 형상화하는 방향으로 나아가게 된다. 그것이 백석 시의 동양적 상상력이 근대적인 질문과 만나는 자리이며, 동시에 백석 시의 동양적 상상력이 근대적으로 작동하는 방식이었다.

제4부

동화의 상상력

동화적 상상력과 근대문학의 성립

─ 최남선을 중심으로

남기택*

1. 머리말

동화적 상상력이 본격적인 문학 형성의 동력으로서 문학 장(場) 속에 개입되는 시점은 근대적 아동문학 장르가 개척되는 시기, 즉 방정환의 소년운동이 전개되고 그 일환으로 잡지『어린이』가 출간되는 1923년 전후가 될 것이다. 그러나 아동문학의 본격적 전개 이전에도 그와 같은 성격의 문학적 행위가 존재하지 않았다고는 할 수 없다. 아동문학을 포함하는 근대문학 자체가 미적 자율성의 형식이라는 제도 이전에 다양한 문학적 실천들의 혼효와 상충을 동반하고 있는 사건이었다. 예컨대 문학을 통한 효용의 추구는 근대문학 이전과 이후를 관통하는 주요한 속성의 하나이다. 이러한 지적이 '문학'이라는 개념의 발생적 맥락, 즉 문학이 제도의 성립과 더불어 창출된 근대적 역어(譯語)라는 사실을 부정하는 것은 아니다.[1]

---

1) 근대적 문학 개념의 성립에 관해서는 권보드래,『한국 근대소설의 기원』(소명출

다만, 그것을 어떤 표현으로 부르든 문학적 행위는 제도와 무관하게 지속되었던 실체적 활동이라는 사실을 상기하고자 할 따름이다. 동화적 상상력 역시 각종 신화나 설화를 포함하여 고전문학의 주요 모티프로서 산견될 뿐만 아니라,[2] 근대문학의 형성과 전개를 담당하는 동력의 일환으로 문학 장 속에서 기능하게 된다. 『소년』(1908)을 통한 최남선의 출판문화 운동이 근대문학의 형성에 지대한 영향을 미친 사실은 주지하는 바와 같다. 『소년』에 이은 『붉은 저고리』(1913), 『아이들 보이』(1913), 『청춘』(1914) 등의 발간 목적이 젊은 독자를 대상으로 한 계몽의식의 설파에 있는 동시에, 그러한 목적으로 인하여 주요 논조가 낭만적 이상과 동경의 정서에 기초하게 된다는 점 역시 남다른 지적은 아니다.

　그럼에도 불구하고 동화적 상상력이라는 문학 발생의 한 요소가 근대문학 장의 성립에 어떠한 역할을 담당하고 있었는가에 대한 접근은 동화 혹은 아동문학이라는 개별 장르의 연구 분야에만 국한되고 있는 듯하다. 그 이유는 우선 동화적 상상력이 근대문학 장 속에 본격화되는 배경과 관련된다. 아동문학은 소위 근대 기획의 일환으로 문학 장에 등장하게 된다. 그리하여 그것은 계몽주의 패러다임의 최전선에서 기획의 의지에 종속됨으로써 ‘문학’으로서의 자격을 얻지 못하는 것이다. 주체적 근대의 역사(役事)를 위한 ‘소년’의 등장 역시 동궤의 한계를 벗어나지 못한다. 또한 기존의 문학사가 아동문학에 부여한 구성적 지위, 즉 동화와 동시 등

판, 2000) 중 제2장 「‘문학’ 범주 형성의 배경」과 김동식, 「한국의 근대적 문학 개념 형성과정 연구」, 서울대 박사학위논문, 1999, 황종연, 「문학이라는 譯語」(문학사와 비평연구회, 『한국문학과 계몽담론』, 새미, 1999, 등 참조.

2) 예컨대 이정자는 향가와 그 배경 설화 속에 나타난 동화적 요소를 지적한다. 이를테면 「서동요(薯童謠)」의 가사내용은 동화에서나 가능한 주술적 요소를 담고 있으며, 그 배경 설화 역시 한 편의 동화라 할 수 있다. 서동이의 신이적(神異的) 탄생설화, 서동이의 동요 전파, 공주와의 만남, 법사의 신통력 등이 그것이다. 이정자, 「향가와 그 배경 설화에 나타난 동화적 요소 고찰」, 건국대 동화와번역연구소 편, 『동화와 신화』, 새미, 2002, 81~83쪽.

아동문학은 근대문학의 주변부에 위치한다는 점을 들 수 있겠다. 다시 말해 동화라는 장르는 본격적인 문학에서 주변적인 위치에 놓이며 특수한 독자층에 한정된다는 시각이 그것이다. 그 밖에도 분명한 장르 구분, 즉 문학과 아동문학의 구분은 문학에 포함된 동화성의 요소를 '미적 자율성'의 하위 수단으로 특화시킨다. 따라서 아동을 대상으로 한 '아동문학'과 미적 자율성으로서의 '문학'이 엄격하게 분리된다. 이러한 시각으로 볼 때 아동문학은 본격 문학 논의의 대상이 되기에는 한계를 지닌다. 형식적인 면에서나 내용적 측면에서 동화 혹은 동화적 상상력을 모태로 한 문학은 본격문학의 성립과 발전 과정에서 주변적인 대상일 수밖에 없었다.

이러한 기존의 입장은 문학과 아동문학을 구별하는 문학사의 관성이 그대로 반영된 결과라 할 수 있다. 이 글은 동화적 상상력을 장르적으로 한정하는 시각에서 벗어나 그것이 근대문학 일반에도 일정한 영향력을 행사하며, 또한 다양한 전개 과정에서 하나의 역할을 담당하고 있다는 입론 아래 최남선의 경우를 주목하고자 한다. '소년'으로 상징되는 최남선의 계몽사상은 근대문학의 형성에 중요한 역할을 한 바 있다. 아동문학사의 쟁점 중에는 그 기원과 관련하여 『소년』을 중심으로 한 최남선의 문학 활동이 포함된다. 이러한 논란 속에는 아동문학의 기점을 그에게로 소급할 수 있느냐의 문제만이 아닌 대상화된 아동을 상상적으로 그려나가는 차원, 그와 더불어 문학의 성립을 매개하는 동화적 상상력의 작용이라는 문제가 동시에 관련된다. 이 글은 이에 대한 시론격의 접근에 해당할 것이다.

2. 문학 장의 성립과 동화적 상상력

우선 본고에서 사용하는 동화적 상상력이라는 개념에 대해 그 의미망을 한정할 필요가 있겠다. 이를 위해 동화라는 장르의 일반적 개념과 발생 과정을 간략히 정리하면 다음과 같다. 동화는 산문이면서 시적이요 공상적인 이야기로서 발생사적으로는 소설의 모체라 할 수 있다. 소설과 다른 점으로 동화는 추상적이요 공상적인 요소를 가지며 서술에 있어서도 줄거리에 치중하면서 산문시적인 표현을 하며 디테일의 묘사는 거의 존재하지 않는다는 점을 들 수 있다. 소설이 치밀한 묘사와 정확하고 과학적인 계산 아래 씌어지는 데 비해서, 동화는 함축성 있는 단순한 묘사를 지향하고 그 내용에서도 공상적 · 초자연적 세계를 그릴 수 있는 것이 특징인 것이다.3) 이러한 동화는 구전되어 오던 전래 동화를 계승하여 문학으로서의 위치를 확보하게 된다. 근대적 동화의 모태로 거론되는 그림(Grimm) 동화나 안데르센(Andersen) 동화 역시 이와 같은 성립 과정을 거치고 있다. 본격적 창작 동화의 발생 또한 옛날이야기를 재구성하는 차원에서 비롯됨을 볼 수 있다.

동화적 상상력은 이러한 동화를 성립시키는 정신일 것이며 장르에만 국한되는 요소는 아니다. 사후적 해석이긴 하나 구전 설화나 옛이야기는 이미 동화적 상상력의 소산이라고 할 수 있을 것이다. 범박한 차원에서 정의내리자면 동화적 상상력은 동심에 기초하고 있으며 환상성과 낭만성을 포함하는 문학적 장치이다. 여기에는 환상에 근거하고 있는 서사구조, 우화적 내용을 주제화함에 있어 토속적인 소재를 취하거나 방언을 활용하는 수사기교 및 이미지 등이 포함될 수 있다. 의도적인 동심 지향성과 유년기의 체험을 주된 소재로 활용하고 있는 경우도 동화적 상상력에 바탕한 문학 양상이라고 할 수 있겠다.

그렇다면 공상적 요소를 근간으로 하며, 이러한 모티프를 지닌 모든 문학을 동화적 상상력의 소산이라 규정할 수 있는가의 문제가 발생하게 된다. 이와 관련하여 한 작가의 작품세계 전반을 통해 동화적 상상력이라는 문학 발생 요소가 존재하는지의 여부가 신중히 판단되어야 하리라고 본다.

---

3) 이원수, 『아동문학 입문』(개정판), 한길사, 2001, 30쪽.

그 결과 단순한 소재의 차원을 넘어 동화적 상상력의 의식적 구사가 문학세계의 주요 요소를 이루고 있는 경우를 준별해나가는 작업이 필요할 것이다. 본고에서 주목하고자 하는 최남선의 경우 외에도 이광수, 전영택, 이무영, 백석, 윤동주, 이태준, 정지용 등의 문학은 동화적 상상력과 긴밀하게 연관되어 있는 예에 해당한다. 그 외에도 동화적 상상력의 구조를 문학세계의 주요 요소로 지니는 작가들이 다수 존재하는 이유는 초기 근대문학 장에 있어서 아동문학과 일반문학의 엄격한 구분이 존재하지 않았다는 특성과도 관련이 있다. 예컨대 정지용과 이태준은 1920년대 후반에서 1930년대 초에 걸쳐 아동문학을 본격문학으로 승격시키는 데에 결정적 기여를 하게 된다.4) 이러한 근대문학의 다양한 성격들이 아동문학적 관점에서는 물론 일반문학사의 차원에서도 심도 있게 연구되어야 할 것이다. 또 다른 예를 들자면 동화적 상상력의 의식적 구사와 관련하여 백석을 주목할 수 있다. 백석은 1930년대의 특유한 모더니즘적 성과를 이루어내는 과정에서 동화적 상상력을 매개하고 있으니 이는 자기만족적인 소재주의의 아동을 벗어나는 경지라 할 수 있다. 또한 그러한 특성을 해방 이후에까지도 지속시키고 있는 드문 예에 해당한다.5) 이를 통해

---

4) 원종찬, 「정지용과 이태준의 아동문학」, 『아동문학과 비평정신』, 창작과비평사, 2001, 324쪽.

5) 나아가 백석의 문학세계는 일본의 근대 작가 아쿠타가와 류노스케(芥川龍之介)와 동화적 상상력이 관련된 대비 점을 지니고 있다. 이들의 문학은 무엇보다 동화적 상상력에 기반하고 있으며 강한 서정성을 지향하였다는 점에서 친연성을 지니면서도, 백석이 전통적 정서와 공동체의식을 형상화한 반면 아쿠타가와는 지극한 자기애라는 인간의 존재조건에 기초하고 있다는 차이점이 드러나기도 한다(이에 대해서는 졸고, 「백석과 아쿠타가와 ─ 동화적 상상력을 중심으로」, 『어문연구』 제37집, 어문연구학회, 2001.12 참조). 사실 근대문학 장 내에서 아동문학 혹은 동화적 상상력의 존재나, 예컨대 백석 문학이 지니는 동화적 특성에 대한 지적이 새로운 것은 아니다. 그렇다면 백석의 문학세계에 나타나는 동화적 상상력에 대해서 형식적 특질을 넘어 어떤 위상으로 의미를 부여할 수 있을까가 관건이 된다. 분명한 것은 백석 문학에서 자타의 이분법적 구분을 넘어 화해와 우화를 지향하는 것이 동화적 상상력의 정체를 이루고 있다는 점이라 할 수 있겠다.

서 우리는 동화적 상상력이 아동문학뿐만 아니라 일반 문학 속에서도 미적 자아에 대한 인식과 더불어 문학의 한 속성으로 존재한다는 점을 확인할 수 있다. 동화적 상상력은 불구적 근대를 복원하는 능동적 기획으로서의 성격과 계몽주의 서사의 완성을 향한 도구적 이성의 수단이라는 성격 등 복합성을 지니는 근대문학의 한 동력이었던 것이다.

동화적 상상력이 본격적으로 근대문학의 장에 개입되는 과정은 아동문학의 성립과정과 크게 다르지 않다. 동화적 상상력이 수반하는 근대문학적 성과를 논하기 위해서는 근대문학 장 속에서 동화적 상상력의 주체인 아동의 개념이 본격화되는 정치사회적 맥락을 고려해야만 한다. 주지하는 바와 같이 '소년'으로 상징되는 동화적 주체는 근대문학의 성립기에 시대적 화두로 등장한 바 있다. 제도적으로 볼 때 19세기 후반에 이르러 근대적 교육이 학교교육의 형식으로 자리하게 된다. 그 과정에서 계몽주의적 관점은 근대적 권력을 위한 수단으로서 아동을 통제하고 규율권력으로 작용하기에 이른다.[6] 이처럼 소년은 근대적 계몽의식에 의해 타자화된 대상으로서, 혹은 대상화된 소년으로서 '발견'된 것이었다.[7] 문학을 통해서 대중을 계몽하거나 근대적 가치를 설파하려는 경향은 근대문학의 형성시기에 종종 발견되는 현상이다. 그러나 '소년'은 계몽주의적 수사에 한정되지 않는 중층의 차원으로 대상화되는 것도 사실이다. 최남선

---

6) 근대 교육과 아동의 제도화, 근대적 아동문학의 형성과정에서 발견된 '소년'과 '청춘'의 의미에 대해서는 김화선, 「한국 근대 아동문학의 형성과정 연구」, 충남대 박사학위논문, 2002 참조.

7) 가라타니 고진(柄谷行人)에 따르면 '아동문학'의 탄생은 역사적 연속성이 아니라 하나의 절단, 전도로서 또는 물질적 형식(제도)의 확립으로 간주해야 한다. '아동'의 발견은 '풍경'이나 '내면'의 발견에서 생겨난 것이며, 그것은 아동문학에 한정되는 문제가 아니다. 가라타니 고진, 「아동의 발견」, 『일본 근대문학의 기원』, 박유하 역, 민음사, 1997, 156쪽 우리 근대문학 장의 성립이 이와 동일한 관점에서 해석될 수는 없겠지만, '진정한 어린이'의 관념이 '아동' 자체의 역사성을 은폐한다는 지적은 보편적인 기원의 역학을 설명해주고 있다.

은『소년』을 통해 조선의 현실을 소년에 등치시켜 인식하고 있었으며, 그에 따라 근대문학의 동력인 출판문화 운동을 주도하게 된다. 여기서 소년은 식민지화되어 가는 조선의 운명 혹은 성숙되어야만 하는 계몽의 대상으로 설정된 것이었다. 이러한 인식적 구도는 최남선 문학과 동화적 상상력의 관계를 우연한 도식이 아니게 하는 근거가 된다.

이와 연관하여 간과할 수 없는 문제는 근대문학의 성립이 본격적 출판문화의 전개와 동시에 진행되었다는 점이다. 초기 출판문화의 본격화 과정에 나타나는 동화적 상상력의 양상은『소년』과『청춘』등에 집중되는데, 이들 잡지를 전후하여 근대적 출판문화의 형태가 존재하지 않았던 것은 아니다. 그러나 당시의 출판문화 현황은 상업성에 치중한 점이 없지 않았다. 신소설의 매체가 된 신문 잡지의 경우가 대표적인 예라 할 수 있다. 초기 근대문학사의 성립에는 신문과 출판사의 분업체제가 작동하고 있었지만, 대중성과 상업성의 추구로 인하여 근대 세계체제의 제도적, 인식론적 특질이 침투하고 있지 못하는 것이다.[8] 이러한 한계를 직시하고 근대적 세계 인식과 계몽 의식의 추구를 통해 문학에 있어서도 근대적 장을 형성하게 된 것이 최남선의『소년』과『청춘』이었고, 그 과정에는 웅대한 꿈의 실현이 동화적 상상력을 통해 강조되고 있었다.

그러나 동화적 상상력이 근대문학에 관계하는 방식은 긍정적인 것만이 아니었다. 주지하다시피 계몽을 위한 수단으로서 아동의 발견이나, 도구적 문학관의 양산 등은 아동문학을 포함한 근대문학 초기의 한계 상황인 것이다. 이처럼 동화적 상상력이 계몽을 빌미로 아동을 전유하는 양상은 비단 우리 문학계만의 문제는 아니었다. 이를테면 키플링의『킴』(1901)은 서양인의 인도 체험이 동화적 모티프를 빌어서 어떻게 동양을 전도시키는가에 대한 하나의 예시가 될 수 있다.[9] 우리의 제국주의 경험은 오리엔탈

---

8) 한기형,「최남선의 잡지 발간과 초기 근대문학의 재편 —『소년』,『청춘』의 문학사적 역할과 위상」,『대동문화연구』제45집, 성균관대 대동문화연구원, 2004, 223쪽.

리즘의 전도된 성격을 이중적으로 체험하는 과정이었다. 동화적 상상력과 관련시켜 볼 때, 일본 제국주의의 내면화된 오리엔탈리즘은 그 실현의 과정에서 동화(同化)를 위해 동화(童話)를 전유하는 양상을 드러내고 있다. 이러한 내외적 혼란 속의 문학 성립 과정에서 동화적 상상력은 순수한 동심의 추구나 내면적 세계로의 침잠과는 다른 계몽주의적 속성을 지닐 수밖에 없었다.

그렇게 성립된 동화적 상상력의 개별 작품들은 한 작가의 문학세계나 문학 장 전반과 연관되는 내용적, 형식적 특질을 포함하게 된다. 따라서 근대문학에 나타난 동화적 상상력은 단순한 삽화를 넘어 전반적 문학세계의 의미를 결정하는 한 요소라 할 수 있다. 이처럼 동화적 상상력은 문학적 전통의 하나인 환상성과 낭만성에 연관되며 근대적 패러다임을 경험하면서 본격적으로 전개되어 나간다. 그 과정에서 내면으로만 침잠할 수 없었던 내외적 조건이 우리 문학의 동화적 상상력에 강한 계몽성을 지니게 한 원인이었으며, 그럼에도 불구하고 민족공동체적 질서의 재발견이나 자아와 타자라는 이항대립적 경계의 해체 등 긍정적 효과를 산출하기도 한다. 실로 근대문학은 미적 자율성이라는 지배적 형상을 변주하는 우연적이고도 특수한 문학적 실천을 통해 다양하게 전개되어 나간다. 동화적 상상력이 담당한 이러한 변방의 실천은 외재적이고 획일적인 근대적 지향을 상대하는 특수한 내성이었다고도 할 수 있겠다.

---

9) 이에 대해서는 에드워드 사이드, 「제국주의의 즐거움」, 『문화와 제국주의』, 김성곤 · 정정호 역, 도서출판 창, 1995 참조. 사이드에 따르면 "키플링의 소년다운 쾌락적 기질의 표시"가 드러내는 『킴』은 말장난과 진지한 정치적 신중성이 혼합되어 있다. 이 작품에서 키플링은 은연중 영국의 자비로운 영향력, 정당성과 합법성을 강조하며, 나아가 일종의 도덕적 승리주의를 강조한다. 궁극적으로 자신의 삶을 자발적으로 다시 소유하는 킴은 식민지 인도에서 영국계 지배 계급의 재유용의 과정과 다르지 않다는 것이다. 252~62쪽.

3. 최남선의 경우

동화적 상상력과 관련해서 주목되는 장르는 당연히 아동문학 분야일 것
이다. 앞서 언급한 바와 같이 근대적 의미의 아동문학은 방정환의 『어린이』
로부터 비롯되었다는 것이 일반적인 견해이다. 이에 비해 최남선의 '소년'은
오늘날 신세대라는 의미에 가깝고, 따라서 『소년』은 '아이 · 어른'의 문제가
아니라 '신 · 구' 대립의 양상을 반영하는 잡지이며, 더욱이 계몽잡지의 성격
으로 출발한 것이라는 지적이 있다.10) 하지만 최남선의 아동문학에 대한 관
심은 이후 『붉은 저고리』, 『아이들 보이』, 『청춘』 등에 걸쳐 지속되고 있
다. 또한 잡지의 대상 연령이 점차 낮아지고 있다는 사실을 통해 최남선의
아동문학에 대한 관심이 일시적인 것이 아니었으며, 아동에 대한 인식도
'아동=신세대' 식의 도식적 이해에 국한되지 않는다는 점을 알 수 있다.

초기 최남선 문학에 나타난 아동이 계몽의 도구로서 발견된 아동이라는
사실을 부정하기는 어렵다. 주지하는 바와 같이 최남선은 근대문학 장을
대표하는 계몽주의자였고, '소년' 모티프는 계몽사상을 드러내는 상징이었
던 것이다. 이러한 특성을 확인하기 위해 『소년』의 발간 취지를 다시 본다.

> 나는 이 雜誌의 刊行하난 趣旨에 對하야 길게 말삼하디 아니호
> 리라. 그러나 한마듸 簡單하게 할 것은
> 「우리大韓으로 하야곰 少年의 나라로 하라 그리하랴 하면 能히
> 이 責任을 堪當하도록 그를 敎導하여라」
> 이 雜誌가 비록   으나 우리同人은 이 目的을 貫徹하기 爲하야
> 온갓 方法으로써 힘쓰리라.
> 少年으로 하야곰 이를 닑게 하라 아울너 少年을 訓導하난 父兄으
> 로 하야곰도 이를 닑게 하여라.11)

---

10) 원종찬, 「한국 현대아동문학사의 쟁점」, 『아동문학과 비평정신』, 창작과비평사,
2001, 144쪽.

이 취지문은 창간호 이래 『소년』의 권두에 반복해서 제시되고 있다. 그런 만큼 『소년』을 대표하는 상징적 문구라고 할 수 있겠는데, 여기서는 우리나라를 소년의 나라로 비유하며 그 주체인 소년을 '교도'할 것을 강조하고 있다. 방법을 가리지 않고 그러한 목적을 관철하기 위하여 힘쓰겠노라는 의지 역시 전형적인 계몽의식의 문체가 아닐 수 없다. 계몽의 대상으로서 소년의 부각은 당대 출판문화 운동의 본격적 전개와 동시에 나타난 근대 기획의 일환이었다. 나아가 미적 자율성의 내면화는 출판문화 운동을 통한 문학 장의 성립과 분리될 수 없다. 아동문학의 성격이 계몽성과 불가분의 관계에 있다는 사실은 이러한 근대문학의 성립 배경과도 연관된다. 문학이 문학이라는 관념만으로 존재할 수 없었듯이 동화적 상상력은 계몽적 성격을 벗어나기 어렵다. 근대화를 추구하기 위한 신문, 잡지 등 문학 장의 성립과 문학의 태동이 맺는 외적 연관 속에서, 근대의식 설파를 위한 효과적인 수단으로서 동화적 상상력은 문학 장의 주요 요소로 등장하게 되는 것이다. 그 결과 문학의식 내에 동화적 상상력이 자리하게 되고 이는 필연적으로 계몽적 성격을 지니게 된다. 그렇기 때문에 어린이를 대상으로 한 문학에 계몽성이 드러나는 것 자체가 문제일 수는 없다. 아동문학은 이후 본격적으로 발전되는 시기에도 근본적으로 계몽적 성격을 벗어나지 못했던 것이 사실이다. 예컨대 마해송, 이원수, 이주홍 등으로 대표되는 초기 아동문학 작가들의 작품세계가 민족·역사·독립 등의 거대담론에 치중한 반면, 삶의 세부를 형상화하거나 어린이들이 겪는 일상적인 삶에 대한 경험의 형상화는 공통적으로 부족한 편이라는 지적에서도 아동문학 성립의 본질적 계기로서 계몽성의 문제가 드러나고 있다.[12] 미성숙한 아동을 전제로 하는 장르인 만큼, 아동을 견인하는 문화적 기제로서 동화를 비롯한 아동문학이 존재하는 것은 오늘의 사

11) 『소년』 제1년 제1권, 1908. 11.
12) 김상욱, 「희망의 문학, 계몽의 담론」, 『창작과비평』, 2002 여름, 314쪽.

정과도 크게 다르지 않다. 다만 궁극적 지향이 성인 혹은 계몽이라는 관념을 위한 것이냐 아동 자체를 향하는 것이냐의 차이가 존재하게 된다고 할 수 있을 것이다.

최남선의 동화적 상상력이 지니는 문제점 역시 계몽성 자체에 있다기보다는 작위적인 아동 설정, 나아가 문학성을 얻지 못하는 의도의 과잉 등을 지적해야 하리라고 본다. 「해에게서 소년에게」는 그런 한계를 벗어나지 못한다.

> 六
> 텨……ㄹ썩, 텨……ㄹ썩, 텩, 쏴…아.
> 뎌世上 뎌사람 모다미우나, 그中에서 꼭한아 사랑하난 일이잇스
> 니
> 膽크고 純精한 少年輩들이,
> 才弄텨럼, 貴엽게 나의 품에 와서 안김이로다.
> 오나라 少年輩 입맛텨듀마.
> 텨……ㄹ썩, 텨……ㄹ썩, 텩, 튜르릉, 콱.
>   ─「海에게서 少年에게」(『少年』 제1년 제1권) 부분

인용 부분은 「해에게서 소년에게」에서 '소년'이 등장하는 유일한 연이다. 여기서 소년을 표상하는 부분은 "담크고 순정한" 정도인데 이는 작품의 체험 내용이라기보다는 기성세대의 규제로부터 소년을 해방시켜야 한다는 개화사조의 여파에 지나지 않는다고 볼 수 있다.[13] 소년은 계몽담론의 도구일 뿐이요 따라서 진정한 소년의 의미와는 거리가 멀다는 것이다. 반면에 이 작품이 아동 내지는 소년들을 위해서 바쳐진 현대적 의미의 동시 혹은 소년 시로서 이해되기도 한다. 여기서의 꿈과 의지는 소년을 위

---

13) 김용직, 「<海에게서 少年에게>의 이해」, 김열규 편, 『최남선과 이광수의 문학』 Ⅰ, 새문사, 1981, 34쪽.

한 시의 미학으로 발전된 것이며, 실제적 형식과 주제의 내면을 차지하고 있는 소년에의 동경은 동심에서 염원되는 시인 자신의 소년성의 발화라는 것이다.14) 「해에게서 소년에게」가 근대시의 효시냐 아니냐 하는 해묵은 논쟁을 재론할 필요는 없다. 이 작품이 지닌 근대시로서의 한계는 주지하는 바와 같다. 구체적 체험을 형상화하지 못하는 화자의 관념적 언술은 문학을 빗겨가는 생경한 구호와도 같다. 이 작품이 지닌 문학적 효과라 한다면 소년의 소재화, 의성어의 사용 등 파격적 형식이 가져온 낯설게 하기의 체험을 들 수 있겠다. 그러나 그나마도 창발적 상상력의 소산이 아닌 외래적 모티프를 빈 형식이라 함에 문학적 문제는 더욱 복잡해지는 것이다. 「해에게서 소년에게」와 같은 신체시의 창작 조건은 시나 예술의 차원에 속하는 것이 아니라 신지식 수입의 차원, 곧 '논설의 율문화(律文化)'라 할 수 있다.15) 이처럼 최남선의 초기 문학세계가 모방된 형식을 통해 관념을 전면에 내세우는 것, 그리하여 결국 계몽주의로 귀착되는 것은 동화적 상상력의 성격과도 관련된다. 동화 자체가 디테일보다는 스토리 중심이라는 구조를 지니는 것이며 「해에게서 소년에게」를 비롯한 최남선의 시편들은 그러한 의도의 과잉이 시적 형상으로 나타난 전형적 예에 해당한다.16)

이처럼 최남선의 소년이 진정한 소년을 위한 발상이 아니라는 점은 분명하다 하겠다. 그러나 그것은 동화적 상상력과 문학이 관계하는 특수한 방식이라는 점에서 근대문학 장 속의 독특한 지위를 차지하는 것이기도 하다. 문학의 성립에는 근대의 패러다임이 보편화되는 과정이 장의 형성과 관련하여 존재하게 되고, 근대적 사유의 핵심에는 이성중심주의가 있

14) 이상현,『아동문학강의』, 일지사, 1987, 167~69쪽.

15) 김윤식 · 김 현,『한국문학사』, 민음사, 1973, 110쪽.

16) 이러한 특성에 대해 서영채는 최남선 문학의 목표가 어떻게 말하느냐 하는 문제보다는 무엇을 말하는지가 중요했던 것이라 보고 있다. 서영채,「최남선 시가의 근대성에 관한 연구」,『민족문학사연구』제13호, 민족문학사학회, 1998, 269쪽

다. 이성이 이념화되는 제도의 근대화 과정에서 계몽주의가 성립되고, 그것은 곧 도구적 이성의 이념 태이기도 할 것이다. 이는 비단 우리만의 사정이 아니었으나 식민지화라는 정치 부재의 과정을 경험하면서 계몽의 형식성은 더욱 강조될 수밖에 없었을 것이며 그것은 곧 우리 근대의 특수한 형식이 된다.[17] 그처럼 계몽을 표제로 이념과 사회를 근대화하는 과정 속에 최남선의 문학이 존재하는 것이다. 그 과정에서 동화적 상상력은 아동만을 대상으로 하는 아동문학의 차원을 벗어나 문학 일반의 원리로도 작동하고 있다. 순수한 아동의 성정을 계발하는 아동문학의 관점에서 볼때 최남선의 소년은 한계를 지니는 것이지만, 그럼에도 불구하고 「해에게서 소년에게」를 비롯한 『소년』의 활동이 우리 근대문학의 기원적 역할을 한다는 점은 주목할 만한 특징이 아닐 수 없다.

또한 최남선의 소년은 근대문학 장 형성의 주된 동력이었던 출판과 함께 하는 것이었음을 기억해야 한다. 이 점이 동화적 상상력의 아동문학 귀속화와는 다른 차원이라 할 수 있다. 파국적 근대 경험으로 인한 비현실적 동화 세계로의 침참은 일종의 낭만적 후퇴라고도 볼 수 있겠는데 최남선의 경우는 적극적으로 현실에 개입하고 이를 재편하려는 기획 의지 속에 동화적 상상력이 드러나고 있는 것이다. 그 수단으로서의 출판 행위는 어린이문학의 외적 환경에서 놓칠 수 없는 중요한 축이며, 그런 면에서 출판의 발전이 어린이문학의 발전을 위한 필요조건이라 할 수 있다.[18] 나아가 상업주의로부터 자유로운 새로운 공공영역의 창출이 필요한 과

---

17) 정치 부재라는 환경은 계몽의 특수성을 낳는 배경일 수 있다. 도구적 이성의 보편화 과정이 곧 근대사회의 특성이라는 인식은 아도르노 이래 보편적 상식이 되었지만, 예컨대 도구적 이성의 한 축에 유교적 효용의 효과가 여전히 지속되면서 계몽의 또 다른 실체를 이루어 있었다는 사실이 우리 근대에 특수한 성격을 부여하고 있다. 이에 대해서는 졸고, 「근대문학사상의 형성과 효용」, 『한국 언어 문학』 제46집, 한국 언어문학회, 2001.5 참조.

18) 김상욱, 앞의 글, 311면.

제라 하겠는데, 최남선의 소년은 출발부터 출판을 통한 근대이념의 정착을 전면에 내세운 것이었다. 출판문화의 공공영역화라 함은 상업주의로부터의 자유로움을 전제할 터인데, 최남선의 출판문화운동은 당대 신문과 출판사가 추구했던 대중성이나 상업성과는 변별되는 것이었다.[19] 출판문화 운동의 일환으로 소년을 비롯한 동화적 상상력이 작동하게 되지만, 출판은 동화가 지닌 생래적 계몽성의 실현 도구였다. 이는 널리 읽히는 계몽을 실현하고자 했던 최남선의 동화적 꿈이 문학을 형성하게 되는 하나의 과정이라 할 수 있다.

요컨대 최남선의 계몽은 동화적 상상력과 함께 있는 것이었으며 나아가 근대문학의 성립 역시 이와 관련된다. '소년'이라는 표제를 넘어 여타의 산문에 나타난 동화에 대한 관심, 아동교육의 필요성에 대한 역설, 아동이라는 대상을 넘어 근대적 인식의 기초로서 동화적 성정의 강조 등은 이에 대한 예중의 차원이 될 수 있겠다. 그 중 최남선이 안데르센을 기억하는 산문을 본다.

> 世界는一進行物이다 그生命과價値는항상來頭에 잇슬빗게업다
> 그럼으로社會의尊崇은맛당히 그째그째最後의繼嗣者일兒童에게
> 로 集注되어야하는것이다 더 내켜서 말하면社會의健全性 將就力
> 은그兒童中心의程度에正比例가된다고도 할 것이다 社會의最大事
> 가兒童敎育이라함도이原則에말미암는것   國家社會將來의運命은
> 그의兒童에徵驗하라함도 이原則에말미암는 것이다[20]

---

19) 단적인 예로 한기형은 최남선이 신소설에 서구문명의 요소가 없다는 판단으로『소년』과『청춘』에 신소설을 전혀 싣지 않았다고 지적한다. 한기형, 앞의 글, 228쪽.

20)「童話와文化 ―『안더센』을懷함」,『동아일보』, 1925.8.12; 인용은『육당 최남선 전집』10, 역락, 2003, 150쪽.

『소년』 이후 일정 시간이 흐른 뒤에 발표된 위 산문에서 최남선은 보다 본격적인 동화의 효용을 역설하고 있다. 인용 부분은 진화론적 문화관을 전형적으로 드러내는 대목이다. 세계는 끊임없이 발전하는 진행물이요 그 생명과 가치가 미래에 있는 만큼 아동의 의미는 지대하다. 사회의 건전성과 경쟁력이 아동중심의 정도에 정비례할 정도로 미래의 주역이 될 아동을 어떻게 규정하는가에 따라 사회와 국가의 장래가 좌우된다. 아동에 대한 이러한 인식은 동화의 위상으로 직결된다. 이어서 그는 "童話는 實로 智識增長 情操涵養 意志鼓勵의 모든 效能을 가지는 同時에 又一面에 잇서서는 三者의 統合的 訓練에 對하야 唯一最高한 司命이 되는 것이니 童話의 敎育的效果 社會的使命 文化的價値가 쏘한 常料以上으로 重且大"21)하다는 식으로 격상된 동화의 위상을 강조한다. 이는 계몽주의적 동화관을 전형적으로 드러내는 대목이라 할 수 있다. 앞서 지적한 바와 같이 아동문학적 관점에서 볼 때 이러한 장르 인식은 분명 한계를 노정하고 있다. 그럼에도 불구하고 당대의 정치 부재의 현실을 극복하는 계기이자 근대문학 형성의 과제로 연결된다는 점에서 최남선의 동화에 대한 강조는 여러 이질적 평가에도 불구하고 문학사적 의미를 지니고 있는 것이었다.

끝으로 일본 근대문학과의 관련된 특성을 잠시 언급하기로 한다. 위의 글이 발표될 무렵 일본에서도 동화에 대한 본격적 연구가 자리 잡게 된다. 여기서 우리 동화는 내선일체의 관점 아래 일본 '지역' 문학의 일환으로 기록되고 있다.22) 이러한 상황에서 최남선은 건강한 의식 개혁으로써

---

21) 위의 글, 151쪽. 띄어쓰기는 인용자.

22) 오타케 키요미(大竹聖美)의 정리에 따르면, 한국의 전래동화가 동화집으로 편찬된 것은 『조선민족자료 제2편·조선동화집』(조선총독부 편, 大阪屋號書店, 1924)이 최초라고 한다. 일본에서는 『模範家庭文庫』(전25권, 富山房, 1915)라는 동화총서가 1915년부터 발행되기 시작했는데, 그 일환으로 1926년에는 『朝鮮童話集』이 간행된다. 이 책의 「머리말」에는 "西洋보다 우선 알아야 하는 우리의 同胞"라는 식으로 조선을 표현하고 있다. 세계 각국의 동화를 국가별, 분야별로 집대성한 일본 최초의 세계동화전집인 『世界童話體系』(전23권, 世界童話體系刊行會, 1924)의 16권 '일본

국가와 사회의 정체성을 지향할 것을 여전히 설파한다. 이처럼 삶에 대한 낭만적 비전을 잃지 않는 것 역시 동화적 상상력을 증거하는 측면이라 할 수 있겠다. 그러나 최남선의 동화적 상상력이 그 지향 방향을 구체적 현실로 향하게 될 때 동화의 낭만적 성격에 극단적 전도가 일어난다. 최남선이 인식한 아동관이 근본적으로 진화론적 관점의 그것이라는 점에서 그 전도의 가능성은 내재되어 있었던 것인지도 모른다. 예컨대 최남선은 아동을 미개인과 등치시키는 인식 구도를 아래와 같이 보여주고 있다.

> 坯兒童은童話듯기를조아하고 坯成人에게드른說話에 自己의隘陋한經驗을더하야이약이하는데 未開人도그모양으로小話이약이하기를조하하야 動物坯는植物, 自然에關한小話로부터 내켜서는系統的神話傳說을生하며이小話가뒤에가서大人의說談가아니라 小兒를對象으로하는古談이될째에 童話가생긴다.[23]

아동과 미개인 양자는 공통적으로 소화 이야기를 좋아하는데, 그 이유는 미개발의 정신 상태 때문이라는 것이다. 이러한 미개발의 상태는 정치 부재의 조선과 다를 바 없었고, 이를 계몽을 통해 극복할 수 있다는 논리는 당대 선진 문명의 전형이었던 제국주의를 받아들이는 것으로 이어지게 된다. 파편화된 근대의 경험은 도구적 이성의 극단으로 재편되어야만 하는 전도된 지향을 낳게 되는 것이다. 최남선의 이러한 편력은 일본의 근대작가 오가와 미메이(小川未明)의 경우와 흥미로운 대비를 이루고 있다. 근대 소설 창작으로 시작된 미메이의 문학세계는 왕성한 사회 참여가

편'에서도 '조선'과 '아이누'가 포함되어 있다(이상 오타케 키요미, 「1920년대 일본의 아동총서와 『조선동화집』」, 건국대 동화와번역연구소 편, 앞의 책, 5~15쪽 참조). 이상은 조선을 일본의 일부로 생각하는 관점이 편집 체제에 반영된 결과라 하겠다.

23) 「兒童과 未開人」, 『괴기』 제1호, 1929.5; 인용은 『육당 최남선 전집』 10, 211쪽.

이른바 '다이쇼(大正) 데모크라시'의 종말과 함께 출구가 막혀버리게 될 때 내면적 주술의 세계로서 자기화된 동화 세계로 침잠하게 된다.24) 이와 달리 최남선은 계몽의 정신으로부터 소년을 발견한다. 그의 소년은 내면의 소년이 아니라는 점에서, 또한 그러한 소년의 세계가 성인문학의 세계로 나아간다는 점에서 미메이와 다르다고 하겠다. 미메이에 비해 최남선의 동화적 상상력은 개인의 발견이나 소년을 빈 내면 표출과는 다른 방식으로 출발한 것이었으나, 역시 사회성의 상실과 함께 도구화된 계몽의 극단으로 변모하게 된다. 친일문학으로의 경도는 동화적 상상력의 낭만적이고 환상적인 꿈으로부터 건강성을 잃고 미개를 벗어나는 극단의 논리와 결합될 때 나타나는 전도된 현상이라 할 수 있다. 이는 최남선을 비롯한 우리 근대문학의 한계적 상황이라고도 할 수 있을 것이다. 그렇게 미메이와 최남선은 일제 말기에 군국주의를 적극 지원하는 대표적 문인에 해당된다는 공통점을 지니게 된다. 그들의 문학세계에 동화적 상상력이 매개되는 차원은 달랐지만 달라지는 현실의 접점을 찾지 못할 때 동일한 한계에 부딪히고 있다. 요컨대 오가와 미메이가 근대에 대한 불신의 경험을 통해 현실을 부정하고 자기화된 내면으로 침잠했다면 최남선은 부재의 내면을 채우기 위해 외면의 현실을 답습하게 된다. 이들 과정에서 동화적 상상력은 미메이의 경우 내면을 향하는 도구로 결과 되며 최남선에게는 외면을 지향하는 계기로서의 역할을 하고 있는 셈이다.

---

24) '다이쇼 데모크라시'란 다이쇼(1912~26) 시대 사회주의를 비롯한 민주주의의 성행을 비유하는 말로서, 이재복에 따르면 「빨간 양초와 인어」(1921)로 대표되는 오가와 미메이의 '공상적 정의'의 세계는 다이쇼 시대의 종말에 즈음하여, 생명과 제도의 본질에 대한 탐구정신의 결여가 낳은 자기중심적 몽상의 세계에 가깝다(이재복, 「공상동화와 판타지 · 2」, 『이야기밥』 30호, 어린이문학연구(www.alinimunhak.org), 2001.11, 10쪽). 가라타니 역시 미메이와 같은 '동심 문학'의 출현을 풍경의 발견과 같은 전도에 의해 가능한 것이라고 보고 있다. 가라타니 고진, 앞의 책, 153쪽.

4. 맺음말

본고는 지금까지 기존의 아동문학 연구 성과를 참조하면서 동화적 상상력과 근대문학과의 관계를 최남선을 중심으로 살펴보았다. 동화적 상상력은 단지 아동문학의 문제만이 아닌 한국적 근대라고 하는 특수한 현실에서 발동된 근대문학 일반의 내적 동인이자 기제라고도 할 수 있다. 오늘날 역시 동화적 상상력은 현대문화의 한 동인으로서 우리 주변에 존재하고 있다. 이것이 아동의 내면과 성숙을 위한 계기로서 뿐만 아니라 문화 일반을 발전시키는 동력으로 작용할 때 보다 다양한 의미와 성과를 지닐 수 있을 것이다.

근대문학 형성기에 있어서도 동화적 상상력은 계몽을 위한 수단으로 한정되는 것이 아닌 문학의 다양성을 성립시키는 일계기로서 문학 장 속에 존재하고 있었다. 출판문화의 성립과 동시에 아동을 전면에 내세운 계몽의 지향은 근대적 아동문학은 물론 근대문학을 성립시키는 주요한 변인 중의 하나였던 것이다. 최남선의 '소년'은 이 시기 문학 장을 대표하는 사례에 해당된다. 계몽의 끝은 친일이라는 극단으로 수렴되기도 하지만, 그 과정에서 동화적 상상력이 매개했던 다양한 실천은 부정할 수 없는 문학사적 성과라고 할 수 있다. 출판문화 운동의 본격화에 따른 문학 장의 성립, 동화적 상상력을 통한 근대 담론의 설파 등이 대표적 예가 될 것이다. 동화적 상상력과 문학의 관련 양상 검토는 개별 작가 연구로부터 나아가 다양한 작가와 장르로 확산되어야 보다 설득력을 지닐 수 있을 것이다. 이러한 접근은 한국 근대문학을 전체적으로 조망할 수 있는 또 하나의 관점인 동시에, 근대문학 장의 다양한 성격과 문학사적 층위들을 재고하는 새로운 시각이 될 수 있으리라 본다.

제5부
상상력의 교육

시 감상 교육에서 상상력 활용에 관한 연구

노 철

1. 문제 제기

문학 교육에서 상상력이 중요한 교육의 좌표로 설정되어 온 것은 사실이다. 상상력은 흔히 감수성과 함께 쓰이는 개념이다. 7차 교육과정에서는 문학 교육의 목표 가운데 하나로 "작품의 수용과 창작활동을 함으로써 문학적 감수성과 상상력을 기른다."[1]는 항목을 설정하고 다음과 같은 세부 항목을 재설정하고 있다.

첫째, 감상에 관한 항목
① 작품 수용은 인지적 측면의 이해와 정의적 측면의 감상을 포괄한다.
② 문학 활동과 관계하는 인간의 제반 심리적 반응을 모두 포괄한다.
③ 자신의 경험 및 정서와 통합하여 독자적인 의미구조 형성하는 능력 기르기

---

[1] 교육인적자원부,『고등학교 교육과정 해설 2 국어』, 대한교과서주식회사, 2001, 303쪽.

④ 문학 활동으로 얻어진 인식적, 미적, 윤리적 가치를 자신의 삶에 투사하여 세계 관을 넓히고 삶의 질을 개선하는 능력 기르기

둘째, 창작과 관련한 항목
① 창작에 대한 두려움을 없애고, 글쓰기 과정과 갈래를 생각하며 실제 창작활동을 한다.
② 창작 경험을 공유하고 창작과정에 대한 비판적 안목을 기름으로써 문학능력을 심화한다.[2]

위 언급은 '감수성과 상상력'에 대한 직접적인 언급은 없지만, 이에 대한 개념을 추정해 볼 수 있다.[3] 첫째, 감수성과 상상력은 인지적 측면과 정의적 측면을 포괄한다. 둘째, 감수성과 상상력은 인간의 심리적인 영역이다. 셋째, 작품을 독자의 경험과 정서를 통해 조작한다. 넷째, 주체적으로 제반 가치를 창조한다. 이러한 논리는 우한용의 상상력에 관한 논의를 바탕으로 이루어져 있다.

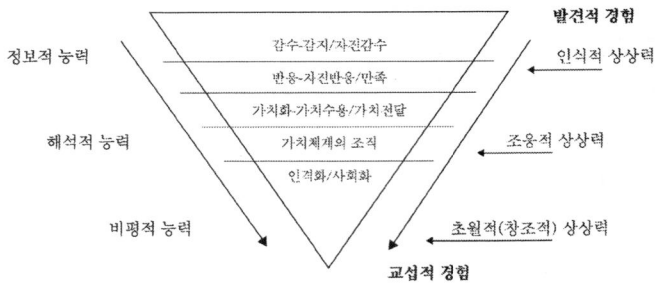

---

2) 교육인적자원부, 위의 책, 310~313쪽.
3) 이 추론은 수용 항목에만 해당된다. 창작 항목은 감수성이나 상상력에 대한 규정과 무관한 형식적인 설명에 지나지 않는다.

* 인식적 상상력 - 세계에 대한 형식화 기능으로서, 문학을 통한 개시 능력
* 조응적 상상력 - 현실에 대한 인식 · 비판 기능으로서, 문학을 통한 세계와의 상호교섭적 작용 능력
* 초월적 상상력 - 가능한 모델 창조의 기능으로서, 세계에 대한 비전으로 세계를 구성하는 능력4)

위 논의는 상상력을 문학교육에 적용할 수 있는 이론적 기반으로 작용한 것으로 판단된다. 그러나 이러한 상상력을 어떻게 교육할 수 있느냐는 별개의 문제라 할 수 있다.

> 시적 상상력은 실체가 없는 것이고, 시적 상상력의 원리라든가 고유한 상상체계도 없으며, 교육의 내용으로서 항목화될 수 없는 것이기에 시적 상상력을 가르친다는 말은 상상할 수 없다.5)

> 감동력이 논리적으로 설명되거나 계획에 따라 길러지는 그러한 성질의 것은 아니다. 이 부분은 잠재적 교육과정의 영역에 해당된다.6)

위 두 견해를 종합하면 상상력 자체는 실체가 없으므로 상상력을 통한 감동을 이끌어내는 교육은 체계화가 쉽지 않다는 논리라 할 수 있다. 그러나 두 논자 모두 상상력이 세계를 인식하고 변형하는 원동력이라는 것을 부정하는 것은 아니다.

이런 점에서 시에서 상상력 교육의 가능성을 제시한 김상욱의 견해가 주목된다. 그는 상상력을 경험적 자아의 능력을 넘어서는 능력 가운데 하나

---

4) 우한용, "문학교육서설", 『蘭臺 이응백 박사 회갑기념 논문집』, 보진재, 1983, 620~627쪽 참조.
5) 이숭원, "시교육과 상상력의 문제", 『현대시의 교육과 쟁점』, 월인, 2001, 92쪽.
6) 우한용, "상상력의 작동구조와 교수", 『문학 교수 : 학습 방법론』, 삼지원, 1998, 343쪽.

로 규정하고, 상상력 교육은 이러한 전제에서 출발해야 한다고 지적한다.7) 그러나 더 중요한 것은 시의 감상은 늘 지시적 언어로 말해지는데, 이때 마다 감정과 정서는 인지적 영역을 표현하는 지시적 언어에서 미끄러져 나가는 영역이라는 사실을 지적하면서, 상상력은 '문자 그대로 의미가 아니라 사물을 보는 새로운 방식, 관점을 포함한다는 점을 제시한다.8)

그렇다면 자아가 경험에서 벗어나 새로운 방식과 관점으로 사물을 보려면 학습자는 어떤 심리적 과정을 거치게 되는 것인가를 살필 필요가 있다. 그러나 그는 이 과정보다는 귀납적으로 상상력의 다양한 유형을 제시하고 있다. 이러한 귀납적 유형 설정은 시 감상 교육에서 다양한 소재를 구성하는 데 도움을 줄 수 있을지 모르지만 시를 감상할 때 상상의 과정을 구체적으로 논구한 것이 아니어서 일반적인 교수 · 학습의 설계로 표준화하기에는 미흡해 보인다.

이에 비해 김창원 · 정재찬 · 최지현은 상상력의 구성요인을 제시함으로써 상상력 교육의 설계를 가능하게 하는 좌표를 마련하고 있다.

> 상상력을 구성하는 기본요인은 상상을 가능하게 하는 원자료로서의 상상적 경험, 상상을 실제로 수행하는 상상의 기능, 그리고 상상에 대한 정향성으로서의 상상의 성향으로 나누어 살펴볼 수 있다. 이 때 상상적 경험으로서는 인식 경험과 언어 경험, 그리고 운동 경험을 들 수 있고, 상상적 성향으로는 호기심, 탈규범성, 창조성을 들 수 있다. 그리고 상상 기능으로 의미의 구성(발견을 넘어서는), 서로 무관한 대상의 연결, 존재하지 않는 것의 생성(세계이든, 표현이든), 기존의 것을 다른 형태로 가공하기, 자유로운 연상, 다른 맥락, 다른 상황으로 가져다 놓기 등을 떠올릴 수 있다.9)

---

7) 김상욱, "시적 상상력의 유형과 그 문학 교육적 함의", 『한국초등국어교육』 18집, 2001.
8) Hamlyn, D. W. Imagination. In S. Guttenplan (Ed.), A companion to the philosophy of mind . Oxford: Blackwell. 1994, 361 ~366쪽. 김상욱, 「시적 상상력의 유형과 그 문학 교육적 함의」, 『한국초등국어교육』 18집, 2001, 논문에서 재인용.

상상력을 설명하기 위해 상상을 경험, 기능, 성향으로 구분한 것은 상상력의 구체적 활용 방법을 암시하고 있으며, 같은 논문에서 이들이 설계한 교수・학습 원리로서 상상의 과정을 '상상적 주의 → 상상적 해석 → 상상 맥락 설정 → 상상의 스크립터 구성 → 상상의 정교화 → 상상의 표현단계'는 시 감상 교육과 상상력의 만남의 가능성을 제시하고 있다. 그러나 현장 교육의 적용 가능성을 구체화 하지 못한 아쉬움이 있다.

이런 점에서 문학 작품의 감상 과정을 현장 학습의 과정으로 모형화 하고 있는 최지현의 논의까지 포괄할 필요가 있어 보인다. 그는 ① 목표 중심보다는 과제 중심의 절차 모형, ② 학습자의 감상 과정의 실제를 고려한 절차, ③ 감상이 언어로 표현되는 비평이나 창작활동과 연계 등을 전제로 교수・학습의 모형을 설계하고 있다.

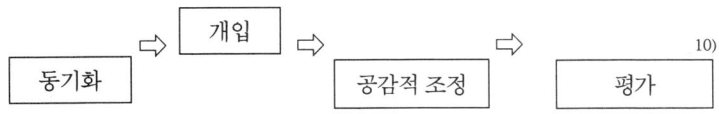

위 모델은 학습자가 자극을 받고 상상력을 발휘하여 작품을 정서적으로 감응하는 과정을 체계화 하고 있다. 구체적 내용을 간략하게 살펴보면 다음과 같다. 첫째, 동기화는 학습자의 지각을 활성화하고, 학습 내용과 연관 조건을 통제해서 학습자가 스스로 감상할 여건 만들기. 둘째, 개입은 은유도식 공유를 통한 텍스트 의미와 맥락 파악하기, 비문자적 자질 감지하여 감정이입이나 대상화하는 태도 표현기능과 심리적 항상성이나 변화를 드러내는 정서표현 기능 수행. 셋째, 공감적 조작은 정서적 어휘를 통해 체계적으로 적절하게 표현하는 정서적 재인지, 공감을 통해 타인

9) 김창원・정채찬・최지현,「문학교육과 상상력」,『독서연구』5호, 2000, 174쪽.
10) 최지현, "문학감상교육의 교수학습모형 연구",『선청어문』26집, 1998, 359~357쪽.

의 역할을 대리체험하고 다시 자신의 문제로 추체험하기, 교사가 던진 질문을 학습자가 자신을 향해 던지고 답하는 독립적인 활동인 내면화. 넷째, 평가는 과정을 중심으로 평가할 것을 강조하여 평가항목을 구체적으로 설계[11] 등으로 요약할 수 있다.

이 모형은 시 감상 교육모형의 일반화 가능성을 보여준다고 판단된다. 이 모형은 언어의 자극과 반응, 반응을 조작·창조하는 과정을 언어와 심리의 상호연관 속에서 다루고 있기 때문이다. 그러나 이러한 설계 과정이 현장교육에서 상상력 활용방식으로 구체화되려면 상상의 과정이 조금 더 세밀하고 구체적으로 설계될 필요가 있다. 따라서 이 논문은 상상 과정을 좀 더 세밀화 하여 '동기화→개입→공감적 조작→평가'의 시 감상 교육의 모형을 실제에 적용이 가능한 모델로 발전시키고자 한다.

2. 상상의 과정과 시 감상 교육

상상력의 배양을 위해서는 우선 상상력의 성격과 기능에 대한 이해를 분명히 할 필요가 있다. 김창원·정채찬·최지현이 상상력의 성격을 '호기심, 탈규범성, 창조성'으로 규정하고, 상상력의 기능을 의미의 구성, 서로 무관한 대상의 연결, 존재하지 않는 것의 생성 등으로 규정하고 있음은 이미 살펴보았다. 이들의 견해는 상상력의 성격을 포괄적으로 설명하고 있다. 이러한 상상력의 성격은 시 감상 교육 과정에서 다양한 방법으로 활용될 수 있을 것이다. 그러나 상상력의 성격은 학습자가 상상하는 과정을 규명한 것이 아니어서 상상력이 작동하는 인지 과정을 살펴볼 필요가 있다.

---

11) 최지현, 위의 논문 참조.

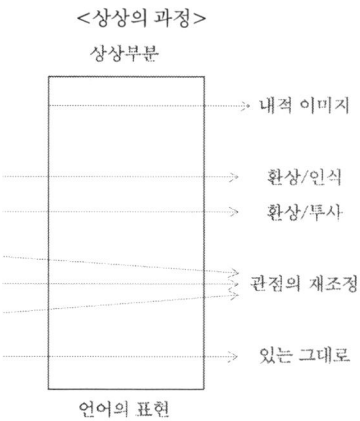

<상상의 과정>

상상부분

→ 내적 이미지

→ 환상/인식
→ 환상/투사

→ 관점의 재조정

→ 있는 그대로

언어의 표현

위 인식의 도표는 상상하는 과정을 보여준 것으로 상상력을 인식적 상상력, 조응적 상상력, 초월적 상상력으로 규정한 우한용의 견해를 보다 구체화 할 수 있는 근거를 제시하고 있다.

시 감상 교육에서 먼저 교사는 학습자가 작품을 읽을 준비를 시킬 필요가 있다. 그런데 오늘날 대부분의 교육은 논리적 사고를 증진시키는 방향에서 이루어지고 있으므로 학습자는 시 감상에서도 논리적인 사고로 접근하려는 경향을 가지고 있다. 그러므로 이러한 경향에서 벗어나 상상력을 발휘하도록 하기 위해서는 먼저 감수성을 자극하여 활성화 할 필요가 있다.

시 감상 교육의 첫 단계에서는 학습자가 의미 찾기에서 벗어나 상상을 통해 작품에 접근하도록 유도할 필요가 있다. 시 감상 교육의 현장에서 학습자는 교실의 상황을 벗어나 시적 정황으로 옮겨가기가 쉽지 않다. 그러므로 시 교육의 도입 과정에서는 학습자가 시 속의 시공간으로 들어갈 수 있는 실마리를 마련할 필요가 있다. 이 과정은 학습자가 작품을 수동

---

12) Robert H. McKim, Thinking Visually: A Strategy Manual For Problem Solving, Lifetime Learning Publications Belmont, California, 김이환 옮김, 『시각적 사고』, 평민사, 1989, 76쪽을 참조 시에 적용하였다.

적으로 읽는 것이 아니라 직접 시에 제시된 시공간을 상상하고 느끼며, 시에 제시된 행위를 직접 체험하도록 하는 '접촉성, 현실성, 행동성'[13]을 강화해 시적 정황을 적극적으로 인지하도록 유도하는 교수·학습이라 할 수 있다. 이러한 자극은 학습자 자신의 내면에 잠재되어 있지만 인지하지 못하는 것들을 이끌어냄으로써 작품의 자극을 감수하는 활동을 촉발하는 계기가 될 수 있기 때문이다.

막차는 좀처럼 오지 않았다
대합실 밖에는 밤새 송이 눈이 쌓이고
흰 보라 수수꽃 눈 시린 유리창마다
톱밥난로가 지펴지고 있었다
그믐처럼 몇은 졸고
몇은 감기에 쿨럭이고
그리웠던 순간들을 생각하며 나는
한줌의 톱밥을 불빛 속에 던져 주었다
내면 깊숙이 할 말들은 가득해도
청색의 손바닥을 불빛 속에 적셔두고
모두들 아무 말도 하지 않았다
산다는 것이 때론 술에 취한 듯
한 두릅의 굴비 한 광주리의 사과를
만지작거리며 귀향하는 기분으로
침묵해야 한다는 것을
모두들 알고 있었다
오래 앓은 기침소리와
쓴 약 같은 입술담배 연기 속에서
싸륵싸륵 눈꽃은 쌓이고
그래 지금은 모두들

---

13) Robert H. McKim, 앞의 책, 71쪽, 구체적인 사고(Externalized Thinking)를 하는 방법 가운데 하나를 활용한 개념이다.

눈꽃의 화음에 귀를 적신다
자정 넘으면
낯설음도 뼈아픔도 다 설원인데
단풍잎 같은 몇 잎의 차창을 달고
밤 열차는 또 어디로 흘러가는지
그리웠던 순간들을 호명하며 나는
한줌의 눈물을 불빛 속에 던져 주었다
　　　　　　　－ 곽재구, 「사평역에서」 전문

　위 시에서 학습자를 감수성을 자극하기 위해 시적 상황의 계절, 시간, 온도, 날씨나 공간의 형태와 크기 등을 질문하거나 시 속에 제시된 행위를 몸짓으로 표현하기 등을 들 수 있다. 이 시에서는 "교실을 떠나서 시 속의 시간과 공간으로 들어가 보자."라는 말과 함께 감수성을 자극하는 질문으로 ① 이 작품의 계절을 떠올려 볼 때 막차를 기다리는 간이역의 온도는 몇 도일까, 바깥 온도는 몇 도일까, 톱밥 난로의 온도는 몇 도일까 ② 간이역 내부의 밝기와 눈이 내리는 바깥의 밝기는 어느 정도일까 ③ 막차를 기다리는 시간은 얼마나 되었을까 등을 던질 수 있다. 더불어 "각자 시 속의 등장인물이 되어서 행동을 해보고, 이를 관찰해 보자."라는 말과 함께 ① 시 속에서 '그믐처럼 몇은 졸고'는 어떤 표정과 동작일까 ② 시 속에서 '몇은 감기에 쿨럭이고'를 몸짓으로 해볼 때 몸의 움직임과 느끼는 감각은 어떨까 등의 질문으로 실제 행동을 유도할 수 있다. 이러한 자극은 학습자가 작품의 정황을 추리를 통해 상상하면서 감각의 체험을 증대시켜 스스로 시적 정황으로 옮겨가도록 하는 계기를 마련하기 위한 기획이다.

　둘째 단계는 교사가 학습자와 대화를 통해 작품 감상을 직접적으로 수행하는 과정이다. 시 감상은 포괄적 의사소통보다 훨씬 섬세하게 상상하고, 그 상상을 통해 정황을 감수하는 주체적이고 창의적인 사고가 필요하다.

그런데 대부분의 성인들은 개방적이고 지치지 않는 호기심이 약화되고 문화 낭(cultural cocoon)으로 들어간다. 이들은 문화가 부여한 명칭에 따라 모든 사물을 분류하고, 그에 따라 사고를 하는 것이다.[14) 학습자의 이러한 상투적인 관점은 창의적 사고와 상상력을 제한하기 마련이다. 따라서 학습자가 상상을 통해 시적 정황으로 들어가서 대상을 새롭게 바라보도록 관점 재조정을 유도할 필요가 있다.

다시 말해서 학습자가 시 속에 제시된 시어의 자극을 있는 그대로 받아들이는 감수성을 발휘하도록 하는 과정이다. 이 과정은 학습자가 교실의 정황에서 시적 정황으로 이전하여, 상상의 세계를 스스로 재구성하여 환상을 만들고, 그 속에서 대상을 보고, 만지고, 느끼는 인식을 수행하도록 유도하는 단계라 할 수 있다. 만일 학습자가 상상을 통한 감수를 하지 않고 "무엇이었던가, 또는 무엇일 수 있는가를 생각하느라, 힘이 다 소비되면 현재 상태에 대한 흥분과 경이를 경험할 수가 없다."[15) 따라서 학습자가 시를 감상할 때는 의미를 따지기보다는 시적 정황을 지금 여기의 상황으로 재구성하여 환상을 만드는 상상이 필요한 것이다.

위 시에서는 환상을 구성하기 위해서는 동기화된 단계의 자극을 넘어서 시적 정황을 보다 세밀하게 감수하도록 유도할 필요가 있다. 심지어 시의 표현에서 틈으로 남아 있는 부분까지 상상하는 것이 필요하다. ① 유리창의 크기, 거기에 비친 간이역 내부 모습은 몇 개쯤이 될까. ③ 단풍잎 같은 몇 잎의 차장을 달고 달리는 밤 열차의 크기, 속도, 지나가는 시간, 차창의 개수나 크기, 새어나오는 불빛의 빛깔과 세기는 어떨까. ③ 시 속에 나타난 침묵하는 간이역에 들리는 소리들을 차례대로 찾아 그 소리의 크기와 음색, 들리는 시간은 어느 정도일까 ④ 시 속에 표현되지 않았지만 들리는 소리는 없을까 ⑤ 청색 손바닥을 불빛 속에 적셔둘 때 손과 가슴의 느

---

14) Robert H. McKim, 위의 책, 78쪽.

15) Robert H. McKim, 위의 책, 79쪽.

낌, 등과 발의 느낌은 어떤 차이가 있을까 등의 물음을 통해 시적 정황을 재구성하여 독자적인 환상을 재구성하도록 유도할 수 있는 것이다.

유의할 것은 이때 학습자가 시적 정황을 경험적 도식으로 만들려는 것을 제어해야 한다는 점이다. 인간은 "낯선 것을 친숙해지도록 가능한 한 신속히 전형화된 사고로 만드는 경제적인 것"[16]을 선호하고 추구하기 때문이다. 학습자의 이러한 사고 경향은 시의 여러 요소들을 친숙한 도식으로 바꾸려 들므로 상상을 통해 감수한 흥분과 경이를 도식화할 위험이 있는 것이다.

이것을 조심하면 환상의 체험은 학습자의 내면에 내적 이미지를 만들기 마련이다. 이때 학습자가 시적 화자로 감정이입함으로써 경험적 세계를 초월하여 화자의 위치에서 보고 느끼도록 할 수가 있다. 위 시에서는 "시적 주인공인 화자의 행동과 심정을 따라가 보자."라는 말과 함께 ① 말 대신에 그리웠던 순간을 생각하며 톱밥난로에 톱밥을 던지는 심정은 어떨까, ② 또다시 그리웠던 순간을 마음속으로 부르며 한 줌의 눈물을 던지는 심정은 어떨까라는 질문을 던질 수 있을 것이다. 이러한 질문을 따라가는 과정이 바로 학습자가 화자의 심리적 경험을 겪음으로써 스스로 내적 이미지를 각인하는 과정이라 할 수 있다.

셋째 단계는 작품 감상의 심리적 경험을 학습자가 스스로 언어로 구성하는 과정이다. 다시 말해서 이 과정은 학습자가 상상을 통해 체험한 내적 이미지를 다시 언어로 적절하고 체계 있게 표현하는 일이다. 이렇듯 학습자가 심리적 경험을 언어로 표현하는 과정은 작품 감상 과정에서 시인의 상상을 따라갔던 것처럼 상상력이 요구된다. 이처럼 학습자가 심리적 체험을 쓸 때도 상상력을 중요하게 요구[17]하는 것은 생생한 경험을 상

---

16) Robert H. McKim, 위의 책, 80쪽.

17) 이 견해는 프로이트가 『꿈의 해석』에서 현실적 체험이 꿈속에서 압축과 전위가 일어나듯이 꿈의 내용을 표현할 때도 압축과 전이가 일어난다는 사실을 지적하고 있다.

투적인 차원으로 환원할 위험이 있기 때문이다.

인간은 언어로 사고하는 경향이 강한데, 상투적인 언어로 표현을 마무리하면 생생한 경험이 삭제되고 윤곽만 남게 된다. 그러므로 학습자가 심리적 체험을 표현하는 과정에서 체험의 생생함을 최대한 보지하기 위해서는 상투적인 언어에서 벗어나려는 노력이 요구되는 것이다. 따라서 이 단계에서는 심리적 경험의 역동성을 표현할 어휘를 찾아야 하며, 나아가 심리적 체험을 환기할 이미지를 표현하는 창조적 상상력을 발휘하도록 할 필요가 있다.

이상의 논의는 상상의 과정을 '동기화→개입→공감적 조작→평가'의 시 감상교육 모델과 연관시켜 정리해 보면 다음과 같다.

동기화 과정	감수성 자극	⇨	교실 벗어나기	자극 감수 태도와 정보 형성
			시적 정황으로 옮기도록 극하기	감각적 체험의 증대

⇩

개입 과정	상상을 통한 관점의 재조정	⇨	시적 정황 감지하기	지금 여기에 있는 그대로 받아들이기
			시적 세계 구성하기	환상 만들기와 인식하기
			감정이입하기	심리적 경험인 내적 이미지 만들기

⇩

공감적 조작과정	심리적 경험의 재구성	⇨	정서적 표현	경험의 역동성 살리는 어휘 찾기
			이미지 표현	내적 이미지를 환기하는 언어 찾기

이러한 원리는 작품의 감상과 표현에도 적용될 수 있을 것이라는 판단에 근거했다.

이제 남는 것은 평가다. 시 감상 교육에서 평가는 감상 과정의 평가이므로 동기화, 개입, 공감적 조정 과정에서 각 단계마다 평가할 필요가 있다. 이때 반드시 학습자의 다양한 반응들을 기록해, 이 기록들을 시험 문제의 답 항목으로 활용할 필요가 있다. 시 감상 수업의 과정과 시험의 연계성이 부족하면 현실적으로 시 감상 교육의 수행활동이 위축될 위험이 있으며, 평가의 본질을 왜곡할 위험도 있기 때문이다. 다시 말해서 감상 과정에서 진행된 수행평가는 중간·기말 고사의 문제나 수학능력평가 문제의 근거가 되도록 교수·학습을 설계해야 한다는 것이다.

그런데 감상의 과정을 평가하는 데는 유의할 점이 있다. 감상 과정의 평가는 학습자가 감상을 수월하게 수행하도록 돕는 과정인 만큼, 학습자가 과제의 성취도가 미약할 때는 그 정도에 따라 학습자를 돕는 과정을 설계해야 한다. 특히 문제의 질문과 답안 항목은 학습자의 오류를 확인하고 교정하는 것을 전제로 작성되어야 하며, 교정 프로그램을 계발할 필요가 있다. 평가는 순위를 매기는 것이 아니라 학습의 장애나 오류를 시정하기 위한 것이기 때문이다. 물론 현실적인 경쟁시험에서는 점수와 순위가 매겨질 것이다. 하지만 시의 감상활동에서 진행된 수행학습들이 이미 수학능력 시험 문제로 수용되고 있는 것을 보면, 수행평가와 경쟁시험의 틈을 메울 수 없는 것이 아니다. 문제는 학교에서 치르는 시험과 수행평가를 동떨어지게 설계하고 있는 경우에서 발생한다. 여기서 평가에 대한 논의를 정리하면 다음과 같다.

| 평가 | 과정 평가 | ⇨ | 동기화 | ① 학습자가 교실을 벗어나 시의 자극을 감수하는 태도를 보이는가?
② 추리한 시적 정황을 감각적으로 받아들이고 있는 정도? |
| | | | 개입 | ① 시적 정황을 지금 여기의 상황으로 감지하는 정도? |

		② 환상을 섬세하고 실감 있게 만드는 정도?
		③ 감정이입을 통해 화자의 심리적 경험을 공유하는 정도?
	공감적 조작	① 심리적 경험을 학습자 스스로 구성하고, 이를 적절하고 체계 있게 표현하는 정도?
		② 심리적 경험의 역동성을 적절하게 표현할 정서적 어휘를 찾아 쓰는 정도?
		③ 심리적 체험을 통해 형성된 내적 이미지를 환기하는 표현을 적절하게 쓰는 정도?
	시험·교정	① 수행활동을 반영한 문제 제시 필요
		② 오류 확인을 위한 항목 설정 필요
		③ 오류 교정을 위한 프로그램 계발 필요

3. 실제 적용의 범주

이 장은 교수·학습의 설계를 실제 작품에 적용하는 과정이다. 그러나 모든 시가 상상력 활용에 적합한 것은 아니다. 개별 작품에 따라 상상력을 통한 감상보다 의미의 맥락을 따라가는 것이 훨씬 효과적인 작품도 있다. 또 작품에 따라 상상력을 활용하는 방법이 조금씩 다를 수도 있을 것이다. 시에 따라서는 상상의 과정 모두가 필요한 것이 아니라 몇 개만 필요할 수도 있다. 시작품 감상의 핵이 상상 과정의 한 부분에 집중되어 있는 작품에서 이러한 현상이 일어난다. 이렇듯 여러 가지 경우수 가운데 상상의 과정을 따라가는 감상 방법은 시적 시공간이 분명하고, 그 시공간 속에 화자의 심리적 행위가 드라마를 이루는 작품에 적합하다.

이 고요에
묻은
나의 손때를

누군가
소리 없이
씻어 헤우고

그 씻긴 자의
새로
벙그는
새벽

지샐 녘
난초 한 송이.

― 서정주의 「四更」 전문

3.1. 동기화 과정

위 시를 읽을 때 먼저 학습자가 작품을 의미로 접근할 것이 아니라 상
상으로 접근하도록 유도할 필요가 있다. 이 과정은 학습자의 지각을 활성
화시키기 위해 학습자의 내면에 잠재된 경험을 자극하여 시적 정황을 인
지하도록 하는 단계다. 이러한 동기화 단계에서는 상상으로 시적 정황에
접근하도록 감수성을 자극할 필요가 있다. 위 시에서는 ① '四更'의 시간
은 언제이며, 이 시는 그 가운데서도 언제쯤일까, ② 또 새벽의 어둠과 밝
기 정도, 온도, 고요의 정도는 어느 정도일까 등을 물을 수 있다. 이러한
물음은 이 시의 계절과 공간을 묻기 위한 것으로, '난초꽃'이 피는 시기에
대한 정보가 요구된다. 난초꽃은 가을에 흔하게 볼 수 있는 꽃이다. 그러
므로 이 시의 계절은 가을일 것이고, 가을 새벽은 맑고 선선할 것이다. 그

런데 시적 정황에 대한 감각적 경험을 증가시켜도 새벽의 고요를 학습자가 감각적으로 추리하고 체험하는 데 어려움을 겪는다. 요즈음에는 난초 꽃이 핀 뜰을 체험한 학습자가 거의 없기 때문이다.

대부분의 학습자는 '새벽의 고요'라는 의미를 찾을 수 있지만, 그 고요를 상상을 통해 감각적으로 체험하여 정서로까지 받아들이는 데는 어려움을 겪는다. '고요'는 너무나 친숙한 낱말이며, '새벽의 고요' 역시 상상력을 자극하기에는 무딜 수밖에 없다. 따라서 '고요'라는 낱말을 신선한 자극으로 바꾸기 위해 추상어의 느낌을 낱말밭처럼 만드는 교수·학습 과정이 필요하다. 신선한 자극은 고요에 대한 학습자의 잠재된 여러 경험을 이끌어내 학습자의 감수성을 자극하고 상상력을 유도할 수 있기 때문이다. 다시 말하면 시어의 추상적 개념에 구체적인 경험과 느낌을 부여하는 것이다.

① 적군과 아군의 구별이 어려운 밤에 갑자기 개구리 소리가 끊긴 고요는 (   ).
② 심장이 터질 듯 한 고통이 스러지고 고요해진 마음이 (   ).
③ 선생이 조용히 시킨 뒤 아무도 말하지 않는 고요가 (   ).
④ 인적이 끊기고 이따금씩 뻐꾸기 소리만 들리는 고요가 (   ).
⑤ 어둠이 조끔씩 걷힐 때 깨끗한 공기와 함께 오는 고요는 (   ).

위 괄호에 들어갈 말은 무섭다, 편안하다, 답답하다, 외롭다, 상쾌하다 등이라 할 수 있다. 이 과정의 학습은 학습자가 잠재된 경험을 토대로 고요를 구체적으로 상상할 수 있는 계기를 마련할 수 있다.

3.2. 개입 과정

다음으로는 학습자가 시적 정황을 감지하면서 스스로 지금 여기에 있는 것으로 상상하도록 하여 시의 세계로 진입하는 과정이라 할 수 있다.

이 단계는 동기화 단계의 자극들을 동원하여 고요한 새벽 기운을 구체적 형상으로 구축하는 과정이다. 학습자는 새벽의 밝기, 온도, 습도 등을 상상하여 새벽의 기운을 감각적으로 느끼고, 정서적으로 반응하는 과정이다.

다음 과정은 시적 정황을 구체적으로 구성하는 과정이다. 학습자가 고요한 새벽의 기운을 감지하였더라도 '손때를 씻어 헤운다'는 상징적인 정황을 깊게 체험하였다고 보기 어렵기 때문이다. 따라서 학습자가 상징적 표현 속의 정황을 감지하도록 상상력을 발휘하게 할 필요가 있다. 다시 말해서 상상력을 통해 환상을 만들어가는 과정이 필요하다.

환상을 만들 때는 우선 일상적인 관점을 벗어나는 관점의 재조정이 필요하다. 관점의 재조정은 시공간을 압축하거나 확대하는 방식, 있는 것을 삭제하거나 없는 것을 있는 것으로 구축하는 방식 등을 활용할 수 있다. 이러한 방식을 활용할 때는 학습자가 친숙한 일상적인 관점에서 출발하여 환상을 스스로 구성하도록 유도할 필요가 있다. ① 손때를 씻고 싶을 때가 어느 때인가라는 질문처럼 일상적인 관점에서 출발하여, ② 일주일 정도 손을 씻지 않았을 때 사태와 느낌은 어떨까라는 질문으로 시공간에 대한 관점을 조정하여 환상 만들기를 유도할 수 있다. 다음에 ③ 소리 없이 손때를 씻을 수 있는가. 만일 이런 경우라면 어떤 심정이 들겠는가를 물어 환상을 감각적으로 체험하도록 유도하며, 그 상상의 체험에서 경험되는 놀라움을 느끼도록 유도할 수 있다. 이 때 학습자는 손때를 씻어 헤우는 행위를 친숙한 관점에서 벗어나 낯선 관점으로 바라보고 느끼므로 신선한 자극이 될 수 있는 것이다.

다음 과정에서는 화자의 심리적 행위를 적극적으로 따라가도록 유도할 필요가 있다. 이미 구성된 환상의 세계는 학습자의 심리적 사태를 시적 정황 속에 붙들어 놓고 있으므로, 학습자가 화자의 위치로 옮기기 쉽기 때문이다. 따라서 ④ 이 순간에 맑은 난초꽃을 만났을 때 난초꽃의 빛깔과 느낌은 어떨까라는 질문을 통해 화자가 난초꽃을 만나는 기쁨을 체험하도록 할 수 있는 것이다. 다음에는 이 ⑤ 난초꽃이 맑은 기운에서 피어나듯 새벽마다 마음에 때를 씻고 태어날 수 있다면 어떨까라는 질문을 통해 시의 정서를 스스로 새겨 내적 이미지를 만들도록 유도할 수도 있다. 이 과정은 시의 정서를 스스로 내면화하도록 유도하는 지표가 될 수도 있기 때문이다.

3.3. 공감적 조작 과정

공감적 조작 과정은 학습자가 감동을 주체적으로 재구성해 표현하는 과정이다. 이 과정은 보통 감상문 형식의 비평적 에세이를 쓰는 단계다.[18] 「사경(四更)」에서는 고요 속에 때가 씻어지는 순간의 느낌이나 날마다 새로 태어나는 순환적 상황을 마주할 때 느끼는 심정에 적절한 정서적 어휘를 찾고, 손때를 소리 없이 씻어 헤우는 새벽이나 새벽 지샐 무렵 난초 한 송이에서 연상되는 이미지를 찾아서 표현하도록 할 수 있겠다. 예를 들면 매일매일 삶 속에서 어쩔 수 없이 우리의 영혼에 끼는 때를 씻어내고 새벽마다 청초한 난초처럼 다시 태어날 때 느끼는 행복감이나 새벽마다 마법의 샘물을 먹듯이 새로 태어나는 아름다운 영혼과 같은 말들을 찾을 수 있을 것이다. 이런 어휘들을 활용한 글쓰기는 언어를 찾는 노력이 들어가 학습자의 내면에 논리가 아니라 정서와 이미지로 자리 잡게 될 것이다.[19]

---

18) 공감적 조작 과정의 글쓰기는 이외에도 다양한 방식으로 진행될 수 있다. 그림으로 그려보기, 서정적 자아에게 편지쓰기, 감정이입을 통한 시적 화자나 대상의 입장에서 글을 쓰기 등 학습 목표에 따라 다양한 변화가 가능하다.

19) 그러나 이 시와 달리 사회·역사적 환경과 관련된 시는 공감적 조작 과정에서 새로운 과제가 더 부가된다. 시를 사회·역사적 관련 속에서 인지하는 과정이 필요하다. 이 과정은 감상이 끝난 뒤에 시와 관련된 사회·역사적 배경의 정보를 제공하고, 다시 시 감상을 시도하는 과정이 필요하다. 예를 들어 김기림의 「바다와 나비」라는 작품은 김기림의 문명에 대한 인식을 보여주는 수필로 "도회의 풍경 1, 2"(『조선일보』 1931.2.21~2.24)나 "나의 서울 설계도"(『민성』5권 5호, 1949.4) 등을 제시한다면 학

3.4. 평가

「사경(四更)」의 감상 활동에 대한 평가는 각 과제를 학생들이 어느 정도 수행하고 있는 가를 평가하는 것이다. 위 감상과정의 수행 단계들을 고려해 평가 항목을 다음과 같이 설정해 볼 수 있다.

수행평가 ⇨	동기화	① 학습자가 시의 계절과 시간, 난초 핀 뜰을 논리로 이해하는가, 감각적으로 감수하는가에 따라 평가 ② 고요한 새벽의 맑고 깨끗한 정황을 감각적으로 받아들이고 있는 정도를 평가
	개입	① 손때를 씻어 헤우는 행위를 심리적 행위로 감지하는 정도를 평가 ② 난초꽃을 만나는 화자의 심정을 심리적으로 공유하는 정도를 평가 ③ 날마다 영혼을 씻고 새로 태어나는 경이로움을 느끼는 정도를 평가
	공감적 조작	① 학습자 스스로 자신의 심리적 경험을 적절하고 체계 있게 표현하는 정도를 평가 ② 심리적 경험의 역동성을 적절하게 표현할 정서적 어휘를 찾아 쓰고 있는 정도를 평가 ③ 심리적 체험을 통해 형성된 내적 이미지를 환기하는 적절한 어휘를 찾아 쓰고 있는 정도를 평가

이러한 평가 과정은 학습자의 활동을 기록하고 분류하여 학습자가 범하는 오류나 장애를 교정할 수 있을 뿐만 아니라, 수행 과정을 문제화하고 학습자의 활동에서 얻어진 결과들을 답의 항목에 배치하면 학교에서 시행하는 학력평가 시험문제를 만들 수 있으며, 이 문제들은 수학능력 시

습자가 주제적으로 공감적 조작 과정을 수행할 수 있도록 유도할 수 있을 것이다.

험 문제와도 맥을 같이 할 수 있을 것이다.[20] 그러나 무엇보다도 학교 시험도 학습자의 오류나 장애를 돕기 위한 측정이 되어야 한다.

아래 문제는 수행활동 과정을 반영한 문제로 교정 작업을 위한 측정이라고도 할 수 있다. 1, 2번이 동기화 과정을, 3번이 개입 과정을, 4번이 공감적 조작 과정을 평가하는 문제라 할 수 있는데, 이 문제들은 모두 감상 과정에서 겪는 오류나 장애를 살피는 문제라 할 수 있다.

1. 위 시의 계절적 배경을 언제로 보는 것이 적절할까?

2. 위 시의 '고요'가 주는 느낌으로 가장 적절한 것은?
① 무섭다   ② 편안하다
③ 답답하다   ④ 외롭다
⑤ 상쾌하다

1번 문제는 동기화 과정에서 교실에서 벗어나 시의 자극을 감수하는 실마리를 찾았는가를 묻는 문제라 할 수 있다. 이 문제에 대한 답이 틀렸다면 교실을 떠나 시적 정황으로 진입하려는 태도가 미흡한데서 연유하므로 시에 대한 학습자의 태도를 교정할 필요가 있을 것이다. 2번 문제는 '새벽의 고요'를 상상력을 통해 감수하는가를 묻는 문제다. ⑤번이 아닌 다른 답을 골랐다면 학습자가 상상을 통해 시에 접근하기보다는 자신의 주관적 경험이나 도식으로 접근해 느낌의 오류나 의도의 오류를 범한 경우라 할 수 있다. 이러 오류의 교정은 학습자가 상상력을 발휘하도록 별도의 훈련이 필요하다는 것을 보여준다.[21]

---

20) 학습자의 다양한 반응에 따라 시의 감상 결과가 다양하게 나오는 경우가 적지 않다. 그 다양한 경우수가 가운데 시의 해석이 텍스트의 흐름과 모순되지 않는 일관성을 가질 때, 그 경우는 또 하나의 타당한 감상으로 인정할 수 있을 것이다. 이러한 경우는 시 작품을 감상하는 관점으로서 보기를 주어 방향을 제어해주면 시험 문제로서 객관적 타당성을 유지할 수가 있다.

3. 위 시를 읽은 감상이다. 적절하지 <u>않은</u> 것은?

① 새벽은 시적 화자의 내면을 상상하게 한다.

② '새로 벙그는 새벽'은 고통을 씻어낸 뒤 새롭게 떠우는 미소를 상상하게 한다.

③ 시적 화자는 새벽에 꽃송이를 상상하고 있다.

④ 시적 화자는 영혼에 묻은 때를 씻어내고 있다.

⑤ 시적 화자는 새로 태어나고 싶은 느낌을 난초꽃 송이를 통해 말하고 있다.

 3번 문제는 개입 과정에서 시적 정황을 상상하고 화자의 입장에서 새벽 기운과 난초꽃을 느낄 수 있는 가를 묻는 문제다. 관점의 재조정 없이는 이 문제의 여러 항목들을 이해하기 힘들 것이다. ①은 새벽의 기운에 투사된 화자의 내면을 느낄 수 있는가를 묻는 문제이고, ②는 감정이입을 통한 화자의 경험을 느끼고 있는 가를 묻는 문제다. ③은 화자의 위치와 시선을 이해하지 못했다면 시적 정황을 놓치게 되는 오류를 확인하는 문제다. ④와 ⑤는 화자의 경험을 감정이입을 통해 공감하고 있는 가를 확인하는 문제다.

4. 위 시의 감상이다 가장 적절하지 <u>못한</u> 것은?

① 영수: 이 시의 새벽은 아주 놀라워. 마법의 샘물 같아.

② 경희: 그래, 나 자신을 반성하고 나면 즐거워지는 그런 느낌이야

③ 철호: 새벽 난초 꽃 송이처럼 날마다 나도 새롭게 태어나면 좋겠어.

④ 희수: 그래 이 시는 새벽을 아름답게 묘사하고 있지.

⑤ 영민: 누구나 한번쯤은 이렇게 맑고 깨끗한 세계를 꿈꾸겠지.

---

21) 상상력을 계발하고 배양하는 방법으로는 ① 어떤 상황을 상상하여 지금 이곳을 상상의 질서에 따라 재구성하는 훈련. ② 친숙한 것을 낯설게 하기로서 사물의 용도를 바꾸는 방법. ③ 다른 존재가 되어 그 시선으로 일상적인 공간을 묘사하기 등 여러 가지 경우를 들 수 있다(Robert H. McKim, 위의 책에 제시된 항목들을 참조하였음을 밝혀 둔다).

4번 문제는 공감적 조작 과정을 묻는 문제다. 시를 주체적으로 감상하고, 그 감상을 정서적 어휘와 이미지를 제시하여 구체적이고 생생한 경험으로 내면화하고 있는가를 묻는 문제다. ①을 답으로 한 경우는 내적 이미지를 환기시키는 어휘에 대한 이해가 부족한 것이며, ②, ⑤를 답으로 한 경우는 시에 대한 감상이 부족한 경우이며, ③을 답으로 한 경우는 주체적인 내면화 과정에 대한 이해가 미흡한 경우라 할 수 있다.

4. 결론

이 논문은 시 감상 교육에서 상상의 과정과 시 감상 교육의 교수·학습 과정을 결합하여 상상력을 활용하는 모형을 설계하였다. 우선 상상의 과정을 교수·학습 과정과 결합하여 구체화하고자 하였다. 상상의 과정인 '있는 그대로→ 관점의 재조정→ 환상, 인식→ 내적 이미지'를 시 감상의 교수·학습 설계 과정인 '동기화→ 개입' 과정에 적용하였으며, 다시 '공감적 조작→평가'를 앞의 설계에 따라 구체화하였다.

첫째, 동기화 과정은 감수성을 자극하는 단계로 학습자가 교실에서 벗어나 자극을 감수하는 태도를 유도하며, 시적 정황을 추리하도록 감각적 체험을 증대시키는 교수·학습을 설계하였다. 둘째, 개입 과정은 상상을 통한 관점의 재조정 단계라 할 수 있다. 우선 시적 정황을 지금 여기에 있는 것으로 받아들여 시의 환상을 구성하도록 하였으며, 다음에는 감정이입을 통해 내적 이미지를 만들도록 교수·학습을 설계하였다. 셋째, 공감적 조작 과정은 학습자가 주체적으로 심리적 경험을 재구성하는 교수·학습을 설계하였다. 이 단계는 감동의 역동성과 내적 이미지를 보지하기 위한 과정이다. 넷째, 평가는 각 단계의 수행활동의 평가와 시험으로 설정하였다. 이때 평가와 시험은 반드시 학습자의 오류를 확인하고 교정하는 자료로서 설계하도록 하였다.

시 창작 교육과 상상력 제고의 문제

김종태

1. 서론

최근 중고등학교는 물론 대학교에서도 글쓰기 교육에 대한 중요성이 점점 더 부각되고 있다. 중고등학교에서는 현재 사용 중인 제7차 교육 과정[1]을 중심으로, 이전의 교육 과정과는 차별성을 띤 작문교육 강화가 이루어지고 있으며, 대학교에서는 대략 2000년 이후 '사고와 표현', '언어와 표현', '논술과 표현' '글쓰기'[2] 등의 명칭을 단 과목을 중심으로 하여 실용적 글쓰기 교육이 확대되고 있다. 물론 중고등학교와 대학교에서의 작문

---

[1] 제7차 교육과정은 국어교과목 관련 교재 속에 글쓰기를 연습할 수 있는 더욱 다양해진 연습문제를 수록하고 있고, 국어과 교육목표 안에서도 학생들의 글쓰기 능력 향상에 대한 사항을 이전보다 강조하고 있다는 평가를 받고 있다.

[2] 대학에서는 1990년대 말까지 국어와 작문이 분리되어 교육 과정이 구성되었으나, 2000년대에 접어들면서 대부분의 대학에서 이 두 과목이 합쳐져서 글쓰기 교육이 강화되는 경향을 보이고 있다.

교육은 문학적 영역보다는 비문학적인 글쓰기 영역을 중심으로 이루어지고 있는 것이 사실이다. 문학적 글쓰기 혹은 문예적 글쓰기에 관한 내용들이 작문 교재(글쓰기 교재) 안에 간혹 포함되어 있기는 하지만, 이것들 역시 학생들로 하여금 문학 작품 그 자체를 창작하는 것을 요구하기보다는 문학 작품에 대한 감상문 또는 비평문을 쓰도록 요구하는 경우가 대부분이다. 그러니 최근 들어 이루어지고 있는 작문 교육 강화 경향에서도 문예 창작 교육은 소외되고 있다.

국어 교육에서 작문 교육의 강화가 시대적 대세가 되고 있는 상황은 긍정적인 것이지만, 그 과정 중에 문예 창작 교육이 도외시되는 것은 간과할 수 없는 문제점이라고 지적할 수 있다. 시와 소설을 중심으로 한 문학 작품은 그 나라의 언어가 이루어놓은 가장 미적인 유기체라는 점을 고려할 때, 작문 교육 혹은 문학 교육에서 문예창작 교육은 다시금 강조될 필요가 있을 것이다. 그러나 수필이나 설명문, 논설문 등의 쓰기에 비해서 훨씬 더 고차원적인 언어 기술이 요구되는 문학 작품 쓰기는 그만큼 작문 교육자에게 부담스러운 부분이 되는 것도 사실이었음을 인정하지 않을 수 있다. 이러한 난점을 해결하기 위해서 필요한 것은 작문 교실 또는 문예창작 교실에 임하는 태도와 관점의 수정이다. 문학 작품을 매우 전문적이거나 특수한 영역으로 간주하는 기존의 입장3)을 지양하고 그것 역시 다양한 작문 분야의 하나가 될 수 있다는 편안한 마음가짐을 가질 때만이

---

3) 이 점에 관해서 유영희는 "창작교육이 지금까지 제대로 이루어지지 못하고 있는 이유는 그것이 전문적이며 직업적인 행위로서의 창작과 직접적으로 관련을 맺어야 한다는 통념 때문이었다. (중략) 사실 이러한 창작의 신비화는 문학을 둘러싸고 있는 담론의 신비화와 일정한 연관을 맺고 있다. 문학을 예술 개념과 관련시킬 때, 문학만이 가지고 있는 독특함과 위대함을 언급하는 경우가 많은데, 이 과정에서 문학의 신비화라는 부작용이 생기게 된 것이다."(유영희, 『이미지로 보는 시창작교육론』, 태학사, 2003, 14쪽)라는 설득력 있는 주장을 펼치고 있다. 유영희는 이와 같은 논지를 통하여 시창작 교실에서 문학이 신비화되면 안 된다는 주장을 펼치고 있는데, 이 점에 관한 본고의 논지 역시 유영희의 주장에 전적으로 동의하고 있다.

문예창작 교육은 거부감 없이 시작될 수 있다. 이러한 자세는 교사와 학생 모두에게 공히 요구된다고 할 것이다.

본고에서 논하는 문예창작 교육은 중고등학교나 대학교 모두에게 적용될 수 있는 의미를 지니기도 하지만 이 중에서 특히 중고등학교 교실을 중심으로 한 것이다. 문예창작 교육에서 대상이 될 수 있는 장르를 시, 소설, 희곡, 시나리오 등이라고 한정시킬 때 이 중에서 가장 기초적이면서도 핵심적인 분야는 시 창작 교육이다. 시 창작 교육을 어느 정도 한 다음에 소설 창작 교육, 희곡(시나리오) 창작 교육으로 이동시켜 나아갈 수 있을 것이다. 시 창작 교육을 중심으로 논의하고 있는 본고는 시 창작 교육에서 특히 중요한 문제 중 하나가 상상력 제고를 위한 훈련 과정이라는 점에 주안점을 둔다. 본고는 시를 쓰기 시작할 때 어느 과정과 방법을 통하여 상상력을 제고시킬 수 있는 것인가에 관하여 논의하고자 한다. 코울리지는 '상상력을 일차적인 것과 이차적인 것으로 나누고 일차적인 상상력이란 인간의 모든 인식을 지배하는 살아있는 힘 또는 동인이라고 했으며, 이차적인 상상력은 지각 상태의 의미와 공존한다.'4)고 했다. 즉 그는 '일차적인 상상력은 절대 자아의 창조 행위가 유한한 정신 속에서 되풀이되는 것이라면 이차적인 상상력은 재창조를 위하여 용해하고, 확산하고 분산한다.'5)고 하였다. 이처럼 상상력은 더욱 복잡한 그것으로 발전하여 나아가는 것이므로 교사는 창작연습생의 상상력을 제고시키기 위한 다양한 방법을 마련해 놓아야 한다.

본고는 그동안 어느 정도 연구 성과가 축적된 '시교육론'6)이나 '시창작

---

4) 장경렬·진형준·정재서 편역,『상상력이란 무엇인가』, 살림, 1997, 55쪽. 이 부분을 발췌 인용.

5) 장경렬·진형준·정재서 편역, 위의 저서, 55쪽. 이 부분을 발췌 인용.

6) 시 교육론에 관한 연구 성과로는 다음과 같은 것들이 주목된다. 김은전 외,『현대시교육론』, 시와 시 학사, 1996; 김중신,『문학교육의 이해』, 태학사, 1997; 김창원,『시교육과 텍스트 해석』, 서울대학교출판부, 1995; 양왕용,『현대시교육론』, 삼지원,

론'7)과는 다른 '시창작교육론'8)을 지향하고자 한다. 물론 '시창작교육론'
은 시 교육론과 시 창작론의 성과물을 참조하지 않고는 논의될 수 없는 분
야이기는 하나 시 교육론이나 시 창작론과는 다른 의미망을 지니기도 해
야 한다. 이것은 문학적 맥락을 포함하여 교육학적 맥락까지 지녀야 하기
때문이다. 이 점에 유의하면서 본고는 시 창작 초심자의 상상력 제고 훈련
을 위하여 세 가지 방법을 제안하고자 한다. '관찰과 체험', '명상과 연상',
'기억과 재생'이 그것인데 이러한 연습과 노력을 통하여 시적 상상력을 키
울 수 있다는 사실은 창작 교육 분야에서의 실무 경험을 통하여 깨달은 것
이기도 하다.9) 창작교육은 이론교육과는 매우 다른 영역이므로 본고가 이
론 중심적인 연구 논문과는 다른 형식을 지닐 수밖에 없는 것은 불가피하
다. 이런 점에서 본고의 내용은 다분히 '경험적이거나 실제적'10)이다.

    1997; 윤여탁, 『시교육론』, 태학사, 1996.

7) 시 창작론에 관한 연구 성과로는 다음과 같은 것들이 주목된다. 문덕수, 『오늘의 시
   작법』, 시문학사, 2004; 서정주, 『시창작법』, 선문사, 1954; 오규원, 『현대시작법』,
   문학과지성사, 1990; 오탁번, 『현대시의 이해』, 나남, 1998; 조태일, 『시 창작을 위한
   시론』, 나남, 1994.

8) 시 창작 교육론에 관한 연구 성과는 거의 없다. 그 이유는 실제적 방법을 중시하는
   이 학문의 특수성에 있을 것이다. 시 창작 교육론을 지향한 선구자적인 연구로는 유
   영희의 「이미지화를 통한 시 창작 교육 연구」(서울대학교 대학원 박사학위 논문,
   1999)만이 존재하는 것으로 파악되었다. 이 논문은 태학사에서 『이미지로 보는 시
   창작교육론』(2003)으로 출간되었다.

9) 필자는 주로 국어국문학과, 국어교육과, 문예창작과, 문화 콘텐츠과 소속 대학생들
   을 중심으로 시 창작을 강의한 바 있다. 그리고 이 강의실에는 다수의 비전공 학생
   들도 있었다. 이러한 실무경험과 이론 연구를 통하여 중고등학교 학생들에게 시도
   할 시 창작 교육의 한 모델을 만들어보는 것이 본고의 지향점이다.

10) 이 논문의 형식이 연구논문의 일반적인 틀과 다는 다소 다를 수밖에 없는 이유가 여
    기에 있다. 그렇다고 다른 연구자들이 쓴 논문 중에 시 창작교육에 관한 체계적인
    글이 있는 것도 아니다.

2. 관찰과 체험을 통한 시적 상상력 교육

좋은 시를 쓰기 위해서는 이 세계에서 일어나고 있는 사건이나 현상을 자세히 들여다보는 연습을 해야 한다. 시를 쓰고자 하는 사람의 관찰력은 일반 사람들이 세계를 보는 관찰력과는 달라야 할 것이다. 초심자에 해당되는 '창작연습생'[11]들을 대상으로 시 창작 교육을 시작할 때, 시를 먼저 쓰게 하는 것보다는 그들이 일상생활을 통해서 보고 들은 것들 중에서 새로운 발견과 관계되는 것을 이야기해 보도록 하거나 간단한 에세이 형식으로 적어보도록 하는 선행 교육 과정을 거쳐보는 것이 바람직하다.

대부분의 창작연습생들은 시를, 수필이나 소설 등의 산문 문학과는 달리 이해하거나 쓰기가 매우 까다로운 문학 장르라고 생각한다. 그래서인지 다양한 문학 장르에 관한 창작 실습을 하는 문예 창작론 시간에 창작연습생들은 수필이나 소설, 시나리오[12] 등에 더 많은 관심을 기울이기도 한다. 그러나 교사는 이러한 다양한 문학 장르 중에서 가장 근원적인 분야가 시라는 사실을 환기시키면서 시 창작이 모든 문예창작의 기초가 된다는 사실을 인식시킬 필요가 있다. 실제로 시 창작에 관한 충분한 이해를 한 창작연습생들일수록 소설 창작이나 시나리오 창작에서도 더 뛰어

---

11) 여기서 '창작연습생'라 함은 비전문적인 입장에서 시를 지어 보고자 연습하는 학생 개개인을 뜻한다. 즉 시 쓰기를 연습해 보기 위해서 작문 교실과의 상관성을 지니는 시 창작 교실에 모여든 학생이라는 의미이다. 유영희는 위의 저서(15쪽)에서 이 말과 비슷한 뜻으로 '문예창작의 주체'라는 뜻을 지닌 "창작주체"라는 용어를 사용된 바 있다. 그는 "글쓰기 과정에 참여하는 사람이라면 누구나 창작주체일 수 있다"(유영희 저서, 21쪽의 각주 13번)고 하면서 "창작주체는 창작을 행하는 주체이기 때문에 창작교육이 제대로 실현되기 위해서는 창작 과정에 대한 이해뿐 아니라 창작주체 자신에 대한 이해도 선행되어야 한다."(15쪽)라고 주장한 바 있다.

12) 대학교 문예창작 관련 강좌를 수강하고 있는 최근의 대학생들은 디지털시대의 신세대 대학생답게 영화, 애니메이션, 게임 등과 관련되는 시나리오 쓰기에 호감을 갖는 경우가 많다. 그러나 중고등학교 문예창작 교실에서는 주로 시, 소설, 수필 위주로 수업이 진행되고 있다.

난 결과물을 보여주는 경우가 많다.

시 창작 교육을 시작하기 위한 전단계로서 관찰과 체험을 간단한 산문으로 형상화하도록 지도하면, 창작연습생은 자신의 삶의 과정 속에 숨어 있었던 시적 요소를 자연스럽게 발견하게 된다.[13] 그리고 한 단계 더 나아가 교사는 창작연습생들에게 자신 밖의 세상에 대한 세밀한 관심과 관찰을 통하여 남들이 보지 못한 것을 볼 수 있는 눈이 다름 아닌 시인의 눈이라는 사실을 구체적인 작품을 통하여 가르쳐 줄 필요가 있다. 최승호 시인의 「공터」는 관찰의 미덕을 보여주는 작품으로 중고등학교 학생들에게 쉽게 가르쳐볼 수 있는 작품이다.

> 아마 무너뜨릴 없는 고요가
> 공터를 지배하는 왕일 것이다
> 빈 듯 하면서도 공터는
> 늘 무엇인가로 가득 차 있다
> 공터에 자는 바람, 붐비는 바람,
> 때때로 바람은
> 솜털에 싸인 풀씨들을 던져
> 공터에 꽃을 피운다
> 그들의 늙고 시듦에
> 공터는 말이 없다
> 있는 흙을 베풀어주고
> 그들이 지나가는 것을 무심히 바라볼 뿐.

---

13) 테드 휴즈는 『시작법』(청하, 한기찬 역, 1982, 190쪽)의 10장 「시와 경험」에서 "우리가 우리의 주변과 내면에서 일어난 것에 대한 이해와, 자신의 명령으로써 그것에 대해 어떤 것을 말하게 된 그 언어 사이에 엄청난 간격이 있음을 깨닫기 시작하는 것은 외견상 아주 단순하게 보이는 어떤 경험을 말로 표현하려고 할 때인 것이다."라고 말했는데 이러한 "엄청난 간격"을 극복하기 위해서는 우선적으로 그 경험적 내용을 평이한 수필체로 써 보아야 할 것 같다. 이 경험을 바로 시로 쓰게 되면 이 간격이 더 커질 수 있다.

밝은 날
공터를 지나가는 도마뱀
스쳐 가는 새가 발자국을 남긴다 해도
그렇게 오래 가지는 않을 것이다
하늘의 빗방울에 자리를 바꾸는 모래들,
공터는 흔적을 지우고 있다
아마 흔적을 남기지 않는 고요가
공터를 지배하는 왕일 것이다

－ 최승호「공터」전문

　창작연습생들은 이 시를 이해할 때 우선 이 시의 화자가 지닌 관찰력에 주목해야 한다. 「공터」의 화자는 일반 사람들이 아무것도 없는 땅이라 하여 공터라고 이름 붙인 공간에 위치하여 그 공간을 바라본다. 그의 응시와 관찰은 매우 미시적인 것이었기 때문에, 화자는 평소에 보지 못했던 것 혹은 여느 행인들이 보지 못했던 것들을 발견하게 된다. 화자는 세심한 관찰의 방법을 통하여 공터에 숨어 있는 갖가지 존재물을 보게 된 것이다. "고요", "바람", "풀씨", "꽃", "도마뱀", "새", "빗방울", "모래들" 등은 화자의 발견에 의해서 생명력을 얻게 된다. 그런데 시인이 관찰력만으로 이와 같은 완성도 높은 작품을 만들 수 있는 것은 절대로 아니라는 점을 창작연습생은 알아야 한다. 교사는 시인의 관찰력이 시적 상상력으로 확산될 때 이 시가 탄생되었다는 점을 특히 강조해 주어야 한다. '바람이 풀씨들을 던져서 꽃을 피운다'라는 진술이나, '도마뱀과 새가 남긴 발자국이 하늘이 뿌린 빗방울에 의해서 사라진다'라는 진술은 상상력의 소산이다. 이 시는 관찰에서 비롯된 상상력이 확산되어가는 과정을 보여준다. 창작연습생은 "관찰→상상"으로 이어지는 일련의 과정을 여러 번 연습함으로써 상상력의 증진을 도모할 수 있다.
　체험은 관찰과 마찬가지로 창작연습생의 실제적 경험의 문제와 이어지며 관찰보다는 더욱 거시적인 의미를 지닌다. 그래서 창작연습생은 관찰보다 더 용이하게 체험의 문제에 접근할 수 있을 것이다. 체험은 특히 창작연습생의 가정 형편상의 특수성과 관련되는 경우가 있으므로 그것을 끌어내서 상상력을 증진시키고자 할 때, 교사는 창작연습생의 자존심이나 프라이버시를 침해하지 않는 범위 내에서 창작연습생이 가장 솔직한 이야기를 할 수 있도록 지도해야 한다. 특히 교사는 남다른 삶의 체험이 감동적인 시의 원천이 될 수 있다는 사실을 환기시켜야 한다. 또한 교사는 시적 체험은 비극적인 요소를 동반하는 경우도 있음을 지적해 주어야 한다.

> 간밤에 얼어서
> 손가락이 한 마디
> 머리를 긁다가 땅 위에 떨어진다.
> 이 뼈 한 마디 살 한 점
> 옷깃을 찢어서 아깝게 싼다
> 하얀 붕대로 덧싸서 주머니에 넣어둔다.
> 날이 따스해지면
> 남산 어느 양지터를 가려서
> 깊이 깊이 땅 파고 묻어야겠다.
>
> — 한하운 「손가락 한 마디」 전문

이 짧은 작품 속에는 한하운 시인의 비극적 삶의 체험이 고스란히 용해되어 있다. 이런 종류의 시 감상을 통하여 체험과 시적 상상력의 관계를 배울 때, 여러 명의 창작연습생들은 교사에게 이토록 절실하고 비극적인 체험을 한 자만이 시를 쓸 수 있는 것은 아닌지에 대한 질문을 던진다. 이때 교사는 비극이냐 아니냐의 문제는 중요하지 않다는 점을 강조해야 한다. 삶을 솔직하게 드러내는 동시에 그것을 상상력을 통하여 변용시켜야 좋은 시가 완성된다는 점을 교사는 숙지하고 있어야 한다. 물론 교사는 남다른 삶의 체험이 좋은 시의 모태이자 소재가 될 수 있다는 점을 부정할수 없겠지만 반드시 특수한 체험을 해야 시를 쓸 수 있는 것은 아니라는점을 강조해야 한다. 그래야만 창작연습생이 시 창작이라는 특수한 작문작업에 관하여 거부감을 가지지 않게 된다. 특히 중고등학교의 창작 교실은 전문적인 문인을 양성하는 곳이 아니기 때문에 대학교 전공 영역의 시창작 교실에서의 강의내용과는 구분될 필요가 있다. 중고등학교 교사는창작연습생에 대한 섬세한 배려를 통하여 그들의 입장을 고려하면서 부담감 없는 창작 수업을 진행하여야 할 것이다.

3. 명상과 연상을 통한 시적 상상력 교육

명상이란 고요하고 맑은 마음으로 눈을 감고 깊이 생각하는 정신적 행위 또는 자세를 뜻한다. 이것의 뜻을 좀 더 자세히 들여다보면 "정신집중, 종교수행 및 심신의 수행 등을 목적으로 주의나 사고를 자신의 내면세계로 집중시키는 정신 활동의 한 형태로, 교감신경계, 심장 및 호흡활동, 그리고 전반적인 신진대사에서 감소가 이루어짐"[14]이라는 의미가 있다. 이것은 종교적 행위와도 이어지는데 불교에서의 참선이나 기독교에서의 묵상기도 등은 명상 행위와 밀접한 관련성을 지닐 것이다. 시창작 수업시간중 창작연습생의 명상 시간은 5~10분 정도가 적당하다. 교사는 창작연습생들이 이 시간 동안에 잡스러운 생각을 하지 않는 무념무상(無念無想)의 자세를 취하도록 지도해야 한다. 소음 등에 의해서 창작연습생들의 정신 상태가 혼란스러워지면 명상의 질서는 깨지게 된다.

---

14) 양돈규, 『심리학소사전』, 학지사, 2003, 83쪽.

실눈을 뜨고 벽에 기대 인다
아무것도 생각할 수가 없다

짧은 여름밤은 촛불 한 자루도 못 다 녹인 채 살아지기 때문에
섬돌 우에 문득 柘榴꽃이 터진다

꽃망울 속에 새로운 宇宙가 열리는 波動! 아 여기 太古쩍 바다의
소리 없는 물보래가 꽃잎을 적신다

방안 하나 가득 柘榴꽃이 물들어 온다 내가 柘榴꽃 속으로 들어
가 앉는다 아무것도 생각할 수가 없다

― 조지훈 「아침」 전문15)

　　창작연습생들에게 명상과 시적 상상력의 관계성을 설명하기 위해서 보
여줄 수 있는 대표적인 작품으로 조지훈 시인의 「아침」을 예로 들 수 있
다. 시인은 "아무것도 생각할 수가 없다"라는 무념무상의 상태에서 촉발
된 시적 상상력을 통하여 이 시를 시작하게 된다. 1연에서 '무아지경'의 상
태에 빠진 시인은 2연에서 이른 아침의 뜰에서 피어나고 있는 자류꽃16)을
보면서 더 깊은 묵상과 침잠의 시간을 가지게 된다. 시인은 3연과 4연에
이르러 상상력을 극대화시킨다. "꽃망울 속에 새로운 宇宙가 열리는 波
動", "太古쩍 바다의 소리 없는 물보래" 등의 이미지는 명상 속에서 얻어진
우주적 이미지이다. 이러한 우주적 이미지와의 합일을 꿈꾸는 4연의 지평
역시 명상에서 비롯된 상상력의 소산이다. 명상은 정적인 자기 수행의 과
정임에도 불구하고 그것이 상상력을 발휘하는 원동력으로 작용할 수 있다
는 점을 이 시는 잘 가르쳐 준다.

───────────────

15) 이 시의 다른 이름은 「화체개현(花體開顯)」이다.
16) 자류꽃은 석류꽃을 뜻한다.

일정 시간 동안의 명상 훈련이 지난 후, 그 다음 단계에 비로소 연상 훈련을 가지는 것이 좋다. 연상이란 "어떤 사물을 보거나 듣거나 생각하거나 할 때, 그와 관련 있는 다른 사물이 머리에 떠오르는 일"[17]이라는 사전적 의미를 지닌다. 연상에는 조건적 연상과 무조건적 연상이 있다. 조건적 연상은 창작연습생에게 일정한 조건을 준 다음에 그 조건과 관련된 연상을 하도록 하는 것이며, 무조건적 연상은 아무런 조건 없이 머릿속에 떠오르는 모든 것을 연상하도록 하는 것이다. 교사는 창작연습생에게 각자 소지한 노트에 그 연상의 결과물을 자유롭게 적도록 지도해야 한다. 이 때 교사는 일정한 시간을 정하여 주는 것에 유념해야 한다. 교사는 5분 안팎의 시간을 정해 놓은 후, 시작하고 끝나는 시간을 정확하게 알려 주어야 한다.

무조건적 연상의 예 : 사과, 꿀, 학교, 선생님, 빠르다, 느리다, 그리움, 놀이, 마음, 착하다, 컴퓨터, 노트북, 마우스, 볼펜, 노트, 책, 숙제, 영화, 소설, 시, 나, 너, 우리, 선생님, 교수님, 기차, 배, 역, 비행기

위와 같은 예를 보면 연상의 결과로 적힌 낱말들 사이에 어느 정도의 상호 연관성이 존재한다는 사실을 발견할 수 있다. 교사는 다음과 같은 사선(/)을 통하여 그 연관성을 제시하여 창작연습생의 심리적 상황을 설명해 줄 필요가 있다. 다음에 제시된 사선은 창작연습생의 현재적 심리 현상을 설명하는 기준이 될 것이다.

무조건적 연상의 예 : 사과, 꿀,/ 학교, 선생님,/ 빠르다, 느리다,/ 그리움, 놀이, 마음, 착하다,/ 컴퓨터, 노트북, 마우스,/ 볼펜, 노트, 책, 숙제,/ 영화, 소설, 시,/ 나, 너, 우리, 선생님, 교수님,/ 기차, 배, 역, 비행기/[18]

---

17) 이기문, 임홍빈 감수, 『우리말 돋음사전』, 동아출판사, 1995, 915쪽.
18) 사선이 많으면 많을수록 다양할 생각을 한 것이 된다. 그러나 사선 안에 놓인 단어의 개수가 많으면 깊이 있는 연상을 한 것이 되고, 그렇지 않으면 깊이 없는 연상을 한

무조건적 연상은 창작연습생에게 브레인스토밍(brainstorming)[19]을 시키게 된다. 어느 정도 브레인스토밍이 된 창작연습생들에게 조건적 연상을 지도하면 된다. 조건적 연상의 방법과 과정을 어느 대학교[20]의 교재에서 인용해 보면 다음과 같다.

> 1. 다음 낱말을 보고 생각나는 바를 적어 보자.
> 뱀/수학능력시험/오렌지/장미/배추/과일 주스/단풍나무
> 2. 낱말 적기가 끝나면 낱말의 수를 센다.
> 3. 각자 떠올린 낱말이 주어진 낱말과 어떤 관계에 있는지 살펴
>   구분해 본다.
> (속성, 비슷한 말, 반대말, 하위 분류 등)
> 4. 주어진 낱말과 관계가 없는 것에 사선(/)을 긋는다.

조건 제시 연상을 통하여 촉발된 상상력이 창작의 근간이 된 작품으로는 한용운 시인의 「알 수 없어요」를 예시할 수 있다.

> 바람도 없는 공중에 垂直의 波紋을 내이며, 고요히 떨어지는 오
> 동잎은 누구의 발자최입니까.
> 지리한 장마 끝에 서풍에 몰려가는 무서운 검은 구름의 터진 틈
> 으로, 언뜻언뜻 보이는 푸른 하늘은 누구의 얼골입니까.
> 꽃도 없는 깊은 나무에 푸른 이끼를 거쳐서, 옛 塔 위의 고요한
> 하늘을 슬치는 알 수 없는 향기는 누구의 입김입니까.
> 근원을 알지도 못할 곳에서 나서, 돍부리를 울리고 가늘게 흐르
> 는 적은 시내는 굽이굽이 누구의 노래입니까.

것이다. 사선 안에 놓인 단어의 개수에 대한 기준은 없다. 교사는 상대적인 의미에서 평가를 해 주어야 한다.
19) 브레인스토밍은 머릿속에 폭풍을 일으킨다는 뜻을 지닌 말이다.
20) 호서대학교 국어국문학 전공 편, 『창의력과 글쓰기』, 이회, 2001, 16쪽. 아래에 제시된 1~4번의 과정은 여기에서 그대로 인용한 것이다.

연꽃 같은 발꿈치로 갓이 없는 바다를 밟고, 옥 같은 손으로 끝
없는 하늘을 만지면서, 떨어지는 날을 곱게 단장하는 저녁놀은
누구의 詩입니까.
타고 남은 재가 다시 기름이 됩니다. 그칠 줄을 모르고 타는 나
의 가슴은 누구의 밤을 지키는 약한 등불입니까.
— 한용운 「알 수 없어요」 전문

이 시에 제시된 연상의 조건은 다름 아닌 '님'이다. 시인은 님 이라는 연
상 조건 아래서 "푸른 하늘", "향기", "적은 시내", "저녁놀"을 연상하게
된다. 즉 "푸른 하늘"은 님의 얼굴이며, "알 수 없는 향기"는 님의 입김이
며, "적은 시내"는 님의 노래이며, "저녁놀"은 님의 시라는 것이 연상의
결과이다. 시인은 시행이 늘어날수록 님의 모습을 더욱 구체적으로 확인
하게 된다. 마침내 시인은 나의 가슴이 님의 밤을 지키기 위해서 타는 약
한 등불이라는 우주적 상상을 통하여 그토록 갈망했던 님과의 정신적 합
일을 상징적으로 이루게 된다. 이 시는 연상에서 비롯된 상상력의 확대를
여실히 보여주는 밀도 높은 수작이다. 이 시의 창작 과정은 창작연습생에
게 연상이 얼마나 중요한 상상력 제고의 방법인지를 알려주기에 충분하다.

4. 기억과 재생을 통한 시적 상상력 교육

모든 문예 창작물 속에는 창작자의 기억이 들어 있다. 기억에 전혀 의
존하지 않는 글쓰기가 불가능한 것처럼 기억 없이 문학 창작물을 만들어
낼 수는 없다. 창작연습생의 기억은 그의 가족 환경, 혹은 개인적 경험 등
에 따라서 매우 다양할 것이다. 창작연습생이 지닌 기억의 종류는 분류
기준에 따라 여러 가지로 나누어 생각해 볼 수 있다. 우선 일반적 기준인
시간적 간격에 따르면, 기억은 단기 기억과 장기 기억으로 분류된다. 단

기 기억은 최근의 일에 대한 기억이며, 장기 기억은 단기 기억보다 시간적으로 멀어져 있는 기억이다. 물론 단기와 장기의 명확한 구분 기준이 우선적으로 설정되어야 할 것이다.[21]

교사는 창작연습생들에게 일정한 기준을 정해주면서 단기 기억과 장기 기억에 관한 산문적 글쓰기를 유도할 필요가 있다. 이것은 언제나 서사적 요소를 동반하기 마련이다. 특히 모든 창작연습생들이 가지고 있는 장기 기억으로서의 유년 체험에 대한 서사는 가장 보편적인 시의 소재가 될 수 있다. 이 경우 도시에서 유년을 보낸 창작연습생들보다는 시골에서 농경적 체험을 한 창작연습생들이 더욱 쉽게 시적 소재를 발견하게 된다. 기억의 서사 속에서 시가 될 수 있는 요소를 발견하는 작업을 통하여 창작연습생들은 시에 쉽게 다가설 수 있게 된다. 유년의 장기 기억을 통하여 시를 발견할 수 있음을 안 창작주체들 중에서는 자신이 쓴 시와 산문 앞에서 스스로 놀라는 이들도 있다. 교사는 기억 행위와 상상 행위가 엄연히 구분되는 문제라는 점을 가르쳐 준 다음, 창작연습생이 기억에서 상상으로 나가는 길을 알려주어야 한다. 기억된 것이 다시 상상의 과정 속에서 용해되고 확산되어야 한 편의 시가 탄생하는 것이다.[22]

---

21) 알렌 파킨은 그의 저서 『기억연구의 실제와 응용』(시그마프레스, 이영애 · 박희경 옮김, 2001, 6쪽)에서 "단기 기억은 컴퓨터의 중앙 처리 장치와 비슷하고 이차기억은 자료 기반에 해당한다."고 하면서 "새 정보는 단기기억에 입력된 후, 필요하면 장기기억으로 옮겨져서 저장된다. 나중에 그 정보는 인출에 의해 다시 단기기억에 저장될 수 있다."고 설명한 바 있다.

22) 장 폴 사르트르로는 「상상하는 의식과 예술」(장경렬 · 진형준 · 정재서 편역, 『상상력이란 무엇인가』, 살림, 1997, 158쪽)에서 "기억의 문제와 예기(豫期)의 문제는 상상 작용과는 근본적으로 다른 문제가 된다"는 점을 자세히 논의한 바 있다. 그는 이 점에 관하여 "추억에 관한 테제와 심상에 관한 테제 사이에는 본질적인 차이가 있다. 내가 나의 지나간 삶에서 하나의 사건을 회상한다면, 나는 그것을 상상하는 것이 아니라 그것을 '기억하는' 것이다"라고 설명한 바 있다. 즉 기억 자체가 상상 행위가 되는 것은 아니라는 설명이다. 요컨대 창작연습생들은 기억된 것을 상상 과정 속에서 더욱 입체적으로 변용시켜야 한다는 점을 명심해야 한다.

아배는 타관 가서 오지않고 山비탈외따른집에 엄매와 나와 단둘이서 누가 죽이는 듯이 무서운 밤 집 뒤로는 어늬山곬작이에서 소를 잡어먹는 노나리군들이 도적놈들같이 쿵쿵걸이며다닌다

날기멍석을 저간다는 닭보는 할머니를 차 굴린다는 땅 아래 고래같은 기와집에는 언제나 니차떡에 청밀에 은금보화가 그득하다는 외발 가진 조마구 뒷山어늬메도 조마구네 나라가 있어서 오줌 누러 깨는 재밤 머리맡의 문살에 대인 유리창으로 조마구군병의 새깜안 대가리 새깜안 눈알이 들여다보는 때 나는 이불 속에 자즐어붙어 숨도 쉬지 못한다.
또 이러한 밤같은 때 시집 갈 처녀 망내 고무가 고개 넘어 큰집으로 치장감을 가지고와서 엄매와 둘이 소기름에 쌍심지의 불을밝히고 밤이 들도록 바느질을 하는 밤 같은 때 나는 아릇목의 삭귀를 들고 쇠든 밤을 내여 다람쥐처럼 밝어먹고 은행여름을 인두불에 구어도 먹고 그러다는 이물 웋에서 광대넘이를 뒤이고 또 놓어 굴면서 엄매에게 웋목에 둘은 평풍의 샛빩안 천두의 이야기를 듣기도 하고 고무더러는 밝는 날 멀리는 못간다는 뫼추라기를 잡어달라고 졸으기도 하고
내일같이 명절날인 밤은 부엌에 쩨듯하니 불이밝고 솥뚜껑이 놀으며 구수한 내음새 곰국이 무르끓고 방안에서는 일가집 할머니가 와서 마을의 소문을 펴며 조개송편에 달송편에 죈두기송편에 떡을 빚는곁에서 나는 밤소 팟소 설탕든 콩가루소를 먹으며 설탕 든 콩가루소가 가장 맛있다고 생각한다.
나는 얼마나 반죽을 주물으며 힌가루손이 되여 떡을 빚고 싶은지 모른다

섯달에 내빌날이 드러서 내빌날 밤에 눈이 오면 이밤엔 쌔하얀 할미 귀신의 눈귀신도 내빌눈을 받노라 못 난다는 말을 든든히 녁이며 엄매와 나는 앙궁 웋에 떡돌 웋에 곱새담 웋에 함지에 버치며 대냥푼을 놓고 치성이나 들이듯이 정한마음으로 내빌눈

약눈을 받는다 이 눈세기 물을 내빌물이라고 제주병에 진상항아
리에 채워두고는 해를 묵여가며 고뿔이 와도 배앓이를 해도 갑
피기를 앓어도 먹을 물이다

                         – 백석 「고야(古夜)」 전문

    창작연습생의 기억 속에는 불행했던 서사도 있을 것이며 행복했던 서
사도 있을 것이다. 교사는 창작연습생의 기억 속에 존재하는 서사 중에서
먼저 유년의 화해로운 체험과 관련된 것들에 관심을 가질 필요가 있다.
전문적인 시인이 되고자 하는 경우보다는 그렇지 않은 경우가 많은 중고
등학교 시 창작 교실에서는 더욱 이러한 점에 주의할 필요가 있다. 1930
년대에 활약했던 백석 시인의 시23)를 통하여 추체험적 형식으로 존재하
는 유년의 기억이 어떤 재생의 과정을 거쳐서 시가 되는지를 지도할 수
있다. 백석의 많은 시는 유년의 원형적 체험과 관련되어 있다. 청소년기
를 맞이하고 있는 창작연습생들에게도 위와 비슷한 유년의 체험이 있을
수 있다. 이러한 체험들을 말하기의 방법을 통하여 발표하게 한 후 어떤
것이 좋은 시의 소재가 될 수 있는지에 대해 서로 토론하는 과정을 거치
면 더욱 좋다.

    가령 어떤 창작연습생들은 비극적이거나 불행했던 기억의 서사를 여
과 없이 말하기를 통하여 발표하기도 하는데, 이 경우 교사는 그 창작연
습생의 이야기를 끝까지 들어본 후 그의 기억 속에서도 시적인 것이 있다
고 판단되면 그것을 상상력을 통해서 변용시킬 수 있는 방법을 가르쳐 주
어야 한다. 어떤 창작연습생들은 과거의 이야기를 서사적 방법을 통하여
진술하기만 하면 모두 시가 된다고 생각하기도 한다. "시 속의 서사적 구
조란 어디까지나 시적 인식을 형상화하기 위한 한 방법"24)이라는 점을

---

23) 백석의 시가 서사적 구조를 지니고 있는 점은 고형진의 저서 『한국현대시의 서사지
    향성 연구』(시와시학사, 1995)에서 자세히 밝혀진 바 있다.
24) 오규원, 『현대시작법』, 문학과지성사, 1990, 125쪽.

고려하여 교사는 시와 산문의 차이점에 대해서 설명한 후 시에는 비유, 상징, 리듬 등의 요소가 고려되어야 함을 일러주어야 한다.

> 외할머니네 집 뒤안에는 장판지 두 장만큼한 먹오딧빛 툇마루가 깔려 있습니다. 이 툇마루는 외할머니의 손때와 그네 딸들의 손때로 날이 날마닥 칠해져 온 것이라 하니 내 어머니의 처녀 때의 손때도 꽤나 많이는 묻어 있을 것입니다마는, 그러나 그것은 하도나 많이 문질러서 인제는 이미 때가 아니라, 한 개의 거울로 번질번질 닦이어져 어린 내 얼굴을 들이비칩니다.
> 그래, 나는 어머니한테 꾸지람을 되게 들어 따로 어디 갈 곳이 없이 된 날은, 이 외할머니네 때거울 툇마루를 찾아와, 외할머니가 장독대 옆 뽕나무에서 따다 주는 오디 열매를 약으로 먹어 숨을 바로 합니다. 외할머니의 얼굴과 내 얼굴이 나란히 비치어 있는 이 툇마루에까지는 어머니도 그네 꾸지람을 가지고 올 수 없기 때문입니다.
> — 서정주 「외할머니의 뒤안 툇마루」 전문

나아가 교사는 유년의 기억이 신화적 상상력과 이어지는 경우가 있음을 설명해 주어야 한다. 교사는 창작연습생의 기억 중에서 뚜렷한 이미지와 관련된 것을 찾아내서 그 이미지를 중심으로 하여 상상력을 발휘하는 과정을 지도해야 한다. 대부분의 창작연습생들은 유년의 기억이 이야기를 동반한다고 생각하는데 이 역시 맞는 생각이기는 하지만, 서사를 떠나 있는 이미지의 재생 과정도 있다는 사실을 교사는 잊지 않고 가르쳐 주어야 한다.

서정주 시인의 「외할머니의 뒤안 툇마루」는 유년의 기억 속에 존재하는 툇마루라는 뚜렷한 이미지를 주요 소재로 삼고 있다. 툇마루 이미지 속에는 외할머니와 어머니의 원형적 삶이 고스란히 들어 있는데, 이 툇마루의 이미지가 거울 이미지로 변용되는 과정은 가히 신화적이라고도 할 만한다. 창작연습생들은 기억 속에서 많은 이미지를 지니고 있지만 어떤 이미지들이 시가 될 수 있는지에 관하여 아직은 잘 모를 것이다. 그래서 교사의 역할이 필요한 것이다. 교사는 시적인 기억 이미지를 통하여 발현된 상상력이야말로 한 편의 작품을 완성하는 중요한 원천임을 가르쳐야 한다.

이 때 교사가 유의할 점은 너무 특수한 이미지에 대한 편애를 버려야 한다는 점이다. 창작연습생들은 다만 연습생일 따름이지 전문적인 작가나 시인이 아니다. 오늘날과 같은 디지털시대에 과거 세대와 같은 끈질긴 집념과 애착으로 문학에 매달리는 중고등학생들을 발견하는 것은 거의 불가능하다. 교사는 과도한 희망이나 집착을 버리고 자유로운 말하기, 듣기, 읽기, 쓰기의 과정 속에서 창작연습생들이 편안한 마음으로 시창작 교실에 임할 수 있도록 배려를 해 주어야 한다. 교사는 기성 시인이 쓰는 완성도를 잣대로 하여 창작연습생의 작품을 평가해서는 안 된다. 그들의 나이와 경험, 수준을 잘 고려하여 장점을 살려주는 시창작 교육을 해 주어야 창작연습생들 또한 기성 질서에 구애받지 않는 자유로운 상상의 세계로 나아갈 수 있을 것이다.

5. 결론

본고는 시 창작의 방법과 실제를 교육시키는 중고등학교 교실을 배경으로 하여 창작연습생의 시적 상상력을 제고시킬 수 있을 방법을 연구한 글이다. 시 창작 교육은 모든 문예창작 교육의 기초이므로 시 창작 교육의 옳은 방법을 터득한 교사만이 더욱 복잡해질 문예창작 교육을 제대로 수행해낼 수 있을 것이다. 본고가 상상력의 문제를 들고 나온 것은 상상력은 모든 문예 창작의 근간인 동시에 시 창작의 가장 중요한 요소라고 판단했기 때문이다. 본고는 시 창작 교육 시간에 세 가지 방법을 통하여 창작연습생의 시적 상상력을 높일 수 있다는 점을 논의하고 있다.

2장에서 논의하고 있는 첫 번째 내용은 관찰과 체험을 통한 시적 상상력 높이기이다. 세상의 사물에 대한 관찰과 세상의 일에 대한 체험 속에서 얻은 내용은 글쓰기의 재료이다. 이 재료들 속에서 고민하면서 창작연습생의 상상력은 증가한다. 이때 교사는 창작연습생들이 시적인 것을 발견할 수 있는 통로를 만들어주어야 한다. 관찰과 체험 속에서 시적인 것을 발견하고 그것과 관련하여 상상력을 발휘하게 하면 한 편의 경험적 서정시가 탄생할 수 있는 발판이 마련된다.

3장에서 논의하고 있는 두 번째 내용은 명상과 연상을 통한 시적 상상력 높이기이다. 그 과정은 명상에서 연상으로 나아가야 한다. 명상과 연상 모두 심리적 과정이라는 점에서는 동일하지만, 명상이 정적이라면 연상은 동적이다. 고요한 명상을 통해 시심을 함양하게 된 창작연습생은 연상을 통하여 상상력을 극대화할 수 있을 것이다. 이때 교사는 창작연습생으로 하여금 상상력의 이미지를 자유롭게 기록하게 한 후, 그것을 해석해주어야 한다.

4장에서 논의하고 있는 세 번째 내용은 기억과 재생을 통한 시적 상상력 높이기이다. 기억은 과거형 문제이며 재생은 현재형 문제이다. 과거와 현재의 간극은 시적 상상력을 더욱 자극할 수 있다. 모든 인간이 그러하듯이 창작연습생들의 머릿속에는 그가 살아온 세월만큼의 수많은 기억의 편린이 존재한다. 그 편린을 재해석하고 그것을 기록하게 하는 과정 속에서 시적 상상력은 발휘된다. 교사는 창작연습생의 기억이 재구성되는 과정 속에서 충분한 상상력이 발현되도록 지도해야 한다.

시 창작 교육은 작문교육의 한 부분이므로 작문교육과의 연계성을 지닐 수밖에 없다. 그러나 시 창작 교육은 형식과 논리를 중요시하는 일반적인 작문교육과는 달리 자유와 감성의 글쓰기 교육이 되어야 한다. 시는 인간 정신이 이룩한 가장 고차원적인 예술 창조물인 동시에 그 나라 모국 어의 최고 정수이므로, 창작연습생은 시 창작 교육을 통하여 순결한 모국 어가 이룰 수 있는 정신적 향연을 이해할 수 있을 것이다. 나아가 시적 상 상력을 충분히 익힌 창작연습생은 실제적인 시 창작을 통하여 삶의 즐거 움과 보람을 누릴 수 있을 것이다.

■ 발표지 목록

윤충의, 「문학의 직관적 표현기술 방법론」, 『안양어문』 제18집, 안양대 인문과학
　　　연구소, 2010.
문혜원, 「여성의 신화와 직관으로서의 시」, 『한국시학연구』 제4호, 2001.
임금복, 「박상륭의 1960년대 작품세계」, 『돈암어문학』 제6호, 1994.
최영호, 「바다의 신화적 상상력과 '다른 우리'의 출현」, 『인문언어』 제8호, 국제언
　　　어인문학회, 2006.
양진오, 「이청준의 신화적 상상력과 그 문학적 의미」, 『인문예술논총』 제29호, 대
　　　구대 인문과학연구소, 2005.
박남희, 「조지훈 시의 유기체적 상상력 연구」, 『한국문예비평연구』 제24집, 2007.
김용희, 「1930년대 말 동양주의의 한 방향」, 『한국문학이론과 비평』 제33호,
　　　2006.
맹문재, 「상상력의 시학」, 심인숙 시집, 『파랑도에 빠지다』, 푸른사상, 2011.
심재휘, 「박재삼의 시집 『춘향이 마음』에 나타난 상상력의 구조」, 『상허학보』 제28
　　　호, 2010.
유성호, 「생명의 활홀을 노래하는 우주적 상상력」, 『학산문학』 50호, 2005.
김유중, 「놀이와 상상력, 시작(詩作)의 상관 관계」, 『어문학』 제94호, 2006.
이경수, 「백석 시의 낭만성과 동양적 상상력」, 『한국학연구』 제21호, 2004.
남기택, 「동화적 상상력과 근대문학의 성립」, 『인문학연구』 제32권 제1호, 충남대
　　　인문과학연구소, 2005.
노　철, 「시 감상 교육에서 상상력 활용에 관한 연구」, 『문학교육학』 제14호, 2004.
김종태, 「시 창작 교육과 상상력 제고의 문제」, 『한국문예비평연구』 제24호, 2007.

■ 필자 약력

김용희

이화여자대학교 국문과 및 같은 대학원을 졸업했다. 1992년『문학과 사회』에 문학평론을 발표하면서 작품 활동을 시작했다. 평론집『천국에 가다』『페넬로페의 옷감짜기─우리 시대 여성 시인』, 영화평론집『천 개의 거울』, 문화평론집『기호는 힘이 세다』『우리시대 대중문화』, 장편소설『란제리 소녀시대』『화요일의 키스』등이 있다. 현재 평택대학교 국문과 교수이다.

김유중

1965년 서울에서 출생해 서울대학교 국어교육과와 같은 대학원 국문과를 졸업했다. 1991년『현대문학』에 평론이 추천되어 작품 활동을 시작했다. 저서『한국 모더니즘 문학의 세계관과 역사의식』『김기림』『김수영과 하이데거』등이 있다. 현재 서울대학교 국문과 교수이다.

김종태

경북 김천에서 출생해 고려대학교 국어교육과 및 같은 대학원 국문과를 졸업했다. 1998년『현대시학』으로 작품 활동을 시작했다. 저서『한국현대시와 전통성』『정지용 시의 공간과 죽음』『대중문화와 뉴미디어』(공저)『한국현대시와 서정성』『문화콘텐츠와 인문학적 상상력』(공저)『문학의 미로』『자연과 동심의 시학』, 시집『떠나온 것들의 밤길』등이 있다. 현재 호서대학교 한국어문화학부 교수이다.

남기택

충남대학교 국문과 및 같은 대학원을 졸업했다. 1999년『작가마당』, 2007년『현대시』에 문학평론을 발표하면서 작품 활동을 시작했다. 저서『근대의 두 얼굴, 김수영과 신동엽』『라깡과 문학』(공저)『경계와 소통, 지역문학의 현장』(공저) 등이 있다. 현재 강원대학교 교양학부 교수이다.

노 철

고려대학교 독문과 및 같은 대학원 국문과를 졸업했다. 저서『한국현대시 창작방법 연구』『시 교육 방법과 실제』『시 연구 방법과 시 교육론』『시 교육의 방법』등이 있다. 현재 전남대학교 국어교육과 교수이다.

문혜원

1965년 제주에서 출생해 서울대학교 국문과 및 같은 대학원을 졸업했다. 1989년 『문학사상』에 문학평론이 당선되어 작품 활동을 시작한 뒤 저서『한국 현대시와 모더 니즘』『한국 현대 시론사』『한국 현대시와 전통』, 평론집『흔들리는 말, 떠오르는 몸』『돌멩이와 장미, 그 사이에서 피어나는 말들』『비평 문화의 스펙트럼』『우리 시 의 넓이와 깊이』등이 있다. 현재 아주대학교 국문과 교수이다.

맹문재

1963년 충북 단양에서 태어나 고려대학교 국문과 및 같은 대학원을 졸업했다. 1991 년『문학정신』으로 작품 활동을 시작했다. 시집『먼 길을 움직인다』『물고기에게 배 우다』『책이 무거운 이유』, 시론집『한국 민중시 문학사』『패스카드시대의 휴머니즘 시』『지식인 시의 대상애』『현대시의 성숙과 지향』『시학의 변주』『만인보의 시학』 등이 있다. 현재 안양대학교 국문과 교수이다.

박남희

고려대학교 대학원 국문과를 졸업했다. 1996년 경인일보, 1997년 서울신문 신춘문 예로 작품 활동을 시작했다. 시집『폐차장 근처』『이불 속의 쥐』『고장난 아침』, 평론 집『존재와 거울의 시학』이 있다. 현재 고려대학교, 숭실대학교 강사이다.

심재휘

1963년 강릉 출생해 고려대학교 국문과 및 같은 대학원을 졸업했다. 1997년『작가 세계』신인상으로 작품 활동을 시작했다. 저서『한국현대시와 시간』외, 시집『적당히 쓸쓸하게 바람 부는』『그늘』등이 있다. 현재 대진대학교 문예창작학과 교수이다.

양진오

1965년 제주에서 태어나 서강대학교 국문과 및 같은 대학원을 졸업했다. 1993년 『비평의 시대』에 문학평론을 발표하며 작품 활동을 시작했다. 저서로『한국소설의 논리』『한국소설의 형성』『산문의 수사학』『임철우의 봄날을 읽는다』『전망의 발견』『한국소설의 시학과 해석』등이 있다. 현재 대구대학교 국문과 교수이다.

유성호

1964년 경기도 여주에서 출생해 연세대학교 국문과 및 같은 대학원을 졸업했다. 서울신문 신춘문예에 문학평론이 당선되어 작품 활동을 시작했다. 저서『한국 현대시의 형상과 논리』『상징의 숲을 가로질러』『침묵의 파문』『한국 시의 과잉과 결핍』『현대시 교육론』『문학 이야기』『근대시의 모더니티와 종교적 상상력』『움직이는 기억의 풍경들』등이 있다. 현재 한양대학교 국문과 교수이다.

윤충의

고려대학교 국문과 및 같은 대학원을 졸업했다. 저서『한국 근대소설론 연구』『한국어문학의 이해』(공저)『한국 문학의 직관과 상황 그리고 표현기술』『언어와 표현』(공저)『언어와 문장』(공저)『현대 소설의 구성과 표현기술』등이 있다. 현재 안양대학교 국문과 교수이다.

이경수

1968년 대전에 태어나 고려대학교 국문과 및 같은 대학원을 졸업했다. 1999년 문화일보 신춘문예에 문학평론이 당선되어 작품 활동을 시작했다. 저서로『불온한 상상의 축제』『한국 현대시와 반복의 미학』『바벨의 후예들 폐허를 걷다』등이 있다. 현재 중앙대학교 국문과 교수이다.

임금복

성신여자대학교 대학원 국어국문학과를 졸업했다. 저서『박상륭 소설 연구』『'죽음의 한 연구' 깊이 읽기』『'칠조어론' 깊이 읽기』『박상륭 소설의 창작원류』등이 있다. 현재 성신여자대학교 국제문화교육원 한국어 강사이다.

최영호

해군사관학교, 고려대학교 국문과 및 같은 대학원을 졸업했다. 『세계의 문학』에 문학평론을 발표한 뒤 작품 활동을 시작했다. 저서 『해양문학을 찾아서』(공저) 『한국해양문학선집』(공편), 번역서 『자유인을 위한 책읽기』 『20세기 최고의 해저탐험가 ― 자크이브 쿠스토』(공역) 『은유와 도상성』(공역) 『우리는 어떻게 생각하는가』(공역) 등이 있다. 현재 해군사관학교 인문학과 교수이다.

직관과 상상력

초판 1쇄 인쇄일	2011년 8월 10일
초판 1쇄 발행일	2011년 8월 20일
지은이	윤충의 외 14명
펴낸이	정구형
총괄	박지연
편집 · 디자인	김현경 이하나
마케팅	정찬용
관리	한미애 김정훈
인쇄처	월드문화사
펴낸곳	**국학자료원**

등록일 2006 11 02 제2007-12호
서울시 강동구 성내동 447-11 현영빌딩 2층
Tel 442-4623 Fax 442-4625
www.kookhak.co.kr
kookhak2001@hanmail.net

ISBN	978-89-279-0134-1 *93800
가격	29,000원

· 저자와의 협의하에 인지는 생략합니다.
 잘못된 책은 구입하신 곳에서 교환하여 드립니다.